MARTHA HALL KELLY
Und am Ende werden wir frei sein

Autorin

Martha Hall Kelly ist ausgebildete Journalistin und war lange Zeit als Werbetexterin tätig, bevor sie sich ganz dem Schreiben von Romanen widmete. Ihr Debüt »Und am Ende werden wir frei sein« eroberte die internationalen Bestsellerlisten und wurde allein in den USA über eine Million Mal verkauft. Die Autorin lebt mit ihrer Familie in Connecticut und auf Martha's Vineyard.

Weitere Informationen unter: www.marthahallkelly.com

MARTHA HALL KELLY

Und am Ende werden wir frei sein

ROMAN

Deutsch von Karin Dufner

blanvalet

Die Originalausgabe erschien 2016 unter dem Titel »Lilac Girls« bei Ballantine Books, an imprint of Random House, a division of Penguin Random House LLC, New York.

MIX
Papier aus verantwortungsvollen Quellen
FSC® C014496
www.fsc.org

Klimaneutral*
Druckprodukt
ClimatePartner.com/14044-1912-1001

Penguin Random House Verlagsgruppe FSC® N001967

1. Auflage
Taschenbuchausgabe 2021 by Blanvalet, einem Unternehmen der Penguin Random House Verlagsgruppe GmbH,
Neumarkter Str. 28, 81673 München

Redaktion: Matthias Teiting
Umschlaggestaltung: © Johannes Wiebel | punchdesign nach einer Originalvorlage von Penguin Random House US
Umschlagdesign: Laura Klynstra
Umschlagmotive: ullstein bild - Roger-Viollet;
Jodi Baglien Sparkes/Shutterstock.com
Karten: © Holly Hollon Designs
Fotos: © Martha Hall Kelly
DK · Herstellung: dm
Satz: Vornehm Mediengestaltung GmbH, München
Druck und Bindung: GGP Media GmbH, Pößneck
Printed in Germany
ISBN 978-3-7341-1073-3

www.blanvalet.de

Für meinen Mann Michael,
der bei mir noch immer
die Puderdose klacken lässt

Erster Teil

Kapitel 1

CAROLINE

September 1939

Wenn ich gewusst hätte, dass ich gleich den Mann kennenlernen sollte, unter dessen Einfluss ich zerbrechen würde wie Knochenporzellan auf Terrakotta, wäre ich zu Hause geblieben. Stattdessen holte ich unseren Floristen Mr. Sitwell aus dem Bett, damit er mir ein Sträußchen fürs Knopfloch anfertigte. Meine erste Konsulatsgala war nicht der richtige Zeitpunkt, um das Protokoll mit Füßen zu treten.

Ich reihte mich in die Flut der vielen Ungewaschenen ein, die die Fifth Avenue entlangströmten. Männer in grauen Filzhüten drängten sich an mir vorbei. Die Zeitungsschlagzeilen verkündeten die letzten erfreulichen Nachrichten des Jahrzehnts. An diesem Tag braute sich im Osten kein Sturm zusammen, nichts wies auf die kommenden Ereignisse hin. Das einzige unheilvolle Vorzeichen aus Richtung Europa war der Geruch nach brackigem Wasser, der vom East River heranwehte.

Als ich mich unserem Gebäude an der Ecke Fifth Avenue und Forty-ninth Street näherte, spürte ich, dass

Roger mich von oben aus dem Fenster beobachtete. Er hatte schon Leute aus geringeren Gründen als einer zwanzigminütigen Verspätung gefeuert. Trotzdem war der einzige Tag im Jahr, an dem die oberen Zehntausend von New York ihre Brieftaschen öffneten und ein wenig Interesse an Frankreich heuchelten, nicht der richtige Zeitpunkt, um an Knopflochsträußchen zu sparen.

Ich bog um die Ecke. Die helle Morgensonne fing sich in den eingemeißelten, vergoldeten Buchstaben im Eckstein: LA MAISON FRANCAISE. Das französische Haus, Heimat des französischen Konsulats, stand Seite an Seite mit dem British Empire Building, einem Teil des Rockefeller Center, Rockefeller Juniors neuem Bauwerk aus Granit und Kalkstein. Damals hatten viele ausländische Konsulate hier ihre Büros, was einen großartigen Mischmasch internationaler Diplomatie zur Folge hatte.

»Ganz nach hinten durchgehen, immer nach vorn schauen«, sagte Cuddy, unser Liftboy.

Mr. Rockefeller suchte die Liftboys persönlich aus und überprüfte sie auf Manieren und gutes Aussehen. Cuddy war mit Letzterem über Gebühr ausgestattet, auch wenn sein Haar bereits grau meliert war und sein Körper es mit dem Altern eilig hatte.

Cuddy starrte auf die beleuchteten Ziffern über den Türen. »Ziemlich viele Leute da oben, Miss Ferriday. Pia meinte, es sind zwei neue Schiffe angekommen.«

»Entzückend«, erwiderte ich.

Cuddy wischte etwas vom Ärmel seiner marineblauen Uniformjacke. »Wird es bei Ihnen wieder spät heute?«

Obwohl wir angeblich die schnellsten Aufzüge der Welt hatten, brauchte unserer eine Ewigkeit. »Ich muss um fünf weg. Eine Gala heute Abend.«

Ich liebte meinen Beruf. Großmutter Woolsey hatte die Tradition arbeitender Frauen in unserer Familie begründet, indem sie auf dem Schlachtfeld in Gettysburg verwundete Soldaten gepflegt hatte. Allerdings war meine ehrenamtliche Stelle als Leiterin der Familienhilfe im französischen Konsulat eigentlich kein richtiger Beruf. Dass ich alles Französische liebte, war mir einfach in die Wiege gelegt worden. Auch wenn mein Vater ein halber Ire war, gehörte sein Herz Frankreich. Außerdem hatte Mutter eine Wohnung in Paris geerbt, wo wir jeden August verbrachten, sodass ich mich dort zu Hause fühlte.

Der Aufzug stoppte. Selbst durch die geschlossenen Türen hörten wir überwältigendes, lautes Stimmengewirr. Ein Schauder durchlief mich.

»Vierter Stock«, verkündete Cuddy. »Französisches Konsulat. Vorsicht beim …«

Sobald die Türen auseinanderglitten, übertönte der Lärm die Höflichkeitsfloskel des Liftboys. In dem Flur vor unserem Empfangsbereich drängten sich so viele Menschen, dass kaum ein Durchkommen war. An diesem Morgen waren die *Normandie* und die *Ile de France,* zwei der bedeutendsten Ozeanriesen Frankreichs, im Hafen von New York eingelaufen, vollgestopft mit Passagieren, die den unsicheren Verhältnissen in ihrem Heimatland hatten entfliehen wollen. Als das Signal ertönte und alle aussteigen durften, hatten die Wohlhabenden an Bord das Konsulat gestürmt, um Visaprobleme und andere heikle Themen zu klären.

Ich zwängte mich durch den verqualmten Empfangsbereich, vorbei an einer Gruppe von Damen in den neuesten Pariser Tageskleidern, eingehüllt in eine duftende Wolke Arpège und die Gischt noch im Haar, die dastanden und miteinander plauderten. Diese Menschen waren es gewohnt, dass ein Butler ihnen mit einem Kristallaschenbecher und einer Champagnerflöte auf Schritt und Tritt folgte. Pagen in den scharlachroten Jacken der *Normandie* warteten neben ihren schwarz berockten Kollegen von der *Ile de France*. Ich rempelte mich mit der Schulter durch die Menge und steuerte auf den Schreibtisch unserer Sekretärin hinten im Raum zu, wobei mein Chiffonschal an der Schließe einer Perlenkette hängen blieb, die eine bezaubernde Dame neben mir um den Hals trug. Während ich mich zu befreien versuchte, summte die Gegensprechanlage, ohne dass jemand ranging.

Roger.

Ich kämpfte mich weiter durch die Menge und spürte, dass mir jemand auf den Po klopfte. Als ich mich umdrehte, hatte ich einen Schiffsoffizier mit einem strahlenden Lächeln vor mir.

»Gardons nos mains pour nous-mêmes«, sagte ich. »Wir wollen unsere Hände bei uns behalten.«

Der Junge hob den Arm über die Köpfe der anderen und schwenkte seinen Salonschlüssel von der *Normandie*. Wenigstens war er nicht über sechzig, der Männertyp, den ich normalerweise anzog.

Ich schaffte es zum Schreibtisch der Sekretärin, wo diese mit gesenktem Kopf dasaß und tippte.

»Bonjour, Pia.«

Rogers Cousin, ein dunkeläugiger Junge von achtzehn Jahren, hatte sich mit übereinandergeschlagenen Beinen auf Pias Schreibtisch niedergelassen. Er hielt seine Zigarette hoch, während er in einer Pralinenschachtel kramte, Pias Lieblingsfrühstück. In meinem Posteingang auf dem Schreibtisch stapelten sich bereits die Fallakten.

»*Vraiment*? Was soll an diesem Morgen gut sein?«, entgegnete sie, ohne den Kopf zu heben.

Pia war viel mehr als eine Sekretärin. Wir alle erfüllten die verschiedensten Aufgaben, und zu ihren gehörte, neue Antragsteller zu registrieren, für jeden von ihnen eine Akte anzulegen, Rogers umfangreiche Korrespondenz zu tippen und die gewaltige Flut von Morsenachrichten zu entziffern, die das Lebensblut unseres Büros waren.

»Warum ist es hier drin so heiß?«, fragte ich. »Pia, das Telefon läutet.«

Sie angelte sich eine Praline aus der Schachtel. »Das tut es schon die ganze Zeit.«

Pia sammelte Verehrer, als würde sie eine Frequenz aussenden, die nur Männer empfangen konnten. Sie war auf eine raubtierhafte Art attraktiv, wobei ich den Verdacht hegte, dass ihre Beliebtheit zum Teil an ihren engen Pullovern lag.

»Kannst du heute einen Teil meiner Fälle übernehmen, Pia?«

»Roger hat mir verboten, diesen Stuhl zu verlassen.« Sie knackte die Kruste an der Unterseite einer Praline mit ihrem manikürten Daumennagel und machte sich über die Erdbeercreme her. »Außerdem will er dich sofort sehen. Aber ich glaube, die Frau auf dem Sofa dort hat letzte Nacht auf dem Flur geschlafen.« Pia wedelte mir mit einem halben Hundertdollarschein vor der Nase herum. »Und das Dickerchen mit den Hunden sagt, er gibt dir die andere Hälfte, wenn du ihn zuerst drannimmst.« Sie wies mit dem Kopf auf ein wohlgenährtes Paar neben meiner Bürotür. Beide hielten je einen Dackel mit grauer Schnauze an der Leine.

Wie bei Pia umfasste auch mein Zuständigkeitsbereich

zahlreiche Pflichten. Dazu gehörten die Betreuung französischer Staatsbürger hier in der Stadt, von denen viele in Schwierigkeiten geraten waren, und die Verwaltung des *French Families Fund,* einer wohltätigen Organisation, mit deren Hilfe ich Hilfspakete an französische Waisen in Übersee schickte. Ich hatte mich gerade aus einer fast zwei Jahrzehnte andauernden Karriere am Broadway zurückgezogen, weshalb mir die Beschäftigung im Konsulat vergleichsweise geruhsam erschien. Jedenfalls fiel das ständige Kofferpacken weg.

Mein Chef, Roger Fortier, erschien in der Tür seines Büros.

»Caroline, ich muss Sie *sofort* sprechen. Bonnet hat abgesagt.«

»Das darf doch nicht wahr sein, Roger.« Die Nachricht traf mich wie ein Schlag in die Magengrube. Schon vor Monaten hatte ich den französischen Außenminister als Hauptredner für unsere Gala angeworben.

»Momentan ist es nicht leicht, französischer Außenminister zu sein«, rief er mir über die Schulter zu und kehrte in sein Büro zurück.

Ich trat in meines und blätterte das Adressregister auf meinem Schreibtisch durch. Hatte Mutters Freund, der buddhistische Mönch Ajahn Chah, heute Abend Zeit?

»Caroline«, ertönte Rogers Stimme. Ich schnappte mir mein Adressregister und hastete in sein Büro, wobei ich dem Paar mit den Dackeln auswich, das sein Bestes tat, um möglichst tragische Mienen aufzusetzen.

»Warum sind Sie heute Morgen zu spät gekommen?«, fragte Roger. »Pia ist schon seit zwei Stunden hier.«

Als Generalkonsul regierte Roger Fortier sein Reich von einer Ecksuite aus, die einen beeindruckenden Blick auf die Rockefeller Plaza und das Promenade Café bot. Normalerweise beherbergte die abgesenkte Stelle dort die berühmte Eislaufbahn, die jetzt im Sommer allerdings geschlossen war. Kaffeehaustische nahmen den Platz ein, zwischen denen Kellner im Frack und mit knöchellanger Schürze herumwimmelten. Dahinter stürzte der gewaltige goldene Prometheus von Paul Manship zur Erde und hielt dabei das gestohlene Feuer hoch. Die siebzig Stockwerke des RCA Building ragten weit in den saphirblauen Himmel. Roger hatte viel mit der gewaltigen, über dem Eingang eingemeißelten Männerstatue gemeinsam, die die Weisheit darstellte. Die gerunzelte Stirn. Den Bart. Den zornigen Blick.

»Ich habe noch das Knopflochsträußchen für Bonnet besorgt …«

»Ach, und deshalb lässt man halb Frankreich warten.« Als Roger in einen Donut biss, rieselte Puderzucker in seinen Bart. Obwohl man ihn, wenn man wohlwollend war, als stattlich bezeichnen konnte, litt er nie Mangel an weiblicher Begleitung.

Auf seinem Schreibtisch türmten sich Akten, vertrauliche Unterlagen und Dossiers über vermisste französische Bürger. Laut dem *Französischen Konsulatshandbuch* hatte er die Pflicht, »französische Staatsbürger in New York im Fall von Diebstahl, schwerer Krankheit oder Festnahme sowie bei Schwierigkeiten im Zusammenhang mit Geburtsurkunden, Adoptionen, verlorenen oder gestohlenen Dokumenten zu unterstützen. Außerdem muss er Besuche französischer Würdenträger und anderer Diplomaten planen und Menschen bei politischen Krisen und Naturkatastrophen beistehen.« Die Lage in Europa versorgte uns in all diesen Bereichen mit genügend Arbeit. Wenn man Hitler als Naturkatastrophe einstufte.

»Ich muss mich wieder um meine Fälle kümmern, Roger …«

Schwungvoll schob er einen braunen Ordner über den polierten Konferenztisch. »Jetzt haben wir heute Abend nicht nur keinen Redner, sondern ich habe auch vollkommen überflüssigerweise die halbe Nacht damit zugebracht, Bonnets Rede umzuschreiben. Ich musste geschickt übergehen, dass Roosevelt amerikanische Flugzeuge an Frankreich verkaufen will.«

»Frankreich sollte so viele Flugzeuge kaufen dürfen, wie es will.«

»Wir sammeln hier Spenden, Caroline. Der Zeitpunkt ist ungünstig, um die Isolationisten zu verärgern. Insbesondere die reichen.«

»Die unterstützen Frankreich sowieso nicht.«

»Wir können keine schlechte Presse gebrauchen. Stehen die USA und Frankreich sich zu nahe? Wird die Folge sein, dass Deutschland und Russland enger zusammenrücken? Ich schaffe es kaum bis zum Nachtisch, ohne dass ein Reporter mich beim Essen stört. Außerdem können wir Rockefeller nicht erwähnen. Ich habe keine Lust auf noch einen Anruf vom Junior. Aber wahrscheinlich werde ich dem sowieso nicht entkommen, jetzt da Bonnet abgesagt hat.«

»Das ist eine Katastrophe, Roger.«

»Vielleicht streichen wir das Ganze am besten.« Als Roger sich mit den Fingern durchs Haar fuhr, entstanden neue Furchen in seine Pomade.

»Vierzigtausend Dollar zurückzahlen? Was ist mit dem *French Families Fund*? Ich pfeife ohnehin schon auf dem letzten Loch. Außerdem haben wir fünf Kilo Waldorfsalat gekauft ...«

»So was nennen die Salat?« Roger blätterte durch seine Kontaktkarten, die Hälfte davon unleserlich und von durchgestrichenen Stellen übersät. »Der Matsch ist *pathétique* ... nur gehackte Äpfel und Sellerie. Und dazu diese durchweichten Walnüsse ...«

Ich durchforstete mein Adressregister nach prominenten Kandidaten. Mutter und ich kannten Julia Marlowe, die berühmte Schauspielerin, aber die war gerade auf Europatournee. »Was ist mit Peter Patout? Den haben Mutters Leute schon einmal engagiert.«

»Der Architekt?«

»Der gesamten Weltausstellung. Die haben dort immerhin einen über zwei Meter großen Roboter.«

»Langweilig«, entgegnete er und schlug sich mit dem silbernen Brieföffner auf die Handfläche.

Ich blätterte weiter vor bis zum L. »Wie finden Sie Captain Lehude?«

»Von der *Normandie*? Der wird dafür bezahlt, die Leute zu langweilen.«

»Sie können nicht jeden Vorschlag so mir nichts, dir nichts abtun, Roger. Wie wäre es mit Paul Rodierre? Laut Betty reden alle über ihn.«

Roger schürzte die Lippen, immer ein gutes Zeichen. »Der Schauspieler? Ich war in seiner Vorstellung. Er ist begabt. Groß und attraktiv, wenn man diese Art Aussehen mag. Er muss einen traumhaften Stoffwechsel haben.«

»Zumindest wissen wir, dass er sich einen Text merken kann.«

»Er ist ein wenig unzuverlässig. Und außerdem verheiratet. Machen Sie sich also keine falschen Hoffnungen.«

»Ich bin fertig mit den Männern, Roger«, antwortete ich. »Mit siebenunddreißig habe ich mich damit abgefunden, allein zu bleiben.«

»Ich bin nicht sicher, ob Rodierre mitmacht. Schauen Sie, wen Sie kriegen können, aber keinen Roosevelt ...«

»Und keine Rockefellers«, beendete ich den Satz.

Zwischen den einzelnen Klienten telefonierte ich sämtliche Alternativen ab und hatte zu guter Letzt nur noch eine Option. Paul Rodierre. Er war in New York und trat am Broadhurst Theatre in einer amerikanischen Musical-Revue auf. *In den Straßen von Paris,* Carmen Mirandas großem Durchbruch am Broadway.

Ich rief die William Morris Agency an, wo man mir mitteilte, man werde sich erkundigen und sich wieder bei mir melden. Zehn Minuten später erklärte mir Monsieur Rodierres Agent, das Theater sei heute geschlossen. Sein Klient besitze zwar keine Abendgarderobe, fühle sich aber tief geehrt von unserer Anfrage, am Abend durch die Gala zu führen. Er werde sich im Waldorf mit mir treffen, um die Einzelheiten zu erörtern. Da unsere Wohnung in der East Fiftieth Street nur einen Katzensprung vom Waldorf entfernt war, eilte ich nach Hause, um Mutters schwarzes Kleid von Chanel anzuziehen.

Monsieur Rodierre saß an einem Kaffeehaustisch in der Peacock-Alley-Bar des Waldorf neben der Hotelhalle. Die zwei Tonnen schwere Bronzeuhr läutete gerade mit ihrem reizenden Westminster-Klang die halbe Stunde ein. Herausgeputzte Galagäste strömten herein und steuerten auf den großen Ballsaal im Obergeschoss zu.

»Monsieur Rodierre?«, fragte ich.

Was die Attraktivität anging, hatte Roger recht gehabt. Wenn man sich von seiner hinreißenden Schönheit erholt hatte, fiel einem bei Paul Rodierre als Zweites sein strahlendes Lächeln auf.

»Wie kann ich Ihnen dafür danken, dass Sie in letzter Minute eingesprungen sind, Monsieur?«

Als er sich erhob, kam ein Körperbau in Sicht, der sich besser für eine Rudermannschaft auf dem Charles als für die Bühne geeignet hätte. Er wollte mich auf die Wange küssen, aber ich hielt ihm die Hand hin, die er schüttelte. Es war nett, einem Mann zu begegnen, der so groß war wie ich.

»Es ist mir ein Vergnügen«, erwiderte er.

Allerdings war seine Kleidung ein Problem: grüne Hose, ein Sakko aus auberginefarbenem Samt, braune Wildlederschuhe und, was am schlimmsten war, ein schwarzes Hemd. Nur Priester oder Faschisten trugen schwarze Hemden. Und Gangster natürlich.

»Möchten Sie sich umziehen?« Ich widerstand der Versuchung, sein Haar zu glätten, das lang genug war, um es mit einem Gummiband zusammenzubinden. »Und sich vielleicht rasieren?« Laut seinem Agenten wohnte Monsieur Rodierre im Hotel, was hieß, dass sich sein Rasierer nur einige Etagen über uns befand.

»So ziehe ich mich eben an«, meinte er achselzuckend. »So sehe ich aus.« Typisch Schauspieler. Ich hätte es wissen sollen. Die Prozession der Gäste in Richtung Ballsaal wurde dichter. Die Frauen in ihren atemberaubenden Abendkleidern, die Männer im Frack und mit Oxfords aus Lackleder oder kalbsledernen Opernschuhen.

»Das ist meine erste Gala«, sagte ich. »Der einzige Abend, an dem das Konsulat Spenden sammeln kann. Abendgarderobe ist Pflicht.« Würde er in Vaters alten

Frack passen? Die Länge wäre wohl richtig, aber an den Schultern wäre er zu eng.

»Sind Sie immer so angespannt, Miss Ferriday?«

»Nun, hier in New York trifft Individualität nicht immer auf Zustimmung.« Ich reichte ihm die zusammengehefteten Seiten. »Sicher sind Sie schon gespannt auf das Manuskript.«

Er gab es mir zurück. *»Non, merci.«*

Ich drückte es ihm abermals in die Hand. »Aber der Generalkonsul hat es selbst geschrieben.«

»Erklären Sie mir noch einmal, weshalb ich das hier mache.«

»Wir sammeln Gelder, von denen Exilfranzosen das ganze Jahr über profitieren sollen. Und mit dem *French Families Fund* helfen wir Waisen in Frankreich, deren Eltern aus den verschiedensten Gründen verschwunden sind. Angesichts der problematischen Lage im Ausland stellen wir die Versorgung mit Kleidung und Nahrung sicher. Außerdem werden die Rockefellers da sein.«

Er blätterte nun doch in der Rede. »Die könnten doch einen Scheck ausschreiben, dann wäre die ganze Veranstaltung überflüssig.«

»Die Rockefellers gehören zu unseren großzügigsten Spendern, aber bitte erwähnen Sie sie nicht. Auch nicht Präsident Roosevelt. Oder die Flugzeuge, die die USA an Frankreich verkauft hat. Natürlich fühlen sich nicht wenige unserer Gäste heute Abend Frankreich verbunden, möchten sich jedoch bislang aus einem Krieg heraushalten. Roger will umstrittene Themen vermeiden.«

»Wenn man um den heißen Brei herumredet, fühlt es sich nie authentisch an. Das Publikum merkt das.«

»Könnten Sie sich nicht einfach an das Manuskript halten, Monsieur?«

»Wenn man sich zu viele Sorgen macht, bekommt man früher oder später einen Herzinfarkt, Miss Ferriday.«

Ich öffnete den Nadelverschluss an den Maiglöckchen. »Hier, ein Knopflochsträußchen für unseren Ehrengast.«

»Muguet?«, meinte Monsieur Rodierre. »Wo haben Sie die um diese Jahreszeit her?«

»In New York bekommt man alles. Unser Florist züchtet sie aus den Samen.«

Ich stützte die Hand auf sein Revers und bohrte die Nadel tief in den französischen Samt. Kam der wundervolle Duft von ihm oder von den Blumen? Warum rochen amerikanische Männer nicht so? Nach Tuberosen, Holz, Moschus und …

»Sie wissen schon, dass Maiglöckchen giftig sind?«, fragte Monsieur Rodierre.

»Dann dürfen Sie sie eben nicht essen. Zumindest nicht, bis Sie mit Ihrer Rede fertig sind. Oder nur, wenn sich das Publikum vor Empörung auf Sie stürzt.«

Als er auflachte, wich ich einen Schritt zurück. Es war ein herzhaftes Lachen, wie man es in der besseren Gesellschaft nur selten hörte, insbesondere wenn es um meine Witze ging.

Ich begleitete Monsieur Rodierre hinter die Bühne und stellte ehrfürchtig fest, wie groß sie war. Zweimal so groß wie die am Broadway, auf denen ich gestanden hatte. Wir betrachteten das Meer aus Tischen im Ballsaal, die von den Kerzen erleuchtet wurden wie blumengeschmückte Schiffe in der Dunkelheit. Obwohl das Licht gedämpft war, schimmerte der Kronleuchter aus Waterford-Kristall.

»Die Bühne ist riesig«, stellte ich fest. »Kriegen Sie das hin?«

Monsieur Rodierre wandte sich zu mir um. »Damit verdiene ich meine Brötchen, Miss Ferriday.«

Aus Angst, Monsieur Rodierre weiter zu verärgern, ließ ich ihn mit seinem Manuskript hinter der Bühne zurück und versuchte, meine Fixierung auf braune Wildlederschuhe abzuschütteln. Ich hastete in den Ballsaal, um mich zu vergewissern, dass Pia meine Tischordnung umgesetzt hatte, eine Operation, die mehr Fingerspitzengefühl erfordert hatte als der Flugplan der Luftwaffe. Ich stellte fest, dass sie einfach ein paar Karten auf die sechs Tische der Rockefellers geworfen hatte. Ich sortierte sie und nahm dann meinen Platz zwischen der Küche und dem Ehrentisch ein. In dem gewaltigen Raum standen rot verkleidete Podeste, jedes mit einem eigenen Esstisch. Sämtliche eintausendsiebenhundert Plätze waren reserviert. Wenn nicht alles klappte wie am Schnürchen, würden viele Leute sehr unzufrieden sein.

Die Gäste versammelten sich und nahmen ihre Plätze ein, Massen an weißen Fliegen, antiken Edelsteinen und derartige Unmengen an Roben aus der Rue du Faubourg Saint-Honoré, dass das Sortiment der luxuriösesten Läden in Paris vermutlich ausverkauft war. Allein die Hüftgürtel hatten sicher dafür gesorgt, dass Bergdorf und Goodman ihr Umsatzziel im dritten Quartal erreicht hatten.

Einige Journalisten scharten sich um mich und griffen nach den Bleistiften hinter ihren Ohren. Der Oberkellner stand einsatzbereit neben mir und wartete auf ein Zeichen, um mit dem Servieren zu beginnen. Elsa Maxwell trat ein, Klatschbase, professionelle Gastgeberin und Selbstdarstellerin *ne plus ultra.* Würde sie die

Handschuhe ausziehen, um eine Gruselgeschichte über diesen Abend für ihre Kolumne zu verfassen, oder sich das Grauen einfach nur einprägen?

Fast alle Tische waren besetzt, als Mrs. Cornelius Vanderbilt, von Roger »Euer Gnaden« genannt, eintraf. Auf ihrer Brust funkelte ein viersträngiges Diamantcollier von Cartier. Sobald Mrs. Vanderbilds Hintern die Sitzfläche des Stuhls berührte und sie ihre weiße Fuchsstola, komplett mit Kopf und Pfoten, über die Stuhllehne drapiert hatte, gab ich das Signal zu servieren. Die Lichter wurden gedämpft, und Roger trottete, begleitet von herzlichem Applaus, auf die in Scheinwerferlicht getauchte Bühne. Ich war noch nie so nervös gewesen, nicht einmal bei meinen eigenen Auftritten vor Publikum.

»*Mesdames et Messieurs*, Außenminister Bonnet entschuldigt sich vielmals, aber er kann heute Abend nicht bei uns sein.« Die Gäste raunten, unsicher, wie sie auf diese Enttäuschung reagieren sollten. Sollten sie verlangen, dass sie ihr Geld per Post zurückerstattet bekämen? Sollten sie in Washington anrufen?

Roger hob die Hand. »Wir konnten jedoch einen anderen Franzosen dafür gewinnen, heute Abend zu uns zu sprechen. Er bekleidet zwar keinen Regierungsposten, wirkt jedoch in der Hauptrolle an einer viel gelobten Inszenierung am Broadway mit.«

Die Gäste tuschelten. Es ging nichts über eine Überraschung, vorausgesetzt, dass sie gut war.

»Bitte gestatten Sie mir, Monsieur Paul Rodierre zu begrüßen.«

Monsieur Rodierre ließ das Rednerpult links liegen und steuerte die Mitte der Bühne an. Was führte er im Schilde? Der Scheinwerfer huschte auf der Suche nach ihm eine Weile hin und her. Roger setzte sich unterdessen neben Mrs. Vanderbilt an den Ehrentisch. Ich verharrte in der Nähe, in einigem Sicherheitsabstand, um später nicht erwürgt zu werden.

»Es ist mir ein großes Vergnügen, heute hier zu sein«, begann Monsieur Rodierre, nachdem der Scheinwerfer ihn auf der Bühne entdeckt hatte. »Ich bedauere sehr, dass Monsieur Bonnet verhindert ist.«

Selbst ohne Mikrofon füllte Monsieur Rodierres Stimme den Raum. Er strahlte förmlich im Scheinwerferlicht.

»Ich bin ein ärmlicher Ersatz für einen so illustren Gast. Hoffentlich hatte er keine Schwierigkeiten mit seinem Flugzeug. Sicher wird ihm Präsident Roosevelt in diesem Fall gern ein neues schicken.«

Nervöses Auflachen machte sich im Raum breit. Ich brauchte die Journalisten nicht anzuschauen, um zu wissen, dass sie mitschrieben wie die Wilden. Roger, dem Meister in der Kunst des Tête-à-Tête, gelang es, mit Mrs. Vanderbilt zu plaudern und mich gleichzeitig mit Blicken zu erdolchen.

»Gut, ich darf nicht mit Ihnen über Politik sprechen«, fuhr Monsieur Rodierre fort.

»Gott sei Dank!«, rief jemand an einem der hinteren Tische. Wieder lachten die Gäste, diesmal lauter.

»Aber ich kann Ihnen von Amerika erzählen, einem Land, das mich jeden Tag erstaunt. Ein Land, das nicht nur das französische Theater, die Bücher, den Film und die Mode willkommen heißt, sondern auch uns Franzosen, und zwar trotz unserer Fehler.«

»Scheiße«, fluchte ein Reporter neben mir, dessen Bleistift abgebrochen war. Ich gab ihm meinen.

»Jeden Tag beobachte ich Menschen, die anderen helfen. Amerikaner, inspiriert von Mrs. Roosevelt, die ihre Hand über den Atlantik ausstreckt, um französische Kinder zu unterstützen. Amerikaner wie Miss Caroline Ferriday, die sich jeden Tag für französische Familien hier in Amerika einsetzt und französische Waisen mit Kleidung versorgt.«

Roger und Mrs. Vanderbilt schauten zu mir herüber. Der Scheinwerfer entdeckte mich an der Wand; das vertraute Licht blendete mich. Euer Gnaden applaudierte, und die Menge folgte ihrem Beispiel. Ich wartete ab, bis der Lichtkegel zurück zur Bühne wanderte und mich in kühler Dunkelheit zurückließ. Obwohl ich den Broadway nicht wirklich vermisste, war es schön, einmal wieder das warme Scheinwerferlicht auf der Haut gespürt zu haben.

»Es ist ein Amerika, das sich nicht fürchtet, Flugzeuge an das Volk zu verkaufen, das ihm in den Schützengräben des Großen Krieges zur Seite gestanden hat. Ein Amerika, das keine Angst hat, Hitler aus den Straßen von Paris fernzuhalten. Ein Amerika, das den Schulterschluss mit uns nicht scheut, falls uns die schrecklichste Zeit bevorsteht ...«

Ich beobachtete ihn und warf nur ab und zu einen kurzen Blick auf die Gäste. Sie lauschten gebannt und kümmerten sich eindeutig nicht um seine Schuhe. Die halbe Stunde verflog im Nu, und ich hielt den Atem an, als Monsieur Rodierre sich verbeugte. Der Applaus begann leise, steigerte sich jedoch in Wellen wie ein gewaltiger Platzregen, der auf ein Dach niederging. Elsa Maxwell hatte Tränen in den Augen, die sie mit einer Hotelserviette wegtupfte. Und als das Publikum sich erhob und aus voller Kehle »La Marseillaise« sang, war ich froh, dass

Bonnet nicht im Anschluss an diese Darbietung auftreten musste. Selbst das Personal stimmte, die Hand aufs Herz gelegt, mit ein.

Als die Lichter angingen, wirkte Roger erleichtert und begrüßte die Gratulanten, die sich um den Ehrentisch drängten. Während der Abend sich seinem Ende näherte, zog er sich mit einem Grüppchen unserer großzügigsten Spender, auch einigen Mitgliedern der Showtanzgruppe *The Rockettes*, den einzigen Frauen in New York, die mich klein aussehen ließen, in den Rainbow Room zurück.

Beim Verlassen des Speisesaals berührte Monsieur Rodierre mich an der Schulter. »Ich kenne ein Lokal am Hudson, wo es ausgezeichneten Wein gibt.«

»Ich muss nach Hause«, erwiderte ich, obwohl ich noch keinen Bissen gegessen hatte. Gleichzeitig dachte ich an warmes Brot und Schnecken mit Butter. Allerdings war es keine gute Idee, allein mit einem verheirateten Mann auszugehen. »Nicht heute Abend, Monsieur. Trotzdem vielen Dank.« In wenigen Minuten würde ich zu Hause sein, in einer kalten Wohnung mit übrig gebliebenem Waldorfsalat.

»Soll ich nach unserem Triumph etwa allein essen?«, entgegnete Monsieur Rodierre.

Was sprach eigentlich dagegen? Meine Clique speiste stets in denselben Restaurants, die sich an einer Hand abzählen ließen und sich innerhalb eines Radius von vier Blocks rings um das Waldorf befanden. Was konnte ein Abendessen am Hudson schon schaden?

Wir fuhren mit dem Taxi ins Le Grenier, ein gemütliches Bistro in der West Side. Da die französischen Ozeanriesen stets den Fluss hinauftuckerten und an der Fifty-first Street anlegten, waren dort einige von New Yorks besten kleinen Restaurants aus dem Boden geschossen wie Pfifferlinge nach einem kräftigen Schauer. Das Le Grenier lebte ihm Schatten der *SS Normandie* im Speicher der früheren Hafenmeisterei. Als wir aus dem Taxi stiegen, ragte das große Schiff hoch über uns auf. Das Deck war mit Scheinwerfern hell erleuchtet, vier Etagen mit Bullaugen schimmerten. Ein Schweißer am Bug schickte aprikosenfarbene Funken in die Nacht, während Matrosen eine Lampe zu dem Gerüst der Maler seitlich am Rumpf hinunterließen. Als ich so unter dem riesigen schwarzen Heck stand, fühlte ich mich ganz klein. Jeder der drei roten Kamine war höher als die Lagerhäuser, die das Pier säumten. Salzgeruch hing in der Spätsommerluft, da hier das Meerwasser aus dem Atlantik mit dem Süßwasser des Hudson zusammentraf.

An den Tischen drängten sich freundlich wirkende Gäste, die meisten aus der Mittelschicht. Außerdem ein Reporter, der auf der Gala gewesen war, und einige Passagiere des Ozeanriesen, die froh waren, wieder festen Boden unter den Füßen zu haben. Wir entschieden uns für eine enge, lackierte Holznische, die aussah wie auf einem Schiff, wo jeder Zentimeter zählt. Der Restaurantchef des Le Grenier, Monsieur Bernard, scharwenzelte um Monsieur Rodierre herum, sagte, er habe *In den Straßen von Paris* dreimal besucht, und schilderte ausführlich seine eigene Karriere bei einer Laienspieltruppe in Hoboken.

Monsieur Bernard wandte sich an mich. »Und Sie, Mademoiselle? Habe ich Sie nicht auf der Bühne mit Miss Helen Hayes gesehen?«

»Eine Schauspielerin?«, meinte Monsieur Rodierre lächelnd.

Aus der Nähe betrachtet war sein Lächeln gefährlich.

Ich musste bei klarem Verstand bleiben, denn Franzosen waren meine Achillesferse. Wenn Achilles Franzose gewesen wäre, hätte ich ihn vermutlich auf dem Rücken herumgeschleppt, bis seine Sehne geheilt gewesen wäre.

»Ich fand die Kritiken unfair …«, fuhr Monsieur Bernard fort.

»Wir möchten bestellen«, unterbrach ich ihn.

»Einer hat, wie ich glaube, sogar das Wort ›aufgesetzt‹ benutzt …«

»Wir nehmen die Schnecken, Monsieur. Bitte mit wenig Sahne …«

»Und was stand in der *Times* noch mal über *Twelfth Night*? ›Miss Ferriday hat sich als Olivia tapfer geschlagen‹? Ziemlich ungnädig, oder?«

»Und keinen Knoblauch. Garen Sie sie bitte nicht zu lange, damit sie nicht zäh werden.«

»Sollen die Schnecken zum Tisch kriechen, Mademoiselle?« Monsieur Bernard notierte sich unsere Bestellung und begab sich in die Küche.

Monsieur Rodierre studierte eingehend die Champagnerkarte. »Eine Schauspielerin, ja? Darauf wäre ich nie gekommen.« Sein zerzaustes Äußeres hatte etwas Anziehendes an sich, wie ein Küchengarten, der gejätet werden musste.

»Im Konsulat gefällt es mir besser. Mutter kennt Roger schon seit Jahren, und als er vorschlug, ich solle dort aushelfen, konnte ich nicht widerstehen.«

Monsieur Bernard stellte einen Brotkorb auf den Tisch und musterte Monsieur Rodierre eine Weile, als wollte er ihn sich einprägen.

»Ich hoffe, dass ich Ihnen mit unserem Auftritt nicht den Freund vergraule«, sagte Paul. Als er gleichzeitig mit mir in den Brotkorb griff, streifte seine warme, weiche Hand die meine. Ruckartig legte ich meine Hand in den Schoß.

»Dafür bin ich zu beschäftigt. Sie kennen ja New York. Die Partys und so. Eigentlich recht anstrengend.«

»Ich sehe Sie nie bei Sardi's.« Als er den Brotlaib zerriss, stieg Dampf ins Lampenlicht auf.

»Oh, ich arbeite viel.«

»Ich habe den Eindruck, dass Sie nicht fürs Geld allein arbeiten.«

»Es ist ein ehrenamtlicher Posten, falls Sie das gemeint haben. Allerdings stellen höfliche Menschen nicht solche Fragen, Monsieur.«

»Können wir das mit dem ›Monsieur‹ nicht lassen? Ich komme mir uralt vor, wenn Sie mich so ansprechen.«

»Sie wollen meinen Vornamen wissen? Wir haben uns doch gerade erst kennengelernt.«

»Wir haben 1939.«

»Die bessere Gesellschaft von Manhattan ist ein Sonnensystem, das nach seinen eigenen Regeln funktioniert. Dass eine ledige Frau mit einem verheirateten Mann zu Abend isst, reicht schon, um die Planeten aus der Bahn zu werfen.«

»Hier sieht uns niemand«, erwiderte Paul und zeigte Monsieur Bernard einen Champagner auf der Liste.

»Erzählen Sie das Miss Evelyn Shimmerhorn an dem Tisch dort hinten.«

»Ist Ihr guter Ruf jetzt ruiniert?«, fragte er so gütig, wie man es bei hinreißend attraktiven Männern selten hörte. Vielleicht hatte er mit dem schwarzen Hemd doch die richtige Wahl getroffen.

»Evelyn wird nicht reden. Sie bekommt ein Kind zum falschen Zeitpunkt, die Arme.«

»Kinder. Sie verkomplizieren alles, richtig? Im Leben eines Schauspielers ist kein Platz für so etwas.«

Wieder ein selbstsüchtiger Schauspieler.

»Und wie hat Ihr Vater Ihnen einen Platz in diesem Sonnensystem ermöglicht?«

Für einen neuen Bekannten stellte Paul eine Menge Fragen.

»Durch harte Arbeit. Er war im Kolonialwarenhandel tätig.«

»Wo?«

Monsieur Bernard stellte einen silbernen Sektkübel vor uns hin, dessen Griffe an die Ohrringe einer spanischen Tänzerin erinnerten. Der smaragdgrüne Hals der Champagnerflasche ragte seitlich heraus.

»Er war Geschäftspartner von James Harper Poor.«

»Von den Gebrüdern Poor? Ich war schon mal in Mr. Poors Haus in East Hampton. Der Name Poor – *arm* – passt nicht so ganz. Sind Sie häufig in Frankreich?«

»Jedes Jahr in Paris. Meine Mutter hat eine Wohnung in der Rue Chauveau Lagarde geerbt.«

Monsieur Bernard entkorkte die Flasche mit einem satten, dumpfen Plopp. Dann goss er die goldene Flüssigkeit in mein Glas. Die Blasen stiegen hoch bis zum Rand, der Schaum floss beinahe über und zog sich auf das optimale Niveau zurück. Der Mann verstand etwas vom Einschenken.

»Meine Frau Rena hat dort in der Nähe einen kleinen Laden. Les Jolies Choses. Kennen Sie ihn?«

Ich nippte an meinem Champagner. Die Flüssigkeit prickelte auf meinen Lippen.

Paul holte ein Foto aus seiner Brieftasche. Rena war jünger, als ich gedacht hatte, und trug die Haare wie eine

Porzellanpuppe. Sie lächelte mit weit geöffneten Augen, als teilte sie ein köstliches kleines Geheimnis mit jemandem. Rena war zierlich und vermutlich das genaue Gegenteil von mir. Ich tippte darauf, dass ihr Laden zu den schicken kleinen Boutiquen gehörte, die es den Frauen ermöglichten, sich auf die berühmte französische Art auszustatten: die Kleider nicht übertrieben aufeinander abgestimmt, genau das richtige Maß Stilbruch.

»Nein, den kenne ich nicht«, sagte ich und gab ihm das Foto zurück. »Sie ist sehr hübsch.«

Ich leerte mein Champagnerglas.

Paul zuckte die Achseln. »Natürlich zu jung für mich, aber ...« Mit zur Seite geneigtem Kopf musterte er eine Weile das Foto, als bemerkte er den Altersunterschied zum ersten Mal, bevor er es wieder einsteckte. »Wir sehen uns nicht oft.«

Der Gedanke ließ mich erbeben, dann folgte sofort die Ernüchterung, zermalmt von der Erkenntnis, dass meine burschikose Art jeden Funken von Romantik sofort im Keim ersticken würde, selbst wenn Paul frei gewesen wäre.

Aus dem Küchenradio dröhnte eine verkratzte Aufnahme von Edith Piaf.

Paul nahm die Flasche aus dem Eiskübel und füllte mein Glas nach. Der Champagner schäumte über, widerspenstige Blasen perlten über den Rand des Glases. Ich blickte ihn an. Wir beide wussten, was das bedeutete. Eine Tradition, die jeder kennt, der ein wenig Zeit in Frankreich verbracht hat. Hatte er das Glas mit Absicht zu voll gegossen?

Ohne zu zögern, tunkte Paul den Finger in den übergeschwappten Champagner neben meinem Glas und tupfte mir die kühle Flüssigkeit hinter das linke Ohr. Seine Berührung sorgte dafür, dass ich beinahe einen Satz machte. Ich wartete, während er mein Haar beiseitestrich, mich auch hinter dem rechten Ohr berührte und seinen Finger kurz dort innehalten ließ. Danach salbte er sich selbst lächelnd hinter beiden Ohren.

Warum war mir plötzlich so warm?

»Besucht Rena dich je?«, fragte ich. Ich versuchte, einen Teefleck von meiner Hand zu reiben, nur um festzustellen, dass es sich um einen Altersfleck handelte. Na wunderbar.

»Noch nicht. Sie interessiert sich nicht fürs Theater. Sie war nicht einmal hier, um sich *In den Straßen von Paris* anzuschauen. Und ich weiß umgekehrt nicht, ob ich bleiben kann. Hitler macht die Leute zu Hause ganz verrückt.«

Irgendwo in der Küche stritten zwei Männer. Wo waren unsere Schnecken? Mussten sie die erst aus Perpignan kommen lassen?

»Wenigstens hat Frankreich die Maginot-Linie«, meinte ich.

»Die Maginot-Linie? Vergiss es. Eine Betonmauer und ein paar Wachposten? Für Hitler ist das eine Herausforderung zum Duell.«

»Die Linie ist immerhin zwanzig Kilometer lang.«

»Wenn Hitler etwas will, kann nichts ihn abschrecken«, entgegnete Paul.

Inzwischen war in der Küche eine lautstarke Auseinandersetzung im Gange. Kein Wunder, dass wir unser Essen noch nicht hatten. Der Koch, ein temperamentvoller Künstler, schien sich schrecklich über etwas aufzuregen.

Monsieur Bernard kam aus der Küche. Die Tür mit

dem Bullauge hinter ihm fiel zu, schwang ein paarmal hin und her und schloss sich endlich. Er trat in die Mitte des Raums. Hatte er geweint?

»*Excusez-moi*, meine Damen und Herren.«

Als jemand mit einem Löffel an ein Glas klopfte, wurde es still im Raum.

»Gerade habe ich aus zuverlässiger Quelle erfahren …« Monsieur Bernard holte tief Luft, sodass sich seine Brust aufblähte wie ein Blasebalg. »Wir wissen aus gut informierten Kreisen, dass …« Nach einer kurzen Pause fuhr er fort: »Adolf Hitler ist in Polen einmarschiert.«

»Mein Gott«, seufzte Paul.

Wir starrten einander an, während im Lokal Stimmengewirr laut wurde, ein Tumult aus Mutmaßungen und Furcht. Der Reporter, der auf der Gala gewesen war, warf einige zerknitterte Dollarscheine auf den Tisch, griff nach seinem Filzhut und stürmte hinaus.

In dem Durcheinander, das auf seine Ankündigung folgte, gingen Monsieur Bernards letzte Worte beinahe unter.

»Möge Gott uns allen beistehen.«

Kapitel 2

KASIA

1939

Eigentlich war es Pietrik Bakoskis Idee, auf den Felsvorsprung an der Hirschwiese zu steigen, um die Flüchtlinge zu sehen. Nur damit es da keine Zweifel gibt. Matka hat mir das nie geglaubt.

Hitler hatte Polen am 1. September den Krieg erklärt, doch seine Soldaten brauchten einige Zeit, um Lublin zu erreichen. Ich war froh darüber, weil ich nicht wollte, dass sich etwas veränderte. Lublin war vollkommen, so wie es war. Wir hörten Radioansprachen aus Berlin, in denen es um neue Vorschriften ging, und am Stadtrand fielen ein paar Bomben. Sonst passierte nichts. Die Deutschen konzentrierten sich auf Warschau, und als die Truppen dort näher rückten, flohen die Menschen zu Tausenden zu uns nach Lublin. Familien reisten in Scharen die hundertfünfzig Kilometer weiter nach Südosten und übernachteten auf den Kartoffeläckern vor der Stadt.

Vor dem Krieg war nie etwas Aufregendes in Lublin geschehen, weshalb wir einen schönen Sonnenaufgang manchmal mehr zu schätzen wussten als einen Kinofilm.

Am 8. September, kurz vor Morgengrauen, erreichten wir den Gipfel und sahen unter uns Tausende Menschen, die dort in der Dunkelheit träumten. Ich lag zwischen meinen beiden besten Freunden, Nadia Watroba und Pietrik Bakoski, und beobachtete alles von einem platt gedrückten Strohhaufen aus, der noch warm war, weil eine Hirschkuh mit ihren Kitzen dort geschlafen hatte. Inzwischen waren die Hirsche fort. Frühaufsteher, so wie Hitler.

Als es am Horizont dämmerte, stockte mir der Atem, ein Nachluftschnappen, von dem man überrascht wird, weil man etwas sieht, was so schön ist, dass es wehtut. Ein Jungtier zum Beispiel, Sahne, die über Haferbrei rinnt, oder Pietrik Bakoskis Profil im ersten Morgenlicht. Sein zu achtundneunzig Prozent makelloses Gesicht wurde besonders hübsch von der Morgensonne beschienen, so wie die Prägung auf einer Zehn-Zloty-Münze. In diesem Moment sah Pietrik aus wie alle Jungen beim Aufwachen, bevor sie sich gewaschen haben. Sein Haar hatte die Farbe von frischer Butter und klebte ihm am Kopf – an der Seite, auf der er geschlafen hatte.

Nadias Profil war auch beinahe perfekt, zu erwarten bei einem Mädchen mit so zarten Gesichtszügen. Nur der violette Bluterguss auf ihrer Stirn, Souvenir eines Zwischenfalls in der Schule, trennte sie von den hundert Prozent. Inzwischen war es keine gänseeidicke Beule mehr, aber zu sehen war es noch. Sie trug einen Kaschmirpulli in der Farbe einer unreifen Honigmelone, den ich streicheln durfte, sooft ich wollte.

Es war schwierig zu verstehen, wie eine traurige Situation wie diese eine so hübsche Szene zur Folge haben konnte. Die Flüchtlinge hatten sich aus Bettlaken und Decken eine kunstvoll angelegte Zeltstadt gebaut. Als die

Sonne aufging, konnten wir wie mit einem Röntgenapparat durch die geblümten Laken eines Zeltes die Umrisse der Menschen darin erkennen, die sich anzogen, um sich dem Tag zu stellen.

Eine städtisch gekleidete Frau öffnete die Zeltklappe und duckte sich heraus. Sie hielt ein Kind an der Hand, das einen Pyjama und Filzstiefel trug. Die beiden stocherten mit Stöcken im Boden und gruben nach Kartoffeln.

Hinter ihnen in der Ferne erhob sich Lublin wie eine Märchenstadt, verstreute alte pastellfarbene Häuser mit roten Dächern, als hätte ein Riese sie in einem Würfelbecher geschüttelt und auf die geschwungenen Hügel geworfen. Weiter westlich hatten sich früher unser kleiner Flugplatz und ein Industriegebiet befunden, doch das hatten die Nazis bereits bombardiert. Es war das Erste, was sie zerstört hatten, aber zumindest waren noch keine Deutschen in der Stadt einmarschiert.

»Glaubst du, die Briten helfen uns?«, fragte Nadia. »Oder die Franzosen?«

Pietrik betrachtete den Horizont. »Vielleicht.« Er riss ein Grasbüschel aus und warf es in die Luft. »Ein guter Tag zum Fliegen. Die sollten sich besser beeilen.«

Eine Reihe gefleckter Kühe trottete mit bimmelnden Glocken den Hügel hinunter und auf die Zelte zu, um dort zu weiden. Angeführt wurden sie von einigen Melkerinnen mit Kopftüchern. Eine Kuh hob den Schwanz und ließ hinter sich eine Spur aus Kuhfladen fallen, die von ihren Artgenossinnen umrundet wurden. Jede Frau hatte eine große silbrige Milchkanne geschultert.

Ich hielt Ausschau nach unserer Schule, der katholischen Mädchenschule St. Monika, an deren Glockenturm eine orangefarbene Fahne wehte. Die Böden dort waren so gründlich gebohnert, dass wir drinnen Pantoffeln aus Satin trugen. Die Tage waren von strengem Unterricht, der täglichen Messe und unseren strikten Lehrerinnen geprägt. Keine von ihnen hatte Nadia geholfen, als sie es gebraucht hätte. Mit Ausnahme von Frau Mikelsky, unserer Lieblingsmathelehrerin.

»Schaut«, sagte Nadia. »Die Frauen kommen mit den Kühen, aber da sind keine Schafe. Normalerweise sind die Schafe jetzt immer draußen.«

Nadia fiel alles auf. Obwohl sie nur zwei Monate älter war als ich, also schon siebzehn, wirkte sie in gewisser Weise reifer. Pietrik blickte an mir vorbei zu Nadia, als sähe er sie zum ersten Mal. Alle Jungen mochten sie, weil sie so anmutig Rad schlug und eine makellose Haut wie Maureen O'Sullivan hatte und außerdem einen dicken blonden Zopf. Vielleicht war ich nicht so schön wie sie und eine miserable Sportlerin, aber ich war in einer inoffiziellen Abstimmung an unserem Gymnasium zum Mädchen mit den besten Beinen *und* zur besten Tänzerin gewählt worden, an unserer Schule ein Jahrhundertereignis.

»Du kriegst wirklich alles mit, Nadia«, stellte Pietrik fest.

Nadia lächelte ihn an. »Nicht wirklich. Ob wir runtergehen und helfen sollten, die Kartoffeln auszugraben? Du bist nicht ungeschickt mit der Schaufel, Pietrik.«

Flirtete sie mit ihm? Ein eindeutiger Verstoß gegen meine Regel Nummer eins: *Freundinnen zuerst!* Pietrik hatte in der Mittsommernacht meinen Kranz aus dem Fluss geangelt und mir eine Kette mit einem silbernen Kreuz geschenkt. Hatten die Traditionen denn gar nichts mehr zu bedeuten?

Ob Pietrik sich in sie verliebte hatte? Das ergab Sinn.

Anfang des Monats hatten die Pfadfinderinnen für wohltätige Zwecke Tänze mit den Jungs bei uns im Ort verkauft. Und Pietriks kleine Schwester Luiza hatte mir erzählt, Nadia habe sämtliche zehn Tänze von Pietrik erworben. Und dann war es zu dem schrecklichen Tumult vor dem Schultor gekommen. Nadia und ich hatten gerade gehen wollen, als die Straßenjungen anfingen, Nadia mit Steinen zu bewerfen und sie zu beschimpfen, weil ihr Großvater Jude war. Pietrik hatte sie in Windeseile gerettet.

Dass die Leute mit Steinen nach Juden warfen, war kein seltenes Ereignis, aber dass es Nadia passierte, war ungewöhnlich. Bis dahin hatte ich gar nicht gewusst, dass sie zum Teil Jüdin war. Wir besuchten eine katholische Schule, und sie konnte mehr Gebete auswendig als ich. Allerdings waren alle im Bilde, seit unser Deutschlehrer Herr Speck uns unseren Familienstammbaum hatte aufzeichnen lassen und dann die ganze Klasse informiert hatte.

An dem Tag, als die Jungen mit Steinen warfen, hatte ich versucht, Nadia wegzuziehen, aber sie hatte sich gewehrt. Frau Mikelsky, die ihr erstes Kind erwartete, war aus dem Schulgebäude gestürmt, hatte die Arme um Nadia geschlungen und die Jungen angeschrien, sie sollten aufhören, weil sie sonst die Polizei rufen werde. Frau Mikelsky war die Lieblingslehrerin aller Mädchen und unser Vorbild; wir wollten so sein wie sie: schön, klug und humorvoll. Sie verteidigte ihre Mädchen wie eine Löwenmutter und schenkte uns *krowki,* Karamellen, für jede fehlerfreie Matheprüfung, weshalb ich immer welche bekam.

Pietrik, der gekommen war, um uns nach Hause zu begleiten, vertrieb die Straßenjungen, indem er eine Schaufel schwenkte. Allerdings büßte er dabei eine Ecke seines

Schneidezahns ein, was seinem Lächeln nicht schadete, sondern es sogar noch niedlicher machte.

Ein seltsames Geräusch riss mich aus meinem Tagtraum. Es war, als summten rings um uns Zikaden. Es wurde lauter, bis der Lärm den Boden unter uns zum Vibrieren brachte.

Flugzeuge.

Sie rasten so tief über uns hinweg, dass sie das Gras niederdrückten. Das Licht brach sich an ihren silbernen Bäuchen. In Dreierformationen bogen sie nach links ab, hinterließen einen öligen Geruch und steuerten auf die Stadt zu. Ihre grauen Schatten glitten über die Felder unter ihnen. Ich zählte insgesamt zwölf.

»Die sehen aus wie die Flugzeuge aus *King Kong*«, sagte ich.

»Im Film waren es *Doppeldecker*, Kasia«, widersprach Pietrik. »Curtiss Helldivers. Das waren *deutsche* Flugzeuge.«

»Vielleicht sind es ja polnische.«

»Es sind keine polnischen. Das erkennt man an den weißen Kreuzen unter den Tragflächen.«

»Haben sie Bomben an Bord?«, fragte Nadia eher neugierig als ängstlich. Sie fürchtete sich nie.

»Den Flugplatz haben sie sich ja schon vorgenommen«, meinte Pietrik. »Was wollen sie denn sonst noch bombardieren? Bei uns gibt es kein Munitionslager.«

Die Flugzeuge umkreisten die Stadt und flogen dann hintereinander nach Westen. Das erste ging mit einem grässlichen Kreischen in den Sturzflug und warf eine Bombe mitten in der Stadt ab, genau dort, wo sich die *Krakowskie Przedmieście,* unsere Hauptstraße, befand, gesäumt von den schönsten Gebäuden der Stadt.

Pietrik sprang auf. »*Jezu Chryste,* nein!«

Ein gewaltiger Aufprall erschütterte den Boden, und von der Abwurfstelle stiegen schwarze und graue Rauchwolken hoch. Wieder umkreisten die Flugzeuge die Stadt, und diesmal warfen sie ihre Bomben über dem Rathaus ab. Meine Schwester Zuzanna, die gerade ihr Medizinstudium abgeschlossen hatte, half dort manchmal in der Klinik aus. Was war mit meiner Mutter? Lieber Gott, bitte hol mich sofort in den Himmel, falls meiner Mutter etwas zugestoßen ist, dachte ich. War Papa gerade auf dem Postamt?

Die Flugzeuge zirkelten über der Stadt und hielten dann auf uns zu. Wir duckten uns ins Gras, als sie wieder über uns hinwegflogen. Pietrik lag auf Nadia und mir, so nah, dass ich am Rücken spürte, wie unter seinem Hemd sein Herz schlug.

Zwei Flugzeuge kehrten zurück, als hätten sie etwas vergessen.

»Wir müssen …«, begann Pietrik, doch ehe wir uns rühren konnten, gingen die Maschinen erneut in den Sturzflug über und rasten tief über das Feld unter uns hinweg. Kurz darauf hörten wir die Bordkanonen. Sie schossen auf die Melkerinnen. Einige Kugeln schlugen ins Feld ein, sodass Staubwolken aufstoben. Andere jedoch trafen die Frauen, die zu Boden stürzten. Die Milch ergoss sich ins Gras. Eine Kuh brach mit einem Aufschrei zusammen. Die Kugeln, die die Milchkannen aus Metall durchlöcherten, erzeugten ein dumpfes Klopfen.

Die Flüchtlinge auf dem Feld ließen ihre Kartoffeln fallen und rannten auseinander, doch die Kugeln streckten einige von ihnen im Lauf nieder. Ich duckte mich, als die letzten beiden Flugzeuge wieder über uns hinwegrasten.

Das Feld unter uns war mit toten Männern, Frauen und Kühen bedeckt. Die Kühe, die noch laufen konnten, tobten wie wild herum.

Ich stürmte, gefolgt von Nadia und Pietrik, den Hügel hinunter, durch den Wald und über die mit Tannennadeln übersäten Pfade nach Hause. Waren meine Eltern verletzt? Zuzanna? Da es bei uns nur zwei Krankenwagen gab, würde sie die ganze Nacht bei der Arbeit sein.

Am Kartoffelfeld wurden wir langsamer; es war unmöglich, nicht hinzustarren. Nur eine Milchkannenlänge entfernt ging ich an einer Frau in Zuzannas Alter vorbei. Die Kartoffeln waren rings um sie verstreut. Sie lag auf dem Rücken in den gepflügten Furchen. Die linke Hand hatte sie über ihre Brust gelegt. Ihre Schulter war voller Blut, und auch ihr Gesicht war damit bespritzt. Ein Mädchen kniete neben ihr.

»Schwester«, sagte sie und nahm deren Hand. »Du musst aufstehen.«

»Drück die Wunde mit zwei Händen zusammen«, meinte ich zu ihr, aber sie sah mich nur an.

Eine Frau in einem Morgenmantel aus Chenille erschien und kauerte sich neben die beiden. Sie holte ein bernsteinfarbenes Gummiband aus ihrer schwarzen Arzttasche.

Nadia zog mich weg. »Los. Die Flugzeuge könnten zurückkommen.«

In der Stadt liefen alle wild durcheinander, schrien und kreischten und versuchten, sich mit dem Fahrrad, dem Pferd, Lastwagen oder Karren oder zu Fuß in Sicherheit zu bringen.

Als wir uns meiner Straße näherten, griff Pietrik nach Nadias Hand. »Du bist fast zu Hause, Kasia. Ich begleite Nadia.«

»Und was ist mit mir?«, rief ich ihnen nach. Aber sie rannten bereits die kopfsteingepflasterte Straße hinunter zur Wohnung von Nadias Mutter.

Pietrik hatte sich entschieden.

Ich steuerte auf den Tunnel zu, der unter dem alten Krakauer Tor hindurchführte, einem hohen Backsteinturm mit einer glockenförmigen Spitze, meiner Lieblingssehenswürdigkeit in Lublin und früher der einzige Zugang zur Stadt. Wegen der Bomben hatte der Turm nun an einer Seite einen Riss, aber wenigstens stand er noch.

Meine Mathelehrerin Frau Mikelsky und ihr Mann, die bei uns in der Nähe wohnten, fuhren auf ihren Rädern in entgegengesetzter Richtung an mir vorbei. Die hochschwangere Frau Mikelsky drehte sich im Fahren nach mir um.

»Deine Mutter sucht dich, Kasia«, sagte sie.

»Wo wollen Sie hin?«, fragte ich.

»Zu meiner Schwester«, erwiderte Herr Mikelsky.

»Geh nach Hause zu deiner Mutter!«, rief Frau Mikelsky über die Schulter.

Während sie weiterfuhren und in der Menschenmenge verschwanden, setzte ich meinen Heimweg fort.

Bitte, lieber Gott, lass Matka unverletzt sein.

Sobald ich unseren Häuserblock erreichte, prickelte mein ganzer Körper vor Erleichterung darüber, dass unser rosafarbenes schmales Haus noch stand. Das Haus auf der anderen Straßenseite war nur noch ein Schutthaufen, ein Gewirr aus Beton und verputzten Mauern und verbogenen Eisenbetten, das quer über die Straße reichte. Ich kletterte über die Trümmer, und als ich näher kam, bemerkte ich, dass einer von Matkas Vorhängen in der sanften Brise aus dem Fenster wehte. Da wurde mir klar, dass die Bomben all unsere Fenster mitsamt Verdunkelungspapier zerschmettert hatten.

Ich brauchte den Wohnungsschlüssel nicht hinter dem losen Backstein hervorzuholen, denn die Tür stand weit offen. Matka und Zuzanna knieten in der Küche neben Matkas Zeichentisch und sammelten Pinsel vom Boden auf. Der Geruch von umgekipptem Terpentin hing in der Luft. Psina, unser Haushuhn, folgte ihnen. Gott sei Dank, Psina war nicht verletzt – sie war für uns mehr Familienhund als Henne.

»Wo warst du?«, fragte Matka, ihr Gesicht so weiß wie das Zeichenpapier in ihrer Hand.

»Oben auf der Hirschwiese«, erwiderte ich. »Es war Pietriks Idee ...«

Zuzanna stand da und hatte eine Tasse voller Glasscherben in der Hand. Ihr weißer Arztkittel war grau von Asche. Sie hatte sechs lange Jahre gebraucht, um sich diesen Kittel zu verdienen. Ihr Koffer stand neben der Tür. Sicher hatte sie gepackt, um während ihres Praktikums in der Kinderabteilung im Krankenhaus zu wohnen, als die Bomben fielen.

»Wie konntest du nur so dämlich sein?«, tadelte Zuzanna.

»Wo ist Papa?«, fragte ich, während die zwei mir Betonbröckchen aus dem Haar wischten.

»Er ist rausgegangen ...«, begann Matka.

Zuzanna packte Matka an den Schultern. »Sag es ihr, Matka.«

»Er wollte dich suchen«, erwiderte Matka den Tränen nah.

»Bestimmt ist er im Postamt«, fügte Zuzanna hinzu. »Ich schaue nach ihm.«

»Geh nicht«, widersprach ich. »Was, wenn die Flugzeuge zurückkommen?« Angst zuckte in meiner Brust wie ein Zitteraal. Die armen Frauen auf dem Feld …

»Ich gehe«, beharrte Zuzanna. »Und ich komme wieder.«

»Ich will mit«, sagte ich. »Sie werden mich in der Klinik brauchen.«

»Warum machst du solchen Unsinn? Papa ist deinetwegen weg.« Zuzanna schlüpfte in ihren Pulli und näherte sich der Tür. »Im Krankenhaus braucht dich niemand. Du rollst sowieso nur Verbände. Bleib hier.«

»Geh nicht«, flehte Matka, aber Zuzanna hastete hinaus. Sie war immer stark, so wie Papa.

Matka trat ans Fenster und bückte sich nach den Glasscherben, gab es jedoch auf, weil ihre Hände so heftig zitterten. Sie kam zu mir, strich mein Haar glatt und küsste mich auf die Stirn. *Ja cię kocham,* wiederholte sie ein ums andere Mal wie eine Schallplatte mit einem Sprung.

Ich liebe dich.

In jener Nacht schliefen Matka und ich zusammen in ihrem Bett. Beide warteten wir mit offenen Augen darauf, dass Papa und Zuzanna eintrafen. Psina, mehr Hund als Huhn, kauerte am Fußende und steckte den Kopf unter einen ihrer daunenweichen Flügel. Mit einem Gackern wachte sie auf, als Papa vor dem Morgengrauen endlich erschien. Die Tweedjacke grau von Asche, stand er in der Tür. Papa hatte schon immer ein trauriges Gesicht wie das eines Bluthunds gehabt. Selbst auf seinen Babyfotos hingen ihm die Hautfalten hinunter. Doch in jener Nacht warf das Licht aus der Küche einen Schatten auf sein Gesicht, der ihn noch bedrückter wirken ließ.

Matka fuhr im Bett hoch. »Ade?« Sie schleuderte die Decke weg und hastete auf ihn zu. Ihre Silhouetten hoben sich dunkel vor dem Licht in der Küche ab. »Wo ist Zuzanna?«

»Ich habe sie nicht gesehen«, antwortete Papa. »Als ich Kasia nicht finden konnte, bin ich zum Postamt gegangen und habe meine Akten draußen verbrannt. Informationen, die die Deutschen interessiert hätten. Namen und Adressen. Militärlisten. Sie haben das Postamt in Warschau besetzt und die Telegrafenleitung durchgeschnitten. Also sind wir als Nächste dran.«

»Was ist aus den Mitarbeitern geworden?«, erkundigte sich Matka.

Papa warf einen Blick auf mich und antwortete nicht.

»Unserer Vermutung nach sind die deutschen Truppen in einer Woche da. Und aller Wahrscheinlichkeit nach werden sie zuerst hierher kommen.«

»Hierher?« Matka zog ihren Morgenmantel am Hals zusammen.

»Um mich zu suchen. Ich könnte ihnen nützlich sein.« Papa lächelte zwar, aber sein Blick blieb dunkel. »Sie werden das Postamt für ihre eigene Kommunikation verwenden wollen.«

Niemand kannte das Postamt so gut wie Papa. Er leitete es, solange ich mich erinnern konnte. Kannte er Geheimnisse? Papa war Patriot. Er würde lieber sterben, als den Deutschen etwas zu verraten.

»Woher wissen die denn, wo wir wohnen?«

Papa betrachtete Matka, als wäre sie ein Kind. »Die planen das schon seit Jahren, Halina. Falls sie mich gefangen nehmen, brauchen sie mich hoffentlich noch und werden mich am Leben lassen. Wenn es so weit kommen sollte, warte zwei Tage. Wenn du bis dahin nichts von mir gehört hast, nimm die Mädchen und geh nach Süden.«

»Die Briten werden uns helfen«, protestierte Matka. »Die Franzosen …«

»Es wird niemand kommen, Liebling. Der Bürgermeister flieht und nimmt die Polizei und die Feuerwehr mit. Jetzt müssen wir so viel von unseren Sachen verstecken, wie wir können.«

Papa holte Matkas Schmuckkasten aus der Kommode und warf ihn aufs Bett. »Spül und trockne sämtliche Blechdosen. Wir müssen alle Wertsachen vergraben.«

»Aber wir haben doch nichts falsch gemacht, Ade. Die Deutschen sind ein kultiviertes Volk. Hitler hat sie verhext.«

Matkas Mutter war eine Deutsche gewesen, ihr Vater ein halber Pole. Selbst aus dem Schlaf gerissen war sie schön. Weich, aber nicht zerbrechlich und eine echte Blondine.

Papa packte sie am Arm. »Dein Kulturvolk will, dass wir verschwinden, um selbst hier einziehen zu können. Verstehst du das nicht?«

Papa ging durch die Wohnung und verstaute unsere wichtigsten Wertsachen in einer Blechkiste mit aufklappbarem Deckel: Matkas Krankenschwesternzertifikat, ihre Hochzeitsurkunde, einen kleinen Rubinring aus Matkas Familie und einen Umschlag mit Familienfotos.

»Hol den Sack mit Hirse. Den vergraben wir auch.«

Matka zog den Leinensack unter der Spüle hervor.

»Wahrscheinlich werden sie jedes Haus nach versteckten polnischen Soldaten durchsuchen«, sagte Papa leise. »Im Radio wurden die neuen Vorschriften gesendet. Polen als Land gibt es nicht mehr. Man darf nicht mehr Polnisch sprechen. Alle Schulen werden geschlossen. Es werden Ausgangssperren verhängt. Um davon befreit zu werden, braucht man einen rosafarbenen Ausweis. Außerdem dürfen wir keine Waffen, Skistiefel oder Lebensmittel besitzen, die über die Rationierung hinausgehen. Wer heimlich etwas hortet, wird mit dem ...« Wieder sah Papa mich an und verstummte. »Wahrscheinlich werden sie sich einfach nehmen, was sie wollen.«

Als Papa seinen alten silbernen Revolver aus der Kommodenschublade nahm, wich Matka davor zurück.

»Vergrab ihn, Ade«, meinte sie mit geweiteten Augen.

»Vielleicht brauchen wir ihn noch«, widersprach Papa.

Matka wandte sich ab. »Aus Waffen entsteht nie etwas Gutes.«

Nach kurzem Zögern legte Papa den Revolver in die Kiste. »Vergrab deine Pfadfinderinnenuniform, Kasia. Die Nazis haben es auf Pfadfinder abgesehen. In Danzig haben sie einige Pfadfinder erschossen.«

Ich erschauderte. Da ich wusste, dass ich mich nicht mit Papa herumstreiten durfte, steckte auch ich meine wertvollsten Habseligkeiten in die Blechdosen: den Wollschal, den Pietrik früher getragen hatte und der noch nach ihm roch. Das neue rote Kleid aus Cord, das Matka für mich genäht hatte. Mein Uniformhemd von den Pfadfinderinnen und das Halstuch und ein Foto, auf dem Nadia und ich auf einer Kuh ritten. Matka wickelte einige ihrer Zobelhaarpinsel von Kolinsky ein, die ihrer Mutter gehört hatten, und legte sie ebenfalls in eine Dose. Dann versiegelte Papa die Deckel der Dosen mit geschmolzenem Wachs.

In jener Nacht beleuchteten nur die Sterne unseren Garten, eine kahle Fläche, begrenzt von einigen Brettern, die bloß noch vom Unkraut aufrecht gehalten wurden. Papa trat auf das rostige Schaufelblatt, um es in den Boden zu treiben. Es durchschnitt die harte Erde, als wäre die ein Stück Kuchen. Er schaufelte ein tiefes Loch, wie das frische Grab eines Babys.

Wir waren fast fertig, doch selbst im Halbdunkel bemerkte ich, dass Matka noch ihren Verlobungsring am Finger trug. Den, den ihre Mutter ihr geschenkt hatte, weil Papa zu arm gewesen war, um ihr selbst einen zu kaufen. Der Ring ähnelte einer wunderschönen Blume: mit einem großen Diamanten in der Mitte, umgeben von Blütenblättern aus tiefblauem Saphir. Als Matka in der Dunkelheit die Hand bewegte, funkelte er wie ein nervöses Glühwürmchen. »Der Diamant hat einen Kissenschliff. Aus dem siebzehnten Jahrhundert, als man Steine noch so schliff, dass sie auf Kerzenlicht reagierten«, hatte Matka gesagt, wenn die Leute den Ring bewundert hatten. Und das tat er auch. Er schimmerte, als wäre er lebendig.

»Was ist mit dem Ring?«, fragte Papa.

Das Glühwürmchen verschwand schutzsuchend hinter ihrem Rücken. »Den nicht«, protestierte sie.

Wenn wir als Kinder eine Straße überquert hatten, hatten Zuzanna und ich uns immer gestritten, wer Matkas Hand mit dem Ring halten durfte. Die hübsche Hand.

»Haben wir nicht schon genug vergraben?«, wandte ich ein. »Wir werden hier draußen noch erwischt.«

In der Dunkelheit debattierend herumzustehen würde Aufmerksamkeit erregen.

»Wie du willst, Halina«, entgegnete Papa und warf Schaufeln voller Erde in das Loch, um unsere Schätze zu bedecken. Ich schob mit den Händen Erde hinterher, damit es schneller ging. Papa klopfte den Boden glatt. Danach zählte er seine Schritte zurück zum Haus, damit er später unser Schatzversteck auch wiederfände.

Zwölf Schritte bis zur Tür.

Endlich kam Zuzanna nach Hause. Sie brachte schreckliche Geschichten von den Ärzten und Schwestern mit, die sich die ganze Nacht abgemüht hatten, um die Verwundeten zu retten. Es hieß, viele seien noch unter dem Geröll verschüttet. Wir lebten in Angst davor, die Deutschen vor unserer Tür zu hören, und klebten in der Hoffnung auf gute Nachrichten mit dem Ohr am Küchenradio. Doch wir erfuhren nur von Tragödien. Polen hatte sich verteidigt und hohe Verluste erlitten, da es den modernen Panzerdivisionen und den Fliegerstaffeln der Deutschen unterlegen war.

Als ich am Samstag, den 17. September, aufwachte, berichtete Matka Papa gerade, was sie im Radio gehört hatte. Die Russen hatten Polen von Osten her angegriffen. Würden nun alle Länder über uns herfallen?

Ich traf meine Eltern in der Küche an, wo sie aus dem Fenster spähten. Es war ein kühler Herbstmorgen. Eine leichte Brise blähte Matkas Vorhänge. Als ich mich dem Fenster näherte, bemerkte ich eine Gruppe von Juden in schwarzen Anzügen, die den Schutt vor unserem Haus beseitigten.

Matka schlang die Arme um mich, und sobald die Straße frei war, sahen wir eine Kolonne deutscher Soldaten, die sich heranwälzte wie neue Gäste auf dem Weg in die Pension, beladen mit Bergen von Gepäck. Zuerst kamen Lastwagen, dann Fußsoldaten und dann weitere Soldaten, die kerzengerade und hochmütig auf ihren Panzern standen. Wenigstens blieb Zuzanna dieser traurige Anblick erspart, weil sie an jenem Morgen bereits im Krankenhaus war.

Mama kochte Wasser für Papas Tee, während er alles beobachtete. Ich tat mein Bestes, um mich so still wie möglich zu verhalten. Wenn wir keinen Mucks von uns gäben, würden sie uns vielleicht nicht behelligen. Um mich zu beruhigen, zählte ich die Vögel, mit denen Matkas Vorhänge bestickt waren. Eine Lerche. Zwei Schwalben. Eine Krähe. Waren Krähen nicht Vorbotinnen des Todes? Das Dröhnen eines Lastwagens wurde lauter.

In dem Versuch, die in mir aufsteigende Panik zu unterdrücken, atmete ich tief durch.

»Raus, raus!«, brüllte ein Mann. Das schreckliche Klappern beschlagener Stiefel auf dem Kopfsteinpflaster. Es waren so viele.

»Weg vom Fenster, Kasia«, sagte Papa und wich selbst zurück. Sein gepresster Tonfall verriet mir, dass er Angst hatte.

»Sollen wir uns verstecken?«, flüsterte Matka. Sie drehte ihren Ring herum, sodass der Stein in ihrer hohlen Hand verborgen war.

Während Papa zur Tür ging, lenkte ich mich mit einem Gebet ab. Geschrei und Befehle ertönten, und kurz darauf fuhr der Lastwagen wieder ab.

»Ich glaube, sie verschwinden«, raunte ich Matka zu.

Ein Klopfen an der Tür ließ mich zusammenzucken. »Aufmachen!«, rief eine Männerstimme.

Matka erstarrte. Papa öffnete die Tür.

»Adalbert Kuzmerick?«, fragte ein SS-Mann und stolzierte aufgeblasen und mit selbstzufriedener Miene ins Haus.

Er war zwei Handbreit größer als Papa, so hochgewachsen, dass seine Mütze beinahe den Türstock streifte, als er hereinkam. Er und sein Untergebener steckten beide in voller Sonderdienst-Uniform mit schwarzen Stiefeln. Auf ihren Mützen prangte der gruselige Totenkopf mit zwei klaffenden Löchern als Augen. Als er an mir vorbeiging, stellte ich fest, dass er nach Nelkenkaugummi roch. Außerdem wirkte er gut genährt, und er reckte das Kinn so hoch, dass ich ein kleines Stück weißen Papiers an seinem Adamsapfel erkennen konnte, wo er sich beim Rasieren geschnitten hatte. Sogar sein Blut war nazirot.

»Ja«, erwiderte Papa so ruhig wie möglich.

»Leiter des Postamtes?«

Papa nickte.

Zwei weitere Wachmänner packten Papa an den Armen und zerrten ihn so schnell hinaus, dass er sich nicht einmal mehr nach uns umschauen konnte. Ich versuchte, ihm zu folgen, doch der Hochgewachsene versperrte mir mit einem Schlagstock den Weg.

Mit wildem Blick stürmte Matka zum Fenster. »Wo bringen Sie ihn hin?«

Plötzlich fror ich am ganzen Körper und bekam kaum noch Luft.

Ein anderer SS-Mann, mager und kleiner als der Erste und mit einem Brotbeutel aus Leinen vor der Brust, trat hinzu.

»Wo bewahrt Ihr Mann seine dienstlichen Unterlagen auf?«, erkundigte sich der Große.

»Nicht hier«, entgegnete Matka. »Könnten Sie mir sagen, wohin Sie ihn bringen?«

Matka stand mit vor der Brust verschränkten Fingern da, während der Magere unser Haus durchstreifte, Schubladen öffnete und all unsere Papiere in seinen Beutel stopfte.

»Kurzwellenradio?«, fragte der Große.

Matka schüttelte den Kopf. »Nein.«

In mir krampfte sich alles zusammen, als der Magere

unsere Schranktüren aufriss und das wenige Essen, das wir hatten, in seinen Beutel stopfte.

»Jeglicher Proviant ist Eigentum des Reichs«, verkündete der Große. »Man wird Lebensmittelkarten an Sie verteilen.«

Dosen mit Erbsen, zwei Kartoffeln und ein trauriger Salatkopf wanderten in den Beutel des Mageren. Dann griff er nach der zusammengerollten Papiertüte, die Matkas letzten Kaffee enthielt.

Sie streckte die Hand danach aus.

»Oh, bitte, könnten wir den Kaffee behalten? Mehr haben wir nicht.«

Der Große drehte sich um und musterte Matka eine Weile. »Lassen Sie ihr den Kaffee«, sagte er, worauf sein Untergebener ihn wieder auf die Anrichte warf.

Die Männer trampelten durch unsere drei kleinen Zimmer, zerrten Kommodenschubladen heraus und kippten Socken und Unterwäsche auf den Boden.

»Waffen?«, fragte der Große, während der andere die Schränke durchwühlte. »Weitere Lebensmittel?«

»Nein«, antwortete Matka. Ich hatte noch nie erlebt, dass sie log.

Er machte einen Schritt auf sie zu. »Möglicherweise haben Sie schon gehört, dass auf Unterschlagung von Reichseigentum die Todesstrafe steht.«

»Das ist mir klar«, entgegnete Matka. »Wenn ich meinen Mann vielleicht besuchen dürfte …«

Wir folgten den Männern hinaus in den Garten. Die Anwesenheit der SS-Männer ließ den Garten, der auf allen Seite eingezäunt war, kleiner wirken. Alles sah ganz normal aus, nur dass die Stelle, wo wir unsere Sachen versteckt hatten, noch immer ein bisschen zu eben wirkte. Es war so offensichtlich, dass dort etwas vergraben worden war. Ich zählte die Schritte des SS-Mannes, als dieser in den Garten ging. *Fünf ... sechs ... sieben.* Bemerkten sie, wie meine Knie zitterten?

Psina, unser Huhn, trippelte auf unsere verborgenen Schätze zu und fing auf der Suche nach Insekten gleich neben der Stelle zu scharren an. Mein Gott, die Schaufel lehnte sogar gut sichtbar hinten am Haus. Am Blatt klebte noch Erde. Würden sie uns ins Schloss von Lublin abtransportieren oder uns gleich hier im Garten erschießen, damit Papa uns hier fände?

»Halten Sie mich für blöd?«, sagte der Große und steuerte auf die Stelle zu.

Acht ... neun ...

Mir schnürte es die Luft ab.

»Natürlich nicht«, erwiderte Matka.

»Holen Sie die Schaufel«, befahl der Große seinem Untergebenen. »Haben Sie wirklich geglaubt, sie kämen damit durch?«

»Bitte nicht«, flehte Matka. Sie umklammerte das Medaillon mit der heiligen Maria, das sie um den Hals trug. »Eigentlich bin ich aus Osnabrück. Kennen Sie das?«

Der Große nahm die Schaufel. »Natürlich kenne ich das. Wer war noch nicht in Osnabrück auf dem Weihnachtsmarkt? Haben Sie sich als Volksdeutsche registrieren lassen?«

Volksdeutsche waren die geborenen Deutschen, die nicht in Deutschland lebten. Die Nazis setzten polnische Bürger deutscher Herkunft so wie Matka unter Druck, sich registrieren zu lassen. Danach bekamen sie mehr zu essen, bessere Arbeitsplätze und von Juden und Polen beschlagnahmte Besitztümer. Matka wäre niemals Volksdeutsche geworden, da das ein Zeichen dafür war, dass man die Deutschen unterstützte. Allerdings brachte sie sich mit ihrer Weigerung in Gefahr, weil sie nun als Feindin des Reiches galt.

»Nein, aber ich bin zum Großteil Deutsche. Mein Vater war nur zum Teil Pole.«

Psina scharrte in der Erde rings um die glatte Stelle herum und pickte nach etwas.

»Wenn Sie Deutsche wären, würden Sie doch nicht gegen die Vorschriften verstoßen, oder? Zum Beispiel Reichseigentum unterschlagen?«

Matka berührte ihn am Arm. »Es ist so schwierig zurzeit. Verstehen Sie das nicht? Denken Sie an Ihre eigene Familie.«

»Meine Familie hätte alles, was sie besitzt, dem Reich ausgehändigt.«

Der SS-Mann mit der Schaufel näherte sich weiter der Stelle.

Zehn ... elf ...

»Es tut mir schrecklich leid«, sagte Matka und ging ihm nach.

Ohne auf Matka zu achten, machte der Mann noch einen Schritt.

Zwölf.

Wie tief würde er graben, bis er auf die Kisten stieß?

»Bitte geben Sie uns noch eine Chance«, meinte Matka. »Die Vorschriften sind so neu.«

Der Mann drehte sich um, stützte sich auf die Schaufel und musterte Matka von Kopf bis Fuß. Als er lächelte, konnte ich seine Zähne deutlich erkennen. Sie sahen aus wie kleine Kaupastillen.

Er beugte sich zu ihr vor und senkte die Stimme. »Sicher

kennen Sie auch die Vorschriften im Zusammenhang mit der Ausgangssperre.«

»Ja«, antwortete Matka. Eine kleine Falte entstand zwischen ihren Augenbrauen, und sie trat von einem Fuß auf den anderen.

»Das ist eine Vorschrift, gegen die Sie gern verstoßen können.« Der SS-Mann griff nach Matkas Medaillon und rieb es zwischen Daumen und Zeigefinger. Dabei sah er ihr die ganze Zeit in die Augen.

»Um gegen die Ausgangssperre zu verstoßen, braucht man einen rosafarbenen Ausweis«, entgegnete Matka.

»Den habe ich hier in der Tasche.« Er ließ das Medaillon los und legte sich die Hand aufs Herz.

»Ich verstehe nicht ganz«, sagte Matka.

»Das denke ich schon.«

»Soll das heißen, Sie werden nicht weiter nachforschen, wenn ich Sie besuche?«

»Falls Sie das so aufgefasst haben ...«

»Die Deutschen, die ich kenne, sind kultivierte Menschen. Wie können Sie von einer zweifachen Mutter so etwas verlangen?«

Der Mann neigte den Kopf zur Seite, biss sich auf die Lippe und griff nach der Schaufel. »Ich bedaure, dass Sie das so sehen.«

»Moment«, rief Matka.

Der Mann hob die Schaufel hoch über den Kopf.

»Mein Gott, nein!«, schrie Matka und wollte ihn am Arm packen, aber es war zu spät. Sobald die Schaufel in der Luft schwebte, konnte sie ihn nicht mehr aufhalten.

Kapitel 3

HERTA

1939

Um Mitternacht gingen mein Vater und ich die sechs Häuserblocks von unserer Souterrainwohnung in einen der schöneren Teile von Düsseldorf, zu den weißen Steinhäusern, wo die Dienstboten die Straßen fegten und die verwelkten Geranien in den Blumenkästen abschnitten. Obwohl es schon Ende September war, war die Luft noch warm. »Führerwetter«, nannte man das, weil Hitler seine Feldzüge deshalb erfolgreich fortsetzen konnte. In Polen hatte es eindeutig geklappt.

Ich stieg die Stufen zu der doppelflügligen Tür hinauf, zu den weiß gestrichenen Schmiedeeisen, die dort eine Milchglasscheibe schützten. Ich drückte auf den silberfarbenen Knopf. War Katz überhaupt zu Hause? Hinter der Milchglasscheibe schien zwar Licht, aber die beiden Gaslaternen, die die Tür flankierten, brannten nicht. Vater wartete auf der dunklen Straße und hatte die Arme um den Leib geschlungen.

Ich war fünfundzwanzig, als Vaters Symptome so schlimm wurden, dass er sich an seinen liebsten alten jüdischen Krankenheiler, einen Mann namens Katz, wandte. Wir durften Juden nicht mehr als Ärzte bezeichnen. »Krankenheiler« war der vorgeschriebene Ausdruck. Außerdem war es Ariern nicht gestattet, nicht-arische Ärzte aufzusuchen. Aber mein Vater hielt sich nur selten an Regeln.

Irgendwo in den Tiefen des Hauses läutete eine Glocke. Ich hatte noch nie einen Fuß in das Haus eines Juden gesetzt und es damit auch nicht eilig gehabt. Doch Vater hatte darauf bestanden, dass ich ihn begleitete. Ich wollte so wenig Zeit wie möglich hier verbringen.

Hinter der Milchglasscheibe wurde es heller, und ein dunkler Schatten näherte sich. Die Tür rechts von mir öffnete sich einen Spaltweit und gab einen früheren Kommilitonen von der medizinischen Fakultät frei, einen der vielen jüdischen Studenten, die an der Universität nicht mehr willkommen waren. Er war vollständig bekleidet und steckte sich das Hemd in die Hose.

»Was wollen Sie mitten in der Nacht?«, fragte er.

Hinter ihm kam Katz die Treppe herunter. Der dicke Teppich auf den Stufen schluckte den Klang seiner Schritte, die Schöße seines mitternachtsblauen Morgenmantels wehten ihm nach. Er zögerte und beugte sich mit weit aufgerissenen Augen vor wie eine alte Frau. Hatte er mit der Gestapo gerechnet?

Vater hinkte die Vortreppe hinauf und stellte sich neben mich. »Verzeihen Sie, Herr Doktor«, sagte er mit der Hand am Türstock. »Ich belästige Sie nur ungern, aber die Schmerzen sind unerträglich.«

Sobald Katz Vater erkannte, bat er uns lächelnd hinein. Als wir an ihm vorbeigingen, musterte der ehemalige Medizinstudent mich argwöhnisch.

Katz begleitete uns in sein holzvertäfeltes Arbeitszimmer, das dreimal so groß war wie unsere Wohnung. Die Wände waren mit Regalen voller in Leder gebundener Bücher bedeckt. Außerdem führte eine Wendeltreppe hinauf zu einer Empore mit Geländer, wo noch mehr Bücherregale standen. Als Katz an einem Schalter an der Wand drehte, leuchtete der Leuchter aus Kristall mit seinen Tausenden eiszapfenförmigen Verzierungen auf.

Katz setzte Vater in einen Sessel, der aussah wie ein Königsthron. Ich strich mit dem Finger über die Armlehne. Der mit Goldfäden durchwirkte rote Damast war glatt und kühl.

»Sie stören überhaupt nicht«, meinte Katz. »Ich habe nur gelesen. Meine Tasche bitte und ein Glas Wasser für Herrn Oberheuser«, wies er den früheren Medizinstudenten über die Schulter hinweg an. Der junge Mann presste die Lippen zu einer schmalen Linie zusammen und ging hinaus.

»Wie lange haben Sie diese Schmerzen schon?«, erkundigte sich Katz.

Ich kannte nicht viele Juden, hatte aber in meinen Schulbüchern und im *Stürmer* über sie gelesen. Sie waren habgierig. Rissen alles an sich. Beanspruchten sämtliche freien Stellen in der Juristerei und Medizin für sich. Allerdings schien Katz sich beinahe zu freuen, Vater zu sehen, was seltsam war, da wir ihn so spät noch belästigten. Offenbar war er ein Mann, der seinen Beruf liebte.

»Seit dem Abendessen«, erwiderte Vater und hielt sich den Bauch.

Ich war damals fast fertig mit dem Medizinstudium und hätte meinen Vater selbst beraten können. Aber er hatte darauf beharrt, Katz aufzusuchen.

Während Katz ihn untersuchte, schaute ich mich im Zimmer um. Der Kamin aus schwarz-weißem Marmor, der Konzertflügel. Die abgestaubten Bücher in den Regalen. Jedes davon war mehr wert, als ich in einem Jahr verdiente, wenn ich in der Metzgerei von Onkel Heinz in Teilzeit Braten aufschnitt. Bestimmt war auch ein abgegriffener Band von Freud dabei. Einige Lampen waren im Raum verteilt und verbreiteten warmes Licht, obwohl niemand danebensaß und las. Wenn Mutti diese Verschwendung gesehen hätte.

Katz betastete die Seiten von Vaters Hals. Als er Vaters Hand umdrehte, um ihm den Puls zu fühlen, fing sich das Licht in dem dicken Buchstaben K, der mit Silberfaden in den Ärmel von Katz' Morgenmantel eingestickt war.

»Die Arbeit in der Fabrik Horschaft könnte der Grund für Ihre Schmerzen sein«, sagte er zu Vater. »Ich würde sofort dort kündigen.«

Vater verzog das Gesicht. Seine Haut war fahl. »Aber wir sind auf den Lohn angewiesen.«

»Dann arbeiten Sie wenigstens in einem belüfteten Bereich.«

Der ehemalige Medizinstudent kehrte mit einem Kristallglas voller Wasser zurück und stellte es neben uns auf den Tisch. Brachte er es nicht über sich, es Vater zu reichen? Der Mann hatte keine Ahnung. Vater war auf seiner Seite. Wenn er nicht so krank gewesen wäre, hätte er eine ganze Straßenbahnladung dieser Leute in unserem Schlafzimmer hinten in der Wohnung versteckt.

Katz schüttelte eine Tablette aus einem Döschen in Vaters Hand und lächelte. »Geht auf Kosten des Hauses.«

War das ihre Methode? Erst machten sie einen süchtig, dann kassierten sie später ab? Unsere Schulbücher hatten verschiedene Strategien beschrieben, mit denen die Juden uns hart arbeitenden Deutschen das Wasser abgruben. Meine Professoren sagten, sie geizten mit ihren Forschungsergebnissen und teilten die Resultate meist nur mit ihresgleichen.

Während Vater seine Tablette schluckte, betrachtete ich die Titel in den Regalen: *Klinische Chirurgie. Stadien der embryonalen Entwicklung bei Menschen und Wirbeltieren.* Ganze Regale voller in grünes Leder gebundener Wälzer: *Atlas der Erkrankungen des äußeren Auges* und *Atlas der Syphilis und anderer Geschlechtskrankheiten.*

»Lesen Sie gern?«, fragte Katz.

»Herta macht bald ihren Abschluss in Medizin«, erklärte Vater. »Ein Schnellstudiengang. Sie interessiert sich für Chirurgie.« In den wenigen chirurgischen Seminaren, die ich hatte belegen dürfen, hatte ich großartige Leistungen erbracht. Allerdings war es mir als Frau im Nationalsozialismus nicht gestattet, mich auf Chirurgie zu spezialisieren.

»Ach, die Chirurgen«, meinte Katz schmunzelnd. »Die Könige unter den Ärzten. Das glauben sie zumindest selbst.« Er nahm einen der grünen Bände aus dem Regal. »*Atlas der allgemeinen Chirurgie.* Haben Sie es gelesen?«

Ich schwieg, als er mir das Buch hinhielt. Offenbar teilten einige Juden doch ihren Besitz mit anderen.

»Wenn Sie alles auswendig gelernt haben, was da steht, bringen Sie es zurück, und ich gebe Ihnen ein anderes«, fügte er hinzu.

Ich rührte das Buch nicht an. Was würden die Leute sagen, wenn ich von einem Juden ein Buch annähme?

»Sie sind zu großzügig, Herr Doktor«, antwortete Vater.

»Ich bestehe darauf«, beharrte Katz und hielt mir weiter das Buch hin.

Es wirkte schwer. In Gold geprägte Buchstaben zierten den weichen Ledereinband. Konnte ich mir so etwas ausleihen? Das wollte ich natürlich. Nicht so sehr, um es zu lesen. Ich hatte ja selbst Lehrbücher. Hässliche allerdings, aus zweiter Hand, mit den Notizen anderer Leute an den Seitenrändern und Brotkrümeln im Falz. Dieses Buch war wunderschön. Es wäre ein Traum gewesen, damit gesehen zu werden. Ins Seminar zu kommen und es lässig auf mein Pult zu werfen. Mutti würde toben, weil Vater mir erlaubt hätte, es anzunehmen. Aber allein das wäre die Sache wert.

Ich ließ mir von Katz das Buch reichen und wandte mich ab.

»Sie ist sprachlos«, sagte Vater. »Und eine schnelle Leserin. Sie bekommen es bald zurück.«

Es war ein hilfreiches Buch und in mancher Hinsicht ausführlicher als unsere Lehrbücher an der Universität. In einer knappen Woche las ich von »Entzündungen und Behandlung des Bindegewebes« bis zu »Krebs des Lymphsystems«. Die Texte und farbigen Abbildungen lieferten mir zusätzliche Einblicke in den Zustand meines Vaters. Epitheliom. Sarkom. Strahlentherapie.

Sobald ich das letzte Kapitel in Katz' Buch, »Amputationen und Prothesen«, abgeschlossen und die neuen chirurgischen Knoten geübt hatte, die hier beschrieben wurden, machte ich mich auf den Weg zum Haus des Juden, um es zurückzugeben, und hoffte auf ein anderes.

Bei meiner Ankunft standen die Türen weit offen. Die SS schleppte Pappkartons voller Bücher, Katz' Arzttasche und einen weißen Kinderwagen aus Korbgeflecht, dessen Räder sich in der Luft drehten, hinaus auf den Gehweg.

Jemand hämmerte ein deutsches Volkslied in Katz' Klavier.

Das Buch fest umklammernd, ging ich nach Hause. Katz würde es nicht mehr zurückverlangen. Alle wussten von diesen Verhaftungen. Es war ein Jammer mitzuerleben, wie jemandes Hab und Gut so behandelt wurde. Doch die Juden waren gewarnt worden. Sie kannten die Gesetze des Führers. Was passierte, war zwar schade, aber es war nicht neu und nur zum Besten Deutschlands.

Eine knappe Woche später beobachtete ich, wie eine neue Familie mit fünf Söhnen und einer Tochter ihre Koffer und einen Vogelkäfig ins Haus trugen.

Meine Mutter arbeitete gern in der Fleischerei ihres Bruders Heinz auf der anderen Rheinseite in Oberkassel, einem wohlhabenden Stadtviertel, und hatte mir ebenfalls eine Stelle dort besorgt. Obwohl der Laden klein war, füllte Heinz jeden Zentimeter mit Fleisch. Er hängte Schinken und lange Schweinerippen vor dem Laden auf wie Socken an einer Wäscheleine und stellte ganze Schweine aus, breitbeinig und mit aufgeschlitzten Bäuchen. Die schimmernden Eingeweide wurden herausgekratzt und weiterverarbeitet.

Anfangs war ich bei diesem Anblick erbleicht, doch als Medizinstudentin, die sich für Chirurgie interessierte, entdeckte ich allmählich auch an den unmöglichsten Orten ein wenig Schönheit. Der auffällige Elfenbeinton eines gespaltenen Brustkorbs. Der abgehackte Kopf eines Kalbes, so friedlich, als schliefe es. Die dunklen Wimpern hoben sich schwarz vom feuchten Fell ab.

»Ich nutze jeden Teil eines Tieres«, waren Heinz' Worte. »Alles bis auf das Geschrei.« Den ganzen Tag kochte er

Fleisch auf dem Herd, bis die Fenster beschlugen und es im Laden gleichzeitig nach Verwesung und angenehm süßlich roch, wie es nur in einer Metzgerei möglich ist.

Da immer mehr Juden die Stadt verließen, waren wir als eine der letzten Bezugsquellen für hochwertiges Fleisch noch übrig, und unsere Umsätze wuchsen von Tag zu Tag. Eines Nachmittags hatte Heinz gute Nachrichten für die Kunden, die sich in Zweierreihen vor der Tür drängten.

»Sie müssen rüber zum Platz gehen, meine Damen. Dort werden die Bestände aus den Lagerhäusern verkauft. Ich habe gehört, Frau Brandt hat dort einen Zobelmantel mit Seidenfutter ergattert. Beeilen Sie sich.«

Niemand erwähnte, dass dort mit Dingen gehandelt wurde, die man den Juden abgenommen hatte, aber wir alle wussten Bescheid.

»Wie schrecklich, den Leuten einfach alles zu stehlen«, sagte Tante Ilsa, Heinz' Frau, die so selten wie möglich in die Metzgerei kam. Wenn sie uns besuchte, brachte sie mir ein Glas ihrer Erdbeermarmelade mit, die ich einmal gelobt hatte. Auch im Sommer wickelte sich Ilsa fest in ihren Mantel und blieb nur zwei Minuten. »Es ist Sünde, in den Sachen anderer Leute zu wühlen, als wären sie schon tot.«

Tante Ilsa hatte den Großteil meiner Studiengebühren bezahlt. Sie war eine gütige und religiöse Frau, hochgewachsen und sanft, mit einem Kopf, der zu klein für ihren Körper war. Sie hatte von ihrer Mutter ein Vermögen geerbt und ging sparsam damit um, da konnte Onkel Heinz schimpfen, so viel er wollte.

Als Heinz lächelte, verschwanden seine Schweinsaugen fast in den Fettwülsten seines Gesichts. »Ach, mach dir keine Sorgen, Ilsa. Inzwischen sind sie wahrscheinlich alle tot«, sagte er.

Die Kundschaft wandte sich ab, aber ich wusste, dass er recht hatte. Wenn Ilsa nicht vorsichtig war, würde ihre beträchtliche Habe gleich neben dem Besitz der Juden landen. Das goldene Kreuz um ihren Hals bot ihr keinen Schutz. Ahnte Ilsa eigentlich, was Heinz im Kühlraum trieb? Vielleicht rein instinktiv, so wie ein Kalb, das am Schachttag unruhig wurde.

»Du hast geweint, als der Laden des Juden Krystel geschlossen hat, Ilsa. Meine eigene Frau eine Judenfreundin, die bei der Konkurrenz kauft. So was nenne ich Treue.«

»Er hat die Küken, die ich mag.«

»*Hatte,* Ilsa. Es nützt meinem Geschäft nicht, wenn sich herumspricht, was du da tust. Bald stehst du auf der Prangerliste.«

Ich hielt den Mund, hatte aber Tante Ilsas Namen bereits auf der Prangerliste gesehen, eine öffentliche Liste deutscher Frauen, die in jüdischen Läden einkauften. Sie hing, mit einem diagonalen schwarzen Balken versehen, überall in der Stadt aus.

»Krystels Frau sieht man hier nicht mehr«, fuhr Heinz fort. »Gott sei Dank. Und auch keine Frau Zates. Bestellt einen Kohlkopf, will aber nur für einen halben bezahlen. Wer kauft einen halben Kohlkopf? Wenn ich ihn in zwei Teile schneide, wer nimmt dann die andere Hälfte? Niemand, und damit basta.«

»Warum sollte sie einen ganzen kaufen, wenn sie nur einen halben braucht?«, wandte Ilsa ein.

»Mein Gott, das macht sie absichtlich. Kapierst du das nicht?«

»Lass den Daumen von der Waage, sonst hast *du* bald keine Kunden mehr, Heinz.«

Mutti und ich überließen Heinz und Ilsa ihrem Gezänk und schlenderten zum Verkauf auf den Platz. Mutti hatte nur selten Zeit zum Einkaufen, weil sie jeden Tag um halb sechs aufstand, um Wäsche zu flicken, bevor sie dann putzen ging oder im Laden arbeitete. Dank des Wirtschaftsaufschwungs, den uns der Führer beschert hatte, musste sie nachmittags weniger Stunden arbeiten, trotzdem wirkte sie abends noch genauso müde. Als wir die Straße überquerten, nahm sie meine Hand, und ich spürte ihre raue Haut. Ich konnte den Anblick ihrer Waschfrauenhände kaum ertragen, rot und rissig vom Toilettenschrubben und Geschirrspülen. Sie heilten nicht, ganz gleich wie viel Lanolin sie daraufschmierte.

Die Menschen versammelten sich auf dem Platz, während Wehrmachtssoldaten Haushaltswaren zu hohen Bergen auftürmten und die wertvolleren Gegenstände auf Tischen zur Schau stellten. Mein Herz schlug schneller, als ich mich den nach Zweck und Geschlecht sortierten Haufen näherte. Schuhe und Handtaschen. Kisten voller Modeschmuck. Mäntel und Kleider. Nicht alles nach der neuesten Mode, aber wer ein wenig kramte, stieß auf teure Marken für wenig Geld. Das besserte Muttis Laune, und sie legte einen Stapel für uns an.

»Schau, Chanel«, verkündete ich und hielt einen roten Hut hoch.

»Keine Hüte«, protestierte Mutti. »Oder willst du dir Läuse holen? Und warum solltest du dein Haar bedecken, schließlich ist es dein schönster Schmuck.«

Erfreut über das Kompliment warf ich den Hut zurück auf den Haufen. Mein schulterlanges Haar war zwar nicht weißblond, aber bei den richtigen Lichtverhältnissen hätten es viele zumindest als honigblond bezeichnet. Ein Vorteil, denn jedes deutsche Mädchen wünschte sich blonde Haare, und Wasserstoffperoxyd war verpönt.

Wir kamen an einem Stoß Leinwände und gerahmter Bilder vorbei. Obenauf lag ein Gemälde, das zwei sich umarmende Männer zeigte. Der Speer einer Skulptur darunter hatte sich durch die Leinwand gebohrt.

»Mein Gott, jüdische Kunst«, meinte Mutti. »Können die sich nicht wie normale Leute einen Kalender an die Wand hängen?«

Vater war auf dem Heimweg von der Apotheke und gesellte sich zu uns. Die Falten in seinem Gesicht sahen heute tiefer aus als sonst. Eine schmerzgeplagte Nacht auf dem Sofa.

Ich nahm ein Album von einem der Stapel und blätterte es durch. Schwarz-Weiß-Fotos vom Strandurlaub fremder Leute.

»Das ist würdelos«, schimpfte Vater. »Und ihr wollt Christen sein?«

Natürlich billigte er den Verkauf nicht. Warum war er überhaupt stehen geblieben, um mit uns zu reden? Ich warf das Album auf unseren Haufen.

»Anton, musst du so verspannt sein?«, fragte Mutti.

Ich zog ein Bild, das zwei weidende Kühe darstellte, unter einigen verbeulten gerahmten Leinwänden hervor. Es war gut, vielleicht sogar ein Meisterwerk. Traditionelle deutsche Kunst. Genau das, was der Propagandaminister befürwortete und was jede kultivierte Frau besitzen sollte.

»Wie findest du das, Mutti?«

Lachend deutete Mutti auf die Kühe. »Oh, das bist ja du, Kälbchen.«

Kälbchen war Muttis Spitzname für mich. Als Kind hatte sie eine braune Kuh gehabt, an die ich sie erinnerte. Ich hatte mich längst damit abgefunden, dass ich nicht so zierlich und hellblond war wie meine Mutter. Dennoch ärgerte mich der Spitzname.

»Nenn Herta nicht so«, tadelte Vater. »Kein Mädchen möchte als Kuh bezeichnet werden.«

Es war schön, dass Vater mich verteidigte, auch wenn er gegen das Gesetz verstieß, indem er Auslandssender hörte und jede ausländische Zeitung verschlang, die er in die Finger bekam. Ich legte das Bild auf unseren Stapel.

»Wo sind die Eigentümer all dieser Sachen?«, fragte ich, obwohl ich eine vage Vorstellung hatte.

»Wahrscheinlich in einem Lager«, erwiderte Mutti. »Sie sind selbst schuld. Sie hätten rechtzeitig verschwinden können. Nach England ausreisen. Sie arbeiten nicht, das ist das Problem.«

»Juden haben Berufe«, widersprach Vater.

»Ja, natürlich, aber was für Berufe? Anwalt? Das ist keine richtige Arbeit. Sie besitzen die Fabriken, aber arbeiten sie auch wirklich? Nein. Ich würde lieber auf zehn Stellen schuften, als bei denen zu arbeiten.«

Mutti entdeckte einen Morgenmantel in einem der Haufen und hielt ihn hoch. »Würde dir der passen, Anton?« Vater und ich brauchten uns das silberne K am Ärmel nicht anzuschauen, um zu wissen, wer der frühere Besitzer gewesen war.

»Nein danke«, sagte er. Mutti ging los, um die übrigen Haufen zu durchsuchen.

»Bist du sicher, Vater?« Ich griff nach dem Morgenmantel und hielt ihn meinem Vater an. »Er ist hübsch.«

Er wich einen Schritt zurück. »Was ist nur aus dir geworden, Herta? Wo ist mein Mädchen mit dem guten Herzen, das stets als Erste mit der Sammelbüchse losgezogen ist, um den Bedürftigen zu helfen? Katz war ein Mann, von dem du etwas hättest lernen können.«

»Ich habe mich nicht verändert.« Auch wenn er nicht auf meiner Seite stand, mich vielleicht nicht einmal mehr mochte, musste er es nicht gleich herumposaunen.

»Katz war mitfühlend. Ein liebloser Arzt ist wie ein Mechaniker.«

»Und ich bin auch mitfühlend. Hast du eine Ahnung, wie es ist, allein mit den Händen das Leben eines Menschen zu retten?«

»Solange Hitler an der Macht ist, wirst du niemals Chirurgin werden. Begreifst du das nicht? Deine Generation ist dermaßen dickköpfig.«

So ungern ich es zugab, er hatte recht, was die Chirurgie betraf. Als eine der wenigen Frauen an der medizinischen Fakultät hatte ich Glück gehabt, Dermatologie studieren zu dürfen. Was die Chirurgie betraf, war ich lediglich in die Grundlagen eingeführt worden.

»Wir alle müssen Opfer bringen. Und meine Generation wird Deutschland verändern. Deine hat uns doch nur Armut beschert.«

»Hitler bringt uns noch allen den Tod. Er nimmt sich einfach, was er will …«

»*Still,* Vater«, warnte ich ihn. Es war sehr gefährlich, dass er in aller Öffentlichkeit solche Dinge sagte. Er erzählte sogar Witze über die Parteiführung. »Hitler ist unsere größte Hoffnung. Die Elendsviertel hat er im Handumdrehen abgeschafft. Und er muss andere Länder erobern. Ohne neuen Lebensraum kann Deutschland nicht gedeihen. Niemand gibt uns freiwillig das Land zurück, das wir verloren haben.«

Viele Eltern wagten nicht mehr, mit ihren Kindern zu streiten, weil sie Angst hatten, von ihnen denunziert zu werden. Nicht jedoch mein Vater.

»Er zerstört Deutschland, um seine Eitelkeit zu befriedigen.«

»Der Krieg ist in wenigen Wochen vorbei, du wirst sehen«, entgegnete ich.

Er winkte ab und drehte sich von mir weg.

»Geh nach Hause und ruh dich vor dem Nachmittagskaffee aus, Vater.«

Er ging davon und vermied dabei nur knapp eine Kollision mit einer vorbeifahrenden Straßenbahn. Er brauchte ein Nickerchen. Der Krebs gewann in seinem Körper zusehends die Oberhand. Hätte Katz ihm das Leben retten können? Es war zwecklos, seine Zeit mit solchen Grübeleien zu vergeuden. Ich beschäftigte mich damit, die Stapel nach medizinischen Lehrbüchern zu durchsuchen.

Mutti hastete auf mich zu. »Ich habe Seife mit Rosenduft entdeckt ... und einen Brotröster.«

»Machst du dir keine Sorgen um Vater, Mutti? Jemand wird ihn denunzieren. Das habe ich im Gefühl.«

Obwohl meine Eltern beide reinrassige Deutsche waren und ihren deutschen Stammbaum bis ins Jahr 1750 zurückverfolgen konnten, machte mein Vater keinen Hehl aus seiner mangelnden Begeisterung für die Partei. Er hängte immer noch die alte gestreifte deutsche Fahne aus dem Fenster zur Straße. Daneben hing Muttis neue rote Parteiflagge, wobei Mutti seine stets an ein seitliches Fenster verbannte. Zwar hatte das in dem Meer aus Hakenkreuzfahnen bisher niemand bemerkt, aber es war nur eine Frage der Zeit, bis ihn jemand anzeigte.

»Ja, der Feind hört mit, Herta«, erwiderte Mutti. Sie zog mich näher an sich. »Zerbrich dir nicht den Kopf darüber, Kälbchen. Konzentrier dich aufs Studium.«

»Aber ich darf nur Dermatologie studieren ...«

Mutti krallte die Finger in meinen Unterarm. »Nicht. Bald wirst du mit den besten und klügsten Leuten zusammenarbeiten. Du wirst es ganz nach oben schaffen.«

»Jemand muss Vater bremsen.«

Mutti wandte sich ab. »Was werden die Leute sagen, wenn wir solche Sachen bei uns zu Hause haben?«, fragte sie und betrachtete mit strahlenden Augen den Brotröster in ihrer Hand.

Wir bezahlten die ausgesuchten Waren: Röster, Fotoalbum, das Gemälde und eine Nerzstola mit glasäugigen Köpfen daran, ein Luxusobjekt, für das Mutti sogar Läuse zu riskieren bereit war. Die Soldaten gaben uns noch das gerahmte Diplom eines Arztes, in dem Mutti ihre Ariernachweisbescheinigung zur Schau stellen wollte, und Turnschuhe aus Leinen für mich dazu. Das alles für zehn Mark. Obwohl wir nur selten Brot zum Rösten hatten und Mutti es sich nicht leisten konnte, irgendwo hinzugehen, um ihren Nerz zu präsentieren, war das Lächeln auf ihrem Gesicht die Sache wert.

Ich freute mich über die neuen Turnschuhe, und zwar wegen des bevorstehenden Ausflugs nach Lager Blüte, wo ich die Aufsicht führen sollte. Das Lager befand sich in einem Fichtenwald, eine halbtägige Zugfahrt von Düsseldorf entfernt, und wurde von der Organisation Glaube und Schönheit betrieben, einem Ableger des BDM, des Bundes Deutscher Mädel. Die Organisation Glaube und Schönheit war nur für die älteren Mädchen gedacht, um sie auf ein Leben als Hausfrau und Mutter vorzubereiten. Ziel des Ausflugs war es, die jüngeren Mädchen in unseren Kreis aufzunehmen, und als BDM-Führerin hatte ich die Aufgabe, die Jüngeren in meiner Hütte zu beaufsichtigen, was nicht leicht war.

Wir Führerinnen wurden zu täglichen Diensten eingeteilt. Mich schickte man in die Kunsthütte, ein völlig verfehlter Einsatz, da ich das Anfertigen stümperhafter Aquarelle und das Flechten schlaffer Bänder für absolute Zeitverschwendung hielt. Außerdem lagen meine beachtlichen Talente außerhalb der Welt der Kunst. Mit meinen medizinischen Vorkenntnissen hätte ich die Krankenstation des Lagers leiten sollen. Doch man dient dort, wo man gebraucht wird. Zumindest hatte die Hütte Blick auf den See, in dem sich das rote und orangefarbene Laub der Bäume ringsum spiegelte.

Pippi, ein anderes Mädchen, das der Kunsthütte zugewiesen worden war, gesellte sich eines Nachmittags zu mir. Ich kannte Pippi seit unseren Anfangstagen beim BDM, und obwohl sie einige Jahre jünger war, waren wir gute Freundinnen und sogar auf dem Weg, beste Freundinnen zu werden. Beim BDM hatten Pippi und ich uns gemeinsam unsere Abzeichen und Schnüre verdient, die uns als Leiterinnen auswiesen. Bei Versammlungen hatten wir abwechselnd die Fahne getragen. Im Lager beim Essen nebeneinandergesessen. Und nun reinigten wir zusammen die Arbeitstische in der Kunsthütte.

»Beeilen wir uns«, sagte ich. »Es regnet gleich.«

Pippi sammelte die Scheren auf den Tischen ein und

verstaute sie in den Blechdosen, die überall im Raum standen. Sie ließ sich dabei schrecklich viel Zeit.

Sie nickte in Richtung Fenster. »Schau, wer da wartet.«

Am Waldrand standen zwei Jungen, der eine blond, der andere dunkelhaarig, neben einem ans Ufer gezogenen Ruderboot, das eine tiefe Furche im Sand hinterlassen hatte. Ich erkannte sie als Führer des angrenzenden Jungenlagers. Sie trugen die Lageruniform, bestehend aus Kakihemden und Kniebundhosen, und gehörten offenbar zur Rudermannschaft. Natürlich sahen sie gut aus. Rassisch Minderwertige waren in deutschen Jugendlagern nicht gestattet. Also waren alle attraktiv und garantiert reine Arier. Es wäre überflüssig gewesen, unsere Köpfe und Nasen mit Schieblehren und Greifzirkeln zu vermessen. Wir alle konnten makellose Stammbäume vorlegen.

Sie nestelten an den Ruderpinnen des Bootes herum und spähten immer wieder zur Kunsthütte herüber.

»Du weißt, was diese Jungen wollen, Pippi.«

Pippi musterte ihr Gesicht im Spiegel über dem Waschbecken. Daneben war ein Plakat mit Reißzwecken an der Wand befestigt. VERGESST NICHT, DASS IHR DEUTSCHE SEID! HALTET EUER BLUT REIN!, stand darauf.

»Na und? Ich möchte es ausprobieren. Ich will ein bisschen Spaß.«

»Spaß? Wir können hier nicht einmal einen Staffellauf veranstalten, ohne dass sich schon wieder ein Pärchen in die Wälder verdrückt.« Was für ein Spaß war ein Wettrennen, wenn niemand gewann?

Im Lager Blüte wurden die Leiterinnen dazu ermutigt wegzuschauen, wenn sich arische Pärchen bildeten. Kam es zu einer Schwangerschaft, wurde die Mutter in ein luxuriöses Entbindungsheim der SS gebracht, und die Geburt eines gesunden Kindes wurde gefeiert, ganz gleich ob die Mutter verheiratet war oder nicht. Natürlich war verständlich, dass sich alles um den Nachwuchs drehte. Immerhin hing Deutschlands Zukunft davon ab, dass wir unser Land bevölkerten. Aber da ich unbedingt Ärztin werden wollte, konnte ich mir eine Schwangerschaft nicht leisten. Ich nahm eine Schere aus einer der Blechdosen und versteckte sie in meiner Rocktasche.

Pippis Augen weiteten sich. »Hast du es schon mal gemacht?«, fragte sie.

»Es tut weh, weißt du? Und egal, was alle behaupten, man fliegt aus dem BDM und wird nach Wernigerode geschickt, wenn man ein Baby kriegt. In die Einöde.«

Pippi zog einen Stapel Postkarten aus ihrer Rocktasche. Darauf waren Mutterhäuser von Lebensborn abgebildet, stattliche Anwesen. Auf einer Postkarte war eine Schwester zu sehen, die auf einer von Bäumen gesäumten Terrasse unter einer SS-Flagge ein mit Rüschen verziertes Babybettchen hütete.

»Ich habe gehört, es ist wie im Urlaub. Man bekommt nur das Allerbeste. Fleisch. Richtige Butter ...«

»Mag sein, aber der Vater darf nicht dabei sein. Sobald das Kind geboren ist, wird es einem weggenommen und von Fremden großgezogen.«

»Du musst einem immer alles miesmachen, Herta«, schimpfte sie und fächelte sich mit den Postkarten Kühlung zu.

Als die Jungen mit dem Boot fertig waren, bleiben sie mit den Händen in den Hosentaschen stehen. Ich versuchte, Zeit zu schinden und abzuwarten, bis sie verschwanden, doch irgendwann mussten wir gehen.

Nebeneinander hasteten Pippi und ich den Pfad zu unserer Hütte hinunter. Als wir uns umdrehten, stellten wir fest, dass die Jungen uns folgten und näher kamen. Pippi verzog die Lippen zu einem Lächeln.

»Beeil dich«, sagte ich und zerrte an Pippis Arm.

Die Jungen fingen an zu rennen. Pippi und ich stürmten in den Wald. Ich verließ den Pfad und brach durch niedriges Gebüsch und Dornenranken, während Pippi, eigentlich eine ausgezeichnete Sprinterin, hinter mir zurückblieb. Beim Laufen bohrte sich die Spitze der Schere in mein Bein. Warum fühlte ich mich deshalb so seltsam lebendig?

Ich eilte um eine aufgegebene Hütte herum zu einem reißenden Bach und kauerte mich ans bemooste Ufer. Schwer atmend legte ich die Schere weg und untersuchte die Wunde an meinem Bein. Sie war nur oberflächlich, blutete jedoch erstaunlich stark. Trotz des Wasserrauschens hörte ich, wie die Jungen Pippi erwischten.

»Ihr lauft so schnell«, keuchte sie lachend. Als die drei in die Hütte kletterten, schob ich meine Eifersucht beiseite. Wie mochte es wohl sein, einen so gut aussehenden Jungen zu küssen? Musste ich es meiner Vorgesetzten melden, wenn Pippi sich verführen ließ?

»Wie wunderbar du küsst«, hörte ich Pippi sagen.

Bettfedern knarzten, Pippi kicherte weiter. Dann stöhnte einer der Jungen. Wo war der andere? Schaute er zu?

Pippi leistete erbärmlich wenig Widerstand. Die beiden atmeten schwer und laut. Wie konnte sie nur?

»Du darfst die Kleider nicht anbehalten«, sagte einer der Jungen.

»Es ist so schmutzig hier drin«, widersprach Pippi.

Reglos wartete ich ab, weil jede Bewegung mich verraten hätte. Pippi schien ihren Spaß zu haben – bis sie es sich plötzlich anders überlegte.

»Bitte nicht«, flehte sie. »Ich muss zurück ...«

»Es ist unfair, so weit zu gehen ...«

»Du tust mir *weh*«, rief sie. »Herta!«

Freundinnen stehen einander bei. Andererseits hatte ich sie gewarnt. Warum hatte sie nicht auf mich gehört? Ihre Disziplinlosigkeit war eine Schwäche.

»Hilfe!«, schrie Pippi. »Herta, bitte hilf mir!«

Wenn ich zu ihr liefe, würde ich mich selbst in Gefahr bringen. Aber ich konnte sie unmöglich ihrem Schicksal überlassen. Also griff ich nach der kalten, schweren Schere und pirschte bei fast völliger Dunkelheit auf die morschen Stufen der Hütte zu.

Da die Fliegengittertür aus den Angeln und zu Boden gefallen war, hatte ich freie Sicht. Es befanden sich viele verrostete Betten im Inneren. Pippi lag auf dem einzigen, das quer stand. Es war in sich zusammengebrochen. Der Matratzenbezug war fleckig und zerrissen. Einer der Jungen lag auf Pippi. Sein Hintern, blauweiß, glatt und hart in dem dunklen Raum, pumpte auf und nieder, während Pippi schrie. Der zweite Junge, der dunkelhaarige, stand am Kopfende des Bettes und hielt Pippis Schultern fest.

Über die Lücken in den Dielenbrettern der Hütte hinweg trat ich ein.

»Aufhören«, befahl ich.

Bei meinem Anblick erhellte sich die Miene des zweiten Jungen. Vielleicht hoffte er auch auf eine Chance. Ich drohte mit der Schere, die im Dämmerlicht stumpf silbrig aufblitzte.

»Die meint es ernst«, sagte der dunkelhaarige Junge und ließ Pippis Schultern los.

Der Blonde stieß noch heftiger in Pippi hinein, als ihm

klar wurde, dass sie ihm womöglich bald entkommen würde.

Ich näherte mich. »Runter von ihr«, sagte ich.

»Komm, wir hauen ab«, meinte der Dunkelhaarige.

Der Blonde löste sich von Pippi, hob seine Kniebundhose vom Boden auf und floh mit seinem Freund, wobei beide meiner Schere auswichen. Pippi lag weinend auf der Matratze. Ich nahm mein Halstuch ab und legte es aufs Bett.

»Damit kannst du dich sauber machen.«

Ich ließ sie allein und ging hinaus, um mich zu vergewissern, dass die Jungen fort waren. Nachdem ich sicher war, dass sie nicht wiederkommen würden, steuerte ich auf den Bach zu. Ich hob die Schere, tastete nach einer Handvoll meines langen Haars, zog es straff und schnitt es ab. Eine Befreiung, bei der sich jeder Muskel entspannte. Ich machte weiter und tastete nach jeder störrischen Locke, bis mein Haar ringsherum bis auf Daumenbreite gestutzt war. Dann warf ich mein Haar ins Wasser und blickte ihm nach, wie es flussabwärts trieb, über Steine glitt und in der Dunkelheit verschwand.

Ich half Pippi zurück in unsere Hütte. Unter Tränen bedankte sie sich für die Rettung und gab zu, sie hätte auf meinen Rat hören sollen. Sie versprach, mir zu schreiben, sobald sie wieder zu Hause in Köln wäre.

Am nächsten Tag kamen Pippis Eltern, um sie abholen. Nach ihrem barschen Auftreten zu urteilen waren sie ziemlich ungehalten. Ich beobachtete, wie sie abfuhr und mir durchs Rückfenster des Autos ihrer Eltern zuwinkte. Meine einzige Freundin war fort.

Während meines restlichen Aufenthalts hatte ich die Schere stets griffbereit, allerdings zeigte der Haarschnitt, den ich mir verpasst hatte, seine Wirkung, und die Jungen ließen mich ohnehin in Ruhe. Am Ende der Freizeit hoffte die Hälfte meiner Hüttenkameradinnen, dass sie schwanger geworden waren, während ich zum Glück ohne befruchtete Eizelle das Lager verließ.

Kapitel 4

CAROLINE

1939

Nach Hitlers Einmarsch in Polen brach in jedem Konsulat in New York die nackte Panik aus, und in unserem Büro war die Hölle los. Die Lage spitzte sich weiter zu, als Washington die Visavorschriften verschärfte, was es fast unmöglich machte, aus Europa in die Vereinigten Staaten einzureisen. Auch Frankreich begrenzte seine Visa. Im November trotzten Menschen, die unbedingt als Erste an die Reihe kommen wollten, sogar der Kälte und übernachteten in Schlafsäcken unter meinem Bürofenster. Wenn wir morgens öffneten, erstreckte sich die Warteschlange derer, die verzweifelt nach Hause wollten, von unserem Empfangsbereich bis hinaus in den Flur.

Meine Busenfreundin Betty Merchant wählte einen grauen Tag Ende November, um ihre Spende vorbeizubringen. Als ich sie kommen hörte, bestellte ich bei Pia heißen Tee, der nie serviert werden würde. Betty stürmte in mein Büro, bekleidet mit einem leuchtend blauen Bouclé-Kostüm von Schiaparelli und einem mit blauen und scharlachroten Federn geschmückten Hut auf dem Kopf. Sie hatte sich eine zusammengerollte Zeitung unter den Arm geklemmt. In der Hand trug sie einen etwa einen Meter hohen Geldbaum, das vormalige Hochzeitsgeschenk eines Paares aus New Jersey, bestehend aus sechzig zu kleinen Fächern gefalteten Hundertdollarscheinen auf einem hölzernen Ständer. Mit der anderen Hand balancierte sie einen Turm aus ineinandersteckenden Schuhkartons.

Betty stellte den Geldbaum auf meine Schreibtischauflage. »Das ist für deine französischen Babys. Damit dürfte man eine Menge Dosenmilch kaufen können.«

Obwohl es schön war, Betty zu sehen, war ich weit hinter meinem Zeitplan, und die Fallakten stapelten sich. Nach französischer Sitte machte unser Büro zwischen halb eins und drei Mittagspause. Diese Zeit würde ich nutzen, um am Schreibtisch Thunfisch aus der Dose zu essen und mich auf den nachmittäglichen Ansturm vorzubereiten.

»Danke, Betty. Schön, dich zu sehen, aber ...«

»Und hier die versprochenen Schuhkartons. Ich habe nur die französischen mitgebracht, damit die Babys sich auch zu Hause fühlen.« Bettys Schuhsucht versorgte mich mit dem Verpackungsmaterial für die Hilfspäckchen, die ich ins Ausland schickte, und ich wusste, dass diese Quelle nie versiegen würde.

Betty machte die Bürotür zu. »Ich schließe sie wegen der Dame da draußen, die hat Ohren wie Rhabarberblätter.«

»Pia?«

»Sie platzt vor Neugier und will unbedingt wissen, wo wir heute zu Mittag essen.«

»Ich fürchte, ich ersticke in Arbeit. Außerdem habe ich keinen Hunger.«

»Nicht einmal einen kleinen Happen? Nichts hilft so gut gegen Appetitmangel wie ein Martini.«

»Wie kann ich zum Mittagessen gehen, wenn draußen die Massen warten? Gerade hatte ich ein Paar aus Lyon hier, das seit Juni nichts mehr von seiner Tochter in Frankreich gehört hat. Sie waren beide in Tränen aufgelöst.«

»Mal im Ernst, Caroline. Du arbeitest ehrenamtlich hier und darfst nicht mal zu Mittag essen?«

»Die Leute brauchen mich.«

»Vielleicht lade ich ja euren Liftboy – Cuddy, richtig? – ins 21 ein. Ich finde, Männer in Uniform haben das gewisse Etwas.«

Betty hielt im Spiegel ihrer Puderdose nach eventuellen Makeln Ausschau. Als sie keinen entdeckte, zuckte sie die Achseln. Betty wurde oft mit Rita Hayworth verglichen; sie war mit einer üppigen Haarmähne und mit Kurven gesegnet, die vor einiger Zeit einen älteren Herrn im Rollstuhl dazu gebracht hatten aufzustehen und seit Jahren die ersten Schritte zu tun. Sie war zwar nicht immer das hübscheste Mädchen im Raum, aber es war schwer, den Blick von ihr abzuwenden. Wie bei einem Zugunglück oder einem Tanzbären.

»Du brauchst eine Pause, Caroline. Warum gehen wir nicht zusammen zum Bridge?«

»Ich kann nicht, Betty. Hier ist die Hölle los. Weil Hitler sich neuerdings so aufspielt, will die Hälfte der Franzosen aus Frankreich raus und die andere Hälfte unbedingt dorthin zurück. Außerdem muss ich sechzig Hilfspäckchen packen. Du kannst mir gern dabei helfen.«

»Ich liebe die Franzosen. Offenbar tun sie dir gut. Gestern habe ich deinen neuen Freund auf dem Weg zum Theater gesehen.«

Vor dem Fenster fielen ein paar Schneeflocken. Schneite es auch in Connecticut, wo wir ein Haus hatten?

»Er ist nicht mein Freund.« Das war leider nur allzu wahr, dachte ich, obwohl ich mich im Herbst und im frühen Winter oft mit Paul getroffen hatte. Er besuchte mich vor der Probe im Konsulat, und wir teilten uns, ganz gleich bei welchem Wetter, einen Imbiss aus der Papiertüte im Dachgarten des Französischen Hauses.

»Für ihn hast du offenbar Zeit. Mutter hat mir erzählt, sie habe beobachtet, wie du rüber ins Sardi's gegangen bist. ›Ein Tête-à-Tête beim Mittagessen mit einem hochgewachsenen Europäer‹, ihre Worte. Die ganze Stadt redet darüber! Anscheinend ist er inzwischen dein bester Freund.« Betty warf die gefaltete Zeitung auf den Schreibtisch. »Sogar in der *Post* steht ein kurzer Bericht über euch beide. Wusstest du, dass das *Physical Culture Magazine* ihn zum attraktivsten Mann der Welt gewählt hat?«

Das wunderte mich zwar nicht, trotzdem fühlte ich mich geschmeichelt. Wer stimmte eigentlich über solche Dinge ab?

»Es war nur ein einziges Mittagessen«, erwiderte ich. »Wirklich. Um ihm zu sagen, wie ich seine Vorstellung fand ...«

Betty beugte sich über meinen Schreibtisch. »Du hast einen Liebhaber verdient, Caroline, aber du musst dich diskreter verhalten, mein Schatz. Muss es denn wirklich jemand vom Theater sein? Und noch dazu einer, der, tja, so bekannt ist? Ich weiß, dass du David noch immer nachtrauerst. Wenn ich geahnt hätte, dass mein Bruder ...«

»Das ist vorbei, Betty.«

»Ich könnte versuchen, dich an jemanden zu vermitteln,

aber wenn dein Ruf einmal ruiniert ist, lässt er sich nicht wieder aufpolieren. Evelyn Shimmerhorn zum Beispiel ist nicht mehr zu retten. Kann nicht mehr aus dem Haus.«

»Lass Evelyn in Ruhe. Mir ist es egal, was die Leute denken.«

»Es wäre dir nicht egal, wenn du nicht mehr eingeladen würdest. Warum erlaubst du mir nicht, dich zu verkuppeln? David mag mein Bruder sein, aber er hat seine Schwächen. Sei froh, dass du ihn los bist. Wirf dich aber keinem Franzosen an den Hals, nur um dich an ihm zu rächen. Jeder Mann hat ein Bild im Kopf, wie er sich seine Zukünftige vorstellt. Wir müssen nur den Passenden finden, dem genau du vorschwebst.«

»Es gibt sicher Wichtigeres, womit du dich beschäftigen könntest, Betty.«

Betty war seit unserem ersten Tag am damals noch koedukativen Chapin-College meine Freundin gewesen, als mich ein Junge im Französischunterricht als *le girafon* bezeichnet hatte. Sie hatte ihm den Absatz ihres weißen Kalbslederstiefels in den Fuß gebohrt.

»Wenn es nach mir ginge, könntest du dich mit Paul zusammen splitterfasernackt aufs Chrysler Building stellen. Aber ich versuche, dich zu beschützen, Liebes.«

Zu meiner großen Erleichterung verkündete Betty, sie sei in Eile. Ich folgte ihr zum Empfang, wo sie den Geldbaum auf Pias Schreibtisch knallte.

»Hoffentlich verlangen Sie nicht, dass ich das alles einzahle«, meinte Pia und lehnte sich mit einer Gauloise in der Hand zurück.

»Wäre das nicht eine Attraktion auf der Fifth Avenue? Besitzen Sie übrigens einen BH, liebe Pia?«

»Das Wort heißt *brassière*.«

Betty warf einen Dollar auf Pias Schreibtisch. »Nehmen Sie das und kaufen Sie sich einen. In der Kinderabteilung sind sie billiger.«

Als Betty den Empfangsbereich verließ, kam Paul mit einer braunen Papiertüte in der Hand aus dem Aufzug gestürmt und hielt ihr die Tür auf. Betty bedachte mich mit ihrem besten »Hab ich's dir nicht gesagt?«-Blick und brach auf.

Paul kam, um mit Roger seine Visaprobleme zu klären. Ich drängte mich in die Besprechung hinein, weil ich zeigen wollte, dass ich Paul unterstützte; das würde Roger sicher davon abhalten, ihn sofort abzuweisen. Roger hatte ein Klappbett in seinem Büro aufgestellt und es nicht zugeklappt. Die Bettwäsche knäulte sich darauf wie benutzte Taschentücher. Es war kein erholsamer Schlaf, den er hier fand.

»Ich muss Rena aus Frankreich rausholen«, begann Paul.

Roger nahm einen Elektrorasierer aus der Schublade und legte ihn auf die Schreibtischauflage. »Wir können es versuchen. Visa für die USA sind heiß begehrt. Selbst französische Staatsbürger mit Visum sitzen in Frankreich fest. Zu wenig Schiffe.«

»Renas Vater ist Jude«, sagte Paul. »Wird das die Sache verkomplizieren?«

Ich ging zum Klappbett und strich die Bettwäsche glatt.

»Seit Washington 1924 die Einwanderungsquoten gesenkt hat, ist alles schwieriger geworden«, erwiderte Roger.

»Sie wäre auch mit einem Touristenvisum zufrieden.«

Roger knallte die Schreibtischschublade zu. »Könnten Sie das Bett in Ruhe lassen, Caroline? Jeder da draußen in der Warteschlange wäre mit einem Touristenvisum zufrieden, Paul. Rena braucht zwei Sponsoren.«

»Einer könnte ja ich sein«, meinte ich und klopfte Rogers Kissen zurecht. War das Lippenstift? Rockette-Tanzgruppen-Rot?

»Danke, Caroline«, sagte Roger lächelnd.

Ich steckte das Laken unter der Matratze fest.

»Hat Rena schon eine Passage gebucht?«, erkundigte sich Roger.

»Ja, aber ohne Visum ist das Ticket verfallen. Sie bucht ein neues, sobald sie ein Visum hat.«

Roger schaltete den Rasierer an und fuhr sich damit über die Wangen. Wenn er seinen Bart sich selbst überlassen hätte, hätte er wohl sein ganzes Gesicht überwuchert. »Ich kann Ihnen nichts versprechen. Wir erwarten jeden Tag neue Visumseinschränkungen.«

»Noch mehr?«, fragte ich.

»Sie wissen, dass die Entscheidung nicht bei mir liegt«, entgegnete Roger.

Ich hob das Klappbett an und verstaute es in seinem Wandschrank.

»Können wir die Dinge nicht beschleunigen? Paul ist ein prominenter französischer Staatsbürger, der Botschafter des weltweiten ...«

»Ich bin von der Gnade des Außenministeriums abhängig, Caroline. Eine Kiste Champagner bringt einen da nur bedingt weiter.«

»Ich könnte auf Besuch nach Frankreich reisen«, schlug Paul vor.

»Wenn Sie das tun, bleiben Sie für immer dort«, antwortete Roger.

Ich trat an Pauls Stuhl. »Warum warten wir nicht bis zum Frühling?«

»Im Frühling wird die Situation eine ganz andere sein«,

erwiderte Roger. »Wenn Sie es ernst meinten, würden Sie jetzt gleich abreisen, Paul.«

Paul richtete sich auf.

»Selbstverständlich meine ich es ernst.«

Wirklich? Ich hatte ihm Wiedereinreiseformulare gegeben, und er hatte sie zweimal verschlampt. Nicht dass ich mich über seine Abreise gefreut hätte.

»Dann müssen Sie einen Antrag stellen«, sagte Roger.

»Ich kann die Formulare für dich ausfüllen«, erbot ich mich.

Paul drückte meine Hand.

»Sicher wollen Sie Ihre Frau dringend wiedersehen«, stellte Roger fest.

»Natürlich«, erwiderte Paul.

Roger stand auf. »Es ist Ihre Entscheidung. Aber wenn Sie in Ihrem Zimmer im Waldorf sitzen und Hitler beschließt, in Frankreich einzumarschieren, gibt es für Sie kein Zurück mehr.«

Die Besprechung war vorbei. Paul erhob sich ebenfalls.

»Caroline, könnten Sie noch einen Moment bleiben?«, fragte Roger.

Paul steuerte auf die Tür zu.

»Wir treffen uns oben«, sagte er und machte sich auf den Weg zum Dachgarten.

Roger schloss die Tür. »Ich hoffe, Sie wissen, worauf Sie sich da einlassen.«

»Ich war bereits Sponsorin für zehn Antragsteller …«

»Sie wissen, was ich meine. Mit Paul.«

»Da ist nichts«, entgegnete ich. *Ganz ruhig* … Ein übermüdeter Roger konnte schwierig werden.

»Ohne Sie wäre Paul schon abgereist. Ich sehe, was hier passiert.«

»Das ist unfair, Roger.«

»Wirklich? Er hat Familie, Caroline. Ist es da nicht seltsam, dass er es mit der Rückreise nicht eilig hat?« Roger griff nach Pauls Akte und blätterte sie durch.

»Seine neue Inszenierung ...«

»Sein Beruf soll ihm wichtiger sein als seine *Frau*?«

»Ich glaube, sie haben sich irgendwie ... auseinandergelebt.«

»Da hätten wir's ja schon.« Roger warf die Akte auf den Schreibtisch. »Pia erzählt mir, dass Sie beide die Mittagspausen oben im Dachgarten verbringen.«

»Kein Grund, die Pferde scheu zu machen, Roger.« Ich ging zur Tür. Roger ahnte nichts. Paul und ich hatten oft gemeinsam Manhattan durchwandert. Chop-Suey und Reiskuchen in der MacDougal Street im Greenwich Village gegessen. Waren durch den japanischen Garten im Prospect Park geschlendert.

»Hören Sie, Caroline, mir ist klar, dass Sie vermutlich einsam sind ...«

»Sie müssen nicht gleich beleidigend werden. Ich will ihm nur helfen. Es ist nicht richtig, dass er und Rena so leiden müssen. Bedenken Sie, was Paul alles getan hat, um Frankreich zu unterstützen.«

»Bitte. Sie wollen, dass ich Rena herhole, damit er bleiben kann. Und was dann? Drei sind einer zu viel, Caroline, und raten Sie mal, wer die Niete ziehen wird. Er muss seine Pflicht als Franzose erfüllen und nach Hause zurückkehren.«

»Wir müssen tun, was richtig ist.«

»*Wir* müssen gar nichts tun. Sehen Sie sich vor, dass Sie sich nicht die falschen Dinge wünschen, Caroline.«

Ich hastete zurück in mein Büro und wich dabei einer

herumliegenden Pétanque-Kugel aus. Wartete Paul noch auf mich?

Rogers Worte schwebten in der Luft. Vielleicht fühlte ich mich zu Paul hingezogen. Ich hoffte, dass Betty, was Männer und die Bilder in ihrem Kopf anging, recht hatte. Entsprach ich Pauls Bild? Es gab schlimmere Dinge im Leben.

Obwohl wir im Konsulat alle Hände voll zu tun hatten, bestand meine Mutter darauf, dass ich mich beim *thé dansant* engagierte, den sie und ihre Freundinnen im Plaza veranstalteten. Beim *thé dansant* handelte es sich um ein Relikt aus einer vergangenen Ära: ein ungezwungenes nachmittägliches Beisammensein, bei dem Kanapees herumgereicht wurden und der Tanz ausdrücklich erwünscht war.

Es gab Millionen Orte, wo ich an jenem Tag lieber gewesen wäre, doch Mutters *thé dansant* fand zur Unterstützung ihrer weißrussischen Freunde statt, ehemalige Mitglieder der russischen Aristokratie, nun im Exil, die im russischen Bürgerkrieg auf der Seite des Zaren gestanden hatten. Diesen früheren Aristokraten unter die Arme zu greifen war Mutter schon seit Jahren ein Anliegen, und ich fühlte mich verpflichtet zu helfen.

Sie hatte den großen, im Neorokokostil gehaltenen Ballsaal des Plaza reserviert, der mit seinen verspiegelten Wänden und Kronleuchtern aus Kristall eine der schönsten Räumlichkeiten in New York war. Außerdem hatte sie ein russisches Balalaika-Orchester angeheuert, und so saßen nun sechs frühere Hofmusiker des Zaren mit weißen Fliegen kerzengerade auf einem Podium auf der einen Seite des Ballsaals. Jeder hielt seine dreieckige Balalaika mit den drei Saiten auf dem Knie und wartete auf Mutters Einsatz. Obwohl diese Weltklassemusiker sich inzwischen damit begnügen mussten, bei *thés dansants* zu spielen, schienen sie sich über die Auftrittsmöglichkeit zu freuen. Die Gastgeberinnen, Angehörige des Komitees, die Mutter zwangsverpflichtet hatte, und einige meiner Freundinnen aus der Junior League schlenderten in traditioneller russischer Tracht durch den Raum. Mutter hatte sogar eine schmollende Pia überredet, sich uns anzuschließen.

Ich verriet niemandem außer meinen Mitgastgeberinnen, dass ich mich ehrenamtlich an solchen Veranstaltungen beteiligte, weil es so unbeschreiblich peinlich war, in russischer Tracht gesehen zu werden. Als Schauspielerin hatte ich, ohne zu zögern, jedes vorstellbare Kostüm getragen, aber dieser Aufzug war einfach zu viel, denn er bestand aus dem *sarafan,* einem langen schwarzen, trapezförmigen Kleid, das mit leuchtend roten und grünen Streifen bestickt war, und einer Puffärmelbluse, geschmückt mit Blumen in Krüwelstickerei. Mutter beharrte zudem darauf, dass wir den ganz besonders scheußlichen *kokoschnik* aufsetzten, den hohen Kopfschmuck mit goldener und silberner Stickerei, besetzt mit Halbedelsteinen und gekrönt von langen Ketten aus Flussperlen. Als ob ich nicht schon groß genug gewesen wäre. Mit dem Kopfschmuck ähnelte ich einem klein geratenen und mit Perlen behängten Empire State Building.

Mutter stellte eine leere russische Spendenschale, vergoldet und mit Emailleverzierung, auf den Ehrentisch und legte dann eine Hand auf meinen bestickten Ärmel. Sofort wehte eine wundervolle Parfümwolke zu mir herüber, ein Duft, den ihr Freund Prinz Matchabelli, selbst ein georgischer Nationalist im Exil, aus ihren Lieblingsaromen Flieder, Sandelholz und Rose für sie kreiert hatte. Er und seine Frau, die Schauspielerin Prinzessin Noria, schickten Mutter jeden ihrer Düfte, was zu einer bunten Stadt aus von Kristallstöpseln gekrönten Flaschen auf ihrem Frisiertisch geführt hatte.

»Es werden nicht viele kommen«, merkte Mutter an. »Das habe ich im Gefühl.«

Ich zögerte, ihr zu sagen, dass das mangelnde Interesse unvermeidlich war, da die Amerikaner immer isolationistischer wurden. Umfragen zeigten, dass unser Land, das noch immer unter den Nachwehen des Krieges und der Weltwirtschaftskrise litt, sich nicht in den neuen Konflikt hineinziehen lassen wollte. Die New Yorker hatten keine Lust auf einen *thé dansant*, von dem womöglich jemand profitierte, der außerhalb unserer achtundvierzig Bundesstaaten lebte.

»Wegen des Kriegs in Europa stehen deine Weißrussen nicht mehr oben auf der Liste, Mutter.«

Mutter lächelte. »Ja, denk nur an all die armen vertriebenen Europäer.« Sie betrachtete die Möglichkeit, sich wohltätig zu engagieren, wie andere eine Kuchenplatte.

Unser Koch Serge betrat den Ballsaal. Er trug eine gefältelte Kochmütze, und seine Kochjacke war mit Mehl bestäubt. In den Armen hielt er eine Silberschale mit *tworog*, einem russischen Bauerngericht aus Käse mit Brombeersirup. Eigentlich hieß er Wladimir Sergeyevitsch Yewtuschenko und entstammte irgendeiner russischen Adelsfamilie, über die Mutter sich nie genauer äußerte. Dass Serge bei uns wohnte, war, als hätten wir einen jüngeren Bruder mit starkem Akzent bei uns aufgenommen, der den ganzen Tag damit zubrachte, sich auszudenken, was er sonst noch für Mutter und mich flambieren konnte.

Serges Erscheinen rief Pia auf den Plan. Mit einem Punschglas aus Kristall in der Hand glitt sie auf ihn zu wie ein Krokodil ins Wasser. »Das sieht ja köstlich aus, Serge.«

Serge errötete und wischte sich die Hand an der Schürze ab. Der schlaksige, hellblonde Serge, der jedes Mädchen in New York hätte haben können, litt an so starker Schüchternheit, dass er sich für gewöhnlich in der Küche verkroch und lieber an seiner Crème brûlée herumexperimentierte.

»Vielleicht war es ein Fehler, den großen Ballsaal zu reservieren, Mutter«, meinte ich.

Die Wahrscheinlichkeit, mehr als tausend Quadratmeter mit feiernden Menschen zu füllen, war recht gering. Ich stibitzte ein Stück von Mutters *khaschapuri,* einem zu Dreiecken geschnittenen Butterbrot. »Aber du hast in der *Times* annonciert. Die Leute werden kommen.«

Mutters Orchester spielte eine leidenschaftliche Version des russischen Volkslieds »Der alte Lindenbaum«, unvereinbar mit irgendeinem modernen Tanzschritt.

Mutter packte mich am Ellbogen und zog mich beiseite. »Wir verkaufen russischen Tee und Zigaretten. Aber von denen lässt du die Finger. Pia sagt, du hast mit deinem französischen Freund geraucht.«

»Er ist nicht ...«

»Was du in deiner Freizeit treibst, ist deine Sache, aber hier müssen wir Gewinn machen.«

»Ich weiß, dass du mit Paul nicht einverstanden bist. Wir sind aber nur befreundet.«

»Ich bin nicht deine Gouvernante, Caroline, und trotzdem. Wir beide wissen, wie Theaterleute sind. Insbesondere verheiratete Schauspieler fern der Heimat. Du bist eine fünfunddreißigjährige Frau ...«

»Siebenunddreißig.«

»Du brauchst meinen Segen nicht. Aber wenn du mich fragst, könnte der eine oder andere aus dem Orchester einen annehmbaren Verehrer abgeben.« Mutter wies mit einem Nicken auf die Musiker. »Früher war das die Elite der russischen Aristokratie.«

»Die sind ja alle über sechzig.«

»Der wählerische Vogel bleibt hungrig, mein Kind.«

Während Mutter umherschlenderte, um Spenden einzutreiben, beendete ich die Vorbereitungen im Saal. Gerade stand ich auf einer Leiter und rückte einen Scheinwerfer zurecht, damit er auf das Orchester zeigte, wohl wissend, dass ich in dieser Höhe noch mehr auffiel, als Paul in der Tür des Ballsaals erschien. Er steuerte sofort auf die Leiter zu.

»Roger sagte, ich würde dich hier finden.«

Der große Raum schmeichelte Paul. Die cremefarbenen Wände mit den goldenen Akzenten unterstrichen seinen dunklen Teint. Ich wurde schlagartig von *la douleur* ergriffen, eines der vielen französischen Wörter, die kaum übersetzbar sind. Es bedeutet »der Schmerz, sich nach jemandem zu sehnen, den man nicht haben kann«.

»Wie nett von ihm«, erwiderte ich und kletterte mit schwingenden Perlen die Leiter hinunter. Konnte er nicht wenigstens das Grinsen unterdrücken?

»Ich bin unterwegs ins Theater, aber ich brauche deine Unterschrift für Renas Visumsantrag. Falls ich störe …«

»Natürlich nicht.«

Mutter näherte sich, während das Orchester ein schnelleres Tempo anschlug.

»Mutter, darf ich dir Paul Rodierre vorstellen?«

»Schön, Sie kennenzulernen«, sagte Mutter. »Sie spielen *In den Straßen von Paris*, richtig?«

Paul schenkte Mutter ein reizendes Lächeln. »Nur als einer von Hunderten.«

Offenbar war Mutter immun gegen ihn. Für einen unbeteiligten Betrachter verhielt sie sich absolut herzlich. Aber nachdem ich sie jahrelang in Gesellschaft beobachtet hatte, erkannte ich die Kühle.

»Wenn Sie mich entschuldigen würden, ich muss mich darum kümmern, dass neue *khaschapuri* gebracht werden. Jemand scheint sie zu verschlingen.«

Paul wandte sich an Mutter. »*Khaschapuri*? Mein Leibgericht.«

»Ich fürchte, nur für zahlende Gäste«, entgegnete Mutter. »Nicht dass heute viele kommen werden.«

Paul vollführte eine leichte Verbeugung in Mutters Richtung. Er ging sehr förmlich mit ihr um. »Wenn die Damen mich entschuldigen würden, ich muss los.« Er lächelte mir zu und verschwand. So schnell?

»Gut gemacht, Mutter. Du hast unseren einzigen Gast verärgert.«

»Die Franzosen sind ja so empfindlich.«

»Du kannst nicht damit rechnen, dass die Leute bleiben. New Yorker würden lieber sterben, als *tworog* zu essen. Außerdem wäre es hilfreich, Alkohol anzubieten.«

»Das nächste Mal gibt es Wiener Würstchen mit Bohnen. Wenn es nach dir ginge, würden wir ein Resteessen veranstalten. Mit einem Krug Mais-Whiskey auf jedem Tisch.«

Ich wandte mich der Aufgabe zu, Mutters Tannenzweiggirlanden über den Türen anzubringen. Bei der Arbeit ging ich im Geiste die lange Liste der Dinge durch, die ich dringend erledigen musste. Die Berichte für Roger. Meine Hilfspäckchen. Warum war Mutter so starrsinnig? Sie musste sich ans zwanzigste Jahrhundert anpassen.

Als ich einen Blick auf mir spürte, drehte ich mich um und stellte fest, dass mir einer der älteren Orchestermusiker mitsamt Balalaika in der Hand zuzwinkerte.

Eine Stunde später gab sogar Mutter sich geschlagen. Unsere einzigen Besucher waren Gäste des Plaza gewesen, ein Paar aus Chicago, das versehentlich hierhergeraten war und die Flucht ergriffen hatte, als wäre es über eine Nudistenkolonie gestolpert.

»Tja, das war ja wohl eine Pleite«, meinte Mutter.

Ich nahm eine Girlande von der Wand.

»Ich habe dir doch gesagt ...«

Ich kam nicht dazu, den Satz zu beenden, denn auf dem Flur vor dem Ballsaal brach ein solcher Tumult los, dass wir kaum noch unser eigenes Wort verstanden. Die Türen wurden weit aufgerissen, und eine Menschenmenge strömte herein. Es waren die unterschiedlichsten Leute, die man sich vorstellen konnte, aus sämtlichen sozialen Schichten, alle stark geschminkt und im Stil der Zwanzigerjahre gekleidet. Frauen in Pulloverkleidern mit tief angesetzten Gürteln, das Haar mit den Fingern zerzaust. Einige trugen Kleider mit niedriger Taille und Bubiköpfe à la Louise Brooks. Hinreißende Geschöpfe in Nachmittagsroben aus mit Perlen und Strasssteinen besticktem Satin, das Haar kurz geschnitten und glatt wie bei Josephine Baker. Die Männer waren mit altmodischen Anzügen und Melonen ausstaffiert. Ein Trupp Musiker in schwarzen Fräcken, mit Geigen und Saxofonen bewaffnet, bildete die Nachhut. Mutter sah aus, als würde sie gleich vor Freude Luftsprünge machen, und winkte die Musiker zum Orchester hinüber.

»Zuerst essen wir alle *khaschapuri*«, verkündete sie. »Geben Sie Ihre Mäntel der lieben Pia.«

Paul kam als Letzter hereinmarschiert.

»Ach herrje, was ist denn hier los?«, wunderte er sich und zwängte sich an zwei Frauen mit tief in die Stirn gezogenen Glockenhüten vorbei, die ein Schlagzeug schleppten. Natürlich erkannte ich sie.

»Ich glaube, das weißt du ganz genau, Paul. Wie hast du bloß das ganze Ensemble hierhergelockt?«

»Ach, du kennst ja die Theaterleute. Sie waren bereits für eine Party angezogen. Carmen hat Migräne, also fällt die Matinee heute aus. Wir haben frei, bis um sechs der Vorhang aufgeht.«

Die Band von *In den Straßen von Paris* fügte sich großartig mit Mutters russischen Orchesterfreunden zusammen und schlug mit »Love Is Here to Stay« eine musikalische Brücke zwischen den Nationen. Sobald die Tänzer das Stück erkannten, übernahmen sie die Tanzfläche. Frauen tanzten Foxtrott und Swing mit Frauen, Männer tanzten mit Männern.

Mutter eilte auf uns zu und rückte dabei ihren Kopfschmuck gerade.

»Eine hübsche Versammlung, nicht wahr? Ich wusste, dass wir schließlich doch ein paar Menschen anlocken würden.«

»Mutter, das haben wir Paul zu verdanken. Das ist sein Ensemble. Sie sind alle hergekommen.«

Kurz blinzelte Mutter verdattert und drehte sich dann zu Paul um. »Nun, das Amerikanische Zentralkomitee der Russlandhilfe bedankt sich bei Ihnen, Mr. Rodierre.«

»Besteht die Möglichkeit, dass dieser Dank einen Tanz einschließt? Ich habe noch nie zu Gershwin, gespielt auf einer Balalaika, getanzt.«

»In diesem Fall dürfen wir Ihnen die Möglichkeit nicht verwehren«, erwiderte Mutter.

Sobald es sich herumgesprochen hatte, dass der berühmte Paul Rodierre beim *thé dansant* anwesend war, fand sich das ganze Hotel ein, und Serge musste den *tworog* dreimal nachfüllen. Bald gelang es mir, meinen Kopfschmuck loszuwerden, und alle amüsierten sich großartig. Auch Mutters Orchesterfreunde, die russischen Wodka mitgebracht hatten, um dem Eistee mehr Würze zu verleihen.

Als Paul ging, wölbten sich seine Taschen über den russischen Zigaretten, die Mutter ihm aufgedrängt hatte, und die Spendenschale des Amerikanischen Zentralkomitees der Russlandhilfe quoll über.

Zwischen zwei Tänzen blieb Mutter atemlos neben mir stehen. »Such dir so viele französische Freunde, wie du willst, Schatz. Ich vermisse die Theaterleute, du auch, Liebes? So eine erfrischende Abwechslung.«

Paul winkte mir zum Abschied zu. Er hatte seine Sache gut gemacht und musste jetzt seine Truppe rechtzeitig vor Beginn der Vorstellung zum Theater scheuchen. Seine großzügige Geste hätte keine glücklichere Empfängerin finden können als Mutter. Seit Vaters Tod hatte sie nicht mehr so viel getanzt. Wie also konnte ich ihm nicht unbeschreiblich dankbar sein?

Betty hatte recht. Er war wirklich mein bester Freund.

Kapitel 5

KASIA

1939

Matka schrie auf, als der SS-Mann die Schaufel auf Psina niedersausen ließ. Nach einem schrecklichen Gackern lag sie still da. Das einzige Geräusch war das Scharren ihrer zuckenden Füße auf dem harten Boden. Einige karamellfarbene Federn trudelten durch die Luft.

»So haben wir es zu Hause gemacht«, verkündete der SS-Mann. Er ließ die Schaufel fallen, packte die arme Psina am schlaffen Hals und warf sie dem Mageren zu. Ich versuchte, nicht hinzuschauen, denn ihre Beine zappelten immer noch.

»Ich werde ein Auge zudrücken«, sagte der SS-Mann zu Matka und wischte sich an einem Taschentuch die Hände ab. »Aber vergessen Sie nicht, dass es ein schweres Verbrechen ist, dem Deutschen Reich Lebensmittel vorzuenthalten. Sie haben Glück, dass Sie nur verwarnt werden.«

»Natürlich«, erwiderte Matka mit der Hand an der Kehle.

»Psina«, rief ich aus. Tränen brannten mir in den Augen.

»Hören Sie sich das an«, meinte der Magere. Er hielt

Psina kopfüber und wich ihren Krallen aus. »Psina heißt auf Polnisch Hündchen. Die nennen ein Huhn Hund. Dumme Polacken.«

Die Männer trampelten mit Psina davon.

Ich zitterte am ganzen Leib. »Du hast nicht verhindert, dass sie Psina töten, Matka.«

»Würdest du für ein Huhn sterben wollen?«, entgegnete Matka, doch auch sie hatte Tränen in den Augen.

Wir hasteten in die Küche und beobachteten durchs Fenster, wie die Männer in ihrem Lastwagen davonfuhren. Gott sei Dank hatte meine Schwester das nicht mitansehen müssen.

Zuzanna, die die Nacht im Krankenhaus verbracht hatte, kehrte am nächsten Tag zurück. Ihr Mentor, der Leiter des Krankenhauses und berühmt für seine Gaumenspaltenoperationen, war verhaftet worden. Ihr hatte man befohlen, die Station zu verlassen, und ihr mitgeteilt, dass Polen grundsätzlich für wichtige Positionen ungeeignet seien. Noch nie hatte ich sie so erschüttert, aufgebracht und zornig erlebt, denn man hatte sie gezwungen, ihre Patienten, hauptsächlich Kinder, im Stich zu lassen. Später erfuhren wir, dass die Nazis bereits 1936 Listen von Polen aufgestellt hatten, die verdächtigt wurden, deutschlandfeindlich gesinnt zu sein. Sie hatten sogar Krankenhäuser zu Zielen erklärt und mit riesigen X markiert, damit die Piloten sie auch aus der Luft erkannten. Kein Wunder, dass sie jeden sofort fanden und festnehmen konnten, den sie wollten.

Papa kam nach drei Tagen Verhör durch die Gestapo nach Hause. Er war zwar nicht geschlagen worden, doch man hatte ihm befohlen, von nun an jeden Morgen früher zur Arbeit zu erscheinen und bis in die Abendstunden im

Postamt zu bleiben. Wir waren erleichtert, dass er noch lebte, aber er berichtete uns, es sei schrecklich gewesen mitanzusehen, wie die Nazis Päckchen und Briefe aus den Postfächern der polnischen Bürger öffneten und sich hemmungslos daraus bedienten. Nach Dienstschluss bestreuten sie den Boden mit Sägemehl, um sicherzugehen, dass er und seine Mitarbeiter das nachts unbewachte Postamt nicht betraten.

Bald war es, als versammelte sich ganz Nazideutschland bei uns. Unsere deutschen Nachbarn gingen hinaus auf die Straße und begrüßten die Soldaten mit ausgestreckten Armen und Blumen, während wir im Haus blieben. Die russischen Truppen standen östlich von uns und rückten nur bis zum westlichen Bugfluss vor.

Wir fühlten uns wie in Honig festklebende Fliegen, am Leben, aber nicht wirklich lebendig. Zu unserem Glück wurde Zuzanna wieder Lublins Rettungsdienst zugeteilt; alle anderen Ärzte im Krankenhaus, männlich wie weiblich, wurden zusammengetrieben und weggebracht. Sie stellten ihr Papiere mit Fotos, die dutzendfach mit dem schwarzen Naziadler bestempelt waren, aus. Damit durfte sie jederzeit, auch nach der Ausgangssperre, das Haus verlassen. Jeden Morgen waren wir dankbar, in unseren eigenen Betten aufzuwachen. So viele unserer polnischen Freunde verschwanden mitten in der Nacht, ohne dass es dafür je eine Erklärung gegeben hatte.

Eines Tages saß ich, eingewickelt in eine Steppdecke, um mich zu wärmen, auf meinem Bett und machte einen Psychotest im *Photoplay Magazine*, meine liebste Beschäftigung, solange ich zu Hause bleiben musste. Ein Schüler in Pietriks heimlichem Wirtschaftskurs hatte das *Magazine* mit amerikanischen Zeitschriften bezahlt, und ich lernte jedes Wort darin auswendig. In dem Test hieß es, man spüre ein Klacken wie beim Schließen einer Puderdose, wenn man verliebt sei. Ich spürte dieses Klacken bei jeder Begegnung mit Pietrik. Unsere Interessen stimmten komplett überein (laut Test eine Seltenheit).

An diesem Tag kam Pietrik mich besuchen. Es war schön, ihn zu sehen. Worüber wir redeten, war mir egal. Ich wollte ihn nur bei mir behalten, ganz gleich wie.

»Wie lange kannst du bleiben?«

Ich hatte ein Foto von Carole Lombard aus der Zeitschrift ausgeschnitten. Es zeigte sie umgeben von weißen Weihnachtssternen irgendwo in Los Angeles. Ich hatte Mühe, die Ruhe zu bewahren, weil ich ständig das Klacken der Puderdose spürte.

Pietrik setzte sich neben mich aufs Bett. Die Federn drückten sich unter seinem Gewicht zusammen.

»Nicht lange. Ich möchte dich um einen Gefallen bitten. Es geht um Nadia.« Er wirkte müde und hatte sich seit Tagen nicht rasiert. »Sie musste für eine Weile weg.«

»Was ist passiert?«, fragte ich und fror plötzlich am ganzen Körper.

»Das darf ich nicht sagen.«

»Aber …«

»Es ist zu gefährlich für dich, es zu wissen. Vertrau mir. Menschen arbeiten daran, etwas zu verändern.«

Für mich war klar, dass er im Untergrund war. Obwohl er es nie zugab, musste er zu den Ersten gehört haben, die nach dem Einmarsch der Nazis dem Widerstand beigetreten waren. Mir waren geheimnisvolle spätnächtliche Treffen aufgefallen. Tagelange Abwesenheit ohne eine Erklärung. Er trug zwar keine schweren schwarzen Stiefel wie einige andere Jungen im Untergrund, was sie zur Zielscheibe für die Deutschen machte, aber er war nun also tief in die Sache verwickelt.

Ich hoffte, dass es für die SS nicht allzu offensichtlich war. Die meisten von uns boykottierten deutsche Befehle und sabotierten die Besatzung, so gut wir konnten. Doch die Heimatarmee, die Armia Krajowa oder AK, meinte es ernst. Auch wenn sie anfangs nicht offiziell als AK bezeichnet wurde, repräsentierte sie die polnische Exilregierung in London. Unsere Exilregierung schickte uns Warnungen über die BBC, den polnischen Radiosender Swit und alle siebzehn Untergrundzeitungen in Lublin.

»Wenn du helfen möchtest, könntest du mir einen großen Gefallen tun, Kasia.«

»Was immer du willst.«

»Als Nadia und ihre Mutter geflohen sind, mussten sie Felka zurücklassen. Die Nazis machen schreckliche Dinge mit Katzen und Hunden, die Juden gehört haben. Kannst du sie zu dir holen?«

»Wo ist Nadia? Kann ich sie sehen?«

Es kümmerte mich nicht mehr, ob sie und Pietrik verliebt waren. Ich wollte nur, dass ihnen nichts zustieß.

»Ich darf dir nur verraten, dass die Nazis sie fast verhaftet hätten und sie gerade noch rechtzeitig entkommen konnte.«

»Weil sie Jüdin ist? Sie ist katholisch.«

»Ja, aber ihr Großvater war Jude, und das bringt sie in Gefahr. Nadia muss für eine Weile untertauchen. Es geht ihr gut, Felka im Augenblick nicht.« Er fasste mich am Arm. »Hilfst du uns? Holst du sie her?«

»Natürlich.«

»Außerdem hat Nadias Mutter etwas in ihrem Nachtkästchen vergessen, das an einen sicheren Ort gehört. Es ist ein gelber Umschlag, der im Telefonbuch steckt.«

»Ich weiß nicht, Pietrik. Nadias Mutter schließt immer ab.«

»Die Hintertür ist offen. Du musst das Telefonbuch mit dem Umschlag darin mitnehmen. Ich ziehe dich nur ungern in die Sache mit hinein, weil du mir viel bedeutest, aber ich habe sonst niemanden.«

Hatte er Tränen in den Augen? Hatte er gesagt, dass ich ihm viel bedeutete?

»Ja, du weißt doch, dass ich dir helfe.«

Er nahm meine Hand, drehte sie herum und küsste meine Handfläche. Ich glaubte, ich würde an Ort und Stelle zerschmelzen und durch die Dielenbretter bis in den Keller tropfen. Kurz vergaß ich all die schrecklichen Dinge, die derzeit geschahen.

»Bring das Telefonbuch mit dem Umschlag morgen früh um kurz nach zehn in die Lipowa 12. Klingle. Jemand wird dich fragen, wer du bist. Du antwortest: *Iwona.*«

»Ist das mein Deckname?« Iwona hieß Vogelbeerbaum. Ich wollte einen Decknamen, der sexy klang. Grazyna zum Beispiel; das hieß schön.

»Ja, das ist dein Deckname. Wiola wird dich ins Haus lassen. Gib ihr das Telefonbuch und sag ihr, es ist für Konrad Zegota. Dann geh wieder, aber nimm den Weg durch den Ludowky-Park nach Hause.«

Als ich die Szene später Revue passieren ließ, war ich mir nicht mehr sicher, ob er wirklich »Du bedeutest mir etwas« gesagt hatte. Vielleicht hatte der Liebestest aus der *Photoplay* trotz allem recht.

Am nächsten Morgen ging ich zu Nadias Zuhause, einer hübschen Wohnung im Erdgeschoss eines zweistöckigen Gebäudes, etwa fünf Fußminuten entfernt. Ich wollte bei meiner ersten Mission für Pietrik alles richtig machen.

Unterwegs blieb ich neben ihrem Haus an der Steinmauer stehen, in der wir einander Geheimbotschaften und unsere Lieblingsbücher hinterlegt hatten. Ich zog unseren besonderen Stein heraus, glatt und mit abgerundeten Ecken, weil er so viele Jahre lang bewegt worden war. Das letzte Buch, das ich für sie hier versteckt hatte, war noch da. *Der Teufel der zehnten Klasse* von Kornel Makuszynski. Es war unser Lieblingsbuch, das wir uns schon oft hin und her gereicht hatten. Würde sie noch einmal die Gelegenheit haben, es sich zu holen? Ich verstaute es wieder in der Nische und schob den Stein an seinen Platz.

Ohne eine Spur von Nervosität setzte ich meinen Weg fort. Das heißt, bis ich Nadias Haus erreichte. Beim Anblick ihrer orangefarbenen Tür bekam ich sofort weiche Knie. *Tief einatmen. Tief ausatmen.*

Ich umrundete das Haus bis zu dem kleinen, eingezäunten Garten, spähte durch die Latten und sah Felka zusammengerollt auf der Hintertreppe kauern. Selbst durch ihr dichtes Fell konnte ich deutlich ihre Rippen erkennen. Nadias Garten war sogar noch kleiner als unserer. Ein kränklicher Rosenbusch und ein rostiger Kinderkarren waren die einzige Dekoration.

Mühsam kletterte ich über den Zaun und näherte mich langsam Felka. Wartete sie auf Nadia? Als ich ihr die Brust kraulte, versuchte sie, mit dem Schwanz zu wedeln, obwohl sie kaum den Kopf heben konnte. Sie war zwar warm, aber ihr Atem ging flach und stoßweise. Das arme Mädchen war halb verhungert.

Ich machte einen Schritt über Felka hinweg, öffnete die Hintertür und schlich in die Küche.

Nach dem Apfelkuchen auf dem Tisch zu urteilen waren Nadia und ihre Mutter seit mindestens einer Woche fort. Die Milch in den Gläsern war geronnen, und die Fliegen hatten die Pflaumen entdeckt. Ich ging durch die Küche in Nadias Zimmer. Ihr Bett war wie immer gemacht.

Ich pirschte mich durch den Rest des Hauses ins Schlafzimmer von Nadias Mutter vor. Dort waren kaum Anzeichen eines Aufbruchs, hastig oder nicht, festzustellen. Ein weiß lackiertes Eisenbett mit einer Daunendecke und einer Häkeldecke am Fußende nahm den Großteil des Raumes ein. Die Daunendecke wies eine Einbuchtung auf, wo ein Koffer gelegen hatte. Eine polnische Ausgabe von *Vom Winde verweht* wartete auf dem Nachtkästchen. An der Wand hingen zwei Wandteppiche mit ländlichen Szenen, ein kleines Kruzifix und ein Kalender. Das Kalenderblatt zeigte eine elegante Frau, die mit einem Strauß gelber Blumen in den Armen vor einer Lokomotive stand. DEUTSCHLAND MÖCHTE SIE SEHEN, lautete der Schriftzug oben auf der Seite. Außerdem stand da der Name von Frau Watrobas Reisebüro: WATROBA REISEN. WIR BRINGEN SIE HIN.

Ich öffnete die Schublade des Nachttischs, fand das Telefonbuch und blätterte es durch, bis ich auf einen dicken Umschlag stieß. Er war versiegelt und in einer zittrigen Handschrift mit dem Namen Zegota versehen. Durch das Papier war blass die Farbe von Geldscheinen zu erkennen. Ich nahm das Buch, zog die Decke vom Fußende des Bettes und kehrte zurück in die Küche, wo ich nach einem glänzenden Hefezopf auf dem Tisch griff. Er war zwar steinhart, aber jedes Brot war wertvoll.

Im Garten hob ich Felka in den Karren. Die Arme gab kaum einen Mucks von sich. Ich legte das Telefonbuch neben sie, breitete die Decke über alles und marschierte die Lipowa entlang und nahm hier und da Seitenstraßen, um den Nazis nicht in die Arme zu laufen. Fast waren wir am Ziel, und ich wurde schneller, sodass der Karren über das Kopfsteinpflaster holperte.

»Was haben wir denn da?«

Ein SS-Mann im braunen Hemd trat aus einer Seitengasse und erschreckte mich fast zu Tode. Ich bemerkte, dass ein Mädchen aus meiner Klasse am Gymnasium hinter ihm stand, doch sie verdrückte sich rasch in die Schatten. Meine Knie zitterten so sehr, dass ich fast umfiel.

»Ich will nach Hause«, antwortete ich auf Deutsch. Zum Glück konnte ich Deutsch; Polnisch zu sprechen war ja verboten.

»Ach, eine Deutsche.« Mit seinem Schlagstock lüpfte er die Decke.

»Nein, Polin.«

Der SS-Mann achtete nicht auf mich, sondern nahm den Karren genauer in Augenschein.

»Was ist das? Ein toter Hund?«

Mein Herzschlag hallte so laut in meinen Ohren, dass ich ihn kaum verstehen konnte. »Nur krank. Hoffentlich ist es nicht ansteckend.«

Der SS-Mann ließ den Schlagstock sinken. »Weitergehen«, befahl er. »Bring das kranke Tier nach Hause.« Er verschwand wieder in der Seitengasse.

Als ich das Büro in der Lipowa erreichte, war ich völlig durchgeschwitzt. Es war eine belebte Straße. Ich ließ Felka zugedeckt im Karren liegen und stieg die Treppe hinauf. Meine Beine zitterten wie das Aspik auf Matkas

Karpfen. Nun war ich offiziell eine *Spionin*. Mit nur sechzehn Jahren eine Feindin der Nazis. Das verlieh einem eine Menge Macht. Ich richtete mich ein wenig gerader auf und läutete. Wie war noch mal der Deckname der Frau, die die Lieferung entgegennehmen würde?

Wiola.

»Wer ist da?«, erklang eine Stimme von drinnen.

»Iwona«, erwiderte ich.

Ich schaute zurück zur Straße. Autos und Pferdewagen fuhren vorbei, der Gehweg war voller Passanten. *Beeil dich, Wiola.* Was, wenn die SS mich vor aller Augen mit einem Telefonbuch ertappte?

Der Türsummer surrte. Ich trat ein und schloss die Tür hinter mir.

Ich kannte das Mädchen mit dem Decknamen Wiola. Es war Janina Grabowski aus meiner früheren Pfadfinderinnengruppe. Sie spreizte alle zehn Finger, jeder gekrönt von feuchtem rubinroten Nagellack.

»Entschuldige, dass ich nicht früher aufgemacht habe«, sagte sie.

Ich streckte ihr das Telefonbuch hin. »Wiola, das ist für Konrad Zegota.«

Janina war ein nettes Mädchen mit flammend rot gefärbtem Haar und der Figur eines Bauernmädchens, wäre allerdings nicht meine erste Wahl als Komplizin gewesen, wenn ich mein Leben aufs Spiel setzen müsste. Sie besaß kein einziges wichtiges Pfadfinderinnenabzeichen, und alle wussten, dass sie ihr Kunstabzeichen fürs Schminken bekommen hatte.

Janina klemmte das Telefonbuch zwischen ihre Handflächen.

»Danke, *Iwona*.«

Das Büro befand sich in einem umfunktionierten Wohnblock mit großen Fenstern zur Straße, vor denen nur durchscheinende weiße Vorhänge hingen. Es war möbliert mit einem Metallschreibtisch mit einer alten Schreibmaschine darauf, zwei Sesseln und einem staubigen, mit alten polnischen Modezeitschriften bedeckten Tisch. Jemand hatte ein Glas mit einem Goldfisch auf den Tisch gestellt. Der Goldfisch verharrte auf der Stelle. Seine Flossen ruderten, und er hatte das Maul zu einem erstaunten O aufgerissen. Sogar er schien bemerkt zu haben, dass dieses Büro bloß Tarnung war.

Janina warf das Telefonbuch auf den Schreibtisch. Ein Lächeln umspielte ihre Lippen, bis sie schließlich laut zu lachen anfing.

»Du kannst nicht erwarten, dass ich ernst bleibe, Kasia. *Iwona.* Das alles ist ja zu komisch.«

Der Name, den Pietrik ihr gegeben hatte, Wiola, bedeutete Veilchen; kein passender Name für ein kräftiges Mädchen mit Handgelenken so dick wie Tischbeine.

»Sprich leiser. Wer weiß, ob uns jemand beobachtet?«

Die Deckenlampen schienen grell. Wir wurden beleuchtet, dass jeder Nazi uns von Weitem sehen konnte.

»Die einzigen Nazis, die irgendwo hier in der Nähe waren, sind Anna Sadowski gefolgt, die Granaten im BH schmuggeln sollte. Sie haben die ganze Zeit mit ihr geflirtet. Manche Mädchen kriegen eben die Aufträge, die Spaß machen.« Janina kam einen Schritt näher. »Bleibst du auf ein Kartenspiel?«

Kartenspiel?

»In dem Umschlag steckt Geld. Solltest du es nicht verstecken? Willst du, dass wir erschossen werden?«

»Ach, bleib doch noch. Ich könnte dir die Haare machen.«

»Ich muss vor Sonnenuntergang zu Hause sein.«

Sie presste die Hände vor die Brust. »Eine Hochsteckfrisur?«

Janina arbeitete in Teilzeit im besten Friseursalon Lublins.

»Pietrik hat gesagt, ich soll sofort nach Hause gehen.«

»Seid ihr zwei ein Paar?«

»Ich muss los ...«

»Alle behaupten, dass er dich mag.«

Ich eilte zur Tür. »Hör nicht auf die Gerüchte.«

Janina nahm eine Zeitschrift vom Tisch und rutschte auf den Schreibtisch. »Also interessierst du dich *überhaupt nicht* für Gerüchte?«

Ich drehte mich um.

»Auch nicht für Gerüchte über, sagen wir mal ... Nadia Watroba?«

Ich trat auf den Schreibtisch zu.

»Was weißt du über sie?«

Janina reckte das Kinn vor. »Ach, jetzt bleibst du doch?«

»Sie ist meine beste Freundin.«

»Ach, wirklich?«, erwiderte Janina und blätterte in der Zeitschrift.

»Hörst du jetzt auf damit? Ihr Hund wartet draußen und ist sehr krank.«

Sie klappte die Zeitschrift zu. »Nicht etwa *Felka*?«

Nadias Felka war ein berühmter Hund.

»Ja, Felka, und jetzt raus mit der Sprache.«

»Tja, viel weiß ich ja nicht ...«

»Janina, wenn du jetzt nicht sofort den Mund aufmachst ...«

»Okay, okay. Ich weiß nur, dass Pietrik – nun, ich

glaube, es war Pietrik –, Nadia und ihre Mutter in eine sichere Wohnung gebracht hat.«

»In der Nähe?«

»Ja, in Lublin. Aber mehr weiß ich nicht.«

»Sonst nichts?«

»Nur dass sie sich irgendwo direkt unter der Nase der Nazis befindet.«

Wie benommen bedankte ich mich bei Janina, ging die Vordertreppe hinunter und machte mich durch den Park auf den Heimweg, wie Pietrik mich angewiesen hatte. Nadia war wirklich in Sicherheit! Mein ganzer Körper lockerte sich, und ich zog den Wagen etwas schneller, um Felka nach Hause zu bringen und sie zu füttern. Nadia war bei ihrer Mutter und noch in Lublin! Ich konnte etwas für sie tun. Felka versorgen und für den Untergrund arbeiten.

Meine erste Mission war ein Erfolg gewesen, auch wenn Janina sie nicht ernst genommen hatte. Gehörte ich jetzt zum Widerstand? Immerhin hatte ich Geld übergeben. Morgen würde ich den Eid ablegen und es offiziell machen.

Auf halbem Weg öffnete der Himmel seine Schleusen, flutete das Kopfsteinpflaster und durchweichte Felka und mich.

»Einmal hast du Glück gehabt«, sagten meine nassen Schuhe bei jedem Schritt. Strapaziere dein Glück besser nicht.«

Kapitel 6

HERTA

1939–1940

Erleichtert fuhr ich mit dem Zug von Lager Blüte nach Hause. Meine Gedanken kreisten darum, eine Stelle als Ärztin zu finden. Ich trug meine BDM-Uniform, was ich bald bereute.

Es wäre erholsam gewesen zu beobachten, wie die dichten Wälder am Zugfenster vorbeiglitten, und dabei in Gedanken eine Liste aufzustellen, in welchen Krankenhäusern ich vorsprechen sollte. Doch man gönnte mir keinen Moment der Ruhe; alle Fahrgäste blieben stehen, um meine Uniform zu bewundern.

»Darf ich bitte den Adler anfassen, Fräulein?«, fragte ein kleiner Junge.

Er stand, die Arme an der Seite und kerzengerade, neben meinem Platz und schwankte im Gleichtakt mit dem Zug leicht hin und her. Seine Mutter befand sich hinter ihm, die Finger an den Lippen und die Augen weit aufgerissen, als begegnete sie dem Führer persönlich. Ja, es war manchmal anstrengend, den BDM zu repräsentieren, allerdings auch schmeichelhaft, da man uns in Uniform großen Respekt entgegenbrachte. Trotz unserer Jugend hatten wir einige Macht.

»Du darfst«, erwiderte ich.

Tränen traten mir in die Augen, als er die Goldstickerei zart wie einen Schmetterling berührte.

Nichts geht einem so ans Herz wie ein unschuldiges deutsches Kind.

Es war verständlich, dass meine Uniform solche Aufmerksamkeit erregte, denn die meisten Deutschen hatten noch nie sämtliche BDM-Abzeichen an einer Frau gesehen. Während die Hitlerjungen für jeden Handgriff, und sei es das Eintopfen von Pflanzen, einen Anstecker erhielten, waren Auszeichnungen beim BDM zahlenmäßig begrenzt und hart umkämpft. An meiner marineblauen Jacke, die mich als Führerin auswies, prangten das Rote Kreuz, die silberne Leistungsspange für Krankenpflege und Abzeichen für Erste Hilfe und sportliche Ertüchtigung.

Doch der Adler war es, der auf Zugehörigkeit zur obersten Führungsebene hinwies, der goldene Vogel, den ich über dem Herzen trug und der mit seinen ausgebreiteten Schwingen die meisten Blicke auf sich zog. Mutti hatte vor Stolz geweint, als ich ihn nach Hause brachte. Er hatte sie mehr beeindruckt als mein Abschluss in Medizin, der wegen des Krieges beschleunigt worden war.

Zu Hause machte ich mich auf die Suche nach einer Stelle als Ärztin. Aber obwohl ich Zweitbeste in meinem Semester gewesen war, zögerten die Praxen, eine Ärztin zu beschäftigen. Offenbar hatte die Parteipropaganda gewirkt, derzufolge die Rolle der Frau allein die der Hausfrau und Mutter zu sein hätte, und viele Patienten verlangten nach einem männlichen Arzt. Da ich als

Studentin Handarbeitsunterricht hatte belegen müssen, übernahm ich Näharbeiten, um etwas dazuzuverdienen.

Endlich ergatterte ich einen Teilzeitposten an der Düsseldorfer Hautklinik, wo ich für jeden behandelten Patienten ein kleines Honorar erhielt. Es war eine langweilige Tätigkeit. Das Aufstechen eines Furunkels stellte den Höhepunkt des Tages dar. Würde ich die neuen Operationstechniken vergessen, die ich an der Universität gelernt hatte? Ein Chirurg muss regelmäßig operieren, um auf der Höhe zu bleiben.

Inzwischen hatte sich die wirtschaftliche Lage merklich verbessert, was jedoch die Anzahl der Patienten mit Hauterkrankungen schrumpfen ließ. Selbst Waschfrauenhände, einst die Haupteinnahmequelle eines Hautarztes, waren für die meisten deutschen Hausfrauen kein Problem mehr. Polnische Arbeiterinnen, vom Reich zur Verfügung gestellt und aus dem Osten hergebracht, kümmerten sich ums Scheuern.

Das Ergebnis war, dass meine Einkünfte praktisch auf null sanken. Vaters Zustand war mittlerweile nicht mehr ernst, sondern kritisch, sodass Mutti bei ihm zu Hause bleiben musste. Ich konnte uns drei kaum ernähren. Innerhalb kürzester Zeit wurde ich zur einzigen Ärztin Düsseldorfs, die am Hungertuch nagte, und fing wieder als Aushilfe in Onkel Heinz' Metzgerei an.

Nach der Ruhe in den Wäldern von Lager Blüte und der Stille in der Klinik waren das Getümmel der Kundschaft, die in unserem Laden ihr Fleisch kaufte, und die gehetzten Hausfrauen in ihren gebügelten Kittelschürzen, die sich wie eine freundliche Kuhherde vor der Theke drängten, eine willkommene Abwechslung. Hier konnte ich meinen Sorgen entfliehen, einfach nur große weiße Papierbogen von der Rolle abreißen und beim Verschnüren der Päckchen mit gestreiftem Zwirn chirurgische Knoten üben.

Wie immer ging ich eines Sonntags zur Arbeit, als der Laden geschlossen war. An diesem Tag ließ mich Onkel Heinz allein arbeiten, damit niemand erführe, was ich dort für ihn tat.

Sein ganz besonderes Projekt.

»Beeil dich«, sagte er.

Er presste sich gegen den Metzgerblock, der unter seinen Beilhieben und vor ihm von denen seines Vaters eingesackt war. Selbst durch seine von getrocknetem Kälberblut steife Metzgerschürze war seine Wölbung zu sehen. Wie war ich in diese Lage geraten? Indem ich jahrelang nicht gewagt hatte zu widersprechen – das war der Grund.

Heinz beobachtete mich, als ich am Arbeitstisch einen straffen Lammdarm heraussuchte. Das Warten war für Heinz das Beste und gleichzeitig das Schlimmste. Ich drehte den Darm um, beizte ihn in Bleiche und entfernte die Schleimhaut, wobei ich darauf achtete, die peritonalen und muskulären Schichten nicht zu verletzen. Obwohl Onkel Heinz mich drängte, ließ ich mir Zeit; jeder Riss oder auch nur ein stecknadelgroßes Loch konnte eine Katastrophe nach sich ziehen.

»Ich mach ja, so schnell ich kann«, protestierte ich. Ich musste so viel Zeit wie möglich schinden, denn wenn ich fertig wäre, käme der übelste Teil, und dann beginne alles wieder von vorn.

Bei der Arbeit quälten mich schreckliche Gedanken. Warum war ich nicht zu Hause und wälzte Stellenanzeigen? Ich war selbst schuld daran, dass ich hier war, gefangen von Heinz und der Angst, er könnte unser Geheimnis preisgeben. Ich hätte ihn schon vor Jahren verraten sollen, aber dann hätte Tante Ilsa mir nie das Studium finanziert. Was würde Mutti dazu sagen? Natürlich dürfte ich es ihr nie erzählen. Und Vater hätte Onkel Heinz umgebracht, auch wenn er noch so krank gewesen wäre. Das war der Preis, den ich für meine Ausbildung bezahlte. Laut Heinz hatte ich es selbst heraufbeschworen, weil ich als junge Frau hier mit ihm allein war.

Heinz trat neben mich und lüpfte meinen Rock. Ich spürte seine so grässlich vertrauten schwieligen Finger an meinem Schenkel.

»Warum dauert das so lang?«, fragte Heinz. Sein Atem roch nach dem Süßwein, den er so sehr mochte.

Ich schob seine Hand weg. »Alles braucht seine Zeit.«

Heinz war nicht unbedingt die Krönung der Herrenrasse. Dank seines Intelligenzquotienten, angesiedelt zwischen ein wenig eingeschränkt und leicht schwachsinnig, konnte man ihn mit einer Ausflucht, die länger als zwei Wörter war, gut abwimmeln. Ich tupfte das empfindliche Gewebe trocken, maß ein Stück ab und schnitt. Als ich es glatt und durchsichtig wie ein Seidenstrumpf herunterrollte, war Heinz rot im Gesicht.

Er musste mich nicht anweisen, mit der Blechdose voller Schmalz in die Kühlkammer zu gehen. Der immer gleiche Ablauf hatte etwas seltsam Tröstendes. Ich zog an der Schnur, um die Glühbirne einzuschalten und den Raum zu beleuchten. Dann stützte ich mich auf das kalte Holzregal hinter mir. Selbst mit dem Mehlsack über dem Gesicht wusste ich, was kommen würde. Der süße Mehlgeruch dämpfte seinen Gestank nach Rinderblut, Zigarren und Bleiche. Nicht weinen. Weinen machte Heinz nur wütend und hatte zur Folge, dass es länger dauerte. Er zog sich mein Werk über, tauchte eine Pranke ins Schmalz, rieb die Membran damit ein und fing an.

Ich sagte mir die Knochen der Hand vor.

Erstens: Kahnlein Skaphoideum, abgeleitet vom griechischen skaphos, was Hand bedeutet.

Fettwülste hingen Heinz wie eine behaarte Schürze über den Unterleib und klatschten bei jedem Stoß gegen mich. Da er immer heftiger schnaufte, würde er bald fertig sein.

Zweitens: Mondbein, geformt wie ein Halbmond.

Ich hatte schon lange aufgehört, mir zu wünschen, dass er einen plötzlichen Herzinfarkt erlitte. Obwohl er nach jahrelangem fettigen Braten eine zwei Finger dicke Schicht Ablagerungen in den Arterien haben musste, blieb er standhaft am Leben.

Drittens: Triquetrum. Viertens: Der runde Pisiforme, benannt nach dem lateinischen Wort für Erbse.

Heinz konnte nicht mehr an sich halten und begann mit seiner üblichen Stöhnerei. Sein Atem streifte mein Genick wie kalter Nebel. Seine Hand zitterte, als er das Regal umklammerte. Seine dicken Metzgerhandgelenke stützten sein Gewicht.

Ohne Vorwarnung öffnete sich die Tür des Kühlraums. Der Mehlsack rutschte mir vom Gesicht. Tante Ilsa stand in der Tür. Mit der einen Hand hielt sie sie auf, in der anderen hatte sie ein Glas Marmelade. Sicher hatte sie Heinz grunzen hören wie ein abgestochenes Schwein.

»Mach die Tür zu, Frau«, befahl Heinz. Die Hose hing ihm um die Knöchel, sein Gesicht war hochrot.

Zeichnete sich Ekel auf ihrem Gesicht ab oder einfach nur Erschöpfung? Sie stellte die Marmelade ins Kühlregal, drehte sich um und ging.

Die Tür fiel hinter ihr ins Schloss, und Heinz machte weiter.

An einem ereignislosen Tag in der Klinik saß ich nach der Behandlung meines letzten Patienten, einen vierjährigen pummeligen Daumenlutscher, am Schreibtisch. Ich hatte die Mutter mit einer desinfizierenden Salbe gegen den Ausschlag nach Hause geschickt. Wie sollte ich so meinen Lebensunterhalt verdienen? Für einen ruhigen Posten an der Universität hätte ich mich viel besser geeignet. Aber mit dem Gehalt einer Dozentin hätte ich meine Familie nicht ernähren können.

Als ich nach dem *Ärzteblatt* griff, entdeckte ich eine Annonce, in der ein Arzt für ein Umerziehungslager für Frauen unweit des Kurorts Fürstenberg am Ufer des Schwedtsees neunzig Kilometer nördlich von Berlin gesucht wurde. Damals gab es viele solcher Lager, meistens für Arbeitsscheue und Kleinkriminelle. Die Aussicht auf einen Tapetenwechsel war reizvoll. Ein Kurort? Ich würde Mutti vermissen, aber Heinz ganz bestimmt nicht.

Über dieses Lager wusste ich sonst nur, dass Fritz Fischer, ein ehemaliger Kommilitone, dort arbeitete. Außerdem hatte es einen hübsch klingenden Namen.

Ravensbrück.

Kapitel 7

CAROLINE

Dezember 1939

Am Tag von Heiligabend gingen Paul und ich zum Eislaufen in den Central Park. Ich lief leidenschaftlich gern Schlittschuh; ich hatte es auf dem Bird Pond in der Nähe unseres Hauses in Connecticut gelernt. Allerdings tat ich es nur selten, da ich alles vermied, was mich größer wirken ließ als nötig. Außerdem hatte ich nie jemanden gehabt, der mitkam. Betty hätte eher lebende Bienen geschluckt, als sich auf Schlittschuhen sehen zu lassen. Ich hatte mir fest vorgenommen, Pauls Zeit in New York nach Kräften zu nutzen.

Es war perfektes Eislaufwetter. Klar und kalt und mit einem kräftigen Wind, der das Eis über Nacht geglättet hatte wie den Lack auf einer Billardkugel. Deshalb war die Flagge auf dem Belvedere Castle hochgezogen, der rote Kreis auf weißem Grund, den jeder Eisläufer herbeisehnte. Dass das Eis befahrbar war, hatte sich in der Fifth Avenue von Portier zu Portier herumgesprochen. Das Ergebnis war, dass es auf dem Teich von Schlittschuhläufern wimmelte.

Die Ersten waren bereits da, als Paul und ich eintrafen. Die Männer, beinahe Profis, führten mit Eiszapfen an Bärten und Nasen ihre Kniebeugen und Pirouetten vor. Kurz darauf kamen die Damen, zu zweit oder zu dritt. Ihre dicken Mäntel blähten sich wie Segel. Nach ein wenig Übung erwies sich Paul als passabler Eisläufer, und wir glitten untergehakt über das Netzwerk der angrenzenden Teiche. Mein altes Ich wäre nie in aller Öffentlichkeit Schlittschuh gelaufen, aber ich stürzte mich begeistert ins Vergnügen, und bald hatte sich zwischen uns ein angenehmer Rhythmus eingespielt. Plötzlich hatte ich das Bedürfnis, etwas Neues auszuprobieren.

Begleitet von Beethovens *Mondscheinsonate* und Waldteufels *Schlittschuhwalzer* segelten wir unter geschwungenen Brücken hindurch. Die Musik hätte, obwohl sie aus den blechernen Lautsprechern der Hütte kam, nicht wunderbarer klingen können.

Da es auf dem Eis immer voller wurde, liefen wir zum Kiosk, wo der Duft von gerösteten Maroni in der Luft lag. Gerade wollten wir uns setzen und die Schlittschuhe ausziehen, als ich meinen Namen hörte.

»Caroline. Hier drüben.«

Es war David Stockwell. Er kam zu uns herüber, bremste scharf und warf sich in Pose wie der Mann in der Brooks-Brothers-Reklame. Mit einer behandschuhten Faust zog er seine Jacke zurück. Wie konnte David so tun, als ob nie etwas zwischen uns gewesen wäre? So als wäre es ganz normal, Knall auf Fall eine Bekannte zu heiraten, nachdem er mich zehn Jahre lang vertröstet hatte.

»Hey, wer ist denn das, Caroline?«, fragte David.

War das ein Anflug von Eifersucht? David wirkte im Vergleich zu meiner Begleitung nicht sehr beeindruckend.

Glaubte er, Paul und ich hätten eine Beziehung? Ziemlich unwahrscheinlich. Paul stand nicht einmal dicht neben mir und verhielt sich wie ein Freund. Was, wenn er David gezeigt hätte, dass ich ihm gehörte? Der Gedanke löste in mir den Wunsch aus, es möge wahr sein.

Paul streckte die Hand aus. »Paul Rodierre.«

David schüttelte sie. »David Stockwell. Ich kenne Caroline seit …«

»Wir müssen jetzt los«, sagte ich.

»Sally bindet da drüben ihre Schlittschuhe zu. Sie würde dich nur ungern verpassen.«

Natürlich hatte Betty mich vor Sally gewarnt. Ihre neue Schwägerin sei ein zierliches Geschöpf und von Mrs. Stockwell mit einer sündhaft teuren Aussteuer ausgestattet worden, mit deren Gegenwert man ein Jahr lang halb New York hätte ernähren können. Ich warf David meinen besten »Wir können wirklich nicht bleiben«-Blick zu.

Er wandte sich an Paul. »Ich arbeite im Außenministerium und tue mein Bestes, uns aus dem Krieg herauszuhalten. Habe von Ihrer Rede bei der Gala gehört. Offenbar arbeiten Sie daran, uns hineinzuziehen.«

»Ich habe nur die Wahrheit gesagt«, entgegnete Paul.

»Es war die gelungenste Veranstaltung, die wir je hatten«, fügte ich hinzu.

Paul lief näher an mich heran und hakte mich unter. »Ja, Liebling, das war wirklich eine Sensation.«

Liebling?

David blinzelte verdattert.

Ich rückte dichter an Paul heran. »Ohrenbetäubender Applaus. Und die Spenden. Ganz New York steht hinter Frankreich.«

Sally Stockwell kam durch die Menschenmenge auf

uns zu. Es war schwer zu übersehen, wie zierlich sie war. Höchstens eins fünfundfünfzig. Sie trug makellose Eislaufkleidung aus gewalkter Wolle. Einen Rock im A-Linien-Schnitt, einen engen gesteppten Tiroler Janker, dazu weißen Pelz am Schaft ihrer Schlittschuhe. Der Bommel auf ihrer weißen, unter dem hübschen Kinn geschnürten Strickmütze wippte.

»Sie sind sicher Caroline«, sagte Sally. Als sie mir eine Hand in einem weißen Angorafäustling hinhielt, schüttelte ich sie.

Sally erinnerte mehr an Olivia de Havilland als an Bette Davis, und es war unmöglich, sie nicht sympathisch zu finden, denn sie besaß eine entwaffnende Offenheit, die sie selbst in die banalsten Gespräche einfließen ließ.

»David hat mir alles über Sie erzählt. ›Caroline hilft französischen Babys. Caroline und ich hatten die Hauptrollen in unserem ersten gemeinsamen Stück ...«

»Ich war Carolines Held«, ergänzte David. »Ich habe den Sebastian gespielt, sie die Olivia.«

Paul lächelte. »Die beiden küssen sich, richtig? Wie waren die Kritiken?«

»Mäßig«, erwiderte ich.

Sally näherte sich. »Manchmal denke ich, dass Sie und David hätten heiraten sollen.«

»Wie nett, euch beide zu sehen«, antwortete ich. »Entschuldigt die Eile, aber für uns wird es Zeit.«

»Ja, wir müssen nämlich dringend noch den ganzen Tag miteinander verbringen, richtig, Schatz?«, sagte Paul.

Er trug mächtig dick auf. Das würde die Gerüchteküche zum Brodeln bringen, aber es war mir egal. Ich mochte das Gefühl, geliebt zu werden, auch wenn alles nur Theater war.

Wir verabschiedeten uns und winkten Sally und David nach, als die sich unter die dahingleitenden Paare mischten. Wie reizend von Paul, so zu tun, als wäre er mein Verehrer. Natürlich hatte ich nicht das Recht, mit ihm anzugeben. Aber es war trotzdem schön, jemanden in meinem Leben zu haben, den ich vorzeigen konnte, insbesondere David Stockwell gegenüber, der so rücksichtslos auf meinem Selbstbewusstsein herumgetrampelt hatte.

Nach dem Eislaufen kehrte Paul ins Waldorf zurück, um sich umzuziehen. Ich schmückte die ausladende Blautanne, die Mutters Busenfreund Mr. Gardener vom Land mitgebracht hatte, dann kochte ich Coq au Vin. Serge hatte als ersten Gang eine winterliche Gemüsesuppe aus Connecticut geschickt, mit weißen Rüben, Karottenstücken und köstlichem süßen Fenchel darin.

An ausgerechnet diesem Abend brach die Schneefront, die bereits Connecticut getroffen hatte, mit Wucht über Manhattan herein, sodass Mutter und Serge in unserem Ferienhaus festsaßen. Als Paul eintraf, lagen Schneeflocken auf seinem Haar und auf den Schultern seines Mantels. Er beugte sich vor und küsste mich auf beide Wangen; ich spürte, wie kalt sein Gesicht war. Er hatte ausgiebig Sumare verwendet, früher einer der Lieblingsdüfte meines Vaters. Als ich im Waldorf Pauls Bad benutzt hatte, hatte ich einen Blick ins Badschränkchen geworfen und die Flasche neben einer blauen Dose Noxzema-Hautcreme gesehen.

Paul hatte eine Flasche Burgunder und ein in weißes Papier gewickeltes Sträußchen dunkelroter Rosen mitgebracht. Ich würde mich beherrschen und meinen Weinkonsum im Blick behalten müssen. Zu meiner Erleichterung hatte er sein auberginefarbenes Sakko angezogen; ich selbst trug ein feines Kleid und Seidenstrümpfe.

Er drückte mir die schwere, kalte Flasche in die Hand.

»*Joyeux Noel.* Das ist die letzte aus der Kiste, die mein Cousin mir von seinem Weingut geschickt hat. Hoffentlich stört es dich nicht, dass ich deine Nummer im Waldorf an der Rezeption hinterlassen habe. Nur für den Fall, dass jemand mich erreichen muss.«

»Natürlich nicht. Machst du dir Sorgen um Rena?«

»Wie immer. Aber es ist nur eine Vorsichtsmaßnahme. Ich habe heute Morgen mit ihr telefoniert und ihr die neuesten Informationen in Sachen Visum durchgegeben. Roger sagt, er wird in einigen Tagen Bescheid wissen.«

Rena. Es war, als stünde sie neben uns.

Paul trat ins Wohnzimmer. »Hier könnte man mit einem Flugzeug landen. Sind wir beide heute Abend allein?«

»In Connecticut kommen sie mit ihren Wagen nicht einmal aus der Auffahrt.«

»Also bin heute ich für deine Unterhaltung verantwortlich? Da bekomme ich Lampenfieber.«

Nach dem Essen stellte ich das Geschirr ins Spülbecken und setzte mich auf das klumpige, mit Rosshaar gepolsterte Sofa, um mit Paul den Cognac meines Vaters zu trinken. Das unbequeme Sofa hatte Mutters Mutter gehört, die wir Großmutter Woolsey genannt hatten. Sie hatte es angeschafft, damit Mutters Verehrer nicht zu lange blieben.

Als das Feuer heruntergebrannt war, wurde es kühl, weil wir die Heizung nur auf niedriger Stufe laufen ließen. Paul warf daraufhin noch ein Birkenscheit in den Kamin, worauf die Flammen so hoch emporzüngelten, dass ich die Hitze im Gesicht spürte.

Ich streifte die Schuhe ab und zog die Beine unter.

»Jemand hat von dem Cognac getrunken«, stellte ich fest und hielt die Flasche vors Kaminfeuer.

»Vielleicht ist es nur der Anteil der Engel«, meinte Paul. »So nennt man das, was in den Cognackellern verdunstet.«

Er stocherte mit dem Schüreisen an dem Holzscheit herum. Sein Gesicht wirkte im Lichtschein feierlich. Warum nahmen Männer das Feuermachen so ernst?

Paul kehrte zum Sofa zurück. »Wenn ich hier so sitze, fühle ich mich, als würde alles noch vor mir liegen. Wie bei einem Kind.«

»Irgendwo in einem verborgenen Winkel unseres Herzens bleiben wir für immer zwanzig«, erwiderte ich. Wie oft hatte Mutter das gesagt?

Paul goss einen Schluck Cognac in sein Glas. »Dein ehemaliger Freund ist ein schöner Mann.«

»Da würde er dir zweifellos zustimmen.« Ich hielt ihm mein Glas hin, um mir nachschenken zu lassen.

Paul zögerte.

»Ein vernünftiger Mann muss sich betrinken«, meinte ich. Warum zitierte ich Byron? Damit machte ich mich uralt.

»Was wäre das Leben ohne Rausch?«, erwiderte Paul, während er mein Glas mit Cognac füllte.

Er kannte Byron?

»Warum fragst du mich nie nach Rena?«, erkundigte er sich.

»Wieso sollte ich?« Seine Frau war das Letzte, worüber ich reden wollte.

»Oh, ich weiß nicht. Ich dachte, du wärst neugierig, weshalb ich so lange von zu Hause wegbleibe.«

»Du hast dein Engagement hier in der Stadt«, sagte ich. »Inzwischen ist von unserer Ehe nicht mehr viel übrig.«

»Das klingt ein bisschen abgedroschen, Paul.« Aus welchem Grund konnte ich nicht aufhören, mit Männern zu reden wie eine Schulmamsell? Ich hatte es verdient, allein zu bleiben und auf einem Floß aus Eis ausgesetzt zu werden, wie das die Eskimos mit ihren Alten machten.

»Rena ist so jung. Humorvoll, du würdest sie mögen. Aber wir könnten nie so zusammensitzen und über das Leben sprechen.«

»Woran hat sie denn Spaß?«

Das Feuer knackte und zischte, als es einen Harztropfen verschlang.

»Tanzen, Partys. Sie ist in vielerlei Hinsicht ein Kind. Wir haben sehr bald nach dem Kennenlernen geheiratet. Anfangs war es toll, und im Schlafzimmer lief es fantastisch. Aber nach kurzer Zeit wurde sie unruhig. Ich habe gehört, sie hatte einige attraktive Liebhaber.«

Fantastisch im Schlafzimmer? Das klang zweifellos himmlisch. Ich schnippte einen Fussel von meinem Ärmel.

»Übrigens reden Männer hierzulande nicht über ihre Eroberungen im Schlafzimmer.«

»Womöglich, weil die Männer hierzulande nichts zu berichten haben«, entgegnete Paul. »Sie heiraten, und ihre Eroberungen welken dahin. Rena ist ein wundervolles Mädchen, aber sie findet, dass wir nicht zusammenpassen. Glaube mir, ich habe es versucht.«

Er stocherte noch einmal im Feuer herum, kam zurück und setzte sich diesmal dichter neben mich aufs Sofa. Für einen so männlichen Mann hatte er einen hübschen Mund.

»Passt heutzutage überhaupt noch jemand zusammen?«, meinte ich. »Meine Eltern waren meiner Ansicht nach das einzige Paar, das wirklich harmoniert hat.«

»Wie ist dein Vater gestorben?«

»Ich habe noch nie darüber gesprochen. Ich war elf, und damals wurde über solche Dinge geschwiegen.«

»War er ein guter Vater?«

»An den Wochenenden kam er aus der Stadt nach Connecticut. Er zog seinen gestärkten Kragen und die Weste aus und eine Kakihose an und warf uns auf dem Baseballfeld, das Mutter hinten auf unserem Grundstück hatte anlegen lassen, stundenlang Bälle zu.«

»War er oft krank?«

»Nie. Und dann wurde er im Frühjahr 1914 aus heiterem Himmel bettlägrig. Nur Dr. Forbes und Mutter durften in sein Zimmer. Als ich mit gepacktem Koffer zu Verwandten geschickt wurde, ahnte ich, dass etwas Schreckliches passieren würde. Die Dienstmädchen verstummten, wenn ich ins Zimmer kam, und Mutter hatte einen verängstigten Gesichtsausdruck, den ich nie zuvor an ihr gesehen hatte.«

»Das tut mir sehr leid, Caroline.« Pauls warme, weiche Hand umfasste meine und ließ wieder los.

»Fünf Tage später durfte ich zurück nach Hause. Aber niemand konnte mir in die Augen schauen. Wie immer erfuhr ich am meisten, wenn ich mich im Speiseaufzug neben der Küche versteckte und durch eine Ritze spähte. Damals hatten wir vier irische Dienstmädchen, die im Haus wohnten. Die Älteste, Julia Smith, informierte ihre Kolleginnen darüber, was geschehen war, während sie am Küchentisch Erbsen pulte. Ich erinnere mich an jedes ihrer Worte. ›Ich wusste, dass Mr Ferriday nicht kampflos aufgeben würde.‹«

Mary Moran, ein mageres Mädchen und ein Neuzugang, hatte einen schmutzig grauen, tintenfischähnlichen Mopp auf den schwarz-weißen Fliesen hin und her geschoben. »Lungenentzündung ist die schlimmste Art zu sterben«, hatte sie gesagt. »Als würde man ertrinken, nur langsamer. Warst du im Zimmer? Hoffentlich hast du ihn nicht angefasst.«

Julia hatte erwidert: »Zuerst hat er gelacht wie ein Wahnsinniger, und ihm nächsten Moment hat er sich an die Brust gegriffen, geklagt, es sei zu heiß, und er hat Dr. Forbes angeschrien, er solle verdammt noch mal ein Fenster öffnen. Ständig hat er nach seiner Tochter Caroline gefragt. Es hat mir fast das Herz gebrochen. ›Henry, Liebling, verlass mich nicht,‹ hat Mrs. Ferriday gefleht. Aber er muss schon tot gewesen sein, denn Dr. Forbes hat den Kopf zur Tür herausgestreckt und mich angewiesen, rasch den Bestatter zu holen.«

Lily Clifford, die Jüngste der vier Dienstmädchen, hatte auch etwas beizusteuern: »Ich habe kurz gesehen, wie Mrs. Ferriday auf dem Bett die Arme um ihn legte. ›Ich kann ohne dich nicht leben, Henry‹, schluchzte sie. Sie klang so traurig und einsam, dass ich am liebsten auch geweint hätte.«

»An diesem Abend hat Mutter es mir mitgeteilt«, sagte Caroline. »Ich habe nur auf Vaters Humidor gestarrt und mich gefragt, was aus seinen Zigarren werden sollte. Mutter und ich haben kaum über Vaters Tod gesprochen, und nach diesem Tag hat sie nie in meiner Gegenwart oder vor anderen Menschen geweint.«

»Wie entsetzlich, Caroline«, erwiderte Paul. »Du warst noch so jung.«

»Tut mir leid, wenn ich dir die gute Stimmung verderbe.«

»Der Tod der Eltern ist eine schwere Last für ein Kind.«

»Lass uns über erfreulichere Dinge reden.«

»Du hast ein gutes Herz, Caroline.« Paul strich mir eine Locke hinters Ohr. Beinahe wäre ich zurückgezuckt. Seine Berührung durchfuhr mich wie ein Stromstoß.

»Genug vom Tod und vom Sterben«, sagte ich. »Worüber können wir uns sonst unterhalten?«

Wir starrten beide ins Feuer und lauschten dem Knistern und Knacken der Scheite.

Paul wandte sich zu mir um. »Ich muss eine Beichte ablegen.«

»Tun fromme Katholiken das nicht eher bei einem Priester?«

Er strich mit dem Finger über meinen bestrumpften Fuß. »Beim Anblick von Seidenstrümpfen gibt es für mich kein Halten mehr.«

Begriff er, wie viel Macht in seiner Fingerspitze lag?

»Ich fürchte, ein Schulfreund hat mich fürs Leben gezeichnet.«

Ich richtete mich auf. »Vielleicht möchte ich das lieber nicht hören.«

»Er hatte Kartons mit alten Fotos unter dem Bett.«

»Naturaufnahmen?«

»Tja, in gewisser Weise. Hauptsächlich von Frauen in Seidenstrümpfen. Sonst hatten sie nicht viel an.« Paul ließ die bernsteinfarbene Flüssigkeit in seinem Cognacschwenker kreisen. »Seitdem bin ich nicht mehr der Alte. Es hat etwas mit den Nähten zu tun. Nachdem ich gesehen hatte, wie Marlene Dietrich in *Der blaue Engel* ›Ich bin die fesche Lola‹ sang, musste ich warten, bis das Kino leer war, damit ich aufstehen konnte.«

»In dieser Szene trägt Marlene aber Strümpfe ohne Naht.«

»Könnten wir das Thema wechseln? Es, nun, überstimuliert mich ein wenig.«

»Du hast damit angefangen.«

»Offenbar fühle ich mich schon immer von starken Frauen angezogen«, sagte Paul.

»Dann sollte Mutter dich Eleanor Roosevelt vorstellen.«

Schmunzelnd stellte Paul seinen Cognacschwenker auf dem Boden ab. »Du bist einzigartig, Caroline. Etwas an dir löst in mir den Wunsch aus, dir meine Seele offenzulegen.« Schweigend musterte er mich einen Moment. »Ich werde schnell anhänglich. Vielleicht wirst du mich nicht mehr los.«

»Wie Seepocken«, entgegnete ich.

Er lächelte und beugte sich zu mir herüber. »Ja, was immer das sein mag.«

Ich stand auf und strich mein Kleid glatt. Wir mussten die Situation entspannen, bevor sie zu kompliziert wurde.

»Warte hier«, wies ich ihn an. »Ich habe etwas für dich. Nichts Großes.«

»Du bist so geheimnisvoll, Caroline. Wie Marlene.«

Ich ging in mein Schlafzimmer. Und kam ins Grübeln. Machten Männer und Frauen, die befreundet waren, einander Geschenke? Schließlich hatte er mir nichts mitgebracht. Ich holte das in Silberfolie gewickelte Päckchen, das ich mehrmals ein- und wieder ausgepackt hatte, damit es ein wenig zerknittert wäre und beiläufiger wirkte, und reichte es Paul.

»Was ist das?«, fragte er. Röteten sich seine Wangen vor Verlegenheit oder wegen des Cognacs?

»Nichts Besonderes«, erwiderte ich und setzte mich neben ihn.

Er schob die Hand unter das Papier, um den Klebestreifen abzureißen.

»Wirklich nur ein Geschenk unter Freunden«, fügte ich hinzu. »Betty und ich schenken uns ständig etwas. Es hat nichts zu bedeuten.«

Er klappte die umgefalteten Enden auseinander, saß mit dem Papier auf dem Schoß da und betrachtete das weinrote Rechteck. Offenbar hatte es ihm die Sprache verschlagen.

»Er gehörte Vater«, erklärte ich. »Er hatte Dutzende davon. Natürlich trug er sie nie. Und wenn doch, wäre vielleicht ...«

Paul hielt den Schal, mit Seide gefütterte Merinowolle, vor sich in die Höhe und betastete den Stoff mit den Fingern.

»Ich weiß gar nicht, was ich sagen soll.«

Mein Mund wurde trocken. War ich mit einem persönlichen Geschenk wie diesem zu aufdringlich gewesen?

»Hat deine Mutter nichts dagegen?«

»Wenn ich sie gelassen hätte, hätte sie Vaters Sachen inzwischen alle weggeworfen.«

»Vielleicht tut es ihr weh, an ihn erinnert zu werden, jetzt da er fort ist.«

»Seinen Vicuna-Mantel hätte sie beinahe einem schlecht angezogenen Paketboten geschenkt.«

Er nahm ein Ende des Schals und wickelte ihn sich mit gesenktem Kopf langsam um den Hals. »Er ist wunderschön, Caroline.« Als er fertig war, breitete er die Hände aus. »Also?«

Mit seinen roten Wangen sah er aus wie einer der Jungen, die oben in Bethlehem am Bird Pond Schlittschuh liefen. Wie würde es sein, ihn zu küssen? Würden wir es beide bereuen, weil er ja eine Frau hatte, ob sie nun zu ihm passte oder nicht, die in einigen Stunden in Frankreich aufwachen und seinen Anruf erwarten würde?

Natürlich.

Mir war ein wenig schwummerig, als ich aufstand.

»Möchtest du sie sehen? Vaters Sachen, meine ich.«

Ich führte Paul den Flur hinunter zu Vaters Zimmer. Wie damals üblich, hatten Mutter und Vater getrennte Schlafzimmer gehabt. Die Nachttischlampe in der Ecke malte Schatten an die Wand. Die Dienstmädchen wischten noch immer Staub im Zimmer, wuschen jeden Frühling die Organzavorhänge und wechselten die Bettwäsche von Greek Key, als könnte Vater jeden Moment zurückkommen und, »Hi-ho!« rufend, seinen Lederkoffer aufs Bett werfen. In der Nische unter dem Panoramafenster stand ein kleines Sofa mit einem lockeren Überwurf aus Chintz, der schon vor langer Zeit sein wächsernes Schimmern verloren hatte. Als ich die Tür von Vaters Schrank öffnete, wehte mir der Geruch von Vicks VapoRub und Tabak entgegen. Ich machte Licht.

»Oh, Caroline«, sagte Paul.

Vaters Wandschrank mit den zwei Kleiderstangen war noch fast genau so, wie er ihn hinterlassen hatte. Reihenweise Hosen, kaki, braune Wolle und weißer Flanell, gefaltet und über Kleiderbügel gezogen. Die verschiedensten Jacken der Marke Norfolks, dazu ein Cutaway mit einem Knopf. Eine ganze Armee zweifarbiger Schuhe und ein Paar Abendschuhe aus Lack, allesamt mit Seidenpapier ausgestopft und auf dem Boden angeordnet. Halstücher teilten sich den Platz am Halter mit verschiedenen Gürteln, aufgehängt an den Messingschließen. Mutters Trauerflor von der Beerdigung lag zusammengeknüllt auf dem obersten Regalbrett. Mit meinen nur elf Jahren war ich an diesem Tag nicht in der Saint Thomas Church gewesen. »Die Woolsey-Frauen hakten einander in der ersten Reihe unter«, hatte es in der *New York Times* geheißen. Ich nahm einen Gürtel und ließ mir das mit Wildleder gefütterte Seehundsleder durch die Finger gleiten.

»Er war sehr ordentlich«, stellte Paul fest.

»Eigentlich nicht. Mutter hat ihn ein wenig erzogen.«

Paul griff nach einem fest mit vergilbtem Seidenpapier ausgestopften Filzhut auf dem obersten Regalbrett, drehte ihn in den Händen wie ein Wissenschaftler, der einen seltenen Meteoriten untersucht, und legte ihn zurück. Plötzlich wirkte er ernst. Warum hatte ich die Stimmung verdorben?

»Vater war farbenblind«, fügte ich hinzu.

Paul starrte mich nur an. Wenn ich nur fähig gewesen wäre, mit dem Geplapper aufzuhören.

»Und außerdem hat er sich geweigert, sich von einem Kammerdiener beim Anziehen helfen zu lassen.«

Paul unternahm keine Anstalten, mich zu unterbrechen, sondern musterte mich nur mit einem Gesichtsausdruck, den ich nicht deuten konnte. Mitleid mit einer armen alten Jungfer, die ihren toten Vater vermisste?

»Vater bestand darauf, sich selbst anzuziehen. Deshalb hat Mutter ihm nur schlichte Farben gekauft. Braun und marineblau.« Ich knipste das Licht im Schrank aus. »Du hättest sehen sollen, wie er davor herumgelaufen ist.«

Als ich die Schranktür schloss, spürte ich, wie Tränen in mir aufstiegen, aber ich unterdrückte sie.

»Eines Morgens kam er in einem gelben Sakko, einer violetten Krawatte, dunkelorangefarbener Hose und roten Socken zum Frühstück. Mutter wäre vor Lachen fast erstickt.«

Ich drehte das Gesicht zur Schranktür und lehnte die Stirn an den kühlen Lack. »Entschuldige, Paul. Gleich bin ich wieder normal.«

Paul nahm mich an den Schultern, drehte mich zu sich herum und zog mich an sich. Er strich mir das Haar zurück und berührte mit den Lippen meine Wange. Sie ruhten für einen Moment in der kleinen Kuhle unter meinen Augen und wanderten dann über mein Gesicht. Er brauchte lange bis zu meinem Mund, und als er dort war, schmeckte er nach Coq au Vin und französischen Zigaretten.

Als Paul seinen Schal losband, stieg mir eine Welle Sumare in die Nase.

Fichtennadeln. Leder. Moschus.

Auf unserem Weg zum Sofa prasselten gefrorene Schneeflocken ans Fenster wie Sand in einem Hurrikan. Mein Herz setzte einen Schlag aus, als seine Hand die Innenseite meines Oberschenkels streifte, um den Strumpf zu lösen. Er steckte zwei Finger unter die Seide und schob sie hinunter. Ich öffnete den obersten Knopf seines Hemdes. Und noch einen. Dann fuhr ich mit den Händen unter sein offenes Hemd und über seinen Brustkorb, der so glatt war wie das Innere einer Tigerporzellanschnecke.

»Ich glaube, du hattest mehr Cognac als den Anteil der Engel«, flüsterte Paul mir ins Ohr.

Er begann, mein Kleid aufzuknöpfen. Im Dämmerlicht war sein Gesicht so schön und ernst … Ich verdrängte den Gedanken an Rena.

Der zweite und der dritte Knopf öffneten sich so unglaublich langsam.

Er streifte mir das Kleid von der Schulter und küsste meine nackte Haut. »Ich kann kaum glauben, wie schön du bist«, sagte er und ließ die Lippen gemächlich hinunter zu meiner Brust wandern. »Vielleicht wäre ein Bett eine gute Idee.«

Ich konnte nur nicken. Mein Himmelbett mit der Überdecke aus rosafarbenem Satin? Dieses Bett hatte noch nie jemanden wie Paul Rodierre gesehen.

Im Zickzackkurs und eine Spur aus Kleidungsstücken hinter uns zurücklassend, steuerten wir auf mein Schlafzimmer zu.

»Arme hoch«, sagte Paul, sobald wir am Bett standen.

Ich hob die Arme wie zum Kopfsprung, worauf er mir das Unterkleid über den Kopf zog. Er schlüpfte aus seiner Jacke und presste mich an sich. Mit zitternden Fingern tastete ich nach seinem Gürtel. Während er mich küsste, befreite ich das Ende aus der Schließe und ließ den Gürtel durch die Gürtelschlaufen gleiten. Er stieg aus der Hose und warf uns beide aufs Bett. Wir fielen auf glatten Satin. Der Lattenrost ächzte unter dem plötzlichen Gewicht.

»Hast du deine Socken noch an?«, erkundigte ich mich.

Er küsste meine Kehle.

»Was ist das für ein Geräusch?«, fragte er, während er sich weiter abwärts vorarbeitete.

»Was?« Ich stützte mich auf den Ellbogen. »Ist da jemand?«

Er zog mich wieder nach unten und näherte sich mit den Lippen meinem Ohr. Sein raues Kinn kratzte angenehm an meiner Wange. »Kümmer dich nicht darum.«

Es war wundervoll, Paul in meinem Bett und nur für mich allein zu haben. Ich versank tiefer in dem rosafarbenenen Satin, als er sich auf mich schob und mich, inzwischen leidenschaftlicher, auf den Mund küsste.

Diesmal hörte ich das Geräusch ebenfalls. Jemand klopfte. Wie war derjenige am Portier vorbeigekommen? Ich erstarrte, während Pauls Lippen weiterwanderten.

»Da ist jemand.« Ich erschauderte in der Dunkelheit.

Kapitel 8

KASIA

1940–1941

Man muss verstehen, dass der polnische Untergrund für junge Menschen auch eine Möglichkeit zur Kontaktpflege war. Nachdem die Deutschen die Pfadfinderinnen und Pfadfinder zu verbotenen Organisationen erklärt hatten, machten wir eben heimlich weiter und nannten uns *Szare Szeregi,* die Graue Garde. Wir erstatteten der polnischen Exilregierung in London Bericht, und die meisten Pfadfinderinnen wurden Mitglied. Nur wenn ich in dieser Gruppe war, war ich nicht allein; Zuzanna arbeitete Tag und Nacht beim Rettungsdienst von Lublin und war nie zu Hause. Außerdem war die *Szare Szeregi* ein guter Weg, unserer Wut über die deutsche Besatzung Luft zu machen.

Bei den Pfadfinderinnen hatten wir eine ausgezeichnete Ausbildung in Erster Hilfe erhalten, doch bei der Grauen Garde unterrichteten wir uns selbst und besuchten geheime medizinische Fortbildungen. Die älteren Mädchen kämpften an der Seite der Jungen, arbeiteten als Krankenschwestern und Näherinnen oder leiteten Waisenhäuser. Manche halfen sogar, Menschen aus deutschen Gefängnissen zu befreien, Brücken zu sprengen oder militärische Strategiepapiere der Deutschen zu stehlen.

Wir jüngeren Mädchen in unserer siebenköpfigen Gruppe verhinderten, dass deutsche Soldaten polnische Bücher vernichteten, außerdem hielten wir heimlich Unterricht ab. Wir lernten, Nachrichten zu dechiffrieren, überbrachten gefälschte Ausweise und Botschaften und verübten kleinere Sabotageakte, indem wir Straßenschilder umdrehten, damit die Nazis sich verirrten. Nachts klinkten wir uns in das deutsche Lautsprechersystem auf den Straßen ein und spielten die polnische Nationalhymne. Je mehr uns gelang, umso höher wollten wir hinaus. Es war wie eine Droge. Allerdings mussten wir vorsichtig sein. Die Nazis hatten Lublin nicht nur zu ihrem Hauptquartier in Polen gemacht, nein, in ganz Polen enttarnten deutsche Spione unsere früheren Pfadfinderführerinnen und verhafteten sie.

Hinzu kam, dass *lapanka* immer häufiger wurde. Die *lapanka* war etwas, was Matka am meisten für uns fürchtete. Die SS ging aus heiterem Himmel und willkürlich auf Menschenjagd. Die Behörden warteten nicht mehr auf den Schutz der Dunkelheit, sondern griffen sich ihre Beute, zufällig ausgewählte polnische Bürger, am helllichten Tag und an den unwahrscheinlichsten Orten: in Kirchen, Bahnhöfen, Warteschlangen. Wer das Pech hatte, erwischt zu werden, wurde festgenommen und in ein Gefangenenlager gebracht. Die meisten wurden nach Deutschland geschafft, um dort zu Tode geschunden zu werden. Arisch aussehende polnische Kinder schwebten ebenfalls in Gefahr. In den Städten verschwanden unzählige von ihnen. Eines Tages wurde ein ganzer Zug voller Kinder angehalten und gekapert. Die Nazis erschossen die Mütter, die dem Zug nachgelaufen waren. Auf dem Land brannte man Dörfer nieder, wenn zu wenige Arbeiter zum Dienst erschienen.

Pietrik wollte zwar nicht darüber sprechen, doch sein Vater, ein Hauptmann in der polnischen Armee, war zusammen mit seinen Offizierskollegen verhaftet worden, weshalb Pietrik jetzt der einzige Mann im Haus war. Vor dem Krieg hatte sich jeder männliche Universitätsabsolvent als Offizier der Reserve verpflichten müssen. Deshalb war es ein Leichtes für die Nazis, unsere Intellektuellen auszuschalten, indem sie das gesamte polnische Offizierskorps festnahmen. Wenigstens hatte man Pietrik vor Kriegsausbruch nicht eingezogen.

Ich flehte ihn an, mir wichtigere Aufträge zuzuteilen, so wie den älteren Mädchen, aber als Kommandant unserer Gruppe hatte er stets neue Ausflüchte auf Lager.

»Du kannst nicht behaupten, dass ich meine Missionen nicht richtig ausführe«, meinte ich eines Nachmittags in unserer Wohnung zu ihm. »Schau, was für gute Arbeit ich in Nadias Wohnung geleistet habe.«

Pietrik half mir, die wenigen Pinsel zu reinigen, die Matka nicht vergraben hatte. Sie hatte sie unter einem Dielenbrett versteckt, um nachts malen zu können. Es waren keine gewöhnlichen Pinsel, sondern Aquarellpinsel von Kolinsky, und sie zu waschen war eine ehrenvolle Aufgabe, die Matka mir anvertraute. Es waren gewissermaßen die Stradivaris unter den Pinseln, die sie von ihrer Mutter geerbt hatte, und jeder davon war ein Vermögen wert. Die Pinsel waren in eine Rolle aus rotem Flanell verpackt und bestanden aus russischem Zobelhaar ausschließlich von männlichen Zobeln, das pro Pfund dreimal so viel kostete wie Gold.

»Ich habe nichts für dich, Kasia«, erwiderte Pietrik. »Im Moment ist es ruhig.«

Für einen Jungen mit so großen Händen ging er sehr sanft mit den Pinseln um. Er tauchte einen ins Seifenwasser und strich mit den Fingern sacht über die Halterung aus Nickel und bis hinunter zur Zobelhaarspitze.

»Wenn ich noch einen Tag länger zu Hause herumsitze, werde ich verrückt.«

Pietrik legte seinen Pinsel neben meinen auf das Geschirrtuch. »Du kennst die Regeln. Du bist nicht alt genug. Lies ein Buch.«

»Ich kann viel mehr ...«

»Nein, Kasia.«

»Nichts fühlt sich besser an, als die Deutschen zu bekämpfen, Pietrik. Schick mich irgendwohin. Es muss ja nichts Großes sein.«

»Falls du erwischt wirst, hilft es dir auch nicht, dass du ein schönes junges Mädchen bist. Die erschießen die Hübschen genau wie alle anderen.«

Schön? Ich? Hübsch?

»Wenn du mich nicht einteilst, gehe ich zur Freien Presse. Ich habe gehört, die braucht Kuriere.«

»Bei mir bist du sicherer.«

»Aha.«

Endlich ein Fortschritt!

Ernst drehte Pietrik sich zu mir um.

»Nun, da wäre etwas. Ein komplizierter Auftrag. Deshalb musst du gut zuhören.«

»Im Ghetto?«, fragte ich.

Er nickte.

Sofort bekam ich es mit der Angst zu tun, wagte es jedoch nicht, mir etwas anmerken zu lassen. Ein furchtsamer Blick, und es würde Schluss sein mit meinen Aufträgen.

»Du musst zu Zs Apotheke.« Er hielt inne. »Nein, wenn ich es mir genauer überlege, ist das nichts für dich.«

»Wer wäre besser geeignet? Ich habe mit Nadia oft Schokoladeneis bei Zaufanym gegessen. Herr Z ist Mitglied unserer Kirchengemeinde.«

Obwohl sich die Apotheke im Ghetto befand, gab es keine Vorschrift, die es Christen verbot, dort einzukaufen. Die verschiedensten Leute taten das, sogar die SS, denn der Apotheker und Inhaber, von den meisten Herr Z genannt, war praktisch wie ein Arzt und hatte selbst zu Kriegszeiten sämtliche Medikamente vorrätig.

»Kannst du morgen um Punkt zwei dort sein?«

»Wäre ich je zu spät gekommen?«

»Um diese Zeit findet die Wachablösung statt. Also hast du genau fünf Minuten, in denen keine Wachen da sein werden, um dich aufzuhalten. Geh den Schwarzhemden so weit wie möglich aus dem Weg. Sie haben zusätzliche Patrouillen eingesetzt.«

»Verstanden«, sagte ich lächelnd, obwohl mir das Blut in den Adern gefror. Lass die Finger davon, warnte ein Gefühl in meinem Magen, doch ich schob es beiseite.

»Betritt den Laden und geh sofort zur Tür im hinteren Teil«, fuhr Pietrik fort.

»In den Keller?«

»Ja. Steig die Treppe hinunter.« Pietrik griff nach meiner Hand und sah mir in die Augen. »Sobald du Kontakt aufgenommen hast, bleib nur fünf Minuten. Man wird dir ein wichtiges Päckchen übergeben, Kasia. Hast du verstanden?«

Ich nickte. »Handelt es sich um eine explosive Lieferung?«, erkundigte ich mich so ruhig wie möglich.

»Nein. Aber sprich mit niemandem und kehr zu deiner gewöhnlichen Schicht zurück. Deine Tarngeschichte ist, dass du Aspirin kaufen warst.«

Pietrik war sehr ernst, als er mir meine Anweisungen erteilte. Eine Tarngeschichte. Eine echte Mission, die ich fehlerfrei ausführen würde, auch wenn meine Hände noch sehr zitterten. Fünf Minuten waren viel Zeit, um ein paar Sachen abzuholen.

In jener Nacht schlief ich kaum, denn alles, was schiefgehen konnte, lief in meinem Kopf ab wie in einer Endlosschleife. Das Ghetto. Einfach nur am falschen Ort zu sein konnte schon bedeuten, dass man verhaftet wurde. Jeden Tag hörte man von Nachbarn und Freunden, die ins Hauptquartier der Gestapo verschleppt worden waren. In das harmlos wirkende Bürogebäude, das »Unter der Uhr« genannt wurde und in dessen Keller es Zellen gab. Oder, noch schlimmer, ins Lubliner Schloss, wo man die Gefangenen auf dem Hof erschoss.

Am nächsten Nachmittag machte ich mich mit weichen Knien auf den Weg zu Zs Apotheke. Es war ein grauer Tag, und der Wind jagte dicke Wolken über den Himmel. Meine Angst allerdings musste ich verbergen. Sonst wurde man ertappt. Die Nazi konnten Angst riechen.

Auf halbem Wege zum Grodzka-Tor, dem offiziellen Eingang zum Ghetto, beobachtete ich etwas, was mich auf der Stelle verharren ließ. Es war Matka, die aus dem Deutschen Haus kam, dem Restaurant, wo alle Deutschen in der Stadt aßen. An der Tür hing draußen ein riesengroßes Schild, auf dem FÜR POLEN VERBOTEN zu lesen war. Das Restaurant war besonders bei der SS beliebt; man konnte die Lebensmittel dort ohne Bedenken verzehren, und die Speisen kosteten fast nichts. Außerdem mussten die Deutschen beim Essen nicht neben Polen sitzen. Gerüchten zufolge roch es in dem Lokal nach Zigarettenrauch, und die Portionen waren so groß, dass die Gäste viel zurückgehen ließen. Allerdings war niemand, den ich kannte, je dort gewesen. Zumindest hatte ich das angenommen. Oder anders gesagt: Noch niemand hatte den Besuch überlebt, denn so lautete die Vorschrift. Für Polen verboten. Erst letzte Woche war unser Gemüsehändler in der Küche erwischt worden, wo er gerade Kartoffeln angeliefert hatte. Er war verhaftet und nie wiedergesehen worden.

Solche Verhaftungen gehörten inzwischen zum Alltag. Erst am Morgen hatte ich in Zuzannas Untergrundzeitung gelesen, dass in nur drei Kriegsmonaten fünfzigtausend Polen zusammengetrieben und ermordet worden waren. Etwa siebentausend von ihnen waren Juden gewesen. Die meisten Opfer waren Honoratioren der Stadt. Anwälte, Professoren, Geistliche und Menschen, die gegen Vorschriften verstoßen hatten oder die Besatzungsmacht ablehnten. Da die Nazis die katholische Kirche als gefährlichen Feind betrachteten, wurden unzählige Priester festgenommen. Häufig wurden Bürger fälschlicherweise eines Verbrechens bezichtigt und deportiert oder auf öffentlichen Plätzen erschossen. Die Schüsse weckten uns in der Nacht.

Also musste ich, als ich mein kleines braunes Päckchen umklammerte und Matka aus dem Deutschen Haus kommen sah, in Erfahrung bringen, was dahintersteckte. Es war Mittagszeit. Auf den Gehwegen drängten sich die Passanten und senkten wegen des starken Windes die Köpfe. Matka ging in die entgegengesetzte Richtung. Nach Hause.

Ich schob mich durch die Menge, um sie einzuholen. »Matka!«, rief ich.

Sie drehte sich um. Bei meinem Anblick machte sie ein Gesicht, als hätte die eiskalte Hand eines Gespensts sie berührt. »Kasia. Du bist nicht im Kino? Ich bringe dir später ein belegtes Brot.«

»Ich habe heute Spätschicht.« Seit Zuzanna mir die Stelle verschafft hatte, arbeitete ich als Kassiererin in dem Kino unweit unserer Wohnung.

Wir wichen einer Warteschlange für Wasserrationen aus, die sich um den Häuserblock erstreckte.

»Du warst im Deutschen Haus. Polen dürfen da nicht rein.«

»Sie betrachten mich als Deutsche.«

Beim bloßen Gedanken daran, dass sie in diesem Lokal gewesen war, wurde mir leicht übel. Offenbar stimmte das mit den Zigaretten. Ich konnte sie an ihr riechen.

»Wie konntest du nur?«

»Sei nicht hysterisch, Kasia. Ich habe nur kurz etwas abgegeben ...«

Wir traten vom Gehweg und ließen ein deutsches Paar an uns vorbeiflanieren. Auch eine Vorschrift.

»Was hast du abgegeben?«

Als sie die Papiertüte fester umkrallte, stieg ein Duft auf. Dunkel und exotisch, nach Palmen und der Sonne Brasiliens. Kaffee.

»Mir kannst du alles erzählen, Matka.« Ich atmete tief durch, um die Panik zu vertreiben. »Ist das ein neues Eau de Toilette?«

Sie kehrte zurück auf den Gehweg und wurde schneller. »Lass mich in Frieden, Kasia.«

Ich hatte die neuen Seidenstrümpfe in ihrer untersten

Schublade gesehen, versteckt unter gefalteten Hemden und schlaff wie abgestreifte Schlangenhäute. Ein Bild stieg in mir hoch. »Du darfst nicht einfach tun, als wäre nichts passiert. Du musst zur Beichte.«

Erneut blieb sie stehen, zog mich an sich und senkte die Stimme. »Vergib mir, Vater, denn ich habe Kaffee mit einem SS-Mann getrunken? Lennart ist …«

Ich lachte auf. »Lennart? Der Name Lennart bedeutet tapfer, Matka. Lennart, der Tapfere, hat unsere Psina mit einer Schaufel erschlagen.«

Die Sonne brach durch die Wolken, sodass ein zarter schwarzer Schmierer in der Kuhle ihrer Wange aufleuchtete. Zeichenkohle.

»Du zeichnest sie!« *Tief einatmen …*

Wieder zog sie mich an sich. »Still, Kasia. Meine Arbeiten gefallen ihnen, und so komme ich näher …«

»Das ist gefährlich.«

»Glaubst du, mir macht das Spaß? Ich tue das nur für Papa. Sie hätten ihn sonst erschossen, Kasia.«

»Wenn ich einen Ehemann wie Papa hätte, würde ich lieber sterben, als ihm untreu zu sein.«

Sie marschierte weiter und drängte sich durch die Menge. Ich folgte ihr und wurde von Passanten angerempelt, die in alle Richtungen hasteten.

»Wie solltest du das auch verstehen?«, sagte sie.

Ich zupfte sie am Jackenärmel.

Sie schob meine Hand weg.

»Sie nennen das Rassenschande, Matka. Eine Polin und ein Deutscher. Zusammen.«

Sie wirbelte zu mir herum.

»Bist du jetzt endlich *still*? Was ist los mit dir?« Ihr Atem roch nach Kaffee und Birnenschnaps.

Ich war entsetzt. Wie konnte sie nur so leichtsinnig sein?

»Sie werden uns alle verhaften. Papa auch.«

»Geh zur Arbeit«, entgegnete sie. Als sie über die Straße eilte, wurde sie fast von einem Paar in einem eleganten offenen Wagen angefahren. Es wurde gehupt, und die zwei schrien etwas auf Deutsch. Sie erreichte den Randstein und drehte sich noch einmal um. Hatte sie ein schlechtes Gewissen, weil sie so grob zu mir gewesen war?

»Ich bringe dir dein Brot ins Kino!«, rief sie mir zu, eine Hand als halben Trichter an den Mund gelegt. »Ich komme früher!«

Als ich nicht antwortete, drückte sie sich den Kaffee an die Brust, ging weiter und war bald in der Menge verschwunden.

Zitternd stand ich da. Mit wem konnte ich darüber sprechen? Nicht mit Papa. Er würde Lennart, den Tapferen, umbringen, und dann würden wir alle erschossen werden. Als ich einen Blick zurück zum Deutschen Haus warf, sah ich Lennart und drei andere Männer die Stufen herunterkommen. Er bohrte sich mit einem Zahnstocher zwischen den Zähnen. Wie konnte Matka sich mit so einem Mann treffen?

Das erinnerte mich wieder an meine Mission. Wie lautete unser Pfadfinderinnenmotto? »Seid immer wachsam.« Es war wichtig, dass ich mich konzentrierte und Pietriks Auftrag fehlerfrei ausführte. Später würde ich Zuzanna alles erzählen. Sie würde mir helfen, Matka wieder zur Vernunft zu bringen.

Ich setzte meinen Weg ins Ghetto fort, schritt durch das Grodzka-Tor und schaffte es in Rekordzeit zu Zaufanyms Apotheke. Das war nicht weiter schwierig. Ich war mit Nadia schon tausendmal in Zs Apotheke gewesen. Als ich allerdings diesmal die kopfsteingepflasterte Straße entlangging, wurde ich den Eindruck nicht los, dass ich in Dantes Inferno hinabstieg.

Früher war die Altstadt die beliebteste Einkaufsmeile von Lublin gewesen. Ich hatte immer Spaß daran gehabt, mit Nadia durch die Läden zu bummeln und einen warmen, mit Puderzucker bestäubten Chanukka-Krapfen zu essen. Auf den Karren, die auf der Straße abgestellt gewesen waren, hatten sich Rüben und Kartoffeln getürmt, Kinder hatten gespielt und Ladeninhaber mit schwarzen Hüten und Mänteln mit ausgestellten Ärmeln hatten draußen gestanden und mit ihren Kunden geplaudert. Die Türen standen weit offen, um die Waren zur Schau zu stellen: Schuhe und Pantoffeln. Rechen und Mistgabeln. Käfige voller gackernder Hennen und quakender Enten.

Damals herrschte in der riesigen Chewra-Nosim-Synagoge in der Lubartowska ein Kommen und Gehen von Männern mit schwarz-weißen Gebetsschals über den Schultern. Man konnte beobachten, wie viele von ihnen vom Badehaus nach Hause aufbrachen. Der Dampf waberte bis auf die Straße.

Aber seit die Deutschen hier waren, verfiel man in eine traurige und bedrückte Stimmung, wenn man das Ghetto betrat. Das Schloss von Lublin, das über dem Viertel aufragte, war von den Nazis als wichtigstes Gefängnis beschlagnahmt worden. Nun blickte es auf die verwinkelten Kopfsteingassen hinab, wo es nicht mehr von Passanten und umhertollenden Kindern wimmelte. Die Nazis hatten die meisten jüngeren Männer für ein Bauprojekt verpflichtet. Sie rodeten ein Stück Land am südlichen Stadtrand von Lublin, wo ein neues Arbeitslager namens Majdanek entstehen sollte. Deshalb waren viele Läden geschlossen, und die wenigen Händler, die noch ihre Türen öffneten, hatten kaum etwas im Angebot. SS-Männer patrouillierten, und die arbeitsfähigen Jugendlichen, die noch nicht von den Nazis abgeholt worden waren, standen mit besorgten Mienen grüppchenweise herum. Ich beobachtete, wie einige Frauen sich um ein Tablett mit Fleischresten auf dem Boden scharten. Ein Junge handelte mit weißen Armbinden, die er über dem Arm trug. Auf jede war ein Davidsstern aufgemalt. Die Synagoge war verrammelt. Man hatte Schilder mit deutscher Aufschrift an die Türen genagelt. Das Bad war stillgelegt. Kein Dampf wehte mehr in die Luft hinaus.

Ich war erleichtert, als ich die Apotheke erreichte. Sie war eine der wenigen noch geöffneten Läden, und an jenem Nachmittag herrschte Hochbetrieb. Es hieß, dass Herr Z sämtliche Nazis bestach, damit er weiter im Geschäft bleiben konnte, da er der einzige nicht-jüdische Ladenbesitzer im Ghetto war.

Durch das Schaufenster sah ich Männer mit schwarzen Hüten, die in ihre Schachpartien vertieft waren. Herr Z stand hinter der hölzernen Theke, die entlang des ganzen Ladens verlief, und beriet ein Paar wegen eines Medikaments.

Als ich den glatten Türknauf aus Kristall herumdrehte, öffnete sich knarzend die Tür, und einige Männer blickten von ihren Schachbrettern auf. Sie folgten mir mit dem Blick, manche neugierig, während ich eintrat. Obwohl ich Herrn Zaufanym ein wenig aus der Kirche kannte, achtete er nicht auf mich. Als ich mich zwischen den Tischen hindurchschlängelte, schnappte ich einige Gesprächsfetzen auf Jiddisch, aber auch auf Polnisch auf. Sobald ich an der Tür hinten im Laden war, versuchte ich, den Türknauf herumzudrehen, doch er rührte sich nicht. War abgeschlossen. Ich unternahm einen zweiten Anlauf. Meine Handfläche auf dem Metall war glitschig. Wieder kein Erfolg. Sollte ich die Mission aufgeben?

Ich wirbelte zu Herrn Z herum. Er entschuldigte sich bei der Kundschaft und kam auf mich zu.

Genau in diesem Moment erschien ein Nazi-Braunhemd, einer von Hitlers Schergen mit einem Gewehrriemen quer über der Brust, am Fenster, legte die Hände seitlich ans Gesicht und spähte herein. Er sah mich an! Selbst einige Männer an den Tischen bemerkten es, richteten sich auf und beobachteten die Szene. Ich wiederholte in Gedanken den Eid: *Ich werde der Grauen Garde dienen, die Geheimnisse der Organisation hüten, Befehlen gehorchen und ohne zu zögern mein Leben opfern.*

Der Teil mit dem Opfern des Lebens schien sich nun zu bewahrheiten.

Herr Z führte mich zurück zur Theke. Ich schaffte es kaum, so sehr zitterten mir die Beine.

»Brauchst du Aspirin?«, fragte er.

»Ja, ich habe entsetzliche Kopfschmerzen.«

Als das Braunhemd verschwunden war, brachte Herr Z mich zurück zur Tür. Er ruckelte am Knauf und ließ mich hindurch, als wäre nichts gewesen.

Ich stieg die Treppe hinunter, klopfte mit den Fingerknöcheln an die Holztür und wartete unter der nackten Glühbirne. Ein Schauder ergriff mich. Vielleicht würde ich Pietrik später mitteilen müssen, dass dies meine letzte Mission gewesen wäre.

»Wer ist da?«, ertönte eine Frauenstimme.

»Iwona«, erwiderte ich.

Die Tür ging auf.

»Sie haben mir ein Kind geschickt?«, sagte die Frau in der Dunkelheit. Ich trat ein, und sie schloss die Tür hinter mir.

Ein Kind? Immerhin war ich sechzehn und hörte oft, dass ich älter aussah.

»Ich bin wegen des Aspirins hier. Ich habe nur fünf Minuten.«

Die Frau musterte mich eine Weile, als wäre ich das letzte Stück Fisch auf dem Markt, und verschwand im Nebenzimmer. Ich machte noch einen Schritt in den Keller. Er war doppelt so groß wie unsere Wohnung und dunkel, da schwarzes Papier die Fenster bedeckte. Es roch zwar kräftig nach Moder und schmutzigen Socken, aber der Raum war mit einem langen Sofa, einem Küchentisch und Stühlen mit einer hellblau und rot gemusterten Lampe darüber und einem Waschbecken an der Wand wohnlich eingerichtet. Lange silbrige Tropfen rannen aus dem Wasserhahn. Über uns polterten Schritte, und Stühle scharrten über den Boden. Wo war die Frau?

Kurz darauf kehrte sie mit einem dicken Päckchen zurück, das ich in meinem Rucksack verstaute. Dann sah ich auf die Uhr. Es hatte nur eine knappe Minute gedauert, obwohl diese Trödeltante so lange gebraucht hatte. Erst da bemerkte ich das Mädchen. Sie saß mit gesenktem Kopf im Schatten.

»Wer ist das?«, fragte ich.

»Das geht dich nichts an. Am besten machst du, dass du wegkommst.«

Ich näherte mich dem Mädchen.

»Haben Sie ihr wehgetan?«

»Natürlich nicht. Anna wird bei einer katholischen Familie leben. Ihre Eltern halten das für sicherer.«

»In dieser Kleidung?« Das Mädchen trug einen dunklen Mantel über einem selbst gestrickten Pulli, schwarzen Stiefeln und ebensolchen Strümpfen. Ihr Haar war unter einem schwarz-rot karierten Schal verborgen, der oben aufgeplustert war wie ein Turban. Selbstverständlich wusste ich genau, wie katholische Mädchen sich anzogen. Erstens weil ich selbst eines war, und auch wegen Matka, die sich jeden Sonntag als Erste zur Messe einfand. In diesen Sachen würde das Mädchen nicht weit kommen.

»So würde ein katholisches Mädchen sich nie anziehen«, stellte ich fest.

Ich schickte mich zum Gehen an.

»Nimmst du dir einen Moment Zeit und erklärst ihr, wie sie sich kleiden soll?«, erkundigte sich die Frau.

»Ich weiß nicht ...«, begann ich. Plötzlich war die Frau nett zu mir. Weil sie etwas von mir wollte? Ich hatte genug eigene Probleme, ich musste geheime Päckchen durch die Straßen schmuggeln.

»Es würde ihr viel bedeuten«, ergänzte die Frau. »Sie ist ganz allein.«

»Meinetwegen«, erwiderte ich.

Ich setzte mich neben das Mädchen aufs Sofa.

»Ich bin Kasia«, sagte ich und legte die Hand auf ihre, die sogar noch kälter war als meine. »Anna, was für ein schöner Name. Wusstest du, dass er ›von Gott gesegnet‹ bedeutet?«

»Mein wirklicher Name ist Hannah«, entgegnete sie, ohne mich eines Blickes zu würdigen.

»Wenn du bei einer katholischen Familie wohnen willst, musst du zu allererst diesen Schal loswerden.«

Hannah zögerte und sah mich finster an. Es kostete mich Selbstbeherrschung, nicht die Treppe hinaufzustürmen und sie zurückzulassen.

Als sie langsam den Schal abnahm, fiel ihr das dunkle Haar über die Schultern.

»Prima. Zweitens ist es keine gute Idee, schwarze Strümpfe oder Stiefel zu tragen. Hier, tausch mit mir.«

Das Mädchen rührte sich nicht.

»Ich kann nicht«, sagte sie.

»Hannah ...«

»Noch drei Minuten«, verkündete die Frau.

»Du musst dich beeilen«, drängte ich.

»Ich habe es mir anders überlegt«, antwortete Hannah.

Ich stand auf und strich meinen Rock glatt. »Schön, dann gehe ich jetzt.«

»Mein Freund sagt, für ihn bin ich gestorben, wenn ich das mache.«

Ich setzte mich wieder. Jungs konnten wirklich eine Plage sein.

»Du kannst dein Leben nicht nach einem Jungen ausrichten.«

»Er hasst mich sowieso schon. Seiner Ansicht nach lasse ich meine Eltern im Stich.«

»Deine Eltern wollen es so, und dein Freund wird einsehen, dass es das Beste ist.«

Die Frau trat auf uns zu. »Werdet endlich fertig.«

»Sie verschleppen nur die Männer«, beharrte Hannah. »Vielleicht sollte ich lieber zu Hause bleiben.«

»Es ist besser, bei einer neuen Familie zu leben, als irgendwohin verfrachtet zu werden, um zu arbeiten. Mach, was deine Eltern dir gesagt haben, dann kannst du ihnen etwas zu essen schicken ...«

»Unmöglich.«

»Viele Leute tun das. Und jetzt musst du fröhlich sein. Keine traurigen Augen. Die Deutschen halten Ausschau nach so was.«

Sie wischte sich das Gesicht ab und richtete sich auf. Ein Anfang! Sie war ein hübsches Mädchen mit Sommersprossen auf dem Nasenrücken.

»Nimm meine Schuhe. Schnell.«

»Oh, ich kann nicht«, widersprach Hannah.

»Du musst. Deine Stiefel werden dich verraten. Tausch mit mir.«

Was, wenn ich angehalten würde? Ich hatte echte Papiere, und Papa würde mir helfen, ganz gleich was geschah. Hannah zog Stiefel und Strümpfe aus und nahm meine weißen Söckchen. Ich schlüpfte in ihre Stiefel. Sie waren nur ein Stückchen kleiner als meine Schuhe.

»So. Und jetzt dreh dich um.« So schnell ich konnte, flocht ich ihr am Hinterkopf einen dicken Zopf. »Unverheiratete katholische Mädchen tragen einen Zopf. Kannst du das Vaterunser?«

Sie nickte.

»Gut. Lern auch die polnische Nationalhymne. Danach fragen sie immer öfter. Und vergiss nicht: Wenn dir jemand Wodka anbietet, wird nicht genippt. Du trinkst ihn auf ex, oder du lehnst gleich ab.«

»Es ist Zeit«, verkündete die Frau.

Ich bewunderte mein Werk.

Auf dem Tisch lag eine weiße Bibel. »Das ist eine hübsche Bibel.« Ich reichte sie ihr. »Sorg nur dafür, dass der Buchrücken Risse kriegt, damit sie benutzt wirkt. Und in der Kirche kniest du so. Mit dem rechten Knie auf den Boden. Dann bekreuzigst du dich.« Ich machte es vor. »So.

Nein, mit der rechten Hand. Ja. Ahme einfach die anderen nach. Und kau die Hostie nicht, sondern lass sie im Mund zergehen.«

Sie fasste mich am Arm. »Muss ich Schweinefleisch essen?«

»Behaupte, dir wäre einmal davon schlecht geworden, und jetzt hieltest du den Anblick nicht mehr aus.«

»Danke«, sagte Hannah. »Ich kann dir nichts zurückgeben.«

»Iwona, bitte«, mahnte die Frau.

»Keine Ursache. Vor allem darfst du nicht zögern oder nachdenklich werden. Dein Polnisch ist ausgezeichnet. Ach, noch etwas.« Ich nahm meine silberne Halskette mit dem Kreuz ab und legte sie ihr um.

Das Mädchen betrachtete seine Brust.

»Bestimmt ist es schwierig für dich, es zu tragen, aber jedes katholische Mädchen hat so eines.«

Pietrik würde Verständnis haben.

An der Tür warf ich noch einen letzten Blick auf Hannah. Sie stand mit der Bibel in der Hand da und sah aus wie ein ganz gewöhnliches katholisches Mädchen auf dem Weg zur Sonntagsmesse.

»Die fünf Minuten sind überzogen«, merkte die Frau an. »Vielleicht solltest du bleiben, bis es dunkel ist.«

»Ich schaffe das schon«, erwiderte ich. Gewiss wartete Pietrik auf mich.

Ich ging nach oben und durch die Apotheke auf die Straße. Es war wundervoll, wieder an der frischen Luft zu sein und meinen Auftrag erledigt zu haben. Es war vielleicht wirklich für die nächste Zeit der Letzte, dachte ich auf dem Weg zum Kino. Ein Blick auf die Uhr verriet mir, dass ich zu früh zu meiner Schicht kommen würde. Mein

Chef würde sich freuen. Ich wollte nur wohlbehalten eintreffen. Falls ich Hilfe bräuchte, würde Pietrik da sein.

Ich schritt kräftig aus, doch noch ehe ich die Altstadt hinter mir hatte, spürte ich, dass mir jemand folgte. Ich bückte mich, um Hannahs Stiefel zuzuschnüren. Das Papierpäckchen knisterte in meinem Rucksack, als ich mich rasch umsah. Es war das Braunhemd, das mich bei Z gesehen hatte. Gerade verscheuchte der Mann eine Gruppe Jugendlicher. Hatte er beobachtet, wie ich in den Keller gegangen war? Ich schob den beunruhigenden Gedanken beiseite und hastete weiter.

Fünf Minuten vor Beginn meiner Schicht erreichte ich das Kino. DER EWIGE JUDE, so die Ankündigung auf der Markise. Seit die Nazis das Kino beschlagnahmt hatten, wurden uns Filme vom Nazi-Hauptquartier geschickt. Polen war der Zutritt verboten. Allerdings erkannten wir allein am Titel, dass es sich bei diesem Film um Nazipropaganda handelte. An der Kasse bildete sich bereits eine Schlange. Den deutschen Kinogängern stand die Vorfreude ins Gesicht geschrieben. Eine weitere Neuerung, die die Nazis uns aufgezwungen hatten, war, dass die Lautsprecher vor dem Kino patriotische Musik spielten. Den ganzen Abend lang, selbst während des Films, hallte das Horst-Wessel-Lied über den kopfsteingepflasterten Platz, und auch die Hymne der Partei, ein stechschrittartiger Marsch, untermalt von Trompeten.

»Die Fahne hoch«, sang der deutsche Chor. »Die Reihen fest geschlossen! SA marschiert mit ruhigem, festem Schritt.«

Ich schlüpfte ins Kassenhäuschen und schnappte nach Luft. Es war ein winziger Raum, kaum so groß wie ein kleines Badezimmer, ausgestattet mit einem verdunkelten Verkaufsschalter und einem hohen Hocker. War mir jemand gefolgt? Ich machte Licht und berührte die kalte, glatte Kassenschatulle, um mich zu beruhigen. Ich musste einen klaren Kopf bewahren, das Geld sortieren und im Moment den Verdunkelungsvorhang noch geschlossen halten.

Wo war Matka? Sie wollte mir doch das versprochene Käsebrot bringen. Als ehemalige Krankenschwester hatte man sie im Altstadtkrankenhaus zwangsverpflichtet. Warum kam sie ausgerechnet heute zu spät, wenn ich am Verhungern war? Der Geruch der deutschen Schokoladenriegel machte mich halb verrückt.

Als ich den Verdunkelungsvorhang einen Spaltbreit aufzog und aus dem Verkaufsschalter spähte, traf mich fast der Schlag. War das möglich? Das Braunhemd, das mich bei Z gesehen hatte, stand da und plauderte mit zwei älteren Hausfrauen in der Schlange.

Wie erleichtert war ich, als Pietrik ins Kassenhäuschen gestürmt kam und sich wie immer mit dem Rücken zur Wand unter das Fenster zu meinen Füßen auf den Boden setzte. Seine geröteten Wangen ließen seine Augen noch blauer wirken. Luiza, seine kleine Schwester, war dicht hinter ihm. Sie rutschte an der Wand hinunter, um sich neben ihm niederzulassen. Sie war fast das genaue Gegenteil von Pietrik. Während er helle Augen hatte, waren ihre dunkel. Er war ernst, sie lachte viel. Trotz ihrer fünfzehn Jahren war sie auch nur halb so groß wie er.

»Wie war der Ausflug zu Z?«, erkundigte er sich.

Ich kletterte auf meinen Hocker und rückte meinen Rock so zurecht, dass er meine Beine am besten zur Geltung brachte. »Eigentlich gut – mit einem kleinen Zwischenfall ...«

Er warf mir einen raschen Blick zu, eine Warnung, in Luizas Gegenwart nichts zu sagen.

»Ich suche nach meiner größten Begabung«, meinte Luiza. »Was denkst du, wofür bin ich begabt, Kasia?«

Warum musste Luiza ausgerechnet jetzt mit den albernsten Themen anfangen? Ich zog den Vorhang erneut ein Stück zur Seite und musterte die Warteschlange. Das Braunhemd war noch da und unterhielt sich inzwischen angeregt mit zwei Männern. Über mich?

»Ich weiß nicht, Luiza«, antwortete ich. »Du backst sehr gut …«

»Das können alle. Ich wünsche mir etwas Einzigartiges.«

Wieder spähte ich hinaus. Etwas stimmte da nicht. Du leidest an Verfolgungswahn, schalt ich mich, während ich das Geld sortierte und in Gedanken meine Liste durchging.

Die Preisschilder für die Süßigkeiten? Ein Häkchen.

Ist die Kasse in Ordnung? Ein Häkchen.

Da das Kinopublikum aus Deutschen bestand, musste ich besonders sorgfältig sein. Mein Chef würde sich einen schweren Tadel einfangen, wenn mir auch nur der kleinste Fehler unterliefe.

Zuzanna betrat das Kassenhäuschen und schloss die Tür hinter sich.

»Kasia, warum bist du so blass?«

»Hast du das Braunhemd da draußen gesehen?«

Sie warf ihre Tasche in eine Ecke. »Das ist ja eine tolle Begrüßung. Ich war auf dem Land, um Kranke zu behandeln und Eier für dein Frühstück zu verdienen, Schwesterherz.«

Ich zog die Jalousie weg, und da war er. Mittlerweile

war er weitergegangen und sprach mit einer jungen Frau in der Schlange.

»Ich glaube, er ist mir gefolgt. Von Z. Du musst sofort gehen.« Ich wandte mich an Pietrik. »Du und Luiza auch. Wenn sie euch hier bei mir finden, verhaften sie uns alle.«

Zuzanna lachte. »Soweit ich weiß, gibt es keine Vorschrift, die einem verbietet, Z aufzusuchen. Obwohl sie heutzutage für fast alles Vorschriften haben ...«

Wieder schaute ich nach draußen. Die Frau nickte und zeigte mit dem Finger auf das Kassenhäuschen. Mir wurde eiskalt.

»Er erkundigt sich nach mir«, sagte ich und geriet innerlich in einen gewaltigen Strudel. »Sie hat ihm verraten, dass ich hier bin.«

Beim nächsten Anblick, der sich mir bot, krampfte es mir das Herz zusammen. Matka am Ende der Schlange, die sich mit einem Korb in der Hand zu uns durchdrängte.

Zuzanna schob die Jalousie zurück vor die Scheibe. »Wenn du weiter so ein schuldbewusstes Gesicht machst, kriegst du wirklich noch Ärger.«

Ich konnte kaum atmen.

Komm nicht her, Matka. Kehr um, bevor es zu spät ist.

Kapitel 9

HERTA

1940

Fritz, der mich in Fürstenberg vom Bahnhof abholen wollte, war spät dran. Ein prima Einstieg in meinen ersten Tag als Lagerärztin in Ravensbrück. Würde er mich überhaupt wiedererkennen? Das bezweifelte ich. An der Universität hatte er stets eine hübsche Schwesternschülerin im Arm gehabt.

Der gedrungene Bahnhof war im bayerischen Stil erbaut, und da ich fünf Minuten lang auf dem Bahnsteig stand, hatte ich ausreichend Zeit, ihn zu bewundern. Würde man mir ein paar wichtige Fälle zuteilen? Würde ich Freundschaften schließen können? Da es für den Herbst recht warm war, juckte mein Wollkleid auf der Haut. Ich konnte es kaum erwarten, in ein leichteres Kleid und einen kühlen, glatten Arztkittel zu schlüpfen.

Endlich erschien Fritz in einem Kübelwagen 82 mit offenem Verdeck, eine grüne Badewanne für vier Personen, das Dienstfahrzeug in Ravensbrück. Einen Arm über die Lehne des Beifahrersitzes gelegt, hielt er an.

»Du bist zu spät«, tadelte ich ihn. »Um Viertel nach zehn habe ich einen Termin beim Kommandanten.«

Er kam zum Bahnsteig und griff nach meiner Tasche. »Sollten wir uns nicht erst einmal die Hand geben, Herta? Ich habe dich seit einem ganzen Jahr nicht gesehen.«

Er erinnerte sich an mich.

Während der Fahrt musterte ich ihn verstohlen. Er besaß noch immer das gute Aussehen, das an der Universität wohl keinem weiblichen Wesen entgangen war. Hochgewachsen mit ordentlichem schwarzen Haar und preußisch-blauen Augen. Markante Züge, die auf seine aristokratische Herkunft hinwiesen. Allerdings wirkte er müde, insbesondere um die Augen. Wie anstrengend konnte es denn sein, in einem Umerziehungslager für Frauen zu arbeiten?

Der Wind in meinem kurzen Haar war angenehm, als wir die Fritz-Reuter-Straße entlang durch das Städtchen Fürstenberg fuhren, wo strohgedeckte Häuser die Straßen säumten. Das alte Deutschland. Wie in einem Schwarzwald-Schaukasten.

»Himmler wohnt hier in Fürstenberg, wenn er in der Gegend ist, was oft geschieht. Er hat dem Reich das Land verkauft, auf dem Ravensbrück gebaut wurde. Hat ein Vermögen verdient. Siehst du das Lager auf der anderen Seite des Schwedtsees? Es ist nagelneu. Weinst du, Herta?«

»Es ist nur der Wind in den Augen«, erwiderte ich. Er war ein guter Beobachter. Es war schwierig, auf dem Weg durch Fürstenberg nicht sentimental zu werden. Als Kind hatte ich mit meinen Eltern ein ähnliches Städtchen besucht. Dies war das Deutschland, für das wir kämpften.

»Wie viel Uhr ist es, Fritz?«, fragte ich und tupfte mir

die Augen ab. Dass der Kommandant mich als Heulsuse einstufte, wäre das Letzte, was ich gebrauchen konnte. »Ich darf nicht zu spät kommen.«

Fritz beschleunigte und überschrie den Motorenlärm. »Koegel ist gar nicht so übel. Früher hat er in München einen Souvenirladen betrieben.«

Eine Staubwolke wehte hinter dem Kübelwagen her, als wir die Uferstraße entlang zum Lager rasten. Hinter der letzten Kurve drehte ich mich zum See um und bewunderte die Silhouette von Fürstenberg mit ihrem hohen Kirchturm, wo wir gerade noch gewesen waren.

»Du hast hier unter den Ärzten freie Wahl«, meinte Fritz. »Dr. Rosenthal bevorzugt Blondinen.«

»Ich bin nicht blond«, entgegnete ich, obwohl ich froh war, dass er das glaubte. Ich war mit Fritz auf der Fahrt in ein neues, abenteuerliches Leben, und meine Laune besserte sich.

»Aber fast. Ein sauberes deutsches Mädchen ist hier eine Seltenheit. Sie haben genug von den Slavinnen.«

»Ich liebe Männer mit Syphilis.«

»Ich trage nur meinen Teil zur Wiederbevölkerung Deutschlands bei«, erwiderte Fritz schmunzelnd.

»Ist das deine Art, einem Mädchen den Hof zu machen?«

Sein Blick, eine Sekunde zu lang, strafte seinen lässigen Ton Lügen. Welches Glück ich doch hatte, eine der wenigen Ärztinnen unter Hitler zu sein. So gehörte ich einer völlig anderen Schicht an. Fritz Fischer hätte niemals mit einer einfachen Düsseldorfer Hausfrau geliebäugelt. Vielleicht würde ich mir ja wieder die Haare wachsen lassen. Zweifellos wäre er beeindruckt, wenn ich die tüchtigste Fachkraft im Lager würde.

Wir sausten an einer Gruppe abgemagerter Frauen in

gestreiften Kleidern und im fortgeschrittenen Stadium des Muskelabbaus vorbei, die sich wie kranke Ochsen mit ihrem vollen Gewicht in das Eisengeschirr einer riesigen Straßenwalze stemmten. Eine Aufseherin in grauer Wolluniform bändigte einen störrischen Schäferhund. Fritz winkte ihr zu, und sie blickte ihm finster nach, als wir weiterbrausten.

»Man liebt mich hier«, sagte Fritz.

»Sieht ganz danach aus«, meinte ich.

Wir stoppten in einer Staubwolke vor einem Verwaltungsgebäude aus Backstein am Ende der Straße – das Erste, was ich vom Lager zu Gesicht bekam. Ich stieg aus, klopfte mir den Staub vom Kleid und betrachtete die Umgebung. Der Rasen war üppig grün. Rote Blumen rankten sich um den Sockel des Gebäudes. Links auf einer Anhöhe mit Blick auf das Lager standen vier Häuser für das Führungspersonal. Sie waren im Heimatschutzstil erbaut, mit Säulen aus Naturstein und halb mit Holz verkleideten Balkonen. Eine Mischung aus nordischer und deutscher Architektur und hübsch anzusehen. Alles hier strahlte gediegene Wertigkeit aus, man hätte den Stil des Lagers sogar als geschmackvoll bezeichnen können.

»Oben auf der Anhöhe steht das Haus des Kommandanten«, verkündete Fritz.

Wären die von Stacheldraht gekrönten Steinmauern hinter dem Verwaltungsgebäude nicht gewesen, man hätte das Lager für ein Kurheim halten können, nicht für ein Umerziehungslager für Gefangene. Ich war entschlossen, Kommandant Koegel sympathisch zu finden. Vorgesetzte spürten immer, ob ein Untergebener sie mochte oder nicht, und Letzteres konnte fatale Folgen für eine Karriere haben.

Gleich hinter dem Lagertor am Straßenrand gab es eine Voliere mit Affen, Papageien und anderen exotischen Vögeln darin, das Einzige, was nicht so recht ins Bild passte. Ja, Tiere dienten dem Anspannungsabbau, aber was war der Zweck dieser Menagerie?

»Wartest du auf einen Butler, Herta?«, rief Fritz mir von der Tür aus zu.

Eine Sekretärin scheuchte mich über die Parkettböden nach oben und in das Büro des Kommandanten, wo Koegel unter einem rechteckigen Spiegel an seinem Schreibtisch saß. Die mannshohe Topfpflanze in der Ecke spiegelte sich darin. Es war schwierig, sich nicht von dieser Pracht einschüchtern zu lassen. Ein Teppichboden, teuer aussehende Vorhänge und ein Kronleuchter. Er hatte sogar ein eigenes Waschbecken aus Porzellan. Sofort bereute ich, mir nicht die Schuhe geputzt zu haben.

Koegel erhob sich, und wir wechselten den Hitlergruß.

»Sie kommen zu spät, Dr. Oberheuser«, stellte er fest.

Die Kuckucksuhr an der Wand schlug die halbe Stunde. Tanzfigürchen in Dirndl und Lederhosen wirbelten aus ihren bogenförmigen Türchen, und die Klänge von »Der fröhliche Wandersmann« besangen meine Unpünktlichkeit.

»Dr. Fischer …«, begann ich.

»Schieben Sie immer anderen die Schuld an Ihren Fehlern in die Schuhe?«

»Entschuldigen Sie die Verspätung, Herr Kommandant.«

Er verschränkte die Arme vor der Brust. »Wie war Ihre Reise?« Er war recht beleibt, was mir normalerweise nicht gefiel. Dennoch zwang ich mich zu einem Lächeln.

Koegels Büro im zweiten Stock bot einen weiten Blick

auf das Lager und den großen Hof, wo die Gefangenen in Fünferreihen strammstanden. Eine schwarze, in der Sonne glitzernde Schotterstraße teilte das Lager in zwei Hälften. Sie wurde von ordentlich aufgereihten, im rechten Winkel zueinander erbauten Baracken gesäumt, die sich in der Ferne verloren. In regelmäßigen Abständen entlang der Straße waren junge Linden gepflanzt worden, im deutschen Volksmund der viel besungene Baum der Liebenden, und ich war gerührt von dem Anblick.

»Die Reise war angenehm, Herr Kommandant«, erwiderte ich und tat mein Bestes, um meinen rheinischen Akzent zu unterdrücken. »Danke für die Fahrkarte erster Klasse.«

»Ist Komfort Ihnen wichtig?«, erkundigte sich Koegel.

Der Kommandant war ein strenger Mann mit Stummelbeinen und einem mürrischen Gesichtsausdruck. Vielleicht lag sein unangenehmes Auftreten ja an dem braunen Kragen seines Uniformhemdes, der so eng war, dass er die Fettwülste am Hals zusammenquetschte. Die Reibung hatte einen Ring aus Hauttaschen entstehen lassen, die ihm schlaff über den Kragenrand hingen. Viele Orden prangten an seiner Brust. Wenigstens war er ein Patriot.

»Eigentlich nicht, Herr Kommandant. Ich ...«

»Ich fürchte, es hat eine Verwechslung gegeben«, verkündete er mit einer wedelnden Handbewegung. »Wir können Sie hier nicht unterbringen.«

»Aber ich habe einen Brief aus Berlin erhalten ...«

»Sie wären die einzige weibliche Ärztin. Das könnte zu Problemen führen.«

»Ich glaube nicht ...«

»Das hier ist ein Arbeitslager, Fräulein Doktor. Es gibt keine eleganten Schönheitssalons, keinen Kaffeeklatsch.

Was werden die Männer denken, wenn Sie in der Offiziersmesse essen? Eine Frau unter so vielen Männern fordert Schwierigkeiten regelrecht heraus.«

Während er redete, sah ich, wie mein Gehalt sich in Luft auflöste. Würde Fritz mich zum nächsten Zug zurück nach Düsseldorf bringen? Würde Mutti wieder ganztags arbeiten müssen?

»Ich bin ein einfaches Leben gewöhnt, Herr Kommandant.«

Als ich meine geballten Fäuste lockerte, stellte ich fest, dass ich die Fingernägel in die Handflächen gegraben hatte. Sie hatten eine Reihe kleiner roter Lächelmünder hinterlassen, die mich zu verspotten schienen. Das hatte ich verdient. Wann würde ich endlich lernen, nicht so übertrieben selbstbewusst zu sein? »Ich versichere Ihnen, dass ich mit jeder Unterkunft zufrieden sein werde. Schließlich sagt ja der Führer selbst, dass das einfache Leben das beste ist.«

Koegel musterte meine Frisur. Wurde er weich?

»Man hat mir eine Hautärztin geschickt. So etwas brauchen wir hier nicht.«

»Ich behandle auch Infektionskrankheiten, Herr Kommandant.«

Mit der Hand auf dem Bauch, dachte er darüber nach. »Ich verstehe.« Er wandte sich zum Fenster um und betrachtete das Lager. »Nun, unsere Arbeit hier ist vertraulich, Fräulein Doktor.«

Während er redete, knallte eine Peitsche auf dem Platz unter uns, und ich wirbelte herum. Eine Aufseherin schlug eine der dort versammelten Gefangenen mit einer Reitpeitsche.

»Wir verlangen absolutes Stillschweigen, Fräulein Doktor. Sind Sie bereit, eine Verschwiegenheitserklärung zu unterzeichnen? Sie dürfen sich niemandem anvertrauen. Nicht einmal Ihrer Mutter oder Ihren Freundinnen.«

Da brauchte er sich keine Sorgen zu machen. Ich hatte keine Freundinnen.

»Ein Verstoß gegen die Geheimhaltungspflicht, und Sie müssen mit der Verhaftung Ihrer Familie und möglicherweise mit Ihrer eigenen Hinrichtung rechnen.«

»Ich bin ein zurückhaltender Mensch, Herr Kommandant.«

»Bei der Arbeit hier darf man nicht zimperlich sein. Unsere medizinische Ausrüstung ist, nun ja, eher in einem beklagenswerten Zustand.«

Koegel achtete nicht auf die Szene unter seinem Fenster. Als die Gefangene zu Boden stürzte und den Kopf mit den Händen schützte, drosch die Wärterin noch heftiger auf sie ein. Eine zweite hielt einen angeleinten Schäferhund zurück, der mit gefletschten Zähnen losstürmen wollte.

»Nun, Berlin wäre zufrieden«, merkte Koegel an.

»Was wäre meine Aufgabe bei der Umerziehung, Herr Kommandant?«

Die Aufseherin auf dem Hof trat die Frau in den Bauch. Die Schreie waren schwer zu überhören. Eine drastische Methode der Umerziehung.

»Sie werden Mitglied einer Elitetruppe und mit den besten Ärzten Deutschlands zusammenarbeiten, um die medizinische Versorgung des Lagerpersonals und der zugehörigen Familien zu gewährleisten. Auch die der Frauen, die hierher umgesiedelt wurden, um dem Führer zu dienen. Außerdem führt Dr. Gebhardt einige Vorhaben durch.«

Auf dem Hof rollte die Aufseherin ihre Peitsche zusammen. Zwei Gefangene schleppten ihre blutende Kameradin weg, während die anderen weiter strammstanden. »Nach der dreimonatigen Probezeit wird einer Kündigung unter gar keinen Umständen stattgegeben.«

»Ich verstehe, Herr Kommandant.«

Koegel kehrte zu seinem Schreibtisch zurück. »Sie werden sich ein Haus mit Dorothea Binz teilen, der Leiterin unserer Wachabteilung. Unser Friseursalon ist nicht mondän, aber recht gut. Gleich im unteren Stockwerk. Er wird von den Bibelmädchen betrieben – Zeugen Jehovas. Sie sind fest entschlossen, mir das Leben zur Hölle zu machen, aber mit einer Schere können sie umgehen.«

»Das merke ich mir, Herr Kommandant«, erwiderte ich und verabschiedete mich mit Hitlergruß.

Als ich Koegels Büro verließ, war ich froh, dass er nachgegeben hatte. Allerdings war ich nur nicht sicher, ob ich in Ravensbrück bleiben wollte. Ich wurde von einem leicht mulmigen Gefühl ergriffen. Was, wenn ich einfach mit dem Zug nach Hause führe? Wenn nötig, könnte ich ja drei Arbeitsstellen gleichzeitig annehmen.

Ich war erstaunt, als ich mein Zimmer in dem neu erbauten Haus für hochrangige Aufseherinnen nur wenige Schritte vom Tor entfernt sah. Es war größer als unsere gesamte Wohnung zu Hause. Es gab ein Gemeinschaftsbad mit Dusche und Wanne, ein bequemes Bett mit weißen Daunendecken und einen Schminktisch. Ich durfte mich zwar laut Vorschrift nicht schminken, aber der Tisch würde einen guten Schreibtisch abgeben. Am meisten begeisterte mich die Zentralheizung. Es war eine saubere, stilvolle Unterkunft mit eigenem Balkon. Mutti würde verdattert den Kopf schütteln, wenn sie mich an einem solchen Ort sähe.

Zum Mittagessen betrat ich durch den Personaleingang das Hauptlager und entdeckte auch die Offiziersmesse. Der Geräuschpegel war hoch, denn in dem kleinen Gebäude drängten sich etliche der fünfzig Ärzte der SS, die nach Ravensbrück abkommandiert worden waren, und hinzu kamen die Wachoffiziere. Es waren alles Männer, die sich hier an Schweinebraten, Butterkartoffeln und Rinderfilet gütlich taten. Ich hoffte, die hochrangigen Ärzte kennenzulernen, wie Koegel es mir versprochen hatte. Ich war diesbezüglich nicht in Eile, aber das Verhältnis männlicher zu weiblichen Ärzten betrug verheißungsvolle neunundvierzig zu eins.

Als ich mich dem Tisch näherte, an dem Fritz Hof hielt, verstummten ein paar der Männer und starrten mich an. Ich war es aus dem Studium gewöhnt, unter Männern zu sein, dennoch wäre eine einzige Kollegin nett gewesen. Fritz und drei Begleiter saßen mit ausgestreckten Bäuchen da und rauchten Zigaretten.

»He, Herta«, sagte Fritz. »Möchtest du zu Mittag essen?« Er wies auf eine Platte, auf der sich fettige Schweinekoteletts türmten. Ich musste einen Brechreiz unterdrücken.

»Ich bin Vegetarierin«, erwiderte ich.

Der Mann neben Fritz verkniff sich ein Lachen.

Fritz erhob sich. »Wo sind meine Manieren? Ich stelle dich vor. Am Ende des Tisches dort haben wir Dr. Martin Hellinger, den Stern am Himmel der SS-Zahnheilkunde.«

Dr. Hellinger war ein Mann mit buschigen Augenbrauen, Nickelbrille und einem endomorphen Körperbau. Offenbar war sein Blutzuckerspiegel so niedrig, dass er mich kaum zur Kenntnis nehmen konnte. Stattdessen löste er mit einem Bleistift ein Kreuzworträtsel.

»Daneben Dr. Adolf Winkelmann, ein Gast aus Auschwitz.«

Winkelmann thronte wie hingegossen auf seinem Stuhl. Er war übergewichtig und hatte eine Haut wie wurmstichiges Holz.

»Und das ist der berühmte Rolf Rosenthal«, fuhr Fritz fort und wies auf einen dunkelhaarigen, wieselähnlichen Mann, der sich links von ihm auf seinem Stuhl lümmelte. »Früherer Marinechirurg und unser gynäkologisches Wunderkind.« Rosenthal beugte sich mit der Zigarette in der Hand vor und musterte mich wie eine Kuh auf dem Viehmarkt.

Als die Fliegengittertür zuknallte, drehten sich einige Ärzte um. Die blonde Aufseherin, die ich von Koegels Fenster aus beobachtet hatte, betrat den Speisesaal. Sie war größer, als es von oben den Anschein gehabt hatte. Endlich eine andere Frau.

Ihre Schritte klangen schwer, als sie über den Holzboden auf uns zukam. Die Reitpeitsche steckte in ihrem Stiefel, und sie hatte die Mütze abgenommen. Das Haar trug sie über der Stirn zu einer Tolle aufgerollt, wie es zurzeit in Mode war. Obwohl sie noch jung war, etwa neunzehn, war ihre Haut bereits von verschiedenen Sonnenflecken und Sommersprossen bedeckt. Möglicherweise hatte sie viel im Freien gearbeitet?

Fritz legte einen Arm über die Lehne seines Stuhls.

»Wenn das nicht das reizende Fräulein Binz ist, die Königin des Charmes hier in Ravensbrück.«

Fritz stand nicht auf, um sie zu begrüßen, und die anderen Ärzte rutschten auf ihren Stühlen herum, als hätte ein kalter Wind sie angeweht.

»Hallo, Fritz«, sagte Binz.

»Weißt du denn nicht, dass du ohne Genehmigung keinen Zutritt zur Offiziersmesse hast?«, fragte Fritz. Er zündete sich mit einem vergoldeten Feuerzeug die nächste Zigarette an. Seine Hände waren weiß, ja beinahe durchscheinend, als hätte er sie in Milch getaucht. Hände, die man einem berühmten Pianisten erwartet hätte. Hände, die nie einen Spaten gehalten hatten.

»Koegel möchte, dass ich mit deinen Ärzten und meinen Mädchen ein geselliges Beisammensein organisiere.«

»Nicht schon wieder ein Picknick«, meinte Rosenthal.

»Er hat eher an eine Tanzveranstaltung gedacht«, antwortete Binz.

Tanzen? Da ich leidenschaftlich gern tanzte, war ich sofort Feuer und Flamme.

Rosenthal stöhnte auf.

»Nur wenn Rosenthal eine Kiste französischen Rotwein ausgibt«, erwiderte Fritz. »Und wenn du ein paar attraktive Polinnen ranschaffst. Die Bibelmädchen kriegen ja kaum den Mund auf.«

»Und bringen Sie bitte ein paar Aufseherinnen unter hundert Kilo mit«, ergänzte Rosenthal.

»Kommst du, Fritz?« Binz zündete sich eine Zigarette an.

Fritz wies mit der Hand auf mich. »Dorothea, begrüße deine neue Mitbewohnerin, Dr. Herta Oberheuser. Darf ich dir Dorothea Binz, Königin des Strafbunkers, vorstellen? Sie bildet hier den Großteil der Aufseherinnen für das Reich aus.«

»Eine Ärztin?«, wunderte sich Binz. Sie zog an ihrer Zigarette und betrachtete mich von Kopf bis Fuß. »Mal ganz was Neues. Nett, dich kennenzulernen, Fräulein Doktor. Viel Glück mit dieser Bande.«

Sie sprach mich informell mit du statt mit Sie an, was jedoch niemandem aufzufallen schien.

Ich begleitete sie zur Tür. »Danke, Fräulein Binz«, sagte ich.

»Bedank dich nie bei einer Aufseherin«, sagte Fritz. »Das bringt Unglück.«

Binz knallte die Tür hinter sich zu und marschierte auf den Platz hinaus, wo sie ihre noch nicht einmal zur Hälfte gerauchte Zigarette mit Daumen und Zeigefinger auf den Schotter schnippte. Binz war eindeutig nicht die Freundin, die ich suchte.

Nach dem Mittagessen ging ich mit Fritz und Dr. Hellinger zu dem Gebäude, wo neue Gefangene aufgenommen wurden. Unterwegs bemerkte ich, dass jede der Frauen direkt unter einer Nummer ein farbiges Dreieck am Ärmel hatte.

»Was bedeuten denn die farbigen Abzeichen, Fritz?«, fragte ich.

»Den grünen Winkel tragen die verurteilten Straftäterinnen, meistens aus Berlin und aus der Gosse, obwohl einige auch wegen unbedeutender Regelverstöße hier gelandet sind. Viele Kapos tragen dieses Abzeichen. Die mit dem lilafarbenen Winkel sind Bibelmädchen, Zeuginnen Jehovas. Sie müssten nichts weiter tun, als ein Dokument zu unterschreiben, in dem sie bestätigen, dass Hitler bei ihnen an erster Stelle steht. Dann kämen sie frei, aber sie tun es nicht. Verrückt. Die mit den roten Winkeln sind die politischen Gefangenen. Hauptsächlich Polinnen. Die Schwarzen sind die Asozialen. Prostituierte, Alkoholikerinnen, Pazifistinnen. Die Buchstaben in den Winkeln weisen auf die Nationalität hin. Jüdinnen kriegen zwei Winkel, was dann einen Stern ergibt. Himmlers Idee.«

Vor dem Gebäude kamen wir an einer Reihe nackter Frauen vorbei, die im Freien warteten. Die Frauen schienen Slavinnen aller Altersgruppen und von verschiedenstem Körperbau zu sein. Einige waren eindeutig schwanger. Beim Anblick der männlichen Ärzte kreischten einige, und alle versuchten, sich zu bedecken.

»Diese Frauen brauchen Kleider, Fritz«, merkte ich an.

Wir zogen uns in eine ruhige Ecke zurück, um zu reden. »Hier führen wir die Selektion durch«, begann Fritz. »Zuerst sucht Hellinger nach Plomben aus Silber und Gold und nach Brücken. Dann wählen wir die aus, die am wenigsten arbeitsfähig sind. Die, auf die beides zutrifft, werden ausgesucht. Eine Gefangene, die zu krank zum Arbeiten ist und den Mund voller Metall hat, kommt auf diese Liste. Wir sagen ihnen nie die Wahrheit.«

»Und die Wahrheit wäre?«, hakte ich nach.

»Schnellbus in den Himmel. Entweder der Vergasungstransporter oder Evipan. Benzin, wenn uns das andere ausgeht. Anschließend birgt Hellinger das Eigentum des Reiches. Heute ist Evipan an der Reihe.«

Ich schlang die Arme um den Leib. »Ich dachte, die Gefangenen würden zur Arbeit gebraucht.«

»Alte Frauen können keine Straßenwalze ziehen, Herta.«

»So alt sind sie nun auch wieder nicht, und wenn, könnte man sie doch zum Stricken einsetzen. Außerdem sollten die Schwangeren nicht so lange stehen.«

»Wir halten uns an das Gesetz. In einem Lager darf kein Kind geboren werden. Bei einem gewissen Prozentsatz ist eine Sonderbehandlung unvermeidlich. Sonst wäre das Lager bald überfüllt. Ich weiß ja nicht, wie es bei dir ist, aber ich bin nicht gerade wild auf Typhus. Hinzu kommt, dass einige Jüdinnen dabei sind.«

Also war die Sache mit der Umerziehung nur eine Fassade. Wie hatte ich so naiv sein können? Mir wurde wieder übel.

»Ich muss in mein Zimmer und auspacken«, meinte ich.

»An der Uni im Sektionssaal warst du doch auch nicht so zimperlich.«

»Die haben nicht mehr geatmet, Fritz. Mit dem hier möchte ich lieber nichts zu tun haben.«

»Lieber nicht? Mit dieser Einstellung wirst du dich nicht lange halten.«

Die Vorstellung, jemandem eine tödliche Spritze zu verabreichen, war zu schrecklich, um sie sich auszumalen. Würden wir in den Arm injizieren? Tödliche Spritzen waren Barbarei und lösten bei denen, die sie gaben, oft Traumata aus.

Ich berührte Fritz an der Hand. »Aber Zyanid wirkt schnell und leise. Wenn man es mit Orangensaft vermischt ...«

»Glaubst du, mir gefällt das?«, erwiderte Fritz und zog mich an sich. »Man tut, was getan werden muss. Die Alternative wäre Vernichtung durch Arbeit. Das ist ein Befehl. Direkt von Himmler. Die Arbeiterinnen bekommen gerade genügend Kalorien, um sich drei Monate lang am Leben zu halten. Langsame Ausrottung.«

»Ich kann nicht ...«

Er zuckte die Achseln. »Sie sterben sowieso. Denk einfach nicht daran.«

Fritz näherte sich der Reihe nackter Frauen. Als er in die Hände klatschte, drängten sie sich zusammen wie Pferde in einer Scheune.

»Guten Tag, meine Damen. Alle, die über fünfzig sind, eine Temperatur über vierzig Grad haben oder ein Kind erwarten, treten bitte beiseite. Wir werden dafür sorgen, dass Sie sich nach Ihrer Typhusimpfung ausruhen können. Ich kann nur fünfundsechzig von Ihnen annehmen, also beeilen Sie sich.«

Die Frauen tuschelten, und einige übersetzten Fritz' Worte in andere Sprachen. Bald meldeten sich die ersten Freiwilligen. »Hier, das ist meine Mutter«, sagte eine junge Frau und schob eine ältere nach vorn. »Sie hustet so stark, sie kann nicht arbeiten.«

»Natürlich nicht«, antwortete Fritz.

Ein eindeutig schwangeres, dunkelhaariges Mädchen mit braunen Augen und dichten Wimpern trat vor und lächelte Fritz an. Ihre verschränkten Arme ruhten auf ihrem gewölbten Bauch. Innerhalb weniger Minuten hatte Fritz seine fünfundsechzig Kandidatinnen beisammen und wies einen Wachmann an, sie zum Revier zu bringen. Zumindest gingen sie widerstandslos mit.

»Seit wann gibt es denn einen Impfstoff gegen Typhus?«, fragte ich leise, für den Fall, dass einige Häftlinge Deutsch verstanden.

»Den gibt es selbstverständlich nicht. Im Durchschnitt überlebt eine kranke Gefangene nur vierzehn Tage. Also beschleunigen wir die Sache lediglich. Es ist viel humaner als andere Methoden.«

Fritz begleitete mich zu meinem neuen Arbeitsplatz, der Krankenstation für Gefangene in einem niedrigen Gebäude, das mit den anderen identisch war. Hinter dem Empfangsbereich befand sich ein großer Raum voller Pritschen und Stockbetten, so überfüllt mit Patientinnen, dass einige – manche im fortgeschrittenen Stadium ihrer Krankheit – auf dem nackten Boden liegen mussten. Eine Gefangene war derart von Läusen befallen, dass ihr kurzes Haar weiß davon war und sie sich große Hautflächen blutig gekratzt hatte. Nicht unbedingt ein gut geführtes Haus.

Eine junge Krankenschwester, die ebenfalls eine Gefangene war, begrüßte uns. Sie hieß Gerda Quernheim, war ein hübsches Mädchen aus Düsseldorf mit kastanienbraunem Haar und hatte zu Hause die Hebammenschule besucht. Obwohl sie eine ausgezeichnete Krankenschwester war, war selbst sie mit dem Revier überfordert.

Fritz führte uns den Flur entlang, vorbei an einer riesigen Kühlkammer, nicht unähnlich der von Onkel Heinz.

»Was ist das?«, erkundigte ich mich und berührte die von Kondenswasser kalte und feuchte Tür. Dabei musste ich das Bild von Onkel Heinz' Gesicht verdrängen.

»Kühlkammer«, antwortete Fritz. »Gehört Gebhardt.«

Fritz brachte mich in ein Hinterzimmer, das in einem beruhigenden Hellgrün gestrichen war. Die Möblierung bestand nur aus zwei Hockern und einem hohen Labortisch. Das Licht fing sich im silbernen Kolben einer Spritze, einer von dreien, die auf dem Tisch lagen und sicher nicht steril waren. Als wir eintraten, schwang eine graue Gummischürze an einem Wandhaken im Luftzug. Die Fenster in diesem Teil des Gebäudes waren weiß überstrichen wie milchige, vom Grauen Star befallene Augen. Die Wirkung war klaustrophobisch – ich kam mir vor, als wären wir eingeschneit.

»Warum sind die Fenster überstrichen?«, fragte ich.

»Gebhardt hütet seine Privatsphäre wie ein Schießhund«, erklärte Fritz.

»Ehrlich, Fritz, ich bin müde von der Zugfahrt heute.«

»Wenn nötig, nimm eine halbe Pethidin«, entgegnete

Fritz und runzelte die Stirn. »Oder ist dir die letzte Station lieber? Die Erschießungsmauer?«

»Eine Erschießungsmauer?«, wiederholte ich. »Dann ist das hier vielleicht besser.«

Zwei Aufseherinnen brachten die erste Gefangene herein, die Fritz selektiert hatte, eine erstaunlich lebhafte ältere Frau, die nur Holzpantoffeln an den Füßen und eine Decke über den Schultern trug. Durch ein Gewirr schiefer Zähne versuchte sie, mit Fritz auf Polnisch zu sprechen.

Fritz lächelte. »Ja, ja, kommen Sie herein. Wir bereiten gerade die Impfungen vor.«

Er band sich die Gummischürze um.

»Wenn man sie gütig tötet, ist es leichter für alle«, meinte er.

Die Aufseherinnen führten die alte Frau zum Hocker. Über die Schulter gewandt beobachtete ich, wie Gerda eine Zwanzig-Kubikzentimeter-Spritze aufzog. Das gelblich-rosafarbene Evipan hätte genügt, um einen Ochsen umzubringen.

»Wir haben diesen Raum grün gestrichen, weil das die Patienten beruhigt«, fügte Fritz hinzu.

Die Aufseherinnen nahmen der Frau die Decke ab, wickelten ihr ein Handtuch ums Gesicht und streckten ihren linken Arm aus, als sollte sie eine intravenöse Injektion erhalten.

»Spritzen war schon im Studium nicht meine Stärke«, sagte ich.

Eine der Aufseherinnen drückte der alten Frau das Knie in den Rücken, um ihre Brust nach vorne zu schieben.

Fritz legte mir die schwere Spritze in die Handfläche.

»Schau, du tust ihnen einen Gefallen«, beteuerte er.

»Stell sie dir als kranke Hunde vor, die eingeschläfert werden müssen. Wenn du es richtig machst, leiden sie nicht.«

Offenbar hatte die Frau die Nadel gesehen; sie fing an, sich gegen die Aufseherinnen zu sträuben und mit dem freien Arm zu rudern. Das hätte mir gerade noch gefehlt, dass Fritz Koegel herumerzählte, ich sei unfähig, jemandem eine Spritze zu verabreichen.

Ein milchiger Tropfen trat vorn aus der Nadel aus, als ich zurückwich. »Ich versuche es morgen.«

»Komm«, erwiderte Fritz und schlang von hinten die Arme um mich. »Wir machen es gemeinsam.«

Er bedeckte meine Hand, die die Spritze hielt, mit seiner und führte die Finger meiner anderen Hand zur Haut der Frau dicht oberhalb des Brustkorbs. Während die Wärterinnen ihre Arme umklammerten wie eine Zwangsjacke, ließ Fritz meine Finger den Torso hinunter zum fünften Rippenbogen gleiten.

»Schließ die Augen«, wies Fritz mich an. »Fühlst du es? Genau unter der linken Brust.«

Ich presste die Finger tief in die warme, runzelige Haut.

»Ja«, antwortete ich.

»Gut. Fast geschafft.«

Fritz legte seinen Daumen über meinen auf dem Kolben, führte meine Hand zur richtigen Stelle und half mir, die Nadel hineinzustoßen. Ich spürte ein Knacken, als sie zwischen den Rippen hindurchdrang.

»Bleib dran«, raunte Fritz, den weichen Mund dicht an meinem Ohr. »Atme.«

Fritz drückte unsere Daumen mit steter Kraft gegen den Kolben und spritzte das Evipan direkt ins Herz. Die Frau bäumte sich auf, doch die Wärterinnen hielten sie fest.

»Ganz ruhig«, flüsterte Fritz. »Nur vierzehn Sekunden. Zähl rückwärts.«

»Vierzehn, dreizehn, zwölf …«

Als ich die Augen aufschlug, sah ich das Handtuch vom Gesicht der Frau rutschen. Ihre Unterlippe war grausig verzerrt.

»Elf, zehn, neun …«

Die Frau zuckte, und ich atmete tief durch, um den Brechreiz zu unterdrücken.

»Acht, sieben, sechs …«

Sie bäumte sich auf wie bei einem Herzinfarkt. Dann wurde sie schlaff und rührte sich nicht mehr.

Fritz ließ mich los.

»Bei ihr ging es schnell«, sagte er. »Du bist ja schweißnass.«

Nachdem die Aufseherinnen die alte Frau auf die andere Zimmerseite geschleppt hatten, ging Gerda die Nächste holen.

»Gerda ist Rosenthals Geliebte«, erklärte Fritz, während er sich Notizen auf einem Klemmbrett machte. »Er hat bei ihr einen Abbruch durchgeführt. Bewahrt den Embryo in einem Glas in Gebhardts Kühlkammer auf. Sie sucht sich Lieblingsgefangene aus, verhilft ihnen zu einem warmen Bad und schenkt ihnen Blumen. Sie kämmt ihnen das Haar und erzählt ihnen schöne Geschichten, bevor sie sie herbringt.«

Ich ging zur Tür, weil ich frische Luft brauchte. »Wie kannst du so etwas tun, Fritz? Es ist so …«

»Es ist keine Stelle, mit der man angeben könnte, aber wenn du kündigst, ist morgen Ersatz für dich da. Wir müssen pro Monat eine bestimmte Quote erfüllen. Befehl aus Berlin. Wir sind machtlos.«

»Wir sind nicht machtlos. Wir könnten uns weigern.«

Fritz zog eine neue Spritze auf. »Viel Spaß dabei, Koegel das schmackhaft zu machen.«

»Nun, ich kann das nicht.« Wie war ich nur an diesem Ort gelandet?

Hellinger kam mit einer Lederrolle voller Instrumente herein. Ich versuchte, nicht hinzuhören, als er die Zahnfüllungen der Frau herausbrach. Danach stempelte er ihr einen Stern auf die Wange zum Zeichen, dass ihr Fall abgeschlossen war.

»Und ob du das kannst, Herta«, sagte Fritz. »Du musst dich nur daran gewöhnen.«

»Ich verschwinde. Dafür habe ich nicht Medizin studiert.«

»Das habe ich zuerst auch gesagt«, entgegnete Hellinger lachend und steckte das Baumwollsäckchen mit Zahngold ein.

»Ich auch«, stimmte Fritz zu. »Und ehe ich michs versehen hatte, waren die drei Monate um. Da gibt es kein Zurück mehr. Also entscheide dich bald.«

Es stand außer Frage. Bei Sonnenaufgang würde ich fort sein.

Kapitel 10

CAROLINE

1939–1940

Ich tastete im dunklen Schlafzimmer nach meinen Kleidern, entdeckte mein Unterkleid und schlüpfte hinein. Dann stieß ich auf Pauls Samtsakko und zog es darüber. Das Satinfutter fühlte sich auf meinen nackten Armen kühl an. Wer klopfte da so laut an die Wohnungstür?

»Bleib hier, Paul. Ich sehe nach, wer es ist.«

Mit hinter dem Kopf verschränkten Händen, lag er auf meinem rosafarbenen Satinkissen. Sein breites Grinsen leuchtete weiß im Halbdunkel. Fand er das etwa lustig? Was, wenn es Mutter war? Wie sollte ich ihr das erklären? Der attraktivste Mann der Welt, halb nackt in meinem Bett? Allerdings besaß Mutter selbst einen Schlüssel. Ob sie ihn vergessen hatte?

Ich schlich den Flur entlang. Wer machte da einen solchen Lärm? Im Kamin glommen noch orangefarbene Scheite.

»Caroline«, drang eine Stimme durch die Tür. »Ich muss dich sprechen.«

David Stockwell.

Ich trat einen Schritt näher und legte eine Hand auf das lackierte Holz der Tür. Als David weiter dagegenhämmerte, vibrierte es unter meinen Fingern.

»Was willst du hier, David?«, fragte ich, ohne zu öffnen.

»Mach auf. Es ist wichtig.« Selbst durch die fünf Zentimeter Eichenholz bemerkte ich, dass er betrunken war.

»Ich bin nicht angezogen …«

»Ich muss mit dir reden, Caroline. Es dauert nur eine Minute.«

»Komm morgen wieder, David.«

»Es geht um deine Mutter. Ich muss ganz dringend mit dir reden.«

Ich hatte schon genügend »Notfälle« mit David erlebt, durfte jedoch kein Risiko eingehen.

Also knipste ich das Flurlicht an und öffnete die Tür. David, im zerknitterten Abendanzug, lehnte am Türstock. Auf wackeligen Beinen drängte er sich an mir vorbei in den Vorraum. Ich zog Pauls Sakko fester um mich, um meinen halb bekleideten Zustand zu verbergen.

»Wurde langsam Zeit«, sagte David. »Herrje, Caroline, was hast du denn an?«

»Wie bist du am Portier vorbeigekommen?«

David packte mich an den Schultern. »Bitte sei mir nicht böse, Caroline. Du riechst so gut.«

Ich versuchte, ihn wegzuschieben. »David, hör auf. Was ist mit meiner Mutter?«

Er zog mich enger an sich und küsste meinen Hals. »Ich vermisse dich, Caroline. Ich habe einen schrecklichen …«

»Du stinkst, David.«

Ich wollte mich losreißen, doch da erschien schon Paul hinter mir, bekleidet mit Unterhose und einem Hemd, das er sich hastig übergeworfen hatte. Selbst in der grellen Deckenbeleuchtung sah er hinreißend aus. Das offene Hemd, mein Lippenstift auf der Knopfleiste.

»Brauchst du Hilfe, Caroline?«, erkundigte er sich.

So betrunken David auch sein mochte, beim Klang von Pauls Stimme hob er den Kopf.

»Wer ist das?«, fragte er, als hätte er ein Gespenst gesehen.

»Paul Rodierre. Du hast ihn heute im Park kennengelernt.«

»Oh.« David richtete sich auf. »Was würde deine Mutter dazu ...«

Ich nahm ihn am Arm. »Du musst jetzt gehen, David.«

Er griff nach meiner Hand. »Komm mit, Caroline. Selbst meine Mutter vermisst dich.«

Das war zu bezweifeln. Obwohl Mrs. Stockwell mich schon seit Jahren kannte, bezeichnete sie mich noch immer bloß als die Schauspielerin.

»Du bist verheiratet, David. Schon vergessen? Die Zeitungen haben von ›Der Hochzeit des Jahrzehnts‹ geschrieben.«

Er betrachtete Paul, als hätte er ihn für einen Moment vergessen gehabt. »Herrgott, Mann, ziehen Sie sich etwas an.« David beugte sich zu mir vor. Seine blauen Augen waren rot gerändert. »Caroline, du kannst doch unmöglich glauben, dass dieser Mann dir guttut ...«

»Du hast kein Recht, mir Vorschriften zu machen, David. Das hast du verwirkt, als du vor aller Augen im Badminton Club auf ein Knie gesunken bist. Musstest du ihr den Antrag ausgerechnet in Vaters Club machen?«

Paul kehrte zurück ins Schlafzimmer. Mit ein wenig Glück würde er sich wieder ins Bett legen.

»Uns bedeutet dieser Ort sehr viel. Sally und ich haben dort das gemischte Doppel gewonnen.«

Über Sallys und Davids triumphalen Sieg im Badminton war groß in der *Sun* berichtet worden. Auch Jinx Whitney, meine Unglücksbotin vom Chapin-College, und ihresgleichen hatten es überall herumposaunt. Ich hatte den Badminton Club nie gemocht, nicht einmal als Vater noch gelebt hatte. Einen Club, der einen Federball im Wappen führt, kann man nicht ernst nehmen.

Paul erschien wieder im Vorraum. Diesmal mit zugeknöpftem Hemd und Hose.

»Vielleicht könnt ihr beide das ja ein andermal klären.« Er schlüpfte in seinen Mantel.

»Du gehst?« Ich versuchte, nicht verzweifelt zu klingen.

»David muss vor die Tür gesetzt werden, und ich habe morgen früh Probe.« Er beugte sich vor und küsste mich auf die Wange. Ich sog seinen Duft ein, als er mich auf die andere küsste. »Aubergine ist deine Farbe«, raunte er mir dabei ins Ohr.

Paul schleppte unseren ungebetenen Gast zur Tür hinaus, während David sich sträubte und ihn mit seinem gesamten Repertoire an Beschimpfungen überhäufte. Es tat wirklich weh, Paul gehen zu sehen. Er hatte meine Tugend nicht angetastet, aber war das meine letzte Chance gewesen? Zumindest hatte nicht Mutter vor der Tür gestanden.

Ich überstand die Feiertage und verbrachte mehr Zeit mit Paul, als vermutlich gut für mich war. Wir besuchten etliche Jazzkonzerte oben in Harlem, saßen dort an unserem Tisch im Lichtschein einer Kerze und lauschten der Musik. Paul hatte einen Mitbewohner, einen Statisten aus *In den Straßen von Paris*, bei sich aufgenommen, und außerdem war Mutter wieder in New York. Deshalb war es uns beinahe unmöglich, miteinander allein zu sein. Ich sah mir einige Male sein Stück an und beobachtete, wie das hundertköpfige Ensemble auf der Bühne brillierte. Paul spielte nicht nur eine Hauptrolle, sondern sang und tanzte auch und zeigte seine große Begabung. Gab es etwas, was er nicht konnte? Das Theaterplakat verkündete, dem Ensemble gehörten FÜNFZIG PARISER SCHÖNHEITEN an. Bei so viel weiblicher Gesellschaft war es mir ein Rätsel, warum Paul seine Freizeit ausgerechnet mir widmete.

Im Frühjahr 1940 war die Lage im französischen Konsulat höchst angespannt, und ich wohnte praktisch im Büro. Als Hitler am 9. April in Dänemark und Norwegen einmarschierte, schwappte eine neue Welle der Panik durchs Konsulat; die Welt machte sich auf das Schlimmste gefasst.

An einem kühlen Tag Ende April bat Paul, mich nach der Arbeit auf der Aussichtsplattform des RCA Building mit ihm zu treffen. Er sagte, er wolle mich etwas fragen. Was mochte das sein? Ich hatte mich bereits erboten, für Renas Visum zu bürgen, also war das sicher nicht der Grund. Der Gedanke beschäftigte mich den ganzen Tag. Wir verabredeten uns oft dort, um durch das Teleskop die Sterne zu betrachten. Aber ich hatte den Eindruck, dass er nicht über den Kleinen Bären sprechen wollte. Er hatte angedeutet, wir sollten gemeinsam in einem Stück auftreten. Ein Einakter vielleicht? Natürlich würde ich es mir überlegen.

Wie immer war ich zu früh dran und wartete.

Drei Krankenschwestern saßen in den gelben Liegestühlen, die hier oben aufgestellt waren. Dann knipsten sie einander vor dem Schild mit der Aufschrift EIN BEWEIS, DASS SIE HIER WAREN. LASSEN SIE SICH AUF DER AUSSICHTSPLATTFORM DES RCA FOTOGRAFIEREN. Nur ein ellbogenhohes Geländer trennte uns von der Dachkante, und ganz Manhattan lag unter uns. Der East River im Osten, der Central Park im Norden wie ein zottiger brauner Sarouk-Teppich, den jemand mitten in Manhattan ausgebreitet hatte. Im Süden erhob sich das Empire State Building, und im Westen ragten die Docks der Fiftieth Street in den Hudson, wo die Schiffe auf das Zeichen zur Abfahrt warteten. Unter uns war eine Botschaft in weißen Buchstaben auf das dunkle Dach von Macy's gemalt: MACY'S SPARSAMKEIT ZAHLT SICH AUS.

Paul erschien mit einem Strauß *muguets* in der Hand.

»Eigentlich ist es dafür noch zu früh. Hoffentlich stört es dich nicht.«

Natürlich spielte er auf den Brauch an, geliebten Menschen am 1. Mai Maiglöckchen zu schenken. Ich schloss die Hand um die smaragdgrünen Stiele und schnupperte den süßen Duft.

»Hoffentlich sind wir im nächsten Jahr im Mai zusammen in Paris«, fügte er hinzu.

Ich schob das Sträußchen ins Dekolleté meines Kleides. Die Stiele fühlten sich an meiner Brust kalt an. »Nun, New York ist am Maifeiertag auch wunderschön ...«

Ich hielt inne. Wie hatte mir das nicht auffallen können? Er war förmlicher gekleidet als sonst. Ein rotes Taschentuch aus Seide lugte aus der Brusttasche seines marineblauen Sakkos. Wollte er abreisen?

»Du bist aber schick«, meinte ich. »Manche Leute ziehen sich zum Reisen so an.«

Es war zu spät, um ihn anzuflehen, dass er blieb. Warum hatte er es nicht früher erwähnt?

Paul wies auf den Hafen. »Ich fahre mit der *Gripsholm*. Sie sticht um halb acht in See.«

Tränen schossen mir in die Augen. »Ein schwedisches Schiff?«

»Dank Roger nimmt das Internationale Rote Kreuz mich mit. Zuerst geht es nach Göteborg und von dort aus nach Frankreich. Ich hätte es dir bereits erzählt, aber ich habe es selbst gerade erst erfahren.«

»Du kannst jetzt nicht fahren. Im Atlantik wimmelt es von U-Booten. Das ist viel zu gefährlich. Ihr würdet eine prima Zielscheibe abgeben. Und was ist mit Renas Visum?«

»Laut Roger könnte es noch einen Monat dauern, bis ich mehr erfahre.«

»Vielleicht sollte Roger in Washington anrufen ...«

»Es wird kein Wunder in letzter Minute geben. Die Lage wird immer ernster.«

»Aber ich brauche dich hier. Zählt das denn gar nicht?«

»Ich versuche, das Richtige zu tun, Caroline. Es ist nicht leicht.«

»Wäre es nicht besser abzuwarten, wie die Dinge sich entwickeln?«

»Roger sagt, er bemüht sich weiter. Es wäre einfacher, die Sache so anzugehen, aber ich muss fort. Renas halbe Familie hat Paris schon verlassen.«

Ich legte die Wange an seinen Mantel. »Du liebst sie immer noch.«

»Darum geht es nicht, Caroline. Wenn ich könnte, würde ich hier bei dir bleiben. Aber ich kann nicht in meiner Suite im Waldorf sitzen, während zu Hause die Hölle los ist. Das würdest du auch nicht tun.«

Reiste er wirklich ab? Das war sicher nur ein Scherz. Er würde lachen, und dann würden wir im Automatenrestaurant eine Pastete essen.

Als die Sonne unterging und die Temperaturen fielen, legte Paul die Arme um mich. Ich brauchte nur seine Wärme, um nicht zu frieren. Selbst aus einer Höhe von siebzig Stockwerken konnten wir die Schiffe unterscheiden, die an der Fiftieth Street vor Anker lagen. Die *Normandie* schien vollkommen unverändert. Nur die *Gripsholm* war abfahrtbereit und hatte die schwedische Flagge gehisst. Der Wind wehte durchscheinenden Rauch aus ihren Schornsteinen über den Fluss.

Ich schaute nach Osten. Der mittlere Atlantik würde die gefährlichste Etappe der Reise sein, denn dort klaffte, was den Schutz aus der Luft betraf, die größte Lücke. Deutsche U-Boote hatten bereits mehrere Schiffe der Alliierten dort versenkt, um zu verhindern, dass England mit Proviant versorgt wurde. Ich malte mir die deutschen U-Boote aus, die dort lauerten wie Barrakudas.

Paul nahm meine Hände. »Ich wollte dich fragen, ob du nach Paris kommst, wenn all das vorbei ist.«

Ich machte mich los. »Oh, ich weiß nicht, Paul.«

Ich stellte mir uns beide im Les Deux Magots in Saint-Germain-des-Prés vor. Wie wir an einem Kaffeehaustisch unter einer grünen Markise saßen und beobachten, wie halb Paris an uns vorbeiflanierte. Ein *café viennois* für ihn, ein *café crème* für mich. Ein Gläschen Hennessy, wenn es dämmerte. Vielleicht Champagner und ein Himbeertörtchen, während wir seine weitere Schauspielerkarriere planten. Unseren Einakter.

»Was würde Rena dazu sagen?«

Er lächelte. »Rena wäre begeistert. Vielleicht würde sie sich mit einem ihrer Liebhaber zu uns gesellen.«

Der Wind peitschte meine Wangen und sorgte dafür, dass mein Haar uns umtoste wie ein Tornado. Er küsste mich. »Versprichst du mir, dass du kommst? Am meisten bedauere ich, dass ich dich mit unangetasteter Moral hier zurücklasse.« Lächelnd legte er die Hände auf meine Taille. »Das muss später in Ordnung gebracht werden.«

»Ja, natürlich. Aber nur, wenn du mir schreibst. Lange, geschwätzige Briefe, in denen du mir jede Minute deines Tages schilderst.«

»Ich bin ein schauderhafter Briefeschreiber, aber ich tue mein Bestes.« Er küsste mich. Seine Lippen berührten warm die meinen. Ich verlor jegliches Gefühl für Zeit und Raum und schwebte über der Welt, bis Paul mich losließ. Ich fühlte mich schwindelig und so, als hätte ich den Halt verloren.

»Begleitest du mich?«

»Ich bleibe hier«, antwortete ich.

Geh einfach. Mach es nicht noch schwerer.

Er steuerte auf die Tür der Aussichtsplattform zu, drehte sich um und verschwand mit einem Winken.

Ich weiß nicht, wie lange ich dort verharrte, mich ans Geländer lehnte und den Sonnenuntergang beobachtete. Dabei sah ich vor mir, wie Paul in einem Taxi am Schiff eintraf. Würde es ihn stören, wenn die Leute ihn um ein Autogramm bäten? Viel eher, wenn sie es nicht täten. War Paul in Schweden überhaupt bekannt? Für uns würde es keinen Einakter geben. Jedenfalls nicht in naher Zukunft.

»Wir schließen«, rief der Wachmann von der Tür aus.

Er kam zu mir ins Geländer. »Wo ist denn Ihr Verehrer hin, Miss?«

»Nach Hause. Nach Frankreich.«

»Frankreich, sagen Sie? Ich hoffe, er kommt heil an.«

Wir blickten beide zum Atlantik.

»Ich auch«, antwortete ich.

Der Morgen des 10. Mai war wie jeder andere. Schon um zehn Uhr hörte ich, dass unser Empfangsbereich überfüllt war, und bereitete mich auf den Ansturm vor, indem ich meine Schreibtischschubladen aufräumte. Ich tat alles, um bloß nicht an Paul zu denken.

»Noch mehr Postkarten von deinen Brieffreunden.« Pia warf einen Stapel Post auf meinen Schreibtisch. »Und hör auf, meine Zigaretten zu klauen.«

Es war ein wunderschöner Tag im Mai, doch selbst die milde Brise, die durch die Ulmen vor meinem Fenster strich, konnte mich an diesem Montagmorgen nicht aufheitern. Die schönen Tage fielen mir besonders schwer, weil ich sie nicht mit Paul teilen konnte. In der Hoffnung auf einen Brief von ihm blätterte ich die Post durch. Natürlich waren die Chancen gering, denn mit dem Schiff brauchten Briefe mindestens eine Woche. Einfache Strecke. Dennoch durchforstete ich die Post wie ein Bluthund auf der Fährte eines Fuchses.

»Liest du meine Post?«, fragte ich.

»Das sind *Postkarten*, Caroline. Die halbe Welt hat sie gelesen. Zumindest die Leute, die sich für obskure französische Waisenhäuser interessieren.«

Ich schaute die Postkarten durch. Château de Chaumont. Château du Masgelier. Villa La Chesnaie. Alles einst stattliche französische Anwesen, inzwischen umgebaut zu

Waisenhäusern. Sie schrieben uns Karten, um zu bestätigen, dass die von mir geschickten Hilfspakete angekommen waren. Ich hoffte, dass eine Duftseife, ein Paar sauberer Socken und ein oder zwei von Mutters hübschen selbst genähten Kleidern, alles ordentlich in braunes Papier verpackt, das eine oder andere Kind aufmuntern würde.

Ich stand auf und befestigte die Karten an meiner Pinnwand, wo bereits etliche Fotos von französischen Kindern hingen. Ein dunkelhaariges Engelchen reckte ein Schild mit der Aufschrift MERCI BEAUCOUP, CAROLINE! empor. Andere gestellte Bilder zeigten Kinder beim Kunstunterricht im Freien, eines an einer Staffelei, die anderen auf Klappstühlen, oder Kinder, die nach Alter sortiert so taten, als läsen sie Bücher unter einer Linde.

Ich vermutete, dass die sympathisch klingende Madame Bertillon, Leiterin von Saint-Philippe in Meudon, einem Waisenhaus südwestlich von Paris, das Foto gemacht hatte. Ich hatte mich schriftlich mit Madame Bertillon angefreundet und wartete ungeduldig auf ihre Briefe voller charmanter Anekdoten von den Kindern und deren Freude über meine Pakete. Heute war wieder ein Brief von ihr dabei, und ich hängte die beiliegende Kreidezeichnung in meinem Büro auf, eine Abbildung von Saint-Philippe, die beeindruckende Steinfassade, goldgelb ausgemalt, dazu aus dem Kamin aufsteigender Rauch, der hinausquoll wie die Glasur aus einem Eclair.

Wie würde es sein, eines dieser Kinder zu adoptieren? Einen Jungen? Ein Mädchen? Unser Haus in Connecticut, von uns *The Hay* genannt, wäre ein Paradies für Kinder. Mutter hielt mein Spielhaus, komplett mit Holzofen, auf der Wiese hinter dem Haus weiter instand. Ein Adoptivkind würde mir die Möglichkeit schenken, all das weiterzugeben. Den Trinkpokal von Großmutter Woolsey. Unseren reizenden Tisch mit den Entenfüßen. Mutters Silber. Trotzdem schob ich den Gedanken beiseite. Niemals würde ich ein Kind allein großziehen. Wie schwer es war, ohne Vater aufzuwachsen, wusste ich nur zu gut. Ich kannte die schmerzhafte Lücke, die Mutter nach Kräften zu füllen versucht hatte. An jedem Vater-Tochter-Tag in der Schule hatte ich eine Krankheit vorgetäuscht. Beim Anblick von Vätern und Töchtern, die sich auf der Straße an der Hand hielten, war ich in Tränen ausgebrochen. Dazu die bohrende Reue, weil ich mich nicht von ihm verabschiedet hatte.

Unten im Stapel entdeckte ich einen Brief auf dünnem Luftpostpapier in einer wunderschönen Handschrift. ROUEN, stand auf dem Poststempel. Paul.

Seltsam, dass ich noch nie Pauls Schrift gesehen hatte, obwohl ich ihn so gut kannte. Sie passte zu ihm.

Liebe Caroline,
ich habe beschlossen, dir sofort zu schreiben, da, wie du selbst gesagt hast, das Warten nicht deine Stärke ist. Hier geschieht eine ganze Menge. In Rouen verhält man sich wegen dieses albernen Krieges recht vernünftig. Allerdings sind schon viele geflohen, auch unsere Nachbarn, die letzte Nacht ihre Großmutter in einem Kinderwagen die Straße entlanggeschoben haben. Wir anderen hoffen auf das Beste. Ich führe Verhandlungen, um in Paris in einem neuen Theaterstück mitwirken zu können. Ende gut, alles gut. *Kannst du das fassen? Shakespeare. Ich bilde mir ein, es liegt an deinem guten Einfluss auf mich, dass ich nun ein solches Stück spielen will.*

Rena muss wahrscheinlich ihren Laden schließen. Es gibt kaum noch Stoffe und Accessoires. Ihr Vater raucht inzwischen Sonnenblumenblätter, da kein Tabak aufzutreiben ist.
Hoffentlich zählt das für dich als geschwätziger Brief, denn ich muss jetzt los, damit er noch mit der nächsten Diplomatenpost rausgeht. Leg wegen unserer Visa ein gutes Wort bei Roger ein. Ich stelle mir oft vor, wie du in deinem Büro sitzt. Lass dich nicht von Roger herumkommandieren. Vergiss nicht, er ist auf dich angewiesen.
Ich schicke dir ganz liebe Grüße.
Bis zum nächsten Mal
Paul

PS: Letzte Nacht habe ich geträumt, ich hätte dich hier in Paris auf der Bühne gesehen, und zwar in einer sehr freizügigen Inszenierung von Ein Sommernachtstraum. *Du hast einen Engel gespielt. Könnte das etwas über deine Bühnenkarriere aussagen? Darüber, dass ich dich vermisse? Meine Träume gehen immer in Erfüllung.*

Paul hatte es vorbei an den U-Booten bis nach Rouen geschafft. Wenigstens war er in Sicherheit.

Für einen so lebenslustigen Mann war sein Brief recht sachlich, aber es war besser als nichts. Ein neues Stück? Vielleicht wäre die Sache in Frankreich bald ausgestanden. Möglicherweise waren die französischen Produzenten besser informiert als wir am anderen Ende der Welt. Und der Traum! Er vermisste mich wirklich.

Unter den vielen französischen Zeitungen, die Roger

sich per Postsack liefern ließ, stieß ich auf eine Ausgabe von *Le Petit Parisien* vom 23. April, vielleicht nicht mehr ganz aktuell, aber dennoch kostbar. Die Schlagzeile lautete: DAS REICH IN SKANDINAVIEN! BRITISCHE TRUPPEN KÄMPFEN ZU WASSER UND ZU LAND. TROTZ ERHEBLICHER SCHWIERIGKEITEN BEACHTLICHE ERFOLGE IN NORWEGEN. Angesichts der guten Nachrichten hellte sich meine Stimmung auf. Vielleicht würden sich die Vereinigten Staaten ja aus dem Krieg heraushalten. Die Briten ließen sich trotz der verheerenden Bombardements durch die Luftwaffe nicht beirren. Möglicherweise konnte Frankreich Hitler doch entrinnen.

Ich studierte das Theaterprogramm. Gab es eine Ankündigung von Pauls neuem Projekt? Shakespeare konnte ich nicht entdecken, dafür aber eine kleine Anzeige für Renas Laden, ein schlichtes schwarzes, von einer skizzierten Perlenkette eingefasstes Quadrat: *Les Jolies Choses. Lingerie et sous-vêtements pour la femme de discernement.* Dessous und Unterwäsche für die Frau mit Geschmack.

Roger erschien in der Tür. Seine Krawatte hing schief, und er hatte einen riesigen Kaffeefleck auf dem Hemd.

»Schlechte Nachrichten, Caroline. Hitler hat soeben Frankreich, Luxemburg, die Niederlande und Belgien angegriffen. Alle gleichzeitig. Es kam gerade erst in den Nachrichten. Ich fürchte, die Sache wird böse enden.«

Ich stürmte ihm nach und sah zu, wie er in seinem Büro herumtigerte.

»Mein Gott, Roger. Haben Sie in Paris angerufen?«

Der Ventilator im Fenster kühlte die eine Seite des Zimmers. Jemand hatte ein rotes Band daran befestigt, das flatterte wie eine kleine Naziflagge.

»Keine Telefonverbindung«, erwiderte Roger. »Jetzt können wir nur noch warten.«

Ich hatte noch nie erlebt, dass Roger Angst hatte.

»Was ist mit der Maginot-Linie?«

»Offenbar ist Hitler daran vorbei, drüber und drunter hindurchgekrochen. Er ist direkt durch Belgien durchmarschiert.«

»Was wird Roosevelt tun?«

»Vermutlich nichts. Er hat keine andere Wahl, als die derzeitige französische Regierung anzuerkennen.«

Pia erschien mit dem Kopfhörer der Dechiffriermaschine um den Hals in Rogers Tür. »Ich habe versucht, meinen Vater in Paris anzurufen, und komme nicht durch. Ich muss nach Hause.«

»Momentan können Sie nirgendwohin, Pia«, entgegnete Roger.

»Ich kann nicht hierbleiben.«

»Mach dich nicht lächerlich, Pia. Du kannst nicht einfach abreisen«, sagte ich.

Pia stand mit hinabhängenden Armen da und wurde von heftigen Schluchzern geschüttelt. Ich drückte sie an mich. »Alles wird gut, Liebes«, murmelte ich. Zu meiner großen Überraschung erwiderte sie die Umarmung.

Am 14. Juni 1940 besetzten die Deutschen Paris, und acht Tage später kapitulierte Frankreich.

Pia und ich standen in Rogers Büro und lauschten den Radioberichten, die meldeten, die Nazis seien am Arc de Triomphe vorbeimarschiert. Frankreich war in zwei Zonen unterteilt. Die nördliche, die *zone occupée,* wurde von der Wehrmacht kontrolliert. In der sogenannten freien Zone im Süden stand Marschal Philippe Pétain der neuen französischen Republik vor, dem Vichy-Regime, das von den meisten als Marionettenstaat der Nazis betrachtet werde.

»Was wird jetzt aus unserem Büro hier?«, erkundigte sich Pia.

»Keine Ahnung«, antwortete Roger. »Im Moment halten wir besser still und tun, was wir können, um unseren Landsleuten zu helfen. Es gibt weiterhin keine Telefonverbindung.«

»Könnten die Briten uns unterstützen?«

»Haben sie schon«, erwiderte Roger. »Sie haben uns Berichte über die Aktivitäten deutscher Kampfbomber über dem Ärmelkanal zukommen lassen.« Es war ein Glück, dass Roger gute Beziehungen zu den Leuten unterhielt, die Pia als seine britischen Spionagefreunde bezeichnete. Unsere Nachbarn im Rockefeller Center waren besonders großzügig mit vertraulichen Informationen.

Als Rogers Telefon läutete, hob Pia ab. »Apparat Roger Fortier. Oh, ja. Ja, ist sie. Einen Moment.«

Pia streckte mir den Telefonhörer hin. »Es ist Paul.«

»Wie ist er durchgekommen?«, wunderte sich Roger.

Ich griff nach dem Hörer. »Paul?« Ich konnte kaum atmen.

»Ich habe nur eine Minute«, sagte Paul.

Paul.

Seine Stimme klang so klar, als stünde er im Nebenzimmer. Ich hielt mir das freie Ohr zu. War er es wirklich?

»Caroline, es ist so schön, deine Stimme zu hören.«

»Mein Gott, Paul. Wir haben es soeben erfahren. Wie hast du es geschafft zu telefonieren?«

»Mein Freund in der Botschaft hier hat mir erlaubt, sein Telefon zu benutzen. Du kannst dir gar nicht vorstellen, was für ein Wahnsinn hier vor sich geht. Es ist nur eine Frage der Zeit, bis Hitler in der Stadt ist.«

»Ich kann Roger bitten, sich mit den Visa zu beeilen.«

»Ich weiß nicht, Caroline. Das Land ist praktisch abgeriegelt.«

»Was brauchst du sonst noch?«

»Ich muss mich beeilen. Ich möchte nur, dass du ...« Es klickte einige Male in der Leitung. »Caroline, bist du noch dran?«

»Paul, hier bin ich.«

»Caroline?«

»Lass mich nicht allein, Paul.«

Die Leitung war tot.

Eine Weile lauschte ich dem Freizeichen und legte dann den Hörer auf die Gabel. Alle warteten wir darauf, dass das Telefon wieder läutete. Roger und Pia starrten mich mit hängenden Schultern an. Ich kannte diesen Blick. Mitleid. Wie damals, als Vater gestorben war.

»Falls er eine freie Leitung kriegt, stelle ich ihn durch«, sagte Pia.

Als ich in mein Büro zurückkehrte, hatte ich das schreckliche Gefühl, dass ich gerade zum letzten Mal im Leben mit Paul gesprochen hatte.

Kapitel 11

KASIA

1940–1941

Noch ehe ich Zuzanna antworten konnte, flog die Tür des Kassenhäuschens aus den Angeln, und drei Schwarzhemden von der SS sprangen herein. Der eine riss Pietrik vom Boden hoch, der andere zerrte mich an den Armen aus dem Häuschen. Die Münzen aus der Kasse flogen in alle Richtungen.

»Wir sind nur zu Besuch«, rief Pietrik. »Das ist meine Freundin. Das muss ein Missverständnis sein.«

Freundin? Die SS-Männer schwiegen und schleppten uns weg. Ich suchte die Menge nach Matka ab. Wo war sie?

»Bitte, ich habe Geld«, flehte Pietrik.

Der SS-Mann schlug ihm mit dem Stock ins Gesicht. Pietrik! Mein wunderschöner Pietrik.

Die SS-Männer schleiften uns an der Menge vorbei. Die Leute in der Warteschlange gafften. Als ich mich umdrehte, sah ich dicht hinter mir, dass der SS-Mann, der mir gefolgt war, Zuzanna und Luiza an jeweils einem Arm abführte.

Matka drängte sich durch die Warteschlange und lief uns nach. Ihr Gesichtsausdruck ängstigte mich mehr als alles andere. Ich hatte so einen wilden Blick nur ein Mal gesehen, und zwar bei einem Pferd, das von einer Kutsche angefahren worden und auf der Straße gestorben war. Sie drückte sich das Körbchen mit meinem belegten Brot an die Brust.

»Geh nach Hause, Matka!«, rief ich.

»Nein, bitte, Sie haben die Falschen erwischt«, sagte sie zu den SS-Männern.

»Kriminelle«, zischte eine Frau in der Warteschlange.

»Sie haben nichts verbrochen«, appellierte Matka, die Augen noch immer weit aufgerissen, an die Menge. »Das ist meine Tochter. Ich bin Krankenschwester in der Klinik.«

So redete sie immer weiter, rannte uns nach und bettelte die Männer an, uns freizulassen, bis einer von ihnen meinte: »Wenn sie unbedingt mitwill, tun wir ihr den Gefallen.« Er packte Matka ebenfalls, entriss ihr das Körbchen und warf es einer der deutschen Frauen in der Warteschlange zu.

»Aber wer verkauft uns jetzt die Eintrittskarten?«, erkundigte sich ein Fräulein in der Schlange.

»Wer braucht schon Eintrittskarten?«, erwiderte der SS-Mann. »Gehen Sie einfach rein. Heute ist der Eintritt frei.«

Die Deutschen zögerten verwirrt und blieben stehen, während die SS uns in die Dunkelheit schleppte. Die Trompeten des Horst-Wessel-Lieds plärrten durch die Nachtluft.

Im Schloss von Lublin wurden die Männer von den Frauen getrennt, und am nächsten Tag karrten sie uns zum Bahnhof. Viele versuchten, den Wachen Geld oder Briefe in die Hand zu drücken. Matka reichte einem von ihnen einen Brief.

»Bitte. Ich bin Deutsche. Könnten Sie das Oberscharführer Lennart Fleischer zukommen lassen?« Sie gab dem Mann ein wenig Geld. Er stopfte Geld und Brief in die Tasche, ohne beides eines Blickes zu würdigen. Diese Leute hatten keine Zeit für so etwas und trieben uns einfach weiter. Also hieß Lennart, der Tapfere, mit Nachnamen Fleischer? Das passte.

Sie stießen Matka, Zuzanna, Luiza, mich und mindestens hundert weitere Frauen in einen Waggon, der offenbar früher ein Speisewagen gewesen war, und schlossen ab. Inzwischen waren alle Tische im Wagen entfernt und die Fenster vergittert worden. In einer Ecke stand ein Eimer für unsere Notdurft.

Ich erkannte einige Mädchen aus unserer Pfadfinderinnengruppe wieder, auch die benommen wirkende Janina Grabowski. Hatte die Gestapo sie in der Lipowa festgenommen? Zu meinem Entsetzen bemerkte ich auch Frau Mikelsky mit ihrer kleinen Tochter im Arm. Die Gestapo hatte sie verhaftet, nachdem Herr Mikelsky beim Verteilen von Untergrundzeitungen ertappt worden war. Ihr Kind war mittlerweile fast zwei Jahre alt und trug den passenden Namen Jagoda – sie sah tatsächlich aus wie eine blonde, kleine Beere.

Nach einigen Stunden hielten wir in Warschau, fuhren aber bald weiter und wurden schneller. Niemand im Waggon weinte. Wir schwiegen die meiste Zeit; die Schande war schlicht unerträglich.

Als es Nacht wurde, ging ich zum Fenster und betrachtete durch die Gitterstäbe die vorbeigleitenden mondbeschienenen Felder und Wälder. Die dicht an dicht stehenden Bäume hatten etwas Beunruhigendes an sich.

Während Frau Mikelsky schlief, wiegten Luiza und ich abwechselnd Jagoda. Das Kind war klein für sein Alter und trug nur einen dünnen Baumwollpyjama. Deshalb drückten wir es fest an uns, doch obwohl diese Aufgabe uns ablenkte, wuchs bei Luiza rasch die Verzweiflung.

»Was wird meine Mutter ohne mich anfangen?«, fragte sie. »Ich helfe ihr immer beim Backen.«

»Keine Sorge. Bald bist du wieder zu Hause. Das ist alles nur vorübergehend.«

»Was ist mit Pietrik? Haben sie ihn auch in diesen Zug gebracht?«

Als der Waggon einen Ruck nach rechts machte, schwappten die Exkremente im Toiletteneimer über, und die Spritzer trafen zwei auf dem Boden sitzende Frauen, die mit einem Schrei aufsprangen.

»Woher soll ich das wissen?«, entgegnete ich. »Sprich leiser. Die Leute wollen schlafen.«

»Dürfen wir Briefe schreiben?«

»Natürlich, Luiza. Wahrscheinlich werden wir irgendwo arbeiten müssen. Rüben ernten oder so.«

»Werden sie uns einsperren?«, bohrte Luiza weiter.

»Keine Ahnung, Lu. Wir müssen abwarten. So schlimm wird es sicher nicht.«

Frau Mikelsky nahm uns das Kind wieder ab. Der Zug schaukelte wie eine grausige Wiege und lullte die meisten meiner Mitreisenden ein, bis sie in einen unruhigen Schlaf fielen. Luiza lehnte sich an mich, zusammen standen wir am Fenster. Matka und Zuzanna schliefen in einer Ecke auf dem Boden. Die beiden waren wunderschön, wie sie so dalagen. Zuzanna schmiegte den Kopf an Matkas Schulter wie ein Baby und hatte die langen Beine angewinkelt.

Luiza tauschte den Platz mit Zuzanna und schlief endlich ein. Während wir in Richtung Deutschland rasten, wurde ich von meinen eigenen Dämonen heimgesucht. Wie hatte ich riskieren können, dass wir alle verhaftet wurden? Wenn ich wegen meiner eigenen Dummheit leiden musste, war das eine Sache. Doch alle, die ich liebte, mit in den Abgrund zu reißen? Warum war ich zum Kino gegangen? Meine Gedankenlosigkeit war uns allen zum Verhängnis geworden. Würde es einen Prozess geben? Wenn den Deutschen klar würde, dass die anderen nichts verbrochen hatten, würden sie sie sicher freilassen. Nur ich würde in Haft bleiben müssen.

Hatten sie Pietrik bereits erschossen? Wir alle wussten, dass die Hinrichtungen im Schlosshof stattfanden. Ich zitterte am ganzen Leib. Wo war Papa? Wenn es für uns noch eine Hoffnung geben sollte, mussten wir sofort raus aus diesem Zug. Ich streckte die Hand nach dem Fenster aus und entriegelte es. In der nächtlichen Dunkelheit sausten die Umrisse von Fichten vorbei. Je weiter wir nach Westen kamen, desto kälter wurde es.

»Du solltest dich ausruhen«, sagte Zuzanna.

»Wir müssen hier raus.«

»Reiß dich zusammen, Kasia.«

»Ich kann hier nicht bleiben.« Meine Panik wuchs. »Warum kriege ich keine Luft mehr?« Etwas drückte mir die Kehle zu.

»Hör auf damit«, schimpfte Zuzanna. »Du machst Luiza Angst. Sie ist sowieso schon verstört genug.«

Ich krümmte mich. »Ich sterbe.«

Zuzanna drehte mein Handgelenk um und legte die Fingerkuppen darauf. »Dein Puls ist erhöht. Du hast eine Panikattacke. Atme. Tief einatmen. Tief ausatmen.«

Ich holte Luft, so gut ich konnte.

»Schau mich an, Kasia. Weiteratmen. Nicht aufhören. Es kann zehn Minuten dauern, bis es vorbei ist.« Es war praktisch, eine Schwester zu haben, die alles über Medizin wusste. Der Anfall hielt fast genau zehn Minuten an, dann ließ die Panik nach.

Stunden später fuhren wir durch Posen und bogen dann nach Nordwesten ab. Je weiter wir kamen, desto röter und orangefarbener leuchteten die Blätter der Bäume im Morgenlicht. Mit der Wange an den kühlen Eisenstäben, nickte ich ein und wachte auf, als der Zug langsamer wurde.

Luiza und die anderen stellten sich neben mich ans Fenster.

»Was ist los?«, fragte Luiza.

Der Zug pfiff hoch und schrill, als er in einen Bahnhof einfuhr.

Matka drängte sich zwischen uns und gesellte sich zu mir. »Was siehst du?«

Ich nahm ihre Hand. »Auf dem Schild steht Fürstenberg-Mecklenburg.«

Auf dem Bahnsteig standen Frauen, blonde Riesinnen, die graue Umhänge mit Kapuzen über ihren Uniformen trugen. Eine warf eine Zigarette auf den Boden und trat sie mit ihrem Stiefel aus. Einige hielten schwarze Schäferhunde an der Leine. Die Hunde schienen unsere Ankunft vorauszuahnen; sie beobachteten die vorbeirollenden Waggons wie Haustiere, die auf ihren Besitzer warten.

»Deutschland«, sagte eine Frau hinter mir und reckte den Hals, um besser sehen zu können.

Luzia schrie auf. Der Zug pfiff ein zweites Mal, und wieder fing ich an, schwer zu atmen.

Matka umklammerte fest meine Hand. »Muss ein Arbeitslager sein.«

»Da ist ein Kirchturm«, verkündete ich. Der Gedanke, dass die Deutschen in dieser Stadt sonntags mit ihren Gesangbüchern in der Kirche saßen, war beruhigend.

»Gottesfürchtige Menschen«, stellte jemand fest.

»Ich kenne Fürstenberg«, meinte Frau Mikelsky. »Das ist ein Kurort.«

»Wenn wir fleißig arbeiten, wird uns nichts geschehen«, sagte Matka.

Ich umfasste die Eisenstäbe vor dem Fenster, um nicht zu straucheln, als der Zug ruckelnd zum Stehen kam. »Wenigstens kennen sie die Zehn Gebote«, fügte ich hinzu.

Als wir an jenem Morgen aus dem Zug stiegen, ahnten wir alle nicht, wie sehr wir uns irrten, und das wir in der Hölle gelandet waren.

Kapitel 12

CAROLINE

1941

Als der Frühling näher rückte, wurde die Lage in Frankreich immer schlimmer. Jeden Morgen um zehn war der Empfangsbereich des Konsulats bereits überfüllt und mein Terminkalender ausgebucht. Die Nazis trampelten durch ganz Paris, was die in New York gestrandeten Franzosen in tiefe Verzweiflung und häufig in große Geldnöte stürzte, wogegen wir nichts unternehmen konnten. Da ich von Roger die strikte Anweisung hatte, nicht mein Privatvermögen einzusetzen, hatte ich nicht viel mehr zu bieten als Schokoriegel und eine Schulter zum Ausweinen.

Eines Morgens stellte ich einen von Bettys Schuhkartons auf meinen Schreibtisch und fing an, ein Waisenpaket zusammenzupacken. Von Paul hatte ich nichts mehr gehört. Ich versuchte, meine düsteren Gedanken zu verdrängten, indem ich mich beschäftigte. Alles, um den Schmerz in meiner Brust zu unterdrücken.

»Du hast heute jede Menge Termine«, verkündete Pia und warf einen Aktenstapel auf meinen Schreibtisch.

»Zuerst einmal deine Freundinnen aus der High Society, die sich einfach nicht abweisen lassen.«

»Und wen genau meinst du, Pia?«

»Keine Ahnung. Eine Pris Soundso und ihre Mutter.«

Es handelte sich um Priscilla Huff, eine langbeinige Blondine, die auf dem Chapin-College ein Jahr unter mir gewesen war. Sie war elegant mit einem blauen Kostüm von Mainbocher bekleidet und ungewöhnlich freundlich. Electra Huff, die kaum weniger schlanke Version ihrer Tochter, folgte ihr und schloss die Tür hinter sich.

»Was für ein winziges Büro Sie hier haben, meine liebe Caroline«, sagte Mrs. Huff.

»Ich würde gern ein französisches Kind adoptieren«, fügte Priscilla hinzu, als wollte sie Chateaubriand im Stork Club bestellen. »Ich würde sogar Zwillinge nehmen.«

»Für die wenigen Kinder, die zur Adoption freigegeben sind, gibt es eine Warteliste, Priscilla. Aber Pia kann dir bei den Formalitäten helfen. Du brauchst nur die Unterschrift deines Mannes.«

»Wie geht es Roger Fortier?«, erkundigte sich Mrs. Huff. »Ihr Chef ist ja so ein reizender Mann.«

»Nun, da gäbe es ein Problem, Caroline«, meinte Priscilla. »Ich bin nicht verheiratet.«

»*Noch* nicht«, ergänzte Mrs. Huff und musterte die silbernen Bilderrahmen auf dem Kaminsims. »Es gibt zwei Angebote.«

Ich legte ein sauberes Paar hafermehlfarbener Socken in den Karton. Zwei Angebote? War diese Frau ein zwei Hektar großes Grundstück in Palm Beach mit einer dichten Hecke ringsherum?

»Für eine Adoption sind zwei Elternteile nötig, Priscilla.«

»Mutters Französisch ist ausgezeichnet, und ich spreche es auch *plus que* fließend.«

Eine Grundvoraussetzung für die Adoption war, dass beide Eltern Französisch sprachen. Und Priscilla hatte mich jedes Jahr im Französischaufsatz-Wettbewerb geschlagen. Dass ihre Köchin jedes Jahr zu Weihnachten eine köstliche Bûche de Noël für die ganze Klasse zubereitet hatte, hatte dabei sicherlich nicht geschadet, denn Miss Bengoyan, unsere Französischlehrerin und einzige Preisrichterin, hatte bekanntermaßen eine Schwäche für Süßigkeiten. Warum hatte ich plötzlich so Lust auf eine Zigarette?

»Ich verstehe dich, Priscilla, aber ich mache hier nicht die Regeln. Diese Kinder stammen, wie du dir sicher vorstellen kannst, aus tragischen Verhältnissen. Das kann selbst für zwei Elternteile schwierig werden.«

»Du schickst den Waisenkindern Päckchen, aber verweigerst ihnen ein ordentliches Zuhause? Ich kann einem Kind das Beste vom Besten bieten.«

Vielleicht. Bis die nächste funkelnde Verlockung ihr Interesse weckte.

»Tut mir leid, Priscilla, aber ich habe heute Vormittag noch einige Termine.« Ich ging zum Aktenschrank.

»Es heißt, dass *du* ein Kind adoptierst«, entgegnete Priscilla.

»Heutzutage wird eine Menge geredet«, antwortete ich.

»Offenbar bietet sich manchen Leute die Möglichkeit, die Vorschriften zu umgehen«, stellte Mrs. Huff fest und rückte ihren Handschuh zurecht.

»Ich habe meinen Vater verloren, als ich elf war, Mrs. Huff. Es ist entsetzlich, vaterlos aufzuwachsen. Das würde ich einem Kind nicht antun.«

»Entsetzlicher als gar keine Eltern zu haben?«, fragte Priscilla.

Ich schloss die Aktenschublade. »Ich fürchte, diese Diskussion führt zu nichts. Es stehen einfach nicht genügend französische Kinder zur Adoption zur Verfügung.«

Priscilla schmollte. Es kostete mich Beherrschung, ihr nicht an die Gurgel zu gehen.

»Ich dachte, es träfen täglich Schiffe voller Waisen ein«, beharrte sie.

»Nein, genau genommen sind es nur sehr wenige. Nach der *City of Benares* ...«

»Welcher *City*?«, erwiderte Priscilla.

Mrs. Huff griff nach ihrer Handtasche. »Nun, wenn es eine Frage des Geldes ist. Ich habe gehört, Ihre Mutter sei gezwungen gewesen, aus dem Meadow Club auszutreten ...«

Ich setzte mich wieder an den Schreibtisch. »Wir haben unser Haus in Southampton verkauft, Mrs. Huff, und verbringen den Sommer jetzt in Connecticut. Deshalb hatten wir kein Interesse mehr am Club. Und nein, du kannst nicht einfach ein Kind kaufen, Priscilla. Wenn du hin und wieder die Zeitung lesen würdest, wüsstest du, dass die *City of Benares* ein britisches Passagierschiff war. Es hatte hundert englische Kinder an Bord, die von ihren Eltern nach Kanada geschickt worden waren, um sie vor der Bombardierung Londons zu schützen. Auf dem Weg von Liverpool nach Halifax, Nova Scotia ...«

Mrs. Huff stützte beide Hände auf meinen Schreibtisch und beugte sich vor. »Wir interessieren uns für ein *französisches* Kind, Caroline.«

»Nach vier Tagen Seereise – die Kinder im Alter zwischen vier und fünfzehn Jahren waren schon im Pyjama und wollten zu Bett …« Ich spürte, wie mir die Tränen kamen.

Priscilla verschränkte die Arme vor der Brust. »Was hat das mit der Adoption eines französischen …«

»Ein deutsches U-Boot hat das Schiff versenkt, Priscilla. Siebenundsiebzig der hundert Kinder an Bord ertranken. Deshalb wurden sämtliche Evakuierungen von Kindern gestoppt. Ich bedauere sehr, dass sich die Damen heute also kein Kind kaufen können. Und jetzt muss ich Sie bitten zu gehen. Ich bin im Moment sehr beschäftigt, falls Sie die Menschenmassen am Empfang nicht bemerkt haben sollten.«

Priscilla musterte ihre Strumpfnähte. »Du brauchst nicht gleich so eingeschnappt zu sein, Caroline. Wir wollen doch nur helfen.«

Pia klopfte gerade zum richtigen Zeitpunkt, führte die Huffs hinaus und verpasste knapp Roger, der in meiner Tür erschien.

»Sie werden sich freuen zu erfahren, dass ich Ihnen eine höhere Sicherheitsfreigabe erteilt habe, Caroline.«

Ich öffnete meine Schublade und ordnete eine Lieferung Schokoriegel neu an in der Hoffnung, dass Roger nicht sehen würde, wie sehr meine Hände zitterten. »Wozu?«

»Seit einer Weile wissen wir, dass überall in der freien Zone Übergangslager eingerichtet wurden. Sie treiben die Ausländer zusammen, hauptsächlich Juden, allerdings nicht nur. Inzwischen werden die Leute Berichten zufolge in Lager in Polen und anderswo deportiert. Ich habe mich gefragt, ob Sie das übernehmen könnten.«

Ich drehte mich zu Roger um. »Was genau soll ich übernehmen?«

»Wir müssen rauskriegen, wohin sie gebracht werden. Wer die Leute sind. Wie viele es sind. Weshalb sie verhaftet wurden. Ich bin es leid, den Menschen sagen zu müssen, ich wisse nicht, was aus ihren Familien geworden ist.«

»Natürlich kümmere ich mich darum, Roger.«

Ich würde Zugriff auf vertrauliche Informationen bekommen, ein Logenplatz also, um die Ereignisse in Europa zu verfolgen. Nun würde ich nicht mehr auf die *New York Times* warten müssen, um mehr zu erfahren. Vielleicht würde ich ja auch etwas Neues über Paul herausfinden.

»Es fällt mir schwer, Sie ohne Bezahlung darum zu bitten.«

»Keine Sorge, Roger. Mutter und ich haben unser Auskommen.« Die Wahrheit lautete, dass Vater uns gut abgesichert hatte, wir aber dennoch aufs Geld achten mussten. Wir hatten ein kleines Einkommen und ein paar Aktien, die wir verkaufen konnten. Und am Ende bliebe immer noch das Silber.

Während der Mittagspause hastete ich nach unten zum Buchladen Librairie de France unweit von Channel Gardens, lieh mir jeden verfügbaren Atlas aus, kehrte in mein Büro zurück und tauchte in eine völlig neue Welt geheimer Informationen ein. Britische Erkundungsfotos. Vertrauliche Dokumente. Pia warf mir Akten auf den Schreibtisch, während ich mich in die Recherche zu den Lagern vertiefte. Übergangslager in der freien Zone. Le Vernet. Argelès-sur-Mer. Les Milles. Die Überwachungsfotos waren erschreckend detailgetreu und voyeuristisch, so als spähte man in einen fremden Garten.

Ich legte Akten über die verschiedenen Lager an und

stieß neben den Übergangslagern auf eine völlig neue Kategorie.

Konzentrationslager.

Ich hängte eine Karte in meinem Büro auf und spickte sie mit Nadeln, da wir ständig von neuen Lagern erfuhren. Roger versorgte mich mit Listen, und ich behielt alles im Blick. Bald waren Österreich, Polen und Frankreich mit roten Punkten übersät, als litten sie an Scharlach.

Monate vergingen, ohne dass ein Brief von Paul eintraf. Da die Nazis in Frankreich wüteten, befürchtete ich das Schlimmste. Roger übermittelte mir Nachrichten aus dem Ausland. Anfangs hatten die Franzosen den Deutschen gegenüber eine abwartende Haltung eingenommen. Als Nazioffiziere dann Tische in den besten Restaurants für sich beanspruchten, taten die Pariser ihr Bestes, sie einfach zu ignorieren. Schließlich war Paris schon einmal besetzt gewesen. Offenbar hoffte man, die Deutschen würden von selbst wieder verschwinden.

Wie immer mit wenig Feingefühl gesegnet, beschlagnahmten die Nazis die besten Fleischwaren und Weine und verkündeten, die gesamte Modebranche von Paris nach Hamburg umsiedeln zu wollen. Danach begannen sie, französische Staatsbürger ohne Vorwarnung zusammenzutreiben. Wir erhielten Berichte, dass sich in Paris kleine Widerstandsgruppen bildeten, die Flugblätter gegen die Nazis verteilten und allmählich ein effektives Spionagenetzwerk aufbauten. Eine knappe Woche nach diesen Meldungen kam es zu einem starken Anstieg von Untergrundaktivitäten in ganz Frankreich.

Ich war mit meinem Einsatz für die Waisen beschäftigt, und Mutter unterstützte mich unermüdlich. Eines Abends durchsuchte ich die Schränke in unserem Gästezimmer nach Kleidungsstücken, die sich zu Kinderkleidung umarbeiten ließen. Mutter nähte etwas aus den noch tragbaren Sachen.

Das Gästezimmer war eine seltsame Mischung aus Mutters und Vaters Stil, da es früher sein Arbeitszimmer gewesen war und mit seinen gestreiften Tapeten und dem Anwaltsschreibtisch mit Ebenholzintarsien eine männliche Atmosphäre ausstrahlte. Später war es Mutters Nähzimmer geworden und von den Spuren ihrer Projekte geprägt: Hauchdünne bernsteinfarbene Schnittmuster lagen überall herum. Zudem war der Raum voller gepolsterter Schneiderpuppen in den verschiedensten Größen, die im Laufe der Jahre leider immer mehr ihre Wespentaille verloren hatten.

Ich förderte Mutters Taschen für den Wohltätigkeitsbasar und unsere wollenen Wintersachen zutage und suchte nach weichen Stoffen. Ich hatte nie Talent fürs Nähen gehabt, vielleicht ein Glück, da die Arbeit katastrophale Folgen für die aufrechte Körperhaltung haben konnte. Aber Mutter war eine ausgezeichnete Schneiderin. Den Kopf über ihre alte schwarze Singer-Nähmaschine gebeugt, saß sie da. Ihr Haar leuchtete weiß im Lampenlicht. Nach Vaters Tod hatte ihr hellbraunes Haar beinahe über Nacht die Farbe von Epsom-Salz angenommen. Sie hatte sich einen Kurzhaarschnitt zugelegt, angefangen, hauptsächlich Reitkleidung zu tragen, und ihr Rouge weggepackt. Sie hatte Pferde schon immer geliebt und zog eine Striegelbürste einem silbernen Kamm vor. Dennoch war es ein Jammer mitanzusehen, wie eine so schöne Frau sich gehen ließ.

Bei der Arbeit hörten wir Radio.

19. April 1941. Während Belfast, Nordirland, sich von einem schweren Angriff der Luftwaffe erholt, ist London zum Opfer eines der in diesem Krieg stärksten Bombardements geworden. Nach dem Einmarsch der deutschen Truppen in Griechenland hat der griechische Premierminister Alexandros Koryzis sich das Leben genommen. Die Briten evakuieren Griechenland.

»Ach, schalt das aus, Caroline. Die Nachrichten sind so deprimierend.«

»Wenigstens mischen wir jetzt auch ein bisschen im Krieg mit.«

Obwohl offiziell noch neutral, hatten die Vereinigten Staaten endlich begonnen, im Nordatlantik zu patrouillieren.

»Allein die Vorstellung, dass Hitler in den Überresten des Parthenon herumstapft«, meinte Mutter. »Wann wird das aufhören?«

Als ich einen Saumauftrenner in dem Blecheimerchen verstaute, in dem Mutter ein Sammelsurium aus Stecknadeln und Scheren aufbewahrte, spürte ich etwas Raues. Am Boden des Eimers befand sich noch Sand vom Strand vor dem Häuschen von Mutters Familie in Southampton. Gin Lane Cottage. So ein wundervoller Strand. Ich sah Mutter und Vater regelrecht vor mir. Sie in einem schwarzen Badeanzug, er in Anzug und Krawatte und wegen des Windes im Kampf mit seiner Zeitung. Die salzige Luft hatte in der Lunge geprickelt. Abends im Halbdunkel des großen Wohnzimmers hatte ich getan, als läse ich und mit einer Wange an das kühle Leinensofa geschmiegt, beobachtet, wie sie Gin Rummy gespielt, gelacht und einander angehimmelt hatten.

»Lass uns nach Southampton fahren, Mutter. Ein Tapetenwechsel wird uns guttun.« Wir hatten Gin Lane Cottage zwar verkauft, aber Betty besaß noch ein Haus dort.

»Ach, nein, da wimmelt es jetzt von New Yorkern.«

»Du bist New Yorkerin, Mutter.«

»Lass uns nicht streiten, Schatz.« Sie mied den Strand, da er Erinnerungen an Vater weckte.

»Wahrscheinlich können wir momentan sowieso nicht weg. Wenn das Wetter kälter wird, brauchen die Waisenhäuser dringend warme Kleider.«

»Kannst du deine Hilfspäckchen denn weiter mit der Post schicken?«

»Die Deutschen ermutigen die Leute, die Waisen und selbst die Gefangenen in den Übergangslagern zu unterstützen. So sparen sie viel Geld.«

»Wie gnädig von den *boches*.« Mutter verwendete das französische Wort *boche*, »Kantkopf«, wenn sie von den Deutschen sprach, ihr kleiner Akt des Widerstands.

Ich wandte mich zum Bett um und sammelte einen Arm voll von Vaters Wolljacken ein.

Sie zupfte an einem Ärmel. »Die könnten wir zerschneiden …«

»Wir zerschneiden Vaters Sachen nicht, Mutter. Außerdem brauchen wir Stoffe, die Kinder auf nackter Haut tragen können.«

Ich entzog ihr die Jacken.

»Er ist seit über zwanzig Jahren tot. Kamelhaar ist eine Delikatesse für Motten.«

»Ich lasse Vaters Jacken für mich selbst umarbeiten.«

Nach einigen Änderungen passten mir Vaters Jacken gut. Sie bestanden aus dem besten zweiflorigen Kaschmir, aus Vicuna oder aus Stoffen mit Fischgrätmuster. Jeder Lederknopf war ein Kunstwerk. Das Satinfutter der Taschen war so dick, dass man sich fühlte, als griffe man in Wasser, wenn man die Hand hineinsteckte. Außerdem bewahrte ich mir ein Stück von Vater, indem ich seine Jacken trug. Manchmal, wenn ich auf der Straße stand und darauf wartete, dass die Ampel umsprang, entdeckte ich Krümel von Zigarrentabak in einer tiefen Falte oder ein altes Pfefferminzbonbon in trübem Zellophanpapier, das in einer verborgenen Seitentasche gesteckt hatte.

»Wir können nicht all seine alten Sachen behalten, Caroline.«

»Wir müssen sparen, Mutter.«

»Noch sind wir nicht im Armenhaus. Wenn man dich reden hört, möchte man meinen, wir müssten bald betteln gehen. Wir kommen schon über die Runden.«

»Vielleicht sollten wir Personal abbauen.«

Nach Vaters Tod sammelte Mutter Münder, die es zu stopfen galt, wie andere Leute Löffel oder original chinesisches Porzellan. Es war nicht ungewöhnlich, dass eine arme Seele aus einem Obdachlosenheim in unserem Gästezimmer wohnte und, auf ein Daunenkissen gestützt und ein Glas Sherry in der Hand, *Die Blumen des Bösen* las.

»Es ist ja nicht so, dass wir livrierte Pagen beschäftigen würden. Und wenn du Serge meinst, der gehört zur Familie. Außerdem ist er der beste französische Koch in der Stadt und trinkt, anders als die meisten, nicht.«

»Und Mr. Gardener?«, fragte ich.

Die Antwort erübrigte sich. Unser Gärtner, der interessanterweise Mr. Gardener hieß, gehörte ebenfalls zur

Familie. Er hatte einen gütigen Blick und eine Haut so braun und glatt wie eine Rosskastanie und war bei uns, seit wir kurz vor Vaters Tod den Garten in Bethlehem angelegt hatten. Gerüchten zufolge war seine Familie mithilfe der Underground Railroad von North Carolina nach Connecticut gekommen, und zwar über eine Station in der alten Bird's Tavern gleich gegenüber von The Hay. Abgesehen davon, dass Mr. Gardner ein Genie in der Pflege alter Rosensorten war, hätte er sich für Mutter erschießen lassen und umgekehrt. Er würde für immer bei uns bleiben.

»Und die paar Haushaltshilfen retten uns auch nicht«, fuhr Mutter fort. »Wenn du schon unbedingt sparen willst, lass das Konsulat das Porto für deine Waisenhauspäckchen zahlen.«

»Roger teilt sich die Kosten mit mir. Allerdings werde ich diesmal nicht viel zu verschicken haben. Nirgendwo kann man auch nur einen Fetzen tragbaren Stoff kaufen.«

»Warum gibst du keine Wohltätigkeitsvorstellung? Vielleicht hättest du Spaß daran, wieder auf der Bühne zu stehen. Zumal es ja noch deine Kostüme gibt.«

Die Kostüme. Meterweise Stoff, der in einer alten Truhe vor sich hin moderte, niemandem etwas nützte und sich für die verschiedensten Kinderkleider eignete.

»Mutter, du bist ein Genie.«

Ich hastete in mein Schlafzimmer und zerrte die Truhe aus dem Wandschrank. Es prangten noch immer die Souveniraufkleber jeder Stadt daran, in der ich aufgetreten war. Boston. Chicago. Detroit. Pittsburgh. Ich schleppte die Truhe ins Gästezimmer, wobei ich außer Atem geriet. Ich musste aufhören, Pias Zigaretten zu rauchen.

Als ich hereinkam, richtete Mutter sich auf. »Oh, nein, nein. Tu das nicht, Caroline.«

Als ich den Deckel öffnete, stieg ein köstlicher Duft von Zedernholz, alternder Seide und Bühnenschminke auf.

»Die ideale Lösung, Mutter.«

»Wie *kannst* du nur, Schatz?«

Wir hatten Requisiten und Kostüme von überallher gesammelt. Ein seidenes Mieder hier, einen Fächer von Tiffany aus Seide und Knochen da. Doch die meisten Kostüme, die ich – von *Was ihr wollt* am Chapin bis hin zu *Victoria Regina* am Broadway – auf der Bühne getragen hatte, hatte Mutter selbst genäht. Sie hatte die besten Samtstoffe, die üppigsten und farbenfrohsten Seiden und die weichste Baumwolle verwendet. Jedes Kostüm war mit Perlmuttknöpfen versehen, selbst hergestellt aus den Muscheln, die sie am Strand von Southampton gesammelt hatte. Ein von Mutter angenähter Knopf hielt für immer.

»Der Kaufmann von Venedig«, sagte ich und holte eine leuchtend blaue Samtjacke mit passender Hose aus der Truhe, beides mit senffarbener Seide gefüttert. »Hier hätten wir zwei Hemden für Kleinkinder. Was machen wir mit dem Futter?«

Mutter kochte vor Wut. »Unterhosen?«

»Fantastisch!« Ich hielt ein korallenrosa Satinkleid hoch. Das Mieder war mit Saatperlen bestickt. *»Was ihr wollt.«*

»Bist du denn kein bisschen nostalgisch?«

»Überhaupt nicht, Mutter. Und wenn du dich weigerst, zerschneide ich die Kleider eben selbst.«

Sie entriss mir das Kleid. »Ganz gewiss nicht, Caroline.«

Ich förderte ein weiteres Samtkleid zutage, das die Farbe von Amontillado-Sherry hatte. Die Pelerine war mit falschem Hermelin besetzt. Als Nächstes folgte ein scharlachrotes Seidenkleid.

»*Ende gut alles gut*«, verkündete ich und hielt das Kleid hoch. Hatte ich wirklich einmal eine so schmale Taille gehabt? »Aus dem einen Kleid können wir sechs Nachthemden nähen, aus dem anderen zwei Mäntel. Mit dem Fell können wir Fäustlinge füttern.«

Wir arbeiteten bis spät in die Nacht. Ich trennte Säume auf und schnitt. Die Klingen meiner Zickzackschere fraßen sich durch Samt und Satin.

»Neuigkeiten von deinem Freund Paul?«, fragte Mutter.

»Kein Wort. Im Büro kriegen wir nicht einmal mehr französische Zeitungen.«

Obwohl Mutter nur das Wichtigste über meine Beziehung mit Paul wusste, ahnte sie instinktiv, wie viel er mir bedeutete. Inzwischen schien sie angesichts der Entwicklungen in Frankreich fast so besorgt um ihn zu sein wie ich.

»Seine Frau hat ein Bekleidungsgeschäft?«

»Eigentlich einen Dessousladen. Er heißt Les Jolies Choses.«

»*Dessous*?«, wiederholte Mutter, als hätte ich ihr erzählt, dass Rena mit brennenden Beilen jonglierte.

»Ja, Mutter. BHs und …«

»Ich weiß, was Dessous sind, Caroline.«

»Bitte keine Vorurteile, Mutter.«

»Nun, selbst wenn Paul den Krieg wohlbehalten übersteht, kann man sich auf Männer nicht verlassen.«

»Ich will einfach nur von ihm hören, Mutter.«

Mutter trennte den Saum eines lavendelfarbenen Satinfutters auf. »Und du weißt ja, wie die Franzosen sind. Freundschaften mit verheirateten Männern sind dort ziemlich üblich, aber ...«

»Ich möchte nur einen Brief von ihm bekommen, Mutter.«

»Du wirst sehen. Irgendwann ist der Krieg vorbei, und er klopft an deine Tür. Wahrscheinlich halten die Deutschen ihn an einem besonderen Ort fest. Immerhin ist er recht berühmt.«

Daran hatte ich noch gar nicht gedacht. Würden die Nazis Paul wegen seiner Prominenz besser behandeln?

Am Morgen stapelte sich auf dem Gästebett die eleganteste Kinderkleidung. Weiche Mäntel und Hosen, Pullover und Mützen.

Ich schleppte alles ins Büro und legte es auf Pias Schreibtisch, da sie selbst spurlos verschwunden war.

Wochen später campierten in meinem Büro drei Generationen der Familie LeBlanc, die sich abwechselnd auf der Damentoilette des Konsulats wuschen, als plötzlich Roger zur Tür hereinstürmte. Mit einer Hand schwang er sich um den Türstock herum. Sein Gesicht hatte die Farbe seines taubengrauen Hemds. Mein Magen krampfte sich zusammen. Seine Miene verhieß schlechte Nachrichten. Die gerunzelte Stirn.

Die fest zusammengepressten Lippen. Solange er die Tür nicht schloss, würde meine Welt noch in Ordnung sein.

Er fuhr sich mit den Fingern durchs Haar. »Caroline ...«

»Sagen Sie es mir einfach, Roger.«

»Ich habe Neuigkeiten.«

Ich stützte mich auf den hölzernen Aktenschrank. »So reden Sie schon.«

»Ich fürchte, es ist schlimm.«

»Soll ich mich setzen?«, fragte ich.

»Das wäre vielleicht besser«, erwiderte Roger, während er die Tür schloss.

Kapitel 13

KASIA

1941

Als sich die Türen des Waggons öffneten, standen wir wie angewurzelt da.

»Raus, raus!«, brüllten die Frauen auf dem Bahnsteig. Sie stießen und schlugen uns mit ihren Stöcken und Lederknüppeln. Ich war noch nie mit einem Lederknüppel geschlagen worden; es brannte unvorstellbar. Der Schmerz war ein Schock. Das Schlimmste allerdings waren die Hunde. Sie schnappten nach uns, bellten uns an und kamen uns so nah, dass ich ihren warmen Atem an meinen Beinen spürte.

»Ihr stinkt wie die Schweine«, sagte eine der Aufseherinnen. »Polacken. Natürlich voller Scheiße.«

Das machte mich so wütend wie nichts jemals zuvor. Erst gaben sie uns nur einen kleinen Eimer, und dann beschwerten sie sich über den Geruch?

In Fünferreihen und im Eilschritt wurden wir im ersten Licht jenes Sonntagmorgens durch Fürstenberg geführt. Matka ging links von mir, Frau Mikelsky mit der kleinen Jagoda auf der anderen Seite. Als ich mich umschaute, entdeckte ich Zuzanna und Luiza eine Reihe hinter mir. Ihre Augen waren glasig von dem ganz besonderen Grauen, an das wir uns gewöhnen würden. Fürstenberg wirkte wie ein mittelalterliches Städtchen aus dem Märchenbuch. Die Häuser hatten Strohdächer, die Blumenkästen quollen über von roten Petunien, die Fensterläden waren fest geschlossen. Schliefen die Deutschen noch in ihren warmen Betten? Kleideten sie sich für die Kirche an? Offenbar war jemand wach, denn der Duft von Röstbrot und frischem Kaffee lag in der Luft. Im zweiten Stock öffnete sich ein Fensterladen einen Spaltweit und wurde sofort wieder zugezogen.

Diejenigen, die nicht mithalten konnten, hatten am meisten zu leiden, denn die Aufseherinnen schlugen die Langsamsten, und die Hunde schnappten nach ihren Beinen. Matka und ich stützten Frau Mikelsky, damit sie nicht stolperte. Sie massierte die vor Kälte blauen Füße ihres Kindes und knetete sie wie Brotteig, während man uns weiterhetzte.

Sie jagten uns eine kopfsteingepflasterte Straße am Ufer eines Sees entlang.

»Was für ein hübscher See«, sagte Luiza hinter uns. »Dürfen wir schwimmen?«

Niemand antwortete. Was würden sie mit uns machen? Immerhin waren wir hier in Deutschland. Als Kind hatte ich immer Freude an unseren Reisen nach Deutschland gehabt, sofern die Fahrt nicht zu lange dauerte. Meistens wusste man, womit zu rechnen war. So als ob man zum ersten Mal in den Zirkus ginge. Man hatte eine gewisse Vorstellung. Heute nicht.

Bald bemerkten wir ein gewaltiges Backsteingebäude am Ende der Straße. Es war zwar erst September, doch so weit im Norden verfärbte sich das Laub früh. Orangefarben und flammend rot lugte es zwischen den Tannen hervor.

Als wir näher kamen, dröhnte in der Ferne deutsche Marschmusik. Der Geruch gekochter Kartoffeln wehte heran, was bei mir Magenknurren auslöste.

»Das ist ein KZ«, sagte die Frau hinter mir zu niemandem im Besonderen. *»Ein Konzentrationslager.«*

Dieses Wort kannte ich noch nicht, und ich hatte auch keine Ahnung, was ein Konzentrationslager war. Doch allein der Klang sorgte dafür, dass mir ein Schauder den Rücken hinunterlief.

Wir näherten uns den hohen, glatten Mauern, die das Lager umgaben, und traten durch ein grünes Tor aus Metall auf einen von niedrigen Holzgebäuden gesäumten, großen Platz. Trotz der Musik konnte ich den Starkstrom in dem Draht surren hören, der oben auf der Mauer verlief.

Mitten durch das Lager verlief eine breite Straße, offiziell Lagerstraße genannt. Doch wir bezeichneten sie bald als Straße der Schönheit.

Die Straße war wirklich schön. Sie begann an dem großen, kopfsteingepflasterten Platz, erstreckte sich bis ans Ende des Lagers und war mit schwarzem, schimmerndem Sand und schwarzer Schlacke bedeckt, die in der Sonne funkelte. Ein honigsüßer Geruch stieg mir in die Nase und lenkte meine Aufmerksamkeit auf die Bäume, die, so weit das Auge reichte, entlang der Straße wuchsen. Linden. Was für ein erhebender Anblick, der Lieblingsbaum der Jungfrau Maria. Die Linde wurde in Polen verehrt, und eine zu fällen brachte Unglück. Vor jedem Haus im Lager gab es einen fröhlichen kleinen Blumengarten, und an jedem Fenster hing ein hölzerner Blumenkasten voller Geranien. Wie schlimm konnte es an einem so gepflegten Ort sein? Das Seltsamste war ein kunstvoll verzierter silberfarbener Käfig, der am Anfang der Straße der Schönheit stand. Er war voller exotischer Tiere. Papageien mit gelben Flügeln, Kapuzineräffchen, die im Käfig herumtollten und spielten wie Kinder, und ein Pfau mit einem smaragdgrünen Kopf, der ein Rad schlug. Als der Pfau kreischte, zuckte ich zusammen.

Matka zog uns an sich, als wir die Szene auf uns wirken ließen. Am anderen Ende des Platzes standen Frauen in gestreiften Kleidern in Fünferreihen stramm. Keine schaute in unsere Richtung. Eine Aufseherin nahm einen Revolver aus einem Holster an ihrer Hüfte und stellte einer anderen eine Frage dazu. Als Matka den Revolver bemerkte, wandte sie rasch den Blick ab.

Ein Mädchen im gestreiften Kleid hastete an mir vorbei.

»Polnisch?«, fragte sie. Die Musik übertönte fast ihre Stimme.

»Ja«, antwortete ich. »Wir alle.«

Die Kapuzineräffchen hörten auf zu spielen und beobachteten uns, die Finger um die Käfigstäbe geschlossen.

»Sie werden euch alles Essbare abnehmen. Also esst schnell alles auf«, sagte sie und verschwand, um sich einzureihen.

»Gebt uns alles, was ihr habt. Ihr werdet es nicht brauchen«, meinte eine ältere Frau im Vorbeigehen und hielt die Hand auf.

Wir zogen unsere Mäntel fester um uns. Warum sollten wir das wenige hergeben, was wir hatten? Ich sah Matka an. Ihre Hand zitterte, als sie nach meiner griff. Ich wollte nur noch ein Bett zum Schlafen und etwas, um meinen quälenden Durst zu löschen.

Die Aufseherinnen scheuchten uns ins Verwaltungsgebäude: zwei große Räume mit niedriger Decke und einem Duschbad an der Seite. Eine große, blonde Aufseherin, später erfuhren wir, dass sie Binz hieß, stand an der Tür. Sie war so aufgebracht und überdreht wie Hitler selbst.

»Beeilung, Beeilung!«, schrie sie und schlug mich mit ihrer Peitsche auf den Po.

Ich trat an einen Schreibtisch, wo eine Frau im gestreiften Kleid meinen Namen notierte. Sie befahl mir auf Deutsch, meine Taschen zu leeren. Dann verstaute sie meine wenigen Habseligkeiten, ein Taschentuch, eine Armbanduhr und einige Aspirintabletten, die letzten Überreste eines normalen Lebens, in einem gelben Umschlag und legte ihn zu den anderen in einen Karteikasten. Anschließend wurde ich angewiesen, mich unter den Augen einer Aufseherin auszuziehen.

»Weitergehen«, sagte sie, als ich nackt war.

Ich sah, wie Matka hinter mir an dem Tisch stehen blieb. Die Frau dort wollte ihren Ring, doch sie hatte Mühe, ihn vom Finger zu ziehen.

»Ihr Finger ist geschwollen«, stellte die Ärztin fest, die danebenstand. Sie war hochgewachsen und blond und trug einen weißen Arztkittel. Binz nahm Matkas Hand, spuckte auf den Ring und versuchte, ihn herunterzuzerren. Matka wandte den Blick ab.

»Nehmen Sie Vaseline«, schlug die Ärztin vor.

Binz spuckte noch einmal auf den Ring, und endlich gelang es ihr, ihn abzudrehen. Die Frau hinter dem Schreibtisch warf ihn in einen gelben Umschlag und verstaute diesen im Karteikasten.

Matkas Ring war fort. Wie konnte man jemandem skrupellos alles wegnehmen?

Ein Stück vor mir in der Reihe entdeckte ich Janina Grabowski, die sich schreiend gegen eine Aufseherin wehrte. Ihr sollten die Haare geschnitten werden. Eine zweite kam ihrer Kollegin zu Hilfe und packte Janina an den Schultern.

»Bitte hören Sie auf«, rief sie, als sie sich an ihren Haaren zu schaffen machten.

Eine Aufseherin stieß mich weiter, und ich verlor Matka aus den Augen, die von der Menge verschluckt wurde. Ich bemühte mich, meine Nacktheit zu verbergen, als eine Gefangene mit einer gestreiften Jacke und einem grünen Dreieck an der Schulter mich auf einen Hocker zwang. Das Dreieck, so erfuhr ich später, wurde Winkel genannt. Als ich einen Zahnstocher auf meiner Kopfhaut spürte, wusste ich, dass ich Janinas Schicksal teilen würde. Mein Herz klopfte, als würde mir gleich die Brust zerspringen.

Die Schere fühlte sich an meinem Nacken kalt an, und die Frau fluchte auf Deutsch, als sie mir den Zopf abschnitt. War es vielleicht meine Schuld, dass ich dickes Haar hatte? Sie warf den Zopf auf einen Haufen Haare, der so hoch war, dass er bis zum Fensterbrett reichte. Dann, als wollte sie mich dafür bestrafen, dass ich ihr mehr Arbeit verursachte, rasierte sie mir grob den Schädel. Mit jedem Klicken der Schermaschine fielen mir Haarbüschel auf die nackten Schultern. Sie schubste mich vom Hocker, und ich betastete meinen Kopf. Glatt, mit Stoppeln hier und da. Gott sei Dank konnte Pietrik mich nicht so sehen. Es war so kalt ohne Haare!

Eine Gefangene mit violettem Winkel – ein Bibelmädchen, wie ich erfahren würde –, schob mich auf einen gynäkologischen Stuhl. Sie spreizte mir die Beine, während eine zweite Gefangene mich mit einem Rasiermesser rasierte, bis ich ganz zerschunden und wund war.

Anschließend schickten sie mich zur Ärztin. »Auf den Stuhl«, befahl sie. Sie nahm ein kaltes silbriges Instrument und steckte es in mich hinein, ohne es abzuwischen. Dann drückte sie mir die Beine auseinander, sodass die ganze Welt mich sehen konnte, stieß ihre Finger in Gummihandschuhen in mich hinein und tastete in mir herum. Die Aufgabe schien sie überhaupt nicht anzuwidern. Sie verhielt sich, als spülte sie Geschirr. Außerdem achtete sie nicht darauf, wie jung ich noch war, und verging sich auf eine Art und Weise an mir, die nie mehr rückgängig gemacht werden könnte.

Ich hatte wenig Zeit, meiner verlorenen Jungfräulichkeit nachzutrauern, denn die Aufseherinnen führten uns in Fünferreihen zur Dusche. Eine Badewärterin in weißem Kittel schlug die Frauen vor uns mit einem Knüppel, sodass sie Striemen am Gesäß zurückbehielten, als sie zu den Duschen rannten. Ich blieb in der Nähe von Frau Mikelsky und machte mich auf den Schmerz des Hiebes gefasst. Sie drückte die kleine Jagoda fest an sich und zitterte so heftig, als stünde sie bereits unter der kalten Dusche. Eine Gefangene mit einem grünen Abzeichen am Ärmel trat auf Frau Mikelsky zu, packte den nackten, mageren Körper des Kindes und zog daran. Frau Mikelsky hielt Jagoda fest.

»Hergeben«, wies die Wärterin sie an.

Frau Mikelsky umklammerte das Kind noch fester.

»Sie ist ein braves Mädchen«, sagte ich zu der Wärterin.

Die Wärterin zerrte heftiger an dem Kind. Würden sie es in Stücke reißen?

»Es geht nicht anders. Mach kein Theater«, schimpfte die Wärterin.

Das Kind schrie auf, was die Aufmerksamkeit der Aufseherin Dorothea Binz erregte. Beinahe im Laufschritt und dicht gefolgt von einer zweiten Aufseherin näherte sie sich aus dem vorderen Teil des Gebäudes. Der Name Dorothea bedeutet Geschenk Gottes, einen unpassenderen hätte man ihr nicht geben können.

Binz blieb neben Frau Mikelsky stehen und zeigte mit ihrer Lederpeitsche auf die kleine, blonde Jagoda.

»Ist ihr Vater Deutscher?«

Frau Mikelsky sah mich zweifelnd an.

»Nein, Pole«, erwiderte sie.

»Nehmt es mit«, sagte Binz und schwenkte ihre Peitsche.

Die Aufseherin, die Binz begleitet hatte, hielt Frau Mikelsky fest, während die andere Jagoda den Armen ihrer Mutter entwand.

»Ich habe mich geirrt«, stammelte Frau Mikelsky. »Ja, ihr Vater ist Deutscher.« Sie warf mir einen Blick zu.

»Aus Berlin«, ergänzte ich. »Ein echter Patriot.«

Die Frau mit dem grünen Winkel presste sich die nackte Jagoda an die Schulter und wandte sich an Binz.

»Mitnehmen«, befahl Binz mit einer ruckartigen Kopfbewegung.

Die Wärterin ging durch die hereinströmende Menge davon.

Frau Mikelsky sackte in sich zusammen wie ein brennendes Stück Papier, als ihr Kind fortgetragen wurde. »Nein, bitte, wo bringen Sie sie hin?«

Binz bohrte Frau Mikelsky ihre Peitsche in die Rippen und stieß sie in Richtung Duschen.

Ich verschränkte die Arme vor der nackten Brust und trat auf Binz zu.

»Das Kind stirbt ohne seine Mutter«, protestierte ich.

Als Binz sich umdrehte, erinnerte ihr Gesichtsausdruck an einen überkochenden Teekessel.

»Eine größere Grausamkeit gibt es nicht«, fügte ich hinzu.

Binz hob die Peitsche.

»Ihr Polacken ...«

Ich schloss die Augen und machte mich auf den schmerzhaften Schlag gefasst. Wo würde das Leder landen?

Plötzlich spürte ich, wie sich zwei Arme um mich schlossen. Matka, ihre nackte Haut glatt an meiner.

»Bitte, Frau Aufseherin«, sagte sie in ihrem besten Deutsch. »Sie muss den Verstand verloren haben, so mit Ihnen zu sprechen. Es tut uns sehr leid.«

Lag es am Deutsch meiner Mutter, dass Binz einen Schritt zurückwich? An Mutters sanfter Art?

»Dann sag ihr, sie soll das Maul halten«, entgegnete Binz und drohte mir mit der Peitsche. Sie verschwand in der Menge.

Als die Wärterinnen mich unter die Dusche schoben, vermischten sich meine Tränen mit dem kalten Wasser.

Zwei Wochen später wurden wir aus der Quarantäne entlassen. Man gab uns einen Uniformkittel mit Bluse, riesige Holzpantoffeln, eine dünne Jacke, eine graue Unterhose, einen Blechnapf mit Löffel und ein Stück Seife, das zwei Monate reichen müsste. Zwei Monate? Bis dahin würden wir doch längst zu Hause sein.

Unser neues Heim, Baracke 32, war viel größer als die Quarantänebaracke. Frauen, einige in grauen Uniformhemden und gestreiften Kleidern, andere nackt, da sie gerade vom Duschen kamen, hetzten umher, zogen sich an, schoben ihre Strohsäcke zurecht und steckten die blauweiß karierten Laken fest. In dieser Baracke gab es einen kleinen Waschraum mit drei Duschköpfen und drei lange Waschbecken, die mit einem Schlauch gefüllt werden mussten. Ohne Scham kauerten die Frauen auf einem mit Löchern versehenen Podest und ließen die Zeugnisse ihres menschlichen Rührens in die stinkende Tiefe unter sich fallen.

In der Baracke roch es wie in einem Hühnerstall nach verfaulter roter Bete und fünfhundert schmutzigen Füßen. Alle Mädchen sprachen Polnisch, und die meisten trugen den roten Winkel der politischen Gefangenen. Falls man über das Lager etwas Gutes sagen konnte, dann dass so viele Gefangene, fast die Hälfte, Polinnen waren und zum Großteil, so wie wir, wegen sogenannter politischer Straftaten einsaßen. Die zweitgrößte Gruppe nach den Polinnen waren Deutsche, die verhaftet worden waren, weil sie gegen eine von Hitlers vielen Vorschriften verstoßen hatten, oder wegen Verbrechen wie Mord oder Diebstahl.

»Betten machen!«, rief Rosa, der Kapo, eine Deutsche mit schläfrigem Blick. Sie war aus Berlin und nicht viel älter als meine Mutter. Später erfuhr ich, dass sie festgenommen worden war, weil sie einem deutschen Offizier die Zunge herausgestreckt hatte. »Und passt auf euer Essgeschirr auf!«

Rasch lernten wir, dass das Überleben in Ravensbrück sich um den Blechnapf und den Löffel drehte sowie um die Fähigkeit, beides zu bewachen. Wenn man nur einen Moment wegschaute, konnte der Napf auf Nimmerwiedersehen verschwinden. Deshalb steckten wir Blechnäpfe und Löffel vorn in unsere Uniformen. Wer das Glück hatte, ein Stück Garn oder Schnur zu ergattern, bastelte daraus einen Gürtel und trug den Napf um die Taille.

Luiza und Matka entschieden sich für ein Bett in der obersten Etage, die von den Gefangenen Kokospalme genannt wurde, weil sie so hoch oben war. Wegen der niedrigen Decke konnte man kaum aufrecht sitzen, und im Winter hingen Eiszapfen herab. Doch man hatte dort mehr Privatsphäre. Zuzanna und ich schliefen in der oberen Etage gegenüber.

Ich musste meine Eifersucht unterdrücken, weil Luiza bei meiner Mutter schlief, während ich mich mit Zuzanna herumärgern musste, die nachts herumzappelte und medizinische Fachausdrücke murmelte. Wenn sie mich wieder einmal weckte, lag ich die restliche Nacht grübelnd und gelähmt von Schuldgefühlen in der Dunkelheit. Wie hatte ich uns durch meinen Leichtsinn nur an diesen schrecklichen Ort bringen können? Was die Lage noch verschlimmerte, war, dass niemals Ruhe herrschte. Ständig ertönten die schrillen Schreie der Frauen, die von Albträumen und juckenden Läusestichen gequält wurden. Die Arbeiterinnen von der Nachtschicht kehrten zurück. Schlaflose Frauen tauschten Rezepte aus, oder jemand rief nach einem Topf für eine Kranke, die es nicht mehr rechtzeitig zur Toilette schaffen würde.

Allerdings gelang es mir manchmal, kurz mit Matka allein zu sein. An jenem Abend kroch ich vor dem Essen zu ihr ins Bett.

»Es tut mir leid, dass du meinetwegen hier bist, Matka. Wenn du mir das Brot nicht gebracht hättest, wenn ich nicht ...«

»So darfst du nicht denken«, erwiderte sie. »Hier drin musst du dich mit ganzer Kraft darauf konzentrieren, schlauer zu sein als die Deutschen. Ich bin froh, dass ich mit euch Mädchen hier bin. Alles wird gut.« Sie küsste mich auf die Stirn.

»Aber dein Ring. Ich hasse sie, weil sie ihn dir weggenommen haben.«

»Der Ring ist nur ein Gegenstand, Kasia. Vergeude deine Energie nicht an den Hass; das wird dich sicher umbringen. Achte darauf, dass du bei Kräften bleibst. Du bist klug. Du wirst einen Weg finden, die Deutschen reinzulegen.«

Kapo Rosa betrat die Baracke. Eigentlich hatte sie ein freundliches Gesicht, aber sie lächelte nicht, als sie ihre Ansage machte.

»Arbeitsbeginn ist um acht. Diejenigen, die noch nicht zur Arbeit eingeteilt worden sind, melden sich im Arbeitsbüro neben dem Gebäude, wo ihr aufgenommen wurdet. Dort erhaltet ihr euer Abzeichen und eure Nummer.«

»Sie spricht nur Deutsch«, raunte ich Matka zu. »Was ist mit den Mädchen, die sie nicht verstehen?«

»Danke Gott für Herrn Specks Deutschunterricht. Er könnte dir das Leben retten.«

Sie hatte recht. Es war ein Glück, dass ich Deutsch sprach, denn alle Ansagen erfolgten ausnahmslos in dieser Sprache. Wer kein Deutsch verstand, war schwer im Nachteil, denn Unwissen galt nicht als Entschuldigung für einen Regelverstoß.

Am nächsten Morgen wurden wir von einer Sirene aus dem Schlaf geschreckt. Ich war gerade eingedöst und hatte davon geträumt, in Lublin mit Pietrik schwimmen zu gehen, als um halb vier die Lichter in unserer Baracke angingen. Diese Sirene war eine Folter, so laut und durchdringend, als käme sie aus den Gedärmen der Hölle. Sobald sie erklang, marschierten Rosa und ihre Stubenältesten zwischen unseren Betten hindurch. Eine Stubenälteste schlug auf eine Blechpfanne, eine andere stieß mit einem Stuhlbein nach den Schlafenden. Rosa goss den schlafenden Frauen mit einer Schöpfkelle Wasser ins Gesicht.

»Aufstehen! Beeilung! Alle aufstehen!«, riefen sie.

Es war eine einzige Quälerei.

Matka, Zuzanna, Luiza und ich machten uns auf den Weg zur Kantine, einem langen Bau neben unserem Schlafraum, und zwängten uns ans Ende einer Bank. Das Frühstück war das Gleiche wie in der Quarantäne, eine lauwarme gelbliche Suppe, die eher an Rübenwasser erinnerte, und ein kleines Stück Brot, das nach Sägemehl schmeckte. Die Suppe kam mir beinahe wieder hoch.

Rosa verlas eine Liste neuer Arbeitsaufträge.

Matka wurde der Buchbinderei zugeteilt, ein sehr begehrter Posten, weil man nicht im Freien arbeiten musste. Außerdem konnte man eine Gefangene an einem Schreibtisch nicht so leicht zu Tode schinden.

Luiza wurde Gehilfin der Bibelmädchen, die das Fell der Angorakaninchen verarbeiteten. Die Angorakaninchen lebten am Ende des Lagers in eigens beheizten Käfigen und wurden mit zarten Salatblättern aus dem Gewächshaus des Kommandanten gefüttert. Sie wurden regelmäßig geschoren. Das Fell schickte man in die Schneiderei, einem gewaltigen Komplex aus acht miteinander verbundenen Lagerhäusern, wo Gefangene Uniformen für die deutsche Armee nähten.

Zuzanna, die nicht verraten hatte, dass sie Ärztin war, musste die Haufen mit der Beute sortieren, Hitlers Diebesgut, das mit der Bahn angeliefert wurde.

Ich wurde Springerin, was seine Vorzüge und Nachteile hatte. Das Gute war, dass wir uns zwar täglich aufstellen mussten, aber den ganzen Tag im Bett bleiben konnten, wenn es keine Arbeit gab. Der Nachteil lag darin, dass wir, wenn wir ausgewählt wurden, die unangenehmsten Arbeiten wie Latrinenschrubben oder Straßenreparaturen erledigten. Im Straßenbau wie ein Tier eine schwere Straßenwalze ziehen zu müssen – das konnte einen Menschen an nur einem Tag umbringen.

Unser erstes Weihnachtsfest in Ravensbrück war besonders schlimm, denn viele von uns waren sich sicher gewesen, bis dahin wieder zu Hause zu sein. Matka, Zuzanna, Luiza und ich waren zwar erst seit drei Monaten hier, doch es kam uns vor, als wären es drei Jahre. Inzwischen hatten wir einige Briefe von Papa erhalten. Laut Vorschrift mussten sie auf Deutsch verfasst sein, und außerdem war der Großteil schwarz durchgestrichen, sodass nur wenige Wörter und der letzte Satz – *Euer Euch liebender Papa* – übrig blieben. Auch wir schrieben Briefe, jeweils eine Seite auf Lagerbriefpapier. Die Zensur verlangte, dass wir uns auf das Wetter und allgemeine positive Gedanken beschränkten.

Als die Tage kürzer wurden, warnte uns Zuzanna, wir sollten bloß nicht schwermütig werden, da man an Trauer oft leichter sterbe als an einer Krankheit. Manche gaben einfach auf, hörten auf zu essen und waren plötzlich tot.

Der Weihnachtsmorgen begann damit, dass in der Kälte eine Glasscheibe zerbrach. Die hereinwehende Luft weckte uns alle. War dieser teuflische Wind, der uns am Weihnachtstag aus unseren Betten trieb, ein schlechtes Omen?

Alle Gefangenen im Lager schlurften zum Appell auf den Platz. Wir stellten uns in Zehnerreihen in der Dunkelheit vor dem Revier auf. Nur der Klang von Hunderten Holzpantoffeln hallte über den Platz, als wir versuchten, die Kälte zu vertreiben. Wie sehr sehnte ich mich nach einem warmen Mantel. Über uns erstrahlte Scheinwerferlicht. Bestimmt würde der Appell wegen des Weihnachtsfests kurz und ereignislos verlaufen. Feierten die Deutschen nicht auch Christi Geburt? Vielleicht hatte Binz über Weihnachten ja freigenommen. Ich versuchte, nicht zu den Leichen hinüberzuschauen, die von einer dünnen Schneeschicht bedeckt wie Holzscheite neben der Wäscherei lagen. Dort warteten sie darauf, dass der Mann aus der Stadt mit seinem Leichenwagen erschien, jede in einen Sack mit gekräuselten Enden steckte und wegbrachte.

Eine junge Aufseherin in Ausbildung namens Irma Grese, Binz' Lieblingsschülerin, eilte die Reihen entlang, zählte uns und machte sich Notizen auf ihrem Klemmbrett. Hin und wieder blieb sie stehen, um genüsslich eine Zigarette zu rauchen. Sie war in einen dicken schwarzen Umhang gewickelt. Obwohl Grese und Binz die besten Freundinnen waren und sich verhielten wie aufsässige Schulmädchen, konnte man sie nicht miteinander verwechseln. Sie waren zwar beide blond und gut aussehend, aber Binz war größer mit etwas derberen Gesichtszügen. Ihr Haar trug sie zu einer Olympiarolle gedreht über der Stirn. Grese war zierlich und hübsch wie ein Filmstar mit mandelförmigen blauen Augen und natürlich rosigen Lippen. Das Haar unter ihrer Uniformmütze hatte sie auf beiden Seiten des Gesichts zu zwei schimmernden Schlaufen zusammengefasst, die an goldene Münzen erinnerten. Leider hatte Irma kein Händchen fürs Rechnen. Häufig stimmten ihre hastigen Zählversuche nicht mit denen von Binz überein, was zu drei- bis vierstündigen Appellen führte.

Als die Sonne am Horizont aufging und ihre goldenen Strahlen über den Platz schickte, seufzten alle erleichtert auf.

»Ruhe!«, brüllte Irma.

Obwohl wir uns stets bemühten, einen Platz in der hinteren Reihe zu finden oder uns in der Mitte zu verstecken, wo es wärmer war, war unsere fünfköpfige kleine Lagerfamilie an diesem Morgen ganz vorn gelandet. Das war gefährlich, denn Gefangene an den Rändern waren eher den Angriffen der gelangweilten und manchmal aufbrausenden Aufseherinnen und ihrer Hunde ausgesetzt. Ich stand neben Matka, auf deren anderer Seite wiederum Luiza wartete. Frau Mikelsky, mit der es seit dem Verlust ihres Kindes immer mehr bergab ging, hatte sich zwischen Zuzanna und mir eingereiht. Zuzanna hatte bei meiner ehemaligen Mathematiklehrerin bereits Durchfall und eine schwere Depression festgestellt, eine fatale Kombination.

Seit Anfang November schneite es immer wieder. Damit die Zeit schneller verging, beobachtete ich, wie die Vögel sich den Schnee von den Flügeln schüttelten, und beneidete sie darum, dass sie nach Belieben kommen und gehen konnten. Da an diesem Morgen ein bitterkalter Wind vom See heranwehte, hatten wir Frau Mikelsky geholfen, zwei Seiten einer eingeschmuggelten Zeitung vorn in ihre dünne Baumwolljacke zu stopfen, damit sie es ein wenig wärmer hatte. Wenn Irma nicht hinschaute, drehten wir uns um und rieben uns aneinander, in dem Versuch, nicht zu erfrieren. Die Aufseherinnen hatten eine hohe Tanne auf einem stabilen Holzsockel als Weihnachtsbaum am Ende der Straße der Schönheit aufgestellt. Sie schwankte im Wind.

Frau Mikelsky schwankte auch. Ich hielt sie am Arm fest, um sie zu stützen. Selbst durch die Baumwolljacke spürte ich ihren Ellbogen spitz an meiner Handfläche. War ich auch schon so ausgemergelt? Frau Mikelsky lehnte sich an mich. Die Zeitung knisterte und lugte aus dem Ausschnitt ihres Kittels.

Ich schob das Papier hinein, damit es nicht zu sehen war. »Sie müssen gerade stehen«, sagte ich.

»Tut mir leid, Kasia.«

»Zählen Sie in Gedanken. Das hilft.«

»Ruhe«, zischte Zuzanna mir hinter Frau Mikelskys Rücken zu. »Da kommt Binz.«

Das Grauen ergriff die Menge, als Binz auf ihrem blauen Fahrrad durch das Lagertor auf den Platz fuhr. Hatte sie, im warmen Bett mit ihrem verheirateten Freund Edmund, heute etwa verschlafen? Wenigstens war er nicht auch hier und küsste sie, während eine Gefangene ausgepeitscht wurde, die Lieblingsbeschäftigung der beiden.

Binz musste sich gegen den Wind stemmen. Eine Hand hatte sie am Lenker, mit der anderen hielt sie die Leine ihres Hundes. Ihr schwarzer Wollumhang wehte hinter ihr her. Sie erreichte das Revier, lehnte ihr Fahrrad an die Wand und marschierte mit ihrem Bauernmädchenschritt über das Kopfsteinpflaster. Ihr Hund lief neben ihr her und stemmte sich ins Halsband. Beim Gehen schwenkte

Binz ihre Peitsche wie ein Kind ein Spielzeug. Es war eine neue schwarze Peitsche, an deren Ende ein langer lederner Zopf baumelte.

Binz' Hund hieß Adelige und war eine ausgesprochen schöne und furchterregende Schäferhündin, hellbraun und schwarz mit einem dichten Fellwulst an der Brust. Man hätte einen hübschen Pelzmantel aus ihr machen können. Die Hündin hörte auf eine Reihe von Befehlen, die Binz ihr mit einem Klicker aus grünem Blech übermittelte.

Binz steuerte geradewegs auf Frau Mikelsky zu und schubste sie mit ihrer Peitsche aus der Reihe.

»Du. Raus.«

Als ich folgen wollte, hielt Matka mich zurück.

»Was hast du geredet?«, fragte Binz, den Hund an ihrer Seite.

»Nichts, Frau Aufseherin.«

Irma erschien neben Binz. »Die Zählung ist abgeschlossen, Frau Aufseherin.«

Binz antwortete nicht, sondern musterte weiter Frau Mikelsky.

»Mein Baby, Jagoda ...«, begann Frau Mikelsky.

»Du hast kein Baby. Du hast gar nichts. Du bist nur eine Nummer.«

Wollte Binz sich vor Irma großtun?

Frau Mikelsky streckte die Hand nach Binz aus. »Sie ist ein braves Mädchen ...«

Binz griff nach der Zeitung unter Frau Mikelskys Kittel und zerrte sie mit einem Ruck heraus.

»Wo hast du die her?«, fragte Binz.

Irma verstaute das Klemmbrett unter ihrem Arm und zündete sich eine Zigarette an.

Frau Mikelsky richtete sich auf. »Ich weiß es nicht. Ich habe nichts. Ich bin nur eine Nummer.«

Selbst aus fünf Schritten Abstand sah ich, dass Binz am ganzen Körper zitterte. »Du hast recht«, sagte sie, holte weit aus und schlug Frau Mikelsky mit der Peitsche ins Gesicht.

Das Leder schlitzte Frau Mikelskys Wange auf. Nach einem raschen Blick auf Irma bückte sich Binz und ließ die Hündin von der Leine. Zunächst saß Adelige reglos da. Als sie Binz' Klicker hörte, stürzte sie sich mit angelegten Ohren und gefletschten Zähnen auf Frau Mikelsky. Die Hündin packte Frau Mikelskys Hand und zerrte sie auf die Knie. Ihr Knurren hallte auf dem Hof wider, als sie erneut zum Sprung ansetzte, sich in den Ausschnitt von Frau Mikelskys Kittel verbiss und sie in den Schnee warf.

Matka griff nach meiner Hand.

Frau Mikelsky wälzte sich herum und wollte sich aufsetzen, aber die Hündin schlug ihr die Zähne in den Hals und schleuderte dann den Kopf hin und her.

Ich musste den Brechreiz unterdrücken, als die Hündin Frau Mikelsky von uns wegzerrte wie ein Wolf einen frisch erlegten Hirschen. Im Schnee blieb eine kirschrote Spur zurück.

Das Knacken von Binz' Metallklicker wehte über den Platz.

»Adelige, aus«, rief sie.

Die Hündin kauerte sich keuchend hin. Ihre goldenen Augen waren auf Binz gerichtet.

»Sieben, sieben, sieben, sechs!«, brüllte Binz.

Irma warf die Zigarette weg und ließ sie im Schnee liegen, sodass eine träge blaue Spirale aufstieg, während sie sich etwas auf dem Klemmbrett notierte.

Die Hündin trottete mit eingeklemmter Rute zu Binz zurück. Frau Mikelsky lag reglos im Schnee.

Binz drehte sich um und winkte mich aus der Reihe. Ich trat einen Schritt vor.

»Deine Freundin?«

Ich nickte.

»Ja? Woher?«

»Meine Mathematiklehrerin, Frau Aufseherin.« Tränen verschleierten mir den Blick, aber ich hielt sie zurück. Tränen machten Binz nur wütend.

Lächelnd legte Irma den Finger an ihren hübschen Mund. »Polnische Mathematik.«

Binz warf mir einen violetten Wachsstift zu.

»Du schreibst«, befahl sie.

Wir alle hatten diese Prozedur schon beobachtet. Binz wollte, dass ich Frau Mikelsky die Nummer auf die Brust schrieb, die letzte Entwürdigung jeder toten oder sterbenden Gefangenen. Mit klopfendem Herzen folgte ich der dunkel kirschrosafarbenen Spur, die Adelige hinterlassen hatte, bis hin zu der Stelle, wo meine Lehrerin lag. Ich fand Frau Mikelsky auf dem Rücken vor. Ihre Kehle war bis auf den Kochen aufgeschlitzt, und ihre nackte Brust war voller Blut, als hätte jemand es aufgemalt. Ihr Gesicht mit den halb offenen Augen war mir zugewandt. Die Risswunde quer über ihre Wange erinnerte an ein breites Clownslächeln.

»Los, schreib«, ermahnte mich Binz.

Mit dem Jackenärmel wischte ich das Blut von Frau Mikelskys Brust und schrieb mit dem Wachsstift 7776 darauf.

»Und jetzt bring den Dreck weg«, wies Binz mich an.

Sie wollte, dass ich die Tote zu dem Haufen neben der Wäscherei schaffte.

Ich nahm Frau Mikelskys Handgelenke und schleppte ihre noch warme Leiche durch den Schnee. Der Atem stand mir in einer weißen Wolke vor dem Mund wie einem Ackergaul. Schwarzer Hass stieg in meiner Brust auf. Wie sollte ich weiterleben, ohne mich zu rächen?

Als ich den schulterhohen, mit Schnee bedeckten Leichenhaufen erreichte, war mein Gesicht tränennass. Ganz vorsichtig legte ich Frau Mikelsky neben dem Haufen ab, als schliefe sie. Unsere Löwin. Unsere Hoffnung. Unser Leitstern.

»Polacken«, sagte Irma zu Binz, als ich mich wieder einreihte. »Warum bringen die denen überhaupt Mathe bei?«

»Ein Rätsel«, erwiderte Binz lachend.

Ich drehte mich zu Irma um.

»Wenigstens kann ich zählen«, erwiderte ich.

Diesmal brauchte ich nicht auf Binz' Peitschenhieb zu warten.

Kapitel 14

HERTA

1941

Ich blieb in Ravensbrück.

Als ich erfuhr, dass mein Vater gestorben war und Mutti ihren Rücken würde behandeln lassen müssen, wurde mein Gehalt noch wichtiger.

Da ich allein unter männlichen Ärzten wenig Gesellschaft hatte, verschanzte ich mich, wenn Fritz keine Zeit hatte, in meinem Büro und arbeitete an meinem Album. Ich klebte ein Foto von mir und Fritz beim Mittagessen in Fürstenberg ein, das er einen Kellner zu knipsen gebeten hatte. Außerdem hob ich Streichholzbriefchen und andere Souvenirs auf. Und eine Menge Zeitungsausschnitte. Die deutsche Infanterie war gerade mit großem Erfolg in die Sowjetunion einmarschiert, weshalb zahlreiche aufmunternde Artikel erschienen, die es sich aufzubewahren lohnte.

Ich schrieb Mutti und erzählte ihr, wie schwierig es sei, Schliff und Ordnung ins Revier zu bringen. Ich hoffte, dass der Kommandant meinen Fleiß bemerkte, wenn ich den Laden richtig organisierte.

Eines Abends nach meinen täglichen Pflichten machte ich mich auf den Weg in mein Häuschen, stellte fest, dass in der Buchbinderei Licht brannte, und ging, in der Hoffnung hinein, jemanden zum Plaudern zu finden. Binz saß kerzengerade, mit vorgerecktem Kinn und in voller Uniform auf einem Hocker. Vor ihr auf einem Stuhl entdeckte ich eine Gefangene mit rotem Winkel, die sie zeichnete. Es war die Polin, der ich in der Aufnahme begegnet war. Die mit dem Ring, auf den Binz gespuckt hatte, um ihn abziehen zu können. An ihrem Finger, wo der Ring gewesen war, hatte sie einen hellen Streifen.

Binz winkte mich in den großen Raum, der dem Zweck diente, das Bildungsmaterial des Reiches herzustellen. Auf einem langen Tisch an der Wand stapelten sich Hefte und Bücher. »Komm rein, Fräulein Doktor. Ich lasse mich gerade porträtieren.«

»Bitte halten Sie still, Frau Aufseherin«, sagte die Gefangene. »Wenn Sie sprechen, kann ich Sie nicht zeichnen.«

Eine Gefangene erteilte Binz Anweisungen? Noch seltsamer war, dass Binz gehorchte.

»Halina ist unsere Lagerkünstlerin«, erklärte Binz. »Sie hätten das Porträt sehen sollen, das Koegel in Auftrag gegeben hat. Man hätte schwören können, dass die Orden echt sind.«

Die Gefangene hörte auf zu zeichnen. »Soll ich ein andermal wiederkommen, Frau Aufseherin?«

Auf den ersten Blick war zu erkennen, dass in der Buchbinderei, früher ein Durcheinander aus Papieren, Tinte und Büromaterial, um einiges mehr Ordnung herrschte.

»Wie wirst du denn bezahlt?«, fragte ich die Gefangene.

»In Brot, Frau Doktor«, erwiderte sie.

»Sie verschenkt es an die anderen Polinnen«, ergänzte Binz. »Vermutlich ist sie nicht mehr ganz richtig im Kopf.«

Es war beruhigend, ja beinahe hypnotisch, ihr beim Zeichnen zuzuschauen. Der Stift zog raue kurze Linien aufs Papier.

»Bist du Polin? Dein Deutsch ist gut.«

»Hat selbst mich getäuscht«, fügte Binz hinzu.

»Meine Mutter war Deutsche«, antwortete die Gefangene und zeichnete weiter, ohne Binz aus den Augen zu lassen. »Ich bin auf einem Landgut in der Nähe von Osnabrück aufgewachsen.«

»Und dein Vater?«

»In Köln geboren, wo auch seine Mutter groß geworden ist. Sein Vater war Pole.«

»Also gehörst du zu Gruppe drei auf der deutschen Volksliste«, meinte Binz. Die deutsche Volksliste teilte die Polen in vier Kategorien ein. Gruppe drei bestand aus Personen hauptsächlich deutscher Abstammung, die polonisiert worden waren.

»Viel deutscher kann man nicht sein«, stellte ich fest.

»Wenn Sie das sagen, Frau Doktor.«

Ich lächelte. »Wenn ein Huhn im Schweinestall ein Ei legt, wird aus dem Küken auch kein Ferkel.«

»Nein, Frau Doktor.«

Ich stellte mich hinter die Gefangene und beobachtete, wie sie Binz' Kinn zu Ende schattierte. Das Porträt war beeindruckend. Es fing Binz' Kraft, ihre komplexe Persönlichkeit und ihre Gesichtszüge ein.

»Das Porträt schenke ich Edmund zum Geburtstag«, verkündete Binz. »Eigentlich wollte ich einen Akt, aber darin ist sie nicht so gut.«

Halina errötete leicht, wandte den Blick jedoch nicht vom Zeichenblock ab.

»Sie könnten auch ein Porträt in Auftrag geben, Fräulein Doktor«, schlug Binz vor. »Ihre Mutter würde sich freuen.«

Würde Mutti ein Porträt von mir zu schätzen wissen, nun da Vater tot und sie mit ihrem neuen Leben beschäftigt war?

Binz lächelte. »Es wird sie nur ein paar Stücke Brot kosten.«

Die Gefangene legte den Bleistift weg.

»Ich sollte jetzt zum Appell gehen.«

»Halina, ich regle das mit deinem Kapo«, sagte Binz. »Setzen Sie sich, Fräulein Doktor. Was haben Sie heute noch vor?«

Binz umrundete die Gefangene, um das fertige Bild zu begutachten, und klatschte in die Hände wie ein begeistertes Kind.

»Das schenke ich Edmund gleich heute Abend. Vergiss nicht, das Licht auszumachen, Halina. Ich richte deinem Kapo aus, dass du um neun da bist. Für das hier schicke ich dir morgen einen Laib Weißbrot.«

Ich übernahm Binz' Platz auf dem Hocker. Halina schlug ein neues Blatt Papier auf, begann zu zeichnen und warf hin und wieder einen Blick auf mich.

»Warum bist du hier?«, erkundigte ich mich.

»Ich weiß nicht, Frau Doktor.«

»Wie kannst du das nicht wissen? Du wurdest festgenommen.«

»Meine Töchter wurden festgenommen, ich wollte es verhindern.«

»Weshalb wurden sie festgenommen?«

»Ich weiß es nicht.«

Vermutlich Untergrund.

»Was haben Sie gemacht, wenn Sie in Osnabrück waren?«

»Wir haben meine Großeltern in ihrem Landhaus besucht«, antwortete die Gefangene in makellosem Deutsch. »Mein Großvater war Richter. Meine Großmutter war Judi Schneider.«

»Die Malerin? Der Führer sammelt ihre Bilder.« Die Gefangene besaß das gleiche Talent, das der Führer so bei ihrer Großmutter bewunderte. »Und wo in Polen kommst du her?«

»Lublin, Frau Doktor.«

»Da gibt es eine sehr angesehene medizinische Fakultät.«

»Ja, ich habe dort meine Schwesternausbildung abgeschlossen.«

»Du bist Krankenschwester?« Wie nett wäre es, sich mit einer kultivierten und klugen Frau über Medizin zu unterhalten.

»Ja. War ich. Davor habe ich Kinderbücher illustriert.«

»Wir könnten dich auf dem Revier gebrauchen.«

»Ich habe seit zehn Jahren nicht mehr als Krankenschwester gearbeitet, Frau Doktor.«

»Unsinn. Ich werde Binz anweisen, dich sofort dort einzusetzen. In welcher Baracke wohnst du?«

»Zweiunddreißig, Frau Doktor.«

»Ab jetzt gehörst du zur Lagerprominenz und ziehst in Baracke eins.«

»Bitte, ich würde lieber bleiben.«

»Die Gefangenen, die im Revier arbeiten, wohnen in Baracke eins. Du wirst nicht nur Gefangene, sondern auch die SS-Männer und ihre Familien behandeln. In Baracke eins gibt es saubere Bettwäsche und keine einzige Laus.«

»Ja, Frau Doktor. Darf ich meine Töchter mitbringen?«

Das fragte sie so beiläufig, als wäre ihr die Antwort nicht wichtig. Natürlich war das unmöglich. Baracke 1 war den Arbeiterinnen der Klasse I vorbehalten.

»Später vielleicht. Das Essen ist frisch, und du bekommst die doppelte Ration.« Ich verschwieg ihr, dass die Speisen in den Elitebaracken nicht das Medikament enthielten, das der gewöhnlichen Suppe beigegeben wurde, um den Sexualtrieb der Gefangenen und ihre Periode zu unterdrücken.

Nach zwei weiteren Sitzungen vollendete Halina mein Porträt, bedeckte es mit durchscheinendem weißen Papier und hinterließ es in meinem Büro. Als ich das Papier anhob, war ich freudig überrascht. Die Detailtreue war erstaunlich. Noch nie hatte mich jemand so ausgezeichnet getroffen. Zu sehen war eine Ärztin im Dienst des Reiches, im Kittel, durchsetzungsfähig und konzentriert. Mutti würde es rahmen lassen.

Es dauerte einige Tage, Halina von der Buchbinderei ins Revier versetzen zu lassen. Da die Krankenstation offiziell nicht von der SS betrieben wurde, sondern nur eine Unterabteilung war, nahmen die Formalitäten zusätzliche Zeit in Anspruch.

Die dickliche Schwester Marschall mit ihrem Nussknackerkinn war die Einzige, die sich nicht über diese Veränderung freute. An dem Tag, da wir sie von ihrem Platz am Empfang des Reviers entfernten und durch Halina ersetzten, trampelte sie in mein Büro, wo sie herumkreischte wie eine Gans. Ich gab Schwester Marschall ein ausgezeichnetes Büro im hinteren Teil des Gebäudes, einen ehemaligen Lagerraum.

Sobald Halina das Kommando übernommen hatte, besserten sich die Zustände im Revier. Die Patienten mochten ihre zupackende Art, zweifellos Ergebnis ihrer deutschen Abstammung. Schon nach dem ersten Tag waren die meisten Betten leer und die Arbeitsscheuen wieder bei der Arbeit. Außerdem war das gesamte Gebäude desinfiziert worden. Man brauchte Halina nicht über die Schulter zu schauen; ihre Entscheidungsfähigkeit reichte beinahe an meine eigene heran. So hatte ich Zeit, den Rückstau an Bürokratie aufzuarbeiten. Endlich hatte ich eine Kollegin, auf die ich mich verlassen konnte. Der Kommandant würde die Verbesserungen sicher bald bemerken.

Später im Monat hatte Binz einen Einfall, den sie für genial hielt.

Seit Wochen schon planten die männlichen Mitarbeiter eine Reise nach Berlin. Sie sollte terminlich mit Kommandant Koegels Abwesenheit zusammentreffen, der in Bonn weilen sollte. Es würde eine »Sondermission« werden, von der Binz glaubte, dass sie geheim sei. Allerdings waren die Mitarbeiterinnen sehr wohl über die Einzelheiten im Bilde, und zwar dank einer von Binz' Aufseherinnen, die regelmäßig mit den männlichen Wachen schlief. Die Reise sollte in den Salon Kitty führen, ein hochpreisiges Bordell in einem teuren Viertel von Berlin. Fritz, der seine Mutter in Köln besuchte, hatte sich vor dieser Exkursion drücken können, doch alle anderen männlichen Mitarbeiter stiegen in die Busse und verließen das Lager. Sie sahen aus wie unartige Schuljungen auf einem Ausflug.

Deshalb blieben nur die folgenden Personen zurück,

um das Lager zu führen: Binz und ihre Aufseherinnen, drei ältere SS-Leute, die die Wachtürme bemannten, ein bedauernswerter Torwächter, der eine Niete gezogen hatte und nicht mitfahren durfte, und ich.

»Hoffentlich gibt es keinen Fluchtversuch, während Sie weg sind«, sagte ich zu Adolf Winkelmann, als dieser sich zur Abfahrt anschickte.

»Es wurde alles genehmigt, Frau Dr. Oberheuser. Sie sind heute Nacht die befehlshabende Offizierin. Vorsichtshalber wurde eine zusätzliche Postenkette eingesetzt.« Ich war froh über die Verstärkung auf den Türmen. Die Männer waren alle ausgezeichnete Schützen, durften jedoch ihre Posten nicht verlassen.

Winkelmann trottete zum Bus, wo einige unserer geschätzten Kollegen sich bereits aus den Fenstern lehnten und drohten, ihn zurückzulassen.

Während sie weg waren, schlug Binz eine Feier in einem der Aufseherinnenhäuser vor, einem gemütlichen berghüttenähnlichen Haus am Ende des Mitarbeiterbereichs direkt außerhalb der Lagermauern. Es sollten Trinkspiele und Kartenturniere stattfinden, auch Tanz war geplant. Binz beauftragte sogar einige polnische Gefangene damit, aus scharlachrotem Seidenpapier etliche Scherenschnitte anzufertigen, und drapierte sie wie Girlanden im ganzen Haus.

Ich beschloss, auf diese Feier zu verzichten und mit Halina in meinem Büro einige Arbeiten zu erledigen. Das fiel mir nicht weiter schwer, da ich zum ersten Mal im Lager eine intelligente Freundin gefunden hatte, eine Frau, deren Gesellschaft ich genoss, anstelle von Binz, die nur schmutzige Geschichten erzählte. Halina hatte nicht nur das Revier auf Vordermann gebracht und die Anzahl der

Patienten, die behandelt werden wollten, um drei Viertel reduziert. Nein, sie kümmerte sich außerdem in der Buchbinderei um wichtige Projekte für den Kommandanten. Sie zeigte mir die Bücher, die sie für Himmler selbst zusammenstellte. Es handelte sich um Statistiken, die die Gewinnung von Angorakaninchenfell in jedem Lager betrafen, komplett mit detailgetreuen Fotos. Ravensbrück gehörte zu den besten Fellproduzenten und besaß doppelt so viele Käfige wie Dachau. Halina band die Bücher mit der Hand und bezog jeden Einband mit weichem Angorastoff.

»Sie haben so viel Papierkram um die Ohren, Frau Doktor«, sagte Halina. »Wie kann ich Ihnen helfen?«

Wie schnell sie mit meinem Lieblingssatz bei der Hand war. Was für ein Vergnügen, Zeit mit einer tüchtigen Gefangenen zu verbringen, die sich nicht vor mir *fürchtete.* Halina hatte nicht den Blick eines gejagten Tiers und strahlte nicht die ansteckende Angst aus, die dafür sorgte, dass ich die Wolken am Himmel oder die Käfer auf dem Hof betrachtete, um diese Frauen nicht ansehen zu müssen.

»Du könntest die Kuverts adressieren«, erwiderte ich. »Ich stecke die Karten hinein.«

Wir schickten Beileidskarten, auch Trostkarten genannt, an die Familien der Gefangenen, die aus den unterschiedlichsten Gründen im Lager ums Leben gekommen waren. Diejenigen, die zur Sonderbehandlung ausgewählt und ausgemerzt worden waren; die, die man auf der Flucht erschossen hatte. Die, die eines natürlichen Todes gestorben waren. In meiner schauderhaften Ärztehandschrift schrieb ich auf die Karten: »Die Leiche kann aus hygienischen Gründen nicht gesichtet werden«, nur für den Fall, dass die Familie die Tote sehen wollte. Das Prozedere war eine Farce und verlängerte meine vollgepackte Arbeitswoche um mindestens zehn Stunden. Doch der Kommandant bestand darauf, um den Schein zu wahren. Halina adressierte die Kuverts, wann immer sie eine freie Minute hatte, bis ihr Stapel um einiges höher war als der meiner ausgefüllten Karten.

»Es muss schwer für eine Familie sein, einen solchen Brief zu erhalten«, sagte Halina und adressierte in ihrer geschwungenen Handschrift ein Kuvert. Hatte sie Tränen in den Augen?

Der Beileidskarte lag ein amtliches Formular bei, damit die Familie die Asche der Gefangenen anfordern konnte. Wenn dem Antrag stattgegeben wurde, verschickten wir zwei Kilo vermischte Asche pro Gefangener in einem Blechbehälter. Zum Glück war ich nicht auch noch dafür zuständig.

»Wir könnten eine Pause machen«, schlug ich vor.

Halina richtete sich gerade auf. »Oh, nein, Frau Doktor. Alles in Ordnung. Allerdings möchte ich Sie um einen Gefallen bitten. Bitte sagen Sie mir, ob ...«

»Ja? Nur zu.« Halina war mir eine große Hilfe. War ich es ihr da nicht schuldig, mir ihr Anliegen wenigstens anzuhören?

Sie zog einen Brief aus der Tasche. »Ich habe mich gefragt, ob Sie den abschicken könnten. Nur ein Brief an einen Freund.« Offenbar war er auf Lagerbriefpapier geschrieben.

»Das kannst du selbst tun. Es ist erlaubt.«

Halina legte die Hand auf den Ärmel meines Arztkittels. Sie hatte sich ein Stück blaues Garn um den Ringfinger gebunden. »Aber die Zensoren verstümmeln die Briefe und schwärzen sogar die Bemerkungen über das Wetter oder die Verdauung.«

Ich nahm den Brief. Er war an Herrn Lennart Fleischer in Lublin adressiert.

Was konnte es schon schaden, diesen Brief abzuschicken? Schließlich war Halina eine wichtige Stütze des Reiches. Allerdings war die Sache ziemlich gefährlich. Wenn ich erwischt würde, würde ich schwer bestraft werden. Nur mit einer guten Portion Glück würde ich mit einer Abmahnung davonkommen.

»Ich überlege es mir«, erwiderte ich und verstaute den Brief in meiner Schreibtischschublade.

Halina beugte den Kopf wieder über ihre Arbeit.

»Danke, Frau Doktor.«

In meinem Büro im Revier konnte ich die Musik und das Gelächter hören, das von Binz' Betriebsfeier am anderen Ende des Mitarbeiterbereichs vom Waldrand herüberhallte. Es wurmte mich, dass fast alle Männer das Lager verlassen mussten, damit ich Ranghöchste war.

Eine knappe Stunde später – Halina und ich waren gut vorangekommen – ertönte ein lauter Knall, der den Boden erbeben ließ. Halina und ich sahen einander nur an und arbeiteten weiter. Die Fehlzündung eines Autos? Im Lager war Lärm nicht ungewöhnlich, und die Geräusche wurden vom See oft noch verstärkt.

Nach einigen Sekunden fingen Binz und einige andere an, uns von der Feier aus zu rufen.

»Dr. Oberheuser, komm sofort her! Irma ist verletzt.«

Halina und ich starrten einander an.

In solchen Situationen übernimmt der Instinkt einer medizinischen Fachkraft das Kommando. Halina rannte los, ich folgte ihr auf den Fersen. Am Haupttor hörte ich, dass in dem Haus am Wald aus voller Kehle geschrien wurde.

»Öffnen Sie das Tor«, befahl ich dem Wachmann.

»Aber …« Sein Blick wanderte zu Halina. Gefangene durften das Lager nur in Begleitung einer Aufseherin verlassen.

»Los. Sie wissen, dass ich Ihre Vorgesetzte bin.« Warum wurde der Stimme einer Frau nicht der Respekt gezollt, den sie verdiente?

Nach ein wenig Herumgedruckse machte der Wachmann das Tor auf.

Halina zögerte.

»Komm«, sagte ich. Ich brauchte eine Assistentin, aber würde man mich dafür bestrafen?

Halina hastete mit mir zum Haus. Das Klappern ihrer Holzpantoffeln klang gedämpft, als wir von der kopfsteingepflasterten Straße über die weichen Nadeln ein Stück in den Wald hinein eilten. Dank des Vollmonds konnten wir das Haus am Rand des Tannenhains sehen. Drinnen brannte kein Licht.

Binz rannte uns entgegen. »Die Küche ist eingestürzt. Irma liegt am Boden«, rief sie.

Irma Grese war eine von Binz' besten Schülerinnen. Einige meinten, ihre Strafen fielen sogar strenger aus als die von Binz selbst. Was würde der Kommandant sagen?

Halina und ich liefen, gefolgt von Binz, zum Haus. »Herrgott, Binz, wie konnte das passieren?«, fragte ich.

»Der Gasherd. Sie hat ihre Zigarette daran angezündet, und das verdammte Ding ist in die Luft geflogen. Ich habe sie gewarnt …«

Halina und ich betraten das Haus und fanden Irma bewusstlos auf dem Wohnzimmerfußboden. Infolge der Explosion waren auch die Stromleitungen durchgeschmort, und im Raum roch es nach Gas. Die Küchenwand hinter dem Herd war weggesprengt worden. Über dem Herd baumelte ein verbogenes Metallstück und gab ein seltsam menschlich klingendes Ächzen von sich. Der Wandkalender hing schief.

Halina und ich knieten uns neben Irma. Trotz der Dunkelheit konnte ich feststellen, dass sie zu schnell atmete. Schock. Ihr Kleid war an der Schulter von Blut durchtränkt.

»Jemand soll eine Decke holen«, sagte ich.

»Und eine Kerze«, fügte Binz hinzu.

»Es ist noch Gas in der Luft«, widersprach Halina. »Besorgen Sie eine batteriebetriebene Taschenlampe. Eine möglichst starke.«

Binz erstarrte kurz. Anweisungen von einer Gefangenen entgegennehmen?

»Eine Taschenlampe«, rief sie dann, über die Schulter gewandt.

Ich versuchte, auf Irmas Schulterwunde zu drücken, doch ich konnte in der Dunkelheit kaum etwas sehen. Allerdings war der metallische Geruch menschlichen Blutes unverkennbar. Ich spürte, dass der Teppich innerhalb von Sekunden nass wurde und sich in eine klebrige Pfütze verwandelte.

»Wir müssen sie ins Revier bringen«, meinte ich.

»Das schafft sie nicht«, entgegnete Halina. »Wir müssen sie hier versorgen.«

War sie übergeschnappt? »Wir haben nichts ...«

Binz' Aufseherinnen umringten uns stumm. Halina zögerte. Widerstrebte es ihr, einer Aufseherin das Leben zu retten? Dann beugte sie sich vor und riss Irmas Kleiderärmel ab.

Binz wollte sich auf Halina stürzen. »Was macht sie da?«

Ich hielt Binz zurück.

»Sie legt die Wunde frei«, erklärte ich.

Auf diese Weise kamen wir nicht nur an die Wunde heran, sondern erkannten auch die Ursache der Blutung. Als eines von Binz' Mädchen eine Taschenlampe brachte, sahen wir das Ausmaß des Schadens: Verschiedene Blutergüsse, Verbrennungen zweiten Grades, Zyanose – also feuchtkalte bläuliche Haut, ein Symptom des Schocks. Das drängendste Problem war die Ursache des Blutverlusts, eine Schnittwunde von der Größe eines Spielkartensatzes an ihrem Oberarm, die wahrscheinlich von einem Eisenschrapnell verursacht worden war. Als ich den Finger auf Irmas Handgelenk legte, spürte ich kaum einen Puls. Solche Verletzungen waren tatsächlich lebensgefährlich.

Halina zog sich den Uniformkittel über den Kopf, sodass sie nur in ihrer grauen Unterhose und den Holzpantoffeln in der kalten Nacht stand. Sie trat die Pantoffeln beiseite und fing an, ihre Uniform in etwa sechs Zentimeter breite Streifen zu zerreißen. Es war schwierig, die Entschlossenheit nicht zu bewundern, mit der Halina sich nun an die Arbeit machte. Von der körperlichen Anstrengung röteten sich ihre Wangen, und ihre Augen funkelten im Licht. Das hier war ihre Berufung.

Bis jetzt war mir gar nicht aufgefallen, wie mager Halina geworden war. Selbst mit den Rationen in Baracke 1 hatte sie stark abgenommen, insbesondere an Hüften und Oberschenkeln. Doch ihre Haut war makellos und cremeweiß, die Farbe von frischer Milch. Sie strahlte förmlich im Dämmerlicht.

»Wir müssen sie ins Revier bringen«, sagte Binz.

Ich half Halina, Baumwollstreifen abzureißen. Sie wickelte die Stoffstreifen sechs Zentimeter oberhalb der Wunde um den Arm und verschloss sie mit einem perfekten Überhandknoten.

»Erst abbinden«, antwortete ich Binz.

Ich ging zum Wandkalender und zog das Holzstäbchen heraus. Dann reichte ich es Halina, die zwei Stoffstreifen daran band, um eine Torsion vorzunehmen. Ich unterstützte sie dabei, das Stäbchen so lange herumzudrehen, bis der Stoff festsaß und die Blutung gestillt war.

Bald war die Patientin wieder ansprechbar. Aus einer Decke bastelten wir eine Trage. Vier Aufseherinnen legten Irma darauf und hasteten mit ihr zum Lager. Ich befahl einer Aufseherin, eine Decke zu holen, die ich Halina um die Schultern schlang, denn sie zitterte nach der Anstrengung.

Halina und ich folgten Binz und ihren Mädchen aus dem Haus, während Irma zum Lager transportiert wurde. Ich dachte bereits über die Weiterbehandlung nach. Zuerst eine Infusion ...

Halina blieb in der Dunkelheit stehen. Was tat sie da?

»Was ist?«, fragte ich.

Stand sie auch unter Schock?

»Halina, es gibt viel zu tun.«

Und da fiel es mir wie Schuppen von den Augen: Sie überlegte, ob sie fliehen sollte! War das möglich? Eine Gefangene würde, nur mit einer Decke und einer Unterhose bekleidet, nicht weit kommen. Bis jetzt hatte es in Ravensbrück lediglich drei Fluchtversuche gegeben, von denen zwei für die Gefangenen ein böses Ende genommen hatten. Sie wurden ins Lager zurückgebracht, mussten Schilder mit der Aufschrift HURRA, HURRA, ICH BIN WIEDER DA! um den Hals tragen, wurden gefoltert und schließlich an der Mauer erschossen.

Das hatte mir gerade noch gefehlt. Eine Flucht, während ich das Kommando führte.

»Komm mit«, sagte ich.

Halina stand reglos da. Ihr blondes Haar leuchtete im Mondlicht, ihr Gesicht lag im Schatten. In der Stille hörte ich, wie Wasser ans Seeufer schwappte.

»Sofort«, drängte ich. »Die Patientin muss weiter versorgt werden.«

Halina verharrte beinahe reglos in der Dunkelheit.

Ein Lichtstrahl vom Turm strich über den Hof bis hinüber zum See. Sie suchten uns.

»Du hast dem Reich heute Abend einen großen Dienst erwiesen, Halina. Dafür wirst du belohnt werden. Da bin ich mir sicher. Komm jetzt.«

Die Hunde im Zwinger bellten. Wie lange würde es dauern, bis wir als vermisst gemeldet und die Tiere losgelassen würden?

Halina bewegte sich noch immer nicht. Beobachteten die Wachen uns vom Turm aus?

Sie seufzte tief auf. Eine Atemwolke stieg im Mondlicht empor wie ein Gespenst.

»Ich wollte mir nur das Lager von hier aus anschauen«, erwiderte sie träumerisch.

Warum hatte ich ihr erlaubt, durch das Tor zu gehen?

Noch einmal holte Halina Luft. »Es ist so lange her, dass ich frische Luft geatmet habe. Der See. Er ist so …«

»Beeil dich«, befahl ich.

Langsam folgte sie mir zum Revier. Ihre Pantoffeln klapperten laut auf der Straße, mein Kittel war schweißnass.

Erst als sich das Tor hinter uns schloss, gestattete ich mir, richtig durchzuatmen.

Die Ereignisse des Abends sprachen sich am nächsten Tag rasch herum. Sobald der Kommandant wieder da und die Männer von ihrem Bordellausflug zurückgekehrt waren, teilte der Kommandant mir persönlich mit, wie sehr er meine Geistesgegenwart zu schätzen wisse. Er werde Himmler schreiben und ihm von meinen Fähigkeiten und meinem Mut berichten, denn schließlich hätte ich eine der besten Mitarbeiterinnen des Reichs gerettet. Das ganze Lager bejubelte mich, mit Ausnahme von Schwester Marschall, die verbissen und neidisch zu diesem Thema schwieg, zumal eine Polin mir geholfen hatte.

Später in jener Woche saßen Halina und ich nebeneinander an meinem Schreibtisch und waren mit einigen Papieren beschäftigt. Inzwischen mussten wir kaum noch sprechen, so gut kannten wir unsere Arbeitsabläufe und Handgriffe im Büro. Ihr Kapo hatte ihr erlaubt, auch dann noch zu bleiben, wenn die Lichter bereits gelöscht worden waren. Also wusste ich, dass wir Zeit für einen gemütlichen Abend hatten. Am Vormittag war ich im Bekleidungsgebäude gewesen, auch Beutehaufen genannt, weil dort die in den eroberten Ländern beschlagnahmten Güter aufbewahrt wurden. Kleidung, Silber, Geschirr – all das war ordentlich sortiert, weshalb ich rasch einige nützliche Dinge fand, unter anderem einen warmen Pullover für Halina und ein Grammophon mit einer begrenzten Auswahl an Platten. Ich ließ es von einem grünen Winkel in meinem Büro aufstellen, drehte an der Kurbel und spielte leise Musik.

Ein Bibelmädchen brachte uns Brot und Käse aus der Offiziersmesse, mehr für Halina als für mich, und ich legte eine Platte auf. »Foxtrott aus Warschau«.

»Ich liebe dieses Lied«, sagte Halina.

Ich machte die Musik leiser. Schließlich brauchte nicht das ganze Revier zu wissen, dass ich ein polnisches Lied hörte.

Beim Adressieren der Umschläge wiegte sich Halina langsam zur Musik. »Mit diesem Lied habe ich den Foxtrott gelernt.«

»Kannst du ihn mir beibringen?«, fragte ich. Was konnte es schon schaden? Außer mir beherrschten alle im Lager diesen Tanz. Das Medizinstudium hatte mir für solche Dinge keine Zeit gelassen.

Halina schüttelte den Kopf. »Oh, ich glaube nicht ...«

Ich erhob mich. »Ich bestehe darauf.«

Halina stand langsam auf. »Frau Doktor, ich bin keine sehr gute Lehrerin.«

Ich lächelte. »Schnell, bevor das Lied vorbei ist.«

Sie legte mir eine Hand auf den Rücken und griff nach der anderen.

»Oben halten«, meinte Halina. »Wie bei allen anderen Standardtänzen.«

Im Rhythmus der Musik machten wir zwei Schritte vorwärts und einen zur Seite. Halina hatte ihr Licht unter den Scheffel gestellt. Sie war eine ausgezeichnete Lehrerin.

»Langsam, langsam, schnell, schnell. Verstehen Sie?«

Der Tanz war nicht schwierig. Ich lernte ihn sofort. Halina wirbelte mich in dem kleinen Büro herum. Wir waren völlig im Gleichtakt. Bald lachten wir darüber, wie gut wir schon tanzten. Seit meiner Ankunft im Lager hatte ich nicht mehr so gelacht.

Atemlos blieben wir stehen. Ich strich Halina eine Locke aus der Stirn.

Halina drehte sich um, und ich spürte, wie sie erstarrte. Als ich mich ebenfalls umwandte, sah ich Schwester Marschall mit einem Materialbestellformular in der Hand in der Tür stehen. Wir hatten beide nicht gehört, wie die Tür aufgegangen war.

Erschrocken schnappte ich nach Luft. »Was gibt es, Marschall?«

Halina nahm die Nadel von der Platte.

»Ich habe hier eine Materialbestellung«, erwiderte Marschall. »Eigentlich wollte ich sie Ihnen auf den Schreibtisch legen, aber wie ich sehe, sind Sie beschäftigt.« Sie warf Halina einen giftigen Blick zu. »Außerdem haben Sie den Medikamentenschrank offen gelassen.«

»Ich kümmere mich darum. Falls Sie nichts dagegen haben – ich habe zu tun.«

Schwester Marschall reichte mir das Formular und ging, allerdings nicht, ohne Halina noch einmal durchdringend anzusehen.

Sobald Marschall fort war – sie schloss die Tür ebenso lautlos, wie sie sie geöffnet hatte – starrten Halina und ich einander an. Etwas nicht Greifbares und Gefährliches war freigesetzt worden, und es würde nicht von selbst wieder verschwinden.

»Sie hätte anklopfen müssen«, sagte ich.

Halina sah mich an. Sie war kreidebleich geworden. »Sie scheint unzufrieden zu sein, Frau Doktor.«

»Bellende Hunde beißen nicht«, antwortete ich achselzuckend. »Diese Frau ist zu nichts zu gebrauchen.«

Wenn ich nur geahnt hätte, wie hoch der Preis dafür wäre, Schwester Marschall zu unterschätzen.

Kapitel 15

CAROLINE

1941

Ich umklammerte die herausgezogene Schublade meines Aktenschranks. »Was ist los, Roger?«

»Ich habe es eben erst erfahren. Man hat Pauls und Renas Namen auf einer Liste der Verhafteten entdeckt.«

Paul verhaftet?

»Danke, dass Sie es mir nicht in Pias Anwesenheit gesagt haben.« Obwohl ich die Tränen zurückhielt, verschwammen die Aktenmappen vor meinen Augen. »Haben Sie etwas von Renas Vater gehört? Er hat bei den beiden in Rouen gewohnt.«

»Noch nicht. Ich lese stündliche die Berichte. Wir werden natürlich alles unternehmen, um sie aufzuspüren.«

»Aber zumindest leben sie noch, oder? Weshalb wurden Sie denn verhaftet?«

»Wenn ich das wüsste. Unsere Informationen aus London sind lückenhaft. Es werden auch keine Ziele genannt. Und da wäre noch etwas, Caroline. Drei Millionen deutscher Soldaten marschieren gerade in Russland ein.«

»Was ist mit dem Nichtangriffspakt?« Obwohl Hitler

ein verlogener Wahnsinniger war, fühlte sich jede Bestätigung dieser Tatsache an wie eine neuerliche Ohrfeige.

»Hitler hat den Pakt ignoriert, Caroline. Der Bär ist gar nicht glücklich.«

Roger nannte die Sowjets gern den Bären. Ich fand, der Spitzname passte.

»Hitler nimmt sich, was er will. Das klingt für uns gar nicht gut.«

Das brauchte er nicht eigens auszusprechen. Bald würde Hitler die halbe Welt gehören. Wäre England sein nächstes Opfer?

»Das alles tut mir sehr leid, Caroline.«

Roger wirkte aufrichtig bedrückt. Vielleicht bereute er, sich nicht mehr für Rena eingesetzt zu haben.

Den restlichen Tag brachte ich kaum etwas zustande. Die vielen Wenns lähmten mich.

Was, wenn Paul in New York geblieben wäre, wo er in Sicherheit gewesen war? Was, wenn ich Roger vehementer gedrängt hätte, Rena ein Visum zu besorgen?

Mein Tag wurde dadurch verkompliziert, dass ich einen Anruf bekam und man mir mitteilte, Betty Merchant habe ein dreieinhalb Kilo schweres Baby zur Welt gebracht, das nach ihrem Vater Walter heißen sollte. Obwohl viel zu tun war, stahl ich mich in der Mittagspause davon, um sie im Krankenhaus zu besuchen. Ich wollte das Baby unbedingt sehen, obwohl ich meinen Neid bereits mit einigen Marmeladendonuts hatte herunterschlucken müssen. Ich hoffte, ein wenig frische Luft werde mit guttun. Außerdem könnte ich mit Betty vielleicht über meine Sorge um Paul sprechen.

Auf dem Weg ins Krankenhaus kaufte ich Papageientulpen, die Betty liebte. In ihrer Zimmerflucht im St Luke's sah es aus wie in den Whirlaway Stables beim Kentucky Derby. Es wimmelte von gewaltigen Blumensträußen und Hufeisen aus Rosen, und da waren auch Nelken auf einer Staffelei mit einer Schärpe darum, auf der HERZLICHEN GLÜCKWUNSCH! stand. In einer Vase ließen zwei Dutzend babyblau gefärbte Rosen beschämt die Köpfe hängen.

»Danke für die Tulpen, Caroline«, sagte Betty. Auf Daunenkissen gestützt lag sie im Krankenhausbett und sah in ihrem Bettjäckchen aus rosafarbenem Satin mit passendem Turban einfach reizend aus. »Du weißt immer, was mir gefällt.«

Eine Schwester kam mit dem Baby herein. Ihre Kreppsohlen machten auf dem Fliesenboden kein Geräusch. Der Anblick des Babys ließ meine missliche Lage in den Hintergrund treten.

»Du kannst ihn ruhig halten«, meinte Betty mit einer Handbewegung in unsere Richtung. Das dick eingewickelte Baby kuschelte sich warm an mich. Seine Fäuste waren geballt, sein Gesicht war geschwollen wie bei einem Preisboxer. Der kleine Walter würde ein Kämpfer werden müssen, um seine Eltern zu überleben, die sich am besten vertrugen, wenn sie sich in verschiedenen Zeitzonen aufhielten.

»Ich weiß, es klingt undankbar, Caroline, aber ich bin nicht bereit für ein Baby«, sagte Betty und tupfte sich mit einem Taschentuch den Augenwinkel ab.

»Wie kannst du das behaupten, Liebes?«

»Ich habe Phil erklärt, dass ich nicht so bald ein Kind möchte, aber er wollte nicht hören. Und das nach allem, was ich für ihn getan habe. Für diesen Mann habe ich Golfschuhe getragen.«

»Du wirst eine wundervolle Mutter sein.«

»Der Service hier ist ausgezeichnet, Caroline«, meinte Betty, deren Stimmung sich ein wenig aufhellte. »Besser als im Plaza, das kannst du mir glauben. Ständig haben sie mir das Baby gebracht, bis ich ihnen sagen musste, dass sie es im Säuglingszimmer behalten sollen. Schließlich ist die Kinderpflege *ihr* Spezialgebiet.«

»Ein wunderschönes Baby«, sagte ich.

Ich streichelte seine Hand, die so weich war wie ein Blütenblatt.

Walter räkelte sich in meinen Armen. Seine Augenlider flatterten in einem Babytraum. Ich spürte den vertrauten Schmerz; wieder stiegen mir Tränen in die Augen. Nicht jetzt.

»Jetzt müssen wir nur dir noch einen Ehemann und ein Baby beschaffen, Caroline. In dieser Reihenfolge.«

»Das Thema ist für mich abgehakt«, erwiderte ich.

»Hast du etwa schon angefangen, dir die Unterwäsche deiner Mutter zu leihen? Nein, oder? Dann ist es noch nicht zu spät für dich.«

Die Schwester erschien und holte das Baby, als hätte Betty einen Knopf gedrückt, um das Hausmädchen herbeizurufen. Ich hielt den Kleinen bis zur letzten Sekunde fest, ehe ich ihn der Schwester gab. Als ich ihnen nachblickte, fühlten sich meine Arme kalt und leer an.

»Roger hat mir heute erzählt, dass Paul und Rena verhaftet wurden«, begann ich.

»Oh, nein, Caroline. Das tut mir so leid, Liebes. Weißt du, wohin man sie gebracht hat?«

Mit vor der Brust verschränkten Armen, trat ich ans Fenster.

»Das weiß niemand. Wahrscheinlich in ein Pariser Gefängnis oder in irgendein Übergangslager. Ich bin völlig ratlos.«

Draußen im Park versuchte ein Junge, einen Drachen steigen zu lassen. Doch das hintere Ende holperte über den Boden und weigerte sich abzuheben. Der Schwanz ist zu schwer, dachte ich. Mach einfach den Schwanz ab.

»Das muss schrecklich für dich sein, Schatz«, fügte Betty hinzu.

»Ich kann mich nicht auf die Arbeit konzentrieren.«

»Wenn ich entlassen werde, veranstalte ich eine Hawaii-Party. Hilf mir, sie zu organisieren. Du könntest auch meine Bridgepartnerin bei der Party der Vanderbilts sein. Eigentlich spiele ich ja mit Pru, aber sie hat sicher nichts dagegen, dir ihren Platz abzutreten.«

»Ich kann jetzt nicht an Partys denken, Betty. Ich muss rauskriegen, wohin sie Paul verschleppt haben.«

»Lass es, Caroline. So entsetzlich und traurig das alles auch sein mag, du wirst mit Paul Rodierre nie ein normales Leben führen.«

»Wer bestimmt, was normal ist?«

»Warum musst du es dir immer so schwer machen? Du und David hättet ...«

»David hat sich von *mir* getrennt.«

»Er hätte dich geheiratet, wenn du öfter zu Hause gewesen wärst. Ein Tourneetheater ist nicht förderlich für eine Beziehung. Ein Mann will im Mittelpunkt deines Lebens stehen. Da du jetzt häuslicher geworden bist, solltest du so schnell wie möglich heiraten und Kinder bekommen. Du weißt ja, dass die Eizellen einer Frau gezählt sind.«

Allein die Vorstellung, dass in mir zerbrechliche und mikroskopisch kleine Eier heranreiften, ließ mich zusammenzucken.

»Das ist lächerlich, Betty.«

»Erzähl das deinen Eierstöcken. In New York wimmelt es von Junggesellen, und du jagst einem Mann nach, der in einem französischen Gefängnis sitzt.«

»Ich muss wieder zur Arbeit. Würde ein wenig Mitgefühl dich umbringen? Es geht immerhin um Menschenleben.«

»Tut mir leid, wenn dir das nicht gefällt, aber er gehört nicht unbedingt zu unseren Kreisen, Liebes.«

»*Unseren* Kreisen? Mein Vater hat sich zumindest selbst hochgearbeitet.«

»Nachdem seine Eltern ihn nach *St Paul's* geschickt haben.«

»Mit allem Respekt für deinen Bruder, aber es schadet dem Charakter, wenn man von seinen Eltern zu sehr verwöhnt wird.«

»Und das von einer Frau, die, bis sie sechzehn war, von Dienstmädchen eingekleidet wurde. Ach, lass uns die Dinge doch praktisch betrachten, Caroline. Es ist noch nicht zu spät ...«

»Zu spät wofür? Um meinen guten Ruf zu retten? Um einen Mann zu heiraten, den ich nicht leiden kann, damit ich jemanden habe, der mit mir auf Hawaii-Partys geht? Du magst Mann und Kind haben, Betty, aber ich will glücklich sein.«

Betty zupfte am Satinsaum ihrer Decke. »Gut, aber heul mir nichts vor, wenn es ein böses Ende nimmt.«

Ich drehte mich um und ging. Dabei fragte ich mich, wie ich nur eine Freundin haben konnte, der mein wahres Glück keinen Pfifferling wert war. Ich brauchte Betty nicht. Ich hatte Mutter, dass musste für den Moment genügen.

Niemals im Leben würde ich Paul aufgeben.

Später in derselben Woche teilte Roger mir mit, das Konsulat könne mich bei den Hilfspaketen, die ich nach Frankreich schickte, nicht mehr finanziell unterstützen. Ständig trafen Postkarten und Briefe von französischen Waisenhäusern ein, die mich so unbeschreiblich höflich um Hilfe anflehten. Wie konnte ich die alle abweisen? Mutter um einen Teil ihres Haushaltsgelds zu bitten wagte ich nicht. Seit Vaters Tod musste auch sie sich einschränken. Eine Weile hoffte ich auf ein Wunder, doch dann wurde mir klar, an wen ich mich wenden musste.

Snyder & Goodrich Antiquitäten.

Vor einigen Jahren hatte Mutter angedeutet, wir könnten den Teil unseres Silbers verkaufen, den wir nur selten benutzten, und den Erlös für wohltätige Zwecke spenden. Das wunderte mich nicht, denn sie hatte nicht nur Großmutter Woolseys Silber, sondern auch deren karitative Neigungen geerbt. Da sie unser Vermögen nicht in Feinunzen berechnete, würde sie einige der Austerngabeln, die gefühlt seit dem Bürgerkrieg nicht zum Einsatz gekommen waren, sicher nicht vermissen.

Natürlich würde ich mich nie von den Speisegabeln trennen.

Die Antiquitätenhandlung Snyder & Goodrich befand sich diskret gelegen in Downtown neben einem gut besuchten kleinen Laden, der echt aussehende Toupets führte. Bei Snyder & Goodrich Familienerbstücke zu verkaufen, um einen trunksüchtigen Onkel zu unterstützen oder überfällige Steuern zu bezahlen, veränderte den Menschen. Eine von Bettys Cousinen zweiten Grades, deren Mann wegen Steuerhinterziehung im Gefängnis gelandet war, hatte an dem Tag, an dem ihr Hochzeitsporzellan bei Snyder & Goodrich landete,

Tabletten geschluckt. Sie erholte sich wieder, ihr guter Ruf jedoch nie.

Wer hingegen im Geld erstickte, scherte sich nicht um den schönen Schein. Nach dem Frühjahrsputz wurde ein livrierter Chauffeur oder ein Hausmädchen in Uniform mit Dingen, die man loswerden wollte, zu S&G geschickt. Ein schäbiger Hamadan-Teppich. Fingerschalen aus Limoges.

Mutter beschäftigte in der Stadt keinen Chauffeur, und unsere wenigen verbliebenen Hausmädchen waren in The Hay. Also nahm ich eines Morgens eine Rolle Austerngabeln aus dem Silberschrank in unserer Wohnung, um sie persönlich Mr. Snyder zu überbringen, der sich gewiss über den Anblick von Woolsey-Silber freuen würde.

Als ich in den Laden trat, wehte mich Zigarrenrauch an. Man hatte den Eindruck, dass es hier mehr Glasvitrinen gab als im gesamten Museum of Natural History. Die Wände waren vom Boden bis zur Decke mit ihnen bedeckt. Noch mehr Vitrinen erstreckten sich thekenhoch und eine Körperlänge von der Wand entfernt rings um den Raum. Nach den Fusseln zu urteilen waren sie kürzlich mit Glasrein gesäubert worden. Sie quollen über von nach Kategorien sortierten Gegenständen aus verschiedenen Haushalten. Schwerter in kunstvoll verzierten, mit Bommeln versehenen Scheiden. Münzen, Gemälde und unzählige Gläsergarnituren. Das Sterlingsilber und die versilberten Objekte, natürlich in eigenen Vitrinen, wurden diskret im Hintergrund aufbewahrt.

Ein schlanker Mann weit über sechzig stand an einer der taillenhohen Vitrinen. Er hatte einige Seiten der *New York Times* ausgebreitet und polierte mithilfe von Streichhölzern und Lappen, alle kreisförmig angeordnet, ein silbernes Kaviarservice. Ich konnte die auf dem Kopf stehende Schlagzeile lesen: HITLER BEGINNT RUSSLANDFELDZUG. ARMEE MARSCHIERT VON DER ARKTIS BIS ZUM SCHWARZEN MEER. DAMASKUS GEFALLEN. DIE USA WEISEN RÖMISCHE KONSULN AUS.

Der Mann stellte sich als Mr. Snyder vor, öffnete die Flanellrolle, in der die Austerngabel aufbewahrt wurden, und holte so vorsichtig, als wollte er einem Krokus Safran entnehmen, ein einzelnes Besteckstück heraus. Mit einer Juwelierlupe untersuchte er das Wappen der Familie Woolsey darauf. Ganz sicher wäre Mr. Snyder davon begeistert, weil es, eingeprägt in Sterlingsilber, wirklich beeindruckend war. Zwei filigrane Löwen im Profil hielten den Schild hoch. Darüber befand sich ein nackter Arm mit einem Schienbeinknochen in der Hand, der sich aus dem Helm eines mittelalterlichen Ritters erhob.

Mr. Snyder las die Worte auf dem Banner des Wappens: MANUS HAEC INIMICA TYRANNIS.

»Das ist unser Familienwahlspruch. Er bedeutet: Diese Hand mit dem Schienbein soll sich im Zorn nur gegen den Tyrannen oder die Tyrannei erheben.« Mr. Snyder musste doch einfach froh sein, ein solches historisches Dokument in seinem Laden zu haben.

»Wie hoch ist Ihr bester Preis?«, fragte ich.

»Wir sind hier nicht auf einem Basar, Miss Ferriday. Der Flohmarkt von Clignancourt ist dahinten.« Mit einem von Patina geschwärzten Finger wies er in Richtung Paris.

Mr. Snyder sprach ausgezeichnetes Englisch mit nur dem Hauch eines deutschen Akzents. Obwohl sein Name englisch klang, war er deutscher Abstammung. Vermutlich hatte er sich früher Schneider geschrieben und den Namen aus geschäftlichen Gründen anglisiert. Nach dem Ersten Weltkrieg waren Deutsche zur Zielscheibe amerikanischer Vorurteile geworden. Allerdings hatte sich das Blatt in den Vereinigten Staaten vor Kurzem gewendet, und viele Amerikaner unterstützten die Deutschen. Den Namen Goodrich hatte er offenbar nur angehängt, um dem Laden ein britisches Flair zu geben, denn von einem Mr. Goodrich fehlte jede Spur.

Mr. Snyder betastete die Austerngabel wie ein Blinder ein Gesicht, zupfte an den Enden der Zinken und pustete darauf.

»Die Zinken wurden nie gedehnt. Das ist gut. Der Stempel ist verschwommen. Wurden die Gabeln je in ein Silberbad getaucht?«

»Nie«, erwiderte ich. »Nur Watte und Goddard's Silberpolitur.«

Ich unterdrückte das Bedürfnis, mich mit einem Lächeln einzuschmeicheln. Zumindest bei den Franzosen galt Lächeln als strategischer Fehler und als Zeichen amerikanischer Schwäche.

Mr. Snyder nahm das viereckige Ende eines Streichholzes und ließ es im Stempel kreisen. Seine rosige Kopfhaut, die durch sein schütteres weißes Haar hindurchschimmerte, passte zur Polierpaste auf seinem Lappen.

»Gut«, meinte Mr. Snyder und schwenkte einen Finger vor meiner Nase. »Lassen Sie Silber immer anlaufen und putzen Sie es nur, wenn Sie es brauchen. Die Patina schützt es.«

»Das Silber gehörte meiner Großmutter Eliza Woolsey«, sagte ich und war selbst überrascht, dass ich plötzlich den Tränen nah war.

»Alles hier gehörte einmal irgendjemandes Großmutter. Ich habe seit Jahren keine Zitronen-, Sardinen-, Kirsch- oder Austerngabeln mehr angenommen. Es gibt keinen Markt dafür.«

Für jemanden, der ein Loblied auf Patina sang, war sein eigenes Silber überraschend blitzblank poliert.

»Vielleicht versuche ich es bei Sotheby's«, entgegnete ich.

Mr. Snyder begann, den braunen Stoff zusammenzurollen. »Meinetwegen. Die können keinen Bouillonlöffel von einer Nussschaufel unterscheiden.«

»Das Woolsey-Silber wird in *Die Schätze des Bürgerkriegs* erwähnt.«

Er wies auf die Vitrine hinter sich. »Diese Astor-Punschschale stammt aus der Zeit der französischen Revolution.«

Mr. Snyder wurde zugänglicher, als ich in seine Muttersprache wechselte. Zum ersten Mal war ich froh, dass Vater darauf bestanden hatte, dass ich Deutsch lernte.

»Das Buch erwähnt auch einen Trinkpokal, der meiner Großmutter Woolsey gehört hat«, fuhr ich fort, wobei ich manche Wörter aus den hintersten Nischen meines Gedächtnisses hervorkramen musste.

»Woher können Sie Deutsch?«, erkundigte er sich lächelnd.

»Aus der Schule. Chapin.«

»Ist Ihr Trinkpokal aus Sterlingsilber?«, fragte er auf Deutsch.

»Ja, und aus Gold. Er wurde ihr von der Familie eines jungen Korporals geschenkt, den sie in Gettysburg gepflegt hat. Ohne Eliza wäre er seinen Verletzungen erlegen. Sie haben ihr den Pokal mit einem reizenden Brief geschickt.«

»Gettysburg, eine schreckliche Schlacht. Ist der Pokal graviert?«

»›Für Eliza Woolsey in tiefster Dankbarkeit‹«, antwortete ich. »Vorn ist der Gott Pan mit einem Korb voller goldener Blumen abgebildet.«

»Haben Sie den Begleitbrief noch?«

»Ja. Er schildert die Flucht des Korporals aus den Sümpfen von Chickahominy.«

»Guter Herkunftsnachweis«, stellte Mr Snyder fest.

Ich hätte mich lieber erschießen lassen, als mich von diesem Pokal zu trennen. Aber die Geschichte stimmte Mr. Snyder so milde, dass er mir ein Angebot für die Gabeln machte.

»Vierundfünfzig Dollar, höher kann ich nicht gehen«, sagte er. »Seit der Krise hat sich der Preis für Sterlingsilber nicht mehr erholt.«

Seit dem Schwarzen Donnerstag waren mehr als zehn Jahre vergangen. Unsere Wirtschaft war längst wieder auf dem aufsteigenden Ast. Dennoch brachten manche Leute es noch immer nicht über sich, das Wort Weltwirtschaftskrise auszusprechen.

»Mr. Snyder, wenn Sie sie einschmelzen, könnten Sie fünfundsiebzig Dollar erzielen.«

»Sechzig«, antwortete er.

»Einverstanden«, erwiderte ich.

»Es ist mir ein Vergnügen, mit Ihnen Geschäfte zu machen«, meinte Mr. Snyder. »Die Juden spazieren hier herein, als würden sie mir einen Gefallen tun.«

Ich wich von der Theke zurück.

»Mr. Snyder, falls ich den Eindruck vermittelt haben

sollte, dass ich wie auch immer geartete Schmähungen dulde, tut es mir leid. Ich weiß nicht, wie man diese Dinge in Deutschland handhabt, aber ich verhandle nicht mit Antisemiten.«

Ich rollte das braune Tuch mit meinen Gabeln zusammen.

»Bitte, Miss Ferriday. Ich habe mich im Ton vergriffen. Verzeihen Sie mir.«

»Dieses Land wurde auf den Werten Gleichheit und Gerechtigkeit gegründet, und es wäre gut für Sie, das nicht zu vergessen. Ich glaube nicht, dass es hilfreich für Ihren Laden wäre, wenn die Leute dächten, dass Sie gegenüber bestimmten Bevölkerungsgruppen eine ablehnende Einstellung haben könnten.«

»Das werde ich mir ganz sicher merken«, sagte er und nahm mir sanft die Gabeln aus der Hand. »Bitte akzeptieren Sie meine aufrichtige Entschuldigung.«

»Entschuldigung akzeptiert. Ich bin nicht nachtragend, Mr. Snyder, aber ich stelle hohe Ansprüche an Menschen, mit denen ich Geschäfte betreibe.«

»Das weiß ich zu schätzen, Miss Ferriday, und ich bedauere, dass ich Sie beleidigt habe.«

Ich verließ Snyder & Goodrich mit neuer Zuversicht und genug Geld in der Tasche, um meine Hilfspakete und einen Karton gespendeter Ovaltine abschicken zu können. Manchmal musste man eben einen Pakt mit dem Teufel schließen, um Bedürftigen zu helfen, tröstete ich mich. Ich hatte zwar Geschäfte mit einem Antisemiten gemacht, aber nur im Dienst der Notleidenden.

Dank Mr. Snyder würden fünfzig elternlose französische Kinder erfahren, dass sie nicht vergessen worden waren.

Kapitel 16

KASIA

1941–1942

Wegen meines Ungehorsams gegenüber Irma Grese schickte Binz mich für zwei Wochen in den Bunker. Die Strafbaracke wurde ihrem Ruf gerecht. Einzelhaft in einer dunklen, kalten, nur mit einem Holzhocker möblierten Zelle. Überall Kakerlaken. Ich trauerte um Frau Mikelsky und verbrachte meine Zeit damit, Rachepläne gegen die Deutschen zu schmieden. Die Finsternis in meiner Brust wuchs. In Gedanken malte ich mir die abenteuerlichsten Szenen aus. Ich, wie ich eine Massenflucht anführte. Ich, wie ich Binz mit einem Stuhlbein erschlug. Ich, wie ich chiffrierte Briefe an Papa schrieb, in denen ich die Schuldigen benannte. Ich würde Geduld haben müssen, aber eines Tages würde es so weit sein.

Im folgenden Frühling, an einem Sonntag, besuchte uns Matka, ein Geschenk des Himmels, da wir sie seit ihrer Verlegung in die Elitebaracke kaum noch sahen. Sie überraschte uns kurz vor der Schlafenszeit in unserem Bett, wo Luiza, Zuzanna, Janina und ich uns versammelt hatten, um ein albernes Spiel zu spielen. Wir nannten es

»Was ich auf die Straße der Schönheit mitnehmen würde«. Inzwischen hatte die Straße der Schönheit eine andere Bedeutung erhalten. Bei einer Hinrichtung musste man dort entlang zur Erschießungsmauer gehen. Wenn ein Mädchen Glück hatte, blieb ihr noch Zeit, sich von ihrer Lagerfamilie Haar und Kleider richten zu lassen, damit sie auf ihrem letzten Weg schön aussah.

Bei diesem Spiel wetteiferten wir darum, uns die lustigsten Dinge auszudenken, die wir mitnehmen würden, wenn man uns zur Erschießungsmauer führte. So seltsam es auch klingt, spendete uns das Spiel mit dem Grauen ein wenig Trost. So auch »Rosa Rauch, Blauer Rauch«, bei dem wir versuchten vorherzusagen, welche Farbe ein Kind haben würde, das als Rauch aus den Schornsteinen in der Stadt quoll. Da wir nach zwölf Stunden Arbeit erschöpft und völlig ausgehungert waren, konnten wir so wenigstens noch ein bisschen lachen.

Matka kletterte auf mein Bett und küsste mich auf die Stirn. Sie trug die grellgelbe Armbinde der privilegierten Gefangenen, die sich im Lager frei bewegen durften. Ich strich mit dem Finger über die erhabene rote, in den Stoff eingestickte Schrift und spürte, wie mich ein seltsamer Schauder überkam.

Ich schob mein mulmiges Gefühl beiseite. Wie schön es war, sie zu sehen. Mein Blick fiel auf den blauen Faden an ihrem Ringfinger. Wollte sie sich selbst daran erinnern, dass sie noch mit Papa verheiratet war?

»Ich kann nicht lange bleiben«, sagte sie atemlos, weil sie den ganzen Weg von Baracke 1 hierhergerannt war. Die Türen wurden um neun Uhr abends abgeschlossen. Keine Ausnahmen. Trotz ihrer gelben Armbinde würde Matka der Bunker oder Schlimmeres drohen, wenn sie nachts außerhalb ihrer Baracke erwischt würde. Außerdem gab es neue Vorschriften, um Freundschaften, insbesondere unter den Polinnen, zu unterbinden. Keine Gespräche durch das Barackenfenster. Keine gegenseitige Hilfe beim Appell. Keine Gespräche ohne Erlaubnis.

Matka umarmte uns alle, und ich schnupperte ihren süßen Duft. Aus ihrem Rock förderte sie ein in sauberes weißes Leinen gewickeltes Bündel zutage. Als sie es aufschlug, kam ein ganzer Laib Weißbrot zum Vorschein. Die Oberseite war goldbraun und mit ein wenig Salz bestreut. Wie dieses Brot nach Hefe roch! Wir berührten es nacheinander.

»Noch ein Brot?«, wunderte sich Zuzanna. »Wo kriegst du die her?«

Matka lächelte. »Esst nicht alles auf einmal, sonst wird euch schlecht.«

Zuzanna versteckte das Brot unter ihrem Kopfkissen. Was für ein Geschenk!

Luiza kuschelte sich an Matka. »Ich glaube, ich habe mein größtes Talent entdeckt.«

»Erzähl!«, erwiderte Matka. »Mach's nicht so spannend.«

Luiza holte ein Knäuel babyblauer Wolle aus ihrer Tasche.

Ich nahm es ihr ab. »Wo hast du das her?«

Sie riss es mir aus der Hand. »Gegen eine Zigarette eingetauscht, die ich auf dem Platz gefunden habe. Meine Vorgesetzte sagt, sie hätte noch nie jemanden so schnell stricken gesehen. Allein heute habe ich zwei Paar Socken geschafft. Jetzt muss ich kein Kaninchenfell mehr sortieren, sondern soll nur noch stricken. In der Strickerei.«

Die Strickerei war ein seltsamer Ort und den schnellsten und besten Strickerinnen vorbehalten. Wenn man hineinspähte, sah man Frauen, die in einem Höllentempo strickten. Es sah aus wie in einem Film, der zu schnell über die Spule lief.

Ich berührte sie am Arm. »Du weißt, dass die Socken an die Front geschickt werden, um den deutschen Soldaten die Füße zu wärmen.«

Luiza machte sich los. »Das ist mir egal. Wenn wir hier rauskommen, eröffne ich ein Strickgeschäft mit Wolle in sämtlichen Farben und stricke den ganzen Tag.«

»Das ist ja wunderbar«, sagte Matka und zog Luiza an sich. »Das passiert sicher bald. Bestimmt arbeiten Papa und andere ...«

Ihr Blick wanderte zu mir. *Andere?* Lennart?

»... an unserer Befreiung.«

»Wir wollten gerade ›Was ich mitnehmen würde‹ spielen«, meinte Janina. Es war noch immer seltsam, sie ohne ihr flammend rotes Haar zu sehen. Nachdem man sie am ersten Tag im Lager kahl geschoren hatte, war ihr Haar fein und braun nachgewachsen wie das Gefieder eines jungen Spatzen. Während viele andere ihre Haare wieder wachsen lassen durften, bestand Binz darauf, dass Janina kahl blieb, weil sie sich so gegen das Scheren gewehrt hatte.

»So etwas will Matka nicht spielen«, wandte Zuzanna mit ernster Miene ein.

»Es ist ein dummes Spiel, aber spielst du trotzdem mit?«, fragte Janina.

»Natürlich«, antwortete Matka. »Wenn wir uns beeilen.« Sie hätte alles getan, um uns glücklich zu machen.

Janina zog uns enger zusammen. »Du musst sagen, was du auf die Straße der Schönheit mitnehmen würdest.«

Matka neigte den Kopf zur Seite. »Meinst du …«

»Wenn es dein letzter Weg wäre. Ich zum Beispiel würde das hübscheste Paar Pumps mit ganz hohen Absätzen anziehen. Aus Kalbsleder, nicht aus Wildleder, und darin herumstolzieren. Oh, und Haare wie Rita Hayworth.«

»Das sind zwei Sachen«, protestierte Luiza.

»Und einen falschen Busen.«

»Janina«, tadelte Zuzanna.

»Warum? Ich möchte einmal im Leben einen richtigen Busen haben. Wenn ich schon sterben muss, will ich dabei wenigstens gut aussehen.«

Zuzanna beugte sich vor. »Ich nehme eine Schachtel der besten polnischen Pralinen mit, in allen Sorten. Vanillecreme, Haselnuss …«

»Hör auf.« Janina hasste es, wenn man übers Essen redete. Sobald die Mädchen ihre Lieblingsessen oder Rezepte erörterten, hielt sie sich die Ohren zu.

Luiza richtete sich auf. »Ich nehme meine Stricksachen mit auf die Straße. Wenn Binz merkt, wie gut sie sind, begnadigt sie mich.«

Matka lauschte grinsend. Es war schön, sie lächeln zu sehen.

Nun war ich an der Reihe. Ich hörte, wie eine der Stubenältesten nach jemandem im Waschraum rief. Da sie ganz in der Nähe war, senkte ich die Stimme.

»Ich nehme eine Matratze und eine riesige Gänsedaunendecke mit und schlafe unterwegs. Binz' Aufseherinnen müssen mich tragen, und Binz fächelt mir mit einer großen Straußenfeder Kühlung zu.«

Janina unterdrückte ein schnaubendes Lachen.

»Was würdest du mitnehmen?«, flüsterte Zuzanna immer noch lachend Matka zu.

»Einen Blumenstrauß. Rosen und Flieder.«

»Oh, ich liebe Flieder«, sagte Luiza.

»Ich würde den Blick nicht senken und den Aufseherinnen den Strauß überreichen und ihnen sagen, sie sollten sich keine Vorwürfe machen.«

Hatte Matka nicht verstanden, dass das Spiel witzig sein sollte?

»Wenn ich an der Mauer stehe, lehne ich die Augenbinde ab und rufe: ›Lang lebe Polen‹, bevor man mich ...«

Matka betrachtete ihre Hände.

»Ich würde euch alle sehr vermissen«, fügte sie mit einem leichten Lächeln hinzu.

Angesichts dieser ernsten Antwort verflog Zuzannas Fröhlichkeit schlagartig. Auch wir anderen konnten nicht mehr lachen und wurden still. Der bloße Gedanke, dass so etwas geschehen könnte, war unerträglich.

Da wir offenbar alle den Tränen nah waren, wechselte Matka das Thema.

»Im Revier läuft es jetzt viel besser.«

»Wie ist denn die Ärztin?«, erkundigte ich mich. So viele Fragen, so wenig Zeit.

»Sie freut sich, weil ich alles auf Vordermann gebracht habe. Aber ich kann die Kranken nicht mehr lange bleiben lassen.« Sie lehnte sich vor und sprach leiser. »Gefangene, die nicht arbeitsfähig sind, werden umgebracht, also haltet euch vom Krankenlager fern. Der Ärztin kann man nicht trauen. Es ist besser, ihr haltet Abstand.«

»Deutsche«, zischte Zuzanna. »Ich schäme mich für unseren deutschen Anteil, Matka.«

»Sag so was nicht. Du solltest Paula Schultz, die nette Apothekerin aus der Stadt, kennenlernen. Wenn sie Medikamente für die SS liefert, steckt sie mir immer etwas zu. Haarfärbemittel, damit die älteren Frauen jünger wirken und nicht selektiert werden. Herztabletten, damit die Schwachen beim Appell stehen können. Sie hat mir erzählt, dass die Amerikaner …«

Die Stubenälteste kam an unserem Bett vorbei. Sie putzte sich die Zähne und spuckte in eine Blechtasse.

»Lichter aus!«, schrie sie.

Weinend wie ein Kind klammerte ich mich an Matka und konnte nicht mehr loslassen, bis sie sich von mir losmachen und hinausschleichen musste, voller Angst, ertappt zu werden. Ich schämte mich für mein Verhalten. Doch als ich ihr durch das Fenster nachblickte, wie sie die Straße der Schönheit entlangrannte und sich umdrehte, um uns in der Dunkelheit eine Kusshand zuzuwerfen, war das schlimmer als der Hunger und die Schläge.

So ein entsetzliches Leid.

Später in der Woche kam Rosa vor dem Morgenappell in den Schlafraum und verlas eine Liste von zehn Gefangenen, die sich im Revier melden sollten. Luiza, Zuzanna und ich standen auf dieser Liste.

Nachdem die anderen zur Arbeit geführt worden waren, begleitete Rosa uns die Straße der Schönheit entlang zum Revier. »Kommt, Mädchen«, sagte sie freundlich.

Was war aus der alten Rosa geworden, die uns knuffte, wenn wir herumtrödelten? Wieder einmal beschlich mich eine böse Vorahnung. An diesem Morgen verfärbte der Sonnenaufgang den Himmel rosig und blau, als wir uns dem grauen Reviergebäude näherten.

»Was passiert jetzt mit uns?«, fragte ich Zuzanna.

»Keine Ahnung«, antwortete sie und blinzelte in die Morgensonne.

»Wir haben Matka«, sagte ich.

»Natürlich«, erwiderte Zuzanna geistesabwesend.

An diesem Tag war es seltsam still im Revier. Matka befand sich nicht an ihrem großen Holzschreibtisch am Empfang. Mein Blick blieb an dem gelben Hocker hängen, auf dem sie normalerweise saß und die Patienten untersuchte. Jetzt war er leer.

»Wo ist deine Mutter?«, flüsterte Luiza, als wir an der Stelle vorbeiliefen.

Rosa übergab uns an zwei kräftig gebaute SS-Krankenschwestern in braunen Uniformen. Ihre weißen, an glasierte Kuchen erinnernden Hauben waren mit Haarnadeln an ihren Hochsteckfrisuren befestigt. Sie brachten uns einen Flur entlang in ein weiß gestrichenes Krankenzimmer mit drei Stockbetten und sechs Einzelbetten. Ein Fenster von der Größe eines Fußabstreifers war so hoch oben an der Wand angebracht, dass es fast die Decke berührte. Plötzlich rückten die Wände näher. Warum gab es keine Luft in diesem Raum?

Ein Mädchen namens Alfreda Prus, das ich von den Pfadfinderinnen kannte, saß in einem Krankenhausnachthemd auf einem der Betten. Sie hatte die Hände auf dem Schoß gefaltet.

Ich wischte mir den Schweiß von der Oberlippe. Was machten die mit uns?

Eine der Schwestern befahl uns, uns auszuziehen, unsere Kleider ordentlich zu falten und in die hinten offenen Krankenhausnachthemden zu schlüpfen. Ich atmete ein, bis mir fast die Lunge platzte, und dann langsam wieder aus. Ich musste wegen Luiza die Ruhe bewahren.

Nachdem die Schwestern fort waren, ging Zuzanna im Zimmer auf und ab. Sie nahm ein Klemmbrett von einem

Haken am Fußende eines Bettes und studierte die nicht ausgefüllte Tabelle.

»Was, glaubst du, haben die mit uns vor?«, fragte Luiza.

»Bin mir nicht sicher«, erwiderte Zuzanna.

»Bleibt einfach in meiner Nähe«, sagte ich.

»Ich bin jetzt schon seit zwei Tagen hier, nur mit einer verrückten Zigeunerin als Gesellschaft«, berichtete Alfreda. »Heute Morgen haben sie sie mitgenommen. Was könnten die im Schilde führen? Im Zimmer nebenan sind noch mehr Mädchen. Ich habe eins weinen gehört.«

Zuzanna marschierte zur Verbindungstür zwischen den beiden Zimmern und griff nach dem Türknauf aus Metall. »Abgeschlossen«, vermeldete sie.

Bald scheuchten die Schwestern weitere polnische Mädchen herein, unter ihnen eine hochgewachsene, stille Jugendliche namens Regina, die eine runde Lesebrille trug und in unserer Baracke heimlich Englischunterricht erteilte. Auch Janina Grabowski war dabei. Wir zogen unsere Nachthemden an. Janina und Regina lachten, da unsere Pos wegen der offenen Rücken nun den Elementen ausgesetzt waren.

»Vielleicht schicken sie uns in ein Außenlager und wollen uns vorher untersuchen«, mutmaßte Alfreda.

»Vielleicht schicken sie uns auch in ein Bordell«, meinte Regina.

Wir alle wussten, dass in einem anderen Lager ein Bordell eingerichtet worden war. Binz hatte beim Appell mehr als einmal versucht, Freiwillige anzuwerben. Sie hatte erzählt, dass diese im Gegenzug für die wenigen Monate im Dienst die schönsten Kleider und Schuhe erhalten und garantiert entlassen werden würden.

»Hör auf, Regina«, zischte ich.

Als Luiza meine Hand nahm, hatten wir beide feuchte Handflächen. »Lieber sterbe ich«, sagte sie.

»Ich habe mein englisches Lehrbuch mitgebracht«, verkündete Regina und versteckte es unter einem Kopfkissen. Sie hatte es aus achtzig Blatt Toilettenpapier selbst gebunden und mit winzigen Buchstaben beschriftet.

»Was nützt uns jetzt ein Buch?«, entgegnete Janina. »Wir sind ihre Versuchskaninchen. Du verstehst auch gar nichts.«

»Hoffentlich kriegen wir keine Spritze«, jammerte Alfreda.

Luiza drängte sich enger an mich. »Ich halte Spritzen nicht aus.«

Um uns zu beruhigen, setzten Luiza und ich uns auf ein Bett und beobachteten, wie ein Zaunkönigweibchen draußen vor dem Fenster ein Nest baute. Das Vogelweibchen flatterte davon und kehrte mit mehr Baumaterial zurück. Dann fragten wir einander mit dem Englischbuch ab. *Hello, my name is Kasia. Where might I find a taxicab*?

Bald erschien eine Schwester mit einem Thermometer, einer Metallschale und einem Rasierer.

»Warum wollen die uns rasieren?«, flüsterte Luiza.

»Keine Ahnung«, erwiderte ich. Ob sie uns operieren wollten? Das musste ein Irrtum sein. Wie konnte Matka das zulassen?

Die hübsche Schwester Gerda kam mit zwei anderen Schwestern herein. Eine hatte ein Tablett mit Spritzen und Ampullen bei sich. Gerda steuerte direkt auf Luiza zu.

»Bitte nicht.« Luiza schlang mir die Arme um den Hals. Ich umklammerte ihre Taille.

»Bitte tun Sie ihr nicht weh«, flehte ich. »Nehmen Sie stattdessen mich.«

Zuzanna setzte sich neben Luiza aufs Bett. »Haben Sie doch Gnade. Luiza ist erst fünfzehn und hat Angst vor Spritzen.«

»So schlimm wird es nicht«, sagte Gerda zu Luiza. »Bald siehst du Blumen und hörst Glocken.«

Sie zwangen Luiza auf eine Rollbahre und streckten ihren Arm aus. Ich schloss die Augen, als sie beim Eindringen der Nadel aufschrie. Sofort wurde sie schläfrig, und Gerda und die anderen Schwestern schoben sie hinaus.

Zuzanna kam zu meinem Bett am anderen Ende des Raums.

»Ich fürchte, sie …«

»Wollen uns operieren?« Allein die Worte auszusprechen sorgte dafür, dass ich von Angst ergriffen wurde.

»Mich nehmen sie als Nächste«, fuhr sie fort. »Sie wollen die, die sich wehren, zuerst ausschalten.« Auf dem Flur waren die wackeligen Räder einer anderen Rollbahre zu hören.

»Wir müssen Matka verständigen«, raunte ich.

Gerda rollte den Wagen ins Zimmer und wies auf Zuzanna. »Auf die Bahre«, sagte sie lächelnd.

»Was wird hier gespielt?« Zuzanna richtete sich auf. »Wir haben ein Recht, es zu erfahren.«

Gerda zerrte Zuzanna am Arm.

»Los. Es ist besser, wenn du kein Theater machst. Du musst tapfer sein.«

Ich hielt Zuzannas anderen Arm fest, als Gerda sie zur Bahre zog.

»Das dürfen Sie mit uns nicht machen«, protestierte ich.

Als Zuzanna Gerda auf den Arm schlug, rief diese zwei

männliche Kapos mit grünen Winkeln herbei. Sie stürmten herein, stießen Zuzanna auf die Bahre und fesselten sie mit Streifen aus weißem Baumwollstoff.

»Besser, wenn du dich nicht sträubst«, meinte Gerda. »Bald ist alles vorbei, und du wirst freigelassen und darfst nach Polen zurückkehren.«

Konnte das wahr sein?

Ich trat auf einen Kapo zu. »Wo bringen Sie sie hin?«

Janina und Regina saßen eng umklammert auf einem unteren Etagenbett und beobachteten alles.

Der Kapo stieß mich weg, während es Gerda gelang, Zuzanna eine Spritze in den Arm zu bohren.

»Wir sind Gefangene, keine Versuchskaninchen«, beharrte ich.

Zuzanna wurde still. Gerda schob die Bahre hinaus.

»Ich liebe dich, Kasia«, sagte Zuzanna noch, als sie fortgebracht wurde.

Wenige Minuten später kam Gerda mich holen. Ich schlug um mich, als die Kapos mich auf die Bahre stießen. Doch nachdem sie mich fest im Griff hatten, zitterte ich am ganzen Körper, als hätte man mich mit Eis überschüttet. Gerda streckte meinen Arm aus, und ich spürte den Einstich in der Armbeuge.

»Ihr Mädchen seid schlimmer als die Männer«, meinte sie mit einem leisen Auflachen.

Männer? Was für Männer? Wo waren sie?

Die Zeit löste sich auf. War das Morphium gewesen? Jemand schob mich in einen Raum mit einer runden Lampe und deckte mein Gesicht mit einem Handtuch ab. Ich spürte eine weitere Injektion, und eine Frau wies mich an, rückwärts zu zählen. Ich zählte auf Polnisch, sie auf Deutsch, und ich dämmerte weg.

Irgendwann in der Nacht wachte ich auf. Halluzinierte ich? Ich lag wieder im Krankenzimmer in meinem Bett. Vor dem Fenster dämmerte es. Kurz sah ich einen Lichtblitz, als sich die Tür öffnete und wieder schloss. Der Geruch meiner Mutter stieg mir in die Nase, und ich glaubte, sie einige Sekunden lang an meinem Bett zu spüren. Dann deckte sie mich zu, hob die Matratze an und steckte das Laken darunter fest, wie sie es immer getan hatte. Matka! Ich spürte ihre Lippen auf meiner Stirn.

Als ich die Hand nach ihr ausstrecken wollte, konnte ich es nicht. *Bitte, bleib.*

Kurz darauf wieder ein Lichtblitz, und sie war fort.

Am nächsten Morgen wachte ich auf, als stiege ich aus den Tiefen des Meeresgrundes empor.

»Matka?«, rief Luiza im Bett neben meinem. »Ich habe Durst. Matka.«

»Ich bin hier, Lu«, sagte ich.

Als ich mich auf die Ellbogen stützte, stellte ich fest, dass jedes Bett belegt war. Alle Mädchen außer Zuzanna trugen einen Gips oder Papierverbände am Bein. Einige stöhnten und riefen nach ihren Müttern, Ehemännern oder Kindern. Wir hatten alle solchen Durst. Mich hatten sie in das Bett direkt am Fenster gelegt, Zuzanna ans Ende der Reihe in die Nähe der Flurtür.

»Zuzanna«, schrie ich. Doch sie antwortete nicht. Sie hatte sich über sich selbst und ihre Bettwäsche erbrochen. »Matka!«, kreischte ich so laut ich konnte. Hatte sie mich in der Nacht wirklich besucht, oder hatte ich das nur geträumt?

Ich litt unter entsetzlicher Übelkeit und Schmerzen. Beim Aufwachen war ich mir nicht sicher gewesen, ob mein Bein noch da war. Aber nun sah ich, dass es von den Zehenspitzen bis zum Ansatz des Oberschenkels in einem schweren Gipsverband steckte. Ich spürte ein fusseliges Material darin, als wäre der Verband mit Watte ausgekleidet. Bei einigen von uns hatte man in Knöchelhöhe Symbole an den Verbänden angebracht. AI, CII und Ähnliches. Manche waren am linken Bein operiert worden, andere am rechten, wieder andere an beiden. Auf meinem Verband entdeckte ich eine römische Ziffer, aufgemalt mit einem schwarzen Stift. Was hatte das zu bedeuten?

Sosehr wir auch auf Wasser hofften, wir bekamen keins. Nur einmal brachte uns Dr. Oberheuser ein Glas mit Essig darin. Untrinkbar.

Immer wieder verlor ich das Bewusstsein. Wir alle waren benommen, doch Alfreda und Luiza hatte es am schlimmsten erwischt. Auf ihren Gipsverbänden prangte der große Buchstabe T. Anfangs schrie Alfreda noch vor Schmerzen, aber bald wurde ihr Hals starr, und ihr Kopf kippte nach hinten. Im Laufe des Vormittags wurden ihre Arme und Beine steif.

»Bitte, helft mir«, flehte Alfreda. »Wasser. Bitte.«

Irgendwie gelang es Janina, an jenem ersten Tag aufzustehen. Sie hinkte von Bett zu Bett und tat ihr Bestes, um uns zu trösten, unsere Decken glatt zu streichen und uns die einzige Bettpfanne zu bringen.

»Wasser kommt gleich«, sagte Janina, die selbst schrecklich würgte.

»Matka, ich bin es, Kasia«, rief ich in der Hoffnung, sie könnte mich an ihrem Schreibtisch im Revier hören. Allerdings bekamen wir bis auf Dr. Oberheuser und Schwester Gerda, die an unsere Betten traten, niemanden zu Gesicht.

Irgendwann mitten in der Nacht wurde ich von Luiza geweckt. Wie lange waren wir schon hier? Zwei Tage? Zwei Wochen? Schwer zu sagen, denn eine Stunde verschmolz mit der nächsten.

»Kasia, bist du wach?«, fragte Luiza.

Die Lichtkegel der Scheinwerfer auf den Wachtürmen fielen in regelmäßigen Abständen ins Zimmer und beleuchteten Luizas bleiches, vor Schmerzen angespanntes Gesicht. Sie litt an schwerem Schüttelfrost und zitterte am ganzen Leib.

Sie streckte den Arm über die Lücke zwischen unseren Betten, und ich hielt ihre kalte Hand.

»Bitte sag meiner Mutter, dass ich tapfer war.«

»Das kannst du ihr selbst sagen.«

»Nein, Kasia. Ich habe solche Angst, dass ich verrückt werde.«

»Erzähl mir eine Geschichte. Das lenkt ab.«

»Was für eine Geschichte?«

»Irgendeine. Die von Pietriks Narbe.«

»Die mit dem Babyfläschchen? Die habe ich dir schon hundertmal erzählt.«

Ich wartete, bis der Lichtstrahl auf mein Gesicht fiel, und setzte meine strengste Miene auf. »Erzähl sie mir noch einmal.«

»Ich kann nicht, Kasia.«

»Gib nicht auf, Lu. Erzähl mir die Geschichte.«

Sie holte tief Luft. »Als Pietrik ein Baby war, hat meine Großmutter, Gott schenke ihrer Seele Frieden, ihm eine Glasflasche voller Wasser gegeben, das er in seinem Gitterbettchen trinken sollte.«

»War er ein braves Baby, Lu?«

»Das weißt du doch. Aber irgendwie hat er die Flasche

am Bettgitter zerbrochen und sich den Nasenrücken zerschnitten. Als unsere Matka ihn schreien hörte, kam sie sofort angelaufen.«

»Vergiss das Blut nicht.«

»Da war so viel Blut. Sein ganzes Gesicht war voll davon. Meine Großmutter ist im Kinderzimmer ohnmächtig geworden. Sie ist oft in Ohnmacht gefallen ...«

Luiza verstummte.

»Und dann?«, hakte ich nach.

»Die Ärzte haben die Wunde genäht. Die Scherben haben zwar seine wunderschönen blauen Augen nicht verletzt, aber jetzt hat er diese schreckliche Narbe auf dem Nasenrücken.«

»Ich finde sie überhaupt nicht schrecklich«, erwiderte ich.

Das Licht beleuchtete Luizas Lächeln, das sie auf unerklärliche Weise noch kränker wirken ließ. »Du wärst sogar verrückt nach ihm, wenn er zwei Köpfe hätte, stimmt's?«

»Wahrscheinlich. Aber er liebt Nadia. Und sie ihn. Ein Mädchen kauft nicht alle zehn Tanzkarten vom selben Jungen, wenn es nicht in ihn verliebt ist.«

»Du könntest dich irren. Nadia hat mir gesagt, sie hätte dir etwas hinterlassen. In eurem Geheimversteck.«

Luiza wusste von unserem Geheimversteck? War denn gar nichts mehr heilig? »Du musst jetzt ein bisschen schlafen.«

»Gut, aber nur, wenn du mir eines erklärst: Ist es eine Sünde, ein Versprechen zu brechen?«

»Kommt auf das Versprechen an.«

Luiza wandte mir ihr Gesicht zu. Selbst diese winzige Bewegung schien ihr große Schmerzen zu bereiten.

»Ich habe mich bekreuzigt, als ich es versprochen habe. Wird Gott mich nicht bestrafen?«

»Dafür, dass er uns hier hat landen lassen, ist er uns etwas schuldig.«

»Das ist *Gotteslästerung*.«

»Du kannst es mir sagen, Lu. Wem hast du etwas versprochen?«

»Nun, Pietrik.«

Mein Herz klopfte. Ging es um *mich*?

»Schwöre, du wirst ihm nie verraten, dass du es von mir hast. Wahrscheinlich werde ich ihn nie wiedersehen, aber dass er seine Schwester als Klatschbase in Erinnerung behält, könnte ich nicht ertragen.«

»So darfst du nicht denken, Luiza. Du wirst ihn wiedersehen. Und du weißt, dass ich ein Geheimnis bewahren kann.«

»Er hat gesagt, er hätte etwas begriffen, als ihr im Casino getanzt habt.«

»Was?«

»Etwas Wichtiges.«

»Luiza, ich habe keine Lust, es dir aus der Nase zu ziehen.«

»Nun, er hat mir gesagt, dass er dich liebt. So, jetzt weißt du es.«

»Nein.«

»Doch. Er hat gesagt, er würde es dir selbst gestehen.«

»Tja, ich fürchte, nach dieser Sache hier werde ich nicht mehr viel tanzen«, antwortete ich.

»Tu nicht so, als wäre es dir egal. Du liebst ihn auch, das weiß ich.«

»Wenn es dich so interessiert, ja. Aber er schwärmt für Nadia.«

»Nein, er liebt dich. Er würde mich niemals anlügen. Du hast Glück mit meinem Bruder, Kasia. Ihr werdet zusammen alt werden und Kinder haben.« Sie schwieg einen Moment. »Ich werde ihn vermissen. Und meine Eltern. Wirst du ihnen sagen, dass ich am Ende tapfer war, selbst wenn es nicht stimmt?«

Ich hielt Luizas Hand, bis sie eingeschlafen war. Dann dämmerte ich selbst weg und dachte daran, wie schön es war, geliebt zu werden. Ich dachte an Pietrik als Baby und daran, dass ich mir nie würde verzeihen können, wenn ich ihm Luiza nicht zurückbrächte.

Bald hatten wir alle hohes Fieber, und einige Mädchen wurden immer kränker. Mein Bein schmerzte so entsetzlich, als fiele ein Schwarm Bienen über meine Wade her.

Dr. Oberheuser sahen wir erst am nächsten Abend wieder. Inzwischen konnten sich Alfreda und Luiza nicht mal mehr bewegen. Ihre Körper waren steif, ihre Rücken gebogen. Als ich Luizas Hand halten wollte, waren ihre Finger zu Klauen verkrümmt. Sie war zwar nicht in der Lage zu sprechen, doch ich erkannte es an ihrem Blick. Sie hatte Todesangst.

Zuzanna wachte hin und wieder auf, aber meistens gelang es mir nicht, sie zu wecken. In den kurzen Phasen, in denen sie wach war, lag sie zusammengekrümmt da und umklammerte stöhnend ihren Bauch. Was hatten sie mit ihr gemacht?

Dr. Oberheuser und Schwester Gerda kamen herein.

»Es stinkt hier«, waren Dr. Oberheusers einzige Worte beim Eintreten.

Konnten wir etwas dagegen unternehmen, dass es im Zimmer stank? Fauliges Fleisch roch eben so.

»Bitte, Frau Doktor, könnten wir etwas Wasser haben?«, fragte ich. Sie achtete nicht auf mich, ging von Bett zu Bett und schrieb etwas in ihre Tabellen. »Unverändert, unverändert, unverändert«, sagte sie nur, wenn sie unsere gesunden Beine mit den operierten verglich.

»Zuzanna!«, rief ich. Warum antwortete sie nicht? Sie lag mit angezogenen Knien schlafend auf der Seite.

Dr. Oberheuser näherte sich Luiza, fühlte ihr den Puls und winkte die Schwester heran.

»Die hier können Sie entfernen«, befahl sie und zeigte auf Luiza.

Mir gefror das Blut in den Adern. »Oh, bitte nicht, Frau Doktor. Luiza ist erst fünfzehn.«

Schwester Gerda schob die Rollbahre vom Flur zu Luizas Bett.

»Sie braucht nur mehr Medikamente«, bettelte ich. »Bitte.«

Dr. Oberheuser legte den Finger an die Lippen, um mich zum Schweigen zu bringen.

»Bitte, lassen Sie sie mich behalten.«

Zwei Krankenschwestern hoben Luiza auf die Bahre.

Ich streckte die Hand nach der Ärztin aus. »Wir werden auch ganz still sein, Ehrenwort.«

Dr. Oberheuser kam zu meinem Bett und legte mir die Hand auf den Arm. »Du darfst die anderen Mädchen nicht wecken.«

»Wo ist meine Mutter?«, fragte ich. »Halina Kuzmerick.«

Dr. Oberheuser erstarrte neben mir und zog langsam die Hand weg. Ihre Miene wurde ausdruckslos.

»Ich muss mit ihr sprechen«, beharrte ich.

Die Ärztin entfernte sich. »Deiner Freundin passiert nichts. Keine Sorge. Wir verlegen sie nur.«

Ich griff nach dem Revers der Ärztin, doch mein Gips behinderte mich. Schwester Gerda stieß mir eine Spritze in den Oberschenkel.

»Sagen sie meiner Mutter, dass ich sie brauche«, murmelte ich.

Das Zimmer verschwamm vor meinen Augen. Wohin brachten sie Luiza? Ich versuchte, wach zu bleiben. War sie es, die da im Nebenzimmer weinte?

Später befürchtete ich, den Verstand zu verlieren. Wir lagen tagelang reglos da und lauschten klassischer Musik, die irgendwo im Revier abgespielt wurde. Wo war meine Mutter? Hatte sie Luiza geholfen? Wir hatten alle kein Zeitgefühl mehr, doch geschätzt einige Monate später erholte sich Zuzanna so weit, dass sie sich aufsetzen konnte. Sie flehte Dr. Oberheuser an, unsere Gipsverbände zu entfernen oder zu wechseln. Aber die Ärztin achtete nicht auf uns, sondern verrichtete weiter ihre Arbeit. Meistens hatte sie schlechte Laune, knallte ihre Tabellen auf den Tisch und ging grob mit uns um.

Die Liegegeschwüre waren qualvoll, allerdings nichts verglichen mit den bohrenden Schmerzen der Wunden unter dem Gips.

Eines Tages warf Anise Postel-Vinay, Zuzannas französische Freundin, mit der sie die Beutehaufen sortiert hatte, ein aus der Küche der SS abgezweigtes Geschenk durch unser hohes Fenster. Alles purzelte zu mir ins Bett. Zwei Karotten, ein Apfel, ein Stück Käse und ein Zuckerwürfel. So ein himmlischer Regen.

»Das ist eigentlich für die Kaninchen«, zischte sie so leise, dass nur wir sie hören konnten. Wenn man sie erwischte, würde sie sicher in den Bunker wandern.

Ich wickelte einen Brief an Matka, geschrieben auf Papier, das ich von Regina bekommen hatte, um meinen Suppenlöffel und warf ihn aus dem Fenster.

»Kannst du den meiner Mutter geben?«

»Ich versuche es«, antwortete Anise.

Der Löffel kam ohne Brief zurück durchs Fenster geflogen und landete wohlbehalten auf meinem Bett.

»Seit den Operationen haben sie viele Gefangenenschwestern aus dem Revier abgezogen«, sagte Anise.

Was für eine Nachricht! Deshalb konnte Matka nicht kommen.

»Danke, Anise«, erwiderte ich. Wie wundervoll, Matka mitteilen zu können, dass wir sie vermissten, und wenn auch nur in einem Brief.

Nach diesem Ereignis blieb der Spitzname »Kaninchen« an uns hängen. Das ganze Lager nannte uns so. *Króliki* auf Polnisch. Versuchskaninchen. *Lapins* auf Französisch. Selbst Dr. Oberheuser bezeichnete uns so.

Nach vier Wochen hatten alle, die einen Gipsverband trugen, große Schwierigkeiten, die Bettpfannen zu benutzen, und meine Wunde juckte, dass es zum Verrücktwerden war. Wenn ich nachts aufwachte, lag ich fiebernd und schlaflos da und sorgte mich um Luiza. Was sollte ich Pietrik sagen? Seinen Eltern? Sie würden sich nie mehr vom Verlust ihrer Tochter erholen.

Eines Tages zog ich ein langes, gebogenes Stück Draht aus dem Metallgestell meines Bettes und kratzte meine Wunde.

Es half.

Wir dichteten eine Hymne an den Brotpudding. Regina las uns aus ihrem Englischbuch vor und erzählte uns Geschichten über ihren kleinen Sohn Freddie, der gerade zu laufen angefangen hatte, als sie verhaftet worden war. Stundenlang beobachtete ich den Vogel, dem Luiza und ich am ersten Tag im Revier beim Nestbau zugeschaut hatten. Ich fand ihn niedlich, bis ich bemerkte, dass der kleine Zaunkönig sein neues Zuhause mit weichen Büscheln aus Menschenhaar auspolsterte und blonde, rotbraune und rote Strähnen zwischen die Zweiglein flocht.

Eines Morgens holten die Schwestern die Mädchen mit den Gipsverbänden.

»Es ist Zeit, euch den Gips abzunehmen«, verkündete Schwester Gerda, als wäre Weihnachten.

Ich war zuerst an der Reihe und überglücklich, dass wir endlich vom Gips befreit werden würden. Eine Schwester half mir auf die Rollbahre, legte mir ein Handtuch übers Gesicht und schob mich in den Operationssaal. Ich hörte einige Menschen, Männer und Frauen, darunter Dr. Oberheuser und Schwester Gerda.

Ich lag auf der Bahre, umklammerte das Laken unter mir und war froh, ein Handtuch über dem Gesicht zu haben. Wollte ich mein Bein überhaupt sehen? Ich betete, dass ich wieder in der Lage wäre, zu gehen und zu tanzen. Würde Pietrik mich hässlich finden? Vielleicht stand es ja gar nicht so schlimm um mein Bein, wenn der Gips erst ab war.

»Ich übernehme diese ehrenvolle Aufgabe«, sagte eine Männerstimme. So als wollte er eine Flasche teuren Champagner öffnen. War das Dr. Gebhardt?

Ich spürte kaltes Metall seitlich am Bein, während der Gips mit einer Art Schere aufgeschnitten wurde. Luft umwehte meine Haut, als die beiden Hälften auseinanderfielen und jemand den Deckel abhob. Den Gestank roch ich sogar unter meinem Handtuch. Als ich mich aufsetzte, rutschte das Handtuch weg, und ich sah, wie Ärzte und Schwestern entsetzt zurückwichen. Schwester Gerda schnappte nach Luft.

»Gütiger Himmel«, sagte Dr. Gebhardt.

Als ich mich auf die Ellbogen stützen wollte, um mein Bein zu betrachten, legte Gerda mir wieder das Handtuch übers Gesicht, damit ich unten blieb. Es gelang mir, sie wegzuschieben, ich setzte mich auf und sah das Grauen, in das mein Bein sich verwandelt hatte.

Kapitel 17

HERTA

1942

Im Frühling 1942 waren wir Deutschen voller Zuversicht. Ja, Gerüchten zufolge wäre Hitlers Zweifrontenkrieg unser Untergang. Doch jeden Morgen, wenn wir in Ravensbrück aufwachten und den *Stürmer* aufschlugen, lasen wir nur gute Nachrichten. Laut Zeitung herrschte unser Führer über Europa – oder zumindest über den Teil, der für uns von Interesse war. Im Sommer wäre der Krieg sicher vorbei.

Am Ende des vergangenen Jahres hatten unsere japanischen Verbündeten gegen die Amerikaner in Pearl Harbor einen Erfolg verbuchen können, und wir feierten das weitere Vorrücken ihrer Truppen im Frühling. Eine japanische Delegation hatte Ravensbrück besucht und war von den ordentlichen Unterkünften der Bibelmädchen und den überquellenden Blumenkästen beeindruckt gewesen. Diese Blumenkästen waren auf Himmlers Befehl angefertigt worden, da ein Vorzeigelager wie Ravensbrück unbedingt einen guten Eindruck machen musste.

Ich hatte den deutschen Siegen in Russland ein ganzes Album gewidmet. Die Eroberung von Kiew. Der Vormarsch auf Moskau. Zugegeben, wir hatten nur wenige Kilometer entfernt vom Kreml zum ersten Mal den Rückzug antreten müssen, und zwar wegen des früh einsetzenden kalten Winters und des Umstands, dass unsere Soldaten in zu dünnen Uniformen kämpften. Doch als der Führer das deutsche Volk aufforderte, den Männern warme Kleidung zu schicken, wurden Skistiefel, Ohrenschützer und eine halbe Million Pelzmäntel gespendet. Die Zeitungen meldeten, dass sich die Dinge rasch zu unseren Gunsten entwickeln würden, wenn es wärmer würde.

Auch mit meiner Karriere in Ravensbrück ging es im Sauseschritt voran. Im Sommer wurde Koegel von Kommandant Suhren abgelöst, was eine willkommene Veränderung war. Im Gegensatz zum dicklichen und langatmigen Koegel war Suhren schlank und zackig. Er war ein charmanter Mann, der die harte Arbeit, die ich geleistet hatte, um Ordnung im Revier zu schaffen, zu schätzen wusste. Wir verstanden uns auf Anhieb.

Der Kommandant feierte seinen Einstand in seinem Haus, einem gemütlichen, beige verputzten Gebäude mit Satteldach und jägergrünen Fensterläden hoch oben auf der Anhöhe, die einen guten Blick aufs Lager bot. An jenem Abend verließ ich um fünf vor sieben meine Unterkunft und stieg die steilen Stufen zum Haus des Kommandanten hinauf.

Von seinem Standort aus hatte Suhren freie Sicht auch auf die gesamte Umgebung des Lagers, auf die Uckermark, das Jugendlager und das Außenlager von Siemens in einigen Kilometern Entfernung. Als es Abend wurde, konnte ich beobachten, wie die Gefangenen in Kolonnen von der Arbeit ins Hauptlager zurückkehrten. Die starken Scheinwerfer wurden eingeschaltet und beleuchteten die Baracken. Als die Sirene ertönte, strömten die Häftlinge zum Appell auf den Platz.

Wir testeten gerade die neuen Öfen. Zwei hohe Schornsteine, die sich aus dem neuen Krematorium erhoben, schickten Rauch und Feuer in den Himmel. Die Aussicht auf den See war beeindruckend. Das graue Wasser erstreckte sich bis zum anderen Ufer, zu den eng gedrängten Backsteinhäusern und dem Kirchturm des altehrwürdigen Fürstenberg. Am Horizont schob sich eine graue Wolkenbank zusammen.

Als ich zusammen mit einigen anderen Mitarbeitern eintrat, winkte uns Elfriede Suhren, die schlanke, blonde Frau des Kommandanten, herein. Anders als ihre Vorgängerin Anna Koegel, die die Gefangenenfriseurinnen im Schönheitssalon des Lagers beschimpft hatte, war Elfriede eine sanftmütige Frau, deren Hauptaufgabe es offenbar war, ihre vier Kinder zu bändigen.

Ich ging durchs Haus, vorbei an einem alten Mann in Tiroler Tracht, der deutsche Volkslieder auf dem Klavier spielte. Dahinter befand sich eine kleine Bibliothek, wo Suhren mit Fritz und Dr. Rosenthal in einer Ecke stand, Bier trank und Zigarre rauchte. Jagdtrophäen bedeckten die Wände. Hirschköpfe, ausgestopfte Fische, ein Keiler. Suhrens Bücherregale beherbergten eine große Sammlung Hummel-Figürchen, interessanterweise nur die Hummel-Jungen.

Anfangs waren die Männer zu sehr in ihr Lieblingsthema vertieft, um mich zu bemerken. Sie erörterten das Bordell in Mauthausen, wohin der neue Kommandant Gefangene aus Ravensbrück schicken wollte, die vor ihrer Abreise sterilisiert werden sollten. Fritz fing meinen

Blick auf und verzog angewidert das Gesicht, wohl um mir eine Freude zu machen.

Als Suhren und Rosenthal davonschlenderten, gesellte ich mich zu Fritz unter das klaffende Maul des geköpften Keilers, aus dem eine künstliche rosafarbene Zunge hing.

Zwischen Fritz und mir bahnte sich etwas an. Wir hatten uns gemeinsam einen Film im Lagerkino angesehen, *Stukas*, die sentimentale Geschichte eines deutschen Piloten, der durch Wagners Musik von seiner Depression geheilt wird. Während des ganzen Films war Fritz unruhig herumgerutscht und hatte das Ganze als Unsinn bezeichnet. Dennoch war es nett gewesen, einen Abend miteinander zu verbringen. Außerdem hatte Fritz mir eine Hyazinthe im Topf geschenkt. Sie stand auf meinem Schreibtisch und verbreitete ihren Duft. Es war sehr klug von ihm gewesen, sich für eine Topfpflanze zu entscheiden, nicht für einen Strauß, der nur verwelken würde.

»Suhren hat ein schönes Haus«, sagte ich.

Fritz trank einen Schluck Bier. »Solange man keine lebenden Tiere bevorzugt.«

In der Küche bellte ein Hund, dem Geräusch nach ein kleiner. Die schlimmste Sorte. Große Rassen erfüllten wenigstens ihren Zweck als Wach- oder Jagdhunde.

Wir gingen in die Küche, die sauber und modern und mit eleganten Eichenschränken und der modernsten Beleuchtung ausgestattet war. Die Gäste schenkten sich kirschroten Punsch aus einer Punschschale aus Kristallglas auf dem Küchentisch ein.

»Glaubst du, Gebhardt wird Himmler die neuesten Ergebnisse der Experimente mit Sulfonamid schicken?«, fragte ich. »Und unsere Namen nennen?«

Fritz hielt mir die Tür auf, als wir ins Wohnzimmer traten. »Das interessiert mich nicht. Ich verschwinde.«

Ich erstarrte, und mir wurde ein wenig schwindelig. Wie konnte Fritz einfach verschwinden? Er war einer meiner wenigen Verbündeten. Wollte er mich mit Binz und Winkelmann allein lassen?

»Warum so plötzlich? Solltest du dir nicht überlegen ...«

Fritz leerte sein Bier und stellte den leeren Krug auf eine Glasvitrine, die ein ausgestopftes Rebhuhn im Flug enthielt.

»Ich habe genug von Gebhardt, falls du das noch nicht bemerkt haben solltest.«

»Stress wirkt sich bei jedem anders aus.«

»Du ahnst ja nicht die Hälfte von dem, was in Hohenlychen passiert. Gestern eine Armtransplantation. Halb Berlin war in seiner Klinik, um das Spektakel zu sehen. Der Arm wurde von einem armen Zigeunerhäftling gespendet.«

Gebhardt war nicht nur Gruppenführer der SS, Generalleutnant der Waffen-SS, Leibarzt des Reichsführers SS Himmler und Oberster Chirurg der Reichschirurgenschaft SS, sondern auch der Direktor von Hohenlychen, der großen Kurklinik vierzehn Kilometer vom Lager entfernt.

»Warum war ich nicht eingeladen?«

»Du kannst dich glücklich schätzen. Nur Theater. Und was das Sulfa-Projekt betrifft ...«

»Du darfst wenigstens operieren.«

Fritz betastete seine Bartstoppeln. »Es ist abstoßend, gesunden Frauen so etwas anzutun. Der Gestank in diesen Krankenzimmern ist unerträglich.«

»Ständig bitten sie um mehr Morphium.«

»Dann gib es ihnen«, erwiderte Fritz. »Es wird nichts am Ergebnis ändern. Die ganze Sache ist unmenschlich.«

»Gebhardt verlangt, die Schmerzmittel auf ein Minimum zu reduzieren. Woher dein plötzlicher Sinneswandel, das Zögern, Gefangene zu opfern?«

»Ich habe es satt, Herta. Dieses Leid ...«

»Wir haben keine andere Wahl.«

»Und ob wir eine haben, Herta. Wenn wir die Frauen nicht mehr operieren, leiden sie nicht mehr. Gebhardt benutzt uns nur, damit wir für ihn die Drecksarbeit machen. Begreifst du das nicht?«

»Dagegen kann man nichts tun, Fritz.« Wie konnte er zulassen, dass die Sentimentalität sein Urteilsvermögen trübte? Die Operationen fanden zum Wohle Deutschlands statt.

»Nein, ich gehe. An der Front werden Chirurgen gebraucht, die unsere Männer zusammenflicken, und zwar in einem Krieg, den wir nicht gewinnen können.«

»Wie kannst du so etwas sagen. Das ist Wehrkraftzersetzung.«

Fritz zog mich an sich. »Bevor ich gehe, möchte ich dich warnen: Nimm dich vor deiner neuen Krankenschwester in Acht.«

»Halina?«

»Mir sind Dinge zu Ohren gekommen ...«

»Ihr Männer seid ja solche Klatschbasen. Was wird denn so geredet?«

»Ich möchte nicht ...«

»Raus mit der Sprache.«

»Man behauptet, dass zwischen euch etwas läuft.«

»Das ist die größte ...«

»Jedenfalls etwas, was nicht den Wünschen des Führers entspricht.«

Suhren und Dr. Gebhardt drängten sich durch die Menge und kamen mit einem breiten Lächeln auf uns zu. Suhren schlank und hochgewachsen, Gebhardt gedrungener.

Kommandant Suhren schüttelte mir die Hand. »Fräulein Oberheuser, ich habe gute Nachrichten für Sie.«

Warum sprach er mich nicht mit Doktor an?

»Es freut mich, Ihnen mitteilen zu können, dass meine erste Amtshandlung darin besteht, Ihnen eine große Ehrung zuteil werden zu lassen.«

Gebhardt trat näher an mich heran. »Nicht nur irgendeine Ehrung. Sie wurden für das Kriegsverdienstkreuz empfohlen.«

Das Kriegsverdienstkreuz? Mutti würde einen Nervenzusammenbruch kriegen, wenn ich es nach Hause brächte. Ein silbernes Kreuz am schwarzroten Band. Der Führer selbst hatte diesen Orden gewidmet. Ich würde zu den wenigen Auserwählten gehören, denen diese Ehre zuteil geworden war: Adolf Eichmann und Albert Speer, um nur zwei der Träger zu nennen. Lag es an meiner Teilnahme an den Sulfa-Experimenten?

Ich drehte mich um, um meine Freude mit Fritz zu teilen.

Erst da bemerkte ich, dass er fort war.

Am nächsten Morgen war ich die Erste im Operationssaal, bereit, bei einer neuen Reihe von Sulfonamid-Operationen zu assistieren. Ich ging zum Waschbecken, um mir die Hände zu schrubben. Ich nahm Halinas Ring ab, den ich aus dem Karteikasten in der Effektenkammer genommen hatte, und versteckte ihn in meiner Tasche. Dr. Gebhardt brauchte so einen kostbaren Ring nicht an meinem Finger zu sehen, da die Lagerregeln das Tragen von auffälligem Schmuck verboten. Eines Tages würde ich Halina den Ring zurückgeben. So ein hübscher Diamant. Nicht auszudenken, wo er gelandet wäre, wenn ich ihn nicht gerettet hätte. Zweifellos am Finger von Elfriede Suhren.

Schwester Gerda hatte die Patientinnen vorbereitet und betäubt. Schwester Marschall war es sogar gelungen, eine Liste von Probandinnen für die Experimente zusammenzustellen. Jede lag unter einer Decke auf einer Rollbahre. Ich überprüfte die Instrumente, öffnete ein Schachtel mit Evipan-Ampullen und deponierte sie auf dem Tablett.

Wir hatten eine Reihe von Gegenständen bereitgelegt, um sie in die Wunden einzuführen und Kriegsverletzungen zu simulieren. Rostige Nägel, Holzsplitter, Glasscherben, Kies und eine Mischung aus Gartenerde und einer Bakterienkultur namens *Clostridium tetani.* Jeder Patientin würden wir eine andere infektiöse Substanz verabreichen. An diesem Morgen traf Dr. Gebhardt in seinem Privatwagen aus dem Sanatorium Hohenlychen ein.

»Schön, dass Sie so früh dran sind, Frau Dr. Oberheuser. Dr. Fischer ist leider verhindert.«

»Ist er krank, Herr Doktor?«

Gebhardt zog das Sakko aus. »Versetzt worden.«

Ich versuchte, mir meine Enttäuschung nicht anmerken zu lassen. War Fritz wirklich fort?

»Darf ich fragen, wohin, Herr Doktor?«

»Zur zehnten SS-Division als oberster Chirurg einer Sanitätskompanie, zugeteilt dem zehnten Panzerregiment an der Westfront.« Dr. Gebhardts Gesicht war gerötet. »Offenbar glaubt er, dort mehr von Nutzen zu sein.«

Wie hatte Fritz ohne Abschied gehen können?

»Ich verstehe, Dr. Gebhardt. Übrigens hat Gefangenenschwester Gerda Quernheim heute ebenfalls Dienst.«

»Gut. Ich bin sehr beeindruckt von Ihrer Liebe zum Detail«, antwortete Dr. Gebhardt. »Möchten Sie heute die Leitung übernehmen?«

»Ich soll operieren, Herr Doktor?«

»Warum nicht? Sie brauchen Übung.«

»Ja. Danke, Herr Doktor«, erwiderte ich.

Konnte das wirklich wahr sein?

»Achten Sie darauf, dass ihre Gesichter bedeckt sind, Fräulein Doktor«, wies Gebhardt mich an. »Nur eine Vorsichtsmaßnahme, damit die Patientinnen anonym bleiben. Und keine falsche Schüchternheit. Schneiden Sie einfach drauflos. Sie brauchen nicht vorsichtig mit dem Gewebe zu sein.«

Gerda schob die Patientinnen mit Handtüchern über den Gesichtern eine nach der anderen herein.

Wir arbeiteten bis in die späten Abendstunden. Ich achtete darauf, beim Verschließen der Wunden nicht zu hetzen, und knotete die Fäden so, dass sie, spitz und schwarz wie Stacheldraht, entlang jedes Einschnitts verliefen.

»Ich mache nicht oft Komplimente, Frau Dr. Oberheuser, aber sie haben ein Talent als Chirurgin, das man nicht lernen kann. Sie brauchen wirklich nur Übung.«

So ein Lob!

Wir beendeten den Arbeitstag mit einigen Sterilisationen, eine neue Behandlung, die Himmler persönlich angeordnet hatte. Durch das stille Lager kehrte ich zurück in meine Unterkunft und schlief, dank meines liebsten Schlafmittels Luminal, tief und fest. Nur einmal wurde ich davon geweckt, dass Binz und ihr Freund Edmund es nebenan in der Badewanne miteinander trieben.

Am nächsten Morgen ließ ich mir beim Anziehen Zeit, weil ich wusste, dass die Krankenschwestern die Werte der Patientinnen kontrollieren würden. Halina würde für mich im Revier nach dem Rechten sehen. Doch als ich eintraf, war die Hölle los. Anstelle von Halina saß eine neue Mitarbeiterin am Empfang, und die Schlange derer, die behandelt werden wollten, reichte bis zur Tür hinaus.

»Fräulein Doktor, wir haben keine Papierverbände mehr«, verkündete die Schwester und schwenkte ein Thermometer.

»Wo ist Halina?«, fragte ich.

»Ich weiß nicht, Fräulein Doktor. Aufseherin Binz hat mich angewiesen, mich herzusetzen.«

Ich ging ins Krankenzimmer, um meine Patientinnen vom Vortag zu kontrollieren. Es stank entsetzlich, was hieß, dass die Bakterienkulturen ihren Dienst taten. Allerdings waren die Tabellen nicht ausgefüllt, keine Werte waren vermerkt worden. Eine Patientin war bereits aufgestanden und hüpfte auf einem Bein von Bett zu Bett.

»Bitte, wir brauchen Wasser«, sagte sie. »Und mehr Bettpfannen.«

Ich trat hinaus und traf Gerda rauchend auf dem Flur an.

»Scheuchen Sie sie ins Bett«, trug ich Gerda auf. »Bewegung verhindert, dass sich die Infektion festsetzt.«

Ich schloss die Tür ab und machte mich auf die Suche nach Binz. Nachdem ich das halbe Lager durchkämmt hatte, fand ich sie bei den Angorakaninchen in dem großen Komplex voller beheizter Käfige, den die Bibelmädchen makellos rein hielten. Binz und eine ihrer Untergebenen himmelten ein Kaninchenjunges an, ein weißes Fellknäuel mit Öhrchen wie Staubwedel.

»Was ist im Revier los?«, fragte ich.

Die andere Aufseherin setzte das Kaninchen wieder in seinen Käfig und ergriff rasch die Flucht.

»Kannst du nicht einmal grüßen?«, entgegnete Binz. »Jemand musste dort das Kommando übernehmen.«

»Sie haben nicht das Recht …«

»Es gab keine andere Möglichkeit.« Binz verschränkte die Arme vor der Brust.

»Reden Sie kein wirres Zeug, Binz.«

»Du weißt es also noch nicht?«

Ich musste mich beherrschen, um sie nicht anzuschreien. »Wo ist Halina?«

»Vielleicht sollten wir uns anderswo darüber unterhalten.«

»Was haben Sie getan, Binz?«

»Herrje, jetzt fang bloß nicht an zu weinen. Du willst doch nicht, dass meine Mädchen sehen, wie du die Nerven verlierst. Ich habe dich vor den Polinnen gewarnt, oder? Das hast du dir ganz allein selbst zuzuschreiben.«

»Ich verstehe kein Wort.«

»Tja, dann wären wir schon zu zweit. Suhren konnte kaum glauben, was deine Polin vorhatte. Drücken wir es einmal so aus: Du brauchst eine neue rechte Hand.«

Kapitel 18

CAROLINE

1942

»Ganz nach hinten durchgehen, immer nach vorn schauen«, wies unser neues Liftgirl Estella mich an.

Mit ihren Gesundheitsschuhen und den Kniestrümpfen aus Nylon entsprach Estella ganz und gar nicht den Vorstellungen, die Rockefeller Junior von einer Fahrstuhlführerin hatte. Seit dem japanischen Angriff auf Pearl Harbor im vergangenen Jahr war Amerika endlich in den Krieg eingetreten. Das Ergebnis war, dass junge Männer aus allen gesellschaftlichen Schichten sich freiwillig gemeldet hatten. So auch unser Liftboy.

»Etwas von Cuddy gehört, Estella?«

»Die US Army versorgt mich nicht mit den neuesten Nachrichten, Miss Ferriday. Offenbar haben sie zurzeit große Probleme in Frankreich. Das sagt wenigstens Pia.«

Estella hatte recht. Nach dem deutschen Einmarsch in die sogenannte freie Zone im November 1942 war Frankreich unter der Vichy-Regierung ein Marionettenstaat geworden. Aus den französischen Übergangslagern schickte man zunehmend Transporte in ein gut ausgebautes Netz aus Konzentrationslagern in Polen und Deutschland. Ich war schon bei der dritten Schachtel roter Stecknadeln angelangt.

»Das hat Pia also gesagt?«

Für jemanden, der mit vertraulichen Informationen umging, verhielt Pia sich ziemlich leichtsinnig.

Im Empfangsbereich nahm ich einen Umweg zu meinem Büro, um nicht an Pias Schreibtisch vorbeizumüssen. Doch sie spürte die Bewegung wie eine schwarze Mamba.

»Roger möchte dich sprechen, Caroline.«

»Gut«, erwiderte ich und drehte mich um. »Übrigens, Pia ... ist es unbedingt nötig, dass du dein Wissen mit Estella teilst? Eigentlich handelt es sich um vertrauliche Informationen ...«

»Wenn mich deine Meinung interessiert, frage ich dich«, zischte Pia. In diesem Moment erinnerte sie mich an den Paviankäfig im Pariser Zoo: CET ANIMAL EN CAS D'ATTAQUÉ VA SE DÉFENDER. Wenn dieses Tier angegriffen wird, wird es sich verteidigen.

Ich hastete zu Rogers Büro, wo ich ruckartig stehen blieb, denn es sah aus, als hätte ein Sturmwind jedes Buch und Papier darin durcheinandergefegt. Unten auf der Eislaufbahn am Rockefeller Center folgte eine Schlange von Schlittschuhläufern einem mageren Weihnachtsmann, ebenfalls auf Schlittschuhen. Als er plötzlich bremste, kippten alle um wie Dominosteine.

»Wir müssen unsere Pakete für die Waisen verdoppeln, Roger. Ich habe die neuen Zahlen erhalten. Über zweihunderttausend französische Kinder sind jetzt elternlos. Bei Hunderten von ihnen sind die Eltern im Untergrund verschollen.«

»Wir brauchen eine Menge Dinge, Caroline, aber Pearl Harbor hat alles verändert.«

»Ich könnte ein wenig aus meinem Privatvermögen ...«

»Sie kennen die Regeln, Caroline. Könnten Sie die Tür schließen?«, erwiderte er mit einer Stimme, in der ein deutliches Zittern zu hören war.

»Was ist?« Ich stützte mich auf Rogers Kaminsims aus kühlem Marmor. Bitte nicht Paul.

»Da gibt es einiges. Haben Sie Informationen über Drancy?«

»Sechs Aktenordner voll.«

Drancy, ein ehemaliger Wohnblockkomplex am Rand von Paris, war eine Art Sortierstation für Gefangene aus allen fünf französischen Nebenlagern geworden, die außer Landes geschafft werden sollten. Laut der wenigen Berichte, die ich kannte, war es die Hölle dort – der Warteraum zur Deportation. Die französische Polizei leitete die Einrichtung, unterstand aber dem Kommando des Büros für jüdische Angelegenheiten der Gestapo.

»Warum, Roger? Was haben Sie herausgefunden?«

Konnte Paul an einem solchen Ort sein? Ja, Rena war Jüdin, aber brachte ihn das in Gefahr? Immerhin war sie französische Staatsbürgerin. Allerdings war der Antisemitismus selbst in der angeblich freien Vichy-Zone das Gesetz des neuen Staates. Der Geist des unabhängigen und toleranten Frankreichs schien über Nacht verschwunden zu sein.

»Roger, so reden Sie schon. Haben Sie ihn gefunden?«

»Die ersten Transporte mit französischen Gefangenen sind zu den Lagern aufgebrochen. Sie werden auf Hitlers gesamtes Territorium verteilt.«

»Paul?«

Roger nickte.

»Oh nein, Roger.«

»Eine Gruppe französischer Männer wurde nach Natzweiler-Struthof gebracht, Caroline. Einiges weist darauf hin, dass Paul dabei sein könnte.«

Ich zog mir einen Stuhl vom Konferenztisch heran und setzte mich. Meine feuchten Handflächen hinterließen zwei silbrige Abdrücke auf dem polierten Holz, lösten sich aber sofort wieder auf. Natzweiler.

Das waren wirklich entsetzliche Nachrichten, die aber seltsamerweise zugleich meine Hoffnung weckten, denn wenigstens lebte er noch.

»Was macht Sie so sicher?«

»Aus Pauls Transport wurden nur wenige Männer in Drancy aufgenommen, und sie wurden alle nach Natzweiler gebracht.«

»In die Vogesen?«

Natzweiler-Struthof war das einzige dauerhafte Konzentrationslager der Nazis in Frankreich, fünfzig Kilometer südwestlich von Straßburg. Ich dachte an Zwangsarbeit und Schläge.

Roger nickte. »In der Nähe einer kleinen Stadt, wo meine Großeltern ihre Ferien verbrachten. Idyllisch und abgelegen.« Er warf ein braunes Päckchen auf den Tisch, und ich blätterte die Unterlagen durch und suchte nach Informationen über die Leute, die Paul gefangen hielten.

Nach den Erkundungsfotos der Royal Air Force zu urteilen handelte es sich um ein kleines Lager. Nur zwanzig Reihen Baracken und vier weitere Gebäude, alle in einen eingemauerten Bereich gezwängt und von dichten, verschneiten Wäldern umgeben. So viel Schnee. Erfror Paul, während ich in einem warmen Büro saß? Eindringlich betrachtete ich das Foto, musterte die im Freien versammelten Gefangenen und versuchte, Paul unter ihnen zu entdecken.

»Danke, Roger. Ich werde Pia bitten, eine Suche zu veranlassen.«

»Es wird nicht mehr gesucht, Caroline. Washington hat die diplomatischen Beziehungen zu Frankreich offiziell abgebrochen.« Roger wühlte in dem Durcheinander auf seinem Schreibtisch herum.

»Wie kann das sein? Sie müssen anrufen und ...«

»Wen anrufen, Caroline? Es gibt keine Botschaft in Paris mehr. Und dieses Büro ist offiziell geschlossen worden. Ich habe es eben erst erfahren. Man hat mir befohlen, alle wichtigen Unterlagen zu vernichten.«

»Was machen wir jetzt?«, fragte ich.

Roger stand auf und beobachtete durch das Fenster die Eisläufer.

»Man hat mir gesagt, dass jede Kommunikation von nun an über das Schweizer Konsulat laufe.«

»Ich bitte Sie! Die stecken doch mit Deutschland unter einer Decke.«

»Ich werde so lange wie möglich dafür sorgen, dass hier die Lichter brennen, aber es wird nicht leicht sein. Bis auf Weiteres werden wir keine Gelder mehr erhalten.«

»Haben wir zumindest noch Kontakt mit Frankreich?«

»Hoffentlich kriegen wir Pakete von Free France in London. Allerdings werden die einen Heidenspaß haben, Schiffe aufzutreiben, die bereit sind, sie zu uns zu bringen. Vielleicht unterstützen die Schweizer uns ja tatsächlich, und die Briten waren zumindest immer zuverlässig.«

»Ich danke Ihnen für Ihre Hilfe bei der Suche nach Paul, Roger.«

»Nun, da wäre noch etwas, Caroline. Wegen Paul.«

Ich zog die Schultern hoch. Konnte es denn noch schlimmer kommen?

»Ich habe den Namen seiner Frau auf der Liste der Toten entdeckt. Auschwitz-Birkenau. Rena Rodierre.«

»Rena? Oh nein, Roger, das kann nicht sein.«

»Typhus. Das behaupten die zumindest. Es tut mir leid, Caroline.«

Ich saß da wie betäubt. Wie war das möglich? Die arme Rena. Sicherlich ahnte Paul nichts davon. Wie würde er Renas Tod verkraften? Es war ein Grauen.

Ich griff nach einer Lupe und musterte noch einmal das Foto. Ich würde ihn finden. Ich würde für ihn da sein, und wenn ich über den Atlantik schwimmen müsste.

In den folgenden Tagen stattete ich Snyder & Goodrich noch einige Besuche ab. Das wenige Geld, das Mr. Snyder mir auszahlte, ermöglichte es mir, meinen *French Families Fund* weiter zu betreiben. Roger schien nichts davon zu bemerken. Doch die Gefahr, dass das Konsulat aus finanziellen Gründen würde schließen müssen, drohte noch immer. Ohne offiziellen Kontakt nach Paris und wegen der chaotischen Zustände im restlichen Frankreich ergab eine Schließung des Konsulats Sinn. Andererseits war es unfair, die Segel in dem Moment zu streichen, da die Menschen uns am meisten brauchten. Außerdem war das Konsulat meine letzte Verbindung zu Paul.

»Sie werden sich mit diesen vielen Recherchen noch die Augen verderben«, meinte Roger eines Abends, als er sich mit dem Aktenkoffer in der einen und dem Hut in der anderen Hand auf den Heimweg machte.

»Mir geht es gut«, erwiderte ich und schluckte mühsam

meine Verzweiflung hinunter. »Wahrscheinlich zerrt es einfach an den Nerven, dass die Flugzeuge unserer Marine deutsche U-Boote im Long Island Sound bombardieren. Und dann noch die Nachrichten von Paul.«

»Ich verstehe Sie, Caroline. Gehen Sie zur Party bei den Vanderbilts? Sie müssen mal raus hier und sich amüsieren.«

Roger hatte recht. Aufgewühlt und erschöpft würde ich niemandem etwas nützen.

Ich hastete nach Hause, schlüpfte in mein bestes schwarzes Kleid, zog Vaters umgearbeiteten Frack darüber und steckte mein Haar hoch. Wirkte ich mit dieser Frisur größer? Ich ließ es wieder hinunter. Für vierzig sah ich noch ziemlich gut aus.

Als ich das Backsteinhaus der Vanderbilts an der Ecke Fifth Avenue und Fifty-first Street einen Katzensprung entfernt von unserer Wohnung erreichte, freute ich mich auf einen fröhlichen Abend, selbst wenn ich Betty begegnen würde, die mich vermutlich mit Nichtachtung strafen würde. Ich erschauderte bei dem Gedanken, Jinx Whitney zu treffen; ich hatte von Vater eine tief sitzende Abneigung gegen die aufgeblasenen Whitneys geerbt. Ich würde Jinx einfach ignorieren und endlich einmal wieder mit alten Freunden plaudern. War ich es mir nicht schuldig, zumindest gesellschaftliche Kontakte zu pflegen? Schließlich konnte ich nicht rund um die Uhr arbeiten.

Das Haus der Vanderbilts war ein reizendes altes Gebäude und eines der letzten Überreste des Goldenen Zeitalters. Es war ein Jammer, dass es abgerissen werden sollte, aber die Gegend war ein wenig aus der Mode gekommen, und die Königin der Fifth Avenue musste sich nach dem Tod ihres Mannes einen bescheideneren

Lebensstil zulegen. Sie hatte ihr Personal von dreißig auf achtzehn Bedienstete reduziert und war in eine noch hübschere Villa umgezogen. Mrs. Vanderbilt nutzte die Gelegenheit, um eine letzte Wohltätigkeitsparty in diesem Haus zu veranstalten. Es war eine seltsame Mischung aus Bridgeturnier, Tanz und Abendessen, alles für fünfundzwanzig Dollar Eintritt. Der Erlös sollte Bedürftigen zugutekommen.

Es wäre das erste und letzte Mal, dass die Öffentlichkeit Zutritt zu diesen geheiligten Hallen erhielt, und viele standen nur mit offenem Mund da. Ein junges Paar, beide noch in Stoffmänteln und Hüten, schlenderte ehrfürchtig im ersten Stock umher, starrte auf die Holzarbeiten mit Goldintarsien und streichelte die Säulen aus Onyx. Eine Gruppe hatte sich vor einem pompeijanischen Fresko in der Eingangshalle versammelt. Allein diese hätte zehn bedürftigen Familien Platz geboten.

»Merle Oberon ist hier«, sagte ein kleiner Mann mit einem Filzhut in der Hand.

Die Bridgespieler strömten in die Bibliothek und setzten sich an die dreißig Kartentische unter die Kronleuchter aus Kristall. Die Mannschaften waren nach Gruppen eingeteilt: Junior League, Chapin School, Collegiate und Princeton. Die Chapin-Gruppe war eine der größten.

Vor einem Kamin, in dem ich beinahe aufrecht hätte stehen können, schrieben zwei Kellner im Frack mit Kreide Namen auf eine gewaltige Punktetafel.

Während die Jeunesse Dorée sich an den Bridgetischen niederließ, schlenderte ich, angelockt vom köstlichen Duft gebratener Rippchen und herzhaften Gebäcks, ins Esszimmer. Die Platten bogen sich unter dem Aufschnitt und unter Muscheln auf halber Schale. In der Mitte des Büfetts thronte ein steifes Gesteck aus Iris. Auf einem Tischläufer aus weißem Damast stand eine silberne Punschschale mit Weißwein-Zitronen-Bowle, groß genug, um darin zu baden. Das Orchester spielte Cole Porter und Irving Berlin, und ein Kellner hielt Wache. Zählte er das Silber?

Seit dem japanischen Angriff auf Pearl Harbor hatte sich offenbar jeder junge Mann in New York freiwillig gemeldet. Einige Collegestudenten waren über die Weihnachtsferien nach Hause gekommen und sofort zur Armee gegangen. Mrs. Vanderbilt hatte Angehörigen der Streitkräfte freien Eintritt zur Party gewährt, und sie waren in ihren Uniformen ein beeindruckender Anblick. Marineflieger vom Floyd Bennett Field in ihren dunkelblauen, goldbetressten Jacken erörterten Kriegsstrategien mit Reservisten der Army.

Die meisten aus unseren Kreisen wurden in dem wunderschönen Gebäude in der Park Avenue ausgebildet. Man konnte diese Jungen stets von den anderen unterscheiden, denn die meisten ließen ihre Uniformen bei den besten Maßschneidern New Yorks anfertigen. Solange die Uniformen den Vorschriften entsprachen, konnten sie auch aus den teuersten Wollstoffen und Seidenstoffen bestehen, mit Knöpfen aus funkelndem Messing oder Schildpatt.

»Spielst du nicht, Caroline?«, fragte Mrs. Stewart Corbit Custer, Mutters Busenfreundin.

Meine Lippen streiften das glatte Puder auf Mrs. Custers Wange. Heute Abend freue ich mich besonders, sie in ihrem wasserblauen Chiffonkleid zu sehen. Sie und Mutter erzählten gern die Geschichte, wie verärgert Vater gewesen war, weil sie mich wenige Wochen nach meiner Geburt zu einer Hühnerausstellung im Madison Square Garden mitgenommen hatten. Anschließend hatten sie mich in einem Moseskörbchen auf Stapeln von Futtersäcken auf der Rückbank des Autos nach Southampton gefahren.

»Willst du den anderen Mädchen eine Chance geben?«, fuhr Mrs. Custer fort. »Nett von dir, Liebes. Du würdest sie alle unter den Tisch spielen.«

Nach der Aufstellung zu urteilen bestanden sämtliche Bridgeteams aus ernst zu nehmenden Gegnerinnen: Mrs. M. Field und Mrs. Cushing. Mrs. Noel und Mrs. Dykman. Mrs. Tansil und Mrs. Auchincloss.

»Tut mir leid, dass Mutter es nicht geschafft hat«, sagte ich.

»Mir auch, Liebes. Hättest du etwas dagegen, für mich die Punktezettel zu übernehmen? Das erledigt normalerweise deine Mutter, und du bist bestimmt die vertrauenswürdigste Person hier im Raum.«

»Mit Vergnügen, Mrs. Custer.«

»Wir haben ein Limit von zwei Stunden. Sammel einfach die Zettel ein, sobald der Gong schlägt, und bring mir die Gewinnerin. Das hast du ja alles schon eine Million Mal gesehen.«

Als ich ein Päckchen Zettel und eine Schachtel kleiner grüner Bleistifte auf jeden Tisch legte, bemerkte ich Betty, die in der Bibliothek mit Prudence Bowles, einer reizenden, rehäugigen Cousine der Vanderbilts, Jinx Whitney, der nicht so ganz reizenden Rockefeller-Cousine, und Kipper Lee zusammenstand, einem dümmlichen Mädchen, das beim Lächeln Zahnfleisch zeigte und eine von Jinx' Verbündeten war.

Die vier steckten die Köpfe zusammen, eine Mischung aus Rugby-Start und päpstlicher Synode, während Jinx eine Geschichte erzählte. War Betty mir noch böse? Sicher würde sie sich versöhnlicher zeigen, wenn ich den ersten Schritt machte.

»... und dann habe ich zu ihr gesagt«, berichtete Jinx, »dass der Mann das Mitglied sei. Ich würde keine Ausnahme machen, und es sei mir auch egal, wenn ihr Vater der Präsident der Vereinigten Staaten wäre.«

Als Jinx feststellte, dass die Blicke ihrer Begleiterinnen zu mir wanderten, drehte sie sich um.

Jinx, die es irgendwie geschafft hatte, reich zu heiraten, ähnelte in Form und Farbe einem Kühlschrank.

»Oh, Caroline«, sagte Jinx. »Herrje, du trägst ja ein Karnevalskostüm.«

»Nett, dich zu sehen, Jinx.«

»Steht Schwarz ihr nicht wunderbar?«, fügte Jinx hinzu.

»Ja, wirklich hübsch«, ergänzte Pru. »Für dunkle Farben muss man einen bestimmten Hauttyp haben.«

»Richtig«, pflichtete Jinx ihr bei. »Meine Großmutter hatte bei ihrer Aufbahrung genau den gleichen an. Alle fanden, sie hätte so natürlich gewirkt.«

»Aber natürlich siehst du reizend aus, Caroline«, mischte Pru sich ein. »Immerhin wurdest du zum Poppy Girl gewählt.«

Jinx wandte sich ab. Es wurmte sie noch immer, dass ich sie im Wettbewerb um den Titel Poppy Girl 1921 geschlagen hatte. Es war eine Ehre gewesen, unter all den Debütantinnen jenes Jahres ausgewählt zu werden. Mein Gesicht war in allen Zeitschriften und Zeitungen erschienen, damit hatte man für den Verkauf von seidenen

Mohnblumen geworben, die man sich ins Knopfloch stecken konnte. Die Erlöse waren für im Ersten Weltkrieg verwundete amerikanische Soldaten und kranke Kinder in Frankreich bestimmt.

»Natürlich ging die Hälfte des Poppy-Geldes nach Frankreich«, verkündete Jinx.

»Um Kindern mit Tuberkulose zu helfen, Jinx. Die andere Hälfte des Erlöses der in Frankreich verkauften Mohnblumen wurde für amerikanische Kriegsgräber verwendet.«

»Wer hat Lust auf Bridge?«, wandte sich Jinx an Betty.

»Braucht jemand eine Partnerin, Betty?«, fragte ich.

»Ich spiele mit Pru«, erwiderte Betty und interessierte sich plötzlich brennend für den Baguetteschliff ihres Verlobungsringes.

»Ich sage es zwar nur ungern, aber beim Bridge sind alle Plätze besetzt«, meinte Jinx und zog ein Schmollmündchen. »Die Teams stehen schon seit Wochen fest, Schätzchen. Es tut mir schrecklich leid.«

»Caroline war mit ihrer Arbeit beschäftigt«, merkte Betty an.

Jinx rückte näher an Betty heran. »Für wen spielen du und Pru, Betty?«

»Keine Ahnung«, antwortete Betty. »Wir gewinnen sowieso nicht.«

Betty hatte recht. Sie und Pru waren miserable Bridgespielerinnen.

»Kipper und ich spielen für die American Soldier Services«, verkündete Jinx.

»Wie nett«, entgegnete ich.

Jinx drehte sich zu mir um. »Hast du ein Problem damit, Caroline?«

»Mir gefällt nicht, dass sie den Großteil des Geldes für Partys ausgeben.«

»Jemand muss unsere Truppen unterstützen«, beharrte Jinx.

»Falls man es als Unterstützung bezeichnen kann, wenn Zivilisten Gin trinken, während die Truppen in den Krieg ziehen.«

»Betty, beim nächsten Mal sind wir Partnerinnen«, meinte Jinx. Sie nestelte an dem plissierten Schal an ihrem Hals herum, der an die Unterseite eines Fliegenpilzes erinnerte. Nur so zum Spaß malte ich mir aus, wie ich diesen Schal fest um ihre Kehle zusammenzog. Die anderen hätten sich bestimmt gefreut, wenn jemand erledigte, was sie schon lange selbst hatten tun wollen.

»Wo ist denn deine Mutter, Caroline?«, erkundigte sich Jinx. »Kommt sie überhaupt noch in die Stadt, oder sitzt sie allein in diesem großen Haus auf dem Land herum?«

»Der Koch ist auch da«, erwiderte ich.

Jinx trank durch einen winzigen Strohhalm einen Schluck Club Soda. »Allein mit dem russischen Küchenchef?«

»Ich muss jetzt wirklich los«, sagte ich.

»Und dann noch dieser attraktive schwarze Gärtner. Tja, die Zeiten haben sich geändert.«

»Mr. Gardener war auch in schwierigen Zeiten ein guter Freund unserer Familie, Jinx. Sicherlich ein besserer als viele andere in der sogenannten gehobenen Gesellschaft.«

»Caroline, ich habe einen Scheck für deine französischen Kinder geschickt«, meinte Pru und legte mir die Hand auf den Arm. Wollte sie die Situation entschärfen? Sie hatte etwas reizend Katzenhaftes an sich und vermittelte den Eindruck, als würde sie sich unter den richtigen Umständen schnurrend auf dem Schoß ihres Gegenübers zusammenrollen.

»Danke, Pru. Wir können die Spende gebrauchen.«

»Du weißt schon, dass Spendenwerbung heute Abend nicht erlaubt ist«, wandte Jinx ein. »Das steht so im Programm. Ich war wirklich froh darüber. Auch die Wohltätigkeit hat Grenzen.«

»Bei dir bestimmt«, gab ich zurück.

»Wir können uns nicht alle ans Kreuz nageln, Caroline. So wie deine Mutter in ihrem Büßerhemd, die nicht glücklich ist, wenn sie sich nicht um die Bedürftigen kümmern kann.«

Betty wurde unruhig und trat von einem Fuß auf den anderen. Lief sie ihre neuen Pumps aus Alligatorleder ein, oder war es ihr unangenehm, dass meine Mutter beleidigt wurde?

»Wie geht es Big Liz?«, fragte ich. Jinx war nach ihrer Mutter Elizabeth benannt, die überall nur Big Liz hieß, damit man die zwei auseinanderhalten konnte. Der Spitzname passte zu ihr. »Wieder von der Ranch zurück? Du weißt schon, dass man sich die neueste Diät jetzt auch per Post schicken lassen kann?«

»Sie liebt Southampton«, erwiderte Jinx. »Die Murrays haben sie nach Gin Lane eingeladen. Euer Mitchell Cottage wurde entkernt. Sie haben das Haus richtig auf Vordermann gebracht. Es war so trist, sagten sie, mit dem halb eingestürzten Dach und so weiter.«

»Das freut mich für sie«, antwortete ich.

»So ein Jammer, dass ihr das Haus aufgeben musstet«, fügte Jinx hinzu. »Und das alles nur wegen deiner armen kleinen Lunge.«

»Solltet ihr nicht langsam an die Spieltische gehen?«, meinte ich zu Betty.

»Die zarte Kleine hat die Luft in Southampton nicht vertragen. Ich liebe die salzige Luft, die vom Atlantik heranweht. Sie kommt den ganzen weiten Weg aus Afrika.«

»Jinx, hör auf«, zischte Betty.

»Sind deine Eltern deinetwegen in Connecticut gelandet, Caroline?«, bohrte Jinx nach.

Was würde passieren, wenn ich Jinx vor aller Augen ohrfeigte? Es wäre ein wundervolles Gefühl, ihr mit der flachen Hand auf die plumpe Wange zu schlagen.

»Ja«, entgegnete ich.

»Ironie des Schicksals, was?«, stichelte Jinx.

»Wirklich, Jinx. Es reicht«, sagte Betty.

»Und zwar deshalb, weil zu guter Letzt die Lunge deines Vaters versagt hat. Eine Tragödie.«

»Herzliches Beileid«, sagte Kipper.

»Es ist schon viele Jahre her, Kipper, aber trotzdem danke«, antwortete ich.

»Kaum vorzustellen, diese Schuldgefühle, während er in eurer Wohnung lag und man nichts für ihn tun konnte.« Jinx setzte die heuchlerisch besorgte Miene auf, die sie so gut beherrschte. »Ich hasse das Wort Lungenentzündung und du vermutlich auch. Es klingt so scheußlich.«

Zumindest hatte Betty den Anstand, den Blick abzuwenden.

»Wenn ihr mich jetzt entschuldigt, ich muss weg …«

Den Großteil des Abends verbrachte ich damit, mehr Shrimps zu essen, als sich gesellschaftlich schickte, und so zu tun, als hörte ich einem Wirtschaftsanwalt zu, der sich darüber ausließ, dass seine Frau sich beklagte, weil ihr Dienstmädchen besser angezogen sei als sie. Dabei schmiedete ich Rachepläne gegen Jinx Whitney.

Endlich ertönte der Gong. Als ich in die Bibliothek ging, um die Punktezettel einzusammeln, konnte man die Spannung im Raum mit Händen greifen. Die einzigen Menschen, die noch ehrgeiziger waren als Bridgespieler, waren die Banker an der Wallstreet und Jiu-Jitsu-Kämpfer in Brasilien. Zumindest ist es in Brasilien inzwischen aber verboten, dem Gegner die Augen auszustechen.

Die Gäste drängten sich um die Punktetabelle, rempelten einander beinahe zur Seite und versuchten, dabei lässig zu wirken, während sie auf die Ergebnisse warteten. Jinx stand mit Kipper, Betty und Pru zusammen. Nach der anstrengenden Bridgepartie sah sie zerknitterter aus als eine alte Zeitung.

»Wie ist es bei dir gelaufen, Betty?«, fragte ich in dem Versuch, ihr eine Brücke zu bauen.

»Nun, Pru hatte Glück bei einem Stich.«

»Ich glaube, wir haben dich ausgespielt, Pru«, entgegnete Jinx.

Ich schwenkte meinen Stapel Zettel. »Wir werden sehen.«

»Du addierst die Punkte?«, erkundigte sich Jinx. »Lass es von jemandem nachrechnen. Es wäre ein Jammer, wenn du einen Fehler machtest.«

»Keine Sorge, Jinx«, antwortete ich. »Wie könnte jemand anderes als du und Kipper gewinnen?«

Ich trug den dicken Stapel in die Toilette, einen vergoldeten Raum mit Wasserhähnen in Form von Schwanenköpfen. Marie Antoinette wäre begeistert gewesen. Dort addierte ich die Punkte. Jinx und Kipper durften einfach nicht gewinnen, denn sie hatten Betty und Pru beleidigt.

Als der Gong erneut erklang, hastete ich in die Bibliothek. Mrs. Custer stand neben Mrs. Vanderbilt an der mit Kreide beschrifteten Tabelle. Mrs. Vanderbilt, mit antiken Bergwerksdiamanten behängt, sah in stahlgrauem Taft mit passendem Turban hinreißend aus. Lag es am Champagner oder an der Schwere ihres repräsentativen Amtes, dass ihre Wangen gerötet waren?

»Also, Liebes, wer sind unsere Gewinnerinnen?«, fragte Mrs. Custer. »Ich fürchte die Zeit reicht nicht, um die vollständigen Ergebnisse an die Tafel zu hängen.«

Ich reichte ihr den Stapel mit dem Punktezettel der Siegerinnen obenauf. Mrs. Custer zeigte ihn Mrs. Vanderbilt, und die beiden lächelten einander zu. Als ich mich in den hinteren Teil des Raums zurückzog, schlug Mrs. Custer den Gong, und die Gäste strömten aus allen Teilen des Hauses herbei. Männer in Abendkleidung machten denen in Uniform Platz, und alle reckten die Hälse, um besser sehen zu können.

»Es ist mir ein großes Vergnügen, die Gewinnerinnen des heutigen Abends bekannt zu geben«, begann Mrs. Vanderbilt. »Mein verstorbener Mann hätte es als angemessenen Abschied von unserem alten Haus betrachtet, dass wir zwanzigtausend Dollar für das Rote Kreuz gesammelt haben.«

Während die Menge jubelnd applaudierte, schoben sich Jinx und Kipper in den vorderen Teil des Raums.

»Und noch einmal fünftausend Dollar für eine vom Glück gesegnete wohltätige Organisation. Ich weiß, Sie sind alle neugierig auf die Namen der talentierten Gewinnerinnen, die sich zu den Besten der Besten zählen dürfen. Und deshalb begrüße ich jetzt ohne weitere Umschweife unser siegreiches Team ...«

Das Orchester spielte einen Tusch.

Jinx nahm Kippers Hand und steuerte auf die Tafel zu.

»Mrs. Elizabeth Stockwell Merchant und Mrs. Prudence Vanderbilt Aldrich Bowles.«

Mrs. Custer warf die übrigen Punktezettel ins Feuer, während Betty und Pru sich durch die Menge drängten. Mrs. Vanderbilt überreichte einer sichtlich verdatterten Betty den Scheck.

»Und für welche karitative Organisation haben Sie heute Abend gespielt?«, erkundigte sich Mrs Vanderbilt.

»Eine, die mir am Herzen liegt«, erwiderte Betty mit der Hand auf der Brust. »Caroline Ferridays *French Families Fund.*«

Die Menge klatschte Beifall. Anfangs war der Applaus höflich, wurde jedoch lauter, als Mrs. Vanderbilt sich eine Träne wegtupfte. Bettys Lächeln machte mich froh. Unser Zwist war beigelegt.

Während die Gäste Betty und Pru umringten, ging ich zur Tür, weil ich dringend frische Luft brauchte. Unterwegs kam ich an Jinx und Kipper vorbei.

»Herzliches Beileid«, sagte ich.

»Mathe war noch nie deine Stärke«, giftete Jinx. »Glaub bloß nicht, dass ich das nicht herumerzähle.«

»Danke, Jinx«, entgegnete ich. »Das will ich doch hoffen.«

Ich schaffte es nach draußen und versuchte, mein bohrendes schlechtes Gewissen loszuwerden. Ja, ich war unehrlich gewesen. Um einer Freundin zu helfen. Ich versuchte, an all das Gute zu denken, das Roger und ich mit fünftausend Dollar bewirken konnten.

Beschwingten Schrittes machte ich mich auf den Heimweg, denn ich war in dieser Nacht von etwas befreit worden, das ich schon lange hätte abschütteln müssen.

Endlich sah ich diese Leute als das, was sie mit wenigen Ausnahmen waren: eine bunte Mischung aus Faulpelzen und Langschläfern, die zumeist Schulden bei der Bank machten oder bestenfalls ihr Vermögen aufzehrten. Sie interessierten sich nur dafür, was im Maidstone Golfclub oder am fünfzehnten Loch von Pebble Beach geschah, und kanzelten ihr Personal wegen ein paar Panzerstückchen am Hummer ab, während sie sich mit Kanapees vollstopften. Jinx hatte mir einen Gefallen getan und alle verbliebenen Bande zur besseren Gesellschaft von New York gekappt. Jetzt kümmerte es mich nicht mehr, was man dort von mir hielt. Ich brauchte mein Leben nicht mehr damit zu vergeuden, dass ich diesen Menschen zu gefallen versuchte. Ich konnte meinen eigenen Weg gehen.

Kapitel 19

KASIA

1942–1943

Als Gebhardt den Gips öffnete, stellte ich fest, dass mein Bein nicht mehr aussah wie das eines Menschen. Es war angeschwollen wie ein Baumstamm und mit dunkelblauen und grünlich-schwarzen Flecken bedeckt. Schwarze Fäden hielten den OP-Einschnitt mühsam zusammen, der vom Knöchel bis zum Knie reichte.

Ich erinnere mich nicht daran, dass ich geschrien hätte. Aber später erzählten mir die Mädchen im Krankensaal, sie hätten gedacht, ich würde noch einmal operiert, und zwar ohne Betäubung. Man konnte meine Schreie draußen auf dem Hof beim Appell hören. Dr. Gebhardt rollte ein Handtuch zusammen und stopfte es mir in den Mund, während eine Krankenschwester mir etwas spritzte, von dem ich einschlief.

Als ich aufwachte, lag ich wieder im Krankensaal. Mein Bein war fest in Gaze gewickelt, die Wunde fühlte sich an, als würde jemand tausend Messer hineinbohren. Zuzanna schlüpfte aus dem Bett, um es sich anzuschauen. Sie zog einen Zipfel der Gaze weg.

»Ist es schlimm?«, fragte ich.

»Sieht nicht gut aus, Kasia. Ich glaube, sie haben Knochen entfernt. Und vielleicht Muskeln.«

Ich verstand das nicht. Warum sollte man einem Menschen Muskeln entfernen? »Was soll das alles?«

»Es könnte eine Art Experiment sein«, antwortete Zuzanna. »Dir geben sie Tabletten, aber ein paar der anderen bekommen keine.«

»Mir ist so heiß«, sagte ich.

»Durchhalten, Kasia. Matka hilft uns bald.«

Ich wurde noch drei Mal operiert, und stets begann die Quälerei von Neuem. Bei jedem Versuch bekam ich höheres Fieber und erholte mich langsamer, als wollten die Ärzte testen, wie weit sie gehen könnten, bis ich stürbe. Bei der letzten Operation hatte ich die Hoffnung aufgegeben, je wieder tanzen zu können. Aber wenigstens gehen wollte ich irgendwann wieder. Den ganzen Tag lag ich auf dem Rücken im Bett, war verwirrt, manchmal nur halb bei Bewusstsein; ich träumte von Matka und Pietrik und Nadia und glaubte, ich wäre wieder zu Hause.

Während ich so völlig ausgeliefert dalag, wuchs meine Wut. Obwohl es schwierig war, ein Gespür für die Zeit zu entwickeln, wusste ich, dass wir den späten Winter 1942 hatten. Ich versuchte, zuversichtlich zu bleiben und mich auf ein Wiedersehen mit Matka zu freuen.

Während wir in unseren Betten verharrten, paukte Regina mit uns englische Vokabeln und erzählte uns lustige Geschichten über Freddie und seine Angewohnheit, aus dem Gitterbettchen zu klettern. Janina, die im Friseursalon in Lublin viel aufgeschnappt hatte, brachte uns allen Französisch bei. Zum Beispiel Sätze wie: »Dieser Föhn ist zu heiß«, und: »Könnte ich bitte eine kalte Übernachtdauerwelle haben?«. Dank Janinas Unterricht konnte ich mich mehr oder weniger auf Französisch verständigen, hauptsächlich über Haarpflegemittel.

»Ich kann nicht länger nur rumliegen«, sagte ich.

»Klar«, erwiderte Janina. »Lass uns eine Runde Fahrrad fahren.«

»Es ist mein Ernst. Ich habe einen Plan.«

»Oh nein«, stöhnte Zuzanna.

»Ich finde, wir sollten geheime Briefe an unsere Familien zu Hause schreiben.«

Regina stützte sich auf die Ellbogen. »Wie in *Der Teufel der zehnten Klasse*? Das Buch habe ich geliebt.« Welches Schulkind hatte nicht Kornel Makuszynskis Abenteuergeschichten über den jungen Detektiv gelesen?

»Ja, genau«, antwortete ich. »Und bei den Pfadfinderinnen habe wir das auch gemacht.«

Zuzanna blickte von der Brotkugel auf, die sie für ihren selbst gebastelten Rosenkranz rollte. Warum *aß* sie das Brot nicht? Gebete hatten sich schon vor Langem als nutzlos erwiesen. Selbst Agnes, meine Lieblingsheilige, hatte mich im Stich gelassen.

»Das ist der sicherste Weg, damit wir alle hingerichtet werden, Kasia«, meinte sie.

»Der Junge in dem Buch hat Zitronensaft verwendet«, sagte Regina. »Er hat seine Briefe so chiffriert, dass der jeweils erste Buchstabe jedes Satzes eine Nachricht ergab.«

Ich setzte mich auf, so gut ich konnte. »Mit unserem Urin könnte es genauso klappen. Er ist sauer. Wir könnten die codierten Briefe mit Urin verfassen.«

»Genial«, erwiderte Regina.

»Das ist Wahnsinn«, protestierte Zuzanna. »Vergesst es einfach.«

Zuzanna wurde vor mir entlassen, und ich vermisste sie schrecklich. Wir hörten, dass im Nebenzimmer neue Mädchen eintrafen.

Eines Morgens machte Janina eine Bemerkung, während die alte Schwester Marschall im Raum war und herumging, um unsere Werte zu messen. Wegen des Gestanks hielt sie sich ein Handtuch vor die Nase. Es war ein harmloser Satz, wie leid wir es seien, hier herumzuliegen. Schwester Marschall marschierte übellaunig wie immer hinaus und kehrte kurz darauf mit Dr. Oberheuser zurück.

»Tja, wenn du nicht hier sein willst, dann verschwinde«, sagte Dr. Oberheuser. »Sofort. Steh auf und geh in deine Baracke.«

Zuerst hielten wir das für einen Scherz, weil keine von uns wirklich gesund war. Aber als Marschall uns aus den Betten zu schubsen begann, wurde uns klar, dass es ihr Ernst war.

»Aber wir haben keine Schuhe ...«, begann ich.

»Raus«, befahl Dr. Oberheuser und wies zur Tür. »Wenn du nicht laufen kannst, hinkst du eben.«

Ich versuchte aufzustehen, fiel jedoch hin. Ich trug inzwischen keinen Gips mehr, hatte jedoch entsetzliche Schmerzen, wenn ich das Bein belastete.

»Steh auf und verschwinde, und zwar dalli«, schimpfte Dr. Oberheuser.

Ich lag wie erstarrt auf dem Fußboden. Dr. Oberheuser umklammerte meinen Oberarm mit ihren kräftigen Fingern und zerrte daran. Sie schleppte mich durch den Vordereingang des Reviers hinaus wie einen Teppich beim Großreinemachen.

Dann warf sie mir eine Krücke aus Holz hinterher und ließ mich in der Kälte liegen. Die scharfkantige Schlacke auf der Straße der Schönheit bohrte sich wie Glasscherben in meine Haut. Ich schaute mich nach Matka um und versuchte, mich aufzusetzen.

Es war seltsam, wieder draußen zu sein, so als wäre ich auf dem Mond. Es war kalt und bewölkt; die Vögel flogen in den Himmel auf. Aschepartikel schwebten in der Luft wie schwarze Schneeflocken in einer schmutzigen Schneekugel, und ich nahm einen neuen Gestank wahr. Eine Putzkolonne reinigte die Fenster der Baracken, denn der schwarze Ruß hatte sich daraufgesenkt. In der Ferne, gleich hinter dem Bunker, züngelten außerhalb der Lagermauern scharlachrote Flammen aus zwei neu errichteten Schornsteinen empor. Fast überall im Lager konnte man das Brausen des Feuers hören, ein gewaltiges Rülpsen aus dem Höllenschlund.

Dann sah ich Zuzanna auf mich zukommen – was für ein wunderbarer Anblick! Ihre Miene war jedoch ausgesprochen besorgt. Sie half mir auf die Beine und stützte mich beim Gehen. Zuzanna, die bereits einige Wochen in unserem neuen Zuhause wohnte, führte mich zur Baracke. Ich freute mich schon auf Matka.

Da ich seit Monaten keinen Schritt mehr gelaufen war, kam ich trotz der Krücke nicht voran, insbesondere barfuß über die scharfkantige Schlacke. Ich blieb stehen.

»Ich kann nicht mehr. Lass mich einfach liegen.«

»Los«, erwiderte Zuzanna, die mich inzwischen halb trug. »Ganz kleine Schritte.«

Die Besetzung unseres neuen Heims, Baracke 31, war

international: einige Polinnen, einschließlich der »Versuchskaninchen«, wie wir nun hießen, Französinnen, die wegen ihrer Mitarbeit im Untergrund verhaftet worden waren, und Krankenschwestern der Roten Armee, alles politische Gefangene. Die Verhältnisse hier waren sogar noch beengter als in unserer alten Baracke.

Während ich weg gewesen war, hatte es einige Veränderung gegeben. Manche Gefangene, auch die Polinnen, durften nun Pakete von ihren Familien erhalten. Da die Suppe inzwischen noch dünner geworden war, konnte man leicht feststellen, wer Essenspakete von zu Hause empfing und wer nicht. Die mit den Paketen waren bei verhältnismäßig guter Gesundheit. Die anderen verwandelten sich in abgemagerte Gestalten, die wie Skelette in ihren Betten lagen und nicht mehr fähig waren, sich die Läuse vom Leib zu halten.

Ich döste ein und wachte auf, als die Mädchen zur Mittagspause hereinkamen. Zuzanna kniete neben mir und hielt meine Hand. Ihre Freundin Anise, eine intelligente, hübsche Frau, die wirkte, als hätte sie für jedes Problem eine Lösung, stand hinter ihr.

»Wir haben dich vermisst«, sagte Anise. »Wir haben einen neuen Kapo, Marzenka. Ein harter Knochen.«

»Ich habe euch auch vermisst«, antwortete ich. »Was riecht denn da draußen so?«

Zuzanna drückte meine Hand. »Sie haben ein Krematorium gebaut. Öfen.«

»Wofür?«

Zuzanna zögerte. »Zum Verbrennen ...« Sie konnte den Satz nicht beenden. Natürlich war mir klar, was sie hatte sagen wollen. Es wurden diejenigen von uns verbrannt, die das Pech gehabt hatten, hier zu sterben.

»Ich würde es dir lieber nicht erzählen, Schwester«, fuhr Zuzanna fort. »Aber alle haben von Luiza gehört. Ich denke, es ist besser, wenn du es von mir erfährst. Eines der norwegischen Mädchen hat mir gesagt, sie habe sie in dem Raum gesehen, den sie als Leichenkammer benutzen ...«

»Nein, das muss eine Verwechslung sein.«

Die arme, liebe Lu, die keiner Fliege etwas zuleide hatte tun können. Pietrik würde mir das nie verzeihen.

»Es ist keine Verwechslung. Sie meinte, es habe ihr das Herz gebrochen, so ein junges Ding dort liegen zu sehen. Alfreda auch.«

Luiza und Alfreda waren beide tot? Es war unfassbar. Warum hatten sie zwei so liebevolle Mädchen umgebracht?

»Du darfst nicht darüber grübeln«, sagte Zuzanna. »Denk nur ans Gesundwerden. Zumindest musst du diese Woche nicht arbeiten. Schwester Marschall hat dich krankgeschrieben.«

»So ein Engel«, höhnte ich.

»Das ganze Lager ist in Aufruhr, weil sie euch das angetan haben«, vermeldete Anise. »Inzwischen sind mehr als fünfzig polnische Mädchen operiert worden, und es heißt, es sollen noch mehr werden. Die Pfadfinderinnen haben sich organisiert. Mittlerweile sind es über einhundert.«

»Wir nennen uns *Mury*«, ergänzte Zuzanna. Die *Mauern*. »Jemand hat in der Kleidung, die von der Erschießungsmauer zurückgebracht wurde, ein Pfadfinderinnenabzeichen gefunden. Darauf schwören wir alle Neuen ein.«

»Wir haben viele schöne Sachen für euch gesammelt«, fügte Anise hinzu. »So viel Brot. Außerdem haben die

Französinnen für euch ein Theaterstück geschrieben: *Die Versuchskaninchen.*«

»Hat meine Mutter es schon gelesen?«

Anise und Zuzanna wechselten einen Blick.

Anise drückte meine Hand. »Oh, Kasia.«

»Was ist?« Warum machten sie so verängstigte Gesichter? »Bitte, Zuzanna, so red schon.«

»Seit wir zur Operation gebracht wurden, ist Matka nicht mehr gesehen worden«, erwiderte Zuzanna. Ihre Augen waren glasig. Wie konnte sie so ruhig sein?

Ich wollte mich aufsetzen, aber ein stechender Schmerz im Bein verhinderte das. »Vielleicht ist sie ja in einem Außenlager. Oder im Bunker.«

»Nein, Kasia«, antwortete Anise. »Da war sie nie. Wir glauben, dass es am ersten Tag passiert ist, als ihr operiert wurdet.«

Wie konnte das sein? Sie sollte fort sein? Das war sicher nur ein schwerer Irrtum.

»Sie ist nicht mehr hier, Kasia«, sagte Zuzanna.

»Unmöglich. Und niemand hat etwas beobachtet? Sie war immer so gut im Versteckspielen. Erinnerst du dich daran, wie sie sich unter meinem Bett versteckt hat?«

»Kasia ...«, mahnte Zuzanna.

»Den ganzen Vormittag haben wir sie gesucht, aber sie war da unten eingeschlafen.«

»Ich glaube nicht, dass sie sich versteckt, Kasia.«

»Bestimmt ist sie bei den Bibelmädchen«, beharrte ich. »Vielleicht hat Suhren sie zum Haareschneiden eingeteilt.«

»Nein, Kasia.«

»Sie ist dir einfach nicht wichtig genug, um sie zu suchen«, warf ich Zuzanna vor.

Zuzanna drückte mir ihren selbst gemachten Rosenkranz in die Hand. »Natürlich ist sie mir wichtig.«

Ich schleuderte den Rosenkranz zu Boden. »Du hast sie nie so geliebt wie ich.« Angst und Verzweiflung breiteten sich in mir aus und drohten mich zu verschlingen. »Kein Wunder, dass du aufgegeben hast.«

Zuzanna hob ihren Rosenkranz auf.

»Ich werde vergessen, was du gesagt hast. Es liegt nur am Fieber und am Schock.«

»Vergiss es nicht. Es ist mein voller Ernst. Ich gehe sofort zurück zum Revier und suche sie. Es ist mir egal, ob sie mich umbringen.«

Als ich aufstehen wollte, hielt Zuzanna mich fest. Ich sträubte mich gegen sie, bis mich die Kräfte verließen. Dann schlief ich ein, und als ich aufwachte, stürzte ich in noch tiefere Verzweiflung.

Ich brauchte einige Tage, um zu begreifen, dass Matka nicht zurückkommen würde.

Anfangs hoffte ich, es wäre unserem polnischen Netzwerk lediglich nicht gelungen, sie aufzuspüren. Sicher war sie an einem sicheren Ort versteckt oder in ein anderes Lager gebracht worden. Als ich Mädchen aus unserem Block bat, mir bei der Suche zu helfen, blieben sie freundlich. Doch nach einigen Tagen war klar, dass alle sie für tot hielten.

Es würde keine Beerdigung geben. Kein Birkenkreuz. Kein schwarzes Stück Stoff an unserer Tür.

Bevor ich lernte, meine Krücke zu benutzen, war ich darauf angewiesen, dass Anise und Zuzanna mich zur Latrine trugen. Auch Janina brauchte Begleitung. Obwohl unsere Helferinnen geduldig blieben, wollte ich ihnen nicht zur Last fallen. Ich malte mir meinen eigenen Tod aus. Wie wundervoll schnell würde es gehen, wenn ich mich in den Elektrozaun würfe. Natürlich wollte mich aber niemand dorthin tragen.

Bis zu diesem Zeitpunkt – während unserer Verhaftung, unserer Ankunft im Lager, ja sogar nach den Operationen – war es mir immer gelungen, positiv zu denken und mir meine polnische Zuversicht zu bewahren. Aber seit Matka fort war, konnte ich mich nicht mehr aus der Dunkelheit herausarbeiten. Ich fühlte mich wie der Amphibienfisch, von dem ich als Kind gelesen hatte, der Schlammspringer. Jedes Jahr zur Dürrezeit grub er sich tief im Schlamm ein, überstand halb tot, halb lebendig dort viele Wochen und wartete auf den Regen, der ihn wieder zum Leben erweckte.

Nach unserer Entlassung aus dem Revier ging alles weiter wie zuvor. Das gnadenlose Wecken, die stundenlangen Appelle und der bohrende Hunger waren unsere ständigen Begleiter. Dieser Alltag wurde nur durch das Grauen unterbrochen, wenn unser Kapo die Namen derer in unserer Baracke verlas, die hingerichtet werden sollten.

Die Prozedur war eigentlich stets die gleiche. Zuerst kamen die Warnungen von den Gefangenen in der Verwaltung, der Kurier aus Berlin sei mit dem Hinrichtungsbefehl eingetroffen, und man habe den Wachmännern, die die Henker wären, zusätzliche Schnapsrationen bewilligt. Dann befahl Binz, bestimmte Baracken abzuschließen. Die Mittagssuppe wurde gebracht, und bevor sie verteilt wurde, las der Kapo die Nummern der zu beseitigenden »Elemente« vor. Die Unglücklichen packten ihre Sachen, und kurz darauf erschienen Binz und ihre Freundinnen, um sie abzuholen. Auch meine Reaktion änderte sich praktisch nie: nackte Angst, dass mein Name aufgerufen werden könnte. Auf die Angst folgte keine Erleichterung, sondern nur tiefe Trauer, wenn ich beobachtete, wie eine Kameradin ihr letztes Ritual absolvierte.

An dem Tag, als die ersten Versuchskaninchen hingerichtet werden sollten, warteten wir atemlos und dicht gedrängt auf den Bänken. Zuzanna saß rechts, Regina links von mir. Wir Operierten konnten erst seit Kurzem wieder am Tisch essen, ein gewaltiger Fortschritt, weil man uns die Suppe nicht mehr ans Bett bringen musste. Es kursierten viele Gerüchte, dass der Kommandant die Versuchskaninchen hinrichten lassen würde, um uns zu liquidieren und die Spuren des Verbrechens zu verwischen. Aber konnte man den Gerüchten glauben? Schließlich gerieten ständig neue in Umlauf, zum Beispiel dass die Amerikaner unterwegs seien, um uns zu retten, oder dass es Suppe mit Rindfleisch geben würde.

»Achtung«, rief Marzenka, während zwei russische Mädchen den Suppenkessel hereinschleppten. »Die Gefangenen, deren Nummer verlesen wird, werden nach dem Essen ihre Sachen packen und auf weitere Anweisungen warten.«

Marzenka zog ein Stück Papier aus der Jackentasche. Bis auf das Knistern, als sie es entfaltete, war es totenstill im Raum.

»Nummer 7649.«

Regina links von mir erstarrte.

Marzenka verlas die Nummern von drei weiteren Versuchskaninchen, die noch im Revier lagen.

»Nein«, protestierte Zuzanna. »Das muss ein Irrtum sein.«

Ich schlang den Arm um Regina.

»Keine Hysterie«, schimpfte Marzenka.

Wie konnte das möglich sein?

»Wir müssen uns wehren, Regina«, flüsterte ich ihr ins Ohr.

Anstelle einer Antwort legte sie ihren Löffel in den Napf und reichte beides Zuzanna. »Ich möchte, dass du das bekommst.«

Mit Tränen in den Augen nahm Zuzanna den Napf entgegen.

Regina stand auf. »Janina, richtest du mir die Haare?«

Janina nickte, und wir folgten Regina in den Schlafraum. Ihren vollen Napf nahmen wir mit, da er unbewacht in Sekundenschnelle gestohlen worden wäre.

»Wisst ihr, was zum Tode verurteilte Spartaner vor der Hinrichtung gemacht haben?«, fragte Regina. »Sie haben sich frisieren lassen.«

Janina nahm Regina das schmutzige Kopftuch ab. Normalerweise war es ein Vergehen, das unter Strafe stand, sich die Haare richten zu lassen. Die Vorschrift lautete, dass man sie mit dem Uniformkopftuch zurückbinden musste. Aber Binz drückte ein Auge zu, wenn eine Gefangene dem Tod geweiht war. Während Regina sich von der Operation erholt hatte, war ihr Haar ziemlich lang, dicht und dunkel geworden. Janina steckte es zu einem hübschen französischen Knoten auf. Von einem oberen Bett reichte eine Mitgefangene eine Haarnadel herunter, die sie vermutlich gegen eine Brotration eingetauscht hatte.

»Kasia, ich möchte, dass du mein Englischlehrbuch bekommst«, sagte Regina. »Die Hausaufgabe für heute lautet Präpositionen. Und könntest du meinen *Troilus und Cressida* Freddie geben, wenn all das hier vorbei ist ...«

Ich nickte.

»Ich werde den Saft ablehnen«, fuhr Regina fort. Wir alle wussten, dass man denen, die zur Mauer gebracht wurden, einen Beruhigungssaft anbot. »Glaubt ihr, ich werde den Mut haben, ›Lang lebe Polen‹ zu rufen?«

Ich nahm ihre Hand. »Das ist nicht so wichtig.«

»Ist es schon, Kasia. Du weißt, wie sehr die das hassen.«

Die Gefangenen reagierten unterschiedlich auf ihre bevorstehende Hinrichtung. Einige weinten und tobten. Andere wurden still oder beteten. Regina stand neben ihrem Bett und las uns ihre Lieblingsstelle aus *Troilus und Cressida* vor, und zwar ziemlich schnell, um so viel wie möglich zu schaffen, bis Binz erschien.

... o du wackrer Troilus! Sieh ihn dir recht an, Nichte; siehst du, wie blutig sein Schwert ist und sein Helm noch mehr zerhauen als der des Hektor. Und wie er um sich blickt, wie er einhergeht! – O wunderschöner Jüngling; und noch nicht dreiundzwanzig! Geh mit Gott, Troilus, geh mit Gott ...

Während Regina uns vorlas, kniffen wir sie in die Wangen, damit sie rosiger würden. Ein Mädchen, das in der Küche arbeitete, hatte etwas Rote-Bete-Saft, und Janina strich ein wenig davon auf Reginas Lippen.

Keine fünf Minuten später kamen Binz und ihre Aufseherinnen hereingestürmt. Mit dem Buch an die Brust gedrückt beugte Regina sich zu mir herüber.

»Berichte allen, was geschehen ist«, flüsterte sie.

»Her damit«, befahl Binz und griff nach dem Buch. »Was machst du für ein Theater? Der Kommandant persönlich hat verfügt, dass du freigelassen wirst.«

War das möglich? Sicher nur wieder eine Lüge.

Janina nahm die Schnur ab, die sie um ihre Taille trug, und band sie Regina um, damit ihr Kittel wie ein richtiges Kleid aussah.

»Raus, raus.« Binz stieß mit ihrem Knüppel nach Regina.

Regina hinkte zur Tür; ihr Bein war noch nicht richtig verheilt. An der Tür gab sie Zuzanna ihre Lesebrille, drehte sich um und lächelte uns zu. Ein völlig neues Leuchten, ein Strahlen, ging von ihr aus, und ihre Wangen waren gerötet.

Binz warf das Buch einer Aufseherin zu und schubste Regina zur Straße. Keine, die Regina nachblickte, konnte die Tränen unterdrücken. Wie tapfer sie war. Der Name Regina bedeutete Königin, und das passte, denn sie wirkte an jenem Tag majestätisch. Wäre ihr Humpeln nicht gewesen, sie hätte ein Filmstar oder ein Mannequin sein können, wie sie hoch erhobenen Hauptes und stolz die Straße der Schönheit entlangging.

Mit trauerschweren Herzen teilten Zuzanna, Janina und ich uns Reginas Suppe. Wir zerschnitten die winzige süße Karotte – eine Delikatesse. Reginas Suppe würde mich stärken. Ich würde überleben und der Welt berichten, was passiert war.

Kurz darauf meldeten Zuzanna und ich uns zur Arbeit in der Strickerei. Den ganzen Nachmittag hofften wir, keine Schüsse zu hören, hofften darauf, das Binz vielleicht doch die Wahrheit gesagt und die Mädchen freigelassen oder in ein Außenlager geschickt hatte.

Später hörten wir, wie ein Lastwagen in Richtung See fuhr. Nacheinander erklangen vier gedämpfte Schüsse. Wir beteten lautlos, denn erkennbares Beten wurde streng bestraft. Später erzählte uns Anise, sie habe von den Mädchen in der Küche, die an die Erschießungsmauer angrenzte, erfahren, dass Binz alle vier Versuchskaninchen selbst zur Hinrichtung gebracht habe. Eine habe man tragen müssen, da ihr Bein noch nicht genügend abgeheilt war, um ihr Gewicht auszuhalten.

»Wir haben geweint«, hatten die Küchenmädchen weiter erzählt, »als alle vier am Schluss ›Lang lebe Polen‹ riefen.«

Nach diesem Tag gelang es mir nicht mehr, tatenlos wütend zu sein. Würden wir als Nächste an der Mauer enden? Wer wäre dann noch übrig, um vor der Welt Zeugnis abzulegen? Ich würde meinen Plan umsetzen, und wenn es mich das Leben kostete.

Am Sonntag – Zuzanna schlief und versuchte, einen schweren Durchfall loszuwerden –, lockerte ich die Bretter über einem Bett in der oberen Etage und kletterte in den von uns sogenannten Anbau hinauf, eine Art Speicher, wo die Mädchen manchmal heimlich rauchten. Wegen meines Beins war das Klettern eine Quälerei. Dort oben war es ziemlich dunkel, und während sich meine Augen an die Lichtverhältnisse gewöhnten, legte ich alles zurecht, was ich für meine geheime Mission brauchte.

1. Einen auf Deutsch geschriebenen Brief auf einem Blatt Lagerbriefpapier. Die ersten Buchstaben jeder Zeile sollten zusammen die Worte »Brief geschrieben mit Urin« ergeben.
2. Den Zahnstocher, für den ich eine halbe Brotration bezahlt hatte.

3. Meinen Wasserbecher, den ich mit meiner warmen Zaubertinte füllte.

Meine ersten Versuche hinterließen Pfützen auf der Seite, aber bald wurde ich geschickter. Ich schrieb zwischen den Zeilen, schilderte die Operationen und nannte die Namen der hingerichteten Versuchskaninchen. Zuerst Regina, dann Romana Sekula, Irena Poborcówna und Henryka Dembowska. Es war ein gutes Gefühl, Papa von den Erschießungskommandos zu erzählen und ihn zu bitten, die Nachricht überall weiterzuverbreiten. Inzwischen waren siebzig von uns operiert worden. Um sämtliche Namen aufzuzählen, würde ich Papa viele Briefe schreiben müssen. Ich bat ihn, mir eine Spule roten Garns zu schicken, zum Zeichen, dass er den geheimen Brief erhalten und verstanden hatte.

Am nächsten Morgen erwachten wir bei kaltem Nieselregen, stellten uns in Zehnerreihen zum Appell auf und warteten auf die Briefabgabe, bevor wir zur Arbeit in die Strickerei gingen. Ich hatte den Brief in den Jackenärmel gesteckt, damit er trocken blieb. Er war ein wenig gewellt, wo der Urin auf Papier getroffen war. Würde Marzenka meinen Trick bemerken? Oder die Zensoren?

Marzenka trat näher und hielt mir die offene Hand hin. Zitternd legte ich den Brief hinein. Mir stockte der Atem, als der Brief ihr aus den Fingern rutschte und zu Boden trudelte.

»Trampel«, sagte sie.

Obwohl ich versuchte, den Brief aufzufangen, landete er im Schlamm.

»Das fasse ich nicht an«, verkündete Marzenka.

Ich hob den Brief auf, wischte den Schlamm am Saum meines Kittels ab und reichte ihn ihr. »Bitte, *Frau Blockova.*«

Sie nahm ihn mit zwei Fingern und musterte ihn. »Warum so ein Theater wegen eines kleinen Briefs?« Sie hielt ihn hoch ans Scheinwerferlicht.

Ich bekam kaum Luft.

Sie gab ihn mir zurück. »Du hast ihn ans Postamt von Lublin adressiert. Hier hast du ihn wieder.«

Ich verschränkte die Hände auf dem Rücken. »Zu Händen von Adalbert Kuzmerick. Mein Vater arbeitet dort, *Frau Blockova.*«

»Oh«, erwiderte Marzenka. Sie knallte den Brief auf den Stapel und ging weiter.

Ich wünschte dem Brief eine gute Reise. *Sei vorsichtig damit, Marzenka. Er ist unsere einzige Chance.*

Kapitel 20

HERTA

Weihnachten 1943

Zu Weihnachten 1943 war die Moral bei den Mitarbeitern in Ravensbrück an einem neuen Tiefpunkt angelangt. Früher im Jahr hatten die deutschen Truppen trotz zu dünner Kleidung und zu wenigen Waffen hart in Stalingrad gekämpft und zu guter Letzt kapitulieren müssen. Außerdem wurde Berlin immer heftiger von den Alliierten bombardiert. Doch unsere Truppen übten in Großbritannien Vergeltung, eroberten Norditalien und retteten Mussolini, der vom italienischen Militär festgenommen worden war. Also gab es trotzdem Grund zum Feiern.

Je länger sich der Krieg jedoch hinzog, desto schwieriger wurde das Leben in Ravensbrück. Rund um die Uhr trafen neue Transporte mit erkrankten Gefangenen aus den vom Führer eroberten Gebieten ein.

Ohne Halina war das Revier ein Tollhaus, in dem es von ansteckenden Personen aus den verschiedensten Ländern wimmelte. Deshalb hatte ich nur wenig Zeit, Fritz oder Mutti zu vermissen. Die meisten Tage verbrachte ich in meinem Büro, wobei ich mich gleichzeitig um das Revier kümmern musste. Eine Pause bekamen wir Lagerärzte schließlich in Form einer besonders schönen Weihnachtsfeier. Während die Menschen in Deutschland mit kärglichen Rationen auskommen mussten, verfügte das Lagerpersonal noch über Kaffee, Salami, polnischen Wodka und echten Champagner.

Unsere Feier begann mit einem Weihnachtsspiel. Binz und ihre Aufseherinnen schlurften als Engel verkleidet in die Offiziersmesse. Ihre Gewänder aus weißem Satin wurden an der Taille von Goldkordeln zusammengehalten. Sie hatten sogar mich zu so einer Aufmachung überredet, was ein Vorteil war, weil die ausladenden Ärmel die Schnitte an meinen Armen verbargen, was mir peinliche Blicke und Fragen ersparte. Dass ich mich selbst verletzte, war nur eine Phase, ein typisches Ventil für den Druck, unter dem ich stand, was angesichts meiner anstrengenden Pflichten nicht weiter verwunderlich war.

Binz und die anderen Engel in ihrer Truppe trugen einen Kopfschmuck aus Metallfolie mit einem Kreuz über der Stirn und hielten von einem vergoldeten Hakenkreuz gekrönte lange Stäbe in der Hand. Beim Eintreten zündete jede eine Kerze an dem Baum in der Ecke an, der außerdem mit dem üblichen Lametta geschmückt war. Nach ihnen kamen die als Schäfer verkleideten SS-Männer in langen Gewändern und mit Kopfbedeckungen aus einem schimmernden blauen Stoff. Kommandant Suhren bildete das Ende der Prozession. Er trug einen langen, mit weißem Pelz besetzten roten Filzmantel und hatte ebenfalls einen Stab bei sich. Wegen seiner spitzen Mütze musste er sich unter der Tür bücken.

»Wer war unartig oder ungehorsam?«, rief er mit einem Zwinkern.

Bald legte der Weihnachtsmann den Stab weg und öffnete seinen Sack mit Süßigkeiten. Wo trieb er in Kriegszeiten solche Leckereien auf? Das Bier, Lieblingsgetränk der Anwesenden, floss in Strömen. Selbst der Weihnachtsmann leerte einen Krug.

Als die vom Nationalsozialismus propagierte neue politische Religion zuerst in Erscheinung getreten war, war sie uns seltsam vorgekommen. Aber man gewöhnte sich daran. Laut Führer konnte man nicht gleichzeitig Deutscher und Christ sein. Er schlug vor, wir sollten selbst zu Christus werden, was wie eine praktische Lösung klang.

Viele Deutsche lehnten diese Veränderung ab, doch zumindest die Angehörigen der SS konvertierten zu der neuen Religion. Schrittweise wurden die religiösen Anteile des Weihnachtsfestes durch Symbole des Nationalstolzes ersetzt. Anstelle von Christi Geburt feierten wir die Wintersonnenwende. Bald wurde aus dem Weihnachtsmann dann der Sunnwendmann. Mutti war ganz und gar nicht einverstanden, da sie als fromme Protestantin erzogen worden war; Vater war katholisch gewesen. Doch irgendwann hatte selbst Mutti beides: eine Jultanne, gekrönt von einem germanischen Sonnenrad, und einen traditionellen Weihnachtsbaum. Mir gefiel diese neue Religion, weil ich mich nicht mehr mit den theologischen Themen herumschlagen musste.

Ich saß allein da und sah den Engeln und Schäfern beim Tanzen zu.

Kommandant Suhren näherte sich meinem Tisch. Sein künstlicher Bauch mit dem Kopfkissen unter dem

Filzmantel wippte beim Gehen. »Sie essen ja gar nichts, Fräulein Oberheuser.«

Er stellte seinen Teller mit Fleisch und Butterkartoffeln auf den Tisch.

Ich wandte mich ab, als mir der Geruch des blutigen Rindfleischs in die Nase stieg. »Es heißt ›Doktor‹, Herr Kommandant.«

»Sie müssen bei Kräften bleiben. Fleisch enthält Eiweiß und Eisen.« Wie kam er nur auf die Idee, einer Ärztin Vorträge über gesunde Ernährung zu halten? »Wir verlassen uns auf Sie. Ich weiß, dass es nicht leicht ist, seit Fritz fort ist und Dr. Gebhardt so viele Vorlesungen hält. Und seit dem Zwischenfall ...«

Warum bezeichnete jeder die Angelegenheit mit Halina als Zwischenfall? »Mir geht es gut, Herr Kommandant.« Das stimmte auch. Chronische Schlaflosigkeit kam bei Lagermitarbeitern häufig vor.

Während Suhren den Inhalt eines ganzen Salzstreuers auf seine Kartoffeln kippte, küssten Binz und ihr Freund Edmund sich in einer Ecke. Es sah aus, als würde ein Engel einem Schäfer eine Mund-zu-Mund-Beatmung verpassen. Binz, die vor Kurzem zur Oberaufseherin befördert worden war, ließ sich von ihren neuen Verpflichtungen nicht von ihrem Liebesleben abbringen.

»Es wäre besser, wenn wir eine Lösung für die Sache mit den Versuchskaninchen fänden, Herr Kommandant«, sagte ich.

»Ich habe im Moment viel um die Ohren. Siebzig Außenlager, jedes mit seinen eigenen Problemen. Man beschwert sich, weil die Gefangenen an den Werkbänken tot umfallen. Außerdem sind mir, was die Versuchskaninchen angeht, die Hände gebunden, mein Fräulein. Seit der Rüge aus Berlin erhalte ich nicht einmal mehr Berichte darüber, was in meinem eigenen Lager geschieht. Und Gebhardt spricht nicht mit mir.«

Suhren hatte gegen die Sulfa-Operationen protestiert, und zwar mit der Begründung, er brauche die polnischen Mädchen als Arbeiterinnen. Daraufhin hatte Gebhardt sich an seine Freunde auf höchster Ebene gewandt, und Suhren war überstimmt worden. Man hatte ihn gezwungen, sich persönlich bei Gebhardt zu entschuldigen, offenbar ein demütigender Dämpfer für sein Selbstbewusstsein.

»Und was gibt es Neues?«, erkundigte sich Suhren und rollte mit seiner Gabel eine Kartoffel herum. Bestimmt hatte er alles vom Fenster seines Büros beobachtet. Wozu also brauchte er meine Version der Dinge?

»Nun, nach dem Protestmarsch der Versuchskaninchen ...«

»Marsch? Die Hälfte von ihnen kann nicht einmal gehen.«

»Sind sie zum Platz getragen worden und haben dann gefordert, Binz zu sprechen.«

»Das ist mir zu Ohren gekommen.«

»Sie haben ihr ein Manifest überreicht, in dem sie *schriftlich* forderten, alle zukünftigen Operationen einzustellen.«

»Ihr Glück, dass keine Rangelei daraus geworden ist. Also haben Sie trotzdem operiert?«

»Diesmal im Bunker. Dort unten konnte ich sie zwar nicht narkotisieren, aber die zusätzliche Sicherheitsmaßnahme war nötig. Das ganze Lager stellt sich vor diese Mädchen.«

»Wie kann ich helfen?«

»Berlin hat von dem Protest erfahren, und man prüft

die Lage. Laut Gebhardt wird bis auf Weiteres kein Versuchskaninchen an die Wand gestellt.«

»Und?«

Suhren betrachtete Binz und Edmund in ihrer Ecke. Er hörte mir nur noch mit halbem Ohr zu.

»Wenn wir die Ergebnisse dieser Experimente nicht verbessern können, wird man möglicherweise uns den Schwarzen Peter zuschieben. Fritz ist fort, und Gebhardt ist auf Reisen.«

Nun hatte ich seine Aufmerksamkeit. »Ich fürchte, gegen Gebhardt bin ich machtlos. Er spricht jeden Tag mit Himmler persönlich.«

»Tja, aber es muss etwas geschehen. Wenn sich das herumspricht ...« Suhren winkte ab. »Unsere Sicherheitsvorkehrungen sind nahezu perfekt. Nur drei geflüchtete Gefangene, von denen zwei wieder aufgegriffen wurden. Himmler selbst hat unsere Zensoren gelobt. Sie lassen nicht zu, dass etwas durchsickert.«

Das war eine unverfrorene Lüge. Wie ich gehört hatte, ging unseren Zensoren alles Mögliche durch die Lappen. Binz stieß täglich auf Beweise dafür. Eine Flasche Haarfärbemittel in einer Schachtel Haferflocken. Antibiotika in einer Tube Zahnpasta.

»Außerdem wurden die Operationen im Geheimen durchgeführt, und den Patientinnen wurden die Augen verbunden. Niemand kann Sie identifizieren.«

»Aber ...«

»Geduld, meine Liebe. Ich werde mich des Problems annehmen. Überlassen Sie es nur mir.«

Suhren schlenderte davon. Seine Serviette lag zusammengeknüllt auf seinem Teller. Rinderblut sickerte in das Leinen ein. Als sich Binz' Chor gefallener Engel versammelte, um einige deutsche Volkslieder zu singen, spürte ich, wie ich zum ersten Mal vor Furcht erschauderte. Ich wusste nur zu gut, dass ungelöste Probleme einen so schnell nicht verließen.

Kapitel 21

CAROLINE

Weihnachten 1943

Im Dezember verbrachte ich jede freie Minute damit, im Grand Central Terminal den Pendlern nachzujagen, um Kriegsanleihen zu verkaufen. Scheinbar über Nacht war an der östlichen Wand des Bahnhofs ein etwa dreißig Meter hohes Wandbild aus fotorealistischen Gemälden entstanden. Kriegsschiffe und Kampfflugzeuge schwebten über den Köpfen der Fahrgäste, von denen viele selbst in Uniform waren. Die Bildunterschrift ließ keinen Raum für Zweifel: KAUFEN SIE JETZT VERTEIDIGUNGSANLEIHEN UND BRIEFMARKEN!

Eines Nachmittags stimmte eine der Organistinnen des Bahnhofs, Mary Lee Read aus Denver, die sich während der Feiertage stets kostenlos zur Verfügung stellte, eine herzzerreißende Version von »The Star-Spangled Banner« an. Die ganze Bahnhofshalle blieb stehen und führte die Hand aufs Herz, was zu unzähligen verpassten Zügen führte. Der Bahnhofsvorsteher bat Mary, dieses Lied nicht noch einmal zu spielen. Und so wurde sie die einzige Organistin in New York, der man je verboten hatte, die Nationalhymne der Vereinigten Staaten zu intonieren.

Die Sicherheitsvorkehrungen in der Grand Central waren streng, seit man zwei deutsche Spione bei einem Sabotageversuch ertappt hatte. Doch eine kleine Gruppe Freiwilliger, auch Mutter und ich, durften Anleihen verkaufen. Alle waren sich einig, dass Mutter ihren Beruf verfehlt hatte, denn sie sammelte beträchtliche Summen ein. Wehe dem erschöpften Reisenden, der nicht bereit war, sich zumindest von zehn Cent für eine Kriegsmarke zu trennen. Wer erst einmal in ihre Fänge geriet, drängte ihr sogar zusätzliches Geld auf, das sie gern annahm.

Damals wurde der Bahnhof stark von Frauen frequentiert. Da so viele Männer im Krieg waren, strömten die Frauen in Scharen an die Arbeitsplätze. Selbst Betty hatte jetzt eine Stelle und tippte in einer Waffenfabrik Berichte. Damit würde sie nicht unbedingt als Kriegsheldin in die Geschichte eingehen, aber für sie war es ein beachtlicher Schritt.

Den Weihnachtsmorgen 1943 verbrachten Mutter und ich in der St. Thomas Church, nicht weit entfernt vom Grand Central Terminal an der Ecke Fifth Avenue und Fifty-third Street. Wir lauschten Rector Brooks, der in seinem prächtigen Weihnachtsgewand in der prunkvoll verzierten Kanzel aus Eichenholz stand und sein Bestes tat, um uns aufzumuntern. Der Krieg lastete schwer auf der Gemeinde, die sich inzwischen hauptsächlich aus Frauen und älteren Männern zusammensetzte. Es saßen zwar auch einige uniformierte Soldaten in den Bankreihen, aber die meisten waren mittlerweile an die Kriegsschauplätze in Europa oder im Pazifik geschickt worden, so wie Cuddy, unser Liftboy. Jeder kannte jemanden, der vom Krieg betroffen war. Ich sprach ein Gebet für die Passagiere des französischen Schiffs, das Roger am Vortag hatte abweisen müssen. Tausende Asylsuchende aus Europa warteten noch vor der Küste.

Ich ertrug es nicht, die Monate zu zählen, die vergangen waren, seit ich zuletzt von Paul gehört hatte. Roger konnte nur vermuten, dass er sich noch im Konzentrationslager Natzweiler befand. Laut Informationen, die ich mir eigens hatte beschaffen können, mussten viele französische Männer in den Vogesen bei klirrender Kälte Zwangsarbeit leisten. Konnte ein Mensch zwei Jahre an einem solchen Ort überleben?

In jenem Jahr hatte es eine neue besorgniserregende und beängstigende Entwicklung gegeben. Nicht nur aus den dürftigen Berichten des Schweizer Roten Kreuzes, sondern auch aus New Yorker und Londoner Zeitungen ging hervor, dass Hitler seine Pläne in die Tat umsetzte, Juden, Slawen, Zigeuner und andere Volksgruppen, die er als Untermenschen betrachtete, auszurotten, um mehr Lebensraum für die Deutschen zu schaffen. Es war von Gastransportern im polnischen Chelmno und von Massenvernichtung die Rede. Hitler äußerte sein Vorhaben öffentlich in seinen geifernden Reden. Und dennoch verhielt Roosevelt sich zögerlich und beschränkte die Einwanderung in die USA auf ein Minimum.

St. Thomas war unser Rettungsanker. Wenn ich in dieser wundervollen Kirche kniete, wo Weihrauchduft in der Luft hing und ein beeindruckendes Steinrelief hinter dem Altar aufragte, hatte ich das Gefühl, dass die Welt vielleicht doch wieder in Ordnung kommen würde. Als ich ein Kind gewesen war, hatten Vater und ich angefangen, uns alle sechzig hier in Stein gemeißelten Heiligen und bedeutenden Persönlichkeiten einzuprägen. Sankt Polycarp, Sankt Ignatius, Sankt Cyprian. Bis Vater starb, hatten wir es bis Nummer sechsundvierzig – George Washington – geschafft. Deshalb hatte ich die Namen der anderen nie gelernt. Hier war ich ganz in seiner Nähe, insbesondere während der Organist auf allen eintausendfünfhunderteins Pfeifen *God Rest Ye Merry Gentlemen* spielte, Vaters liebstes Weihnachtslied. Allein zu hören, wie die rotwangigen Chorknaben vom Ruhm Gottes sangen, vermittelte mir Zuversicht.

Während Rector Brooks uns sagte, er wolle sich zum Militär melden und dem New Yorker »alten siebten Regiment« als Feldgeistlicher dienen, las ich die eingravierten Namen derer, die im Ersten Weltkrieg gekämpft hatten. Zwanzig von ihnen, deren Namen in Goldbuchstaben in dieser Kirche geschrieben standen, hatten für ihr Land ihr Leben geopfert. Wie viele mehr würden wir in diesem Zweiten Weltkrieg verlieren? In unserer Gemeinde trugen mehr als vierhundert Mitglieder Uniform. Die Anzahl der Gefallenen hatte die des Ersten Weltkriegs bereits überschritten.

Ich hatte einen von Pauls Briefen in mein Gesangbuch gesteckt, einen Nachzügler, der lange nach dem Einmarsch in Frankreich eingetroffen war. Ich hatte ihn so oft gelesen, dass er so dünn geworden war wie ein Abschminktuch. Während Rector Brooks fortfuhr, las ich ihn noch einmal.

Danke für die Pakete mit Ovaltine, meine Liebste. Du kannst mir glauben, dass es eine willkommene Abwechslung von dem heißen Getränk ist, das Renas

Vater aus gemahlenen Ahornsamen braut. Sei nicht besorgt, wenn dieser Brief in nächster Zeit mein letzter ist. In allen Zeitungen heißt es, dass die Invasion unmittelbar bevorsteht. Bis dahin sollst du wissen, dass ich dich vermisse und höchstens mal für ein paar Minuten nicht an dich denke, wenn ich schlafe. Bitte schließe uns in deine Gebete ein und schlafe gut in deinen Laken aus rosafarbenem Satin. Bald sind wir wieder im Automatenrestaurant und erfreuen uns an der Klimaanlage und am Apfel …

Als ich jemandes Blick auf mir spürte, drehte ich mich um und entdeckte David Stockwell auf der anderen Seite des Ganges eine Reihe hinter mir. Er starrte mich unverhohlen an. Was für ein Ausdruck zeichnete sich auf seinem Gesicht ab? Neugier? Ein Anflug von Trauer? Ich klappte mein Gesangbuch zu, als Sally Stockwell, die selbst in diesem großen, kühlen Raum heftig schwitzte, sich vorbeugte und mir zulächelte. Betty beugte sich ebenfalls vor und verdrehte die Augen, ihr Kommentar zu Rector Brooks' langatmiger Predigt.

Nach dem Gottesdienst verließ Rector Brooks den Altarraum und folgte der kläglichen Prozession aus Chorknaben und alten Männern. Sobald sie in der Sakristei im hinteren Teil der Kirche verschwunden waren, strömte die Gemeinde aus dem Gotteshaus.

Mutter und ich holten Betty, David und Sally in der Vorhalle der Kirche ein, dem prachtvollen Eingangsbereich mit der kunstvollen Kassettendecke. Alle drei fielen in der Menschenmenge auf: Betty, weil sie ein blütenweißes Kostüm unter einem Mantel aus dänischem Nerz trug. Sally, weil sie Zwillinge zu erwarten und beinahe zu platzen schien.

Ihr scharlachroter Mantel vermochte ihren Bauch nicht annähernd zu bedecken. Und David, weil er praktisch der einzige Mann in Manhattan ohne Uniform war. Er behauptete, seine Arbeit im Außenministerium sei ein ebenso großes Opfer. Allerdings erschienen mir ausgedehnte Mittagessen im 21 nicht unbedingt eine Folterqual zu sein.

Sally fächelte sich mit dem Gottesdienstblatt Kühlung zu.

»Oh, hallo, Caroline«, sagte sie mit einem zittrigen Lächeln.

»Offenbar kriegen wir zwei Weihnachtsbabys«, meinte Mutter.

»Drei«, verbesserte Betty. »Es werden Drillinge. Mutter ist außer sich. Nun muss sie drei Kinderschwestern einstellen.« Es genügte nicht, dass die Dionne-Fünflinge auf jedem Plakat prangten und mir meine eigene Kinderlosigkeit vor Augen führten. Nein, jetzt musste Sally Stockwell auch noch das Leistungssoll übererfüllen.

Ich nahm David am Ellbogen. »Kann ich mit dir reden? Unter vier Augen?«

David wirkte erschrocken. Befürchtete er, dass ich über unsere Vergangenheit sprechen wollte? Trotz meiner noch immer verletzten Gefühle musste ich zugeben, dass er mit zunehmendem Alter immer besser aussah.

»Hoffentlich steckt er nicht in Schwierigkeiten«, sagte Betty.

»Ich kann mich eine Minute freimachen«, erwiderte David. »Aber wir müssen nach Hause. Die Köchin hat Braten vorbereitet.«

Als ich David in eine ruhige Ecke zog, lächelte er.

»Falls das ein letzter Versuch ist, mir deine Liebe zu gestehen, ist eine Kirche vielleicht nicht ...«

»Warum rufst du mich nie zurück?«, fragte ich.

Der Krieg hinderte David nicht daran, sich weiterhin gut anzuziehen, klassisch und doch beinahe geckenhaft, die Krawatte perfekt gebunden, die Taschen seines Kamelhaarmantels mit makellos geglätteten Kanten.

»Wann hast du *mir* zuletzt einen Gefallen getan?«

»Ich möchte nur, dass du jemanden anrufst, und zwar wegen …«

»Nur der Kongress kann die Einwanderungsquoten lockern, Caroline. Das habe ich dir doch schon erklärt.«

»Du hast genügend Macht, David.«

»Um was zu tun?«

»Roger musste heute Morgen wieder ein Schiff abweisen. Es kam aus Le Havre. Die Hälfte der Passagiere waren Kinder. Wenn du nachfragen könntest …«

»Dieses Land *will* nicht noch mehr Ausländer.«

»Ausländer? Die Hälfte der Bewohner dieses Landes ist erst vor einer Generation hierhergekommen. Wie kannst du Menschen so einfach sterben lassen, David?«

David nahm meine Hand. »Schau, Caroline. Ich weiß, dass Paul Rodierre da drüben in der Klemme steckt …«

Ich zog meine Hand weg. »Darum geht es nicht. Es ist eine Schande, dass wir nichts tun.«

Rector Brooks gesellte sich zu Mutter, Betty und Sally in der Vorhalle. Als er über Sallys Bauch ein Kreuzzeichen beschrieb, schien ihr umso wärmer zu werden.

»Wir sind im *Krieg,* Caroline. Den Krieg zu gewinnen ist der beste Weg, diesen Menschen zu helfen.«

»Du weißt ganz genau, dass das nur eine Ausrede ist. Siebzigtausend rumänischen Juden wurde das Asyl verweigert. Die *St. Louis* durfte nicht anlegen. Wie viele Unschuldige haben wir in den sicheren Tod geschickt?«

Als Rector Brooks in unsere Richtung blickte, schob David mich tiefer in den Schatten.

»Alles dauert seine Zeit, Caroline. Jedes Visum muss sorgfältig überprüft werden. Spione der Nazis könnten sich als Flüchtlinge ausgeben. Unsere Vorsicht ist im besten Interesse der Vereinigten Staaten.«

»Das ist Antisemitismus, David. Es gab einmal eine Zeit, in der du richtig gehandelt hättest.«

»Bruderherz«, rief Betty.

David hielt den Zeigefinger hoch. »Seien wir doch mal ehrlich. Wenn du nicht wie ein Schulmädchen deinem verschollenen verheirateten Liebhaber nachtrauern würdest, würdest du bei der Junior League Socken für unsere Soldaten stricken.«

»Ich werde vergessen, dass du das gesagt hast, wenn du versprichst, es wenigstens zu versuchen …«

»David, *sofort*«, beharrte Betty.

»Okay, ich erkundige mich.«

»Habe ich dein Wort?«

»Ja, verdammt. Jetzt zufrieden?«

»Ja«, erwiderte ich lächelnd. Kurz glaubte ich, einen traurigen Ausdruck über Davids Gesicht huschen zu sehen. Bereute er unsere Trennung? Schwer zu sagen, denn der Ausdruck war gleich wieder verflogen.

Als wir uns umdrehten, stellten wir fest, dass Mutter und Betty der schwangeren Sally in eine hintere Bankreihe halfen. Rector Brooks stand da wie ein besorgter Vater, während Mutter einige Chorknaben losschickte, um ein Wassergefäß zu suchen. Im nächsten Moment hallten Sallys Schreie in der Kirche wider: Mutter schob der Armen ihren zusammengefalteten Mantel unter den Kopf.

»Mein Gott«, sagte David erschrocken.

Betty hastete auf ihn zu und zerrte an seinem Arm. »Komm her. Sie platzt gleich. Ins St. Luke's schaffen wir es nicht mehr.«

Offenbar würde David den Weihnachtsbraten seiner Köchin verpassen.

Kapitel 22

KASIA

Weihnachten 1943

Das Weihnachtsfest 1943 war besonders traurig für Zuzanna und mich. Matka und Luiza waren fort, zudem war meine Schwester völlig abgemagert, weshalb wir nicht viel Grund zum Feiern hatten. So lange schon hatten wir weder einen Brief noch ein Päckchen von Papa erhalten. Lebte er überhaupt noch?

Am Nachmittag vor Heiligabend waren wir vom Appell befreit, weil die Wachen ihre Feier abhalten wollten. Zuzanna lag neben mir. Der Durchfall hatte sie so ausgezehrt, dass sich ihr Hüftknochen spitz unter der dünnen Decke abzeichnete, während sie schlief. Als Ärztin wusste sie, was mit ihr geschah, und gab mir Anweisungen, wie ich ihr helfen konnte. Doch nicht einmal das Salz und das saubere Wasser, das die Mädchen in der Küche für sie abzweigten, nützten etwas. Obwohl viele unserer Mitgefangenen ihre kostbaren Rationen mit uns Versuchskaninchen teilten, würden wir uns ohne eine baldige Essenslieferung von zu Hause nicht mehr lange am Leben halten können.

Zuzanna lag, die Hände unter dem Kinn verschränkt, auf der Seite. Ich döste neben ihr, die Brust an ihren Rücken geschmiegt. Ihre Atemzüge waren das Einzige, was mich glücklich machte. Die Frauen in unserer Baracke hatten per Abstimmung entschieden, uns ein eigenes Bett in der unteren Etage zu überlassen, weil wir Versuchskaninchen gewesen waren. Das war eine sehr großzügige Geste, da manche Betten mehr als acht Gefangene beherbergten. Die Russinnen – viele von ihnen auf dem Schlachtfeld festgenommene Ärztinnen und Krankenschwestern – waren besonders nett zu uns und hatten die Abstimmung als Weihnachtsgeschenk organisiert. Anise hatte uns eine läusefreie, zerfledderte Decke gebracht, die sie aus den Beutehaufen stibitzt hatte. Ich wickelte sie um Zuzannas nackte Füße.

Ich beobachtete, wie einige polnische Mädchen Gras unter ein Stück Stoff stopften. Das war eine polnische Weihnachtstradition, an die wir uns schon seit unserer Kindheit hielten. Eigentlich legt man dazu frisches Stroh unter ein weißes Tischtuch. Nach dem Abendessen ziehen die Mädchen einzelne Halme heraus, um die Zukunft vorherzusagen. Ein grüner Halm steht für eine Hochzeit, ein welker für eine Warteperiode, ein gelber bedeutete, dass man eine alte Jungfer würde, und ein kurzer wies auf ein frühes Grab hin. An diesem Tag sahen die Halme für mich alle sehr kurz aus.

Da Marzenka gerade nicht da war, sangen ein paar polnische Mädchen eines meiner liebsten Weihnachtslieder *Zdrow bądź krolu anjelski* – Wie es dem König der Engel gebührt. Sie sangen ganz leise, da es verboten war, eine andere Sprache als Deutsch zu sprechen, und man für so etwas leicht im Bunker landen konnte.

Das Lied erinnerte mich an den Heiligabend in Polen und unseren kleinen Weihnachtsbaum, geschmückt mit Eiszapfen aus silbernem Papier und Kerzen. Nadia und ich hatten einander immer etwas geschenkt, in der Regel Bücher. Matka kochte zum Abendessen eine klare Suppe aus roter Bete und dazu Fisch. Danach gab es Süßigkeiten. Am Weihnachtstag gingen wir in die Kirche und saßen in derselben Reihe wie die Bakoskis, eng zusammengedrängt mit Pietrik und seiner sanften Mutter, die aussah wie ein dunkler Schwan. Bevor sie Pietriks Vater kennengelernt hatte, war sie Balletttänzerin gewesen und trug ihr Haar stets in einem tief angesetzten Nackenknoten. Herr Bakowski, kerzengerade Körperhaltung und in Uniform. Luiza in einem neuen rosafarbenen Mantel kuschelte sich an mich. Pietriks Familie lächelte, als er mich näher heranzog, um das Gesangbuch mit mir zu teilen. Er roch nach Zimt und Nelken, weil er seiner Mutter am Morgen beim Backen geholfen hatte.

Inzwischen verbrachte ich immer mehr Zeit mit meinen Erinnerungen. Alles, um der eiskalten Baracke zu entfliehen. Allerdings spürte ich, wie der Hunger alle Liebe verdrängte, die ich je empfunden hatte. Meistens dachte ich nur an Brot und daran, Zuzanna und mich von Läusen zu befreien. Zuzanna hatte ein strenges Entlausungsritual für uns entwickelt, weil sie eine Heidenangst vor Typhus hatte. Als Ärztin wusste sie, was es bedeutete, sich mit dieser Krankheit anzustecken.

Die Ankunft des alten Elektrikers aus Fürstenberg, der etwas an den Stromleitungen in unserer Baracke reparieren sollte, riss mich aus meinen Grübeleien. Er war ein häufiger Besucher, über den wir uns sehr freuten. Herr Fenstermacher war buckelig und weißhaarig und hatte stets eine Leinentasche mit Werkzeug und einen hölzernen Klappstuhl dabei. Die Schultern und Ärmel seiner Tweedjacke waren mit nassen Flecken übersät. Er schüttelte sich den Regen von seinem senfgelben Hut, und dann tat er wie immer etwas Außergewöhnliches.

Er verbeugte sich vor uns.

Eine Verbeugung! Wie lange hatten wir das nicht mehr erlebt. Anschließend ging er in die Mitte des Raums und klappte seinen Stuhl auseinander. Auf dem Weg warf er einen Blick auf die neben mir schlafende Zuzanna und lächelte. Aus irgendeinem Grund hatte er Zuzanna besonders gern. Sie hatte diese Wirkung auf ihre Mitmenschen. Erinnerte sie ihn an sein eigenes Kind? Bei seinem letzten Besuch hatte er ihr einen in weißes Papier gewickelten Zuckerwürfel zugesteckt, den wir uns über mehrere Tage eingeteilt hatten, indem wir nachts nur ein wenig daran leckten. Und einmal hatte er »versehentlich« ein Päckchen Kopfschmerzpulver neben ihrem Bett fallen gelassen.

Warum freuten wir verhungernden Mädchen uns, diesen Deutschen zu sehen? Weil Herr Fenstermacher kein gewöhnlicher Handwerker war. Er war ein gütiger, gebildeter Mann mit einer Stimme wie warmer Sirup. Und das war noch nicht alles.

Er sang uns vor. Auf Französisch.

Aber nicht irgendwelche Lieder. Seine Lieder bestanden aus den Zeitungsschlagzeilen des Tages. Ja, über einige Ereignisse des Krieges wussten wir Bescheid, einfach indem wir dem entfernten Dröhnen der Bomben im Süden lauschten. Doch Herr Fenstermacher machte uns mit hohem persönlichen Risiko ein Geschenk, das wertvoller war als Gold: Er überbrachte uns Nachrichten, die

Hoffnung machten. Wie sein Name schon sagte, war er unser Fenster zur Welt.

Er begann immer auf die gleiche Weise, indem er auf seinen Stuhl stieg, an der nackten Glühbirne herumnestelte und sang: *»Recueillez près, les filles, et vous entendez tout ce qui se passe dans le monde.«* Rückt näher zusammen, Mädchen, und ihr bekommt zu hören, was auf der Welt geschieht.

An diesem Weihnachtstag erfuhren wir, dass amerikanische Truppen auf europäischem Boden gelandet waren. Roosevelt und Churchill hatten sich in Teheran getroffen. Die britische Royal Air Force hatte erfolgreich Berlin bombardiert. Das also waren die Flugzeuge gewesen, die wir über unseren Köpfen gehört hatten. Ich malte mir attraktive, junge englische Piloten in ihren Maschinen aus, die einen Fliegeralarm auslösten, sodass Binz und ihre Aufseherinnen in Panik verfielen. Wussten diese Piloten überhaupt, dass wir hier unten auf unsere Befreiung warteten?

Wer Französisch konnte, flüsterte die Übersetzung den anderen zu. Man kann sich gar nicht vorstellen, wie sehr wir uns über dieses Geschenk freuten. Der Elektriker endete mit einem freundlichen »Frohe Weihnachten, meine Damen. Möge Gott uns allen bald helfen«.

Er sammelte sein Werkzeug ein und setzte den Hut auf. Ich hatte Tränen in den Augen. Würde er sich bei diesem Wetter erkälten? Alle hatten uns vergessen. Ahnte er, dass er unser einziger Verbündeter war? Er kam zu unserem Bett und zog den Hut vor mir. Bitte sei vorsichtig, dachte ich, du bist unser einziger Freund.

Ich war froh, dass Zuzanna alles verschlief. Ein Ruhetag, an dem sie nicht stundenlang im Schneeregen stehen musste, während Binz und ihre Aufseherinnen uns durchzählten, wäre gut für ihre Genesung. Erst als Herr Fenstermacher fort war, bemerkte ich, was er am Fußende unseres Bettes hinterlassen hatte.

Ein wunderschönes Paar handgestrickter Socken.

Als ich danach griff, konnte ich kaum fassen, wie weich sie waren. Ich strich mir damit über die Wange. Sie fühlten sich an wie Psinas zarte Daunenfedern. Und die Farbe! Ein zartes Blau wie der Himmel im Frühsommer. Ich schob sie unter Zuzannas Kinn, zwischen ihre verschränkten Hände und ihre Brust. Ein Weihnachtswunder.

Kaum war Herr Fenstermacher gegangen, als sich die Tür der Baracke öffnete. Marzenka trampelte herein und trat sich den Schlamm von den Stiefeln. Wie sehr beneideten wir sie um diese Stiefel, denn nackte Füße in zu großen Holzpantoffeln mitten im Winter waren eine Tortur.

Marzenka hatte einen Stapel Pakete bei sich. Bei deren Anblick bekam ich Herzklopfen. War das zu viel verlangt? Ein Paket zu Weihnachten nach so langem Warten?

Sie marschierte durch die Baracke, rief verschiedene Namen auf und warf Briefe und Pakete auf die Betten. Seltsam, dachte ich, dass wir als politische Gefangene Pakete empfangen durften. Doch zu unserem Glück war Kommandant Suhren Pragmatiker. Wenn die Familie einer Gefangenen Essen und Kleidung schickte, sparte sich das Lager Geld. So wurde es billiger, die Arbeiterinnen am Leben zu erhalten.

Als Marzenka unser Bett erreichte, waren nur noch zwei Pakete übrig.

Bitte lass eines für uns sein.

Vor unserem Bett wurde sie langsamer. »Frohe Weihnachten«, sagte sie und lächelte, was bei ihr selten vorkam. Selbst sie hatte inzwischen Mitgefühl mit den Versuchskaninchen.

Marzenka ließ das Paket auf unsere Strohmatratze fallen, wo es mit einem dumpfen Geräusch landete. Ich setzte mich auf und griff danach. Mir war ein wenig schwindelig, als ich das Paket eine Weile ungläubig festhielt. Regenwasser hatte kleine Tupfen auf das braune Packpapier gemalt, sodass es aussah wie ein Tierfell. Außerdem war die mit Tinte geschriebene Absenderadresse verschmiert. Doch es war vom Postamt in Lublin.

Papa.

Hatte er den Code geknackt und den Brief gebügelt? Sollte ich Zuzanna wecken, damit wir es gemeinsam öffnen konnten? Das Paket war bereits halb offen, weil die Zensoren es durchwühlt hatten. Also riss ich das Papier ganz auf und stieß auf eine alte Bonbondose, die sich kalt anfühlte. Als ich den Deckel abnahm, stieg mir der Geruch von altem Schokoladenkuchen in die Nase. Oh, Schokolade. Ich hatte ganz vergessen, was Schokolade war. Selbst alte Schokolade sorgte dafür, dass mir das Wasser im Mund zusammenlief.

In der Dose befanden sich drei in Stoff verpackte Bündel. Aus dem ersten förderte ich den Rest eines Mohnkuchens zutage. Mehr als die Hälfte! Normalerweise hätten sich die Zensoren den ganzen Kuchen genommen. Waren sie großzügig, weil Weihnachten war? Ich kostete einen Krümel und dankte Gott für die Schöpfung der Mohnblume. Dann wickelte ich den Kuchen rasch wieder ein, denn ich wollte ihn für Zuzanna aufheben. Polnischer Kuchen war sicher eine gute Medizin für sie.

Das nächste Bündel enthielt eine Tube Zahnpasta. Beinahe hätte ich gelacht. Unsere Zahnbürsten waren längst verschwunden, doch es war wundervoll, einen vertrauten Gegenstand von zu Hause zu sehen. Ich schraubte den Verschluss ab und schnupperte den kühlen Pfefferminzduft. Die Tube versteckte ich unter unserer Matratze. Wenn ich gut verhandelte, könnte ich diesen Schatz gegen eine Wochenration Brot eintauschen.

Das letzte Bündel war klein und in ein kleines weißes Geschirrtuch gewickelt, das Matka im Kreuzstich mit zwei sich küssenden Vögeln verziert hatte. Beim bloßen Anblick begann ich zu schluchzen, was mich einen Moment aufhielt. Meine Hände zitterten so sehr, dass ich den Knoten kaum öffnen konnte. Als es mir endlich gelang und das Handtuch ausgebreitet auf meinem Schoß lag, starrte ich fassungslos auf den Inhalt.

Es war eine Spule mit rotem Garn.

Glückseligkeit ist ein abgedroschener Begriff, aber genau das empfand ich an jenem Tag, als mir klar wurde, dass Papa meinen geheimen Brief verstanden hatte. Ich musste mich beherrschen, um mich nicht mitten in den Raum zu stellen und meine Freude hinauszuschreien. Stattdessen küsste ich die kleine Holzspule und schob sie in die gefalteten Hände meiner Schwester.

Es war das schönste Weihnachtsgeschenk meines Lebens, denn ich wusste, dass wir nicht mehr allein waren.

Kapitel 23

HERTA

1944

»Vilmer Hartmann für Sie«, verkündete Schwester Marschall mit vielsagendem Blick. Warum spazierte sie ständig in mein Büro, ohne anzuklopfen?

Am Morgen war ich übellaunig und mit einem seltsamen Brummen im Kopf aufgewacht. Vielleicht war der Grund ja, dass das Lager aus allen Nähten platzte. Ravensbrück war für siebentausend Gefangene gebaut worden, beherbergte in jenem Sommer jedoch beinahe fünfundvierzigtausend. Möglicherweise lag es auch an den dauernden Fliegeralarmen oder den unangenehmen Kriegsnachrichten. Anfang Juni hatten wir erfahren, dass die Amerikaner in Frankreich gelandet waren. Eine weitere Ursache mochte sein, dass es im Lager von Gefangenen mit ansteckenden Krankheiten wimmelte. Alle zwei Wochen musste ich das Revier vollständig von nicht arbeitsfähigen Gefangenen räumen und sie auf schwarze Transporte schicken. Selbst nachdem ich mich ein paarmal selbst verletzt hatte, um die Anspannung abzubauen, konnte ich nicht schlafen.

Um das Maß voll zu machen, hatte Suhren in Sachen Versuchskaninchen noch immer nichts erreicht. Die Baracken waren so überfüllt und wurden so schlecht geführt, dass es unmöglich wäre, sie wieder ausfindig zu machen, ohne das ganze Lager abzuriegeln. Außerdem hatte Gerda mir berichtet, ihre Freundinnen tauschten die Nummern mit den Kaninchen und versteckten sie überall, selbst in der TBC-Baracke.

Also war ich nicht in der Stimmung für den Besuch eines alten Freundes.

Ich kannte Vilmer Hartmann, einen Psychologen, aus dem Studium. Er wollte das Lager Uckermark besichtigen, wohin Suhren die Gefangenen schickte, die wir nicht unterbringen konnten. Ich wusste, dass Psychologen die Lager abklapperten, um die Mitarbeiter auf ihre geistige Gesundheit zu untersuchen. Zeitverschwendung, wo es doch so viel Wichtigeres zu tun gab. Ich hoffte, ihn nach Uckermark fahren, die Runde in höchstens fünf Minuten hinter mich bringen und mich ohne Zwischenfälle verdrücken zu können. Ich plante, am Abend früher Schluss zu machen und ein kühles Bad zu nehmen. Wir litten unter einer Hitzewelle. Es war der heißeste Juli seit Beginn der Wetteraufzeichnung.

Ich traf Vilmer vor dem Verwaltungsgebäude auf dem Beifahrersitz eines Wagens an. Nachdem ich mich ans Steuer gesetzt und den Motor gestartet hatte, schaltete ich das Radio ein, um ein Gespräch zu verhindern.

Deutschland ist weiterhin siegreich. Den Alliierten geht der Proviant aus, während die deutschen Truppen die Operation Wacht am Rhein fortsetzen. In anderen Nachrichten ...

Vilmer machte das Radio aus. »Siegreich? Alles erstunken und erlogen. Wie lange wollen wir noch die Augen vor der Wahrheit verschließen? Wir haben den Krieg verloren. Er war schon in Stalingrad vorbei.«

»Und was führt dich in unser Lager, Vilmer? Zuletzt habe ich dich im Biologieseminar gesehen, als du Schwierigkeiten mit einem Schweinefötus hattest.«

Vilmer schmunzelte. »Dieses Seminar wäre beinahe mein Untergang gewesen.«

Vilmer war ein gut aussehender Mann mit leicht gewelltem blonden Haar und einer freundlichen Art. Er trug Zivil, vermutlich um das Vertrauen seiner Patienten zu gewinnen. Seine teuer wirkenden Schuhe sahen trotz des Staubs im Lager aus wie frisch geputzt.

»Die Medizin ist nichts für jeden«, meinte ich.

»Sie ist eindeutig lukrativer«, erwiderte Vilmer. »Aber ich bin gern Psychologe.«

Als wir das Lager Uckermark erreichten, parkte ich den Wagen. Vilmer, ein typischer deutscher Kavalier, hielt mir die Tür auf. Wir besichtigten die drei neu gebauten Baracken und das gewaltige Armeezelt auf dem Platz, wo Hunderte Gefangene in Zivil herumstanden oder -saßen.

Vilmer hatte wie alle kultivierten deutschen Männer ausgezeichnete Manieren, war jedoch ein Langweiler. Er hatte mich einmal gefragt, ob ich mit ihm ausgehen wollte.

»Du veröffentlichst so viel, Vilmer. Du hast ja richtig Karriere gemacht.«

Ich wischte mir schwarze Asche vom Ärmel meines weißen Kittels.

»Ist es heute nicht zu warm für lange Ärmel?«, meinte

Vilmer. »Für mich brauchst du dich nicht in Schale zu werfen.«

»Warum bist du hier, Vilmer?«

»Ich untersuche den Zusammenhang zwischen Trauma und Psychose.«

»Wieder eine Studie? Hier wirst du Unmengen von Probanden finden. Am besten fängst du in der Offiziersmesse an.«

»Ich interessiere mich eher für die Häftlinge.«

»Wen kümmern denn die? Wenn du dir nichts einfangen willst, fass sie lieber nicht an.«

»Mich kümmern sie sehr«, erwiderte Vilmer. »Es ist nur ein Teil meines Auftrags, aber ich habe durch die Gesprächstherapie mit Gefangenen viel gelernt.«

»Und wie lautet dein offizieller Auftrag?«

Inzwischen hatten wir das Zelt erreicht. Vilmer drehte sich um und lächelte einer Gefangenen zu.

»Ich soll auf der Grundlage verschiedener Kriterien die Fähigkeiten der Population bewerten.«

Das hieß, er sollte diejenigen selektieren, die geistig nicht in der Lage waren zu arbeiten. Bevor er sie für die Sonderbehandlung auswählte, schob er noch eine kleine Studie ein, die er publizieren konnte.

»Du beobachtest Ratten im Labor«, stellte ich fest.

»Ich würde mich freuen, wenn ihnen die Gespräche weiterhülfen. Seit wann bist du so zynisch, Herta?«

»Gehöre ich deshalb auf die Couch?«

»Es würde dir guttun. Nicht dass das verwunderlich wäre. Immerhin stumpfst du hier seit Jahren systematisch ab. Und es fing schon in der Uni an. Ich erinnere mich an einen Schwertkampf mit menschlichen Gliedmaßen in der Pathologie.«

»Und du bist nur hier, um Gefangene zu bewerten?«

»Oh, nein. Auch die Lagermitarbeiter.«

»Mich ebenfalls?«

Vilmer zuckte die Achseln. »Wir haben alle eine Aufgabe.«

»Also wird jedes Wort, das ich von mir gebe, aufgeschrieben und an Suhren weitergeleitet?«

»Ich erstatte in Berlin Bericht.«

»Hat man dich angewiesen, mich zu evaluieren?«

»Du bist nur eine von vielen, Herta. Lagerärzte sind besonders gefährdet. Als Gruppe legt ihr einen großen Respekt vor Autoritäten an den Tag. Ihr akzeptiert den Status quo, ja ihr befürwortet ihn sogar.«

»Ich könnte in diesem Dreck nicht leben ...« Wieder wischte ich Asche von meinem Kittel. »Was steht in meiner Personalakte?«

»Verrat du es mir.«

»Ich bin mir sicher, dass der gesamte Vorfall mit der Polin dort festgehalten ist.«

»Mag sein.«

»Was gibt es dazu zu sagen? Ich hatte eine Gefangene entdeckt, eine ehemalige Krankenschwester, die mir geholfen hat, das Revier auf Vordermann zu bringen. Schwester Marschall war eifersüchtig und hat der Sache ein Ende gesetzt. Marschall, die solltest du mal untersuchen.«

»Weißt du, warum sie dich mit Dr. Winkelmann Schach spielen lassen?«

»Darüber plaudern wir nicht unbedingt, Vilmer.«

Anfangs hatte ich gegen die angeordneten Treffen mit meinem dicklichen Kollegen Winkelmann protestiert. Doch mit der Zeit empfand ich sie als zusehends entspannend. Ich tupfte mir Mentholsalbe unter die Nase, um seinen Körpergeruch nicht wahrnehmen zu müssen, und sah zu, wie er riesige Mengen Fischbrötchen verschlang. Dabei hielt er mir Vorträge darüber, wie förderlich Fisch für die Gehirnleistung sei. Ich hatte schon schlimmere Verabredungen erlebt.

»Vermutlich hatten sie den Verdacht, dass ich ein zu enges Verhältnis zu einer anderen Frau entwickeln und deshalb von männlicher Gesellschaft profitieren würde.«

»Und was fühlst du dabei?«

»Gefühle gehören nicht zu meinem Beruf.«

»Deine Emotionen zu internalisieren hilft dir nicht weiter, Herta.«

Vilmer war so weich, mit seinen traurigen braunen Rehaugen. Er war nie einer der begabtesten Studenten gewesen.

»Es hat mich einfach traurig gemacht. Sie war eine fleißige Arbeiterin und ein guter Mensch.«

»In meinen Aufzeichnungen heißt es, du hättest danach einige Tage das Bett gehütet. Eine akute Panikattacke.«

»Ich habe es überwunden.« Mit harter Arbeit und Disziplin konnte man alles überwinden. Weshalb veranstaltete er so ein Theater deswegen?

»Offenbar belastet es dich, dass die Asche aus dem Krematorium deinen Kittel beschmutzt. Möchtest du darüber reden?«

»Zufällig trage ich lieber einen sauberen Kittel, Vilmer. Verstoße ich damit gegen irgendeine Verhaltensregel?«

»Du brauchst nicht gleich laut zu werden, Herta. Treten die Episoden inzwischen häufiger auf?«

Wie lange musste ich mir das noch anhören?

»Wie schläfst du?«

Plötzlich wurde es in der Sonne heiß wie in der Hölle. »Nicht gut, Vilmer. Könnte etwas damit zu tun haben, dass um vier Uhr morgens die Sirene losgeht. Nicht dass es jemanden interessieren würde, ob ich schlafe.«

»Hast du das Gefühl, dass du niemanden interessierst?«

»Könntest du bitte aufhören, mich nach meinen Gefühlen zu fragen? Mein Gott, Vilmer. Was soll das bringen? Wie ich mich fühle? Du möchtest wissen, wie ich mich fühle?«

Meine laute Stimme erregte die Aufmerksamkeit einer Aufseherin. Weitere Berichte in meiner Akte würden mir gerade noch fehlen.

»Schau, es ist nicht einfach, an einem Ort wie diesem zu leben«, sagte Vilmer. »Deine Pflichten im Lager werden in deiner Akte aufgeführt. Das kann dich unmöglich kaltlassen. Es liegt nicht in deinem Naturell, Leben zu beenden, Herta. Du stumpfst eindeutig psychisch ab.«

»Ich mache meine Arbeit«, entgegnete ich und zog mir die Ärmel meines Kittels über die Handgelenke.

»Waren das Schnittverletzungen?«

Und wenn schon? Damit kam ich klar.

»Nein, natürlich nicht«, erwiderte ich. »Ich verstümmele mich doch nicht selbst.«

Vilmer steckte sich eine Zigarette zwischen die Lippen und klappte sein Feuerzeug auf. Da sich die Sonne im Aluminium spiegelte, war ich kurz geblendet. »Du kannst nicht beides haben, Herta. Töten und dennoch als Heilerin angesehen werden. Das fordert seinen Tribut.«

»In meiner Freizeit denke ich an etwas anderes.«

»Du weißt, dass das Verdrängung ist. Das ist ungesund.«

»Dasselbe gilt auch fürs Rauchen.«

Vilmer verzog das Gesicht und warf die Zigarette weg, was ein Gerangel unter den Gefangenen auslöste. »Schau, bis zu einem gewissen Grad ist es gesund, die Dinge in Schubladen zu stecken. Aber für dich könnte ein weniger hektischer Arbeitsalltag hilfreich sein.«

»Du versetzt mich?«

»Ja, ich denke, eine Veränderung würde dir guttun. Im Moment kannst du hier nicht viel mehr für das Reich tun.«

»Also steckst du mich mit einem Gaumenspatel und einer Dose Aspirin in irgendein Kleinstadtkrankenhaus? Du magst das Medizinstudium nicht ernst genommen haben, aber ich habe mich sehr angestrengt, um es so weit zu bringen.«

»Deine Feindseligkeit ist überflüssig, Herta.«

Mein Kittel glich einem Ofen. Der Schweiß lief mir den Rücken hinunter.

»Jetzt bin ich also auch noch feindselig? Ich bitte dich. Hast du je etwas so gut gemacht, dass du glaubst, zu Großem bestimmt zu sein? Nein, schreib nur nicht Größenwahn in meine Akte. Das hier ist die reine Wahrheit. Ich bin Medizinerin, Vilmer. Das ist mein Lebenselixier. Bitte lass nicht zu, dass sie mich wegschicken.«

»Dieses Durcheinander wird für Deutschland kein gutes Ende nehmen, Herta. Das musst du doch begreifen. Bald bist du eine Kandidatin für den Galgen.«

Ich kehrte zurück zum Wagen. »Suhren kümmert sich um alles.«

Vilmer folgte mir. »Glaubst du, Suhren wird dich beschützen? Er wird nach München flüchten. Oder nach Österreich. Gebhardt betreibt bereits Wahlkampf, um Präsident des Roten Kreuzes zu werden, als ob ihn das von seiner Schuld freigesprochen würde. Warum nimmst du nicht einfach Urlaub?«

Es war widerlich. Diese Schwäche. Waren alle Deutschen über Nacht Weichlinge geworden?

»Ich überlasse dich deiner Forschungsarbeit«, verkündete ich, stieg in den Wagen und warf ihm die Tasche mit den mitgebrachten belegten Broten zu. »Ich komme zurecht, Vilmer. Ich bin schon so weit gekommen. Bitte nimm mir meine Arbeit nicht weg.«

Als ich durch das Tor des Lagers Uckermark fuhr, kam mir ein Lastwagen entgegen, der einen Transport zur Sonderbehandlung abholte. Im Rückspiegel sah ich, dass Vilmer neben dem Zelt stand und mit einigen ungarischen Jüdinnen sprach. Sicher plauderte er mit ihnen über ihre Gefühle. Als ob das dem Reich nützen könnte.

Einige Monate später rief Suhren mich in sein Büro. Sein Gesicht war grau wie ein Regenwurm.

»Ich habe aus sicherer Quelle erfahren, dass die Sache mit Gebhardts Versuchskaninchen durchgesickert ist. Berlin hat eine Meldung abgefangen, die die polnische Exilregierung in London verbreitet hat. Es war von Vivisektion die Rede, und mein Name wurde genannt. Auch der von Binz. Es hieß, wir würden mit einem glühenden Schüreisen für unsere Sünden bestraft werden.«

»Wurden auch Ärzte erwähnt?«

»Nur Gebhardt. Es hieß, eine katholische Mission in Fribourg habe den Vatikan informiert.«

»Ich habe Sie gewarnt, Herr Kommandant.«

Er ging im Raum hin und her. »Wie konnte das herauskommen? Wahrscheinlich sorgen wir jetzt am besten dafür, dass man sich gut um die Versuchskaninchen kümmert.«

»Nein, Herr Kommandant. Ganz im Gegenteil. Wie wir besprochen …«

»Laut Sicherheitsamt hat die polnische Exilregierung Gebhardt zum Tode verurteilt. Wir haben es hier mit einer internationalen Affäre zu tun. Man muss mit Fingerspitzengefühl vorgehen. Das könnte den Unterschied bedeuten, wenn, tja, alles vorbei ist.«

»Es ist besser, wenn die Versuchskaninchen nie gefunden werden. Wie soll sich die Öffentlichkeit die Mäuler über etwas zerreißen, was es nie gegeben hat?«

»Himmler verhandelt mit Schweden darüber, einige Häftlinge von hier fortzubringen. Nach Schweden, in den Bussen des Roten Kreuzes. Seiner Ansicht nach könnte das die Welt milde stimmen. Es könnte von Vorteil für uns sein. Hoffentlich wird man berücksichtigen, dass ich gegen die Operationen war.«

Wie konnte Suhren so naiv sein? Es würde keine Milde geben. Wenn Deutschland den Krieg verlöre, würden die Sieger nicht unbedingt Schlange stehen, um in Erfahrung zu bringen, wer im Detail wogegen protestiert hatte. Suhren würde schnurstracks am Galgen enden.

»Glauben Sie, die Welt wird die lebenden Beweise dafür, was hier geschehen ist, mit Wohlwollen betrachten? Herr Kommandant, man wird Sie dafür verantwortlich machen, ganz gleich was Sie sagen. Und mich auch.«

Suhren blickte aus dem Fenster hinunter aufs Lager.

»Und wie sollen wir die Kaninchen finden? Die Gefangenen tragen inzwischen nicht einmal mehr ihre richtigen Nummern.« Seine Augen waren blutunterlaufen. Hatte er getrunken? »Beim Appell schleichen sie sich davon. Sie tauschen die Nummern mit den Toten.«

Ich trat einen Schritt auf ihn zu. »Die meisten müssten in Baracke einunddreißig sein. Mit der neuen Einrichtung …«

»Bitte, Oberheuser …«

Suhren sprach nicht gern über die neue Einrichtung, und das Wort Gas nahm niemand in den Mund. Neue, vor Kurzem aus Auschwitz eingetroffene Mannschaften hatten in einem alten Malerschuppen neben dem Krematorium eine provisorische Kammer zusammengeschustert. Zwar nicht unbedingt ein Beispiel für die deutsche Handwerkskunst, aber sie würde uns die Aufgabe, die Versuchskaninchen zum Schweigen zu bringen, sehr erleichtern.

»Ich werde Binz anweisen, die Baracke abzusichern und anschließend einen Appell abzuhalten«, sagte Suhren. »Sie persönlich sind dafür verantwortlich, dass jedes Versuchskaninchen eingefangen wird.«

Es wurde langsam Zeit.

»Habe ich Ihre Genehmigung, zu …«

»Tun Sie, was nötig ist, Fräulein Doktor. Sorgen Sie nur dafür, dass sie spurlos verschwinden.«

Kapitel 24

CAROLINE

1944–1945

Am 25. August rief Roger mich in The Hay an und meldete, die amerikanischen und die freien französischen Truppen stünden am Stadtrand von Paris.

Wir waren wieder im Geschäft.

Da es Samstagmorgen war, herrschte kaum Verkehr, als ich mit durchgetretenem Gaspedal in die Stadt fuhr. Auf dem Taconic Parkway raste ich an anderen Autos vorbei, bis ich im Rückspiegel Blaulicht sah. Nachdem ich dem milchgesichtigen Polizisten die Lage erklärt hatte, schaltete er das Blaulicht wieder ein und eskortierte mich zum Konsulat.

In Rogers Büro sammelten wir Informationen aus sämtlichen verfügbaren Quellen. Gleichzeitig lasen wir Telegramme und Morsenachrichten und hörten dabei Radio. Als unsere Truppen den Arc de Triomphe erreichten, waren wir überglücklich und telefonierten sofort mit Bordeaux und London. Die amerikanischen Truppen, unterstützt von der freien französischen Armee unter General de Gaulle, hatten von Süden her in ihren Militärfahrzeugen und zu Fuß die Champs-Élysées in Paris erreicht. Massen von Parisern strömten auf die Straßen und riefen: *»Vive la France!«* Obwohl deutsche Heckenschützen und Panzer hie und da noch Schüsse abfeuerten, stürmten die Menschen, außer sich vor Freude über die Befreiung, aus ihren Häusern. Bald schwenkten die Deutschen hinter ihren Unterständen die weiße Fahne und ergaben sich. Restaurantbesitzer holten ihre letzten Flaschen Champagner aus den Kellern, und ganz Paris war berauscht vor Glück.

Später sahen wir von Rogers Büro aus zu, wie Lily Pons, der Star der Metropolitan Opera, unter uns auf der Rockefeller Plaza vor dreißigtausend Menschen die Marseillaise sang, um den Sieg zu feiern.

Wir alle waren uns einig, dass es nur eine Frage der Zeit wäre, bis Hitler kapitulieren und Berlin fallen würde. Ich schickte Telegramme und Briefe an mögliche Repatriierungszentren in ganz Frankreich, um mich nach Paul zu erkundigen. Würde er nach Paris zurückkehren?

Trotz der Befreiung Frankreichs zog sich der Krieg weiter dahin. Im folgenden April saß ich, noch im Pyjama, in The Hay am Esstisch und verfasste eine Presseerklärung für die Waisenkinder in Frankreich. *Diese Dinge des alltäglichen Bedarfs werden HEUTE in Frankreich gebraucht: Reis, gesüßter Kakao, Vollmilchpulver und Trockenfrüchte. Tee und Kaffee für die älteren Kinder wären außerdem nötig …*

Wie lange war es her, dass ich jenen ersten Brief von Paul erhalten hatte? Meine Anfragen waren alle vergeblich gewesen. Ein letzter Schneesturm war über Bethlehem niedergegangen, doch selbst der Winter hatte den

Winter satt, und kleine Flöckchen bedeckten den verkrusteten Schnee im Garten wie weißer Flanell. Absolut ungeeignet für Schneebälle, hätte Vater gesagt.

Serge warf die Post, die er im Postamt abgeholt hatte, auf den halbmondförmigen Tisch neben der Haustür und machte sich daran, den Schnee vom Vorgartenweg zu schippen.

Als es am Nachmittag dämmerte, machte ich mir in der Küche einen Tee. Auf dem Rückweg ins Esszimmer blätterte ich den Stapel Briefe durch. Es waren die üblichen Kuverts. Ein Flugblatt für Mutters jährliche Pferdeausstellung im Frühling in Bethlehem, die auf dem Ferriday Field hinter unserem Haus stattfand und bei der Gelder für die Bibliothek gesammelt wurden. Die monatliche Milchrechnung von der Elmwood Farm. Eine Einladung zu einem Glockenkonzert in den Hills.

Ein Umschlag ließ mich schlagartig innehalten. Er war eierschalfarben, genau wie die anderen, die Paul geschickt hatte, und er war in seiner Handschrift adressiert. Ein wenig zittrig zwar, aber es war eindeutig seine Schrift. Die Absenderadresse lautete *Hotel Lutetia 45, Boulevard Raspail.*

Mit bebenden Händen riss ich den Umschlag auf und las den Brief.

Ich holte meine Stiefel aus der Küche, zog Mutters Mantel über den Pyjama und rannte durch den Vorgarten zu Merrill Brothers General Store. Bei jedem Schritt brach ich durch die Schneekruste. Ich stürmte die Treppe hinauf und fand Mutter, die mit einer Flasche Klarer Zaubernuss in der Hand neben Mr. Merrill vor den Regalen stand. Die beiden fuhren erschrocken auseinander.

Mr. Merrill, einen stachelschweinähnlichen Schlüsselbund am Gürtel, lächelte bei meinem Anblick.

»Caroline. Wie geht es ...«

»Nicht jetzt, Mr. Merrill«, erwiderte ich und hielt mich schwer atmend am Türstock fest. Obwohl der attraktive Mr. Merrill eigentlich ein tüchtiger Mann war, neigte er dazu, ausführlich die Vorzüge und Nachteile von Einkaufstüten aus Papier zu erörtern, wenn man ihn ließ.

Mutter drehte sich um. »Gütiger Himmel, was ist denn, Liebes?«

Da ich noch immer keine Luft bekam, schwenkte ich den Umschlag.

Mutter kam näher. »Mach die Tür zu, Caroline. Herrje, was ist denn los mit dir?«

»Er ist von Paul. Er ist in ...«

»Wo ist er, Liebes?«

»Im Hotel Lutetia.«

»Warum sagst du das nicht gleich, Caroline?«, fragte sie und gab Mr. Merrill die Zaubernuss-Flasche zurück. »Morgen reisen wir ab.«

Unsere Sachen waren schon seit Monaten gepackt.

Kapitel 25

KASIA

1945

Im Februar konnte man die Straße der Schönheit nicht mehr als schön bezeichnen, denn die Deutschen verwendeten die Blumenkästen und viele der Linden als Brennholz. Die schwarze Schlacke war mit gefrorenem Schneematsch bedeckt. Auf dem Schnee im Lager hatte sich überall eine Schicht Asche aus den Öfen gesammelt. Der Käfig mit den exotischen Tieren war längst fort.

Ich wich ein paar Frauen aus, die der Kälte trotzten. Einige waren in Grüppchen unterwegs, andere allein. An den Sonntagen wimmelte es auf der Straße der Schönheit von einem chaotischen Gewühl aus Frauen, von denen manche paarweise eine ausgespülte Unterhose oder einen Uniformkittel vor sich her trugen, um ihn an der Luft zu trocknen. Da die Rote Armee über Polen gen Westen vorrückte, war das Lager inzwischen unerträglich überfüllt. Stündlich trafen aus den Konzentrationslagern in Auschwitz und Majdanek evakuierte Gefangene ein. Bald hatten sich zweiundzwanzig Nationen hier versammelt, von denen die Polen noch immer die weitaus größte Gruppe stellten. Aber wir hatten auch britische, chinesische und amerikanische Gefangene. Alle wussten, dass Himmler viele prominente Gefangene in den Bunker sperrte, darunter auch einem amerikanischen Piloten, den man unweit von Ravensbrück aufgegriffen hatte, nachdem er mit dem Fallschirm aus seinem abstürzenden Flugzeug gesprungen war.

Obwohl die meisten von uns mit den gleichen blau und grau gestreiften Uniformen bekleidet waren, konnte man die Nationalität einer Gefangenen daran erraten, wie sie ihre trug. Die Französinnen waren unverkennbar. Sie banden ihr Kopftuch auf eine nicht nachzuahmende Weise und nähten aus beschafften Stofffetzen kleine Täschchen, *bautli* genannt, in denen sie ihr Essgeschirr aufbewahrten. Manche befestigten sogar kleine weiße Kragen an ihren Kitteln oder fertigten aus Lumpen hübsche Schleifchen an. Auch die Russinnen, viele von ihnen auf dem Schlachtfeld gefangen genommene Krankenschwestern und Ärztinnen der Roten Armee, hatten ihren eigenen Stil. Sie waren sehr diszipliniert und gaben ihren Uniformen ein einheitliches Aussehen. Sie hatten alle ihre russischen Armeestiefel aus Leder behalten. Ihre Uniformkopftücher waren im Nacken zu einem makellosen viereckigen Knoten gebunden.

Die Neuankömmlinge waren nicht zu übersehen. Da der Lagerverwaltung die Uniformen ausgegangen waren, wurden neue Gefangene mit einem bunten Mischmasch nicht zusammenpassender Kleidungsstücke aus den Beutehaufen ausgestattet. In ihren Papageienkleidern, wie wir sie bald nannten, einer schauerlichen Kombination aus gerüschten Röcken und bunten Blusen, sahen sie aus wie exotische Vögel. Einige hatten das Glück, warme

Männerjacken zu ergattern. Die Lagermitarbeiterinnen malten ihnen mit Kreide ein großes weißes Andreaskreuz auf den Rücken für den Fall, dass die Trägerin einen Fluchtversuch unternehmen sollte.

Zwei russische Mädchen standen vor ihrem provisorischen Laden zwischen den Baracken 29 und 31, wo man für eine Brotration einen Pullover, Strümpfe oder einen Kamm kaufen konnte. Unterdessen hielten ihre Kundschafterinnen Ausschau nach Binz.

Gerüchten zufolge befand sich Gemma La Guardia Gluck, Schwester des New Yorker Bürgermeisters Fiorello La Guardia, unter den Gefangenen. Außerdem die weiblichen Angehörigen einer paramilitärischen britischen Einheit, die von der SS in Frankreich festgenommen worden waren, und Geneviève, Charles de Gaulles Nichte. Alle wussten, dass Himmlers eigene Schwester in Ravensbrück eingesessen hatte, verhaftet wegen Rassenschande, einer Beziehung mit einem Polen. Laut der Mädchen in der Verwaltung waren nicht einmal ihr die fünfundzwanzig Peitschenhiebe erspart geblieben, die mit diesem Urteil einhergingen.

Binz stellte die Musik, die ständig im Lager spielte, noch lauter und traktierte uns mit Kriegsliedern und Märschen. Ich schaute nach oben, als drei Flugzeuge über uns hinwegflogen. Deutsche, das erkannte ich am Motorengeräusch und daran, dass es keinen Fliegeralarm gab.

Im vergangenen Sommer hatten wir dank Herrn Fenstermacher von der Invasion in der Normandie erfahren. Doch dass die Deutschen im Begriff waren, den Krieg zu verlieren, brauchte uns niemand zu erzählen. Überall sahen wir die entsprechenden Zeichen. Täglicher Fliegeralarm. Kürzere Appelle. Weniger Arbeitseinsätze.

Die Nazis gaben allmählich auf.

Allerdings hörten sie nicht auf, uns zu töten. Die fensterlosen schwarzen Busse fuhren immer häufiger vor den Baracken vor. Der dicke Dr. Winkelmann in seinem langen Ledermantel und seine Komplizin, die alte Schwester Marschall, schlichen durchs Lager und suchten nach Kranken, die sie in die Busse verfrachten konnten.

Kranke Frauen versteckten sich überall, um ihnen zu entkommen: unter den Baracken, oben auf dem Speicher und hinter den Kohlebehältern. Zuzanna entwickelte eine Methode, die Arme der aus Auschwitz evakuierten Frauen so zu zerkratzen, dass ihre tätowierte Haut entzündet wirkte und die blaue Nummer verschwand. Alle im Lager halfen weiter mit, die Versuchskaninchen zu verstecken. Einige tauschten sogar die Nummern mit uns und brachten sich damit selbst in große Gefahr.

Die Gerüchteküche brodelte. Eine Gefangenenschwester berichtete Zuzanna, die älteren Frauen, die nicht mehr arbeiten dürften, würden in das mit dem Lastwagen nur knapp zehn Minuten entfernte ehemalige Jugendlager gebracht. Das Essen dort sei nahrhafter, und es fänden keine Appelle statt. Konnte das wahr sein?

Am frühen Abend erhielt ich die Erlaubnis, das Verwaltungsgebäude aufzusuchen und ein an mich adressiertes Päckchen abzuholen. Froh, endlich wieder ohne Krücke gehen zu können, machte ich mich auf den Weg. Doch im nächsten Moment packte mich Karol, ein *Jules* aus den Niederlanden, am Arm und zog mich in eine dunkle Ecke.

Ich bekam Herzklopfen, denn ich fürchtete mich vor fast allen *Jules* – einem neuen Gefangenentyp, der im letzten Jahr des Lagers auftauchte. Meistens waren es deutsche Gefangene mit einem grünen oder schwarzen Winkel. Ein

Jules besorgte sich ein Herrensakko, eine Hose, ja sogar eine Männerunterhose vom Beutehaufen, legte sich einen Männerhaarschnitt zu und stolzierte, die Zigarette im Mund und mit aggressivem Auftreten, durchs Lager. Einige schnitten den Mädchen, die ihnen gefielen, sogar mit einem Messer ein Kreuz, das Kuhkreuz, in die Stirn, um sie als ihr Eigentum zu kennzeichnen. Nicht alle *Jules* waren böse. Häufig war es vorteilhaft für ein Mädchen, fest mit einem *Jules* zu gehen, denn das bedeutete Schutz und Essen. Allerdings konnte man die Aufmerksamkeiten auch nicht zurückweisen, denn ein *Jules* hatte stets Beziehungen nach oben und konnte dafür sorgen, dass ein Mädchen, das nicht mitmachte, verhungerte.

»In der Baracke nebenan führen sie wieder eine Selektion durch«, sagte Karol. »Lass uns spazieren gehen.«

Wir entfernten uns vom Lastwagen und nahmen einen Umweg zum Verwaltungsgebäude. Als ich mich umdrehte, sah ich, wie Winkelmann und Schwester Marschall eine Gruppe von Frauen in einen der fensterlosen schwarzen Transporter verfrachteten. Ein Todestransport. Wir brauchten es beide nicht auszusprechen: Jeder, der in die Nähe eines solchen Orkans geriet, konnte völlig willkürlich mitgerissen werden.

So beängstigend manche *Jules* auch waren – Karol hatte mir möglicherweise das Leben gerettet. Sobald die Gefahr vorbei war, bedankte ich mich bei ihr und ging weiter.

»Kasia«, rief da jemand. Überrascht, meinen Namen zu hören, wandte ich mich um.

Anfangs erkannte ich sie im Schatten der Baracke nicht, denn ihr Gesicht war mager und eingefallen, ihr kurzes, blondes Haar grau vom Staub.

Nadia.

Meine Freundin Nadia aus Lublin.

Sie saß auf einem alten Koffer. Neben ihr lag eine Frau. Sie hatte den Kopf auf Nadias Schoß gebettet. Nadia streichelte die Stirn der Frau und murmelte ihr etwas zu. Ich beobachtete sie kurz, um mich zu vergewissern, dass sie es wirklich war, und näherte mich ihnen dann rasch, damit ich bloß nicht von einer Aufseherin erwischt würde.

»Nadia?«, fragte ich. Sah ich jetzt schon Gespenster?

Sie blickte auf, als wäre ihr Kopf zu schwer für ihren Hals.

»Kasia«, sagte sie. Ihr Atem bildete eine weiße Wolke vor ihrem Mund. Wie schön mein Name klang, wenn sie ihn aussprach. Sie streckte die Hand aus, damit ich Abstand hielt.

»Wir haben gerade beobachtet, wie ein Mädchen weggeschleppt wurde, weil es mit uns geredet hat. Außerdem hat die Hälfte von uns Typhus. Sei vorsichtig.«

Ich trat einen Schritt vor. Was für ein Glückstag! Wie schnell konnte ich sie in unsere Baracke schaffen?

»Wie lange bist du schon hier?«, fragte ich leise, damit die Wachen mich nicht hörten.

»Wir sind gestern Nacht aus Auschwitz gekommen. Es heißt, wir sollen ins Jugendlager. Dort gibt es Unterkünfte.«

»Wann?«

»Ich weiß nicht«, erwiderte sie und betrachtete die Frau auf ihrem Schoß. »Wir haben alle solchen Durst, und sie braucht einen Ort, an dem sie in Frieden sterben kann.«

»Nadia, komm schnell. Ich kann dich verstecken.«

»Ich darf sie nicht allein lassen.«

»Jemand anderes kann sich um sie kümmern.« Ich kam näher.

»Du erkennst sie nicht, richtig? Das ist meine Mutter, Kasia. Ich würde sie nie verlassen.«

Frau *Watroba*. Wie waren sie verhaftet worden?

»Komm«, wiederholte ich. Ich wusste, dass ich sie beide verstecken konnte.

»Mir ist klar, was du vorhast, meine Freundin, aber ich bleibe hier bei meiner Matka.«

»Kann ich dir etwas besorgen?«

Binz' Aufseherinnen begannen, die Gefangenen in den Lastwagen zu scheuchen.

»Nichts. Keine Sorge. Ehe du dichs versiehst, sind wir alle wieder in Lublin. Wieder bei Pietrik. Er wird sich freuen, dich zu sehen.« Das sagte sie mit einem echten Lächeln. Nadia war noch immer die Alte.

»Er liebt dich«, erwiderte ich.

»Weißt du, wie oft er mich gefragt hat, ob du ihn magst? He, ich habe das Buch für dich in unser Versteck gelegt, bevor wir wegmussten. In unserem Versteck. Du wirst von Kapitel fünf begeistert sein.«

»Die Mauer gibt es wahrscheinlich schon lange nicht mehr. Aber wenn wir zurück sind, schauen wir gemeinsam nach.«

»Ja.«

Nadia schnappte nach Luft, schlug sich die Faust vor die Brust und starrte auf mein verletztes Bein. Eine der Herrensocken aus Wolle, die ich für einen Teil unserer Zahnpasta eingetauscht hatte, war hinuntergerutscht und gab die Haut darunter frei. Inzwischen war es zwar abgeheilt, aber schief und mager, weil ganze Sehnen und Knochen fehlten. Die Haut glänzte und war straff gespannt. »Mein Gott, Kasia, was ist denn mit deinem Bein passiert?« Tränen traten ihr in die Augen.

In ihrer Lage weinte sie um mich? Sie war eine gute Freundin.

»Das erzähle ich dir später. Zuerst hole ich dir etwas zu trinken. Ich habe ein bisschen Regenwasser gesammelt.«

Wieder lächelte Nadia. »Kasia, praktisch wie immer. Matka würde sich freuen.«

»Bin gleich zurück.« Ich eilte zu meiner Baracke.

Wegen meines Beins kam ich nicht allein schnell voran, und als ich mit dem Wasser zurückkehrte, verluden die Wachen gerade die letzten Gefangenen in den offenen Lastwagen. Sie schlossen die Heckklappe, klopften zweimal darauf, und dann setzte sich der Laster über die Straße der Schönheit in Bewegung.

Nadia. Sie zu sehen war Balsam für meine Seele gewesen. Würde sie im Jugendlager in Sicherheit sein? Ich wusste von niemandem, der aus Ravensbrück dorthin verlegt worden war. Ich betete, dass das, was ich über dieses Lager gehört hatte, der Wahrheit entsprach. Hörte Gott eigentlich noch auf unsere Gebete?

Der Laster entfernte sich über die Straße der Schönheit, und ich erhaschte einen Blick auf Nadia, die ihre Mutter im Arm hielt.

»Bis bald, Nadia«, rief ich und lief dem Laster nach, so weit ich konnte.

Sie reckte den Kopf über die anderen hinweg und hob lächelnd die Hand.

Als ich beobachtete, wie sich der Laster rumpelnd entfernte, verschwammen mir die roten Heckscheinwerfer vor Augen. Ich wischte mir die Tränen weg. Fuhren sie wirklich an einen sicheren Ort? Es war schwer, den Deutschen irgendetwas zu glauben. Die dänischen Mädchen in der Verwaltung hatten gesagt, die Russen wären bald hier und würden das Lager befreien. Zumindest hatten Nadia und ihre Mutter ein Dach über dem Kopf. Nadia war der stärkste Mensch, den ich kannte.

Ich hastete zum Verwaltungsgebäude, um mein Päckchen abzuholen. Dunkelheit senkte sich über das Lager. Eine Rattenfamilie überquerte vor mir die Straße. Sie hatten keine Scheu mehr vor Menschen. Am Postschalter nahm ich mein Päckchen in Empfang und las die Absenderadresse. *Postamt Lublin, Polen*, in Papas Handschrift. Auf dem Weg den Flur entlang öffnete ich es. Meine Holzpantoffeln klapperten über den Boden, als ich noch eine Spule mit rotem Garn herausfischte.

Von diesem Anblick konnte ich nicht genug kriegen. Seit dem ersten Mal hatte er noch zwei weitere geschickt. Hatte Papa die Information verbreitet? Falls wir sterben sollten, ehe das Lager befreit würde, würde zumindest die ganze Welt wissen, was die Deutschen getan hatten, und dann würden sie dafür bestraft werden. Der Inhalt von Papas Päckchen hatte Zuzanna zwar von ihrem Durchfall geheilt, doch weil sie von Baracke zu Baracke ging, um auch unsere Mitgefangenen zu behandeln, hatte sie sich mit etwas anderem angesteckt. Kopfschmerzen, Schüttelfrost, Fieber. Der Ausschlag an ihren Armen verriet uns beiden, was es war: Typhus. Nur die Befreiung konnte sie noch retten.

Ich kam am Schreibtisch von Brit Christiansen vorbei, einer Dänin, die ich kannte. Sie gehörte zu den vielen Skandinavierinnen, die in der Verwaltung arbeiteten. Sie war hochgewachsen und hatte einen blonden Kurzhaarschnitt und ein paar hübsche beigefarbene Muttermale auf der Wange. Vor dem Lager war ich noch nie einer Dänin begegnet, und inzwischen hatte ich festgestellt, dass sie mir sympathisch waren. Sanftmütig. Vertrauenswürdig. Gütig.

»Ich muss dir zwei Dinge sagen«, begann Brit mit leiser Stimme. »Erstens war heute ein hochrangiger SS-Mann hier und hat sich nach deiner Mutter erkundigt.«

»Was? Wer?«

»Keine Ahnung, aber er war sehr groß.«

Lennart! In Ravensbrück? War Matka auch irgendwo hier?

Brit zog mich näher heran. »Und außerdem jagen sie heute Kaninchen.«

Bei diesen Worten brach mir am ganzen Leib kalter Angstschweiß aus. »Es ist doch schon fast dunkel. Eine Selektion in der Nacht?«

»Binz ist auf dem Kriegspfad. Suhren ist auch dabei. Sie haben die Schnapsrationen für das Wachpersonal verdoppelt.«

»Wir müssen uns verstecken«, erwiderte ich.

Könnte ich Zuzanna unter die Baracke bugsieren? Oder würde Anise uns wieder bei den russischen Jüdinnen unterbringen? Oder vielleicht auf der Typhusstation?

»Sie wissen, dass du dich unter der Baracke verkrochen hast, Kasia.«

»Dann eben oben auf dem Speicher.«

»Das wissen die auch. Außerdem sind neue Busse angekommen.«

Busse. Die Angst jagte durch mich hindurch wie ein Blitzschlag. Aber für Panik war jetzt keine Zeit.

Ich hastete zurück zur Baracke.

Um mich herum herrschte pechschwarze Finsternis, da der Mond in dieser Nacht nicht schien. Während ich, so gut es mit meinem verletzten Bein möglich war, weiterrannte und dabei andere Frauen beiseiterempelte, sprangen über mir die Flutlichter an.

Keine Gefühle. Wenn du überleben willst, darfst du nichts fühlen.

Sobald ich die Baracke betrat, war mir klar, dass mir die Nachricht von der Kaninchenjagd bereits vorausgeeilt war, denn die Mädchen klammerten sich weinend aneinander. Ich drängte mich zwischen Frauen aus sämtlichen Ländern hindurch, die Hitler geplündert hatte. Im Raum herrschte ein Stimmengewirr aus verschiedenen Sprachen: Russisch, Französisch, Ungarisch und Polnisch. Ich traf Zuzanna auf unserem Bett an. Sie hatte die Knie an die Brust gezogen, zitterte vor Schüttelfrost und hob kaum den Kopf.

»Hast du es schon gehört?«, fragte ich, setzte mich neben sie aufs Bett und streichelte ihr die Stirn. »Sie wollen den Kaninchen an den Kragen. Du musst aufstehen, Liebes.«

Zuzanna öffnete die Augen und schloss sie wieder. »Nein, Kasia.«

Anise schob sich durch die Menge und rief meinen Namen.

»Verschwinde jetzt, Kasia«, sagte sie leise. »Sie kommen. Binz, Suhren und die Ärztin. Das Rote Kreuz hat die schwedischen Mädchen schon mitgenommen. Die Französinnen sind als Nächste dran. Geh durch die Wäscherei. Ich lasse das hintere Fenster für dich offen.«

»In Bussen?«, hakte ich nach.

»Ja. Benutze die Nummer 9284. Die ist sicher. Ich konnte nur einen Platz ergattern.«

Ich packte sie am Handgelenk.

»Woher weißt du, dass es kein Todestransport ist?«

Wie oft waren die Frauen mit Lügen in die Busse gelockt worden? Einige sahen aus wie Krankenwagen und hatten rote Kreuze an den Seiten. Wir hatten belauscht, wie sie zu dem kleinen Malerschuppen fuhren und dort die Motoren abschalteten. Wenn später die Kleider in die Wäscherei gebracht wurden, haftete ihnen ein unverkennbar süßlicher Gasgeruch an.

»Es sind die Busse vom schwedischen Rote Kreuz, Kasia, die sind echt. Und du musst dich beeilen.«

»Mädchen, auf zum Appell!«, rief Marzenka und schlug mit einem Holzlöffel auf einen Topf.

Anise warf mir noch einen letzten Blick zu und rannte hinaus.

Ich zerrte an Zuzannas Hand. »Wir müssen …«

»Nein, Kasia. Geh allein.«

Sie wollte sich wieder hinlegen.

»Wir müssen unter die Baracke«, beharrte ich, zog sie hoch, umfasste ihre Taille und führte sie in Richtung der Tür. Als sie sich an mich lehnte, war sie so leicht wie ein dürrer Ast.

Marzenka stand auf einer Sitzbank. Sie war heiser von dem Versuch, den Lärm zu übertönen.

»Bitte. Binz hat mir ihr Wort gegeben, dass euch nichts passiert.«

Dieser Satz erhöhte die Panik nur noch. Viele stürmten zur Tür, aber Binz erschien mit ihrem Hund und in Begleitung ihrer Aufseherinnen. Draußen vor der Tür standen Kommandant Suhren und Dr. Oberheuser, Letztere mit einem Klemmbrett in der Hand. Aus der Nähe konnte ich eine dünne Schneeschicht auf den Schultern von Binz' grauem Umhang sehen. Als ihr Hund nach Zuzannas Bein schnappte, wichen wir zurück.

»Alle raus zum Appell«, befahl Binz. »Wer sich widersetzt, wird erschossen.«

Dr. Oberheuser bei einer Barackenselektion? Wir saßen in der Falle und hatten keine andere Wahl, als zu gehorchen. Keine Zeit, uns in unser Versteck zu flüchten. Ich zog meine Socken hoch. Würde die Ärztin mich wiedererkennen?

Ich stützte Zuzanna, als wir aus der Baracke auf die Straße der Schönheit strömten und in der kühlen Nachtluft strammstanden. Die Scheinwerfer über uns waren gleißend hell. Was, wenn wir einfach losrannten? Selbst wenn mit unseren Beinen alles in Ordnung gewesen wäre, hätten die Hunde uns erwischt. Trotz der Kälte glühte ich am ganzen Körper. Es war aus. Warum hatte ich mich nicht beeilt?

Binz und Dr. Oberheuser schritten unsere Reihen ab und überprüften unsere Nummern. Mit gezückter Peitsche blieb Binz vor mir stehen.

»Strümpfe runterkrempeln«, wies sie mich an.

So sollte es also enden.

Ich krempelte eine Socke herunter, und zwar die an meinem gesunden Bein. Binz winkte Dr. Oberheuser zu sich.

Die Ärztin hielt inne.

»Nun, Fräulein Doktor?«, fragte Binz.

Ich wagte nicht zu atmen. Wie eine Schlafwandlerin starrte die Ärztin mich an. War das Hass oder Mitleid? Sie zeigte auf mein anderes Bein.

»Das andere«, sagte Binz. Ich rollte meine Socke über die glatten Ränder der Einbuchtungen, wo früher meine Muskeln gewesen waren. Offenbar erkannte die Ärztin ihr eigenes Werk, denn sie nickte Binz rasch zu. Sie gingen weiter zu Zuzanna. Zuzanna blickte mich an. Sei stark, sollte das heißen. Als Nächstes würde man uns zur Mauer führen. Würde ich so tapfer sein wie die anderen und erhobenen Hauptes die Straße der Schönheit entlanggehen?

Anfangs schien Dr. Oberheuser von Zuzanna aus dem Konzept gebracht, denn ihre Narben waren nicht so offensichtlich wie bei den übrigen. Würde sie Zuzanna verschonen? Schick mich zur Mauer, betete ich. Lass meine Schwester leben. Lass wenigstens eine von uns zu Papa nach Hause zurückkehren.

Die Ärztin nickte Binz zu.

Ja.

Zuzanna griff nach meiner Hand. Wir würden gemeinsam an der Erschießungsmauer stehen, wie wir es uns immer ausgemalt hatten. Wir würden füreinander da sein bis zum Ende.

Und dann geschah etwas sehr Seltsames.

Die Lichter verloschen.

Nicht nur die Scheinwerfer, sondern sämtliche Lampen im Lager. Es war, als hätte sich die Hand Gottes auf uns herabgesenkt und uns in samtiges Schwarz getaucht, in dem wir wie blind waren. Die Mädchen riefen einander zu. Suhren, Oberheuser und Binz brüllten in der Dunkelheit Befehle. Die verwirrten Hunde knurrten. Es war kaum zu glauben, wie laut es im Lager war, weil alle auf der Straße der Schönheit durcheinanderschrien.

»Adelige, sitz«, sagte Binz.

Ich packte Zuzanna an der Taille und schleppte sie weg von der Gruppe. Würden die Scheinwerfer gleich wieder anspringen? Als ich mich vorantastete, streifte ich Dr. Oberheuser. Eine Welle ihres grässlichen Parfüms wehte mir entgegen. Ich trat Binz auf den Fuß und spürte, wie sie mit den Armen ruderte.

»Verdammtes Arschloch«, schimpfte sie.

Ich steuerte auf die Wäscherei zu. Das Herz schlug mir bis zum Hals. In der Dunkelheit konnte ich die Richtung nur erahnen. Den einen Arm hatte ich um Zuzanna gelegt, den anderen ausgestreckt wie den Puffer vorn an einem Zug. Ständig stieß ich mit Menschen zusammen. Das Feuer des Krematoriums in der Ferne war nicht hell genug, um das Lager zu beleuchten, diente mir jedoch als Orientierungspunkt. Ich zerrte Zuzanna buchstäblich hinter mir her. Sie stützte sich mit ihrem ganzen Gewicht auf mich.

Als ich einen Bus vor der Wäscherei sah, wusste ich, dass wir den richtigen Weg eingeschlagen hatten. Das Licht hinter den Wagenscheiben war die einzige Lichtquelle im Lager. Wir näherten uns der Wäscherei, und ich hörte, dass die Mädchen Französisch sprachen. Ich tastete mich vor bis zum hinteren Fenster, half Zuzanna beim Hineinklettern und folgte ihr. Es kostete mich große Mühe, mein verletztes Bein nachzuziehen. Im Inneren der Wäscherei war es warm; die Frauen rochen angenehm nach einer Mischung aus Parfüm und Schweiß.

Zuzanna lehnte sich an mich. »Ich kann nicht mehr.«

»Wir sind fast da«, erwiderte ich. »Gleich kannst du dich ausruhen.«

Im Schein einer Taschenlampe sah ich Anises Freundin Claire.

»Kasia«, begrüßte sie mich.

Ich griff nach ihrem Arm. »Binz hat uns auf ihrer Liste. Sobald die Lichter angehen, werden sie mich und Zuzanna schnappen.«

»Heute Nacht gehen die Lichter nicht mehr an«, antwortete Claire. »Die Russinnen haben sie ausgeschaltet. Szura hat den Schalter am Transformator umgelegt, sobald sie gehört haben, dass Suhren die Kaninchen jagt. Vor morgen früh können die nichts dagegen machen.«

»Woher weißt du, dass die Busse wirklich vom Roten Kreuz sind?«

»Suhren hat versucht, sie aufzuhalten, aber sie haben gedroht, das Tor zu rammen. Die Mädchen in der Verwaltung sagen, Himmler persönlich habe Graf Bernadotte gestattet, uns mitzunehmen.«

Man hatte sich schon früher derart ausgeklügelte Lügen einfallen lassen, damit die Mädchen widerstandslos in die Busse stiegen, aber es war unsere einzige Chance.

»Anise hat mir eine Nummer gegeben«, entgegnete ich.

»Dann beweg dich«, wies Claire mich an. »Das ist der letzte Bus. Zwei sind bereits voll und warten abfahrtbereit am Tor.«

Ich klammerte mich an Zuzanna und drängte mich in der Dunkelheit durch die Menschenmenge. Ich hatte ein paar französische Satzfetzen aufgeschnappt und wusste, dass die Mädchen aufgeregt waren, weil sie nach Hause durften. Da die letzten bereits einstiegen, befanden sich nicht mehr viele in der Wäscherei.

Als wir vorn in der Schlange standen, bemerkte ich, dass zwei Männer am Heck des Busses die Nummern kontrollierten. Den einen kannte ich nicht, der andere war der fette Winkelmann in seinem langen Ledermantel. Die hintere Tür des Busses wurde weit aufgerissen, und es kamen einige französische Mädchen in Sicht, die eng zusammengepresst dastanden und warteten. Eine blonde Krankenschwester in weißer Tracht befand sich im Bus und half den Mädchen die wenigen Stufen hinauf. Falls das ein Trick der Nazis war, dann ein besonders raffinierter. Tatsächlich verkleidete sich das deutsche Wachpersonal häufig als Ärzte und Krankenschwestern, um uns hinters Licht zu führen.

Als ich Winkelmann die Nummer nannte, die Anise mir gegeben hatte, konnte ich wieder durchatmen. Ich schob Zuzanna in den Bus. Dann war ich an der Reihe einzusteigen. Die Schwester beugte sich zu mir vor.

Ich stellte einen Fuß auf den hölzernen Schemel.

Geschah das wirklich? Konnte ich nach Hause? Nach Lublin? Zu Papa ... Als die Schwester lächelnd die Hand nach mir ausstreckte, griff ich danach.

Winkelmann hielt mir seinen weißen Stock quer vor die Brust.

»Halt. Nummer?«

Die Schwester umklammerte fester meine Hand. »Die Nummern wurden alle überprüft. Wir haben keine Zeit, uns herumzustreiten.« Sie sprach zwar Deutsch, aber mit schwedischem Akzent.

Winkelmann stieß mich mit seinem Stock zurück, und die Schwester ließ meine Hand los.

»Nur französische Gefangene. So lauten meine Befehle. Wenn dieses Mädchen Französin ist, bin ich Charles de Gaulle.«

»Aber ich bin Französin«, protestierte ich auf Deutsch. Sah er, wie meine Beine zitterten?

»Ja?«, entgegnete Winkelmann. »Dann sag etwas in deiner Muttersprache, Französin.«

»Dieser Föhn ist zu heiß. Könnten Sie an den Seiten noch etwas wegnehmen? Ich hätte gerne eine Dauerwelle. Und benutzen Sie die Bürste mit den Wildschweinborsten, die hilft am besten gegen meine Schuppen«, verkündete ich, ohne zu zögern, und so selbstbewusst wie möglich auf Französisch.

Winkelmann wandte sich an den anderen Mann. »Das ist eindeutig eine Polin.«

»Steig einfach ein«, meinte der andere Mann und winkte mich in den Bus.

»Wir müssen los«, drängte die Krankenschwester und zog mich zu Zuzanna. »Komm schnell.«

Als die Krankenschwester die Türen schließen wollte, lief eine Gefangene mit einem Kleiderbündel auf den Bus zu. »Warte, hier ist noch Gepäck!«, rief sie und reichte das Bündel hinauf.

»Das ist meins«, sagte Pienotte Poirot, ein liebes Mädchen und eine Freundin von Anise, die vorn im Bus saß. Die Mädchen gaben das Bündel weiter. Ihre Freundinnen scharten sich um sie.

Der Bus fuhr ruckartig an, und wir rollten auf das Tor zu. Nur noch wenige Meter trennten uns von der Freiheit.

Bitte mach, dass das ein echter Krankenbus ist ...

Der weiße Schlagbaum am Wachhaus hob sich, der Busfahrer trat aufs Gas, und wir ließen das Tor hinter uns. Warum war ich angesichts unserer Befreiung nicht überglücklich? Während wir am See entlangfuhren, öffnete Pienotte ihr Bündel.

»Mein Gott, es ist Guy«, meinte Claire neben mir. Pienotte schlug die Decke auseinander und zeigte uns ein winziges Neugeborenes, rosig und gesund und mit einem schwarzen Haarschopf. »Er ist vor zwei Tagen auf die Welt gekommen. Gott sei Dank hat er nicht geschrien. Ein kluger Junge.«

Wir rumpelten die Straße hinunter. Die Scheinwerfer

des Busses beleuchteten nicht nur unseren Weg, sondern auch die Rücken der Eskorte vor uns, drei deutsche Soldaten auf Motorrädern.

Wie seltsam, wieder in einem Bus zu fahren. Ich hatte das Gefühl, mich zu bewegen, so vermisst: das Einlegen der Gänge, das kurze Zögern, das Dahingleiten, das Beschleunigen, das Vorankommen. Die Straße wechselte von Kopfsteinpflaster zu einem holperfreien Belag, eingeebnet von der Straßenwalze des Straßenbautrupps. Gut gemacht, meine Damen, dachte ich. Wenn ihr nur spüren könntet, wie gut die Straße ist.

Irgendwo in der Nähe schien ein Teekessel kurz vor dem Überkochen zu sein.

Eine Bombe.

Die Erde bebte; der Bus wurde erschüttert. Der See leuchtete auf wie das Blitzlicht einer Kamera.

»Das sind die Alliierten«, erklärte die Schwester. »Offenbar verwechseln die uns mit einem deutschen Konvoi.«

Der Fahrer schaltete Scheinwerfer und Motor ab. Die Deutschen verschwanden. Als sie zurück zum Lager brausten, wurden ihre Heckscheinwerfer in der Dunkelheit immer kleiner. Wieder heulte der Teekessel, und wir schrien auf, als die Anhöhe vor uns zerbarst und unsere Gesichter beleuchtet wurden, als säßen wir rings um ein Lagerfeuer. Aber zumindest vermittelte uns der Stoß das Gefühl, am Leben zu sein. Ich drückte meine Schwester an mich, Knochen an Knochen, als wir gegen die anderen geschleudert wurden. Atmete sie noch? Und ich? Als ich sie an meine Brust presste, war sie warm.

Kurz darauf sprang der Motor des Busses wieder an, und wir rumpelten Schweden entgegen, unsere beiden Herzen vereint.

Kapitel 26

HERTA

1945

Im April 1945 hatte Deutschland den Krieg verloren, auch wenn die Zeitungen das nicht zugaben. Bis zum Ende klammerten sie sich an ihre Märchenwelt. Ich wusste, dass es vorbei war, denn in meiner Unterkunft hörte ich auch ausländische Radiosender. Laut BBC hatten die westlichen Alliierten den Rhein überquert. Die Anzahl der deutschen Opfer stieg ins Unermessliche. Obwohl Suhren darauf beharrte, dass es nur eine Frage der Zeit sei, bis Deutschland Paris zurückerobert habe, war mir klar, dass wir besiegt waren. Am 18. April erfuhren wir, dass amerikanische Panzer in meine Heimatstadt Düsseldorf gerollt waren und sie im Nu eingenommen hatten. Nun zogen Briten und Amerikaner im Eiltempo in Richtung Berlin.

Eines Nachmittags verließ ich das Lager und umrundete das Seeufer. Das Moos dämpfte meine Schritte, der Griff des Koffers in meiner Hand war rutschig. Der See war zornig. Schaumgekrönte Wellen jagten über die Oberfläche. Wurde er vom Wind aufgewühlt oder vom Zorn der

Menschen, deren Asche wir ins Wasser gekippt hatten, damit sie am Grund des Sees versickerte? Welchen Vorwurf würde man mir machen? Ich hatte die Stelle einer Lagerärztin aus purer Notwendigkeit angenommen. Es war zu spät für die Verlorenen, die mit ihren knochigen Fingern auf mich zeigten und Zeugnis gegen mich ablegen wollten.

Als ich mich Fürstenberg näherte, begegnete ich zahlreichen deutschen Männern, Frauen und Kindern zu Fuß. Einige hatten Gepäck dabei, andere nur die Kleider, die sie am Leib trugen. Schon vor Monaten war die Hälfte aller Zivilisten in Fürstenberg nach Süden geflohen. Offenbar flüchtete heute der Rest vor der Roten Armee. Allein ihre Körperhaltung strahlte die Demütigung der Niederlage aus. Wie betäubt schloss ich mich dem gewaltigen Strom der Vertriebenen an. Ich konnte kaum glauben, dass alles vorbei war und dass ich davonlief. Die Schande zwang mich beinahe in die Knie.

»Wohin gehen Sie?«, fragte ich einen Mann in einem Tweedmantel und mit einem senfgelben Hut. Er hatte sich einen Vogelkäfig auf den Rücken geschnallt. Der Vogel schwankte bei jedem Schritt des Mannes auf seiner kleinen hölzernen Schaukel.

»Wir nehmen Seitenstraßen, um einen Bogen um Berlin zu machen, und wollen nach München im Süden. Die amerikanischen Truppen rücken von Westen her vor, die russischen von Osten.«

Ich schloss mich einer Gruppe mit Ziel Düsseldorf an. Unser Fußmarsch war lang und ereignislos. Wir mieden die Hauptstraßen, folgten Waldpfaden und Feldwegen, übernachteten in verlassenen Unterständen und aßen alles, was wir kriegen konnten, um am Leben zu bleiben.

Ich malte mir aus, wie sehr Mutti sich freuen würde, mich zu sehen. Sie lebte inzwischen mit einem Mann namens Gunther in einer hübschen Wohnung direkt über unserer alten. Ich hatte sie einmal in den Ferien besucht. Er war Zeitschriftenvertreter und recht nett. Nach der Wohnung zu urteilen auch wohlhabend. Ich stellte mir das Kartoffelpüree mit Apfel und Röstzwiebeln vor, das sie in ihrer neuen Küche für mich kochen würde, wenn ich nach Hause käme.

Als ich Düsseldorf erreichte, nieselte es. Ich musste darauf achten, nicht aufzufallen, weil es überall von amerikanischen Soldaten wimmelte. Nicht dass ich hoch oben auf den behördlichen Listen der Verdächtigen gestanden hätte. Interessierte sich überhaupt jemand für mich? Da gab es sicher dickere Fische.

Die Straßen von Düsseldorf waren mit zurückgelassenen Koffern, Pferdekadavern und Leichen übersät. Der Düsseldorfer Hauptbahnhof war zu Schutt und Asche zerbombt. Als ich mich dem Haus näherte, in dem Mutti wohnte, kam ich an einem umgekippten, geplünderten Karren vorbei. Zwei ältere Frauen versuchten, die Räder abzuschrauben. Überall Menschen, von denen einige ihre gesamte Habe bei sich trugen. Ich mischte mich unter sie, um wie eine ganz gewöhnliche Vertriebene zu wirken.

Als ich endlich Muttis Schwelle erreichte, war ich froh, dass das Haus nicht nur stand, sondern auch völlig unversehrt war. Ich konnte nur noch an ein Bad und eine warme Mahlzeit denken. Im Treppenhaus roch es nach gebratenen Zwiebeln. Jemand hatte das Glück gehabt, etwas Essbares aufzutreiben.

Im dritten Stock läutete ich an Gunthers Wohnungstür.

»Wer ist da?«, drang eine Stimme durch die geschlossene Tür. Gunther.

»Ich bin es, Herta.«

Er zögerte. Was war das für ein Surren in meinem Kopf? Lag es am Flüssigkeitsmangel?

»Ist meine Mutter da?«, rief ich durch die Tür.

Das Schloss klickte, und die Tür öffnete sich.

»Schnell«, sagte Gunther. »Komm rein.« Er packte mich am Arm, zog mich in die Wohnung und schloss wieder ab.

Die Wohnung war mit dicken Teppichen und Polstermöbeln aus Samt noch immer gut eingerichtet. Jemand hatte das Bild des Führers von der Wand genommen, sodass ein rechteckiges Stück hellerer Tapete zurückgeblieben war.

»Heute Morgen haben zwei Plünderer versucht, die Tür aufzubrechen. Da draußen herrscht Anarchie.«

»Aber, Gunther ...«

»Jeder bestiehlt jeden. Die Dinge gehören denen, die es schaffen, sie zu behalten.«

»Ich habe Hunger«, sagte ich.

»*Alle* haben Hunger, Herta.«

»Im Lager wurde noch gekocht ...«

»Das ist nicht alles, was du und deine Freunde dort getrieben habt. Allmählich spricht sich die Wahrheit herum.«

Ich ging zum Radio. »Es muss doch Lebensmittelkarten geben. Im Radio werden sie senden ...«

»Es gibt keine *Lebensmittelkarten*, Herta. Und keine Radiosendungen. Frauen prostituieren sich für einen Löffelvoll Zucker.«

Gunther schien nicht viele Mahlzeiten verpasst zu haben. Er hatte zwar ein wenig abgenommen, aber seine Haut war noch straff. Nur ein paar Fältchen am Hals. Warum hatte er nicht zum Militär gemusst? Etwas stimmte hier nicht. Das Surren in meinem Kopf wurde lauter.

»Ich muss unbedingt baden«, sagte ich.

Gunther zündete sich eine Zigarette an. Wo hatte er die Zigaretten her? »Du kannst hier nicht bleiben. Sie wissen, was du getan hast, Herta.«

»Wo ist Mutti?«

»Sie musste aufs Polizeirevier. Sie waren hier und haben dich gesucht.«

»Mich? Weshalb?« Die Frage, wer genau mich suchte, erübrigte sich.

»Verbrechen gegen die Menschlichkeit – das ist zumindest, was sie gesagt haben.«

Wie hatten sie mir so schnell auf die Spur kommen können?

»Du bringst deine Mutter in Gefahr, Herta, einfach nur indem du hier bist. Nimm ein Bad, aber dann musst du dir eine andere ...«

»Meine Mutter denkt da vielleicht nicht so wie du«, entgegnete ich.

»Nimm ein Bad, und danach reden wir.«

Ich stellte meinen Koffer aufs Sofa. »Ich könnte in einigen Angelegenheiten Muttis Hilfe gebrauchen.«

Er schnippte Asche in den Aschenbecher. »In Geldangelegenheiten?«

»Unter anderem. Möglicherweise kommen Anwaltskosten auf mich zu.«

»Ach, wirklich? Falls dir etwas zustößt, zahlt der Staat die Honorare.«

»Zustößt?«

Gunter ging zum Flurschrank und kam mit einem Handtuch wieder. »Nimm ein Bad, solange wir noch warmes Wasser haben. Wir unterhalten uns später.«

Ich brachte meine Sachen ins Gästezimmer und ließ die Wanne einlaufen. Dabei horchte ich an der Badezimmertür und erwartete fast, dass Gunther die Behörden anrief. Bestimmt hatten die Alliierten eine Art Gerichtsbarkeit aufgebaut. Aber Gunther würde mich nie verraten, beruhigte ich mich. Mutti würde ihm das nie verzeihen. Allerdings war Gunther nie ein wahrer Volksfreund gewesen, und wegen der veränderten Machtverhältnisse war jeder verdächtig.

Ich schloss die Badezimmertür ab und nahm mir Zeit, bis das Wasser perfekt war. Dann ließ ich mich in die emaillierte Gusseisenwanne und in das wundervolle brodelnde Meer gleiten.

Ich spürte, wie die Wärme all meine Muskeln entspannte. Wo war Fritz? Ich würde mich wieder um meine alte Stelle in der Hautklinik bewerben, falls sie noch stand und sich nicht in einen Trümmerhaufen verwandelt hatte. Während ich mir die Beine und die vom Fußmarsch schwarzen Füße einseifte, ging ich in Gedanken mein Gespräch mit Mutti durch. Sie würde mich unterstützen, ganz gleich was Gunther sagte.

»Na und?«, würde sie erwidern, wenn ich ihr vom Lager erzählte. »Du hast nur deine Arbeit gemacht, Herta.« Wo war sie überhaupt? Vermutlich unterwegs, um Brot zu organisieren.

Ich schloss die Augen und erinnerte mich an Muttis Frühstücke. Warme Brötchen, frische Butter, Kaffee …

Was waren das für Schritte im Wohnzimmer?

»Mutti?«, rief ich. »Gunther?«

Ein Klopfen an der Badezimmertür.

»Herta Oberheuser?«, drang eine Stimme durch die Tür. Sie hatte einen britischen Akzent.

Mist, verdammter. Gunther hatte mich verraten. Ich hatte doch gleich gewusst, dass man ihm nicht über den Weg trauen konnte. Wie viel hatten sie ihm wohl bezahlt, damit er mich verpfiff?

»Ich komme!«, antwortete ich.

Mir wurden in der Wanne die Knie weich. Könnte ich es durchs Fenster schaffen? Ein harter Gegenstand traf die Tür, sodass sie aufsprang. Offenbar schrie ich auf, als ich nach dem Handtuch griff. Als ein britischer Offizier ins Bad trat, rutschte ich wieder in die Wanne. Die sich allmählich auflösenden Seifenblasen waren alles, um meine Nacktheit zu verbergen.

»Herta Oberheuser?«, wiederholte er.

Ich versuchte, mich zu bedecken. »Nein.«

»Hiermit verhafte ich Sie wegen Kriegsverbrechen gegen die Menschlichkeit.«

»Ich bin das nicht«, stammelte ich erschrocken, als wäre ich nicht ganz richtig im Kopf. Wie hatte Gunther mir das antun können? Mutti wäre außer sich. »Ich habe nichts verbrochen.«

»Kommen Sie aus der Wanne, Fräulein«, befahl der Mann.

Als ein weiterer britischer Offizier mit einem Regenmantel über dem Arm hereinkam, bedeutete ich den beiden, sich umzudrehen.

»Ich gehe fürs Erste«, sagte der Offizier und errötete. Er reichte mir ein Handtuch und wandte den Blick ab. »Wickeln Sie sich darin ein.«

Ich nahm das Handtuch. Er verließ den Raum und

schloss die Tür. Ich hievte mich aus der Wanne. Zum Teufel mit Gunther, dachte ich, als ich das Badschränkchen öffnete. Ich entdeckte seine Rasierklingen und stieg wieder in die Wanne.

»Fräulein?«, rief er erste Mann draußen vor der Tür.

»Einen Moment«, antwortete ich und zog eine Klinge aus der Packung.

Mühelos fand ich die Radialarterie, da mein Herz so heftig pochte. Ich zog die Klinge mein Handgelenk hinunter, schnitt tief in die Arterie und sah sie auseinanderklappen wie einen Pfirsich. Das Wasser verfärbte sich rosa. Mir wurde schwindelig, als ich mich zurücklehnte. Allmählich wurde es kühl. Würde Mutti weinen, wenn sie mich entdeckte? Zumindest hatte ich es in der Badewanne erledigt. Das war weniger Putzarbeit.

Bevor ich das andere Handgelenk in Angriff nehmen konnte, kehrte der Offizier zurück.

»Gütiger Himmel«, entfuhr es ihm bei meinem Anblick. Das Wasser hatte inzwischen die Farbe von Tintenfischtinte. »Teddy!«, rief er jemandem zu. »Gütiger Himmel«, wiederholte er.

Nach einigem Herumgeschreie auf Englisch zogen sie mich aus der Wanne.

So viel zum Thema Schamgefühl.

Mir schwanden die Sinne, und ich hatte nicht vor, ihnen zu sagen, wie sie mich behandeln sollten. Dann musste ich feststellen, dass sie auch ohne meine Hilfe gut zurechtkamen: Aus irgendeinem Grund legten sie mir die Beine hoch, eine todsichere Methode, um mich verbluten zu lassen. Meine Füße waren immer noch schwarz, jeder Zehennagel war ein schmutziger Halbmond.

Ich wurde ohnmächtig, kam jedoch wieder zu mir, als

sie mich auf einer Trage hinausbrachten. Meine Handgelenke waren ordentlich verbunden. Da wusste jemand, was er tat. War einer von ihnen Arzt? Wunderte er sich, weil eine deutsche Ärztin sich so ungeschickt angestellt hatte?

Warum hast du mich verraten?, wollte ich Gunther fragen, als die britischen Offiziere mich die Treppe hinunter auf die Straße trugen.

Sie schoben mich in einen Krankenwagen.

Ich sah noch, dass Gunther mich durch ein Fenster oben beobachtete. Seine Miene war reglos. Weitere Gesichter erschienen in den Fenstern. Alte Männer. Frauen. Sie zogen die Vorhänge beiseite und gafften.

Nur sensationslüsterne Deutsche. Als ein Mädchen mit blonden Zöpfen ans Fenster trat, scheuchte ihre Mutter sie weg und zog den Vorhang zu.

»Sie ist bloß neugierig«, sagte ich.

»Was?«, fragte ein Engländer.

»Sie steht unter Schock«, meinte ein anderer.

Unter Schock? Eine unvollständige Diagnose, englischer Kollege. *Hyovolemischer* Schock. Schneller Atem. Allgemeine Schwäche. Feuchtkalte Haut.

Mehr Gesichter in den Fenstern. Alle waren sie zu Hause.

Etwas Nasses rann mir übers Gesicht.

Hoffentlich glaubte niemand, dass es Tränen waren.

Zweiter Teil

Kapitel 27

CAROLINE

April 1945

Da Mutter wegen einer Grippe außer Gefecht gesetzt war, schickte sie mich allein nach Paris. Natürlich war sie in großer Sorge, denn die Alliierten hatten zwar Paris befreit, aber der Krieg war noch längst nicht vorbei. Wie viele U-Boote mochten noch im Atlantik lauern? Ich ließ mich trotzdem nicht abschrecken. Kurz bevor ich Paul nach fünf langen Jahren wiedersehen würde, hatte ich noch ein wenig Silber zu Mr. Snyder gebracht, um die Reise zu bezahlen. Die Zänglein für die Petits Fours, Buttermesser und einige gewöhnliche Gabeln.

Am 12. April 1945 legte ich in La Rochelle nördlich von Bordeaux an. Als wir von Bord gingen, verkündete der erste Maat, Präsident Roosevelt sei in seinem Haus in Warm Springs, Georgia, gestorben. Wir alle stöhnten auf. Der Präsident war tot, ohne die Kapitulation der Deutschen in Frankreich miterlebt zu haben. Er würde nie erfahren, dass Hitler sich selbst das Leben genommen hatte.

Roger hatte dafür gesorgt, dass ein Wagen mit Fahrer mich nach Paris brächte. So konnte ich das verwüstete

Frankreich vom Rücksitz aus betrachten. Es war etwas anderes, über einen Krieg in der Zeitung zu lesen und die Schauplätze mit Nadeln zu markieren, als die Verheerung mit eigenem Auge zu sehen. Obwohl es sieben Monate her war, dass die alliierten Truppen zur Befreiung von Paris beigetragen hatten, war die Zerstörung allgegenwärtig. Ganze Straßenzüge gab es nicht mehr, Gebäude waren implodiert und Wohnblocks aufgeschlitzt, sodass man die möblierten Zimmer sehen konnte. Immer wieder musste der Fahrer einen Umweg machen, da schwarze Krater und panzergroße Löcher in der Fahrbahn noch nicht geflickt worden waren. Südlich von Paris gab es keine Brücke mehr über die Seine. Trotz all der Schäden war es Frühling. Die Stadt war noch immer wunderschön und erhob sich aus den Ruinen. Der Arc de Triomphe war unberührt. Unter dem Bogen wehten fünf Flaggen.

In Paris angekommen, lieh ich mir den alten Peugeot unseres Hausmeisters, der provisorisch von einem am Heck angebrachten Holzvergaser angetrieben wurde. Der Benzinmangel im Krieg hatte zu einer weiten Verbreitung dieser selbst gebastelten Motoren geführt, die auf Busse, Taxis und Privatwagen montiert worden waren. Fahrer versorgten sich an Tankstellen, die kein Benzin mehr hatten, mit Holz zum Nachschüren. Mit so einem Auto in Paris herumzufahren war eine Herausforderung, denn es wimmelte von Radfahrern, denen die Straßen gehörten. Die Métro war beliebter denn je. Selbst die wohlhabendsten Adeligen wurden in ihren Tiefen gesichtet.

Als ich die Kreuzung Boulevard Raspail und Rue de Sèvres erreichte, musste ich beim Anblick des Hotels Lutetia ein Schluchzen unterdrücken. Das hohe Hotel aus der Belle Époque, befreit von den deutschen

Besatzern, ragte stolz in den Himmel. Sein Name prangte in Leuchtbuchstaben auf dem Dach, und die Trikolore wehte wieder.

Ich schob mich durch die Hotelhalle, vorbei an einem Gewühl aus Müttern, Ehemännern, Ehefrauen und Freundinnen von Deportierten, die Fotos der Vermissten schwenkten, deren Namen riefen und auf Nachrichten hofften. In der Hotelhalle, deren schwarz-weiß gefliester Boden mit zertrampelten Zetteln und Fliederzweigen bedeckt war, wimmelte es von Journalisten. Mitarbeiter des Roten Kreuzes und Regierungsbeamte kämpften um die besten Plätze an der Rezeption.

Eine gebrechliche, buckelige Frau in Schwarz packte mich am Arm, als ich mich durch die Menge drängte.

»Haben Sie diesen Mann gesehen?«, fragte sie und hielt mir das Foto eines weißhaarigen Mannes vor die Nase.

»Nein, tut mir sehr leid«, erwiderte ich.

Im Speisesaal saßen benommene Überlebende noch immer in ihren gestreiften Lageruniformen unter Kronleuchtern aus Kristall, während Kellnerinnen ihnen das Beste vom Besten servierten. Kalbfleisch, Champagner, Käse und frisches Brot aus dem von den Nazis zurückgelassenen Proviant. Viele Deportierte starrten nur auf die Speisen und waren nicht in der Lage zu essen. Einige, die mehr als nur ein paar Bissen kosteten, hasteten zu den Toiletten.

Suchende rempelten sich zur Großen Galerie durch, wo die Wände von Fotos vermisster Angehöriger bedeckt waren. Viele waren mit einem schwarzen X durchgestrichen, was bedeutete, dass diese Deportierten nie zurückkehren würden. Und dort entdeckte ich sein Bild und die Notiz.

Paul Rodierre. Suite 515.

Ich eilte zum Aufzug, der jedoch so überfüllt war, dass sich die Türen nicht mehr schlossen. Also hastete ich zur Treppe. Unterwegs begegnete ich Männern, deren Gesichtshaut sich straff über den Schädel spannte. Umschlottert von ihren Lageruniformen geisterten sie durch die Flure. Wie würde Paul aussehen? Ich machte mich darauf gefasst, ihn in diesem Zustand oder sogar einem noch schlimmeren anzutreffen. Aber das kümmerte mich nicht, solange ich nur bei ihm sein konnte. Ich würde bezahlen, was nötig war, damit er gesund würde.

Ich kam an Gästezimmern vorbei, die mit zusätzlichen Betten in Krankenzimmer verwandelt worden waren. Die Türen standen offen. 511 ... 513 ... Auf dem Flur plauderten zwei Gendarme mit einer hübschen Krankenschwester. Nun da der Krieg vorbei war, war die Liebe zurück.

Ich entdeckte ihn in einer geräumigen Suite im fünften Stock. Die hohen Fenster boten einen schönen Ausblick auf die Stadt unter uns und den Eiffelturm in der Ferne. Ein hübsches Rattanbett aus der Zeit Ludwigs XVI. stand an der Wand. Der berühmte Monsieur Rodierre bekam eine Vorzugsbehandlung.

Vom Flur aus beobachtete ich, wie Paul in einem Polstersessel saß und mit drei anderen Männern Karten spielte. Die Vorhänge am Fenster wehten in der Brise.

Paul trug ein schlichtes durchgeknöpftes Hemd. Hinter ihm stand eine Krankenschwester, einen Arm auf der Sessellehne, die andere Hand an seinem Puls. Es war seltsam, ihn in dieser hübschen Suite mit den Damastvorhängen und wertvollen Wollteppichen zu sehen. Ich trat näher heran und spähte ihm über die Schulter in seine Karten.

»Auf diese Karten würde ich eher nicht Haus und Hof setzen«, sagte ich.

Paul drehte sich um und lächelte. Zu meiner Erleichterung war offenbar alles in Ordnung. Ausgemergelt und mit rasiertem Schädel, aber er lebte und schien in dem weißen Baumwollhemd zu strahlen. Ich konnte es kaum erwarten, ihn nach Hause und in sein eigenes Bett zu bringen. Jeden Penny, den ich besaß, würde ich für seine Ärzte ausgeben, wenn es nötig wäre.

»Hast du mir Geld zum Spielen mitgebracht?«, fragte Paul. »Keine russischen Zigaretten? Komm und küss mich.«

Ich umrundete den Sessel und bemerkte entsetzt, wie mager Pauls Beine unter seinem Hemd waren. Sie waren lang und dünn und mit knotigen Gelenken wie die einer Zikade.

»Ich bin nicht aus Zucker. Und glaub dem Arzt kein Wort. Falls mein Erfolg beim Kartenspiel ein Hinweis ist, geht es mir gut.«

»Ich weiß gar nicht, wo ich anfangen soll«, erwiderte ich und kniete mich neben seinen Sessel. Ich wagte nicht, ihn zu berühren.

Ein junger Arzt erschein. Sein rotes Haar leuchtete wie geriebener Safran.

»Sind Sie eine Verwandte?«, erkundigte er sich.

»Eine Freundin«, erwiderte Paul. »Miss Ferriday aus New York.«

Der Arzt musterte mich. Seine Augen waren gerötet. Seit wie vielen Tagen hatte er wohl nicht mehr geschlafen?

»Könnten Sie bitte mit hinauskommen?«, forderte er mich auf.

Ich spürte verhaltene Kritik, so als hätte er etwas an mir auszusetzen.

»Ich bin Dr. Philippe Bedreaux«, begann er, sobald wir auf dem Flur waren. »Ich behandle Paul nun schon seit einigen Wochen. Dank Chloramphenicol, einem neuen Medikament, hat er sich zunächst ausgezeichnet erholt. Dann jedoch ist eine überraschende Verschlechterung eingetreten. Lungenentzündung.«

»Lungenentzündung?« Mir stockte der Atem. Wie bei Vater. *Pneumonie.* Auf Französisch klang es viel hübscher, war aber ebenso tödlich.

»Es geht ihm besser, aber er ist auf keinen Fall über den Berg. Wohnen Sie in der Stadt?«

»In der Wohnung meiner Mutter ganz in der Nähe. Weiß Paul vom Tod seiner Frau?«

»Ja. Es war ein schwerer Schock, und er weigert sich, darüber zu sprechen. Momentan braucht er vor allem Ruhe. Später wird eine ausführliche Krankengymnastik nötig sein, um seine verkümmerten Muskeln aufzubauen.«

»Wird er wieder ganz gesund?«

»Es ist noch zu früh, um das zu sagen, Mademoiselle. Wir haben es hier mit einem zerstörten Körper zu tun. Er hat beinahe die Hälfte seines Gewichts verloren.«

»Geistig scheint alles in Ordnung zu sein«, wandte ich ein. »Immerhin spielt er Poker ...«

»Er ist Schauspieler. Natürlich zeigt er sich von seiner besten Seite. Dennoch müssen wir große Vorsicht walten lassen. Sein Herz und seine Lunge haben viel mitgemacht.«

»Was ist Ihre Vermutung? Zwei Wochen? Drei?«

»Genauso gut ist es möglich, dass er morgen nicht mehr aufwacht. Sie müssen ihm Zeit geben zu genesen.«

»Tut mir leid, Doktor.«

»Letzte Woche sollte ein junger Mann entlassen werden. Alle Werte waren in Ordnung. Am Morgen, als es so weit war, ist er an Herzversagen gestorben. Wer weiß schon, wann wir einen Patienten als geheilt betrachten können?«

»Ich möchte nur ...«

»Er darf sich auf keinen Fall anstrengen. Kein schweres Essen, keine langen Spaziergänge und auf keinen Fall, tja ...«

»Was, Doktor?«

»Ganz bestimmt keine anderweitigen Vergnügungen.«

»Wie bitte?«

»Absolute Bettruhe.«

Damit meinte er wohl, dass Paul *allein* im Bett liegen sollte.

Nachdem der Arzt fort war, saß ich an Pauls Bett und beobachtete, wie sich seine Brust unter der Decke hob und senkte.

»Geh nicht weg«, sagte Paul.

Ich strich ihm mit dem Handrücken über die Wange.

»Niemals«, antwortete ich.

Ich besuchte Paul jeden Tag und verbrachte die Nächte in Mutters Wohnung. Zu meiner Erleichterung hatte die Wohnung den Krieg dank Madame Solange, der Frau unseres Hausmeisters, verhältnismäßig unbeschadet überstanden. Sie war erstaunlich intakt, kein Riss in den bodenlangen Bleiglasfenstern oder im Fischgrätparkett. Allerdings war alles mit feinem weißen Staub bedeckt. Die Flakons mit den silbernen Stöpseln auf meinem Frisiertisch aus Mahagoni standen in einer fünf Zentimeter dicken Staubschicht. Die Kutschuhr im Arbeitszimmer meines Vaters war um 9:25 Uhr stehen geblieben. In Mutters Schlafzimmer hatte es hineingetropft. Eine Ecke der Damasttapete hing von der Wand wie ein geflecktes Schweineohr.

In den ersten beiden Wochen schlief Paul viel. Doch bald wollte er nach Hause, in das Haus in Rouen, in dem er und Rena gemeinsam gewohnt hatten. Dr. Bedreaux erklärte sich widerstrebend einverstanden, spielte jedoch darauf an, dass es uns absolut verboten sei, uns zu lieben, was Paul zum Schmunzeln brachte. Dr. Bedreaux bestand überdies darauf, dass Paul jeden Tag von einem Arzt aufgesucht werde, da sich Renas Haus einige Kilometer außerhalb von Paris befinde und es zu weit zum nächsten Krankenhaus sei. Ich stimmte zu und war bereit, alles zu tun, was Paul glücklich machte. Unterstützt von drei kräftigen Krankenschwestern gelang es mir, ihn auf den Beifahrersitz des Peugeot zu verfrachten.

Auf dem Weg nach Rouen waren überall die Spuren der Kampfhandlungen zu sehen. Von vielen Häusern war nur noch die Fassade übrig geblieben. Die beeindruckende Kathedrale, berühmt geworden durch die Gemälde von Monet, gehörte zu den wenigen unversehrten Gebäuden. Paul lotste mich zu einem bunkerähnlichen Haus in einer Seitenstraße – ganz und gar nicht das, was ich erwartet hatte.

Ich führte Paul den Gartenweg entlang und betrachtete das Haus, das mich an ein militärisches Dienstgebäude erinnerte. Es wirkte kalt und abweisend und war im Bauhausstil gehalten, noch eine Scheußlichkeit, die Frankreich den Deutschen zu verdanken hatte.

Würden die Nachbarn herauskommen, um ihn zu begrüßen? Würden sie mich als Eindringling betrachten? Immerhin war Rena in diesem Haus aufgewachsen und hatte mit Paul dort gelebt. Hatten sie Freunde, Paare, die in dieser Straße wohnten und sie vermissten?

Langsam traten Paul und ich in die Vorhalle und tasteten uns durchs Wohnzimmer voran. Es war ein dunkles Haus, allerdings mit bunt bedruckten Stoffen aus der Provence dekoriert. Ich überlegte, ob ich Paul vorschlagen sollte, in Mutters Wohnung zu leben, die morgens so hübsch von der Sonne ausgeleuchtet wurde. Die Wände in unserer Wohnung waren pastellfarben getüncht, und die Räume waren mit Dingen möbliert, die Mutter und ich auf dem Marché aux Puces und bei Antiquitätenhändlern entdeckt hatten. Meine Kommode aus der Zeit Ludwigs XVI. Der eiserne Gartentisch aus der Epoche des Fin de Siècle in der Küche. Mutter war ein wenig accessoireverrückt, doch alles passte gut zusammen. Es musste nur einmal gründlich abgestaubt werden.

Ich half Paul die Treppe hinauf, vorbei an einem gemütlichen kleinen Zimmer mit gelben Stofftapeten. Wir gingen in das Schlafzimmer, das Paul und Rena einmal geteilt hatten. Das Bett war schmal für einen Mann von Pauls Größe. Die Überdecke bestand aus einem weißen Stoff mit reliefartigem Muster, die Kissen waren blauweiß gestreift.

Ich stellte mir einen Stuhl neben Pauls Bett und beobachtete ihn bis tief in die Nacht beim Schlafen. Irgendwann setzte ich mich auf die gepolsterte Fensterbank und nickte ein wenig ein. Vor Morgengrauen wachte Paul auf.

»Rena?«

»Nein, Paul. Ich bin es, Caroline.«

»Caroline? Mir ist so kalt.«

Ich brachte ihm meine Decke ans Bett und warf sie über ihn.

»Ich dachte, ich wäre im Krankenhaus«, sagte er.

»Nein, du bist zu Hause, Liebling.«

Noch ehe ich den Satz beenden konnte, war er wieder eingeschlafen.

Es war seltsam, in Renas Küche zu kochen. Die Kupfertöpfe waren noch blitzblank poliert. In den Schubladen lagen zu ordentlichen Stapeln gefaltete, gebügelte Baumwollservietten. Zu kochen gab es nicht viel, denn in ganz Frankreich waren Fleisch und Gemüse Mangelware. Anfangs improvisierte ich. Mit ein wenig Glück konnte man mit Lebensmittelkarten ein paar Kartoffeln und Brot und vielleicht einige verschrumpelte Karotten ergattern. Doch der Großteil des Landes ernährte sich von dünner Suppe und Weißbrot. Als Nächstes plünderte ich Mutters Speisekammer in der Wohnung – eine Goldgrube: Sirup, Haferflocken und Teebeutel. Nach einer Weile fand ich heraus, dass man mit genügend Geld auf dem Schwarzmarkt alles bekommen konnte.

Jeden Tag verabreichte ich Paul eine Mixtur, mit der Großmutter Woolsey schon die Soldaten in Gettysburg aufgepäppelt hatte: ein Ei und Sodawasser, verrührt in einem Glas Wein. Auch weitere Woolsey-Hausmittel standen auf meiner Speisekarte, zum Beispiel Rindfleischbrühe, Milchpunsch und Reis mit Sirup. Paul erzählte ich, es handelte sich um neuenglische Spezialitäten, traditionelle Gerichte aus meiner Familie mütterlicherseits. Ihnen war es zu verdanken, dass er von Tag zu Tag kräftiger wurde.

»Würde es dir helfen, über das Lager zu reden?«, fragte ich ihn eines Abends.

»Das kann ich nicht, Caroline. Ich weiß, du meinst es nur gut …«

»Du musst es wenigstens versuchen, Paul. Vielleicht fängst du mit dem Abend an, als du hier abgeholt wurdest. Ganz kleine Schritte.«

Er schwieg lange Zeit.

»Sie tauchten ohne Vorwarnung auf, weil sie hofften, dass ich ihrer Sache nützen würde. Rena lag mit Grippe im Bett. Sie brachten mich ins Hauptquartier und teilten mir ganz freundlich mit, sie hätten es gern, wenn ich in einigen Filmen mitspielte. Propaganda natürlich. Aber ich habe mich geweigert. Eine Zeit lang hielten sie mich in Paris fest, dann brachten sie mich nach Drancy. Vermutlich kamen sie später zurück, um Rena und ihren Vater zu holen. Das war der Anfang der Razzien und der Verschleppung der Juden.«

»Woher wussten sie, dass Rena hier war?«

»Die wussten alles. Möglicherweise aus dem Visumsantrag, keine Ahnung. Drancy war die Hölle, Caroline. Sie haben den Müttern ihre Kinder weggenommen.«

Paul senkte den Kopf und presste sich beide Hände auf den Mund.

»Tut mir leid, Paul. Vielleicht ist es doch zu viel für dich.«

»Nein, du hast recht. Ich muss darüber sprechen. Du kannst dir gar nicht vorstellen, wie es im Lager war. Natzweiler.«

»Im Elsass? Roger hat erzählt, dass du dort warst.«

»Ja, in den Vogesen. Viele sind allein wegen der Kälte dort in der Höhe gestorben. Ich war so ein Feigling. Ich habe darum gebetet, auch zu sterben. Wir haben einen Teil des Lagers gebaut. Neue Baracken und …« Er trank einen Schluck Tee und stellte die Tasse weg. »Können wir später weitermachen?«

»Natürlich«, erwiderte ich. »Nützt es, darüber zu reden?«

»Mag sein.«

Als ich Paul in jener Nacht zu Bett brachte, war ich froh, dass er Fortschritte machte.

Am Nachmittag des 8. Mai stand ich knöcheltief im Bach hinter Pauls Haus, pflückte am Ufer Wasserkresse und bewunderte die blühenden Kastanien und knospenden Glyzinien. Violetter Fingerhut, eine Blume, die ich in Connecticut aufwendig pflegen musste, wucherte überall wie Unkraut. Ich lächelte, als ich Paul im Haus pfeifen hörte. Männer pfiffen nur, wenn sie glücklich waren. Zumindest hatte das auf Vater zugetroffen.

Plötzlich verstummte das Pfeifen, und Paul rief nach mir.

»Caroline!«

Ich hastete über das Gras in Richtung seiner Stimme. War er gestürzt? Mit klopfendem Herzen stürmte ich in die Küche, wo ich nasse Fußabdrücke hinterließ.

»De Gaulle spricht im Radio«, sagte Paul.

Ich folgte Paul, der putzmunter neben dem Radio stand. Außer Puste kam ich gerade noch rechtzeitig, um zu hören, wie General de Gaulle das Ende des Krieges in Europa verkündete.

Ewige Ehre unseren Streitkräften und ihren Befehlshabern. Ehre unserem Volk, das sich von schweren Prü-

fungen nicht in die Knie zwingen ließ. Ehre den Vereinten Nationen, die ihr Blut mit unserem vermischt haben. Ihr Leid war unser Leid. Ihre Hoffnung war unsere Hoffnung. Und nun triumphieren sie mit uns.
Ah, vive la France!

Als Paul und ich in den Vorgarten eilten, hörten wir die Glocken der Kathedrale.

»Es ist kaum zu glauben«, meinte ich.

Obwohl der erste Teil der deutschen Kapitulation bereits am Vortag in Reims unterzeichnet worden war, begriffen wir es erst nach General de Gaulles Ansprache und als unsere Nachbarn ein Hupkonzert mit ihren Autos veranstalteten und die Trikolore aus den Fenstern wehen ließen.

Der Krieg in Europa war vorbei.

Ich warf mir einen von Mutters Schals über, und dann fuhren wir nach Paris in ihre Wohnung. Wir rissen die Fenster auf und rechneten eigentlich mit einer Siegesfeier. Doch trotz der Freudenbotschaft, dass der Krieg zu Ende war, war es an jenem Nachmittag seltsam still in Paris. Allerdings änderte sich das, als es später wurde und die jungen Leute in die Parks und auf die Plätze strömten.

»Lass uns zur Place de la Concorde gehen«, schlug Paul vor.

»Warum hören wir es uns nicht hier im Radio an? Die Menschenmassen könnten zu viel für dich sein«, wandte ich ein.

»Ich bin kein Krüppel, Caroline. Ich möchte den Moment genießen.«

Es war ein angenehm warmer Tag. Wir spazierten zum

Hôtel de Crillon an der Place de la Concorde. Das wunderschöne alte Gebäude ragte über dem Platz auf. Zwischen den Säulen wehte die Trikolore. Es war seltsam, ein freies Frankreich auf demselben Platz zu feiern, auf dem König Ludwig XVI. mit der Guillotine hingerichtet worden war.

Als die Schatten länger wurden, versammelten sich immer mehr Menschen. Hie und da erschienen amerikanische Militärpolizisten in der Menge und sorgten dafür, dass die Leute die amerikanische Botschaft betreten und verlassen konnten. Wir schoben uns durch die Massen. Um uns herum wurde laut gesungen. Wir schwenkten weiße Taschentücher über unseren Köpfen und ließen uns im Gedränge weitertragen, während Jeeps der amerikanischen Army vorbeirollten. Junge Französinnen und Franzosen standen auf den Trittbrettern und warfen Blumen ins Volk.

Bei Sonnenuntergang wurden auf der Place de la Concorde zum ersten Mal seit Kriegsanfang die Lichter eingeschaltet. Ein Schrei erhob sich aus der Menge, als die Fontaines de la Concorde wieder angestellt wurden und der von bronzenen Nymphen gehaltene verzierte Fisch gewaltige Wasserfontänen in den Nachthimmel spuckte. Die Menschen tanzten, vollständig bekleidet und nass bis auf die Haut, im Brunnen und waren außer sich vor Glück, weil sie Paris wiederhatten.

Als Paul sein Taschentuch fallen ließ, bückte sich ein junges Mädchen danach.

»Hier, bitte«, sagte sie. »Einen Moment lang habe ich gedacht, Sie wären Paul Rodierre.«

»Ist er auch«, erwiderte ich.

Das Mädchen hüpfte davon. »Sehr witzig«, rief sie noch über die Schulter.

»Sie weiß nicht, wovon sie redet«, meinte ich, aber Paul kannte die Wahrheit. Er war nur noch ein Schatten seiner selbst.

Da Paul nach dieser kurzen Begegnung die Kräfte zu verlassen schienen, machten wir uns bei Nacht auf den Heimweg. Als wir nach Rouen zurückfuhren, leuchtete ein Feuerwerk über der Seine.

Zu Hause zogen wir bequeme Sachen an. Ich trug eine von Pauls weichen Hosen und ein weites Hemd und Paul seinen liebsten elfenbeinfarbenen Flanellpyjama. Er wirkte in sich gekehrt und erschöpfter als sonst. Als ich das Abendessen kochte, saß er zusammengesackt am Küchentisch.

»Bist du traurig, weil Rena nicht dabei ist?«, fragte ich.

»Es ist sinnlos, es zu erwähnen. Übrigens kannst du aufhören, sie sein zu wollen.«

»Das tue ich doch gar nicht«, protestierte ich.

»Du kochst ihre Rezepte nach, du ziehst dich an wie sie. Bitte lass das.«

»Weil ich heute einen *Schal* umhatte?«

»Werd einfach lockerer, so wie damals in New York.«

»Ich war noch nie so glücklich wie jetzt.«

Das stimmte. Wir hatten zwar unsere Meinungsverschiedenheiten, aber seit ich aufgehört hatte, Medikamentenlisten und Sportpläne für Paul zu tippen, wurde unsere Beziehung mit jedem Tag besser. Außerdem nahm Paul dank der Woolsey-Mixturen endlich zu.

»Weshalb ziehst du dann nicht ein? Ich meine, für immer.«

»Oh, ich weiß nicht, Paul. Dazu müsste ich erst hören, was du für mich empfindest.«

»Ich bin verrückt nach dir.«

»Warum?«

Paul überlegte kurz. »Du bist tüchtig. Das flößt mir Respekt ein.«

»Ist das alles?«

»Und ich mag es, wie du mit deinem amerikanischen Akzent Französisch sprichst. *Sehr* sexy.«

»Aber das ist doch kein Grund ...«

Er stand auf und kam zu mir ans Spülbecken.

»Mir gefällt das, was an dir nicht perfekt ist. Dein schiefes Lächeln.«

Ich berührte meine Lippen. Schief?

»Außerdem besitzt du keine riesige Handtasche, in der du ständig herumwühlst.« Er nahm meine Hand. »Ich mag es, dass du meine Kleider anziehst.« Er öffnete einen meiner Hemdenknöpfe. »Und deine weiße Haut. Überall so glatt. Ich habe oft daran gedacht, als ich weg war.« Er schlang mir die Arme um die Taille. »Doch am allermeisten mag ich ...«

»Ja?«

»... wie du küsst. Manchmal glaube ich, dass ich nie wieder zur Erde zurückkehren werde, wenn ich dich küsse. Es ist, als würde ich davonschweben.«

Paul schob meinen Hemdkragen beiseite und küsste meinen Hals.

Ich grinste. »Komisch, da gibt es ein Wort, das du nie benutzt.«

Paul wich einen Schritt zurück. »Warum muss man euch Amerikanern alles vorbuchstabieren? Ihr sagt ja sogar dem Müllmann, dass ihr ihn liebt.«

»Ich glaube, der Satz wurde hier erfunden.«

»Wenn es unbedingt sein muss. Ich *liebe* dich. Ich kann mir kein Leben ohne dich vorstellen. Und jetzt hol deine

Sachen her, deine Kleider, deine Bücher. Damit es unser Haus wird.«

»Heißt das, ich soll nicht mehr nach New York zurück?« Die Vorstellung, für immer mit Paul zusammen zu sein, war einfach zu wundervoll.

»Genau das. Dein Zuhause soll hier sein. Wir können ja, so oft wir wollen, nach New York reisen. Und deine Mutter könnte auch hierherziehen. Ihr habt immerhin eine Wohnung in Paris.«

»Das Konsulat werde ich bestimmt vermissen. Aber Roger hat ja Pia.«

»Genau.«

»Natürlich bleibe ich«, antwortete ich.

»Sehr gut«, erwiderte Paul lächelnd. Ihn lächeln zu sehen war Balsam für meine Seele.

War es zu spät für ein gemeinsames Baby? Immerhin war ich über vierzig. Aber wir konnten ja eines adoptieren. In meinem Koffer hatte ich eine Akte mit niedlichen französischen Babys, die ein Zuhause brauchten. Wir würden eine richtige Familie haben. Mutter wäre begeistert, endlich eine Hochzeit feiern zu können. Roger hatte ihr mit viel Mühe ein Visum beschafft, weshalb sie jetzt auf dem Weg nach Paris war. Ich würde es ihr persönlich erzählen können.

»Warum fangen wir nicht gleich heute Nacht an?«, schlug er vor.

»Ich hole meine Sachen.« Geschah das alles wirklich? Hatte ich in Mutters Wohnung noch Seidenstrümpfe liegen?

»Bring keine Schminksachen mit«, sagte Paul. »Du bist vollkommen, so wie du bist.«

»Nicht einmal einen Lippenstift?«

»Beeil dich. Ich kümmere mich um das Abendessen.«

»Bitte nicht, Paul«, widersprach ich. »Dr. Bedreaux sagt …«

Paul ging zur Arbeitsfläche und holte einige erdige violette neue Kartoffeln aus der Schale. Würde es ihn überfordern, eine Mahlzeit zu kochen?

»Kein Wort mehr. Sonst überlege ich es mir anders«, entgegnete er.

Ich griff nach meiner Handtasche. »Laut Nietzsche führt es zum Alkoholmissbrauch, wenn man sich hauptsächlich von Kartoffeln ernährt.«

»Sehr gut. Bring eine Flasche vom Wein deiner Mutter mit. Wir feiern.«

Auf der fast zweistündigen Fahrt nach Paris stellte ich im Kopf eine Liste dessen auf, was ich einpacken würde. Eine Caprihose. Seidenstrümpfe. Meine neuen Dessous. Außerdem würde ich irgendwann einen gültigen französischen Führerschein beantragen müssen.

In der Wohnung schloss ich die Läden, stopfte alles in einen Koffer und ging. Als ich die Tür abschloss, läutete in der Küche das Telefon. Zum ersten Mal im Leben ignorierte ich es. Wenn es Mutter war, brauchte ich mehr Zeit, um ihr alles zu berichten.

Auf der Rückfahrt hielt ich an unserem Lieblingsmarkt und ergatterte ein klägliches Baguette, klein zwar, aber ein gutes Omen. Dann musste ich noch einmal anhalten, um Holz nachzulegen. Schließlich machte ich mich auf den Weg nach Rouen. Das Autoradio lief, und die Fenster waren offen, während Léo Marjane *Seule se soir* sang.

Je suis seule ce soir avec mes rêves …

Sämtliche Zeitungen zogen die Sängerin durch den Kakao, weil sie die Nazis in der Besatzungszeit mit ein wenig zu viel Elan unterhalten hatte. Allerdings beschrieb kein Lied den Krieg so wie dieses. Ich sang mit.

Je suis seule ce soir sans ton amour …

Es war wundervoll, endlich einmal nicht diejenige zu sein, die allein war. Traurige Lieder sind gar nicht so traurig, wenn man geliebt wird. Laut singend bog ich in Pauls Straße sein. Wen interessierte es schon, was die Nachbarn sagten?

Als ich um die Kurve gefahren war, sah ich, dass vor Pauls Haus ein Krankenwagen mit laufendem Motor parkte.

Die Zeit blieb stehen. Stand der Wagen vor dem falschen Haus? Als ich mich näherte, bemerkte ich, dass eine Krankenschwester vor der Tür wartete. Sie trug einen marineblauen Umhang über ihrer weißen Tracht.

Mein Gott, Paul.

Ich hatte den Wagen kaum zum Stehen gebracht, als ich schon heraussprang.

Ich rannte den Gartenweg hinauf.

»Ist Paul verletzt?«, fragte ich heftig keuchend.

»Beeilen Sie sich«, erwiderte die Schwester, als ich ihr ins Haus folgte.

Kapitel 28

KASIA

1945

»Träume ich?«, fragte Zuzanna, als die Fähre in Danzig anlegte. Die wilden Schreie der Möwen und Seeschwalben erfüllten die salzige Luft. Ich hob schützend die Hand vor die Augen, denn das Wasser glitzerte wie Diamanten.

Wir hatten zwei Monate im schwedischen Malmö, verbracht, einem Ort, für den Gott das Schönste aus der Natur aufgespart hatte. Das grünste Gras. Ein kornblumenblauer Himmel. Kinder, die aus dieser Landschaft geboren zu sein schienen, ihr Haar gewirkt aus weißen Wolken, ihre Augen so kobaltblau wie das Meer.

Wir verabschiedeten uns nur ungern, denn man behandelte uns wie königliche Hoheiten und fütterte uns mit Prinzessinnenkuchen und deftigen Klößen mit Butter und Preiselbeermarmelade. Als wir wieder bei Kräften waren (Zuzanna und ich hatten nur noch vierzig Kilo gewogen), wollten viele von uns zurück in ihre Heimat. Polen. Frankreich. Die Tschechoslowakei. Einige Frauen, die zu Hause kaum etwas erwartete, beschlossen, in Schweden zu bleiben und ein neues Leben anzufangen.

Andere wollten mit der Rückkehr warten, bis klar wäre, was nach den anstehenden Wahlen in Polen geschähe. Wir hatten gehört, dass jetzt das autoritäre sowjetische Volkskommissariat für innere Angelegenheiten, NKVD, in Polen das Regiment führte. Dennoch zögerten Zuzanna und ich keine Sekunde. Wir hatten Sehnsucht nach Papa.

Obwohl ich unbeschreiblich dankbar für meine Rettung war, wuchs mein Zorn, umso kräftiger ich wurde. Wo war die Freude über die Befreiung? Während ich beobachtete, wie die Frauen um mich herum genasen und ihr altes Leben wieder aufnehmen wollten, steigerte sich die schwarze Wut in meinem Bauch.

Wir reisten mit der Fähre in den Norden Polens, wo uns ein Fahrer an der Anlegestelle erwartete. Er war ein junger Mann aus Warschau, einer von Hunderten ehemaliger polnischer Kriegspiloten, die sich der British Royal Air Force angeschlossen und im Kampf gegen die Luftwaffe ihr Leben riskiert hatten. Er war zwar nur ein paar Jahre älter als ich, aber ich wirkte mit zweiundzwanzig wegen meines Hinkens und meiner gebeugten Haltung wie ein altes Weib.

Er griff nach Zuzannas Stoffbeutel und half uns ins Auto. Ich spürte das kühle, glatte Leder der Rückbank. Wann hatte ich zuletzt in einem Auto gesessen? Warum nicht gleich ein Flug zum Mond?

»Und was passiert so in der Welt?«, fragte Zuzanna unterwegs und öffnete und schloss dabei den kleinen Aschenbecher aus Metall im Türgriff. Als ich den Aschenbecher auf meiner Seite aufzog, stieß ich auf zwei zerknickte Zigarettenstummel. Was hätten wir im Lager dafür gegeben!

»Habt ihr gehört, was in der Regierung los ist?«, erwiderte der Fahrer.

»Sollen freie Wahlen stattfinden?«, erwiderte Zuzanna. Wir fuhren durch den Hafen von Danzig, der im Krieg stark zerbombt worden war.

»Die Exilregierung will zurückkommen«, erklärte der Fahrer. »Deshalb hat die Polnische Arbeiterpartei Wahlen angekündigt.«

»Glaubst du Stalin?«, erkundigte ich mich.

»Die Polnische Arbeiterpartei ist ...«

»*Stalin.* Der hat uns gerade noch gefehlt.«

»Es heißt, wir werden ein freies und unabhängiges Land sein. Die Leute machen sich Hoffnungen.«

»Warum fallen wir immer wieder auf solche Lügner herein?«, protestierte ich. »Das NKVD wird uns niemals freigeben.«

»Lass das bloß niemanden hören«, warnte der Fahrer.

»Klingt wirklich frei und unabhängig«, höhnte ich.

Zuzanna und ich verschliefen den Großteil der Fahrt nach Lublin und wachten erst wieder auf, als der Fahrer vor unserer Haustür hielt.

»Zeit aufzuwachen, meine Damen«, sagte er und zog die Handbremse. Wir saßen auf der Rückbank und betrachteten die nackte Glühbirne neben der Tür. Sie strahlte hell in der Dunkelheit und lockte Horden von zappelnden, dicken Motten und andere große Insekten an. In Ravensbrück hätten die Gefangenen sie gierig verschlungen.

»Kannst du fassen, dass wir hier sind?«, fragte Zuzanna.

Wir stiegen aus dem Auto, als wären wir tatsächlich auf dem Mond angekommen. Ich legte den Arm um Zuzannas Taille. Als sie sich an mich lehnte, stießen unsere Hüftknochen aufeinander. Ein heftiger Schmerz schoss mir durchs Bein, als ich die wunderschöne Vortreppe hinaufging.

Wir hatten Papa ein Telegramm geschickt. Würde er uns mit Mohnkuchen und Tee erwarten? Ich griff nach dem Porzellanknauf an unserer Wohnungstür und drehte ihn herum. Die Tür war abgeschlossen. Zuzanna angelte den Ersatzschlüssel aus seinem alten Versteck hinter dem Backstein hervor. Er war wirklich noch da!

Beim ersten Schritt in die Küche verschlug es mir den Atem. Meine Mutter war fort. Bis auf eine kleine Lampe auf dem Küchentisch und den Lichtkegel einer Kerze auf dem Kaminsims war es dunkel im Raum. Übertrieben fröhliche gelbe Gardinen hingen an den Fenstern, und eine Reihe roter Blechdosen stand auf Matkas hölzerner Arbeitsfläche. Gelb und Rot. Matka liebte Blau. Jemand hatte ein Bild von einem Wildblumenfeld dort an die Wand gehängt, an die Matka ihre Vögel geklebt hatte. Einige Spatzen lugten noch hinter dem Bild hervor. Der Klebstoff war vom Alter vergilbt. Ich ging zu Matkas Zeichentisch. Er war flach ausgeklappt und mit einem billigen Tischtuch bedeckt. Darauf prangten ein Madonnenbild aus einem Schrein in Gietrzwałd und ein Foto, auf dem eine alte Frau aus einem Zug winkte.

Ich trat ans Kaminsims zu dem Foto von Matka, auf dem sie ziemlich ernst dreinblickte und ihren kleinen Hund Borys auf dem Arm hielt. Unter dem Foto war eine schwarze Schleife angebracht, deren Enden über das Sims hingen. Mir wurde schwindelig, als ich so dastand und das feierliche Gesicht meiner Mutter im flackernden Kerzenlicht sah. Im Schlafzimmer bellte ein Hund. Zuzanna schnappte nach Luft.

Felka?

»Wer ist da?« Papa tastete sich durch den dunklen Flur.

In seiner gestreiften Unterhose kam er auf uns zu. Sein Haar war schütter und grau wie Eichhörnchenfell und stand ihm zu Berge. In der Hand hielt er einen schwarzen Revolver, den ich noch nie bei ihm gesehen hatte. Felka erschien hinter ihm und wedelte heftig mit dem Schwanz. Sie war jetzt erwachsen und viel dicker als bei unserer letzten Begegnung mit Matka in der Küche.

»Wir sind es nur, Papa«, antwortete Zuzanna.

Papa bleib wie vom Donner gerührt stehen, und ihm fiel die Kinnlade hinunter. Wie hatte er so sehr altern können? Selbst sein Brusthaar war grau. Felka kam auf uns zu, rannte zwischen Zuzanna und mir hin und her und stupste uns mit ihrer feuchten Nase an.

»Wir sind zu Hause«, sagte ich. Tränen brannten mir in den Augen. Als Papa die Arme weit ausbreitete, gingen wir zu ihm. Er legte die Waffe auf die Arbeitsfläche und drückte uns an sich, als wollte er uns nie wieder loslassen. Wie glücklich uns diese Umarmung machte! Zuzanna und ich weinten beide an seiner nackten Schulter.

»Hast du unser Telegramm nicht gekriegt?«, erkundigte ich mich.

»Wer kriegt heutzutage noch Telegramme?«

»Hast du wegen Matka einen Brief erhalten?«

»Ja. Die Handschrift auf dem Umschlag sah aus wie ihre. Also dachte ich, der Brief sei von ihr. Aber es war nur ein Formschreiben. Sie sei an Typhus gestorben, hieß es.«

Ich nahm seine Hand. »Es war kein Typhus, Papa.«

»Was dann?« Er war wie ein kleines Kind. Wo war mein starker Papa geblieben?

»Ich weiß es nicht«, erwiderte ich.

Mit in die Hüften gestemmten Händen, wich er zurück. »Wart ihr denn nicht zusammen?«

Zuzanna führte Papa zu einem Stuhl. »Sie haben sie in eine andere Baracke verlegt, Papa. Sie hat als Krankenschwester gearbeitet …«

»Und für die Nazis Porträts gezeichnet. Das hat sie das Leben gekostet. Sie ist ihnen zu nah gekommen.« Warum sagte ich so etwas? Dabei war mir doch klar, dass sie gestorben war, weil sie mir an jenem Abend ein belegtes Brot ins Kino hatte bringen wollen.

Zuzanna kniete sich neben Papa. »Du hast Kasias Briefe erhalten. Woher wusstest du, wie du sie lesen müsstest?«

»Das ganze Postamt hat sich den Kopf darüber zerbrochen. Uns war klar, dass es einen Trick geben musste, aber wir konnten ihn nicht austüfteln. Den ersten Brief habe ich mit Wasser bespritzt. Und dann haben wir es endlich begriffen. Ich habe gewissen Leuten von dem erzählt, was du geschrieben hast, und die haben die Nachricht an unsere Untergrundbewegung in London weitergegeben, die sie verbreitet hat. Aber es war Marthes Idee, den Brief zu bügeln. Das sei ein Trick aus einem Buch, das sie kenne.«

Marthe?

Ich kniete mich auf Papas andere Seite. »Danke für das rote Garn.«

»Ich habe die Nachricht verbreitet, so gut ich konnte. Wusstest ihr, dass die BBC es gesendet hat? Was sie euch beiden angetan haben …« Wieder brach Papa in Tränen aus. Es war so schwer, Papa weinen zu sehen.

Ich griff nach seiner Hand. »Weißt du, wo Pietrik und Nadia sind?«

»Nein. Keine Spur von beiden. Ich verschicke jeden Tag

die Listen. Das Rote Kreuz auch. Ich wünschte mir, wir hätten gewusst, dass ihr kommt.« Papa nahm ein Geschirrtuch aus Leinen und wischte sich die Tränen ab. »Wir waren außer uns vor Sorge.«

Wir?

Zuzanna bemerkte sie zuerst im Schatten der Schlafzimmertür. Eine kräftig gebaute Frau im Morgenmantel. Zuzanna streckte ihr die Hand hin.

»Ich bin Zuzanna«, sagte sie.

Eine Frau in Papas Schlafzimmer?

»Ich bin Marthe«, erwiderte die Frau. »Ich habe so viel Gutes über euch gehört.«

Ich stand auf, holte tief Luft und musterte die Frau. Sie war einige Zentimeter größer als Papa. Ihren Morgenmantel hielt sie mit einer Schnur zusammen. Ein brauner Zopf hing ihr übers Revers. Eine Frau vom Land. Papa hatte seine Ansprüche eindeutig gesenkt.

Als Marthe sich neben Papa stellte, rückte er nicht näher an sie heran. »Marthe stammt aus einem Dorf in der Nähe von Zamosc. In den Jahren, in denen ihr fort wart, war sie mir eine große Hilfe.« Papa wirkte verlegen. Marthe war nun einmal hier. Warum machte er seine Freundin nicht mit den Kindern seiner verstorbenen Frau bekannt?

»Setzen wir uns«, schlug Marthe vor.

»Ich möchte lieber ins Bett«, entgegnete ich. Mir ging das alles zu schnell. Mein Blick wanderte zu Matkas Foto auf dem Kaminsims. Vermisste Papa sie denn nicht? Wie konnte er so etwas tun?

Papa winkte mich zu sich. »Setz dich zu uns, Kasia.«

Marthe saß auf Matkas Lieblingsstuhl. Dem, den sie weiß lackiert und mit einem Baumwollkissen gepolstert hatte. Ich beobachtete, wie Zuzanna an Marthe heranrückte. Papa schien froh zu sein.

»Leider können wir euch nichts zu essen anbieten, wir haben gerade selbst das letzte Brot verzehrt«, sagte Marthe.

Papa kratzte sich die Bartstoppeln. »Inzwischen ist es schlimmer denn je. Seit die Russen da sind, gibt es fast keine Lebensmittel mehr. Die Nazis haben die Bäcker wenigstens mit Mehl versorgt.«

»Also haben wir statt der Nazis jetzt Stalin am Hals?«, stellte ich fest. »Vom Regen in die Traufe, wenn du mich fragst.«

»Ich komme gut mit den Russen zurecht«, meinte Papa. »Sie haben mir erlaubt, meine Stelle im Postamt zu behalten.«

»Erlaubt?«, wiederholte ich.

»Mittlerweile kriegt man so viele russische Zigaretten, wie man will, allerdings kaum noch Eier«, verkündete Marthe ein wenig zu fröhlich.

»Bald werden wir einander alle mit Genosse ansprechen«, spottete ich.

»Wir werden uns schon durchschlagen«, erwiderte Zuzanna.

»Sie suchen nach früheren Mitgliedern des Untergrunds«, meinte Vater mit einem vielsagenden Blick auf mich. »Letzte Woche haben sie Mazur abgeholt.«

Angst zuckte durch mich hindurch wie ein Stromstoß, und plötzlich bekam ich kaum noch Luft. Mazur? Ein Sandkastenfreund von Pietrik und ein Agent der höchsten Ebene der Untergrundbewegung. Er hatte mir den Eid abgenommen. Ein wahrer Patriot.

Tief einatmen, tief ausatmen.

»Damit bin ich fertig«, sagte ich.

»Sie haben uns mit einem schwedischen Bus aus dem Lager gebracht«, erzählte Zuzanna. »Ihr hättet es sehen sollen. Als wir die dänische Grenze überquert haben, hatten sich die Leute mit Willkommensschildern versammelt. Alle waren sehr nett zu uns. Auch in Schweden. Bei unserer Ankunft haben wir die Flagge der Pfadfinderinnen von Lublin gehisst, die jemand aus dem Beutehaufen von Ravensbrück gezogen hatte. Ihr hättet den Jubel hören sollen. Die erste Nacht haben wir auf dem Fußboden eines Museums verbracht.«

»Da gab es Dinosaurier mit riesigen Zähnen, die über uns aufgeragt haben«, fügte ich hinzu. »Genau wie die Aufseher im Lager.«

Zuzanna holte ihren Stoffbeutel. »Dann haben wir in der Villa einer Prinzessin gewohnt. Schaut, was sie uns in Schweden zum Abschied geschenkt haben.« Sie öffnete den Beutel, stellte einen weißen Karton auf den Tisch und entfernte den Deckel. »Jede hat so einen gekriegt. Ölsardinen. Weißbrot und Butter. Beerenmarmelade und ein Stück Schokolade.«

Wir hatten beide nur winzige Bissen gegessen, damit genug übrig blieb.

»Und Milchpulver«, sagte Papa. »Das ist lange her.«

»Wie freundlich von ihnen«, ergänzte Marthe. »Ich habe noch eine Mehlkarte aufgehoben. Damit könnte ich ...«

»Spar dir die Mühe«, entgegnete ich.

Papa senkte den Blick und fuhr sich mit den Fingern durch sein restliches Haar.

»Das mit deiner Mutter tut mir leid«, sagte Marthe und stand auf.

»Macht mir ganz den Eindruck«, spottete ich.

»Kasia«, rügte Papa.

Ich nahm den weißen Stuhl. Das Kissen war noch warm von Marthes Po.

»Gute Nacht, Papa«, sagte ich. »Gute Nacht, Zuzanna.«

Ich trug den Stuhl in mein Zimmer. Als ich am Kaminsims und an Matkas Fotos vorbeikam, wandte ich den Blick ab. Es war schwer, ihr Gesicht zu sehen. Jedes Mal fühlte es sich an wie ein Schlag in die Magengrube. Ich ging in mein Zimmer und schloss die Tür. Keine Geliebte meines Vaters würde ihren Hintern auf dem Stuhl meiner Mutter parken, ganz gleich was für eine Hilfe sie ihm gewesen war.

Kapitel 29

CAROLINE

1945

Als ich der Schwester ins Haus folgte, bemerkte ich einen Sanitäter in der Küche am Ende des Flurs. Selbst von der Eingangstür aus konnte ich die am Boden verstreuten Kartoffeln und den Glanz vom Olivenöl auf den Fliesen sehen. Wie hatte ich Paul trotz Dr. Bedreaux' Warnung allein lassen können?

Wir näherten uns der Küche, wo Paul am Tisch saß, während eine Schwester ihm den Puls fühlte. Meine Arme wurden auf einmal ganz warm.

»Dir geht es gut, Paul. Gott sei Dank.«

Paul betrachtete mich. Hatte er geweint? »Wir haben versucht, dich anzurufen. Kannst du es fassen, Caroline? Es ist beinahe wie im Traum.«

Ich schüttelte den Kopf. »Ich verstehe kein Wort.«

»Sie haben an der Tür geklingelt«, erwiderte er. »Ich begreife es noch immer nicht ganz.«

»*Wer* hat an der Tür geklingelt, Paul?«

»Rena.«

»Rena hat an der Tür geklingelt? Das ergibt keinen Sinn.«

»Sie haben sie gerade nach oben gebracht.«

»Sie ist zurück?«

Meine Stimme klang fremd, dass ich sie selbst kaum erkannte.

Paul wienerte an einem Fleck auf dem Tischtuch herum. »Sie war im amerikanischen Krankenhaus in Paris.«

Wirkte er glücklich? Eigentlich nicht. Es war alles so verwirrend.

»Sie kann noch kaum sprechen. Offenbar hat eine deutsche Familie sie bei sich versteckt.«

Ich sackte gegen den Türstock.

»Wie schön«, war alles, was mir einfiel. »Dann gehe ich jetzt wohl besser.«

Ich drehte mich um.

»Caroline, warte«, sagte Paul. »Wo willst du hin?«

»Das ist alles zu viel.«

»Ich weiß. Es tut mir so leid, Caroline. Rena lag schon seit Wochen im Krankenhaus und war zu geschwächt, um etwas zu sagen.«

Es tut mir leid. Wie sehr ich diese Worte hasste. So oft hatte ich sie nach Vaters Tod gehört. *Je suis désolé* klang auf Französisch zwar hübsch, machte die Dinge aber nicht besser.

»Tja, ich muss nach Hause.«

Ich brauchte Zeit zum Nachdenken. Außerdem wollte ich nicht vor ihm zusammenbrechen. Schließlich war seine Frau am Leben und nicht im einem Konzentrationslager gestorben. Sicher lag sie in diesem Moment oben in Pauls Bett.

Paul starrte auf die Kartoffeln auf dem Boden. »Ja. Wir reden morgen.«

»Ich meinte, nach Hause nach Connecticut«, entgegnete ich.

»Du kannst jetzt nicht nach Hause. Wir stehen alle unter Schock.«

»Ich kann nicht klar denken. Ich muss weg.«

Warum schloss er mich nicht in die Arme und flehte mich an zu bleiben?

»Wir reden morgen und finden eine Lösung«, antwortete Paul und verharrte weiter auf seinem Stuhl.

Irgendwie schaffte ich es hinaus zum Auto und in Mutters Wohnung, wo ich mich im Bett verkroch. Ich trug noch immer die Pyjamahose und Pauls Hemd, die ich auf dem Heimweg angehabt hatte. Einige Male läutete das Telefon in der Küche, bis ich schließlich den Hörer von der Gabel nahm und ihn baumeln ließ.

Immer wieder läutete es an der Tür, aber ich machte nicht auf.

Tag für Tag bestrafte ich mich selbst, ließ meinen heißen Tee kalt werden und trank ihn dann mit zu viel Milch. Dabei versank ich in Grübeleien. Was, wenn die Liebe von Dauer gewesen wäre? Was, wenn es eine Hochzeit gegeben hätte? Ein Baby? Hatte ich wirklich die Hälfte von Mutters Silber versetzt, um den Ehemann einer anderen gesundzupflegen? Betty hatte recht. Ich hatte meine Zeit vergeudet.

Eines Morgens erschien Mutter in der Wohnung und baute sich in meiner Schlafzimmertür auf. Aus ihrem Regenschirm tropfte es auf den Teppich.

Mutter. Ich hatte ganz vergessen, dass sie kommen wollte.

»Draußen regnet es in Strömen«, verkündete sie.

Sehr gut. Wenigstens saßen auch andere Leute in ihren Wohnungen fest und fühlten sich so elend wie ich.

»Gütiger Himmel, Caroline. Was ist denn los? Bist du krank? Warum gehst du nicht ans Telefon?«

Ich war vielleicht keine Französin, aber hatte ich nicht trotzdem das Recht, im Bett zu bleiben und mich in meiner Verzweiflung zu suhlen?

»Pauls Frau ist zurück«, sagte ich.

»Was? Von den Toten? Wie ist das möglich? Wo war sie die ganze Zeit?«

»Keine Ahnung. In irgendeinem Krankenhaus.«

»Das ist ja unfassbar«, erwiderte Mutter. »Tja, jetzt musst du dich zusammenreißen.«

»Ich kann nicht«, meinte ich und zog mir die Decke über die Schultern.

»Du nimmst jetzt ein Bad, und ich koche dir Tee. Nach einem Bad sieht die Welt schon viel rosiger aus.«

Bei Mutter war Widerspruch zwecklos. Und was das Bad betraf, hatte sie recht. In einem sauberen Pyjama setzte ich mich an den Gartentisch aus Metall in der Küche.

»Ich wusste, dass es nicht funktionieren würde«, stellte ich fest. »Es ist mir eben nicht bestimmt, glücklich zu werden.«

Mutter brachte mir einen Teebeutel Earl Grey in einer Tasse und dazu eine Kanne heißen Wassers.

»Leid ist Wissen ...«

»Bitte, Mutter. Verschon mich mit Byron. Die ganze Sache war ein alberner Wunschtraum. Wie habe ich mich so in diese Liebe hineinsteigern können? Ich hätte es ahnen müssen. Schließlich musste ich mich viel zu sehr um Paul bemühen.«

»Dass er verheiratet ist, heißt noch lange nicht, dass du nicht mit ihm zusammen sein kannst«, entgegnete Mutter. Nur ein paar Stunden in Frankreich, und schon war ihr moralischer Kompass vergessen.

»Wahrscheinlich. Aber warum ist immer alles so schwierig, Mutter? Stets gibt es einen Haken.«

Es läutete an der Tür.

Ich packte Mutter am Handgelenk. »Mach nicht auf.«

Trotzdem ging Mutter zur Tür, weshalb ich es sofort bereute, sie überhaupt nach Frankreich eingeladen zu haben.

Als Mutter die Tür öffnete, hörte ich eine Frau, die sich als Rena vorstellte.

Oh Gott, Rena. Die hatte mir gerade noch gefehlt.

Mutter kam mit Rena im Schlepptau in die Küche und ließ uns allein. Rena stand in der Tür. Ihr Baumwollkleid hing an ihr hinunter wie ein nasses Tuch und gab ein mageres Schlüsselbein und darunter eine Einbuchtung von der Größe einer Suppenschale frei.

»Entschuldigen Sie, dass ich Sie beim Tee störe, Caroline«, begann sie. Mit ihren großen Augen und den eingesunkenen Wangen wirkte sie wie ein erschöpftes Schulmädchen. »Ich habe versucht anzurufen.« Ihr Blick wanderte zu dem hinabbaumelnden Hörer.

»Oh«, sagte ich.

Rena trat von einem Fuß auf den anderen. »Paul hat ebenfalls versucht, Sie anzurufen …«

»Bitte setzen Sie sich.«

Rena fasste sich hinters Ohr, als wollte sie eine Haarsträhne zurückstreichen. Eine alte Angewohnheit, denn da waren keine Haare mehr.

»Ich möchte Ihre Zeit nicht zu stark beanspruchen, sondern Ihnen nur sagen, wie sehr ich es bedauere.«

»Bedauere?« Ich goss heißes Wasser über den Beutel

aus Zellstoff. Der Duft nach Bergamotte und Orange löste Heißhunger auf Serges Teekuchen mit Veilchenaroma in mir aus.

»Dafür, wie sich alles entwickelt hat«, erwiderte sie.

»Sie brauchen sich nicht zu entschuldigen, Rena.«

»Vielleicht setzte ich mich doch lieber. Es dauert nicht lang.«

»Selbstverständlich«, meinte ich. »Tee?«

»Nein danke. Ich kann noch immer nicht viel bei mir behalten. Ich habe Paul geraten, Sie bald zu besuchen und alles zu erklären.«

Als ich meinen Tee trinken wollte, konnte ich die Tasse nicht sehen; mein Schädel pochte so sehr, dass mir alles vor Augen verschwamm.

»Ich fürchte, Paul ist nicht sehr froh darüber, dass ich wieder da bin«, fügte sie hinzu.

Irgendwo draußen auf der Straße lachten Kinder. Ihre Stimmen hallten von den Häusern wider, während sie im Regen herumtollten.

»Und Sie wünschen sich sicher auch, ich wäre tot«, fuhr Rena fort. »Glauben Sie mir, das wünsche ich mir oft selbst. Ich hätte mich gemeldet, wenn es möglich gewesen wäre. Es war reines Glück, dass ich überlebt habe.«

»Ich verstehe.«

»Nein, das denke ich nicht. Wie auch? Es war wirklich nur Glück, dass die Deutschen vom üblichen Ablauf abgewichen sind. Sie hatten uns schon die Schuhe weggenommen, da wussten wir Bescheid.«

»Rena, Sie müssen nicht …«

»Wir saßen in einem Zug aus Majdanek, unterwegs in ein Außenlager, dachten wir. Irgendwo in Polen hielt der Zug an, und wir mussten aussteigen.«

Rena verstummte und schaute aus dem Fenster.

»Ich war krank. Typhus vermutlich. Also konnte ich kaum mithalten, als sie uns durch den Wald trieben. Am Wegesrand lagen Geldscheine auf dem Boden. Die Leute vor uns hatten sie weggeworfen. Wahrscheinlich, damit die Deutschen sie nicht bekämen. Jemand flüsterte, wir würden zur Arbeit eingeteilt, aber ich wusste es besser. Wir kamen zu einem Schuppen, und sie befahlen uns, uns auszuziehen.«

»Bitte, Rena, Sie brauchen mir das nicht zu erzählen.«

»Tut mir leid. Ist es für Sie zu schwierig, sich das anzuhören?«

Ich schüttelte den Kopf.

»Es passierte so schnell. Sie haben uns am Rand einer großen Grube aufgereiht ...«

Rena verlor den Faden und wirkte geistesabwesend. Nach einem Moment sprach sie weiter.

»Als das Mädchen neben mir sah, was da unten lag, schrie sie auf. Ihre Mutter nahm sie in die Arme, und die beiden wurden zuerst erschossen. Der Rückstoß schleuderte sie gegen mich, und wir sind alle drei in die Grube gefallen.«

Rena hielt inne. Ich wagte kaum zu blinzeln, um sie nicht zu unterbrechen.

»Ich habe mich nicht gerührt, als noch mehr Leichen auf mich stürzten. Irgendwann hörten die Schüsse auf. Ich stellte fest, dass es fast Nacht war, denn das Licht, das durch die Lücken zwischen den Toten über mir drang, wurde dämmriger. Als es dunkel war, bin ich aus der Grube gekrochen und habe mir im Schuppen ein paar Kleider gesucht.« Sie blickte zur Decke. »Sie hätten die Sterne in jener Nacht sehen sollen. Sie standen massenweise am Himmel. Es war, als schauten sie zu uns herunter und wären traurig, dass sie nichts unternehmen konnten. Ich ging durch den Wald zu einem Haus, wo ein Bauer und seine Frau mich aufnahmen. Es waren Deutsche. Ihr Sohn war an der russischen Front gefallen. Anfangs befürchtete die Frau, ich könnte ihre Armbanduhr stehlen, ein Geschenk von ihrem Sohn, außerdem waren Armbanduhren inzwischen eine wertvolle Währung. Doch zu guter Letzt waren die beiden sehr nett. Sie gaben mir das Bett ihres Jungen und pflegten mich gesund, als wäre ich ihr eigenes Kind. Sie fütterten mich mit warmem Brot und Erdbeermarmelade. Ich dankte ihnen für ihre Gastfreundschaft, indem ich sie mit meiner Krankheit ansteckte.«

Ich reichte Rena eine Serviette, die sie sich nacheinander kurz an beide Augen hielt.

»Der alte Mann starb zuerst. Als die Russen kamen, erklärte ich ihnen, dass wir alle Typhus hätten. Aber sie legten mir eine Decke aufs Gesicht und vergewaltigten mich trotzdem. Danach vergewaltigten sie die Bauersfrau und nahmen ihr die Armbanduhr weg. Sie starb noch in derselben Nacht. An den Rest erinnere ich mich nur bruchstückhaft, bis ich dann hier im Krankenhaus aufgewacht bin. Also, das heißt, ich wäre schon früher nach Hause gekommen, aber …«

»Es ist schrecklich, was Ihnen zugestoßen ist, Rena. Warum erzählen Sie mir das alles?«

»Ich weiß, was Paul Ihnen bedeutet.«

»Hat er Ihnen von uns erzählt?«

»Als er aus New York zurückkam. Damals kümmerte es mich nicht, aber inzwischen haben sich die Dinge geändert.«

Natürlich hatten sie das. Und zwar auf eine Art und Weise, die niemand rückgängig machen konnte.

»Ich würde mich so freuen, wenn Sie glücklich würden, Caroline. Aber ich kann Paul nicht aufgeben. Früher hätte ich das vielleicht gekonnt, aber nicht jetzt.«

Rena hielt sich an der Tischkante fest. Sie musste sich ausruhen.

»Sie sollten besser zu ihm nach Hause gehen, Rena.«

»Ja, aber ich muss Ihnen noch etwas sagen.«

War da noch mehr? »Ich glaube nicht ...«

»Ich habe es Paul noch nicht anvertraut.« Mit einem tiefen Seufzer richtete sie sich auf.

»Rena, es ist wirklich nicht ...«

»Sie haben Paul zuerst verhaftet. Mir war speiübel, und ich konnte nichts essen. Zuerst dachte ich, es wäre die Grippe, aber dann erfuhr ich, dass ich ... nun ... ein Kind erwartete.«

Einen Moment blieb die Welt stehen und schwebte in der Luft. Ein Kind erwarten?

»Sie waren schwanger?«

Rena blickte mich an und nickte fast unmerklich.

»War es ...?«, setzte ich an, bevor ich mich bremsen konnte.

»Von ihm?« Lange betrachtete Rena ihre Hände. »Ich fürchte, der Krieg richtet bei Menschen sonderbare Dinge an. In unserem Fall hat er uns einander nähergebracht. Offenbar ahnte das Kind, was passieren würde, denn die Kleine wurde an dem Tag geboren, als die Gestapo mich holen kam. Am Ostermorgen.«

Die Kleine? Paul hatte eine Tochter. Ich presste meine kalten Finger an die Lippen.

»Wir hatten einen Tipp erhalten, dass eine Razzia

stattfinden würde. Mein Vater nahm das Kind zu sich und sagte, er werde es in ein Kloster bringen. Er hat es in einen Schuhkarton gelegt, so winzig war es.«

»Wohin?«

»Ich weiß es nicht. Sie haben mich in der Nacht verschleppt. Mein Vater war noch nicht zurück.«

»Das tut mir entsetzlich leid für Sie, aber ...«

»Da die meisten Kloster während des Krieges verlassen wurden, schreibe ich an die Waisenhäuser. Paul hat mir gesagt ...«

»Ich bin wirklich nicht in der Lage, Ihnen zu helfen, falls Sie das meinen.«

Ich stand auf und brachte meine Teetasse zum Spülbecken.

»Ich verstehe, dass Sie zögern. Ich an Ihrer Stelle würde mich auch nicht einmischen wollen. Aber wenn Sie es sich überlegen ...«

»Ich reise bald nach New York ab«, entgegnete ich, eine Hand an der kühlen Porzellanspüle.

Rena stand auf. »Natürlich. Danke, dass Sie mir Ihre Zeit geopfert haben, Caroline.«

Ich begleitete Rena zur Tür und blickte ihr vom Fenster aus nach, als sie zur Straßenecke ging und dabei ihren Kopf mit der Handtasche vor dem Regen schützte.

Die Vorstellung, mich mit Waisenhäusern in Verbindung zu setzen, um Pauls und Renas Kind zu suchen, sorgte dafür, dass ich mich wieder ins Bett flüchtete. Trotz seiner gegenteiligen Behauptungen schien es in Pauls Leben doch Platz für ein Kind zu geben. Warum sollte ich mich bemühen, das Mädchen zu finden? Die ganze Zeit über hatte Paul nicht gerade Rücksicht auf meine Gefühle genommen. Einmal hatte ich mich von ihm einwickeln lassen, aber ich hatte meine Lektion gelernt. Schließlich gab es jede Menge Privatdetektive, die mit der Fahndung nach geliebten Angehörigen ihre Brötchen verdienten. Viele von ihnen würden sich geschickter anstellen als ich.

Als es in der Wohnung dämmrig wurde, hatte ich beschlossen, dass Paul und Rena allein zurechtkommen müssten.

Kapitel 30

CAROLINE

1945

Am nächsten Morgen wachte ich hungrig auf. Nur Bedauern füllte mir den Magen. Es war erschreckend, wie leicht mein Leben aus der Bahn geworfen worden war. Ich musste an das französische Wort *dépaysement* denken, die Desorientierung, die man empfindet, wenn einem eine gewaltige Veränderung aufgezwungen wird. Obwohl Mutter staubgewischt hatte wie eine Wilde, wirkte die Wohnung plötzlich schmutziger denn je. Das Telefonkabel war völlig verknotet, und die Fenster mussten dringend geputzt werden. Mutters Lösung für mein Problem bestand darin, dass sie mich vollstopfte wie eine Mastgans. Bei *œufs pochés* schilderte ich ihr meine Lage.

»Hast du meine kleine Plauderei mit Rena belauscht?«

»Nur bruchstückhaft. Sie scheint eine reizende Person zu sein.«

»Vermutlich. Aber sie gibt Paul nicht frei.«

»Mist.«

»Eigentlich liegt es doch auf der Hand. Er liebt sie noch.« Mutter schlug noch ein Ei ins kochende Wasser. »Woher willst du das wissen? Du gehst ja nicht ans Telefon. Letzte Nacht hat jemand eine Stunde lang an der Tür Sturm geklingelt, der Arme.«

»Fünf Minuten, Mutter. Übertreib nicht.«

»Wirklich ein Jammer. Unter anderen Umständen hättest du und Rena gute Freundinnen werden können.«

»Ich habe genug Freunde, Mutter. Vielen Dank.«

»Nun, du kannst nicht einfach den Kopf in den Sand stecken, Schatz.«

»Ich werde nie ein eigenes Kind haben.«

»Dadurch wird es nicht richtiger, ihres im Stich zu lassen. Ehe du dichs versiehst, wirst du Zweifel bekommen ...«

»Kurz zusammengefasst, Mutter: Du möchtest, dass ich dieses Kind suche.«

Sie ließ noch ein Ei auf meinen Teller gleiten. »Das wäre, was eine gute Christin tun würde.«

»Ich fühle mich heute Morgen aber leider nicht sehr christlich.«

»Dann wasch dir das Gesicht mit kaltem Wasser. Das hilft.«

Warum glaubte Mutter, dass sich jedes Problem mit kaltem Wasser lösen ließ? Schon der erste Tag mit ihr in dieser Wohnung kam mir vor wie eine Ewigkeit. Bald würden ihre französischen Freunde zu Besuch kommen. Wie sollte ich deren mitleidige Blicke ertragen?

Irgendwann kam ich zur Vernunft und beschloss, das Kind aufzuspüren, und wenn nur, um die Angelegenheit hinter mich zu bringen. Außerdem hatte ich so einen Grund, mich aus der Wohnung zu flüchten – Mutter plante eine Hommage an T. S. Eliots Pariser Tage, zu der die Gäste kostümiert erscheinen sollten. Zweifellos würden auch einige von Mutters männlichen Freunden dabei sein. Während ich in meinen Wochen in Paris nicht einmal einen Verehrer hatte an Land ziehen können, scharte Mutter die Bewunderer nur so um sich, hauptsächlich Exilamerikaner und ältere Franzosen mit Barett. Sie saßen in unserem Wohnzimmer, nippten an ihrem Tee, sahen zu, wie Mutter eben Mutter war, und fühlten sich in ihrem Dunstkreis wohl.

Im Nachkriegsfrankreich ein namenloses Kind zu finden war keine einfache Aufgabe. Als ich bereits mit meinem Latein am Ende war, stieß ich nach vielen Umwegen auf das Waisenhaus Saint-Felipe in Meudon. Die Einrichtung gehörte zu den Waisenhäusern, an die ich Pakete aus dem Konsulat geschickt hatte. Inzwischen war es eine der vielen Sammelstellen für die vom Krieg versprengten Kinder, die man in Verstecken, Internaten und verfallenden Schlössern in ganz Frankreich, hauptsächlich im Süden, aufgegriffen hatte. Das Waisenhaus, ein beeindruckendes altes Anwesen mit einer eigenen romanischen Kirche, befand sich südwestlich von Paris. Die Lage, hoch auf einem Hügel, konnte es mit dem Olymp aufnehmen. An diesem Tag verschwand der obere Teil des Gebäudes in den Wolken.

Da ich meinen Schirm vergessen hatte, hastete ich durch den warmen Regen und tastete mich die bemoosten Stufen hinauf. Ich versuchte, nicht daran zu denken, was geschehen würde, wenn ich das Kind aufspürte. Es würde das offizielle Ende unserer Beziehung bedeuten, ganz gleich was einmal zwischen Paul und mir gewesen sein mochte. Offenbar hatte er Rena immer geliebt. Zumindest genug, um ein Kind mit ihr zu zeugen.

Am Empfang des Waisenhauses drängten sich Menschen, die alle ein ähnliches Ziel verfolgten wie ich. Wer so klug gewesen war, einen Regenschirm mitzubringen, presste ihn an sich, weil es an der Tür keinen Schirmständer gab. Ein Telefon schrillte, ohne dass jemand ranging. In den Ecken türmten sich Pappkartons. Auf dem Schreibtisch stapelten sich weiße Windeln wie Blätterteigschichten, Windelnadeln lagen herum.

Die Menge teilte sich, als ein Mann mit einem in Leinen gewickelten, schreienden Baby hereinkam. Er trat an die Theke und hielt das Kind von sich weg wie eine scharfe Bombe.

»Das hat mir gerade eine alte Oma gegeben.«

Die Heimleiterin hinter der Theke griff nach dem Kind. Sie hatte eine Adlernase und war ganz in Schwarz gekleidet. Ihr einziger Schmuck war ein kunstvoll gefaltelter Kragen, der offenbar aus Queen-Anne's-Spitze bestand. Sie legte das Bündel auf die Theke und entfernte die Leinenschichten. Als sie aufblickte, bemerkte ich, dass sie gerötete Augen hatte.

»Das ist ein Junge. Wir nehmen nur Mädchen.«

Doch der Mann war schon auf dem Weg zur Tür.

»Guillaume!«, rief sie, während sie das Baby schneller wieder einwickelte, als ein Imbissverkäufer ein Sandwich verpackt. Ein Mann kam gelaufen und brachte das Kind weg.

Eine junge Frau näherte sich der Theke. »Madame …«

Madame hob einen Finger, ohne von ihren Formularen aufzublicken. »Warten Sie, bis Sie dran sind. Die Kinder sind beim Mittagessen. Vor drei Uhr kriegt sie niemand zu sehen.«

Von der undichten Decke tropfte Wasser herab, landete

auf der Schreibtischauflage und hinterließ dunkelgrüne, amöbenförmige Flecke.

»Verzeihung, Madame«, begann ich. »Ich suche ein Kind.«

Sie überflog die Liste auf ihrem Klemmbrett. »Füllen Sie das Formular aus«, entgegnete sie.

Ich rückte näher an sie heran. »Es ist ein Sonderfall.«

»Sie sind heute schon der fünfte Sonderfall.«

»Meine Name ist Caroline Ferriday. Ich habe mit Madame Bertillon zusammengearbeitet und Hilfspakete für die Kinder geschickt. Aus dem französischen Konsulat in New York.«

Die Frau schaute hoch und neigte den Kopf zur Seite. »Sie haben die Pakete geschickt? Die Kinder waren ganz begeistert von den Kleidern. Ausgezeichnete Schneiderarbeit.«

»Die Ovaltine habe ich auch geschickt«, fügte ich hinzu und wies auf einen leeren Pappkarton.

»Danke, Mademoiselle, aber die haben wir für Butterbrote verkauft. Die Kinder haben sich beschwert, sie würde nach Vogelnest schmecken, und haben sich geweigert, sie zu trinken. Wir brauchen *Geld*, Miss Ferriday, keine Ovaltine.«

Ich nahm eine Blechdose mit verwelkten Tulpen vom Schreibtisch, warf die Blumen in den Papierkorb und stellte die Dose auf die Schreibtischauflage, um die Wassertropfen aufzufangen.

»Ich weiß, wie beschäftigt Sie sind, Madame, aber ich suche ein Kind.«

Madame musterte mich. »Ihr Kind?«

»Nein. Die Eltern wurden deportiert und ordnen gerade ihr Leben neu.«

»Ich bedaure, aber ich darf Kinder nur an die Eltern

oder an Blutsverwandte herausgeben. Es sind zwei Identitätsbescheinigungen nötig.«

»Ich will das Kind ja nur aufspüren. Ihre Eltern holen es selbst ab.«

»Kommen Sie mit«, erwiderte Madame.

Sie griff nach ihrem Klemmbrett und einem gewaltigen Stoß ineinandergestapelter Blechschalen. Ich folgte ihr eine breite Steintreppe hinauf. Unterwegs stellte Madame hie und da eine Schale ab, wo es von der Decke tropfte.

»Besteht vielleicht die Möglichkeit, Madame Bertillon kennenzulernen?«, erkundigte ich mich.

»Ich bin Madame Bertillon.«

Wie war das möglich?

»Sie haben so reizende Briefe geschrieben.«

»Manche Menschen können sich schriftlich besser ausdrücken«, antwortete Madame mit einem erschöpften Achselzucken. Hatte sie letzte Nacht geschlafen? »Wie heißt das Kind?«

»Ich bin mir nicht sicher. Die Mutter wurde am Tag der Niederkunft deportiert.«

»Und der war?«

»1. April 1941. Ostersonntag.«

»Die Nazis haben an Ostern Menschen deportiert? Verwunderlich, dass die Herren nicht in der Kirche waren.«

»Könnten Sie in Ihren Unterlagen nachsehen?«

»Das hier sind meine Unterlagen, Mademoiselle.« Sie hielt ihr Klemmbrett hoch, an dem ein Papierstapel, so dick wie ein Telefonbuch, befestigt war. Die Seiten waren zerfleddert und voller durchgestrichener Zeilen und übersät von den Abdrücken von Rotweingläsern, die an olympische Ringe erinnerten. »Hier werden Kinder aus ganz

Europa gesammelt. Es wird eine schwierige Suche werden.«

Wir traten in einen Raum mit hoher Decke, in dem Feldbetten standen. Jedes war mit einem Kopfkissen und einer gefalteten Decke am Fußende ausgestattet.

»Wie identifizieren Sie die Kinder?«, fragte ich.

»Jedes bekommt eine Nummer. Diese wird auf eine kleine Scheibe gedruckt und vorn an der Kleidung befestigt. Manche Kinder hatten bei ihrer Ankunft einen Namen, viele nicht. Im Krieg haben einige Mütter den Namen ihres Kindes auf ein Stück Papier geschrieben und es dem Kind angesteckt, bevor sie es hier abgaben. Aber die meisten dieser Zettel sind abgefallen, oder die Schrift ist im Regen verlaufen. Einige haben auch Schmuckstücke in die Kleider der Kinder eingenäht, um sie später wiederzufinden. Allerdings haben sich viele Kinder umgezogen oder mit anderen die Namen getauscht. Bis heute werden jeden Tag Kinder anonym hier eingeliefert.«

»Einige Kinder erinnern sich doch sicher an ihre Namen.«

»Die älteren vielleicht. Aber manche haben so Schreckliches durchgemacht, dass sie nicht mehr sprechen. Und ein Baby weiß nicht, wie es heißt, richtig? Also geben wir ihnen Namen. Wir benennen sie nach ihrem Geburtsmonat, falls der bekannt ist. Also sind viele Mais und Junis hier. Einige sind auch nach der Schutzheiligen ihres Geburtsmonats benannt. Nach unseren Freundinnen und Verwandten, ja sogar nach unseren Haustieren.«

»Könnten Sie wenigstens nachschauen, welche Kinder an diesem bestimmten Tag abgegeben wurden?«

»Das wird nicht durchgehend aufgezeichnet. Diese Kinder kommen von überallher. Aus Verstecken. Internaten.

Von Bauern, die sie schlafend im Heuschober gefunden haben. Manche werden von den einzigen Eltern, die sie je kannten, hergebracht und erfahren erst hier, dass sie nicht die sind, für die sie sich gehalten haben.«

»Sicher herrscht bei Ihnen ein großer Andrang von Eltern, die ihre Kinder suchen.«

»Eigentlich nicht. Die meisten Kinder hier werden nie ein Zuhause finden. Ihre Eltern sind längst tot. Oder sie lehnen ihre Kinder ab.«

»Wie kann jemand sein eigenes Kind ablehnen?«

»Sind Sie gläubig, Mademoiselle? Sie sind wohl kaum eine Expertin auf diesem Gebiet. Über ein Viertel aller Kinder hier sind Mischlinge. Deutscher Vater, französische Mutter. Bastarde nennt man sie. Diese Kinder wird niemand abholen. Andere wurden in Lebensborn-Heimen geboren, also in Institutionen der SS, wo die Frauen arische Kinder anonym zur Welt bringen konnten.«

»Diese Heime gab es doch nur in Deutschland ...«

»Nein, Mademoiselle. Hier in Frankreich hatten wir ein ziemlich aktives. Wir haben auch von welchen in Dänemark, Belgien und den Niederlanden gehört. Und von einigen in Norwegen. Diese Babys sind jetzt Aussätzige. Und wer weiß, wie viele dieser kleinen Blondschöpfe allein in Polen ihren Müttern aus den Armen gerissen wurden, um als Deutsche aufzuwachsen? Über ihre Eltern haben wir keine Unterlagen.«

»Ich überprüfe die Liste selbst, Madame, wenn ich Ihnen damit Umstände erspare.«

Madame Bertillon blieb abrupt stehen und drehte sich zu mir um.

»Wie ich sehe, sind Sie es gewöhnt, sich durchzusetzen.« Sie nahm die Blechschalen und drückte sie mir in die Hand. Der hohe Stapel fühlte sich an meiner Brust kalt an und reichte mir fast bis zum Kinn.

»Wenn Sie die verteilen könnten, nur *eine* Schale pro Kind, und Vorsicht, sie werden versuchen, Ihnen zwei abzuluchsen. Unterdessen kontrolliere ich die Liste. Falls ich eine Übereinstimmung finde, hole ich Sie.«

»Danke, Madame. Wo verteile ich die Schalen?«

»Da drin natürlich«, erwiderte sie und wies auf eine doppelflüglige Tür.

»Was mache ich mit den überzähligen Schalen?« Es waren doch sicher viel zu viele.

»Es wird keine überzähligen geben«, entgegnete Madame und beugte sich über die Liste.

Ich trat durch die Tür in einen eichenholzvertäfelten Saal, der früher vermutlich für Tanzabende und Feiern genutzt worden war. Auf der hohen Decke vermittelte ein Trompe l'œil den Eindruck eines strahlenden Sommerhimmels, ein hübscher Ersatz angesichts des tatsächlichen Wetters heute. Der Raum war mit etwa fünfzig langen Tischen möbliert, an denen Mädchen nach Alter gruppiert saßen. Mit den Händen im Schoß verhaarten sie reglos wie Statuen auf ihren Bänken. Hinter ihnen standen einige Frauen in weißen Kitteln neben dampfenden Suppenkesseln und würden servieren, sobald ich meine Schalen verteilt hätte.

Als ich näher kam, ruhten alle Blick auf mir und meinen Schalen. Einen Moment lang blieb ich überwältigt stehen, riss mich dann jedoch zusammen. Diese Kinder hatten Hunger.

Ich stellte eine Schale vor das erste Mädchen am Tisch hin.

»Merci, Madame«, antwortete sie.

Ich stellte die zweite Schale ab.

»Merci, Madame.«

Ich suchte die Gesichter nach Ähnlichkeiten mit Rena und Paul ab, fühlte mich aber bald überfordert. Wer wusste, ob das Kind seinen Eltern überhaupt glich? Ob es noch lebte?

Ich wurde schneller beim Verteilen der Schalen und arbeitete mich zu den Jugendlichen vor. Am Anfang der Reihe saß ein Mädchen von höchstens dreizehn Jahren mit einem Kleinkind auf dem Schoß. Das Kind trug ein leuchtend blaues Samtoberteil, die Perlmuttknöpfe noch fest an ihrem Platz. Das Werk einer Mutter. Sie würde sich freuen, falls sie ihr Kind wiedersähe.

»Du kümmerst dich gut um sie«, sagte ich zu dem Mädchen.

»Wir brauchen keine zwei Schalen, Madame. Wir teilen uns eine.«

Das Kind auf ihrem Schoß blickte mir nach wie ein Sterngucker einer Sternschnuppe, als ich mit meinen Schalen weiterging.

Bald hastete Madame Bertillon eine Reihe entlang auf mich zu. Mit der Hand am Spitzenkragen hielt sie inne, um Luft zu holen. »Wir haben einige Kinder, die an diesem Tag abgegeben wurden.«

Ich folgte ihr eine Reihe hinauf und die nächste hinunter zu einem Tisch, wo die Vierjährigen ihre Suppe verspeisten. Nur das Scharren ihrer Löffel auf Blech war zu hören. Die Geräusche im Raum wurden lauter und die Farben greller, als ich hinter Madame herging. War das Pauls Kind? Das Mädchen zu finden würde ihre Eltern sehr glücklich machen. Ganz im Gegenteil zu mir.

»Ein Kind, das am 1. April 1941 geboren ist, wäre hier in

unserer Gruppe der Vierjährigen«, verkündete Madame, überprüfte die Marke des Mädchens und präsentierte mir das Kind mit großer Geste. »Hier haben wir Bernadette.«

Es war ein mageres, blondes Mädchen mit beinahe durchscheinender Haut, das mich ängstlich beäugte.

»Ich bin mir nicht sicher«, sagte ich. »Es ist schwer zu sagen, aber ich glaube nicht.«

»Mehr kann ich nicht tun«, erwiderte Madame. »Ich werde weiter Ausschau nach dem Geburtsdatum halten. Bitten Sie die Eltern herzukommen, wenn sie sich besser fühlen.«

Die nächsten Minuten verbrachte ich in dem großen Saal und half, das restliche Mittagessen auszugeben. Madame und ich schöpften duftende Zwiebelsuppe mit Karotten und Rüben in die Schalen der Kinder und reichten jedem Kind ein Stück Brot. Ihre einzigen Worte waren das immer gleiche Dankeschön: *»Merci, Madame.«* Als ein Flugzeug über das Gebäude hinwegflog, duckten sich einige unter den Tisch, weil sie dachten, dass noch Gefahr drohte. Viele trugen nur mit Schnüren befestigte Holzbrettchen an den Füßen. Ich nahm mir vor, Schuhe zu schicken. Und Geld.

Weiterhin musterte ich die Gesichter der Kinder im passenden Alter und suchte nach Ähnlichkeiten. Als Madame und ich die leeren Schalen auf einem Tablett einsammelten, kam ich auch an einem jungen Mädchen vorbei. Das Kind auf dessen Hüfte ließ mich innehalten.

»Madame, könnten Sie kurz kommen?«, sagte ich. Ich stellte das Tablett auf den Tisch. »Könnten Sie die Nummer dieses Kindes nachschlagen?«

Madame merkte sich die Nummer und ging ihr Klemmbrett holen.

Ich konnte den Blick nicht von dem Mädchen abwenden. Es war dunkelhaarig und hatte Pauls mandelförmige Augen und seine roten Lippen. Alles andere hatte sie von Rena. Die gebräunte Haut, die geschwungene Nase – bis hin zu den Ohren, die aus ihrem Haar hervorlugten.

»Bei diesem Kind haben wir kein Abgabedatum«, sagte Madame. »Es tut mir sehr leid.«

»Das ist das Kind, Madame. Ich bin mir ganz sicher.«

»Sie heißt Pascaline«, verkündete das junge Mädchen.

Madame Bertillon schnappte nach Luft.

»Was ist?«, fragte ich.

»Ich gebe es zwar nur ungern zu, aber Ihr Bauchgefühl könnte richtig sein, Miss Ferriday«, erwiderte Madame und lächelte beinahe.

»Warum?«, hakte ich nach. Die Wände schienen näher zu rücken.

»Das Kind heißt *Pascaline*«, wiederholte Madame, als wäre mir etwas Offensichtliches entgangen.

»Herrje, und was hilft uns das weiter?«

»Jedes fromme katholische Mädchen in Frankreich weiß, was der Name Pascaline bedeutet. Die an Ostern Geborene.«

Kapitel 31

KASIA

1945

Im Sommer des Jahres, in dem Zuzanna und ich nach Lublin zurückkehrten, wollte ich zuversichtlich bleiben, aber es fiel mir nicht leicht. Nachdem ich erfahren hatte, was während unserer knapp vier Jahre in Ravensbrück geschehen war, ging es mir einfach nicht in den Kopf, warum die Welt uns nicht zu Hilfe gekommen war. Erst Hitlers Einmarsch vom Westen 1939, dann im selben Monat die sowjetische Invasion aus dem Osten. Obwohl Großbritannien und Frankreich Deutschland wegen dieser Ereignisse den Krieg erklärt hatten, hatte sich kein einziger Soldat der Alliierten auf den Weg gemacht, um an unserer Seite zu kämpfen. Auch die ersten Berichte über Auschwitz, die von der polnischen Untergrundbewegung an den Westen übermittelt worden waren, hatten zu keiner Reaktion geführt. Dass im Wald unweit von Katyn Tausende polnischer Offiziere, unter ihnen möglicherweise Pietriks Vater, ermordet worden waren, hatte die Welt ebenfalls ignoriert.

Als diese Welt also wegen der japanischen Kapitulation

und des offiziellen Kriegsendes jubelte, konnte ich nicht einstimmen. Für uns ging der Krieg weiter, nur unter einem neuen Diktator namens Stalin. Obwohl es anfangs nicht offensichtlich war, hatte Stalin uns bereits in seiner Gewalt. Viele Anführer des polnischen Widerstands, einige davon Pietriks Freunde, wurden verhaftet und schließlich von der Roten Armee und vom NKVD, Stalins gnadenloser Strafverfolgungsbehörde, ermordet. Das NKVD, das waren die netten Herrschaften, deren Aufgabe es war, »Volksfeinde« aufzuspüren. Sie richteten Zehntausende polnischer politischer Gefangener hin und verschleppten weitere Tausende in Gulags. Anstelle eines Neuanfangs herrschte in Polen eine neue Form des Unrechts.

Das Ergebnis war, dass wir sehr genau darauf achteten, wo wir uns aufhielten, und uns ständig umblickten. Nach meiner Heimkehr suchte ich als Erstes das Versteck auf, wo Nadia und ich einander vor dem Krieg unsere Bücher hinterlegt hatten. Damals war es einfach ein Ort gewesen, wo junge Mädchen ein wenig Detektiv gespielt hatten. Als ich in Nadias alter Straße ankam, stand die Steinmauer noch. Sie bröckelte zwar an den Rändern, war aber an sich stabil. Würde das Buch, das Nadia für mich hinterlassen hatte, noch da sein?

Ich zog den Stein aus der Mauer, holte das Buch heraus und klopfte den Staub von dem gelben Einband. Es war *Der Teufel der zehnten Klasse* von Kornel Makuszynski, unser Lieblingsbuch, das wir oftmals ausgetauscht hatten. Ich schaute mich aufmerksam um, um mich zu vergewissern, dass niemand mir nachspionierte, und setzte mich mit dem Buch in der Hand an die Mauer. Der muffige Geruch erinnerte mich an damals, als das Leben noch einfach gewesen war und man sich über nichts Schlimmeres

Gedanken machen musste als über schlechte Noten in der Schule oder Zahnschmerzen.

Das Buch schlug wie von allein beim fünften Kapitel auf, und ich hatte Nadias Geschenk für mich vor mir. Pietriks zehn Tanzkarten, die sie für mich gekauft hatte. An jenem Tag an der Mauer war ich zu zornig, um zu weinen, denn meine verlorene Kindheit holte mich ein. Wir hatten doch nur mit Jungs reden, tanzen und Kriminalromane lesen wollen. Nun war Nadia fort, vielleicht für immer. Alles, was ich noch von ihr hatte, waren ein Buch und ein im Garten vergrabenes Foto.

Am späten Nachmittag kam ich nach Hause und schlug vor, das Foto von Nadia und alle anderen bei Kriegsausbruch vergrabenen Schätze auszugraben.

»Vielleicht sollten wir das auf ein andermal verschieben«, widersprach Zuzanna. Es passte so gar nicht zu meiner Schwester, ängstlich im Garten zu stehen. »Wir warten besser, bis wir uns akklimatisiert haben. Es könnte emotional ...«

»Sei doch nicht so ein Hasenfuß«, meinte ich. »Warum sollen wir die einzigen Wertsachen, die wir besitzen, im Boden liegen lassen?«

Papa und ich taten ihre Proteste ab, und er schritt die Strecke ab.

Zehn, elf, zwölf.

Hatten die Blechdosen unsere wichtigsten Besitztümer geschützt?

Fast eine volle Minute lang blieb Papa mit hängenden Armen und der Schaufel in der Hand stehen. Weinte er? Dann setzte er sich in Bewegung, stieß die Schaufel in die harte Erde und grub wie ein Mann, dessen Leben davon abhing, was im Boden versteckt war.

Es dauerte nicht lange, bis die Schaufel auf Metall traf. Wir buddelten mit den Händen weiter und halfen Papa, die Dosen herauszuholen, die wir vor so langer Zeit dort versenkt hatten. Eine Weile kauerten wir atemlos da und starrten auf die Dosen hinab. Allein der Anblick des Loches brachte Zuzanna zum Weinen. Vermisste sie Matka? Fast war ich froh, dass sie weinte, denn sie zeigte ihre Trauer nur selten.

Papa griff nach der Dose mit dem aufklappbaren Deckel. Er zog sie auf, und ein wenig Luft entwich mit einem Zischen. Obwohl er die Dose sofort wieder schloss, sah ich seinen alten silbernen Revolver. Wie viele Waffen hatten wir inzwischen im Haus?

Die Hirse war auch noch da, erstaunlich trocken und möglicherweise sogar noch essbar. Danach öffneten wir die übrigen Blechdosen. Papa reichte mir eine, und ich kratzte das Wachs ab. Ich zog den Schal heraus, und als ich ihn entrollte, war Pietriks Geruch noch da. In der nächsten Dose stieß ich auf das Foto von mir und Nadia auf der Kuh. Sogar meine Pfadfinderinnenuniform war in tadellosem Zustand, und das Cordkleid, das Matka für meinen sechzehnjährigen Körper genäht hatte, war noch leuchtend rot. Als ich es über Rock und Bluse zog, saß es sogar locker, denn ich hatte mein altes Gewicht noch nicht zurück. Allerdings störte mich das nicht sehr, so froh war ich, meine geliebten Sachen wiederzuhaben.

Als Letztes öffnete ich eine Keksdose. Ich brach das Wachssiegel auf und holte Matkas Zobelpinsel heraus, die in ihrer Flanellhülle noch wie neu waren. Eine Welle der Trauer brandete über mich hinweg. Matka war fort und würde nicht zurückkommen, um ihre Pinsel zu benutzen. Auch das war meine Schuld. Ich hatte den Tod verdient, weil ich meine Mutter umgebracht hatte. Papa und Zuzanna schlangen die Arme um mich, als wir so vor dem Loch kauerten. Inzwischen weinten wir alle.

Trotz allem klammerte ich mich an die Hoffnung, dass wenigstens Nadia und Pietrik heimkehren würden, und überprüfte jeden Morgen die Liste der eingetroffenen Deportierten am Schwarzen Brett im Repatriation Center des Roten Kreuzes im Krankenhaus von Lublin. An einem besonders schönen Spätsommermorgen war ich wieder dort. Die Mitarbeiter waren zwar höflich, hatten es jedoch offensichtlich satt, mich jeden Tag dort hineinhinken zu sehen. Da mein schmerzendes Bein mich behinderte, hatten sie genug Zeit, mir aus dem Weg zu gehen. Bei meinem Anblick verdrückten sie sich oder taten, als wären sie mit Papierkram beschäftigt. Wenn ich eine Antwort erhielt, fiel diese knapp aus.

»Nein. Kein Pietrik Bakoski. Auch keine Nadia Watroba«, rief das Mädchen am Empfang an jenem Morgen, bevor ich auch nur ein Wort gesagt hatte.

Anschließend ging ich zum Postamt, um die Liste zu studieren, die Papa in der kühlen Vorhalle aufhängte. Am Ende des Sommers waren die langen Listen am Schwarzen Brett auf eine klägliche Seite geschrumpft. Ich fuhr mit dem Finger die Namen entlang. Erst die Ws, dann die Bs. Badowski, Baginski, Bajorek, Bakalar, Bal, Balcer. Es war ein angenehmes Gefühl, die Namen der wenigen Glücklichen zu lesen, die es geschafft hatten. Oft bemerkte ich erst am Ende der Liste, dass kein Pietrik Bakoski dabei war.

Papa kam aus seinem Büro, sah mich an der Liste stehen und winkte mich zu sich.

»Kasia, mein Schatz, könntest du kurz in mein Büro kommen?«

Warum war er plötzlich so förmlich?

Ich trat in sein Büro; es war dasselbe, seit ich mich erinnern konnte, mit einer hohen blechverkleideten Decke und einem breiten Eichenschreibtisch, bedeckt mit Paketen aller Art, die alle bald pünktlich von Papa oder einem seiner Mitarbeiter ausgetragen werden würden. Doch etwas fehlte, und ich brauchte ein paar Sekunden, bis mir klar wurde, was es war.

»Wo ist die Flagge, Papa?«

Die polnische Flagge war das Erste, was Papa sehr zur Freude der Kunden des Postamts wieder in seinem Büro aufgehängt hatte, nachdem die Nazis aus Lublin verschwunden waren. Hatten die neuen Machthaber ihn gezwungen, sie zu entfernen? Er arbeitete mit ihnen zusammen, so viel stand fest.

Papa trat ans Fenster und ließ die Jalousie herunter. »Wir haben nicht viel Zeit. Aber ich muss dir etwas erzählen, was ich aufgeschnappt habe. Mach dir keine Sorgen. Das können wir in Ordnung bringen.«

Sobald jemand »Mach dir keine Sorgen« zu mir sagte, hatte ich Mühe, dem Rest der Worte zu folgen, da die Furcht mich am ganzen Körper zittern ließ.

»Wovon redest du, Papa?« Seit jener Nacht, als wir mit Matka unsere Wertsachen im Garten vergraben hatten, hatte ich ihn nicht mehr so verängstigt erlebt.

Matka. Immer, wenn ich an sie dachte, versetzte es mir wieder einen Stich.

»Es sind Gerüchte über euch Mädchen im Umlauf, die aus Ravensbrück zurückgekommen sind.«

»Was für Gerüchte?«

»Die Lage ist ernst, Kasia. Sie behaupten, ihr wärt nicht vertrauenswürdig.«

»Glaub nicht alles, was du ...«

»Das gilt auch für Zuzanna.«

Diesmal erschauderte ich wirklich vor Angst. »Wer sagt so etwas?«

»Die Behörden.«

»Wer? Das NKVD? Ich rede mit denen.«

»Du darfst die Sache nicht auf die leichte Schulter nehmen, Kasia.«

»Nicht vertrauenswürdig? Was heißt das eigentlich?«

»Sie glauben, dass ihr nach wie vor für die Deutschen arbeitet, weil ihr in Ravensbrück, einem deutschen Konzentrationslager, wart. Dass ihr vom Faschismus beeinflusst worden seid ...«

»Das ist ja lächerlich.«

»Außerdem wurdest du beobachtet, wie du dich verdächtig verhalten hast. Es heißt, es gibt ein Geheimversteck.«

»Die Mauer vor Nadias Haus? Das ist Kinderkram, Papa.«

»Gut, dann hör auf damit. Man hat dich im Visier.«

»Wer kann in so einem Land ...«

»Willst du wieder fortgehen? Diesmal für immer? Du und Zuzanna müsst sämtliche Beweise dafür vernichten, dass ihr je in einem der Lager wart.«

»Du meinst es ernst.«

»Deine Pfadfinderinnenuniform. Deine Briefe, die ich aufbewahrt habe.«

»Aber wenn sie die Briefe lesen, werden sie doch merken ...«

»Mit denen kann man nicht diskutieren, Kasia. Los, beeil dich.«

Am Nachmittag zündeten Zuzanna und ich im Garten ein Feuer an, wie es viele Leute taten, um ihren Hausmüll loszuwerden, und verbrannten die wenigen Dinge, die wir noch aus dem Lager hatten. Wir warfen die Taschen, die wir aus unseren alten Uniformen genäht hatten, in die Flammen. Reginas Englischbuch. Meine Pfadfinderinnenuniform.

Bei meinen aus dem Lager geschriebenen Briefen zögerte ich. Papa hatte sie in die Küchenschublade gelegt. Ein ordentlicher Stapel, in dem ich der Welt von unserem Leid berichtete.

»Die kann ich nicht verbrennen«, protestierte ich und umklammerte fest die Umschläge.

»Du hast die Namen aller Mädchen darin genannt«, widersprach Zuzanna. »Du musst sie beschützen. Wen kümmern schon ein paar alte Briefe?«

Ich war mir noch immer nicht sicher.

Zuzanna griff sich die Briefe und reichte mir den obersten zurück. »Hier«, sagte sie und schleuderte die übrigen ins Feuer. Zumindest einen durfte ich behalten.

Als das Feuer loderte, schwebten schwarze Ascheflöckchen umher wie aus den Schornsteinen in Ravensbrück. Nachdem wir fertig waren, waren fast sämtliche Hinweise auf unser Leben im Lager getilgt.

Wer brauchte so etwas?, redeten wir uns ein. Souvenirs aus einer schrecklichen Zeit. Und dennoch wuchs die Schwärze in meiner Brust. Ich war Patriotin. Ich hatte feierlich geschworen, meinem Land zu dienen. Für Polen hatte ich meine Jugend, meine Mutter, meine erste Liebe und meine beste Freundin geopfert. Und trotzdem beschuldigte man mich, für die Feinde zu spionieren?

Ich versuchte, mich auf die positiven Dinge zu konzentrieren. Trotz des entsetzlichen Lebensmittelmangels und der verstörten Menschen, die nach Lublin zurückkehrten, entzündete die Wiedereröffnung der zerstörten Fabriken einen Funken Hoffnung. Die Universitäten waren zwar noch geschlossen, doch das Rote Kreuz veranstaltete im Krankenhaus nun Kurse für Pflegehelferinnen.

Eines Morgens im Spätsommer ging ich hin, um mir ein paar praktische Kenntnisse in der Krankenpflege anzueignen. Als ich den rückwärtigen Flügel des Krankenhauses betrat, stellte ich erfreut fest, dass das Gebäude die Bombardements mehr oder weniger unbeschädigt überstanden hatte. Der riesige Krankensaal im zweiten Stock war mit Feldbetten vollgestellt, die fast genau zur Hälfte mit russischen Soldaten und polnischen Zivilisten aus den Lagern und von anderswo belegt waren. Russische Krankenschwestern und Sanitäter brachten die Verwundeten, die an sämtlichen vorstellbaren Verletzungen litten, auf Tragen aus Leinwand herein.

»Wir gehen bald nach Warschau«, teilte mir Karolina Uznetsky, eine meiner liebsten Krankenschwestern, mit, während sie ein Feldbett aufklappte. »Die Armee übernimmt das Krankenhaus.« Sie füllte eine Schüssel mit warmem Wasser.

»Ich werde euch alle vermissen«, erwiderte ich, anstatt zu sagen, was mir auf der Zunge lag. Bitte bleibt. Wer wird bei Pietriks Rückkehr hier sein, wenn ihr verschwindet? Wegzugehen bedeutet, dass ihr die Überlebenden aufgebt.

»Was hältst du von einer kostenlosen Lektion?«, fragte Karolina. »Ich zeige dir, wie man ein Bettbad verabreicht.«

»Ja, gern«, erwiderte ich.

Eine einmalige Gelegenheit. Das Bettbad war nämlich bekanntermaßen schwieriger, als es sich anhörte.

»Dann fangen wir mal da drüben an«, schlug Karolina vor.

Sie brachte die Wasserschüssel und einen Stapel Handtücher zu einer Reihe von Betten, in denen besonders schwer verletzte Soldaten lagen. Der Blick in ihre entstellten Gesichter war kaum auszuhalten. Aus diesem Grund hatte man die Spiegel in den Toiletten abgehängt. Ich zwang mich hinzuschauen. Wie sollte ich Krankenschwester werden, wenn ich so etwas nicht ertragen konnte? Karolina blieb am Bett des Soldaten stehen, den es am schlimmsten erwischt hatte. Der dunkelhaarige Mann schlief auf der Seite. Das durch seinen Kopfverband gesickerte Blut war schwarz angetrocknet.

»Zuerst stellst du dich dem Patienten vor«, begann Karolina und wies auf dem Mann im Bett. »Diesen Schritt können wir auslassen, weil der Patient nicht ansprechbar ist.«

Es wäre nicht übertrieben gewesen zu sagen, dass ich Karolina vergötterte. Sie verkörperte alles, was eine gute Krankenschwester ausmachte. Sie war klug. Sie blieb sachlich, selbst angesichts der grausigsten Verletzungen. Sie war freundlich. Ich würde an all diesen Dingen arbeiten müssen.

»Normalerweise würden wir den Vorhang ums Bett zuziehen, um die Privatsphäre des Patienten zu wahren«, fuhr Karolina fort. »Doch in diesem Fall fangen wir gleich mit den Waschlappen und Gummihandschuhen an.«

Voller Zuversicht streifte ich mir die Handschuhe über, die sich innen glatt und pudrig anfühlten. Karolina faltete einen Waschlappen wie einen Fäustling um meine behandschuhte Hand.

»Beginn im Gesicht. Dort verwenden wir keine Seife. Zuerst die Augen.«

Ich setzte mich neben den Patienten auf einen Stuhl und säuberte seine Augen, indem ich mit dem Waschlappen über die eingesunkenen Höhlen in Richtung der Augenwinkel strich. Spürte er das überhaupt?

Sein Bettnachbar lag mit ausgebreiteten Armen auf dem Rücken und schnarchte lauter, als ich je einen Menschen schnarchen gehört hatte, und dabei hatte es in Ravensbrück viele Kandidatinnen gegeben.

»Versuch, bei jeder Bewegung einen anderen Teil des Waschlappens zu benutzen«, riet Karolina. »Du bist ein Naturtalent, Kasia.« Bei ihren Worten schwoll mir vor Stolz die Brust. Immerhin war meine Mutter Krankenschwester gewesen. Ob sie mir das Talent vererbt hatte?

Es war eine befriedigende Erfahrung, die Überlebenden zu waschen und unter alldem Schmutz saubere, rosige Hautstellen zutage zu fördern, während der Dreck auf den Grund der Schüssel sank. Als ich fertig war, war das Wasser dunkelbraun, und ich ersetzte es am Hahn durch frisches.

Als ich zurückkehrte, brachten die Sanitäter zwei weitere russische Soldaten und legten sie in unserer Nähe ab. Der eine hatte einen Schädelbruch, der andere war nicht ansprechbar. Diese Männer hatten sich seit Monaten nicht gewaschen. Ich wusste, wie sich das anfühlte, und begann sofort mit der Reinigung.

»Du machst das wirklich gut, Kasia«, lobte Karolina. »Du solltest dir wirklich überlegen, mit uns nach Warschau zu kommen. Wir könnten deine Hilfe gebrauchen.«

Ich fuhr mit dem Waschlappen über die Stirn des Soldaten und über eine Wange.

Warum nicht nach Warschau gehen? Papa würde mich vermissen, aber Marthe, seiner Geliebten, wäre es sicher einerlei.

»Die Ausbildung ist erstklassig«, fügte Karolina hinzu.

»Vielleicht«, antwortete ich. Ich war bereit für ein neues Abenteuer. Und ich hatte ein Händchen für diesen Beruf.

Ich wandte mich dem nächsten Patienten zu und fing mit dem Gesicht an. Zeitlich kam ich gut voran. Bald würde ich die ganze Reihe durchhaben.

Ich strich ihm mit dem Waschlappen über den Nasenrücken, um die rosige Haut freizulegen, und ...

Mitten in der Bewegung hielt ich inne.

»Was ist, Kasia?«, fragte Karolina.

Mein Verstand arbeitete noch, aber mein Körper war wie erstarrt. Schwer atmend stützte ich mich auf den Griff der Trage. Wenn eine Lernschwester mitten im Krankensaal ohnmächtig würde, würde das keinen guten Eindruck machen.

Kapitel 32

KASIA

1945

Er konnte es unmöglich sein. Pietrik. Wie oft hatte mein Verstand mich auf diese Weise getäuscht? *Der Zahn.* Mit dem Finger zog ich seine Oberlippe hoch.

»Was tust du da, Kasia?« Karolina stellte ihre Waschschüssel auf den Boden und kam zu mir.

Mein Gott, ja. Der Eckzahn mit dem fehlenden Stück. Der wunderschöne Zahn. Eine Weile saß ich da und wartete darauf, dass die Information aus meinem Gehirn in meinem Körper ankam. Ja, er war es. Ich küsste sein Gesicht ab, so schmutzig es auch sein mochte. Er wachte nicht aus der Bewusstlosigkeit auf.

»Kasia«, sagte Karolina mit geweiteten Augen.

Ich rief den anderen Schwestern zu und winkte; wahrscheinlich sah ich aus, als wäre ich auf einer einsamen Insel gestrandet. Aber ich brachte kein Wort heraus. Die Schwestern liefen herbei, und Karolina erklärte ihnen, ich hätte offenbar einen Nervenzusammenbruch erlitten, weil ich weinend einen russischen Soldaten küsste.

»Er ist es, er ist es«, stieß ich hervor.

»*Wer,* Kasia?«, fragte Karolina. »Wer ist das? Beruhige dich.«

»Pietrik ...«

»Dein Pietrik? Bist du dir sicher?«

Als ich nickte, umarmten und küssten mich die anderen Mädchen.

Sie halfen mir, Pietrik die schmutzige Uniform auszuziehen, und wuschen ihn zu Ende. Er war immer noch nicht wieder bei Bewusstsein. Ich saß bei ihm, hielt seine Hand und konnte mein Glück kaum fassen. Ich bat die Schwestern, Zuzanna zu holen, denn ich wollte nicht von Pietriks Seite weichen, aus Angst, er könnte sich in Luft auflösen.

Unterstützt von einem Übersetzer erfuhren wir, dass der Russe im Bett nebenan zusammen mit Pietrik gekämpft hatte. Nachdem die Russen das Konzentrationslager Majdanek befreit hatten, hatten sie Pietrik zur Roten Armee zwangsverpflichtet. Er berichtete, Pietrik sei seit seiner Verhaftung in Majdanek gewesen und habe mit den übrigen Arbeitssklaven das Lager fertig gebaut.

Am Abend halfen mir Zuzanna und Papa, Pietrik nach Hause und in mein Zimmer zu schaffen. Er hatte stark abgenommen, aber Zuzanna untersuchte ihn und meinte, er würde möglicherweise gesund werden. Sie hatte schon viele Kopfverletzungen gesehen. Wenn die Schwellung zurückging, erlangte der Patient in vielen Fällen seine volle Gehirnfunktion wieder.

Es dauerte Wochen, bis Pietrik die Augen öffnete, und noch länger, bis er zu sprechen begann. Aber ich war dankbar für jeden kleinen Schritt. Ich trug eine Schachtel bei mir, um ein Stückchen Wurst oder Schinken für ihn hineinzulegen, wann immer ich etwas derartiges für Pietrik finden konnte, und mit der Zeit wurde er kräftiger. Zuzanna und ich feierten seine ersten Worte – »Macht bitte das Radio lauter« – mit einem kleinen privaten Fest, während Pietrik mit einem Lächeln auf den Lippen vom Bett aus zusah. Er erinnerte mich an den Vogel, der einmal gegen unser Küchenfenster geprallt und danach bewusstlos liegen geblieben war. Langsam war er wieder zu sich gekommen. Und dann, eines Tages, war er wieder auf den Beinen.

Wir befragten ihn nicht nach seiner Zeit in Majdanek, und er sprach auch nicht freiwillig darüber. Wir hatten alle unser Päckchen zu tragen.

Sobald Pietrik gehen konnte, machte er die verlorene Zeit wett und ergatterte eine Stelle als Hausmeister in der wiedereröffneten Glasfabrik. Nachdem er noch mehr Gewicht zugelegt hatte, fing er als Krankenwagenfahrer beim Rettungsdienst von Lublin an. Doch obwohl sich sein körperlicher Zustand weiter verbesserte, war es, als fehlte ihm irgendetwas. Hauptsächlich machte mir zu schaffen, dass er mich nicht mehr küsste. Er stürzte sich mit Feuereifer in die Arbeit, mied aber jeden romantischen Kontakt mit mir. Ich legte mir Ausreden zurecht: Er war zu müde. Zu traurig. Zu glücklich.

Eines Morgens wurde ich von Donnergrollen geweckt und dachte schon, ich wäre wieder in Ravensbrück, und in der Ferne dröhnten die Bomben. Sobald ich die Regentropfen an der Fensterscheibe sah, war ich erleichtert. Außerdem fiel mir ein, dass ich heute mit Pietrik im Krankenwagen mitfahren sollte. Als Lernschwester saß ich vorn neben dem Fahrer. Da er nach Möglichkeit nicht mit mir allein sein wollte und mich nur selten berührte, war es eine schöne Vorstellung, den ganzen Vormittag nur durch den Schaltknüppel getrennt, in seiner Nähe zu sein. Der Regen würde ihn zwingen, bei geschlossenen Fenstern in der Fahrerkabine zu bleiben. Bei mir.

Ich ließ mich auf dem Beifahrersitz nieder und kam mir in meiner weißen Lernschwesterntracht mit Haube sehr hübsch vor. Vielleicht würde er mich küssen. Durfte ich den Anfang machen? Natürlich wäre das zu forsch gewesen, aber was wusste ich schon über diese Dinge? Schließlich hatte ich einen Teil meiner Jugend in Gefangenschaft verbracht, die Jahre, in denen man sonst die Rituale der Romantik lernte.

Fand Pietrik mich überhaupt noch attraktiv? Die weißen Strümpfe, die wir alle trugen, tarnten mein verletztes Bein mehr schlecht als recht. Immer wieder blieben die Leute stehen und starrten mit offenem Mund hin. Stieß ich ihn ab? Was, wenn ich ihm verriet, was Luiza mir anvertraut hatte? Dass er mich liebte? Doch ich musste das Versprechen halten, das ich ihr an ihrem Sterbebett gegeben hatte.

»Was für ein Verkehr«, schimpfte er und schaltete einen Gang hinunter. »Wo kriegen die Leute in dieser Stadt bloß das Benzin her? Wir nehmen den Umweg zum Krankenhaus.«

Seit seiner Rückkehr war Pietrik ungeduldig geworden und ging bei der geringsten Kleinigkeit in die Luft. Ein Verkehrsstau. Ein falsch ausgesprochenes Wort. Ein leichter Regenschauer.

»Wir sind nicht in Eile«, erwiderte ich. »Wir liefern nur Tragen.«

Inzwischen regnete es heftig, und die Scheibenwischer kämpften einen hoffnungslosen Kampf. Einen Rinnsteinspüler hätte Matka das genannt.

Wir bogen in Nadias Straße ein.

»Wir fahren an ihrem Haus vorbei«, stellte ich fest.

»Ich weiß, Kasia. Ich habe Augen im Kopf.«

»Du hast mir nie erklärt, was *Zegota* bedeutet. Auf dem Umschlag, den ich abgeholt habe.«

»Das war die Judenhilfe. Nadias Mutter kannte eines der Gründungsmitglieder.«

»Wo hast du sie versteckt?«

»Ich würde lieber nicht ...«

»Du kannst nicht ewig schweigen.«

Er schaltete herunter und konzentrierte sich auf die Straße.

»In verschiedenen sicheren Wohnungen«, antwortete er nach einer Weile. »Bis die nicht mehr sicher waren. Eine Zeit lang in Zs Keller. Einmal wurden wir verhaftet ...«

Als wir uns Nadias früherem Haus näherten, wurde der Verkehr dichter. Die orangefarbene Haustür glänzte im Regen.

Ich sah das schwarze, nasse Fellbündel auf der Türschwelle zuerst.

»Halt an, Pietrik. Das ist Felka.«

»Schon wieder?«, sagte Pietrik.

Er zog die Handbremse, stellte den Krankenwagen ab und sprang hinaus. Ich kletterte hinterher, was wegen des hohen Führerhäuschens gar nicht so einfach war, und hastete zur Treppe. Felka lag völlig durchweicht und zusammengekauert auf der Fußmatte.

Die neuen Bewohner hießen Riska, ein netter Lehrer und seine Frau, die in Warschau ausgebombt worden waren. Frau Riska war eine Cousine von Frau Bakoski; sie und ihr Mann waren vom Versprechen der neuen Regierung nach Lublin gelockt worden, dass es hier kostenlose Unterkünfte gäbe. Viele Polen waren aus Angst vor den neuen Machthabern aus dem Exil nicht zurückgekehrt, weil sie befürchteten, das Land werde nicht so frei und unabhängig werden, wie Stalin behauptete. Deshalb warteten trotz der mietfreien Wohnungen viele Polen in London und in anderen Städten die weiteren Entwicklungen ab.

Die Riskas hatten Verständnis dafür, dass Felka immer wieder auf ihrer Türschwelle auftauchte, und riefen uns an, wenn sie sie dort fanden. Papa versuchte alles, um sie zu Hause zu halten. Er schloss sie ein. Er band sie fest. Und dennoch gelang ihr ein ums andere Mal die Flucht. Wir alle wussten, auf wen sie wartete.

Hinter dem Krankenwagen bildete sich ein Stau, während wir versuchten, Felka ins trockene Fahrzeug zu locken.

»Komm, altes Mädchen«, flötete Pietrik, so reizend er konnte, aber Felka rührte sich nicht. »Du nimmst sie vorn, ich hinten«, sagte er schließlich.

Wir schleppten Felka zur Straße. Sobald die anderen Fahrer bemerkten, dass der Krankenwagen wegen eines Hundes, nicht wegen eines verletzten Menschen angehalten hatte, fingen sie an zu hupen.

Wir schafften es, den Hund ins Führerhaus zu hieven und sie zwischen uns zu legen. Ich wickelte ihn in ein Frotteehandtuch. Als Pietrik losfuhr, erschauderte Felka und schüttelte sich, sodass das Wasser im ganzen Wageninneren und uns in die Gesichter spritzte. Ich wischte mir die Tropfen von der Tracht. Das mit dem Kuss hatte sich wohl erledigt.

»Nadia könnte noch immer irgendwo da draußen sein«, meinte ich.

»Trockne sie hinter den Ohren ab. Das mag sie.«

Ich strich mit dem Handtuch über den Kopf der Hündin und über ihre ergraute Schnauze.

»Es kommen weiter Vermisste nach Hause.«

»Sie ist aber keine Vermisste, Kasia. Sei ehrlich. Sie wurde von den Nazis ermordet.«

»Wenigstens findet für deine Mutter morgen ein Gedenkgottesdienst statt.«

»Der Gottesdienst wird nicht nur für sie abgehalten, Kasia, sondern für zweihundert Menschen. Es wird ein Riesenspektakel. Bitte geh nicht hin.«

»Papa sagt, es werden Agenten des NKVD da sein.«

»Was sollten sie mir schon antun? Mich umbringen? Solange es schnell geht, hätte ich nichts dagegen.«

»Sie suchen nach hochrangigen Mitgliedern der Untergrundbewegung.«

»Ich war Soldat in der Roten Armee, Kasia.«

»Nicht freiwillig.«

»Trotzdem bin ich im Moment sicher.«

»Papa sagt ...«

»Genug von *Papa sagt,* Kasia. Kannst du nicht mehr selbstständig denken?«

Als ich Felkas Bauch mit dem Handtuch massierte, drehte sie sich auf den Rücken und streckte die Beine in die Luft.

»Vielleicht hätte ich nicht für dich als Kurier arbeiten sollen«, merkte ich an.

»Glaubst du, ich zermürbe mich nicht täglich deswegen? Nicht nur meine Schwester, die gerade erst ihre Zahnspange losgeworden war, sondern auch deine Mutter, die mir sehr viel bedeutet hat, Kasia – sie sind tot. Und was sie dir angetan haben! Und ich sitze hier, bin unversehrt und kerngesund. Was für ein Mann bin ich? Manchmal denke ich, wenn ich dich nicht hätte …«

Er sah mich an.

»… würde ich nicht mehr auf der Welt sein wollen.«

Ich musterte forschend sein Gesicht. Hatte er das wirklich gesagt? Er starrte wieder auf die Straße. *Wenn ich dich nicht hätte.*

Ich griff nach seiner Hand.

»So darfst du nicht reden, Pietrik. Es ist eine Todsünde und …«

Er entzog mir seine Hand.

»Schon gut«, erwiderte er, wieder mit beiden Händen am Lenkrad. Gedankenversunken fuhr er weiter. »Vergiss es einfach.«

Es war schön gewesen, einen Blick auf den Pietrik von früher erhaschen zu können. Doch wie die Sonne an einem eigentlich bewölkten Tag war der Moment so schnell verflogen, wie er gekommen war.

Ich hörte nicht auf Pietriks Rat, nicht zum Gedenkgottesdienst zu gehen. Er fand zu Ehren der Zwangsarbeiter statt, die die Nazis vor ihrem Rückzug ermordet hatten, also auch zu Ehren von Pietriks Mutter. Ich hatte Frau Bakoski geliebt und wollte mit den anderen trauern. Ganz Lublin würde da sein. Außerdem kannte ich viele Familien, deren Mütter, Schwestern und Ehemänner an jenem Tag gestorben waren. Jeder kannte jemanden, der von diesem Massenmord betroffen war.

Ich begann den Tag in der Schlosskapelle, früher Matkas Lieblingsplatz, und kniete auf der Empore hoch über der Menschenmenge, die unter mir hereinströmte. Inzwischen war die Kapelle mein liebster Rückzugsort geworden, um zu beten, mit meiner Mutter zu sprechen und mich zu wärmen. Die wunderschönen Fresken waren noch nicht ganz freigelegt worden, aber ich konnte Teile davon entlang der hohen Decke zwischen den gotischen Bogen erkennen. Ich betete für die üblichen Menschen auf meiner Liste: Papa, Zuzanna, Pietrik. Und für die Seelen der Toten und Vermissten: Nadia, Matka.

Durch das Fenster der Kapelle beobachtete ich die Menge auf dem mit Gras bewachsenen Abhang jenseits der Schlossmauer. Die Menschen waren aus ganz Polen angereist, um den Toten die letzte Ehre zu erweisen. Der Kirchenchor sang, während Jung und Alt zu den Plätzen weiter vorn drängte, von wo aus man den Gottesdienst am besten verfolgen konnte. Gruppen von Priestern im schwarzen Talar. Einige Dominikanernonnen, die mit ihren weißen Hauben an riesige Schwäne erinnerten. Papa und Marthe waren auch irgendwo im Gedränge. Zuzanna wollte sich alles von einem offenen Fenster im Krankenhaus anhören.

Langsam tastete ich mich die Wendeltreppe hinunter; mein verletztes Bein und die glatten Steinstufen waren eine gefährliche Kombination. Ich trat hinaus auf den gepflasterten Hof, wo wir alle zusammengetrieben worden waren, um nach Ravensbrück gebracht zu werden. War es erst fünf Jahre her, dass ich mit Matka, Luiza und Zuzanna dort gestanden hatte?

Ich erreichte den Abhang und schob mich durch die Massen. Obwohl wir einen milden Herbst erlebten, war es an diesem Tag kalt. Viele der Anwesenden hatten Blumensträuße bei sich. Hauptsächlich Globusblumen, scharlachrote Mohnblumen und andere Wildblumen. Ich hatte einige Gänseblümchen mitgebracht, die ich auf einer Brachfläche gepflückt hatte. Da ich sie in ein feuchtes Geschirrtuch gewickelt hatte, brannte mir das kalte Wasser auf der Haut.

Ich pustete auf meine freie Hand, während ich die Menschenmenge nach Pietrik absuchte. Was hätte ich nicht für Handschuhe gegeben! Aber ich teilte mir das Paar, das eine sterbende Frau Zuzanna im Krankenhaus geschenkt hatte, mit meiner Schwester.

Es war schwer, sich vorzustellen, dass mehr als dreihundert Menschen unter diesem Hügel im Schatten der riesigen Festung begraben lagen. Familienmitglieder standen entlang der Fundamente des Schlosses, wo die Bevölkerung die Ermordeten rasch in Massengräbern beigesetzt hatte. Jemand hatte ein großes Holzkreuz in den Boden gerammt. Sechs Priester standen davor.

Während die Priester die Grabstätte segneten, schob ich mich durch die Menge und hielt Ausschau nach Pietrik. Würde er mir böse sein, weil ich gekommen war? Sollte ich ihn einfach aufgeben? Wie viel Zurückweisung konnte ein Mädchen ertragen?

Ich näherte mich einer Gruppe von Nonnen, die mit Gebetskerzen und Karten in den Händen zusammenstanden. Einige von ihnen hatten Kränze im Arm. Da entdeckte ich seitlich von ihnen Pietrik. Allein und aufrecht stand er da, hatte die Hände tief in die Taschen seines Arbeitskittels aus der Glashütte gesteckt und verfolgte den Gottesdienst. Er befand sich dicht vor dem gewaltigen Haufen aus Blumen, die die Trauernden dort abgelegt hatten. Der rote, rosafarbene und gelbe Berg wuchs stetig. Als ich mich den Abhang hinuntertastete, versetzte mir jeder Schritt einen schmerzhaften Stich ins Bein.

Ich schlüpfte zwischen den Nonnen hindurch, verharrte kurz in ihrer Wärme und ließ das Meer aus schwarzen Gewändern und Rosenkränzen hinter mir. Auf der anderen Seite hielt ich auf Pietrik zu. Falls er mich bemerkt hatte, ließ er es sich nicht anmerken. Als ich näher kam, stellte ich fest, dass sein Gesicht um die Augen herum gerötet und geschwollen war. Ich trat auf ihn zu, bezog neben ihm meinen Posten, ballte die Hand zur Faust und pustete warme Luft darauf.

Als Pietrik sich zu mir umdrehte, hingen Tränen in seinen Wimpern. Ich trat an den Blumenberg, legte meine Gänseblümchen darauf, wandte mich um und kehrte zu ihm zurück.

Sollte ich bleiben? Ich hatte meine Blumen überbracht und erledigt, weshalb ich gekommen war: den Toten die letzte Ehre zu erweisen. Schließlich hatte er nicht gewollt, dass ich kam.

Da Pietrik sich nicht rührte, schickte ich mich zum Gehen an. Im nächsten Moment spürte ich seine Hand auf meinem Arm. Ich konnte es kaum fassen, als ich feststellte, dass seine Finger sich um mein Handgelenk schlossen. Er zog mich an seine Seite.

Stolz ist ein Wort, mit dem man oft zu leichtfertig um sich wirft. Aber genau das empfand ich, als ich lauschte, wie die Stimmen des Chors in den Himmel hinaufstiegen. Stolz, weil Pietrik alles mit mir teilen wollte. Die guten und die schlechten Zeiten.

Er griff nach meiner Hand und hielt sie fest. Seine warmen Finger umfassten meine, und er hob sie sich an die Lippen, um sie zu küssen. Dann steckte er meine Hand in seine Tasche. Das Flanellfutter darin war warm.

Kapitel 33

KASIA

1946

Die Armee kam von allen Seiten. Seit Hitlers Blitzkrieg hatte es keinen so gut organisierten Überfall mehr gegeben. Sie erschienen in geblümten Kleidern und Gesundheitsschuhen und brachten Töpfe und Platten, einige noch dampfend und frisch aus dem Backrohr. General Marthe führte im Postamt das Kommando. Ergebnis waren genug Piroggen, Rote-Bete-Suppe und Jägereintopf, um sechs Hochzeitsfeiern zu versorgen.

Manch einer mochte das Postamt für einen seltsamen Ort für eine Hochzeit halten, doch für unsere Zwecke eignete es sich ausgezeichnet. Erstens handelte es sich um einen großen weitläufigen Raum mit einer hohen Decke. Und zweitens konnte man zwei Fliegen mit einer Klappe schlagen: seine Post abholen und mit der Braut tanzen. Nicht dass die Braut in der Lage gewesen wäre zu tanzen. Aber die Gäste steckten mir trotzdem Geldscheine ans Kleid. Ich trug ein blass rosafarbenes Kleid, denn Marthe hatte mich mit einer eigenen Kreation überrascht. Eigentlich hatte mir ein weißes vorgeschwebt, aber ich hätte es unmöglich ablehnen können, weil ich Papa zuliebe versuchen wollte, höflich zu sein. Ich wünschte mir nur, dass möglichst bald alles vorbei wäre, damit ich mit Pietrik allein sein konnte.

Der Vormittag war aus zwei Gründen nicht einfach gewesen. Zuerst hatten die Riskas angerufen und uns mitgeteilt, Felka sei am Vortag gestorben. Sie hatten sie ein letztes Mal auf der Vortreppe gefunden. Wir begruben Felka in unserem Garten. Zuzanna und Papa kamen und sahen zu, wie Pietrik den Spaten in die Erde stieß und ich Felka in Nadias Decke einwickelte, in der ich sie vor so vielen Jahren mit nach Hause gebracht hatte. Weinend verabschiedeten wir uns alle von unserem guten alten Mädchen. Papa weinte am heftigsten.

In einem fort musste ich daran denken, dass Felka für Nadia eine treue Freundin gewesen war und bis zum Ende auf sie gewartet hatte. Ganz im Gegensatz zu mir, denn ich hatte mein Leben weitergeführt und meine Hochzeit geplant, ohne Rücksicht darauf zu nehmen, dass Nadia nicht dabei wäre. Eine schöne Freundin war ich.

Das zweite Problem am Morgen meiner Hochzeit war der Segen der Brautmutter. Bei einer polnischen Hochzeit ist dieser Segen sogar so wichtig, dass die Hochzeitsgäste vor der Kirche zu deren Grab pilgerten, falls sie verstorben war. Natürlich konnten wir den See bei Ravensbrück, wo vermutlich Matkas Asche lag, nicht aufsuchen. Marthe hatte zwar einen langen Segen vorbereitet, aber ich verlangte kurzerhand, dass Zuzanna mich segnen sollte, was dafür sorgte, dass Marthe feuerrot anlief. So fest entschlossen ich auch war, mich mit ihr auszusöhnen, in meinem Leben kam Zuzanna an erster Stelle, und das würde auch so bleiben.

Die kirchliche Trauung war kurz. Obwohl die freien

Wahlen noch nicht stattgefunden hatten und Stalins Behörden das Land noch nicht offiziell beherrschten, wurde Moskaus Arbeiterpartei von Tag zu Tag aufdringlicher. Sie erschwerte alles, was die Arbeiter von den kollektiven Bedürfnissen des Volkes ablenkte, so auch kirchliche Trauungen. In ihren Augen handelte es sich hierbei um geschmacklosen Mummenschanz, weshalb die Leute sich nicht gern bei einer solchen Zeremonie sehen ließen. Das Ergebnis war, dass nur drei befreundete Krankenschwestern erschienen, deren Besuch sie glatt die Stelle kosten konnte. Pietriks wenige verbliebene Freunde aus dem Untergrund versteckten sich noch in den Wäldern. Wir alle waren auf der Hut; selbst Blumen auf das Grab eines ehemaligen Untergrundkämpfers zu legen konnte Grund genug für eine Verhaftung sein.

Allerdings hatten die Gäste keine Scheu, im Postamt zu feiern, weil es dort nicht so öffentlich war. Sobald ich eintraf, wurde ich umringt, und man heftete mir Geldscheine ans Kleid. Meine Lieblingstradition überhaupt. Keine Ahnung, wo Marthe und ihre Freundinnen so viel Essen aufgetrieben hatten. Aufschnitt, Würste, Salate, Baumkuchen und zartes Blätterteiggebäck. Vielleicht stammte das alles ja vom *na lewo,* dem Schwarzmarkt.

»Komm, es ist Zeit fürs *oczepiny*«, sagte Marthe.

Oczepiny ist die Zeremonie, bei der der Braut der Schleier abgenommen und durch eine Haube ersetzt wird, um zu zeigen, dass sie jetzt offiziell verheiratet ist. Zuerst umringen die ledigen Frauen die Braut und entfernen den Schleier. Danach kommen die Verheirateten und stecken die Haube fest.

Marthe klatschte in die Hände, worauf die ledigen Mädchen erschienen. »Zuzanna, nimm ihr den Schleier ab.«

»Sie weiß, was sie tun muss, Marthe«, meinte ich.

Die Kapelle spielte, und die Mädchen fassten sich einander bei den Händen und umtanzten mich, während meine Schwester die Haarnadeln aus dem Schleier von Pietriks Mutter zog. Vom langen Stehen tat mir das verletzte Bein weh, aber wie konnte ich mich zu den alten Damen auf ihren Klappstühlen an der Wand setzen? Von dieser Hochzeit hatte ich seit meiner Kindheit geträumt.

Zuzanna reichte mir den Schleier und reihte sich in den Reigen ein. Ich hielt mir die Hand vor Augen und warf mit der anderen den Schleier, und zwar genau so, dass er in Zuzannas Händen landete. Wenn Gott es wollte, würde sie die Nächste sein.

»Und nun die verheirateten Damen«, rief Marthe.

Sie hielt die weiße Haube in der Hand. Wo war Pietrik? Er verpasste ja alles.

»Wer steckt die Haube fest?«, fragte ich.

»Ich«, erwiderte Marthe.

»Aber das muss eine verheiratete Frau tun.« Die Frauen fassten sich an den Händen und bildeten einen Kreis um mich.

Marthe kam näher. »Kasia, das ist doch nur eine altmodische Tradition.«

Die verheirateten Frauen begannen, Marthe und mich im Takt der Musik zu umtanzen. Der Geruch nach Veilchenparfüm und Rote-Bete-Suppe war überwältigend. Willkürlich griff ich nach einer Hand und zog die Frau des Gerbers in den Kreis. »Frau Wiznowsky wird mir die Haube feststecken.«

Marthe nahm meine Hand. »Kasia, bitte lass mich das tun.«

Ein Blick in ihre braunen Augen, die sich mit Tränen

füllten, genügte. Schließlich war sie gut zu mir gewesen und hatte Pietrik, Zuzanna und mich wieder aufgepäppelt. Als ich mir von Marthe die Haube feststecken ließ, strahlte sie über das ganze Gesicht. Einen glücklicheren Menschen hatte ich noch nie gesehen.

Ich befreite mich aus dem Kreis. Beim Gehen flatterten die Geldscheine. Wo war Pietrik? Er war den ganzen Tag so still gewesen. Auf der Suche nach ihm blieb ich kurz stehen, um mir von einem Freund von Papa einen weiteren Zlotyschein ans Kleid heften zu lassen.

Ich traf Pietrik allein in Papas Büro an. Er saß zusammengesackt und mit den Händen im Schoß in dem alten Ledersessel. Die Lampen brannten nicht, doch der Lichtschein einer Straßenlaterne spiegelte sich im Glas eines Fotorahmens auf dem Schreibtisch. Es war Papas Lieblingsfoto, obwohl ich darauf die Augen halb geschlossen hatte. Es war das Foto, auf dem er die Arme um mich und Zuzanna legte, aufgenommen von meiner Mutter.

»Komm zur Feier.« Ich wischte die Hirse aus Pietriks Haar, mit der die Gäste uns beworfen hatten, als wir aus der Kirche gekommen waren. Die Hirse, die Papa in jener Nacht vor so vielen Jahren vergraben hatte. Obwohl es gefährlich gewesen war, so viel Aufmerksamkeit auf die Trauung zu lenken, war ich froh, dass einige nicht auf die Tradition hatten verzichten wollen.

Ich kniete mich neben Pietrik.

»Du hast keinen Bissen gegessen. Der Jägereintopf ist fast alle, und es wurden gerade noch mehr von den Würsten gebracht, die du so magst. Außerdem wird gleich der *kujawiak* getanzt.«

»Später, Kasia.«

Pietrik war zwar ein zurückhaltender Mensch, hatte jedoch nie zum Grübeln geneigt.

»Alle fragen sich, wo der Bräutigam steckt«, fügte ich hinzu.

Er schwieg eine Weile, sein Gesicht lag im Schatten. »Ich bin so ein Feigling, Kasia. Meine Kameraden aus dem Untergrund verstecken sich in den Wäldern und ernähren sich von Gras, während ich mir hier den Bauch vollschlagen soll.«

Die Musik im Nebenraum wurde lauter und wilder.

»Es ist nicht dein Fehler, dass Papa seinen Schwiegersohn beschützen will. Schließlich haben wir selbst genug Probleme.«

»Ich habe nur gerade daran gedacht, was mein Vater täte, wenn er hier wäre. Er war kein Feigling.«

Obwohl Pietrik nur selten darüber sprach, waren neue Gerüchte über den Wald von Katyn im Umlauf. Obwohl die Russen den Nazis die Schuld gaben, wussten wir alle, dass es das russische NKVD gewesen war, das Tausende Mitglieder der polnischen Intelligenzija dort ermordet hatte. Hauptmann Bakoski hatte ziemlich sicher zu den Hingerichteten gehört.

»Wovon redest du?«

Als ich den Kopf in seinen Schoß legte, spürte ich etwas Kaltes und Hartes in seiner Hand. Er zog die Hand weg, und das Licht spiegelte sich im Silber.

»Papas Pistole«, rief ich aus. »Willst du ...«

»Ich fühle mich besser, wenn ich sie in der Hand halte«, erwiderte Pietrik.

Sanft nahm ich ihm die Waffe ab.

»Du gehst besser zurück«, sagte Pietrik. »Die Braut sollte nicht einfach verschwinden.«

Allein die Berührung mit der glatten, schweren Waffe sorgte dafür, dass ich am ganzen Körper zu frieren begann. »Sie wollen auch dich sehen«, antwortete ich.

Er unternahm keine Anstalten, sich die Waffe zurückzuholen.

Ich öffnete Papas Schreibtischschublade und verstaute sie darin.

»Oh, Pietrik«, seufzte ich und kniete mich neben ihn.

Einige Zeit verharrten wir so in der Dunkelheit und lauschten, wie die Gäste mitsangen, als die Kapelle *Sto lat* anstimmten. Dem Brautpaar einhundert Jahre Glück.

Kapitel 34

HERTA

1947

Der sogenannte Ärzteprozess in Nürnberg war von Anfang bis Ende eine Farce und für mich persönlich eine derartige Belastung, dass ich mehrmals an einer schweren Bronchitis erkrankte. Das Warten. Die Berge von Akten, die man hätte verbrennen können, damit anständige Deutsche im Winter nicht frieren müssten. Hundertneununddreißig Prozesstage. Fünfundachtzig Zeugen. Endlose Kreuzverhöre der Angeklagten.

Allein Dr. Gebhardts Aussage dauerte drei Tage und war besonders schwer mitanzuhören. Als er die Operationen bis ins kleinste Detail schilderte, zog er Fritz und mich unnötigerweise mit in den Abgrund. Gebhardt erbot sich sogar, die gleiche Operation an sich selbst vornehmen zu lassen, um zu beweisen, wie harmlos sie sei, doch das wurde abgelehnt.

Und dann bat ich selbst zu allem Unglück noch meinen Anwalt Dr. Alfred Seidl, mir von den Urteilen gegen Binz und Marschall in den Hamburger Prozessen gegen die Lagerbesatzung von Ravensbrück zu erzählen. Und das ausgerechnet an dem Tag, da ich selbst aussagen sollte.

Anschließend hatte ich umso mehr Angst, vor den Richter zu treten.

»Sie haben Elisabeth Marschall zuerst hingerichtet«, erzählte Alfred. »Dann Dorothea Binz. Und zu guter Letzt Vilmer Hartmann. Ladys first, nehme ich an.«

Beim Anblick der Zeitungsfotos von der Hinrichtung krampften sich mir die Eingeweide zusammen. Eines zeigte Vilmer mit auf dem Rücken gefesselten Händen, das Genick am fünften Wirbel gebrochen, die Füße in seinen eleganten Schuhen in der Luft baumelnd. Der Knoten unter seinem linken Kiefer hatte ganz offensichtlich die Axis gebrochen und das Rückenmark durchtrennt. Als ich rasch die Fotos der anderen betrachtete, die da hingen wie Enten nach der Jagd, wurde ich von einer schrecklichen Furcht ergriffen, und meine Hände begannen zu zittern. Die meisten von ihnen hatten noch die Beichte abgelegt, bevor sie die dreizehn Stufen zum Galgen hinaufgestiegen waren. Alle waren anonym beerdigt worden.

Was an jenem Tag bei Gericht geschah, trug auch nicht dazu bei, meine Nerven zu beruhigen. Zuerst trat ein Versuchskaninchen aus Ravensbrück in den Zeugenstand.

»Können Sie Dr. Oberheuser identifizieren?«, fragte Alexander Hardy, der stellvertretende Staatsanwalt. Er war einigermaßen attraktiv, trotz der hohen Stirn.

Das Versuchskaninchen zeigte auf mich. Wie konnte das sein? Sie erinnerten sich an mich? Ich hatte sie völlig vergessen. Sie kannten meinen Namen? Wir waren doch so vorsichtig gewesen. Alfred hatte mir erklärt, die Polen hätten gefordert, mich nach Polen auszuliefern, um mich dort vor Gericht zu stellen. *Nur mich.* Hatten andere nicht viel Schlimmeres verbrochen? Alfred focht den Auslieferungsantrag an und gewann.

Bald war ich an der Reihe.

»Wir rufen Herta Oberheuser auf«, verkündete Hardy.

Fritz warf mir einen Blick zu, der mir Mut machen sollte. Ich holte tief Luft. Das Blut dröhnte mir in den Ohren. Ich schaffte es in den Zeugenstand. Die Zuschauer verschwammen vor meinen Augen. Ich suchte die Empore nach Mutti ab.

»Wie konnten Sie sich guten Gewissens an den Sulfonamid-Experimenten beteiligen, Herta Oberheuser?«, fragte Hardy.

»Bei diesen Gefangenen handelte es sich um zum Tode verurteilte Polinnen«, erwiderte ich. »Sie hätten ohnehin sterben müssen. Die Forschung hat deutschen Soldaten geholfen. Meiner Rasse.«

Mutti auf der Empore hob die Finger an die Lippen. Gunther war nirgends zu sehen.

Hardy schwenkte einen Papierstapel in meine Richtung. »Wurden Personen erschossen oder anderweitig hingerichtet, nachdem sie diesen Experimenten unterworfen wurden?«

»Ja, aber sie waren politische Gefangene mit ...« Die rote Glühbirne, die vor mir am Zeugenstand angebracht war, leuchtete auf. Die Dolmetscherin konnte nicht mehr mithalten. Ich musste langsamer sprechen.

»Und in ihrer eidesstattlichen Einvernahme im Zusammenhang mit den tödlichen Injektionen haben Sie zugegeben, fünf oder sechs dieser Injektionen verabreicht zu haben. Ist das korrekt?«

Warum war mir nur dieser Fehler unterlaufen? Konnte ich so tun, als verstünde ich die Dolmetscherin nicht?

»Nein«, entgegnete ich.

»Nun, Sie haben Spritzen verabreicht, und nach diesen Spritzen sind die Personen verstorben, oder?«

»Ja, aber wie ich schon bei früheren Vernehmungen ausgesagt habe, handelte es sich hierbei um ärztliche Hilfe an Patienten, die Todesqualen litten.«

»Und Folge dieser medizinischen Hilfe war der Tod, richtig?«, hakte Hardy nach.

Ich starrte auf die Hände in meinem Schoß. »Nein.«

»Ich sagte: ›Und Folge dieser medizinischen Hilfe war der Tod, richtig?‹«, wiederholte Hardy.

Mit klopfendem Herzen betrachtete ich meine Hände. »Wie bereits erwähnt, standen diese Patientinnen Todesqualen aus.«

»Miss Oberheuser, haben Sie jemals Auszeichnungen oder Orden erhalten?«

»Man hat mir das Kriegsverdienstkreuz verliehen, wenn ich mich recht entsinne.«

»Und wofür hat man Ihnen diesen Orden verliehen?«

»Ich weiß es nicht.«

Hardy stützte sich auf sein Pult. »War es für Ihre Beteiligung an den Sulfonamid-Experimenten?«

»Ganz sicher nicht.«

»Keine weiteren Fragen, Euer Ehren.«

Obwohl Beweise vorgelegt wurden, dass die Amerikaner ähnliche Experimente durchgeführt hatten, wie die, die man uns zur Last legte, was die amerikanischen Richter auch sichtlich erschütterte, hingen die Urteile von der Frage ab, ob die Probanden Freiwillige gewesen waren. Ich konnte nichts weiter tun, als durch den Hain im Gefängnishof zu schlendern und zu warten.

Der Prozess schien Fritz sehr mitzunehmen. Während einige Ärzte die Sache sportlich sahen und versuchten, sich durch eigene Recherchen vor einer Verurteilung zu bewahren, zog Fritz sich immer mehr zurück. Im Gerichtssaal durften wir nicht miteinander sprechen, aber einmal flüsterte er mir etwas zu, als er in den Aufzug hinunter zu den Zellen stieg.

»Sie können mich genauso gut gleich hängen«, meinte er. »Ich bin sowieso am Ende.«

Fritz war der einzige Angeklagte im Ärzteprozess, der öffentlich Reue bekundet hatte. Alle anderen blieben bis zum Schluss unbeirrt.

Am Tag der Urteilsverkündung, am 20. August 1947, trug ich ein schwarzes Mantelkleid aus Wolle mit einem weißen Kragen mit Schleife, das mir das Gericht zur Verfügung gestellt hatte. Das Herz klopfte mir bis zum Hals, als ich hörte, wie im großen Saal nacheinander die Urteile gegen meine Kollegen verkündet wurden. Mit einem schweigenden amerikanischen Wachmann an meiner Seite wartete ich im Flur hinter der hölzernen Tür des Gerichtssaals, bis ich an der Reihe war. Inzwischen verstand ich genügend Englisch, um das Urteil gegen Gebhardt zu verstehen.

»Dr. Karl Gebhardt, das Militärtribunal eins hat Sie der Kriegsverbrechen, der Verbrechen gegen die Menschlichkeit und der Mitgliedschaft in vom Internationalen Militärtribunal verbotenen Organisationen gemäß der gegen Sie erhobenen Vorwürfe für schuldig befunden. Wegen dieser Straftaten verurteilt das Militärtribunal eins Sie, Karl Gebhardt, zum Tode durch den Strang.«

Inzwischen fiel mir das Atmen immer schwerer. Als ich dran war, glitt die Tür auf. Ich trat in den Gerichtssaal und setzte meine Kopfhörer auf, um der Übersetzung zu folgen. Die Farben im Raum wurden grell, satt und eindringlich, als ich in der Menge nach Mutti Ausschau hielt.

»Herta Oberheuser, das Militärtribunal eins befindet Sie der Kriegsverbrechen und der Verbrechen gegen die Menschlichkeit, wegen derer Sie hier angeklagt sind, für schuldig.«

Sobald ich das Wort *schuldig* hörte, musste ich mich am Geländer festhalten.

Schuldig.

Darauf folgte das Urteil, dem ich wie betäubt lauschte. »Für besagte Straftaten, derer Sie für schuldig befunden wurden, verurteilt das Militärtribunal eins Sie, Herta Oberheuser, zu zwanzig Jahren Haft in einem Gefängnis oder einer anderen, von befugter Stelle zu bestimmenden Haftanstalt.«

Ich achtete darauf, mir keine Reaktion anmerken zu lassen. Fritz war zu lebenslänglich verurteilt worden; viele andere würden Gebhardt am Galgen Gesellschaft leisten müssen. Bei meiner Entlassung würde ich eine alte Frau sein. In der einen Minute und vierzig Sekunden, die es gedauert hatte, das Urteil über mich zu verkünden, hatte man mein Lebenswerk zerstört.

Am 2. Juni 1948 wurde Dr. Gebhardt an einem der drei mobilen Galgen im Turnsaal des Gefängnisses gehängt. In der Zeitung las ich, dass die an diesem Tag verwendeten Schlingen nicht richtig angezogen worden seien, weshalb einige Verurteilte sich fast zehn Minuten lang hatten quälen müssen. Die Amerikaner waren nicht einmal in der Lage, die Todesstrafe korrekt zu vollstrecken. Ich war froh, dass der Führer sich selbst das Leben genommen hatte und dieses Trauerspiel nicht hatte mitansehen müssen. Bald überführten sie mich ins Kriegsverbrechergefängnis Nummer 1 im bayerischen Landsberg, wo ich meine Strafe antreten musste. Die Vorstellung, all diese Jahre nicht als Ärztin praktizieren zu dürfen, brachte mich um den Verstand. Und deshalb fing ich an, Briefe zu schreiben.

Der erste ging an den Bürgermeister von Stocksee.

Kapitel 35

KASIA

1947

Den Großteil des 25. März 1947, eines Mittwochs, lag ich im Volkskrankenhaus von Lublin und schrie wie am Spieß. Wir Schwestern freuten uns üblicherweise, ein solches Schreien zu hören, denn es hieß, dass die Mutter gesund war. Eine stille Geburt endete oft tragisch. Außerdem war ich erleichtert, weil die Lunge meines Babys richtig arbeitete. Als Schwester im Kreißsaal hatte ich oft miterlebt, dass es innerhalb von Sekunden zu Komplikationen kam. Steißlagen. Blau angelaufene Babys. Unsere Ärzte, einschließlich meiner Schwester, waren ausgezeichnet, aber es waren die Schwestern im Kreißsaal, die den Betrieb am Laufen hielten. Zu meinem Glück verlief die Geburt normal. Schmerzmittel und andere Medikamente waren nämlich Mangelware.

Pietrik stand mit dem gewickelten Baby in den Armen neben meinem Bett. Alle Schwestern auf der Station scharten sich um ihn. Er trug einen weißen Krankenhauskittel über seiner Arbeitskleidung und ging ganz natürlich mit dem Kind um, nicht steif und unbeholfen wie viele andere frischgebackene Väter. Aber so liebevoll meine Besucher auch waren, wollte ich einfach nur mit dem Baby allein sein und unsere Tochter kennenlernen.

»Gib sie mir, Pietrik«, sagte ich mit heiserer Stimme.

Pietrik legte mir das Baby in die Arme. Bald wurde ich schläfrig, denn in dem großen Krankensaal mit über fünfzig Betten war es ziemlich warm. Meine Oberschwester hatte das beste Bett für mich reserviert: an der hinteren Wand, entfernt von den zugigen Fenstern und neben der Heizung. Ich atmete den süßlich-sauren Duft des Babys ein und beobachtete, wie die Fontanelle an seinem Scheitel rhythmisch pochte. Die Kleine war blond, wie Frau Mikelskys Baby Jagoda es gewesen war. Wie alt wäre sie wohl jetzt gewesen? Sollten wir unsere Tochter Jagoda nennen? Möglicherweise war das zu traurig. Vielleicht ein Name wie Irenka.

Hoffnung.

Pietrik plädierte für den Namen Halina, und zwar mit der Begründung, dass meine Mutter sich das gewünscht hätte. Verstand er denn nicht, dass es mich zu sehr schmerzen würde, zehnmal am Tag den Namen meiner toten Mutter auszusprechen?

Das Glockensignal, das die Besuchszeit ankündigte, erklang, und die Schwestern zerstreuten sich. Marthe erschien als Erste. Sie hatte einen Teller mit *paczki* in der einen und Servietten in der anderen Hand.

»Wir bringen Geschenke«, meinte sie. »*Paczki* für die Mutter?« Papa, der Marthes Handtasche trug, bildete die Nachhut.

»Nein danke«, erwiderte ich, weil ich mich selbst noch so kugelrund wie ein *paczki* fühlte. Wann kam endlich Zuzanna, um Marthe zu verscheuchen? Meine Schwester hatte bei der Entbindung assistiert, war dann aber gerufen worden, um einen Bruch zu schienen.

Marthe legte ein mit Zuckerguss überzogenes *paczki* auf eine Serviette und deponierte es neben mir. »Jetzt ist nicht der richtige Zeitpunkt für eine Diät«, verkündete sie.

Ich mied Süßigkeiten, denn ich wollte nicht nur das Schwangerschaftsfett wieder loswerden, sondern hatte außerdem ein Loch in meinem linken Eckzahn, ein Souvenir aus Ravensbrück. Es schmerzte, wenn es mit Zucker in Berührung kam.

Mein Vater küsste erst meine Hand, dann meine Stirn und zu guter Letzt die des Babys. »Wie geht es dir, Kasia?«

Als Pietrik mir das Baby aus den Armen nahm, wurde mir kalt. Er reichte Papa das Kind. Papa hatte noch Marthes Tasche am Arm hängen.

»Wir überlegen, ob wir sie Halina nennen sollen«, sagte Pietrik.

»Nun, mir gefällt der Name Irenka besser«, widersprach ich. »Er bedeutet Hoffnung ...«

»Natürlich Halina«, antwortete Papa. »Wie hübsch.«

Hatte er Tränen in den Augen?

»Sie ähnelt dir, Pietrik«, merkte Marthe an. »Werdet ihr sie zu Hause taufen lassen? Die Kirche könnt ihr vergessen.«

Sie hatte recht. Inzwischen erschwerte die Arbeiterpartei religiöse Zeremonien wie Taufen und Hochzeiten nicht mehr nur, sondern verbot sie mehr oder weniger deutlich und machte denen, die nicht gehorchten, das Leben zur Hölle. Marthe und Papa waren noch immer nicht verheiratet, obwohl viele Priester Paare zumindest im Geheimen trauten.

Marthe nahm Papa das Baby aus den Armen. »Mit

deinem kranken Bein wird es sicher nicht leicht für dich werden, wenn du wieder nach Hause kommst. Ich kümmere mich um das Baby.«

Während Marthe das Baby anhimmelte, wurde ich von einer Welle der Verzweiflung überrollt. Warum war meine Mutter nicht hier? Matka hätte mit dem Baby den ganzen Krankensaal abgeschritten und es vorgezeigt. Sie hätte mir Geschichten aus meiner Kindheit erzählt und mich zum Lachen gebracht.

Plötzlich war mein Gesicht tränennass. Ich hatte Hunderten Müttern geholfen, die Wochenbettdepression zu überwinden, aber für mich selbst war es nun schwieriger als gedacht. Es war, als würde ich von einem schwarzen Loch aufgesaugt.

»Ich hätte gern mein Baby zurück«, sagte ich.

Auf einmal wollte ich, dass sie alle verschwanden. Pietrik auch. Wenn ich meine Mutter nicht bei mir haben konnte, wollte ich niemanden sehen.

Pietrik nahm Marthe das Baby ab. Sie schien es nur ungern loszulassen. Er legte es mir in die Arme.

»Kasia braucht jetzt Ruhe«, meinte er.

Marthe nahm ihren Teller mit *paczki* hoch. »Morgen kommen wir mit Piroggen wieder«, verkündete sie.

»Nein danke«, entgegnete ich. »Wir werden hier gut versorgt.«

Als sie fort waren und Pietrik zurück in die Fabrik musste, dösten das Baby und ich vor uns hin. Das Zischen der Heizung weckte mich, und ich dachte, ich wäre wieder im Zug nach Ravensbrück, der mit einem schrillen Pfeifen in den Bahnhof einfuhr. Mein Herz raste, doch ich beruhigte mich, als ich meine Tochter ansah. Sie bewegte sich in meinen Armen.

Halina? Würde sie also doch heißen wie meine Mutter? Ich konnte ja kaum ihr Foto anschauen, ohne in Tränen auszubrechen. Noch mehr ängstigte mich die Vorstellung, der Name des Kindes könnte dafür sorgen, dass sie das gleiche Schicksal erleiden würde wie Matka. Ein wundervolles Leben, grausam verkürzt. Ich erschauderte. Es waren schon merkwürdigere Dinge geschehen.

Als Pietrik und Papa anfingen, das Baby Halina zu nennen, gab ich mich geschlagen und sprach es bald selbst so an. Ich musste endlich erwachsen werden. Schließlich war ich jetzt eine Mutter, die Verantwortung trug, und kein Kind mehr. Außerdem beteuerten alle, es sei ein wunderschöner Name, passe zu dem Kind und ehre meine Mutter. Sie hätte sich darüber gefreut.

Und dennoch ließ mich der Gedanke nicht los, dass ich sie Hoffnung hätte nennen sollen.

Kapitel 36

CAROLINE

1946–1947

Nachdem ich das Kind gefunden und dafür gesorgt hatte, dass seine Eltern es abholen konnten, blieb ich in Paris und tat mein Bestes, um Paul aus dem Weg zu gehen. Jetzt war er Vater, und ich wollte auf keinen Fall Unruhe in seine Familie bringen. Es war einfach, einen Bogen um ihn zu machen, da er in Renas Haus in Rouen wohnte.

Man möchte meinen, dass es keinen besseren Ort gegeben hätte, um seinen Kummer zu heilen, als die Stadt der Liebe. Doch in jenem Jahr nach Kriegsende wimmelte es auf sämtlichen Parkbänken von Pärchen, die sich, manchmal schon vor dem Frühstück, in aller Öffentlichkeit küssten und mich schmerzhaft an die Liebe erinnerten, die ich verloren hatte. Selbst von zu Hause kamen traurige Nachrichten. Roger schrieb, unser Liftboy Cuddy sei im Pazifik gefallen.

Ich fühlte mich wie eine Drogensüchtige: Der Entzug von Paul war die Hölle. Kein Schlaf, kein Appetit. Es gab kein höheres Ziel, keine Aufgabe, der ich mich hätte zuwenden wollen. Gut, dann würde ich eben ledig und für den Rest meines Lebens allein bleiben. Andere Menschen hatten Schlimmeres erlitten.

Es war nicht hilfreich, dass unser Briefkasten von Pauls Briefen überquoll. Mutter legte sie alle mit einem gequälten Bühnenseufzer in einen Korb im Wohnzimmer. Mehr als einmal blätterte ich sie durch, bewunderte Pauls Handschrift und hielt einige davon ans Licht. Aber wozu sie lesen? Dadurch würde ich mein Leid nur verlängern.

Es war, als hätte Paris mich betrogen. Man hatte uns beiden übel mitgespielt, nur dass die Stadt sich erholte, ihr Wiederaufbau begonnen hatte und der Schutt beseitigt wurde. Wenn man nach der Modebranche gehen konnte, war Paris schon wieder obenauf. Die großen Modehäuser veranstalteten aufwendige Modenschauen, und die Zeitschriften brachten Fotostrecken mit den zerbombten Häusern als Hintergrund. Ich hingegen brach selbst beim Anblick einer verkrüppelten Taube oder eines alten Mannes, der drei wurmstichige Äpfel auf einem Handtuch drapierte und zum Verkauf anbot, in Tränen aus.

Die Monate vergingen. An einem Novembermorgen wachte ich auf und schwor mir, mich in die Arbeit zu stürzen und von diesem Tag an nicht mehr an Paul zu denken. Zum Glück gab es in Paris viel zu tun, denn der Wiederaufbau war in vollem Gange. Sich dem Unglück anderer zu widmen war der beste Weg, die eigenen Sorgen zu vergessen. Hatte Lord Byron es nicht selbst gesagt: »Wer beschäftigt ist, hat keine Zeit für Tränen.«

Da das Benzin noch immer knapp war, benutzten die Pariser hauptsächlich ihre Fahrräder. Dinge wie Teller, Streichhölzer und Schuhleder waren weiterhin kaum zu bekommen, ganz zu schweigen von genießbaren Lebensmitteln. Die Arbeiter bauten entlang der Esplanade des Invalides mithilfe von Pferden und Pflügen Bohnen und Kartoffeln an, aber Eier waren fast nicht aufzutreiben, und vor den Bäckereien und Metzgereien bildeten sich lange Schlangen, sobald auch nur der Hauch eines Gerüchts die Runde machte, hier seien noch ein paar Reste zu haben.

Mutter beschaffte sich von einem Freund einige alte Lebensmittelkarten für den Laden, wo das Militär einkaufte. Für jedes dieser Rechtecke aus Pappe bekam man die Miniaturversion eines amerikanischen Frühstücks: eine Dose mit gewürfelten Eiern und Schinken, Nescafé, Kräcker in Zellophan, ein Päckchen Wrigley's-Kaugummi und eine Schachtel Chesterfield. Es war ein Wunder, dass unsere Jungs trotz eines solchen Frühstücks nicht nur am Leben, sondern auch kampffähig geblieben waren. Aber damals war alles Essbare eine Kostbarkeit.

Mutter meldete sich bei ADIR, der Allgemeinen nationalen Vereinigung der Deportierten und Widerstandskämpfer, einer neuen Organisation, die deportierten und aus den Konzentrationslagern der Nazis zurückgekehrten Frauen wieder auf die Beine half. Diese weiblichen »Glückspilze« hatten oft alles verloren. Ihre Ehemänner und Kinder. Ihr Zuhause. Was die Lage noch verschärfte, war, dass die französische Regierung hauptsächlich die Männer unterstützte, zumeist ehemalige Soldaten, aber auch sonst alle Männer, die den Krieg überlebt hatten. Die Frauen wurden vergessen.

Auch ich engagierte mich ehrenamtlich. Da so viele Kinder in Paris keine Mäntel hatten, wandten Mutter und ich uns an das Kaufhaus Le Bon Marché und baten, eine Abgabestation für Spenden direkt vor dem Eingang aufstellen zu dürfen. Man war einverstanden und schaffte Kleiderständer und Klapptische in unseren abgetrennten Bereich. Mutter und ich hängten die gespendeten Mäntel nach Größe sortiert auf. Der Eintrittspreis in unseren kleinen Laden betrug einen Kindermantel. Dann konnten sich die Eltern einen beliebigen Mantel oder eine größere Jacke aussuchen. Das gespendete Kleidungsstück wurde gereinigt und wieder in Umlauf gebracht. Le Bon Marché machte sogar Werbung mit unserer Aktion und veröffentlichte ein scheußliches kleines Foto von Mutter und mir am unteren Rand ihrer Zeitungsanzeige.

Für die Eröffnung hatten wir uns einen traumhaft sonnigen Novembertag ausgesucht, an dem ganz Paris unterwegs war, um zu sehen, was die Boutiquen für die neue Saison im Angebot hatten. Dior hatte in diesem Frühling den revolutionären New Look mit seinen schmalen Taillen und ausgestellten Röcken herausgebracht, und überall in Paris wurde darüber getuschelt, was wohl als Nächstes käme. Es war schwierig, an diesem Tag keine Zuversicht zu empfinden. Der Duft gerösteter Kastanien lag in der Luft, und im angrenzenden Park spielte ein Alleinunterhalter eine beschwingte Version von *Le chaland qui passe*.

Bald standen die Menschen Schlange und drängten herein. Mutter hatte mir den Laden überlassen, denn sie selbst wurde – als Feldmarschallin in der Wohltätigkeitswelt Nachkriegsfrankreichs – in einer Suppenküche am anderen Ende der Stadt gebraucht. Ich war recht aufgeregt, da ich mich noch immer verzweifelt nach einem eigenen Projekt sehnte. Außerdem war ich inzwischen gut darin, genau den passenden Mantel für ein Kind auszuwählen. Auf die Farbe kam es an. Immerhin waren wir hier ein Paris. Ein gelber Mantel für ein blasses Kind war fast schlimmer als gar kein Mantel.

Am späten Vormittag ging es in der Mantelumtauschstelle hoch her, als mir einfiel, dass ich die Schachtel mit meiner Ration noch gar nicht geöffnet hatte. Bevor ich danach greifen konnte, wurde ich von einer älteren Frau angesprochen.

»Verzeihung, Mademoiselle, könnten Sie mir bitte behilflich sein?«

Sie war zwar abgemagert, hatte jedoch etwas Aristokratisches an sich und war elegant in einen Wollrock, Strickjacke und saubere weiße Handschuhe gekleidet. Um den Hals trug sie einen ausgeblichenen Saumur-Schal von Hermès, der zusammengehalten wurde von einer mit Edelsteinen besetzten Brosche in Form eines Rebhuhns. Der Bauch des Vogels bestand aus einer Südseeperle. Trotz der angespannten Lage oder vielleicht gerade deshalb putzten sich die Pariserinnen mit auffälligen Accessoires heraus und hielten sich weiterhin an die alte Moderegel, dass zu viel Schlichtheit von Schüchternheit zeuge. In der Hand hielt die Frau ein in weißes Papier gehülltes Päckchen. An ihrem Handgelenk hing ein Spazierstock aus Rattanrohr. Ihre andere Hand umfasste die Leine eines elfenbeinfarbenen Pudels. Es war ein wunderschönes Tier, mager wie seine Besitzerin, aber makellos gepflegt.

»Ich habe einen Mantel mitgebracht«, sagte sie.

Ich nahm das Päckchen, entfernte das Klebeband und holte den Mantel heraus. Ein abgestandener Geruch nach Rosen und Lavendel stieg auf. Ich hatte an diesem Tag schon viele traumhafte Kleidungsstücke gesehen, manche mit handbestickten Revers und emaillierten Knöpfen, andere mit weichem Kaninchenfellfutter. Dieser Mantel jedoch war eine Klasse für sich. Kaschmir? Er hatte die Farbe eines Rotkehlchens und war erstaunlich schwer, allerdings weich und mit gestepptem weißen Satin gefüttert.

»Danke für Ihre Spende, Madame. Bitte suchen Sie sich einen anderen aus. Wir haben viele schöne Mäntel hier, vielleicht nicht so elegant wie dieser …«

»Er ist mit Gänsedaunen gefüttert und wurde für meine Enkelin angefertigt, allerdings nie getragen.«

»Bedienen Sie sich am Kleiderständer. Welche Größe hat Ihre Enkelin jetzt?«

Die Frau streichelte den Hals des Hundes. Aus der Nähe bemerkte ich, dass sie ihre Strickjacke nicht richtig zugeknöpft hatte, weshalb sie schief saß. An ihrer Edelsteinbrosche fehlte ein Diamant. Verkauft oder verloren?

»Sie ist fort. Sie wurde mit ihrer Mutter und ihrem Bruder schon vor Jahren abgeholt. Meine Tochter und eines unserer Dienstmädchen haben in der Speisekammer Flugblätter gedruckt.«

Der Untergrund.

»Das tut mir sehr leid …« Mir verschwamm alles vor Augen. Wie sollte ich andere trösten, wenn ich mich selbst nicht im Griff hatte?

»Lange habe ich gehofft, dass sie wieder nach Hause käme. Aber dann haben sie mich auch abgeholt. Ist das zu fassen? Was wollten die denn von einer alten Frau? Meine Haushälterin hat den Hund zu sich nach Saint-Étienne genommen, während ich, nun, fort war. Er ist jetzt meine Familie.« Unfähig weiterzusprechen, schüttelte sie den Kopf. »Vielleicht kann jemand den Mantel gebrauchen.«

Ich verstaute den Mantel wieder in der Verpackung. »Danke, Madame. Ich sorge dafür, dass er ein gutes Zuhause findet. Drinnen gibt es heißen Kaffee.«

Lange legte sie ihre behandschuhte Hand auf meine. Die Baumwolle fühlte sich warm und glatt an. »Danke, meine Liebe.«

Ich zog eine Visitenkarte aus der Tasche. »Das ist ADIR, eine Hilfsorganisation, für die meine Mutter sich einsetzt. Sie unterstützt Frauen, die aus den Lagern zurückgekehrt sind. Die Organisation wird von zwei Frauen, die selbst deportiert wurden, von ihren Wohnungen aus betrieben – in der Nähe des Jardin du Luxembourg.«

»Danke.« Sie nahm die Karte und wollte gehen.

»Warten Sie, Madame.« Ich holte meinen Proviantkarton unter dem Tisch hervor. »Ich habe noch einen. Möchten Sie ihn?«

Sie betrachtete die Schachtel. »Oh, nein, meine Liebe. Geben Sie ihn jemandem, der ihn dringender ...«

»Bitte nehmen Sie ihn.«

»Nun, ich hätte da eine Nachbarin ...«

Ich lächelte. »Eine Nachbarin, ausgezeichnet. Ich bin mir sicher, dass sie sich darüber freuen wird.«

Die Frau klemmte sich den Karton unter den Arm und verließ durch das Gedränge unsere kleine Umtauschstelle.

An diesem Nachmittag hörte ich noch viele solcher Geschichten, und als es Abend wurde, hätte ich dringend Ruhe gebraucht. Doch der Andrang wurde immer größer. Außerdem fiel die Temperatur, was mir bewusst machte, dass ich selbst keinen Mantel hatte. Mutter hatte versehentlich unsere eigenen Mäntel auf ihre Spendenhaufen geworfen und weggebracht. Aus diesem Grund besaß ich nichts mehr zum Überziehen. Der Wind wurde heftiger und wehte die Mäntel von den glatten Holzkleiderbügeln.

Ich bückte mich nach einer Jacke. Als ich mich aufrichten wollte, hielt ich mitten in der Bewegung inne. Es war unmöglich, Paul in der Menschenmenge zu übersehen, weil er die meisten anderen überragte. Er steuerte direkt auf mich zu. Am liebsten hätte ich mich zwischen den Kunden versteckt, um ihm nicht begegnen zu müssen, aber wer hätte dann unseren Stand bewacht?

Als er näher kam, konnte man nicht anders, als zu bemerken, wie gut er in seiner auberginefarbenen Samtjacke aussah. Offenbar hatte er genug zu essen. Er war zwar immer noch zu dünn, hatte jedoch ein wenig zugenommen.

Paul drängte sich zu mir durch, wobei wir beide ins Gewühl gerieten. Er hielt mir einen kleinen Tweedmantel von der Farbe reifen Weizens hin. An der Brust war ein zerknittertes Band in den Farben der Trikolore befestigt. Vorsichtig nahm ich den Mantel entgegen, um Paul bloß nicht zu streifen. Eine Berührung, und ich wäre wieder verloren. Der Schmerz würde zurückkehren, ja vielleicht sogar schlimmer denn je sein.

»Erinnerst du dich noch an mich?«, fragte er.

Es war fast zwei Jahre her, dass wir gemeinsam an seinem Küchentisch gesessen hatten.

»Danke für Ihre Spende, Monsieur. Bitte suchen Sie sich einen anderen Mantel aus.«

Natürlich war es Pascalines Mantel. Dünn und nicht sehr warm. Die Ärmel waren zwei Mal ausgelassen worden, wodurch an den Manschetten graphitdunkle Linien entstanden waren. Jemand hatte mit winzigen, regelmäßigen Stichen zwei niedliche kleine Flicken auf die Schäden im Tweed genäht. Rena.

»Tut mir leid, dass du mit mir sprechen musst, Caroline.«

»Wir haben viele gute Mäntel …«

»Würdest du mich bitte ansehen?« Er strich sich mit den Fingern über die Lippen. Paul war nervös? Eine völlig neue Erfahrung. Seine Samtjacke war an den Ellbogen abgenutzt. War Rena zu gleichgültig, um auch seine Sachen auszubessern?

Paul griff nach meinem Arm. »Es war entsetzlich ohne dich, Caroline.«

Ich wich zurück. Spielte er Theater? Schließlich war das sein Beruf.

»Du kannst dir jeden beliebigen Mantel …«

Warum konnte ich nicht aufhören, von den Mänteln zu reden?

Paul trat einen Schritt näher. »Es geht mir schlecht, Caroline.«

Falls er schauspielerte, war es eine beachtliche Leistung. Offenbar hatte er seit einiger Zeit nicht geschlafen. Überwältigt wandte ich mich ab und hielt einen Kleiderständer fest, damit er im Wind nicht umkippte.

Paul packte mich am Handgelenk und drehte mich zu sich herum. »Hast du meine Briefe gelesen?«

Ich riss mich los. »Ich war zu beschäftigt. Du solltest die Wohnung sehen. Mutter kocht Baumwollwäsche auf dem Herd …«

»Wenn du sie gelesen hättest, wüsstest du Bescheid.«

»Du solltest sehen, wie sie auf einem Hocker steht und den Topf mit einem Kanupaddel umrührt.«

Wieder wandte ich mich ab, um die Mäntel geradezurücken. Er folgte mir.

»Das war es also? Wir werden nie mehr zusammen

sein?« Einen Moment lang drückte er den Rücken gerade durch.

Die Trauer stand ihm. Unrasierte, verschlampte, hinreißende Trauer. Ich knöpfte einen winzigen rosafarbenen Mantel zu.

Paul wich zurück. »Ich musste dich sehen. Als ich gelesen habe, dass du hier wärst, bin ich per Anhalter den ganzen Weg aus Rouen gekommen.«

»Am besten brichst du gleich wieder auf. Es sieht nach Regen aus.«

»Gibt es einen anderen? Ich habe gehört, du wärst mit einem Mann ...«

»Was?«

»Ihr habt Händchen gehalten. Im Café George. Du bist bekannt, Caroline. Das spricht sich herum. Du bist mir zumindest eine Erklärung schuldig.«

Ich hatte mit einem von Mutters Verehrern zu Mittag gegessen, einem bärtigen Grafen aus Amiens, der zwanzig Jahre älter war als ich. Untröstlich, weil Mutter sich kaum Zeit für ihn nahm, hatte er den Großteil der Mahlzeit meine Hand umklammert, mich angefleht, ich möge mich für ihn einsetzen, und mich so daran gehindert, meine Vichyssoise zu essen.

»Wie kannst du so gefühllos sein, Caroline?«

»Gefühllos?«

»Ich kann noch immer nicht arbeiten, und du tust hier gute Werke, als würde ich dir nichts bedeuten.«

Gute Werke? Trotz der Kälte spürte ich, wie mir mein Temperament heiß den Rücken hinaufstieg. Ich wirbelte zu ihm herum.

»Und du warst nicht gefühllos, als du beschlossen hast, ein Kind zu zeugen?«, entgegnete ich.

»Du wusstest, dass ich verheiratet war …«

»Du hast gesagt, Kinder seien zu kompliziert, schon vergessen? Im Leben eines Schauspielers sei dafür kein Platz.«

»Dinge geschehen. Erwachsene setzen sich damit auseinander. Es sei denn, sie sind reich und verwöhnt …«

»Verwöhnt? Jetzt mach mal halblang. War es verwöhnt, das eigene Glück für ein Kind aufzugeben, das ich nicht einmal kannte? Hast du eine Ahnung, wie es ist, jeden Morgen in dem Wissen aufzuwachen, dass du und deine Familie zusammen sein könnt und ich noch immer allein bin? Und du willst mir etwas von Gefühllosigkeit erzählen.«

Erst als er seine Jacke öffnete und mich in Samt hüllte, wurde mir klar, dass ich zitterte.

»Sei vernünftig, Caroline. Wann wird einer von uns wieder das finden, was wir hatten?«

»Klar«, murmelte ich in sein Baumwollhemd. »Du könntest der letzte Mann in Paris sein.«

Er lachte und zog mich fester an sich.

»Ich vermisse dich, Caroline.« Sein himmlischer Geruch hüllte mich unter seiner Jacke ein. Seine Finger berührten mich am Rücken. Wie hatte mir dieser Duft nach Fichtennadeln und Leder gefehlt. Er streifte mit den Lippen meine Wange.

»Komm, lass uns etwas essen gehen«, schlug er vor. »Trotz dieser schauderhaften Kapelle höre ich deinen Magen knurren. Ein Freund von mir hat ein Lokal im Quartier Latin, von dem du begeistert sein wirst. Er hat Apfelkuchen gebacken. Mit echter Crème Fraîche.«

Wie wundervoll wäre es, neben Paul auf eine lederbezogene Bank in einem Bistro zu rutschen, Hüfte an

Hüfte wie so viele Liebespaare vor uns. Das Angebot wäre kärglich, aber warmes Brot und Wein würde es sicherlich geben. Wir würden über alles Mögliche reden: Welche Crème Fraîche war die Beste, die aus dem Südosten oder dem Südwesten Frankreichs? In welchem neuen Stück sollte er auftreten? Wie sehr er mich liebte. Und was dann? Er würde nach Hause zu seiner Familie fahren, und ich würde mich noch elender fühlen als zuvor.

»Ich komme nach New York«, flüsterte Paul, seine Lippen weich an meinem Ohr. »Es wird so sein wie früher.«

Ich spürte seine Brust an meiner. Nur mein Seidenkleid und sein Baumwollhemd trennten uns.

»Du kannst nicht einfach weg von hier, Paul.«

Selbst wenn er keine Familie gehabt hätte, würde es nie wieder so sein wie damals. Die Welt hatte sich verändert.

Paul trat zurück, schob mich auf Armeslänge von sich weg und lächelte sein gefährlichstes Lächeln. »Ich muss wieder nach New York. Der Broadway erholt sich.«

Ich machte mich von ihm los und erschauderte, als der Wind den Rock meines Kleides aufbauschte. Benutzte er mich, um sich vor seiner Verantwortung zu drücken? Wollte er wirklich mich, oder brauchte er nur eine Pause vom Familienleben?

»Komm schon, Caroline. Wir könnten gemeinsam auftreten. Ich würde sogar Shakespeare in Erwägung ziehen. Lass uns beim Essen darüber reden.«

Ein Regentropfen traf meine Hand. Ich musste die Mäntel unter das Vordach des Kaufhauses ziehen.

»Du musst zurück zu deiner Familie, Paul.«

Paul wich zurück. »Du kannst einen in den Wahnsinn treiben.«

»Du bist Vater.«

»Aber ich liebe dich.«

»Liebe deine Tochter. Falls das nicht so ist, habe ich dich wegen nichts aufgegeben. Also spiel Theater, wenn es sein muss. Dann wirst du bald bemerken, dass ich recht habe.« Ich berührte ihn am Ärmel. »So schwierig ist es doch nicht. Sei einfach für sie da. Wenn sie nachts aufwacht und Angst hat. Wenn sie mal hinfällt.«

»Rena will mich nicht im Haus haben.«

»Aber deine Tochter wird es wollen. Sie will, dass du ihr das Segeln beibringst und sie im Park vorzeigst. Du ahnst nicht, welche Macht deine Liebe hat. Ohne sie wird die Kleine auf den ersten Jungen hereinfallen, der behauptet, sie zu lieben, und der wird ihr dann für immer das Herz brechen.«

»Warum alles wegwerfen, was zwischen uns ist? Deine Pilgervater-Moral ist lächerlich.«

»Meine puritanische Moral«, verbesserte ich ihn.

»Ich glaube nicht, dass ich das aushalte.«

»Das wirst du. Das Komische an der Trauer ist, dass sie einem mit ein wenig Übung leichter fällt.«

Ich hielt ihm ein weißes Päckchen hin.

»Dieser Mantel wäre ideal«, sagte ich. »Zwar noch ein bisschen zu groß, aber sie wird hineinwachsen.«

»Ich liebe dich, Caroline. Und du weißt, dass ich genauso dickköpfig sein kann wie du.«

»Liebe deine Tochter, Paul. Wenn nicht um deinetwegen, dann wenigstens um meinetwillen.«

»Eines Morgens wirst du aufwachen und erkennen, dass du einen schweren Fehler gemacht hast.«

Ich unterdrückte ein Lächeln. So wie jeden Morgen?

Paul musterte mich eine Weile. Dann zog er die Jacke

aus und legte sie mir über die Schultern. Darunter trug er nur ein altes weißes, an manchen Stellen fadenscheiniges Hemd. Es stammte zweifellos aus der Vorkriegszeit; es saß ein wenig locker. Aber der Anblick von Paul in diesem Hemd, so mager er auch sein mochte, sorgte dafür, dass mehr als eine Frau am Stand sich umwandte.

»Dir hat sie immer besser gestanden als mir«, sagte er.

Das Satinfutter der Jacke, noch warm von seinem Körper, fühlte sich angenehm auf meiner Haut an.

Paul küsste mich auf beide Wangen und nahm das weiße Päckchen. Ich strich mit den Fingern über den Aufschlag der Jackentasche, der so weich war wie ein Katzenohr.

Ich blickte gerade rechtzeitig hoch, um zu sehen, wie Pauls wunderschöner Rücken in der Menschenmenge verschwand. Dann drehte ich mich um und schob die Kleiderständer aus dem Regen.

In den folgenden Monaten schrieb Paul mir noch einige Briefe, während ich versuchte, mich mit karitativer Arbeit abzulenken. Wenigstens hatte ich noch Mutter, auch wenn sie mir nicht ewig erhalten bleiben würde. Unser Leben schnurrte zu einem Alltag zusammen, wie ihn die Bewohner von Altenheimen nur zu gut kannten. Tee mit Mutters Freunden, bei dem sich das Gespräch um den entzündeten Ischiasnerv drehte. Eine gelegentliche Erledigung für Roger in der Botschaft. Orgelkonzerte in der Kirche.

Es waren bleiche Tage, von denen einer in den anderen überging. Deshalb war es eine große Überraschung für mich, als uns eines Morgens eine Freundin von Mutter besuchen kam. Mutter hatte mir erzählt, dass eine gewisse Anise Postel-Vinay bei uns vorbeischauen wollte, die während des Krieges wegen Mitgliedschaft im französischen Widerstand verhaftet und ins Konzentrationslager Ravensbrück gesperrt worden war. Anise und einige Freundinnen hatten ADIR gegründet. Obwohl Mutter ungewöhnlich ausweichend reagierte, als ich sie nach weiteren Einzelheiten fragte, stimmte ich zu, ihr den Gefallen zu tun. Ich erwartete, dass Anise bei uns erscheinen und uns um nicht allzu abgenutzte Kleidung und Konserven bitten würde.

An jenem Tag war Mutter gerade mitten in ihrer nicht sehr kleidsamen Ponchophase und trug, als Anise eintraf, ein rot kariertes, kaftanartiges Gewand, das sie irgendwo ausgegraben hatte. Wenn Mutter dieses Ding anhatte, starrten die Pariser sie an, als überlegten sie, ob es auf einen Kaffeehaustisch oder unter eine Platte mit gutem Käse gehörte.

Es läutete an der Tür, und Mutter führte Anise herein. Ihr folgten zwei Männer mit einer Trage aus Segeltuch. Darauf lag eine in eine weiße Baumwolldecke gewickelte Frau.

»Gütiger Himmel«, rief ich aus.

Anise, eine attraktive, energische Frau, setzte sich auf unser Aubusson-Sofa im Wohnzimmer und fuhr sich durchs kurz geschnittene Haar.

»Guten Morgen, Madame Ferriday. Wo sollen die Männer sie hinbringen?«

Ich wich einen Schritt zurück. »Sie bleibt? Hier? Davon wussten wir nichts.«

Mutter ging zu der Trage. »Anise hat uns gebeten, ihrer polnischen Freundin zu helfen«, erklärte sie mir. »Ist sie bewusstlos, Anise?«

Anise legte die Hand auf das zugedeckte Bein der Frau.

»Stark betäubt. Ich habe sie gerade aus Warschau eingeflogen.«

»Sie muss ins Krankenhaus, Madame Vinay«, meinte ich.

»Sie heißt Janina Grabowski. Ich kenne sie aus dem Konzentrationslager Ravensbrück. Sie wurde von Naziärzten operiert.« Anise fühlte der Frau die Stirn. »Wir müssen die Sache diskret behandeln. Sie wurde ohne Wissen der polnischen Behörden aus Polen herausgeschmuggelt.«

Wir sollten eine kranke polnische Geflüchtete bei uns aufnehmen?

»Konnte ihr in Warschau denn niemand helfen?«

»Warschau ist zum großen Teil eine Schutthalde, Miss Ferriday. Das Gesundheitswesen liegt am Boden. Antibiotika sind Mangelware.« Anise schlug die Decke zurück und zeigte uns das Bein der Frau. Unter dem Verband tobte eine schwere Infektion.

»Bringen Sie sie sofort in mein Zimmer«, erwiderte Mutter. »Ich schneide frische Verbände zurecht.« Zumindest konnte Mutter so die Krankenpflegetradition der Woolseys auf den Schlachtfeldern des Bürgerkriegs wiederbeleben. »Wir rufen unseren Hausarzt.«

Ich streckte die Hand nach der Trage aus. »Moment. Ich habe den Prozess im Radio verfolgt. Die Deutschen sollten doch Reparationszahlungen ...«

»Das wird nicht passieren, Miss Ferriday. Deutschland hat beschlossen, das kommunistische Polen nicht als eigenständiges Land anzuerkennen. Man betrachtet es als einen Teil Russlands.«

»Das ist ja lächerlich.«

»Janina ist ein wundervoller Mensch. Sie hat mir die

Medikamente gegeben, die sie eigentlich selbst hätte nehmen müssen, um sich zu retten. Deshalb stehe ich heute hier. An diesem Morgen hat sie mehr gelitten als Sie in ihrem ganzen Leben. Während wir hier diskutieren, könnte sie sterben.«

Ich winkte die Männer weiter. »Wir nehmen sie gern auf«, sagte ich.

»Gut, danke, Mademoiselle.«

Ich ging zum Fenster. »Legen Sie sie in mein Bett. Erste Tür links.«

Die Männer schleppten die Trage den Flur entlang in mein Zimmer. Mutter folgte ihnen. Als sie an mir vorbeigingen, bemerkte ich, dass Blut aus Janinas Bein durch die Decke gesickert war. Worauf hatten wir uns da eingelassen?

»Wir stehen Ihnen immer zur Verfügung, Madame Vinay«, verkündete ich.

Anise steuerte auf die Tür zu. »Ihre Mutter war sich sicher, dass Sie uns helfen würden.« Sie drehte sich um und lächelte beinahe. »Und das ist gut so. Denn wo sie herkommt, gibt es noch zweiundsechzig andere.«

Dritter Teil

Kapitel 37

KASIA

1957

Eines Abends holte ich nach meiner letzten Schicht im Krankenhaus Halina von der Kindertagesstätte ab. Es war eine der vielen staatlich gesteuerten Einrichtungen in Lublin, die jedes Kind mit zwei berufstätigen Elternteilen besuchen musste. Die Kinder im Schulalter lernten dort Rechnen und Lesen und wurden in der Propaganda der kommunistischen Partei unterrichtet. Unsere Tagesstätte war in einem von der Partei beschlagnahmten ehemaligen Wohnblock untergebracht, einem freudlosen Bau, in dem es nach gekochten Kartoffeln und Kohl roch. Selbst zwölf Jahre nach Ravensbrück konnte ich diesen Geruch nicht ertragen. Zumindest übernahm die Regierung sämtliche Kosten.

Während ich darauf wartete, dass die Kinder aus dem Klassenraum gelassen wurden, lehnte ich mich an die Wand, um mein Bein zu entlasten, und betrachtete mein neues Armband. Es war Ergebnis eines Plans, den Vater Skala und ich uns ausgedacht hatten. Vater Skala, ein guter Freund von Papa, war unser ehemaliger Gemeindepfarrer und inzwischen im Ruhestand. Auf Zuzannas Drängen hin hatte ich mich an ihn gewandt und ihn um Rat gefragt, weil ich mich als Mutter überfordert fühlte. Da ich mich damit abmühte, meinen Pflichten im Beruf, bei der Erziehung einer kleinen Tochter und als Ehefrau gerecht zu werden, war ich häufig völlig erschöpft und verlor immer öfter die Geduld. Vater Skala schlug vor, ich solle zusätzlich zu den Gebeten ein Gummiband am Handgelenk tragen und damit schnippen, wenn ich spürte, dass ich wütend würde. Also hatte ich ein stumpf rotes Band am Handgelenk und schnippte im Laufe der Woche ständig daran herum. Am Wochenende war mein Handgelenk wund von der vielen Schnipperei.

»Nicht rennen«, rief Genossin Jinda, Halinas Erzieherin, als die Kinder auf ihre Eltern zusteuerten.

Meine Tochter war in der Menge leicht auszumachen. Sie hatte Matkas goldblondes Haar und war eine Handbreit größer als die meisten anderen Kinder. Mit ihren zehn Jahren hinkte Halina ein Jahr hinter ihren Altersgenossen her; man hatte sie nicht versetzt, weil sie die Multiplikationstabelle nicht hatte aufsagen können. Wie wundervoll, sie zu sehen. Meine Belohnung, die Gott mir für alles, was ich hatte erdulden müssen, gewährt hatte. Die Kinder liefen auf ihre Eltern zu und begrüßten sie nach Vorschrift. Halina gab mir die Hand und küsste mich rasch auf die Wange. Sie hatte einen ganz eigenen Geruch, nach Seife und frischer Luft, obwohl sie den Tag an diesem bedrückenden Ort verbracht hatte.

»Guten Abend, Matka«, sagte sie.

Mit einem Lächeln vergewisserte sich Genossin Jinda, dass alle Kinder versorgt waren, und drehte sich zur nächsten Gruppe um.

»Ein richtiges Küsschen für deine Mama, Halina?«, fragte ich.

Sie legte ihre kleine Hand in meine. »Du weißt, dass das nicht erlaubt ist.«

Wir machten uns auf den Weg zur Tür. Wie ernst die Kleine geworden war.

»Und wie geht es der wunderbarsten aller Töchter heute?«

»Nicht wundervoller als sonst«, antwortete Halina.

»War der Mittagschlaf in Ordnung?« In der Kindertagesstätte mussten die Kinder auf Kommando essen, schlafen und sogar zur Toilette gehen.

»Ich habe mich schlafend gestellt«, erwiderte Halina.

In den Fünfzigerjahren regelte die PZPR, die Polnische Vereinigte Arbeiterpartei, eine beklagenswerte Marionette Moskaus, sämtliche Belange. Obwohl Stalin inzwischen tot war, lebte seine Politik weiter. Den Alliierten hatte er zwar auf der Konferenz in Jalta versprochen, in den osteuropäischen Ländern freie Wahlen abzuhalten und sie zu Demokratien werden zu lassen. Doch stattdessen hatte er in jedem dieser Länder eine kommunistische Regierung eingesetzt.

Polen bildete da keine Ausnahme. Das Ergebnis waren manipulierte Wahlen, keine unabhängigen politischen Parteien und ein Verbot, Kritik an der Partei zu üben. Die Bedürfnisse des Volkskollektivs standen über allem. Mich teilte man als Schwester der Unfallstation des neuen staatlichen Krankenhauses zu, Pietrik einer Fabrik am Stadtrand von Lublin, wohin er täglich mit dem Bus fahren musste.

»Ich rede mit deiner Lehrerin«, sagte ich. »Sie muss dafür sorgen, dass du richtig schläfst.« Da ich sie um fünf

Uhr morgens ablieferte und um sieben Uhr abends abholte, brauchte sie ihren Mittagschlaf.

»Nein, Matka, ich bin kein Baby mehr. Außerdem stellt Genossin Jinda mich beim Mittagessen wieder hinten in die Reihe, wenn du dich beschwerst. Es ist in Ordnung so. Ich hatte Zeit, mir zu überlegen, was ich am Wochenende malen will.«

Mein Bein brannte, als ich sie rasch an einer Warteschlange vor einer Bäckerei vorbeilotste.

»Wir haben keine Farben, Halina.«

»Wir haben die Pinsel von deiner Mutter.«

»Wie war es in Mathe?«

»Genossin Jinda hat Karteikarten gemacht. Wahrscheinlich sitze ich noch in Baby-Mathe, wenn ich so alt bin wie du. Ich hasse diese Tabellen.«

»Als Krankenschwester muss ich auch jeden Tag rechnen.«

»Marthe sagt, sie schenkt mir zum Namenstag Farben.«

»Wann ist denn der Einstufungstest?«, erkundigte ich mich.

»Keine Ahnung«, antwortete Halina. Sie hob einen Stock vom Straßenrand auf, zog ihn hinter sich her und zeichnete dabei Linien in die Erde neben der Straße.

»Hat Genossin Jinda dich in die blaue Mannschaft aufgenommen?«

»Ja«, meinte Halina.

»Einfach so?«

»Ja. Nachdem ich ihr gesagt hatte, es gebe keinen Beweis dafür, dass Jesus von den Toten auferstanden ist, hat sie mich tun lassen, was ich wollte.«

Ich blieb ruckartig stehen. Schmerzen durchzuckten meine Wade.

»Von wem hast du das?«, hakte ich nach.

»Ich weiß nicht«, erwiderte sie achselzuckend.

Ich nahm mir vor, mit Genossin Jinda über dieses schockierende Vorkommnis zu sprechen. Religion hatte in der Schule nichts zu suchen. Es war schon schlimm genug, dass wir uns zur Messe schleichen mussten. Jeder Kirchgang bedeutete einen Minuspunkt in der Akte, und die Behörden bezahlten Leute dafür, dass sie den anderen nachspionierten.

Von der Kindertagesstätte bis zu unserer Wohnung war es ein Fußmarsch von zwanzig Minuten. Mein Bein schmerzte bereits, weil ich bei der Versorgung der Patienten den ganzen Tag hatte stehen müssen. Allerdings hatte ich mehr Glück als die meisten, weil ich in Laufdistanz zur Kindertagesstätte wohnte. Vielen anderen Schwestern hatte man Wohnungen außerhalb der Stadt zugewiesen, weshalb sie ihre Kinder nur an den Wochenenden sahen.

Unser zweites Glück war es, dass Papa, der noch immer im Postamt arbeitete, es geschafft hatte, uns unsere Wohnung zu erhalten. Pietrik, Halina und ich wohnten in meinem alten Zimmer. Zuzanna hatte ihre Besenkammer, in die nur ein Bett hineinpasste. Und Papa und Marthe schliefen in dem Zimmer, das er früher mit Matka geteilt hatte. Ich versuchte, nicht daran zu denken.

An der Tür wehte uns der Duft von Buttergebäck entgegen. Marthe hatte wieder *kolaczki* gemacht, die Halina so gern mochte.

Halina rannte auf Marthe zu. *»Babcia!«*

»Mein kleines *ciastko.*« Marthe wandte sich vom Herd ab und nahm Halina in die Arme.

»Hast du mir Farben gekauft?«, fragte Halina.

»Halina«, tadelte ich. »Das ist unhöflich.«

»Schon gut«, meinte Marthe. »Sie ist ja noch ein kleines Mädchen.«

»Trotzdem weiß sie es besser«, entgegnete ich.

Als ich den kurzen Flur zu meinem Zimmer ging, fühlte es sich bei jedem Schritt an, als bohrte mir jemand ein glühendes Schüreisen in die Wade. Mein altes Bett stand an der einen Wand, Halinas kleines an der anderen. Das Bett, das ich in den meisten Nächten mit ihr teilte. Wann hatten Pietrik und ich angefangen, in getrennten Betten zu schlafen? Immer noch in seiner grauen Arbeitskleidung saß Pietrik da und las ein Buch. Man hatte ihn der Damenmodenfabrik Lubgal in Helenów zugewiesen, einem neuen Vorort am Stadtrand. Es gab dort eine eigene Schule und Wohnungen auf dem Fabrikgelände, für die wir uns auf die Warteliste hatten setzen lassen.

So seltsam es klingen mag, liebte ich diesen Arbeitsanzug. Er passte optimal an genau den richtigen Stellen und betonte seine breiten Schultern und seine langen Beine.

»Was liest du denn da?«, fragte ich. Ich wünschte mir nichts sehnlicher, als mich auf dem Bett auszustrecken.

Pietrik antwortete nicht. Das Buch war zwar in braunes Packpapier gehüllt, aber ich wusste, dass es *Doktor Schiwago* war, einer der vielen Titel auf der Liste der verbotenen Bücher. Sein Freund Aleksander war verhaftet worden, weil er Thoreaus Aufsatz über den zivilen Ungehorsam gelesen hatte. Deshalb achtete Pietrik sehr darauf, wo er las.

Ich warf meine Tasche aufs Bett. »Wie war es bei der Arbeit?«

»Heute haben sie Symbanski mitgenommen. Direkt

von der Werkbank. Er hatte seine Quote nicht geschafft. Er hat ihnen zwar eine Flasche Wodka gegeben, aber sie haben ihn trotzdem verhaftet.«

»Wir müssen das Beste daraus machen.«

»Wir brauchen einen Dritten Weltkrieg.«

Ich schlüpfte aus meiner Tracht, sodass ich nur noch meinen Unterrock trug. Der, von dem er einmal gesagt hatte, ich sähe darin aus wie Myrna Loy. »Halina muss für ihre Matheprüfung lernen. Kannst du ihr helfen?«

Pietrik starrte weiter in sein Buch. »Spielt es eine Rolle, wie sie abschneidet? Sie landet sowieso neben mir am Fließband.«

»Wenn sie in den medizinischen Zweig wechseln kann …«

»Lass sie in Ruhe.« Pietrik knickte ein Eselsohr in eine Seite. »Und hör auf, ihre Lehrerin zu bedrängen.«

Die Wände rückten näher. Ich schnippte mit meinem Gummiband. Das schmerzte an der Innenseite des Handgelenks, bewirkte aber trotzdem wenig gegen meine wachsende Wut.

»Ich bedränge niemanden«, protestierte ich.

»Ehe du dichs versiehst, stehst du auf irgendeiner Liste. Da kann dein Vater auch nichts mehr für dich tun, ganz gleich wie gut er sich mit dem Kreml stellt.«

Ich griff nach Pietriks Arm. »Verstehst du nicht, dass ich im Leben meines Kindes mitbestimmen will? Wir brauchen Zeit, um darüber zu reden. Allein.«

»Sprich leiser, Kasia.« Pietrik warf sein Buch aufs Bett und ging zur Tür. »Marthe weiß sowieso schon genug über uns.«

Er verließ den Raum und schloss die Tür hinter sich. Pietrik hatte Spaß an seinen kleinen Trotzanfällen. Da das Gummiband nicht half, atmete ich tief ein, um die Wut zu unterdrücken.

Sobald ich hörte, dass Zuzanna von der Arbeit nach Hause kam, zog ich mich hastig an. Als ich aus meinem Zimmer trat, sah ich, dass sie Halina auf den Scheitel küsste und *kolaczki* von deren Teller stibitzte.

»Hast du heute etwas gegessen?«, fragte ich Zuzanna.

»Es gibt Menschen, die ihre Schwester mit Hallo begrüßen«, meinte sie mit einem schiefen Grinsen. Sie hatte dunkle Augenringe.

»Wie war es im Krankenhaus?«, erkundigte sich Marthe.

»In Ordnung«, antwortete Zuzanna. »Vielleicht kriegen wir zehn neue Betten.«

»Ist das gut?«, wollte ich wissen.

»Mehr Arbeit für dieselbe Bezahlung«, merkte Pietrik an.

Da entdeckte ich die Blechdose mit den Farben neben Halinas Teller. Eine teure britische Marke.

»Wo sind diese Farben her?«, fragte ich bemüht ruhig. Sicher nicht aus einem Laden. Inzwischen gab es keine inhabergeführten Läden mehr, und in den Regierungsläden waren ausländische Marken nicht zu bekommen. Diese Farben stammten vom Schwarzmarkt.

»Ein Freund hat sie für mich besorgt«, erklärte Marthe. »Ein verfrühtes Geschenk zum Namenstag.«

»Ich habe ihr Farben verboten«, entgegnete ich.

»Lass gut sein«, zischte Pietrik.

Ich schloss die Augen und atmete tief durch. »Gib mir die Farben, Halina.«

»Kasia«, wandte Zuzanna ein und legte mir die Hand auf die Schulter. Ich schob sie weg. In diesem Moment sah ich den Pinsel, die Spitze aus Zobelhaar, unter Halinas

Teller. Matkas Aquarellpinsel von Kolinsky. Die Nickeleinfassung schimmerte unter dem Tellerrand.

»Wo hast du den her?«, keuchte ich.

»Marthe hat ihn mir geschenkt«, antwortete Halina.

»Her mit dem Pinsel, Halina«, befahl ich und streckte die Hand danach aus.

Halina griff Pinsel und Farben und hielt sie auf dem Schoß fest.

»Gib her«, wiederholte ich und kam näher.

»Lass das«, sagte Pietrik.

Das Blut dröhnte mir in den Ohren, und das Herz schlug mir bis zum Halse. Halina sprang auf und rannte mit den Farben und dem Pinsel in der Hand zu Marthe.

»Gib her«, beharrte ich und folgte ihr.

»Es ist meine Schuld«, sagte Marthe, eine Arm um meine Tochter gelegt.

Ich wollte den Pinsel packen.

»Nein«, schrie Halina und hielt ihn fest.

»Ich bin deine Mutter, und du musst mir gehorchen. Nicht Genossin Jinda. Und auch nicht Marthe. Sondern mir.«

Doch Halina ließ sich nicht beirren und drückte sich Farben und Pinsel vor die Brust.

»Nein«, wiederholte sie.

»Sie ist …«, begann Marthe.

»Halt du dich da raus. Würdest du mir gestatten, mit meinem Kind zu sprechen?« Ich streckte die Hand aus. »Gib mir die Farben, Halina.«

»Niemals«, protestierte Halina in sachlichem Ton und sah mir dabei direkt in die Augen.

Es konnte nicht meine Hand gewesen sein, die sie ohrfeigte, denn es geschah, bevor ich überhaupt darüber nachdachte. Und dennoch schlug ich sie kräftig ins Gesicht. Sobald ich die Hand wieder wegnahm, wünschte ich mir, ich könnte es ungeschehen machen, aber der Schaden war nun einmal geschehen.

»Kasia«, sagte Pietrik. Sein Tonfall war weniger vorwurfsvoll, sondern, was noch schlimmer war, enttäuscht.

Halina weinte nicht, sondern ließ Pinsel und Farben einfach neben sich auf den Boden fallen. Ich hob den schwarz lackierten Pinsel auf, fasste ihn an beiden Enden und zerbrach ihn mit einem satten Knacken über der Lehne eines Küchenstuhls. Die beiden zersplitterten Stücke erinnerten an die Schnurrhaare einer Katze.

Von Scham gebeutelt zog ich mich in mein winziges Zimmer zurück, stand da und betrachtete mein und Halinas gemeinsames Bett. Ihr Teddybär saß aufrecht auf dem Kissen. Ich legte mich aufs Bett und drückte mir den Bären an die Brust. Er roch nach Halina. Süß und aufrichtig. Was für eine Mutter war ich nur geworden?

Kurz darauf öffnete sich die Tür, und Marthe trat ein. Mit einem Stöhnen setzte ich mich auf.

Marthe schloss die Tür. »Vermutlich bin ich die Letzte, die du jetzt sehen möchtest, aber sonst hat sich niemand reingetraut.«

»Bitte, Marthe ... jetzt nicht ...«

»Ich kenne dich nun seit zwölf Jahren, Kasia, und verstehe viel mehr, als du glaubst.«

»Ich fühle mich nicht wohl. Mein Bein ...«

»Mir ist klar, dass du das Lieblingskind deiner Mutter warst. Du hast sie verloren, und das ist schrecklich. Aber es ist Zeit, nach vorn zu schauen. Zeit, ehrlich zu dir selbst zu sein.«

»Ehrlich? Du bist diejenige, dir mir im Weg steht. Ich

bin die Einzige, die meiner Tochter Disziplin beibringt. Du bekochst sie nur und beschenkst sie.«

»Deine Tochter braucht Liebe.«

»Halt mir keine Vorträge. Natürlich liebe ich sie.«

»Dann musst du es ihr zeigen.« Marthe setzte sich neben mich aufs Bett. »Und du kannst Halina nicht zwingen, jemand zu sein, der sie eben nicht ist.«

»Aus der Kunst entsteht nichts Gutes.«

»Was deiner Mutter zugestoßen ist, war tragisch. Aber wir müssen weiterleben.«

»Ich würde mich jetzt gern ausruhen.«

»Und dein Mann? Er braucht Hilfe, Kasia. Es ist dein Leben, aber deine Mutter würde wollen, dass Halina Anerkennung bekommt. Dein Vater und ich übernachten heute bei Freunden. Pietrik und Halina schlafen in unserem Zimmer, damit du ein wenig Zeit zum Nachdenken hast. Es ist deine Entscheidung. Entweder suhlst du dich weiter darin, wie ungerecht das Leben ist, oder du tust etwas dagegen. Lass andere Menschen an dich heran.«

»Du hast leicht reden. Du musst diese schwere Last nicht tragen. Du bist ja nicht einmal Mutter.«

Marthe ging zur Tür. »Du im Moment auch nicht, mein liebes Mädchen.«

Sie ging hinaus. Zum ersten Mal seit langer Zeit hatte ich die ganze Nacht ein Zimmer für mich allein. Einen Ort der Ruhe, an dem ich nachdenken und mir eine Lösung überlegen konnte. Ich betrachtete das schlaffe Gummiband an meinem Handgelenk. Von nun an würde ich meinem eigenen Einfallsreichtum und meiner Intuition vertrauen.

Bis ich einschlief, stand mein Plan fest. Ich würde etwas an meiner Situation verändern. Ich würde mir

Hilfe suchen und andere Menschen an mich heranlassen. Mehr Zeit mit Halina und Pietrik verbringen. Mir den Freiraum schaffen, um mit ihnen allein sein zu können. Immerhin hatte ich Ravensbrück überlebt. Wie konnte der Alltag schwieriger zu bewältigen sein als das?

Kapitel 38

CAROLINE

1957–1958

Nachdem Mutter und ich nach dem Krieg Paris endlich hinter uns gelassen hatten, bereisten wir die halbe Welt. Indien und Italien. Eine Kreuzfahrt die britische Küste entlang bis nach Schottland.

Als Mutter und ich schließlich endgültig wieder in New York waren, beteiligten wir uns an der Planung des diesjährigen »April in Paris«-Balls. Es handelte sich um eine aufwändige Wohltätigkeitsveranstaltung zugunsten verschiedener französischer und amerikanischer karitativer Organisationen. Zum Beispiel mein neu gegründeter Verein der Versuchskaninchen von Ravensbrück. Seit Anise Postel-Vinay mich mit diesem Thema vertraut gemacht hatte, waren Mutter und ich mit Feuereifer bei der Sache und korrespondierten regelmäßig mit polnischen Frauen. Wallis Simpson, früher als Herzogin von Windsor bekannt, die geschiedene Amerikanerin, die Englands ehemaligen König Edward VIII. geheiratet hatte, würde zu den Gästen gehören, und ich hatte vor, sie um ihre Unterstützung zu bitten.

Der Ballsaal des Waldorf hatte noch nie besser ausgesehen. Hollywoodstars und New Yorks Prominenz schlenderten mit Cocktailgläsern in der Hand umher und absolvierten ihre Begrüßungsrituale. Doch eine Frau stahl allen die Schau. Ganz gleich, ob Mann oder Frau – alle Blicke ruhten auf Marilyn Monroe.

Betty und ich waren die Arbeitsbienen des Ausschusses, der den Ballsaal so gestaltet hatte, dass er der Vorstellung entsprach, die sich eine Dame der besseren Gesellschaft in Manhattan von einem französischen Wunderland gemacht hatte. In der Mitte des Raums war eine gewaltige Tanzfläche errichtet worden, flankiert von langen Tischen. Über der Bühne prangten Girlanden in der Farbe der Trikolore, und wir hatten eine riesige goldene Statue von General Lafayette, hoch zu Ross, dort hinaufgeschleppt, wo er nun aus einem Meer weißer Lilien aufragte. Der Dekorationsausschuss verfügte über ausreichend Mittel, da er sich aus gut betuchten Mitgliedern zusammensetzte. Die Männer trugen Frack, die Frauen Rot, Weiß oder Blau. Marilyn Monroe war mit einer mitternachtsblauen, mit Pailletten besetzten Robe bekleidet, die ihre Reize ausgezeichnet zur Geltung brachte.

Ich fühlte mich in meinem hortensienblauen Kleid von Schiaparelli an diesem Abend selbst wie ein Leinwandstar. Es hatte eine kokette kurze Schleppe, die über den Boden wischte, als ich von Tisch zu Tisch ging, um meine letzten Pflichten als Raumgestalterin zu erfüllen. Dafür, dass ich die fünfzig inzwischen überschritten hatte, sah ich meiner Ansicht nach recht gut aus.

Ich stellte eine rote Rose, der man die Dornen entfernt hatte, in das Plastikväschen am Platz jeder Dame und las dabei die Tischkarten. Ein *Who is Who* der berühmtesten Hollywoodstars und wichtigen Politiker: Senator John Kennedy. Jacqueline Kennedy. Mr. Winston Guest. C. Z. Guest. Ray Bolger. Gwendolyn Bolger.

Mr. Paul Rodierre.

Es war, als hätte mir jemand einen Eimer kaltes Wasser übergegossen. Wie hatte ich nicht damit rechnen können? Ich hatte ihn seit zehn Jahren nicht gesehen. Neben ihm Leena Rodierre. Er hatte wieder geheiratet? Entzückend. Was war aus Rena geworden? Ich stellte eine Rose neben Leenas Gedeck und beeilte mich fertigzuwerden. Ich wollte Paul auf keinen Fall begegnen. Hin und wieder hatte ich seinen Namen im Zusammenhang mit einer neuen Inszenierung in der Zeitung gelesen, doch nie einen seiner Filme gesehen. Was hatte ich ihm noch zu sagen?

Der Schauspieler Jean Marais und seine Kollegin Françoise Arnoul, beide in französischen Militäruniformen, eröffneten den Abend, indem sie in einer offenen Kutsche, gezogen von zwei schwarzen Pferden, in den Ballsaal einfuhren. Während ich zuschaute, reichte mir Betty, strahlend schön in blauer Organza, ein Glas Champagner.

»Du solltest die Gastgeschenke dieses Jahres sehen, Caroline. Alles von Dior. Und endlich guter Kaviar.«

Die Geschenke anlässlich dieses Balls waren im Grunde mittelgroße Koffer, so vollgepackt mit Luxusgütern, dass die Gäste Pagen brauchten, die sie ihnen zu den wartenden Autos trugen.

»Die vielen Filmleute, nicht zu fassen. Wenn du bei der Schauspielerei geblieben wärst, wärst du beim Film vermutlich auch groß rausgekommen.«

»Genau wie Gloria Swanson.«

»Tja, jedenfalls bist du heute bereit für deine erste

Nahaufnahme. Du siehst hinreißend aus, wirklich. Ich wünschte mir, ich könnte das Gleiche von der armen Wallis Simpson behaupten. Die ist inzwischen ein echtes Fossil. Als ich sie in der Garderobe getroffen habe, hat sie mir ein Kompliment zu meinem Kleid gemacht. ›Ist das Wallis-Blau?‹, hat sie gefragt. Unmöglich. Es dreht sich alles nur um sie.«

»Gut, dass sie gekommen ist.«

»Sehr musste sie sich nicht bemühen, Caroline. Sie wohnt oben in den Towers. Das Personal muss sie mit Königliche Hoheit ansprechen, obwohl sie den Titel offiziell nicht benutzen darf. Der Herzog ist auch da. Er sieht ein bisschen benommen aus. Ich glaube, Wallis setzt ihn unter Drogen.«

»Wenigstens werden wir gute Presse für unser Anliegen kriegen.«

»Meinst du? Versuch, die Reporter von Marilyn und Arthur fernzuhalten.«

»Ich werde Wallis bitten, die polnischen Frauen zu unterstützen.«

»Viel Glück, Caroline. Die hat das Wort Geiz erfunden.«

»Sie und der Herzog tun doch nichts anderes, als sich wohltätig zu engagieren.«

»Solange ein paar Kameras in der Nähe sind. Apropos Kameras: Eigentlich solltest du es selbst herausfinden, aber Paul Rodierre ist hier.«

Ich kippte den halben Inhalt der Champagnerflöte auf einmal hinunter. Die Bläschen brannten in meiner Kehle wie ein kleines Feuerwerk.

»Woher weißt du das?«

»Weil ich ihn gesehen habe. Mit seiner neuen Frau. Irgendein minderjähriges Filmsternchen. Er sieht gut aus. Braun gebrannt wie ein reicher Schnösel aus Palm Beach. Die tragen sicher beide Mieder.« Betty warf mir einen Seitenblick zu und wartete auf meine Reaktion. »Jetzt verdrück dich bloß nicht.«

»Alles in Ordnung«, erwiderte ich, während mein Magen Purzelbäume schlug. »Ich habe ihre Tischkarten gesehen. Ich habe ihm nichts zu sagen.«

»Tja, falls ihr beide miteinander reden solltet, Finger weg von den Messern.«

»Mach dich nicht lächerlich«, entgegnete ich und leerte mein Glas. Ich war diesem Mann seit Jahren nicht begegnet und trauerte ihm ganz sicher nicht nach.

Betty ging ihrem Mann entgegen, der sich mit zwei Champagnerflöten in der Hand durch die Menge schlängelte, während ich mich auf die Suche nach Wallis Simpson machte. Obwohl die Meinungen über sie geteilt waren, schien sie eine mitfühlende Frau zu sein. Ich hoffte, dass sie Anteil an der Not der polnischen Frauen nehmen und großzügig sein würde.

Während ich mir einen Weg durch die Gäste bahnte, trat der eine oder andere Abendschuh aus Lack auf meine Schleppe. Ich traf Wallis an der Seite des Ballsaals an, und zwar in Begleitung von Rosemary Warburton Gaynor, Ehefrau des prominenten Schönheitschirurgen Dr. William C. T. Gaynor und Schirmherrin des Balls. Aus der Nähe betrachtet war offensichtlich, warum Wallis es fünfzehnmal auf die internationale Liste der am besten gekleideten Frauen geschafft hatte. In eine Säule aus weißer Mainbocher-Spitze gehüllt überragte sie alle anderen. Das dunkle Haar hatte sie zu einem strengen Knoten zusammengefasst. Ihr Mann befand sich in der Nähe, lauschte mit halbem Ohr dem britischen Botschafter und hatte den Blick auf Wallis gerichtet wie ein alternder Jagdhund, der auf den Pfiff seines Herrchens wartete.

Wallis und Rosemary, zwei Gazellen an einem Wasserloch, standen ganz in der Nähe von Marilyn, die neben ihrem Mann Arthur Miller saß. Ich stand eine Weile herum, damit Wallis mich bemerkte, und ließ mir noch ein Glas Champagner geben, um mir Mut anzutrinken. Schließlich bat man die Herzogin von Windsor nicht alle Tage um Geld.

Bald entdeckte mich die sympathische Rosemary und winkte mir, offenbar froh über die Abwechslung, zu. »Oh, Caroline, ich möchte Ihnen die Herzogin vorstellen.«

Rosemary, die ein bodenlanges, schulterfreies weißes Kleid mit Rüschen am Saum trug, zog mich näher heran. »Euer Gnaden, darf ich Sie mit meiner Freundin Caroline Ferriday bekannt machen? Caroline Ferriday, darf ich Sie Ihrer Gnaden, der Herzogin von Windsor, vorstellen?«

Nach kurzem Zögern streckte sie mir die Hand in einem Handschuh aus Satin entgegen. Während ich ihr die Hand schüttelte, fragte ich mich, wie man eine geschiedene Frau ansprach, die mit einem abgedankten König verheiratet war. Ich hielt mich an Rosemarys Beispiel und entschied mich für Euer Gnaden. Über Wallis Simpson wurde damals so viel geschrieben, dass ich fast glaubte, sie zu kennen. Die Presse beackerte jeden Aspekt ihres Lebens – ihre französische Designerkleidung, ihre großen Hände, das Muttermal an ihrem Kinn, ihre herablassende Art und vor allem ihren Schmuck.

Rosemary wies in Richtung Tanzfläche. »Caroline hat sich mächtig ins Zeug gelegt, um uns zu helfen, all das hier zu organisieren.«

»Sehr nett, Sie kennenzulernen«, sagte Wallis.

Mein Herz schlug schneller. Wie sollte ich das Gespräch auf die Versuchskaninchen bringen? Warum war ich so nervös? Während meiner Theaterkarriere hatte ich einmal in Boston vor einem Publikum aus rüpelhaften Freimaurern gespielt, die in der ersten Reihe des Theaters eine Flasche mit Gin herumgereicht hatten. Das war im Grunde doch viel beängstigender gewesen?

»Diese Marilyn Monroe, ist das zu fassen?«, sagte Wallis zu niemandem im Besonderen. Sie spähte zu der Menschenmenge hinüber, die sich um Marilyn und ihren Mann scharte. Das Filmteam eines französischen Nachrichtensenders, ausgerüstet mit hellen Scheinwerfern, interviewte Marilyn und Arthur an ihrem Tisch. »Ausnahmslos alle Fotografen sind von ihr hingerissen.«

»Das liegt am Kleid«, meinte Rosemary.

»Und mich würdigt niemand eines Blickes«, fügte Wallis hinzu.

Mrs. Gaynor wandte sich an mich. »Caroline setzt sich unermüdlich für die Bedürftigen ein, Euer Gnaden. Ihr eilt ein ziemlicher Ruf voraus.«

»Wie das?«, fragte Wallis. Sie merkte auf und nahm von einem befrackten Kellner ein Glas Champagner entgegen. Vielleicht hoffte sie auf einen Skandal. Wie hübsch, sich am Unglück anderer zu weiden, wenn man selbst ständig unter seinem ramponierten Ruf zu leiden hatte.

»Natürlich ein *guter* Ruf«, fügte Rosemary hinzu. »Sie leitet den amerikanischen Ableger einer französischen Organisation, die Frauen in Not hilft. Außerdem wurden ihr für ihre Arbeit sowohl das Kreuz der Befreiung als auch das der Französischen Ehrenlegion verliehen.«

»Finger weg von den Kanapees, Schatz. Zu salzig«, rief

Wallis dem Herzog zu, der eindeutig fasziniert ein Tablett mit Leberpasteten-Kanapees beäugte.

»Ja. Ich leite die Amerikanischen Freunde von ADIR, Euer Gnaden«, ergänzte ich. »Wir unterstützen Frauen, die aus den Konzentrationslagern zurückgekehrt sind, damit sie wieder im normalen Leben Fuß fassen können.«

»Noch immer?«, schaltete Wallis sich wieder ins Gespräch ein. »Wie lange ist der Krieg jetzt vorbei? Greift ihre Regierung diesen Leuten nicht unter die Arme?«

»Ein wenig, aber sie brauchen Hilfe. Derzeit versuchen wir, Entschädigungszahlungen für eine Gruppe von Frauen aus Ravensbrück, einem deutschen Konzentrationslager in der Nähe von Fürstenberg, zu erwirken.«

»Der Herzog und ich tun unser Bestes, um alle Örtlichkeiten zu meiden, in deren Namen das Wort Berg vorkommt.«

Seit das Paar vor dem Krieg eine Reise nach Berlin unternommen hatte und von Hitler empfangen worden war, hackte die Presse selbst zwanzig Jahre später noch begeistert auf diesem Fauxpas herum.

»Die Frauen werden die Versuchskaninchen von Ravensbrück genannt, Euer Gnaden«, versuchte ich es weiter. »Polnische Frauen, damals noch Mädchen, an denen die Ärzte in dem Lager Experimente durchgeführt haben.«

»Einfach entsetzlich«, sagte Rosemary.

»Polinnen?«, hakte Wallis nach. Eine Falte entstand zwischen ihren Augenbrauen. »Ich dachte, Sie hätten für die Franzosen gearbeitet. Das ist ja schrecklich verwirrend.«

Wallis' Aufmerksamkeit wandte sich einem Mannequin

zu, das in unserer Nähe stehen geblieben war. Eine Hand hatte sie in die Hüfte gestützt, die andere hielt sie hoch. Ein Diamantarmband umschloss ihr Handgelenk. Der Herzog sah Wallis mit hochgezogenen Augenbrauen an, als wollte er ihre Meinung zu dem Armband hören. Wallis zuckte gleichgültig die Achseln.

»Wir unterstützen Frauen aller Nationalitäten, die in einem der Lager gewesen sind«, sprach ich weiter. »In Polen sind die Bedingungen besonders schwierig. Viele dieser Frauen sind krank oder liegen im Sterben und haben noch immer keine Entschädigung erhalten, weil Deutschland das kommunistische Polen nicht als Staat anerkennt.«

Wallis blickte sich um. Vielleicht suchte sie ja den Ausgang. »Ich bin derzeit nicht in der Lage, irgendetwas zu spenden. Für alles, was man uns gnädigerweise zugesteht, müssen wir einen Bückling machen. Wir stehen nicht einmal auf der Protokollliste, wenn Sie sich das vorstellen können. Außerdem ist die Welt mittlerweile den Tod und die Zerstörung leid. Diese Geschichten langweilen sogar diejenigen, die sie selbst durchlebt haben. Inzwischen schreiben sie alle ihre Memoiren.«

Wallis drehte sich zum Herzog um, strich das Haar ihres königlichen Peter Pan glatt und nestelte an den goldenen Orden und Bändern auf seiner Brust. Dann nahm sie ihm das Kanapee ab, legte es zurück auf das silberne Tablett in der Hand eines Kellners, von wo er es sich geholt hatte, und packte ihn an der Hand.

»Lass uns rasch nach oben gehen und nach den Hunden schauen.« Sie bedeutete dem Kellner, ihr zu folgen. »Möpse müssen spätestens alle zwei Stunden fressen«, verkündete sie lächelnd und rauschte zur Tür.

»Entschuldigen Sie, Rosemary«, meinte ich. Offenbar interessierte sich Wallis nicht im Geringsten für mein Anliegen.

»Viel Glück beim Spendensammeln, meine Liebe«, erwiderte sie, als ich mich zum Gehen anschickte. »Ich spende ganz sicher etwas. Vielleicht sollten Sie mal bei Norman Cousins vom *Saturday Review* vorbeischauen. Schließlich haben er und seine reizende Frau den Mädchen von Hiroshima geholfen.«

»Das mache ich, Rosemary. Danke.«

Immer noch gekränkt, weil Wallis mich abgewimmelt hatte, ging ich auf der Suche nach Champagnernachschub am Rand des Ballsaals entlang. Dabei spielte ich das Spiel »Wo wäre ich, wenn ich Paul Rodierre wäre?«, um ihm nicht zu begegnen. Er würde sich so weit entfernt wie möglich von dem Modenschauspektakel aufhalten. Vermutlich in der Nähe des Essens.

Oder an der Bar.

Ich machte einen Bogen um die Bar und umrundete die Mannequins von Dior, die um die Gäste herumscharwenzelten. Ein Kellner schlängelte sich durch die Menge und bot mikroskopisch kleine Kartoffeln an, die gekrönt waren von saurer Sahne und Kaviar. Würde es heute Abend nur Winzigkeiten zu essen geben? Ich näherte mich dem Tablett, wurde jedoch daran gehindert, weil jemand auf meine Schleppe trat.

»Könnten Sie bitte den Fuß wegnehmen?«, sagte ich und drehte mich um.

Paul.

Und neben ihm stand ein hinreißendes Geschöpf. Sicherlich Leena.

»Laut Nietzsche führt es zu Alkoholmissbrauch, wenn

man sich hauptsächlich von Kartoffeln ernährt«, verkündete Paul, den Fuß noch immer auf meiner Schleppe.

Der Klang seiner Stimme verschlug mir die Sprache. Dass man von der Schönheit seiner Frau beinahe geblendet wurde, machte es auch nicht besser. Sie hatte dichte Wimpern und die Art von ebenmäßigem Gesicht, dem eine Zigarette genau den richtigen Hauch von Grausamkeit verlieh. Außerdem war sie hochgewachsen, unglaublich jung und hatte lange Beine.

»Ich stelle fest, dass du mich verfolgst«, meinte Paul.

Das Mädchen schlenderte zur Modenschau hinüber und nippte dabei Champagner. Offenbar fühlte sie sich nicht bedroht, wenn sie mich überhaupt zur Kenntnis genommen hatte.

»Du kannst den Fuß wieder wegnehmen«, sagte ich.

»Du hast die Angewohnheit zu verschwinden«, entgegnete Paul.

»Nur wenn man mir einen Anlass liefert.«

Paul rührte seinen Fuß nicht von der Stelle.

Ich hatte damit gerechnet, dass Paul sich seit unserer letzten Begegnung erholt haben würde, war jedoch nicht darauf vorbereitet gewesen, wie gut er nun aussah. Ausgezeichnet in Form und für April seltsam sonnengebräunt.

»Muss ich tatsächlich mein Kleid ausziehen?«

Paul schmunzelte. »Endlich wird die Party interessant.«

»Wirklich, Paul. Es ist von Schiaparelli.«

Er gab meine Schleppe frei. »Ich lasse die Ausgänge bewachen.«

»Die Mühe kannst du dir sparen.«

»Champagner?«, fragte ein vorbeigehender Kellner.

In den Flöten auf seinem Silbertablett stiegen Bläschen auf.

»Nein danke«, erwiderte ich unter Aufbietung all meiner Selbstbeherrschung. »Ich muss los.«

»Gestern Abend habe ich überlegt, ob ich dich anrufen soll«, sagte Paul. »Ich dachte, vielleicht redet wenigstens deine Mutter mit mir.«

»Nach all den Jahren? Ach, nicht so wichtig.«

»Aber dann habe ich mir ein paar Cognacs genehmigt. Du kennst das ja.«

»Eigentlich nicht.«

»Ich habe gehofft, dass du hier sein würdest. In deinen Kreisen.«

Ich zuckte die Achseln. »Es ist für einen guten Zweck.«

Ein anderer Kellner erschien. »Champagner?«

Paul griff nach zwei Flöten. »Ich habe gedacht, wir könnten über alles reden.«

»Das ist überflüssig. Es ist fast zehn Jahre her, Paul.«

»Hast du je einen meiner Briefe gelesen?«

»Ich muss jetzt wirklich gehen …«

»Bist du denn gar nicht neugierig auf meine Version der Geschichte?«

Mit zitternder Hand nahm ich ein Glas von ihm entgegen. »Eigentlich nicht.«

»Bist du mir das nicht schuldig, nachdem du mich einfach sitzengelassen hast?«

»Wenn sich das in deiner Erinnerung so abgespielt hat …«

Ich beobachtete, wie Pauls neue Frau ein Mannequin in einem roten Etuikleid betrachtete. Hatte die *foie gras* gegessen? Wie blieb sie in einem Land, in dem man nicht viel von anstrengender sportlicher Betätigung hielt, so gut in Form?

»Darf ich ein Bild von Ihnen machen, Mr. Rodierre?«, fragte ein Fotograf.

»Warum nicht?«, erwiderte Paul.

Mit mehr Kraft, als nötig gewesen wäre, zog er mich an sich und legte mir einen Arm um die Taille. Er roch noch immer nach Sumare. Gefiel der Duft seiner neuen Frau? Alles andere war unmöglich.

»Lächeln, Caroline. Tu so, als würdest du mich mögen.«

Das Blitzlicht zuckte und blendete uns für eine Sekunde.

»Danke, Mr Rodierre«, sagte der Fotograf und trollte sich.

»Als wir das letzte Mal in diesem Raum waren, habe ich auf der Bühne gestanden«, stellte Paul fest.

Ich nickte und tat so, als könnte ich nach dem Blitz noch nicht richtig sehen, denn ich befürchtete, dass mir Tränen in die Augen treten könnten, wenn ich antwortete.

»Du hast einen gesunden Teint«, meinte ich nach einer Weile.

»Cannes. Es war schauderhaft. Ich hasse diesen Kram.«

»Ganz sicher. Und wo ist Rena?«

»Wer weiß? Zuletzt wurde sie mit einem jungen Mann, der halb so alt war wie sie, auf der griechischen Insel Hydra gesichtet.«

»Wie schön für sie.« Das meinte ich ernst. Rena hatte sich Zeit in der Sonne verdient.

»Auch wenn du mir einen Tritt verpasst hast, ist das Leben weitergegangen, Caroline. Wahrscheinlich habe ich kein Händchen für Frauen.«

»Vielleicht solltest du dich in der Fastenzeit von ihnen fernhalten.«

Paul grinste. »Es ist schön, dich wiederzusehen, Caroline. Hast du Hunger? Ich möchte Leena ein paar Leuten vom Film vorstellen. Da gibt es ein kleines Lokal am Hudson …«

»Hör zu, Paul. Ich habe dich offenbar nie wirklich gekannt. Belassen wir es dabei und erinnern uns vielleicht an die schönen Dinge.« Ich drehte mich um. »Ich muss gehen.«

Paul packte mich am Handgelenk. »Nichts war je so schön wie unsere Zeit in New York. Seitdem bin ich für die Frauenwelt verloren.«

»Na klar«, entgegnete ich und sah zu, wie Leena sich ein Hummer-Kanapee von einem Tablett schnappte.

»Was ist los mit dir? Ich habe gelitten wie ein Hund. Nicht nur du bist betroffen.«

»Mon cher«, rief Leena Paul zu. »Ich verhungere.«

Ich war wirklich unsichtbar für sie, als sie Paul zu sich winkte.

»Komm her, Schatz«, erwiderte Paul.

»Oh bitte, Paul. Ich möchte lieber nicht …«

Paul zog seine Leena an sich und schlang ihr den Arm um die Taille. »Leena, ich würde dir gern …«

»Caroline Ferriday«, unterbrach Leena. »Wie könnte ich Sie nicht erkennen?« Das Mädchen griff nach meinen Händen. »Natürlich kenne ich Sie nur von Fotos. Mit Helen Hayes. Wie war es, mit ihr auf der Bühne zu stehen?«

»Danke, aber jetzt muss ich weg.«

»Sie läuft davon, Leena«, meinte Paul. »Du musst sie festhalten.«

Leena umklammerte mit der anderen Hand meinen Arm. »Oh bitte. Ich würde alles dafür tun, um mit Ihnen zu Mittag zu essen. In Paris. Wenn Sie das nächste Mal dort sind.«

»Besser nicht …«

»Vater, du musst sie überreden.«

Ein Schauder lief mir die Arme hinunter.

Vater?

»Miss Caroline Ferriday, Leena Rodierre«, verkündete Paul. Sein Lächeln war aus der Nähe betrachtet gefährlicher denn je.

»Pascaline ist mein Künstlername, aber nennen Sie mich doch Leena.«

Wie hatte ich das übersehen können?

»Ich habe auch den Balthazar gespielt, Miss Ferriday. Meine erste Rolle, wie bei Ihnen. Vater hat mir alles über Sie erzählt.«

»Nenn mich doch Caroline, Liebes«, sagte ich und starrte sie an. Leena war ihren Eltern wie aus dem Gesicht geschnitten. Hochgewachsen und zweifellos mit der Bühnenpräsenz ihres Vaters gesegnet. »Du warst sicher ein wundervoller Baltazar, Leena.«

Das Mädchen umarmte mich und drückte mich an sich. Das niedliche Kind, das ich im Waisenhaus Saint-Philippe aufgespürt hatte. *Pascaline.* An Ostern geboren …

Pascaline ließ mich los. »Versprich, dass du nach Paris kommst, Caroline. Ich spiele meine erste Hauptrolle. Es würde mir so viel bedeuten, wenn du dabei wärst.«

Ich nickte und hatte Mühe, die Tränen zurückzudrängen. Sie war ein reizendes Mädchen und hatte den Charme ihres Vaters. »Natürlich, Liebes«, erwiderte ich.

»Jetzt müssen wir aber los«, sagte Paul.

»Vater stellt mich Leuten vom *Film* vor«, erklärte Leena.

»*Au revoir,* Caroline.« Paul küsste mich auf beide Wangen. Das vertraute Kratzen seiner Bartstoppeln. »Was hältst du davon, wenn du meine Briefe diesmal beantwortest? Irgendwann gebe sogar *ich* auf.«

»Du hast dich nicht verändert«, meinte ich.

Er lächelte. »Wahrscheinlich bleiben wir in einem Winkel unseres Herzens für immer zwanzig.«

Als Paul in der Menge verschwand, empfand ich denselben Abschiedsschmerz wie immer. Doch diesmal war es ein wenig leichter. War das gerade wirklich geschehen? Hatte Pauls Tochter mich nach Paris eingeladen?

Ich flüchtete mich in ein Taxi, nachdem ein Page meinen Geschenkkoffer in den Kofferraum gehievt hatte. Der Inhalt war bereits für wohltätige Zwecke vorgemerkt. Als das Taxi losfuhr, erhaschte ich einen Blick auf Paul unter den Passanten und wurde von *retrouvailles* ergriffen – auch so ein Wort, das sich nur schwer übersetzen ließ. Es heißt so viel wie »das Glücksgefühl, weil man einem geliebten Menschen nach langer Zeit wieder begegnet«. Ich saß auf der Rückbank und schlang die Arme um meinen Leib. Es störte mich nicht, allein nach Hause zu fahren.

Würde er schreiben? Vielleicht. Und vielleicht würde ich sogar antworten, wenn ich die Zeit dazu hätte.

Am nächsten Tag hielt ich mich an Rosemary Gaynors Rat und rief Norman Cousins an, den berühmten Redakteur beim *Saturday Review.* Ich hoffte auf ein kurzes Gespräch mit ihm in seinem Büro. Vielleicht würde er die polnischen Frauen sogar in seiner Zeitschrift erwähnen. Er schlug vor, ich solle ihn am Nachmittag im Büro aufsuchen.

Als ich am Empfang wartete, schlug ich die Gesellschaftsseite der Zeitung auf und hatte eine ganze Seite voller Fotos vom »April in Paris«-Ball vor mir. Direkt unter einer Aufnahme, die zeigte, wie der britische Botschafter Marilyn Monroe ins Dekolleté starrte, befand sich ein Foto von Paul und mir. Ich kippte beinahe aus dem Sessel. Trotz seines europäisch geschnittenen Fracks, also ein wenig zu tailliert, und meiner schmutzigen Schleppe gaben wir ein bemerkenswert attraktives Paar ab. »Miss Ferriday und Paul Rodierre zurück am Broadway?«, lautete die Bildunterschrift.

Mir war vom Anblick des Fotos noch immer schwindelig, als die Empfangsdame mich über einen Flur, in dem vergrößerte Titelseiten des *Saturday Review* in Aluminiumrahmen an der Wand hingen, in einen Konferenzraum führte. Norman hatte seine Redaktion am langen Konferenztisch versammelt. An jedem Platz lag ein gelber Notizblock.

»Schön, Sie kennenzulernen, Caroline«, begrüßte mich Norman und stand auf. Es war unmöglich, seinem altmodischen guten Aussehen und seinem strahlenden Lächeln zu widerstehen. Am falschen Mann kann eine Fliege eine katastrophale Wirkung haben, doch Norman trug seine mit Stil. »Sie haben volle fünf Minuten unsere ungeteilte Aufmerksamkeit.«

Norman lehnte sich am anderen Ende des Raums an die Wand. Im ersten Moment war ich aufgeregt, denn immerhin stand ich vor einem herausragenden, weltbekannten Redakteur. Plötzlich flatterten Schmetterlinge in meinem Magen, und mein Mund wurde trocken. Ich rief mir Helen Hayes' Rat ins Gedächtnis, der mir auf der Bühne stets geholfen hatte: »Sei nicht langweilig. Setz deinen ganzen Körper ein.« Also richtete ich mich auf und begann im Brustton der Überzeugung: »Mr. Cousins, da Sie und Ihre Frau eine beträchtliche Summe für die Mädchen von Hiroshima aufgebracht haben ...« Ich hielt inne und ließ den Blick durch den Raum schweifen. Normans Mitarbeiter waren alles andere als aufmerksam. Sie nestelten an ihren Armbanduhren und Stiften herum und kritzelten etwas auf ihre Blöcke. Wie sollte ein Mensch mit einem derart abgelenkten Publikum in Kontakt treten? »Deshalb dachte ich mir, Sie könnten sich ebenso für diese Gruppe von Frauen interessieren, die sich in einer ähnlichen Situation befinden.«

»Es handelt sich um polnische Frauen?«, fragte Norman, war jedoch mit seinem Diktiergerät beschäftigt.

»Ich fürchte, ich kann nicht fortfahren, wenn Sie mir nicht richtig zuhören, Mr. Cousins. Ich möchte die wenige Zeit, die wir haben, so gut wie möglich nutzen.«

Norman und seine Mitarbeiter beugten sich vor. Alle Blicke ruhten auf mir. Jetzt hatte ich sie.

»Ja, polnische Frauen. Katholikinnen, politische Gefangene, die verhaftet wurden, weil sie im polnischen Untergrund aktiv gewesen waren. Sie wurden im Konzentrationslager Ravensbrück, Hitlers einzigem großen Konzentrationslager ausschließlich für Frauen, gefangen gehalten und für medizinische Experimente missbraucht. In Nürnberg fand zwar ein eigener Prozess gegen die Ärzte statt, aber die Welt hat die Opfer vergessen. Die Überlebenden haben weder Hilfe noch Unterstützung erhalten.«

Norman wandte den Blick ab und blickte zu den beigefarbenen steinernen Rechtecken und den Wassertürmen hinaus, die dort, zehn Stockwerke hoch, die Aussicht versperrten. »Ich weiß nicht, ob unsere Leser so bald für einen weiteren Aufruf bereit sind, Miss Ferriday.«

»Das Hiroshima-Projekt ist ja noch nicht einmal abgeschlossen«, fügte ein Mann hinzu, der gebaut war wie ein Pfeifenputzer. Seine Brille von Dave Garroway war mindestens zwei Nummern zu groß für sein Gesicht. Ich kannte ihn vom Sehen und wusste, dass er Walter Strong-Whitman hieß; er gehörte zu unserer Kirchengemeinde. Allerdings waren wir einander noch nicht vorgestellt worden.

»Diese Frauen wurden im Rahmen einer aufwendigen Forschungsreihe operiert«, fuhr ich fort.

Ich reichte einige Hochglanzfotografien am Tisch herum und beobachtete die Gesichter der Journalisten, als sie die Bilder an ihre Kollegen weiterreichten. Ihr Ekel verwandelte sich in Entsetzen.

Norman trat an den Tisch. »Mein Gott, Caroline, das sieht ja kaum noch aus wie ein Bein. Bei der hier fehlen ganze Knochen und Muskeln. Wie können diese Frauen gehen?«

»Mehr schlecht als recht, wie Sie sich sicher denken können. Sie sind im Lager herumgehinkt. Das ist einer der Gründe, warum man sie Kaninchen nannte. Sie mussten für die Nazis als Versuchskaninchen herhalten.«

»Wie haben sie es überhaupt zurück nach Polen geschafft?«, erkundigte sich Norman.

»Auf den verschiedensten Wegen. Einige wurden vom schwedischen Roten Kreuz gerettet, andere hat man in Züge gesetzt, als die Russen das Lager befreiten.«

»Was brauchen sie jetzt sofort?«, fragte Norman.

Ich machte einen Schritt auf Norman zu. »In Polen sind sie in großen Schwierigkeiten, weil sie hinter dem Eisernen Vorhang keinen Zugang zu einer hinreichenden medizinischen Versorgung haben und von der deutschen Regierung keine Hilfe erhalten.«

»Der Eiserne Vorhang.« Mr. Strong-Whitman lachte

auf. »Wir haben wirklich keine Zeit, uns auch noch damit zu befassen.«

»Westdeutschland hat andere Deportierte entschädigt, allerdings nicht die Kaninchen. Einige sind an Lappalien gestorben, die wir bei uns hätten behandeln können.«

»Ich weiß nicht recht, Caroline«, erwiderte Norman. »Heutzutage kooperieren die Russen mit niemandem mehr.«

»Warum sollen diese Mädchen leiden, nur weil ihre Unterdrücker ihnen nicht erlauben, das Land zu verlassen?«

»Murphy ist für die Story über United Airlines in die DDR reingekommen«, meinte ein Jungredakteur.

»Vielleicht könnte man die Sache als Reisebericht tarnen«, schlug eine Frau in einer eleganten Pepitajacke vor.

»Pan Am ist unser Anzeigenkunde und könnte helfen«, sagte ein anderer.

»Die ganze Idee taugt nichts, Norman«, widersprach Strong-Whitman. »Wir können unsere Leser nicht wegen jeder Kleinigkeit behelligen. Spenden Sie für dieses, spenden Sie für jenes. Unsere Leser haben kein Interesse an Polen.«

»Warum finden wir es nicht heraus?«, wandte ich ein.

»Das hier ist eine Literaturzeitschrift, Miss Ferriday«, protestierte Strong-Whitman. »Man kann von uns nicht erwarten, dass wir die favorisierte Wohltätigkeitsorganisation jeder Societydame in New York unterstützen.«

Societydame? Ich atmete tief durch.

»Sie können Ihr hohes Niveau halten und trotzdem den Benachteiligten helfen. Das hat Norman mit den Mädchen aus Hiroshima bewiesen.«

»Wir können einen Bericht im Lifestyle-Teil bringen

und eine Adresse für Spenden angeben«, sagte Norman. »Allerdings nichts Großes, höchstens eine Seite.«

»Die Spendenbereitschaft in diesem Land hat stark abgenommen«, beharrte Strong-Whitman. »Wie lange ist der Krieg jetzt her? Zwölf Jahre? Niemand wird etwas geben.«

»Welche Adresse sollen wir abdrucken?«, fragte eine junge Frau mit einem Stenoblock.

»The Hay, Main Street, Bethlehem, Connecticut«, erwiderte ich.

Würden sie es wirklich tun? Meine Muskeln lockerten sich.

»Möchten Sie wirklich Ihre Privatadresse nennen, Miss Ferriday?«, erkundigte sich die Frau.

»Wie gut funktioniert das Postamt in Bethlehem?«, hakte Norman nach. »Würden die dort mit zusätzlichen Briefen zurechtkommen?«

Ich dachte an unseren Postmeister Earl Johnson, blass wie Toastbrot und im Sommer mit einer Art Tropenhelm und Kakishorts bekleidet. Schon ein falsch geschriebener Name konnte ihn aus dem Konzept bringen.

»Es wird ausgezeichnet geführt«, antwortete ich. »Sie ersticken dort fast in Post, weil jeder den Poststempel von Bethlehem auf seinen Weihnachtskarten haben will. Unser Postamt schafft das schon.«

»Dann also Bethlehem«, verkündete Norman. »Glückwunsch, Caroline. Schauen wir, ob wir Ihre Kaninchen nach Amerika holen können.«

Zu guter Letzt verfasste Norman einen wundervollen Artikel über die Kaninchen. Er war vier Seiten lang.

Während ich diese Worte niederschreibe, begann er, *weiß*

ich, meine schwierigste Aufgabe wird sein, die Menschen davon zu überzeugen, dass ich nicht über einen Blick in die Abgründe einer imaginären Hölle berichte, sondern über etwas, was wirklich geschehen ist. Der Text nahm immer mehr Fahrt auf und schilderte in allen Einzelheiten das Leid der Mädchen und ihre missliche Lage.

Nach dem Erscheinen des *Saturday Review* trafen einige wenige Briefe ein. Einer fragte an, ob die Kaninchen einen Schauspieleragenten bräuchten, ein anderer, ob die Damen bei einer Versammlung einer Organisation für Kindergesundheit auftreten könnten. Ich musste mich der Tatsache stellen, dass Amerika möglicherweise wirklich spendenmüde war.

In der folgenden Woche an einem idyllischen milden Herbstmorgen, so dunstig, als betrachtete man die Welt durch einen Schleier, fütterte ich die Pferde in der Scheune und ging dann zum Postamt von Bethlehem, um die Post abzuholen. Unsere Sau, die Mutter Lady Chatterley getauft hatte, folgte mir auf den Fersen und wollte mich offenbar nicht aus den Augen lassen.

Ich kam an Mutters Freundinnen vom Litchfield-Gartenclub vorbei, die sich im Garten versammelt hatten und Serges Kokosgebäck mit Teufelspunsch hinunterspülten. Ihre Kristallgläser funkelten in der Sonne. Sally Bloss, Mutters rechte Hand, noch in Gartenpantoffeln und das Halstuch gebunden wie ein Babylätzchen, stand vor ihnen und hielt einen Vortrag über das Thema des Tages: Wespen, die Freunde des Gartens. Die zierliche, dunkelhaarige Nellie Bird Wilson, selbst so mager wie eine Wespe, hatte neben ihr Posten bezogen und hielt ein vermutlich unbewohntes, papierartiges Nest hoch. Mutters Terminkalender war viel voller als meiner und quoll über von

Treffen des Gartenclubs, Wohltätigkeitsveranstaltungen der Nutmeg-Volkstanzgruppe und Trainingseinheiten mit ihrer Baseballmannschaft.

Als ich das Postamt gleich auf der anderen Straßenseite erreichte, winkte mich die amerikanische Flagge über der Tür herein. Ich machte Lady Chatterley die Fliegengittertür vor der Nase zu. Unser kleines Postamt in Bethlehem war ein Dachsbau aus winzigen Räumen und im selben Gebäude untergebracht wie der Gemischtwarenladen der Johnson Brothers. Bei Johnson Brothers traf sich das ganze Städtchen, denn hier befand sich unsere einzige Zapfsäule, und außerdem gab es eine Eiscremetheke.

Ich traf Earl Johnson in der Sortierstelle an, einem beengten Raum, der nicht größer war als eine Besenkammer. Vor der weißen Wand aus Postfächern voller Kuverts saß er auf einem hohen Hocker. Was seine Kleidung betraf, bevorzugte Earl das neutrale Ende der Farbskala, sodass man den Eindruck bekam, er würde mit seinen Briefen verschmelzen, wenn er sich lange genug nicht rührte. Auf seiner Stirn glänzten Schweißperlen, zweifellos Folge von zehn Minuten anstrengenden Briefesortierens am Morgen.

Earl beugte sich durch den Schalter zu mir vor und schob mir ein Flugblatt hin, das für das anstehende Stadtfest in Bethlehem warb.

»War ganz schön heiß«, sagte Earl, ohne mir in die Augen schauen zu können.

War ich denn so furchterregend?

»Richtig, Earl.«

»Hoffentlich wollen Sie nicht zum Friseur. Der hat heute zu.«

Ich nahm das Flugblatt. »Ist das die einzige Post für mich?«

Earl stand auf und schlurfte aus seinem Kabuff. »Könnten Sie mir helfen, Miss Ferriday?«

Obwohl das Landleben seinen Charme hatte, bekam ich plötzlich schreckliche Sehnsucht nach dem Postamt in Manhattan an der Thirty-fourth Street, einem gewaltigen, mit Säulen versehenen Denkmal der Tüchtigkeit.

»Muss das sein, Earl?«

Als Earl mich in den hinteren Flur winkte, folgte ich ihm. Vor einer geschlossenen Tür blieb er stehen.

»Also?«, sagte ich. »Machen Sie auf.«

»Ich kann nicht«, erwiderte er achselzuckend.

Ich fächelte mir mit dem Flugblatt Kühlung zu. »Herrje, dann holen Sie doch den Schlüssel.«

»Es ist nicht abgeschlossen.«

Ich drehte den Türknauf herum und drückte mit der Hüfte gegen die Tür. Doch sie öffnete sich nur einen Spaltweit in den dunklen Raum hinein.

»Etwas blockiert die Tür, Earl. Was machen Sie denn den ganzen Tag? Aufräumen kann ja nicht so schwierig sein.«

»Clyde!«, rief Earl aus voller Kehle, worauf Mr. Gardeners Neffe angelaufen kam.

»Ja, Earl?«, fragte der gute Clyde, der kaum dicker war als zwei Blatt Papier.

»Geh für Miss Ferriday da rein«, wies Earl ihn an.

»Ja, Sir«, antwortete Clyde, offenbar froh, eine Aufgabe zu haben, bei der seine Körpergröße von Vorteil war. Er schlüpfte durch den Türspalt wie eine Wanze, die unter einem Fensterrahmen hereinkroch.

Ich ging an den Türspalt heran. »Mach die Tür auf, Clyde.«

»Geht nicht, Miss Ferriday. Da liegt lauter Mist rum.«

»Mist?« Wo hatte Clyde nur diesen Jargon her? »Sie müssen hier wirklich Ordnung halten, Earl.«

Earl stieß mit der Fußspitze gegen ein Astloch im Holzboden.

»Räum die Tür frei, Clyde«, sagte ich. »Zieh die Jalousien hoch. Dann helfen wir dir.«

Ich hörte ein Scharren, ein Aufstöhnen von Clyde und das Rascheln einer nach oben gleitenden Jalousie.

»Fast geschafft, Miss Ferriday«, verkündete Clyde.

Mit einem reizenden Lächeln öffnete Clyde die Tür. Seine Zähne waren so weiß und gerade wie Steinway-Klaviertasten.

In dem Raum türmten sich Leinentaschen, jede davon so groß, dass Clyde selbst hineingepasst hätte. Auf alle war in blauen Buchstaben U. S. MAIL aufgedruckt. Die Taschen bedeckten den Boden und die Theke, die rings um den Raum verlief. Einige waren an den Henkeln aufgeplatzt, sodass Massen von Briefen und Päckchen herausquollen.

Ich watete durch eine Lawine aus Kuverts.

»Die sind alle an irgendwelche Kaninchen adressiert, Miss Ferriday«, erklärte Clyde. »Schauen Sie, einer ist aus Hawaii.«

»Mein Gott, Earl«, sagte ich, und mir wurde ein wenig schwindelig. »Alle für uns?«

»Es sind noch zehn mehr im Laster. Wollte ich durch die Fenster reinwerfen.«

»Was ist aus dem Wahlspruch geworden, dass weder Schnee noch Regen noch Hitze oder düstere Nacht einen Postboten daran hindern könnten, seine Pflicht zu erfüllen, Earl?«

»Verzeihung, Miss?«

»Warum haben Sie mir nichts gesagt?«

Ich hob eine Handvoll Briefe mit Absenderadressen in Boston, Las Vegas und Mexiko auf.

»An Weihnachten habe ich fünfzehn Aushilfen«, entgegnete Earl. »Im Sommer bin ich hier allein. Im Keller sind auch noch Postsäcke. So viele, dass der Friseur nicht reinkann.«

Mr. Gardener führte den Konvoi – der mit Schubkarren ausgestatteten Mitglieder von Mutters Gartenclub an, und gemeinsam transportierten wir die Taschen nach The Hay. Clyde saß rittlings auf einer der Karren wie auf einem Pony. Lady Chatterley hatte Mühe, Schritt zu halten. Wir öffneten alle Briefe, sortierten sie auf dem Esszimmertisch zu Stapeln und lasen einander den Inhalt laut vor.

»Die Zeitschrift *Seventeen* will eine Modekollektion für die Mädchen entwerfen«, sagte Sally Bloss. »Dr. Jacob Fine vom Beth Israel Hospital bietet eine kostenlose ärztliche Behandlung an.«

Nellie Bird Wilson schwenkte einen Briefbogen mit Roy-Rogers-Motiv. »Kevin Clausen aus Baton Rouge hat uns sein Taschengeld geschickt.«

»Wie lieb von ihm«, erwiderte ich und notierte mir alles.

Mutter konnte das Aufreißen der Umschläge nicht schnell genug gehen. »Das National Jewish Hospital in Denver, Caroline.«

»Wayne State University«, vermeldete Mr. Gardener. »Dr. Jerome Krause, Zahnarzt.«

Sally hielt einen Brief hoch, auf dessen Briefkopf ein blaues Schloss prangte. »Disneyland spendet Eintrittskarten. Die Mädchen werden Ehrengäste von Mr. Disney.«

»Die Danford Foundation hat einen Scheck beigelegt, Caroline«, verkündete Mutter. »Einen ziemlich dicken.«

Nellie fächelte sich mit einem Umschlag Luft zu, während sie vorlas: »Die Converse Rubber Company möchte eine Schuhkollektion für die Mädchen herausbringen.«

»Kleider und Handtaschen von Lane Bryant«, sagte Serge.

Wir richteten einen eigenen Stapel für Radiologen und Osteopathen ein, die eine ärztliche Behandlung anboten. Und dann noch einen für Zahnärzte, die kostenlose Zahnreinigungen spendieren wollten. Unmengen von Krankenhäusern hatten Betten für uns. Familien von Bar Harbor bis San Diego wollten die Mädchen bei sich zu Hause aufnehmen. Als es Abend wurde, summierten sich Bargeldspenden und Schecks auf über sechstausend Dollar. Mehr als genug, um die Anreise der Mädchen zu finanzieren.

Im nächsten *Saturday Review* bezeichnete Norman Amerika als »strahlend in seiner Großzügigkeit«, und ich konnte mein Glück kaum fassen.

Unsere Kaninchen würden nach Amerika kommen.

Kapitel 39

CAROLINE

1958

Im Frühling trafen Dr. Hitzig und ich in Polen ein. Die Reise mit dem Arzt war ein Vergnügen, denn er besaß einen messerscharfen Verstand und eine sanfte Art, wie man sie normalerweise nur bei den Amish antraf. Er war unser Facharzt für orthopädische Chirurgie und hatte die Aufgabe festzustellen, welche der polnischen Frauen stabil genug waren, um später im Jahr eine Reise in die USA zu überstehen. Mir oblag es, die Reisedokumente zu organisieren und Schwierigkeiten aus dem Weg zu räumen.

Eine offizielle Delegation empfing uns und brachte uns in einem Privatwagen zur orthopädischen Klinik in Warschau. Sobald wir die Klinik betraten, wurde Dr. Hitzig von polnischen Ärzten umringt. Sie schüttelten ihm die Hand, klopften ihm auf den Rücken und führten ihn zu einem Konferenztisch vor einer provisorischen Bühne. Gefolgt von neunundzwanzig polnischen und russischen Ärzten setzte ich mir neben Dr. Hitzig. Es waren auch zwei Mitglieder des ZboWiD dabei, des Verbandes der Kämpfer für Freiheit und Demokratie, der staatlich kontrollierten Veteranenvereinigung, mit der Norman und ich zusammengearbeitet hatten, um die Sicherheit der Kaninchen zu gewährleisten.

Die Klinik erinnerte mich an die Grange Hall in Bethlehem: riesengroß und so zugig, dass wir selbst in der Mitte des Raums spürten, wie der Wind durch die Fenster pfiff.

Die ersten drei Frauen drängten sich eng zusammen und zogen sich die Mantelkrägen bis hinauf zum Kinn. Jede hatte eine Stofftasche am Unterarm, und die Strapazen der Reise waren ihnen deutlich anzusehen. Selbst das Gehen schien den dreien noch immer Schmerzen zu bereiten. Unser Dolmetscher, ein streng wirkender junger Mann mit Stalinfrisur, nahm neben Dr. Hitzig Platz. Die Frauen begaben sich zum Umziehen hinter einen Wandschirm auf der Bühne.

Das erste Kaninchen, eine hübsche Frau Mitte dreißig mit kurzem, dunklem Haar und dunklen Augen, war in ein schmuddeliges weißes Laken gehüllt wie eine griechische Göttin. Sie hinkte zu dem Klappstuhl mitten auf der Bühne, wobei sie bei jedem Schritt zusammenzuckte. Als sie saß, musterte sie mit gerecktem Kinn das Publikum.

Chefarzt Professor Gruca, ein vor Tatendrang strotzender, leutseliger Mann mit der Figur eines Hydranten, betrat die Bühne und verlas ein Dokument. Nach jedem Absatz dauerte es eine gefühlte Ewigkeit, bis der Dolmetscher uns mit der englischen Übersetzung beglückte: »Den so genannten medizinischen Experimenten in Ravensbrück, auch als ›Sulfonamid-Operationen‹ bezeichnet, ging der Tod von Adolf Hitlers engem Freund, dem SS-Obergruppenführer Reinhard Heydrich, voraus. Dr. Gebhardt, ein guter Freund und Leibarzt von Heinrich Himmler, war gerufen worden, um Heydrich zu behandeln, der bei einem versuchten Anschlag durch eine Autobombe, ausgeführt von der tschechischen Untergrundbewegung, schwer verletzt worden war.«

Ich beobachtete die Frau auf der Bühne. Sie lauschte mit hoch erhobenem Kopf.

»Bei der Behandlung von Heydrich weigerte sich Dr. Gebhardt, Sulfa-Medikamente einzusetzen, und entschied sich für eine andere Therapie. Nach Heydrichs Tod warf Hitler Gebhardt vor, er habe seinen Freund an Wundbrand sterben lassen. Deshalb entwickelten Himmler und Gebhardt einen Plan, um Hitler zu beweisen, dass es richtig gewesen war, kein Sulfa zu verwenden: eine Reihe von Experimenten, die zuerst an Männern in Sachsenhausen und später an weiblichen Häftlingen in Ravensbrück durchgeführt wurden.«

Die Frau auf der Bühne strich sich mit zitternder Hand das Haar aus der Stirn.

»Gebhardt und seine Mitarbeiter operierten kerngesunde Frauen, die eigens wegen ihrer kräftigen Beine ausgesucht worden waren, um Verletzungen zu simulieren. Sie applizierten Bakterienkulturen in die Wunden, um Wundbrand auszulösen, und verabreichten einigen Gefangenen anschließend Sulfa. Jede Sulfa-Patientin, die starb, bewies Gebhardts Theorie. Zu den Gefangenen, die operiert wurden« – Dr. Gruca wies auf die Frau auf dem Stuhl –, »gehörte Kasia Bakoski, geborene Kuzmerick, derzeit beim Staat als Krankenschwester beschäftigt.«

Der Arzt zog das Laken weg, um das Bein der Frau vorzuzeigen. Neben mir schnappte Dr. Hitzig laut nach Luft. Ihr Unterschenkel war geschrumpft, grauenhaft entstellt und sah aus wie ein ausgenommener Fisch.

»Frau Bakoski wurde 1942 operiert. Sie musste sich drei weiteren Operationen unterziehen. Keime der Gruppe eins waren in die Wunde eingebracht worden: Bakterien, Holz, Glas und andere Substanzen. Am linken Unterschenkel wurde ein Einschnitt vorgenommen. Die Blutgefäße zu beiden Seiten der Wunde wurden abgebunden.«

Während der Arzt fortfuhr, reckte Kasia weiter stolz das Kinn. Doch ihr Mund war schlaff geworden, und ihre Augen waren glasig.

»Gemahlenes Silizium und Holzsplitter wurden hinzugefügt. Die Wunde wurde vernäht. Und zu guter Letzt legte man ihr einen Gipsverband an«, sprach der Arzt weiter.

Bemerkte er denn nicht, wie die Frau litt? Ich stand auf und ging zur Bühne.

»Der Gipsverband verblieb lange genug an Ort und Stelle, dass sich Wundbrand und weitere Symptome entwickeln konnten«, sagte er Arzt. »Dann erfolgte die Gabe von Sulfonamiden.«

Die Ärzte machten sich Notizen.

»Außer der schweren Deformierung, die Auswirkungen auf das gesamte Knochengerüst hat, leidet die Patientin an psychischen Folgen, Depressionen ...«

»Es tut mir leid, aber ...« Kasia erhob sich. Mit der einen Hand bedeckte sie ihre Augen, mit der anderen hielt sie sich das Laken vor die Brust.

Ich betrat die Bühne. »So kann das nicht weitergehen, Doktor.«

»Aber diese Frauen waren einverstanden«, widersprach Dr. Gruca. »Die Ärzte haben sich trotz ihrer Arbeitsbelastung die Zeit genommen, hier zu sein.«

»Die Kaninchen ebenfalls, Doktor. Sie können die Untersuchungen in einem geschützten Raum fortsetzen. Nur Sie, Dr. Hitzig und ich werden dabei sein.«

»Das ist höchst ...«

Ich nahm Kasia an der Hand. »Diese Frauen waren schon einmal Opfer, und sie werden nicht wieder missbraucht werden, solange ich hier bin.«

»Lassen Sie uns im kleineren Behandlungszimmer weitermachen«, schlug Dr. Hitzig vor.

Ich führte Kasia von der Bühne in die Umkleide und tat mein Bestes, um ihr beim Anziehen zu helfen.

»Danke«, sagte sie. »Ich weiß Ihre Unterstützung zu schätzen.«

»Sie sprechen ja ausgezeichnet Englisch, meine Liebe.«

»Nicht sehr gut.«

»Sicherlich besser als ich Polnisch.«

»Meine Schwester Zuzanna ist noch nicht hier, aber sie steht auch auf der Liste. Sie ist Ärztin und spricht nahezu perfekt Englisch.«

»Ich werde sie später kennenlernen«, erwiderte ich.

Die Untersuchungen wurden in einem kleineren Raum fortgesetzt. Nur Dr. Hitzig, Dr. Gruca und ich waren anwesend. Kasias Schwester Zuzanna war als Letzte an der Reihe. Sie bat darum, dass Kasia dabei sein durfte. Die Ärzte waren einverstanden.

»Zuzanna Kuzmerick«, las Dr. Hitzig vor. »Dreiundvierzig Jahre alt. Eine Angehörige der Kontrollgruppe im Rahmen der Sulfonamidexperimente. Ihr wurden Staphylokokken und Tetanuserreger injiziert. Eine der wenigen aus der Kontrollgruppe ohne Antibiotika, die sich spontan wieder erholt hat. Derzeit leidet sie an Kopfschmerzen, gelegentlichem Schwindel und Magenbeschwerden. Möglicherweise ein Magengeschwür, das mit Säurehemmern behandelt wird.« Dr. Hitzig verstummte.

»Sprechen Sie weiter, Doktor«, forderte Zuzanna ihn auf. »Es ist in Ordnung.«

Dr. Hitzig nahm die Brille ab. »Ich glaube nicht, dass ...«

»Ich kenne den Bericht«, erwiderte Zuzanna. »Ich habe ihn selbst geschrieben. Darin steht, dass ich im Lager sterilisiert wurde, richtig?«

Kasia stand auf. »Oh nein, Zuzanna.«

»Schon gut. Wie gesagt, der Bericht ist von mir. Bitte, Doktor, fahren Sie fort.«

Dr. Hitzig setzte seine Brille wieder auf. Zuzanna saß kerzengerade da, als er mit seiner Untersuchung begann und die Drüsen zu beiden Seiten ihres Halses abtastete.

»Ist es schwierig für eine Ärztin, plötzlich Patientin zu sein?«, erkundigte ich mich.

»Nein«, antwortete Zuzanna. »Es ist wichtig, beide Seiten zu kennen. So werde ich eine bessere Ärztin. Das ist einer der Gründe, warum ich gern nach Amerika möchte. Ich will medizinische Seminare belegen, um so viel wie möglich zu lernen.«

Zuzanna sprach ausgezeichnet Englisch und hatte einen melodischen polnischen Akzent. Es war ein Vergnügen, ihr zuzuhören.

Dr. Hitzig strich ihr mit zwei Fingern über die linke Halsseite.

»Was ist, Doktor?«, fragte Zuzanna.

»Ach, nichts«, antwortete Dr. Hitzig. »Ich glaube, für den Moment sind wir fertig.«

Wir wuschen uns die Hände. Während Dr. Hitzig sich

mit seinen Kollegen besprach, machten die Polinnen sich für die Heimfahrt bereit, und ich überreichte die mitgebrachten Geschenke.

»Kommen Sie, meine Damen«, sagte ich und hielt eine hübsche Handtasche aus marineblauem Leder hoch. Das Licht fing sich in der goldenen Schließe. »Die wurden von einem wunderbaren amerikanischen Laden namens Lane Bryant gestiftet.«

Die Kaninchen standen da wie angewurzelt. Sie waren wirklich sehr ernst.

»Nicht so schüchtern, meine Damen«, beharrte ich und streckte die Tasche noch ein Stück nach vorn. »Sie kosten nichts. Eine Spende. Blau ist in diesem Jahr die Modefarbe.«

Noch immer rührte sich keine von der Stelle. Ich griff nach einer Pralinenschachtel von Whitman. Der Name war kreuzstichartig auf die Verpackung aufgedruckt.

»Möchte jemand Schokolade?« Keine Bewegung. »Oder Fig Newtons? Das sind Kekse.«

»Vielleicht sollten wir ein Foto machen?«, schlug Kasia vor und wies auf meine Leica. Als sie sich für die Aufnahme versammelten, entfaltete sich das Bildmotiv wie ein Blumenstrauß in einer Vase.

»Wie wird die Reise ablaufen?«, erkundigte sich Kasia.

»Bis jetzt lautet der Plan, dass die Kaninchen in New York ankommen und auf Familien im ganzen Land verteilt werden. Später trifft sich die Gruppe in San Francisco, fährt nach Los Angeles und dann weiter mit dem Bus durchs ganze Land mit Zwischenstopps in Las Vegas und Texas mit Endstation Washington, D. C.«

Kasia übersetzte für die anderen, die näher an sie heranrückten, um sie besser zu verstehen. Ich hätte wenigstens mit einem Lächeln gerechnet, doch die Mienen der Frauen blieben bedrückt.

»Sie möchten wissen, von wo das Schiff ablegt«, sagte Kasia.

»Oh, nein, kein Schiff«, meinte ich. »Pan American Airways hat die Flüge gespendet.«

Daraufhin wurde aufgeregt auf Polnisch getuschelt, und endlich fingen sie an zu lächeln.

»Die meisten von uns sind noch nie geflogen«, erklärte Kasia.

Als Dr. Hitzig den Kopf zur Tür hereinsteckte, drehten sich alle zu ihm um.

»Wir haben unsere endgültige Liste«, verkündete er. »Könnte ich unter vier Augen mit Ihnen sprechen, Miss Ferriday?«

Ich eilte hinter dem Arzt her ins Behandlungszimmer.

»Alle können an der Reise teilnehmen«, sagte Dr. Hitzig.

»Das ist ja fantastisch.« Ich atmete erleichtert auf.

»Bis auf eine. Die Ärztin.«

»Zuzanna? Warum denn nicht, um Gottes willen?«

»So leid es mir tut, aber ich habe einen verhärteten Virchow-Knoten festgestellt.«

»Was?«

»Einen Hinweis auf ein Krebsgeschwür.«

»Kann man das behandeln?«

»Vermutlich nicht. Es handelt sich um einen starken Hinweis auf Magenkrebs. Ich fürchte, ihre Tage sind gezählt.«

Ich hastete hinaus, wo die Frauen schon im Mantel an der Tür warteten, um nach Hause zu fahren. Dort bat ich Zuzanna und ihre Schwester Kasia um ein vertrauliches

Gespräch mit Dr. Hitzig und mir und brachte sie ins Behandlungszimmer, wo sie auf Klappstühlen Platz nahmen.

»Zuzanna, ich bedaure sehr, nun …«, begann Dr. Hitzig. »Der Knoten, den ich an ihrem Hals entdeckt habe, ist ein verhärteter Virchow-Knoten.«

»Der Sitz des Teufels?«, fragte Zuzanna.

»Ich bevorzuge die Bezeichnung Signalknoten.«

»Das ist ein Symptom von Magenkrebs, richtig?«, hakte Zuzanna nach.

»Es tut mir leid, ja.«

»Wie ärgerlich, einen Krebs zu haben, der nach einem deutschen Arzt benannt ist«, meinte Zuzanna mit einem zittrigen Lächeln. Ihre Augen schimmerten feucht.

»Was macht Sie so sicher?«, erkundigte sich Kasia.

»Wir sollten weitere Untersuchungen durchführen«, antwortete Dr. Hitzig. »Aber die Ärzteschaft hat beschlossen, dass Sie für die Reise in die Vereinigten Staaten nicht infrage kommen.«

Kasia sprang auf. »Was? Der einzige Grund für diese Reise ist doch, dass wir ärztliche Behandlung bekommen, die hier nicht verfügbar ist. Wie können Sie uns solche Hoffnungen machen und dann die Person zurückweisen, die Ihre Hilfe am meisten braucht? Sie kann meinen Platz haben.«

»Es geht nicht um einen freien Platz, Kasia«, entgegnete ich.

»Sie reden davon, dass Sie uns helfen wollen, Miss Ferriday, aber eigentlich sind wir Ihnen egal. Sie bringen uns teure Handtaschen mit und erwarten, dass wir uns daraufstürzen.«

»Ich dachte, sie würden Ihnen gefallen …«

»Wir sind *Damen*, Miss Ferriday. Damen, die es nicht

mögen, als Kaninchen bezeichnet zu werden. Als leicht zu verängstigende Käfigtiere. Damen, die in einem Land leben, in dem wir keine Geschenke annehmen dürfen. Eine neue Handtasche aus Amerika? Menschen verschwinden aus viel geringfügigeren Anlässen. Ein polnischer Journalist hat sich von einem Amerikaner Pralinen schenken lassen. Seitdem hat niemand mehr von ihm gehört.«

Ich spürte, dass meine Wangen zu glühen begannen. Wie hatte ich so gedankenlos sein können?

»Kasia, bitte«, tadelte Zuzanna.

»Sie wollen wirklich helfen, Miss Ferriday? Dann helfen Sie meiner Schwester.« Kasia trat auf Dr. Hitzig zu. »Ich bezahle Ihnen, so viel Sie wollen, wenn Sie meine Schwester auf diese Liste setzen.«

»Nach den Untersuchungen wissen wir mehr ...«, begann Dr. Hitzig.

»Meine Schwester ist eine Frau, die Leben rettet. Sie hat nie etwas anderes getan, als ihren Mitmenschen zu helfen. Wenn Sie sie behandeln, behandeln Sie Tausende.«

»Mir wäre es anders auch lieber, aber die Ärzte hier sind sich alle einig«, erwiderte Dr. Hitzig.

»Wir können uns nicht über den ZboWiD hinwegsetzen«, fügte ich hinzu.

»Ich gehe«, verkündete Kasia. »Das hier ist eine Farce.« Sie eilte hinaus.

»Es tut mir so leid«, sagte ich zu Zuzanna.

Zuzanna legte mir die Hand auf den Ärmel. »Ich habe Verständnis, Miss Ferriday.«

»Caroline, meine Liebe.«

»Das Wichtigste ist, dass die übrigen Mädchen nach Amerika fliegen.«

Ich umarmte Zuzanna und drückte sie an mich. So eine

wundervolle Frau. Aber so mager. Wie tragisch, dass sie schwer krank war. Wenn wir ihr nur einige der Woolsey-Mittel hätten verabreichen können.

Zum Abschied nahm Zuzanna meine Hand.

»Seien Sie meiner Schwester nicht böse, Caroline. Kasia ist manchmal ein wenig angespannt. Wir haben viel zusammen durchgemacht. Aber wir freuen uns sehr über Ihre Geschenke.«

Sie lächelte.

»Und falls Sie sie an der Garderobe hinterlegen, sorge ich dafür, dass die Mädchen sie bekommen, sobald niemand hinschaut.«

Kapitel 40

KASIA

1958

Am Tag vor meiner Abreise nach Amerika türmten sich in unserem winzigen Schlafzimmer die Kleider; einige waren meine eigenen, andere geborgt. Pietrik rieb sich den schmerzenden Rücken, denn er hatte meinen Koffer ständig oben aus dem Schrank geholt und wieder hinaufgehoben, weil ich sechsmal ein- und umgepackt hatte. Pietrik hatte in der Fabrik ein Radio gewonnen, den Preis für den Arbeiter, der am meisten leistete. Nun stellten wir es lauter, weil ein Lied des gut aussehenden Eddie Fisher, meines Lieblingssängers, lief.

Dungaree doll, dungaree doll,
Paint your initials on my jeans ...

Pietrik nahm mich in die Arme, und wir wiegten uns zur Musik. Es wäre schön, wieder tanzen zu können. Aber wie konnte ich ohne Zuzanna nach Amerika fliegen, um mich operieren zu lassen?

Ich ließ Pietrik los und packte erneut alles aus.

»Wie kannst du so dumm sein?«, fragte er.

»Ohne Zuzanna fliege ich nicht.«

Pietrik setzte sich neben meinen offenen Koffer aufs Bett. Es war der alte grüne Koffer von Matka. »Zuzanna will, dass du fliegst. Diese Gelegenheit darfst du dir nicht entgehen lassen.«

Ich wollte in dieses Flugzeug steigen. Mehr als irgendetwas seit langer Zeit. Es war meine Chance, dass mein Bein wieder einigermaßen normal belastbar wäre. Allein bei der Vorstellung, keine Schmerzen mehr zu haben, wurde mir schwindelig. Außerdem war für alle Mädchen ein Zahnarztbesuch vorgesehen. Würden die amerikanischen Zahnärzte etwas für meinen Zahn tun können? Inzwischen sah er so schlimm aus, dass ich kaum noch lächelte. Und wie wäre es, nach New York zu fliegen und all die Sehenswürdigkeiten zu besichtigen? Und Kalifornien? Wenn die Zeitungen in Lublin recht hatten, waren wir dort bereits Berühmtheiten.

Ich nahm mein gutes Kleid aus dem Koffer und hängte es wieder in den Schrank. »Wie kann ich Zuzanna hier zurücklassen?«

»Wir werden dich vermissen, wenn du weg bist«, erwiderte er. »Aber überleg einmal, was du verpassen würdest, Kasia. Zuzanna will am allermeisten, dass du fliegst. Was ist mit Halina? Soll sie merken, dass ihre Mutter Angst hat?«

Beim Gedanken an meinen ersten Flug bekam ich Magenschmerzen. Ganz zu schweigen davon, dass ich mich in Amerika mit meinem schauderhaften Englisch durchschlagen und eine weitere Operation erdulden müsste.

»Ich wäre monatelang fort. Wer weiß, ob Zuzanna noch lebt, wenn ich zurückkomme?«

Pietrik nahm meine Hand. »Wir werden uns gut um sie kümmern.«

Seine Hand um meine fühlte sich angenehm an. Ich machte mich los und klappte die Schließen meines leeren Koffers zu.

»Meine Entscheidung steht fest.«

Pietrik wuchtete den Koffer wieder ins oberste Schrankfach. »Du musst lernen, dass es Dinge gibt, die du nicht ändern kannst.«

»Also wäre es besser, wenn ich meine Schwester hier sterben ließe? Ich werde nicht …«

Als ich mich umdrehte, bemerkte ich Zuzanna in der Tür.

»Oh, ich habe …« Hatte sie mich gehört?

Mit hinter dem Rücken verschränkten Händen, kam Zuzanna herein. »Zerbrich dir über mich nicht den Kopf, Kasia.«

Ich verschränkte die Arme vor der Brust und stemmte die Füße in den Boden. »Ohne dich fliege ich nicht.«

»Das freut mich«, sagte sie.

»Also bist du mir nicht böse?«

Sie lächelte. »Überhaupt nicht.«

Als ich sie umarmte, spürte ich ihre harten Rippen durch die Rückseite ihres Kleides. »Sehr gut, denn ich würde dich nie verlassen.«

»Das macht mich sehr glücklich«, erwiderte Zuzanna. »Denn wenn ich sterbe, will ich dich in meiner Nähe haben.« Sie zog einen Umschlag mit einem Telegramm aus der Tasche. »Insbesondere deshalb, weil wir zusammen in New York sein werden.« Sie zog ein Blatt Papier aus dem Umschlag, räusperte sich und las vor: »USA-Reise für Miss Zuzanna Kuzmerick genehmigt STOPP

Reisedokumente folgen STOPP Melden Sie sich mit der New-York-Gruppe am Flughafen Warschau STOPP Bon Voyage STOPP Caroline Ferriday STOPP.«

Pietrik ging zum Schrank und hievte den Koffer wieder herunter, während Zuzanna und ich uns in den Armen lagen und uns, begleitet von Eddie Fishers einschmeichelnder Stimme, hin- und herwiegten.

Together, together, together.

Kapitel 41

KASIA

Dezember 1958

Um zehn vor neun Uhr morgens landeten fünfunddreißig sehr aufgeregte Polinnen auf dem Idlewild-Flughafen in New York. Im Flugzeug wurde lautstark auf Polnisch gejubelt. Die anderen Passagiere hatten Nachsicht mit uns und schienen unsere Begeisterung zu teilen.

Caroline erwartete uns bereits, als wir, zum Teil sehr langsam, die Lufttreppe hinunterstiegen. Wie ich herausgefunden hatte, bedeutete der Name Caroline Freude, und tatsächlich waren wir überglücklich, sie zu sehen. In ihrem marineblauen Kostüm mit dem französischen Schal und einem hübschen kleinen Filzhut mit Feder war sie wunderschön.

»Warum ist sie nicht verheiratet?«, fragten sich alle Polinnen.

Sie war hochgewachsen und schlank und hatte zarte, hübsche Gesichtszüge und die majestätische Haltung einer Königin. In Polen hätte Caroline sich vor Heiratsanträgen nicht retten können.

Nachdem wir den Zoll hinter uns hatten, wurden wir

von Mitarbeitern des Roten Kreuzes und Freunden von Caroline umringt. Blitzlichter zuckten.

»Wie gefällt es Ihnen bis jetzt in Amerika?« Ein Reporter hielt mir ein Mikrofon vors Gesicht.

»Nach dem Essen im Flugzeug zu urteilen wird es eine angenehme Reise«, antwortete ich. Alle lachten.

»Herzlich willkommen, meine polnischen Damen«, sagte Caroline und legte Zuzanna den Arm um die Taille. »Das nenne ich wahre Völkerverständigung.«

Noch nie hatte ich so viele lächelnde Gesichter an einem Ort versammelt gesehen.

In jener Woche trennten wir uns und wurden auf verschiedene Städte verteilt. Zuzanna und ich blieben in New York bei Caroline, um im Mount Sinai Hospital behandelt zu werden. Andere fuhren zu Wiederherstellungsoperationen nach Boston oder wurden in Detroit, Baltimore und Cleveland am Herzen operiert. Zwei kamen ins National Jewish Hospital in Denver, wo die weltweit besten Tuberkulosespezialisten arbeiteten, da sie noch immer Probleme mit der Lunge hatten.

Meine Schwester und ich hatten Glück, in New York bleiben zu dürfen, weil es so viel zu sehen gab. Caroline fuhr uns herum. Zuzanna saß natürlich vorn. Caroline konnte gar nicht genug von Zuzanna kriegen. Sie schienen plötzlich die besten Freundinnen zu sein.

»Hier hätten wir den Central Park, meine Damen, einen der schönsten Parks auf der Welt.«

»In Polen gibt es auch schöne Parks«, wandte ich ein.

Sie sprach über ihre Stadt, als wäre es die Einzige auf dem Planeten.

Wir fuhren die Fifth Avenue entlang. Hunderte Autos, viele nur mit einem Insassen darin, verstopften die Straßen. Was für eine Verschwendung! Wie konnte man so etwas erlauben?

An unserem ersten Tag im Mount Sinai Hospital ging es hoch her: Bluttests und alle möglichen anderen Untersuchungen. Das Mount Sinai war ein gewaltiger Gebäudekomplex und zehnmal so groß wie ein Krankenhaus in Polen. Wir brauchten lange für die Wege zwischen den einzelnen Stationen, weil ich wegen der Schmerzen in meinem Bein ständig Pausen einlegen musste und weil Caroline jeden anhielt, den sie sah, um uns vorzustellen.

»Diese Damen sind aus Polen gekommen, um sich hier behandeln zu lassen«, sagte sie.

Die Leute waren zwar höflich, musterten uns jedoch mitleidig. Es war ja nett von Caroline, uns mit allen bekannt zu machen, allerdings war es deshalb auch unmöglich, in der Masse unterzutauchen.

Die Glastüren des Krankenhauses öffneten sich wie von Zauberhand, als Caroline mit Zuzanna voranhastete und wir zu unserem Termin mit dem Arzt eilten. Zuzanna schaute sich um und merkte zu jeder Kleinigkeit etwas an.

»Nicht zu fassen, wie riesig es hier ist.«

Caroline drehte sich im Gehen um. »Sechs Stockwerke. Alles topmodern.«

»Wie lernen die Ärzte in einem so großen Krankenhaus die Patienten kennen?«, fragte ich.

Zuzanna wurde langsamer, damit ich sie einholen konnte. »Das ist die Zukunft der Medizin. Ich kann es kaum erwarten, den Physiotherapieraum zu sehen.«

»Das haben wir zu Hause auch«, entgegnete ich.

»Was? Ein Springseil und zwei Hanteln? Hier gibt es

sogar Hydrotherapie. Andere Leute wären dankbar, so gut behandelt zu werden.«

Wir zogen Krankenhausnachthemden an, und die Schwester befestigte ein Armband aus Papier an meinem Handgelenk. Als wir zum Röntgen gingen, nahm ich Handtasche und Kleider mit, obwohl man mir einen Spind anbot.

»Unglaublich, diese Apparate«, begeisterte sich Zuzanna.

Ich schlüpfte in einen weichen Bademantel. »Unsere können das Gleiche, sie sind nur nicht so neu.«

In Pantoffeln, die wir behalten durften, machten wir uns auf den Weg zum Büro des Arztes.

»Darf ich Ihnen Ihre Sachen abnehmen?«, fragte die Krankenschwester, eine hochgewachsene Frau, die eine gerüschte Haube trug.

Als sie nach meinen Kleidern und der Handtasche griff, klammerte ich mich daran fest. »Ich habe sie lieber bei mir, vielen Dank.«

Die Schwester half mir einen kleinen Hocker hinauf, damit ich auf dem Untersuchungstisch sitzen konnte. Unter mir knisterte Papier. Dr. Howard Rusk war ein attraktiver Mann mit einem weißen Haarschopf und einem gütigen Gesicht. Er hielt ein Metallkästchen hoch, das in seine Handfläche passte.

»Habe ich Ihre Erlaubnis, meine Befunde mit diesem Gerät aufzuzeichnen? So spare ich mir Zeit.«

Ein Arzt, der eine Patientin um Erlaubnis bat? Das war eine völlig neue Erfahrung.

Als ich nickte, sprach Dr. Rusk in das Kästchen: »Nach Operationen im Konzentrationslager Ravensbrück in Fürstenberg, Deutschland, im Jahr 1942 hat Mrs. Bakoski, eine fünfunddreißigjährige weiße Frau polnisch-deutscher Herkunft, eine Einschränkung der Muskelfunktion der linken Wade zurückbehalten, was durch die Einbringung körperfremder Stoffe noch verkompliziert wird.«

Er schob meine Röntgenaufnahme unter den Metallrahmen eines Leuchtkastens und schaltete ihn an.

Zuzanna drehte sich mit offenem Mund zu mir um. In jedem Untersuchungszimmer gab es so einen Leuchtkasten. Im Krankenhaus zu Hause hatten wir nur einen einzigen.

Meine Röntgenaufnahme zeigte verstreute Gegenstände in meiner Wade. Wie seltsam, das alles im Detail zu sehen! Obwohl ich schon häufig geröntgt worden war, hatte ich den Schaden noch nie so klar vor Augen gehabt. Das Bild brachte lebhafte Erinnerungen an den Operationssaal in Ravensbrück zurück. Dr. Gebhardt. Dr. Oberheuser. Mir brach der Schweiß aus, als der Arzt eine weitere Röntgenaufnahme in den Leuchtkasten schob.

»Der Schienbeinknochen wurde um sechs Zentimeter verkürzt, was zu einem hinkenden Gang führt. Im Umfeld der Wunde hat sich ein Netz aus Neuromen gebildet, zum Teil Ursache der lokalen Nervenschmerzen, an denen Mrs. Bakoski leidet. Die folgende Behandlung ist indiziert: ein Eingriff zur Entfernung der Fremdkörper und Neurome, um die Durchblutung zu fördern und die Schmerzen zu lindern. Außerdem plastische Chirurgie zur Wiederherstellung. Ich empfehle eine orthopädische Prothese, Schmerzmittel nach Bedarf und die übliche postoperative psychiatrische Begutachtung.«

Als Dr. Rusk sein Aufnahmegerät ausschaltete, war ich atemlos. Merkte er mir das an?

»Haben Sie Fragen, Mrs. Bakoski?«

»Werde ich nach der Operation noch Schmerzen haben?«

»Das lässt sich nicht mit hundertprozentiger Sicherheit beantworten. Es besteht die Möglichkeit, dass ein Teil der Schmerzen bleibt, allerdings um einiges schwächer als jetzt. Ihr Gang wird sich ganz klar verbessern.«

»Keine weiteren Fragen, Doktor. Danke.« Ich kletterte vom Untersuchungstisch und wollte nichts wie raus aus diesem Raum und weg von den Röntgenaufnahmen, die dort hingen.

»Später machen wir noch den Termin für die postoperative psychiatrische Begutachtung.«

»Ich bin nicht verrückt, Doktor.«

»Das ist Standard. Die Mädchen aus Hiroshima fanden es hilfreich.« Der Arzt half Zuzanna auf die Liege. »Also gut. Sie verbringen die Nacht hier, und gleich morgen früh geht es los. Sie können hier oder am Empfang warten, um sich anzumelden.«

»Die Operation ist morgen?«, hakte ich nach.

»Je früher wir anfangen, desto schneller erholen Sie sich wieder.«

Erholen? Ich musste an den Krankensaal im Revier denken. Wie sollte ich das überstehen?

Als Dr. Rusk sich Zuzanna zuwandte, verließ ich von Panik ergriffen den Raum. Würde die Operation schmerzhaft sein? Müsste ich tagelang mit einem Gips im Bett liegen?

Ich zog meine Kleider wieder an und machte mich durch das Labyrinth aus Fluren und durch die Zaubertür aus dem Staub. Es würde keine Operation stattfinden. Ich war mit meinem hinkenden Gang zufrieden, vielen Dank auch.

Kapitel 42

KASIA

1958

Draußen auf der Straße riss ich mir das Krankenhausarmband ab und warf es in einen Papierkorb. Es war schön, anonym zu sein und durch die belebten Straßen New Yorks zu schlendern.

Die Fußgängerampel leuchtete auf. DON'T WALK. Ich blieb auf dem Bürgersteig stehen, doch die anderen Passanten überquerten einfach die Straße.

Ich ging, bis mir das Bein wehtat, betrachtete Hüte in Schaufenstern und kehrte dann in den Wartebereich des Mount Sinai zurück. Dort saß ich und blätterte Zeitschriften durch, das gefiel mir an einem Arztbesuch am besten, insbesondere wenn es sich um amerikanische Zeitschriften handelte. Ich schlug den *Saturday Review* auf und stieß auf eine Anzeige für *Das Tagebuch der Anne Frank*, einen neuen Film, der im Kino lief. Eine hübsche Schauspielerin saß im Schneidersitz da. Sie trug einen Folklorerock und lächelte mir entgegen. So stellten sich die Amerikaner also die echte Anne Frank vor.

Ein Artikel ließ mich innehalten: DIE LAPINS KOMMEN, lautete die Überschrift. Der Bericht stammte von Norman Cousins. *Lapin.* Das französische Wort hörte sich so viel hübscher an als Kaninchen. Wie der Autor die Geschichte erzählte, klang sie wunderschön.

»Bis jetzt haben fast dreihundert Leser des *Saturday Revue* beinahe sechstausend Dollar an den Lapin-Fonds gespendet ... Natürlich werden die größten Kosten noch entstehen ...« Wie großzügig die Menschen in Amerika uns gegenüber waren.

Im nächsten Moment stürmten Caroline und Zuzanna auf mich zu.

»Kasia, wo hast du gesteckt?«, erkundigte sich Caroline. »Wir haben dich ausrufen lassen.«

»Ich habe frische Luft gebraucht. Können wir jetzt gehen?«

»Gehen?« Caroline starrte mich entgeistert an. »Du wirst in der Aufnahme erwartet. Wo ist dein Armband?«

»Ich möchte lieber nicht ...«

»Weißt du, welche Mühe man sich deinetwegen gegeben hat? Dr. Rusk ist einer der besten Chirurgen Amerikas.« Die kleine Feder an ihrem Hut wippte beim Sprechen.

»Niemand hat mich gefragt, ob ich das überhaupt will«, entgegnete ich.

Carolines Wangen röteten sich. »Du setzt alles aufs Spiel, wofür wir gearbeitet haben. Jetzt kommt Zuzanna deinetwegen noch zu spät.«

Zuzanna packte mich am Arm, und zwar ziemlich unsanft. »Könnte ich unter vier Augen mit Kasia sprechen?«

Sie schob mich um eine Ecke.

»Bist du völlig übergeschnappt?«

»Ich schaffe das nicht noch mal«, erwiderte ich.

»Mir ist klar, wie schwierig es für dich ist, aber so eine Chance ...«

»Ich möchte es mir überlegen.«

»Nein, Kasia, jetzt oder nie.«

»Die Vorstellung, dass wieder ein Gipsverband ... und woher weiß ich, ob ich denen vertrauen kann, wenn ich bewusstlos bin?«

»Es wird *keinen* Gipsverband geben. Ich habe nachgefragt. Und ich begleitete dich und behalte alles im Auge.«

»Bleibst du bei mir?«

»Ich ziehe einen OP-Kittel an, gehe mit rein, wenn sie mich lassen, und beobachte die Angelegenheit. Niemand wird dir wehtun, abgesehen von mir, wenn du nicht sofort mitkommst.«

Als ich nach der Operation aufwachte, dachte ich, ich wäre wieder im Revier in Ravensbrück. Mein Puls raste, doch als ich bemerkte, dass mein Bein in einen sauberen Verband gewickelt war, fiel mir ein, wo ich mich befand, und Erleichterung durchströmte mich bis in die Fingerspitzen. Das Beste war, dass ich kaum Schmerzen hatte. Das Morphium wurde intravenös verabreicht. Niemand würde mich mit Spritzen traktieren. Bald würde ich weiche Nahrung zu mir nehmen und sogar Kaffee trinken können. Mein Bett verfügte über sechs Knöpfe, mit denen man es verstellen konnte. Außerdem hatte ich meine eigene Krankenschwester, Dot, die auf einer langgezogenen Insel in der Nähe von Manhattan wohnte. Sie trug eine weiße Haube, die oben schwarze Streifen hatte, was hieß, dass sie im Mount Sinai ausgebildet worden war. Kein großer Unterschied zu meiner Haube zu Hause.

Am nächsten Tag durfte ich zum ersten Mal gehen,

schwer gestützt auf zwei Schwestern, aber es war ein traumhaftes Gefühl, ohne die üblichen Stiche in der Wade einen Fuß vor den anderen zu setzen.

Als Dot mir eines Tages mein Mittagessen brachte, konnte ich gar nicht mehr aufhören zu reden.

»Von jetzt an gehe ich überallhin zu Fuß. Und tanze wieder mit meinem Mann.«

Dot räumte mein Tablett ab, was in Lublin eine Schwesternhelferin erledigt hätte. »Offenbar sind Sie Mitglied im Club der sauberen Teller.«

Natürlich aß ich alles, was man mir vorsetzte.

»Heute haben Sie einen Termin mit Dr. Krazny. Es ist sehr angenehm, mit ihr zu reden.«

Ich steckte die Tütchen mit Salz und Pfeffer von meinem Tablett ein.

»Eine Psychiaterin? Nein danke.«

Das sich in Lublin herumspräche, ich sei verrückt, hätte mir gerade noch gefehlt. Menschen waren schon aus geringeren Gründen verschwunden.

»Sie müssen nicht zu Fuß gehen. Ich besorge Ihnen einen Rollstuhl.« Hatte Dot etwa ein Kaugummi im Mund? War das gestattet? »Dr. Krazny ist ein Schatz. Ich würde gern mal eine Stunde bei ihr sitzen und über *meine* Probleme sprechen.«

Die Oberschwester erschien. »Dot, der Rollstuhl ist da. Sie holen ihn sich besser, bevor ihn sich ein anderer schnappt.«

»Dann bewachen Sie ihn«, sagte Dot. Sie widersprach einer Vorgesetzten? Bei uns in der Unfallstation wäre sie sofort entlassen worden. »Also verweigern Sie die Behandlung? Wenn Sie es in sich reinfressen, wird es irgendwann trotzdem rauskommen.«

»Danke für Ihre Besorgnis«, erwiderte ich. Es war gewöhnungsbedürftig, dass Amerikaner einem ständig ungefragt Ratschläge gaben.

Nachdem Dot mir erklärt hatte, alle Akten seien vertraulich und würden nicht nach Polen geschickt, war ich bereit, mit Dr. Krazny zu sprechen. Das mit der Vertraulichkeit bezweifelte ich zwar, aber ich hielt es für riskanter abzulehnen.

Das Büro der Ärztin war ordentlich, aber eng, was meine Nerven nicht gerade beruhigte. Durch das kleine Fenster sah ich Schneeflocken im Wind tanzen. Zu meiner Überraschung war die Ärztin noch jung. Sie trug eine hübsche schwarze Brille, die sich an den Enden nach oben bog. Ihr Diplom an der Wand schien neu zu sein. Wahrscheinlich frisch von der Universität. Unerfahren genug, um mich als geisteskrank abzustempeln? Ich würde Ruhe bewahren müssen.

Sie blickte kaum auf, als ein Pfleger mich hereinschob. »Sie sind spät dran. Die Hälfte der Zeit ist bereits um.«

»Vielleicht war es ein Fehler herzukommen«, entgegnete ich.

»Sie können jederzeit gehen.«

Gab es im Mount Sinai denn keine netteren Ärzte? »Sie sind so jung …«

Die Ärztin setzte die Verschlusskappe auf ihren Stift und warf ihn auf den Tisch. »Wir wollen hier nicht über mich reden.«

Ich zog an den Gummireifen meines Rollstuhls, aber der Pfleger hatte die Bremse festgestellt.

»Ich möchte hier nicht bleiben«, sagte ich.

Die Ärztin lehnte sich zurück. »In diesem Land können Sie frei entscheiden.«

Ich presste die Zeigefinger aneinander. »Erstens bin ich nicht psychisch labil.«

»Ich bin Psychiaterin. Ich bin zum Reden da.«

Sollte ich ihr von dem Käsebrot erzählen?

»In Polen haben wir auch Psychiater«, sagte ich.

»Soweit ich gehört habe, einen je fünftausend Einwohner. Muss recht schwierig sein, einen Termin zu kriegen.«

»Es wäre einfacher, wenn die Deutschen sie nicht alle umgebracht hätten.«

Die Ärztin griff nach meiner Akte. »Hier steht, Sie leiden an Schlafstörungen ...«

»Meine Schwester ist Ärztin. Sie hat es ihnen erzählt.«

»... und haben Schwierigkeiten, in beengten Räumen zu atmen. Vermutlich handelt es sich um klaustrophobische, im Erwachsenenalter erworbene Panikattacken.«

»Ich bin Krankenschwester. Ich weiß, wie man so etwas nennt.«

»Dann wissen Sie auch, was man dagegen tut? Und kommen Sie voran?« Sie musterte mich. »Sie waren in einem Lager.«

»Das steht in meiner Akte.«

»Ravensbrück. Nur Frauen?«

»Ja.«

»Folter?«

»Jeder Tag war Folter.«

Das entlockte Dr. Krazny ein schiefes Lächeln.

»Ich brauche kein Mitleid.«

Dr. Krazny richtete sich auf. »Ich verstehe.«

Sie studierte die Akte.

»Ihre Mutter ...«, begann sie.

Ich holte tief Luft. »Sie wollte mir ein Käsebrot bringen und wurde deshalb mit mir zusammen verhaftet.«

»Hoffentlich glauben Sie nicht, dass das Ihre Schuld war.«

Ich betrachtete meine Fingernägel. Natürlich war es meine Schuld.

»Sie ist nicht mit Ihnen aus dem Lager zurückgekehrt?«

»Sie ist verschwunden. Ich weiß nicht, was geschehen ist.«

»Haben Sie eine Theorie?«

»Ich denke nicht darüber nach.«

»Keine Vermutung?«

Ich beobachtete, wie sich ein kleiner Tornado aus Schnee auf dem Fenstersims drehte.

»Es sind dort so viele Dinge passiert«, antwortete ich.

»Möchten Sie das näher ausführen? So funktioniert das hier nämlich.«

Ich strich mir das Haar aus der Stirn. »Sie ist einfach verschwunden. Sie hat einer Ärztin geholfen.«

»Ist die Ärztin für ihren Tod verantwortlich?«

»Ich weiß es nicht.«

»Keine Vermutung?«

»So einfach ist das nicht. Sie begreifen das nicht.« Schnee klebte an der Fensterscheibe und schloss uns ein. Ich rang nach Atem. Nicht jetzt, jetzt war nicht der richtige Moment für eine Attacke. »Viele Kollegen dieser Ärztin wurden hingerichtet, aber sie sitzt bloß im Gefängnis.«

»Wie geht es Ihnen damit?«

»Gut. Solange sie drinnen bleibt.«

»Wann hat sie ihre Strafe abgesessen?«

»Erst 1967. Es reicht, wenn ich mich dann damit befasse.«

»Fänden Sie es besser, wenn sie auch hingerichtet worden wäre?«

»Nein.«

Dr. Krazny sah mich an und zog die Augenbrauen hoch. »Warum nicht?«

»Sie weiß, was meiner Mutter zugestoßen ist.«

»Wie war Ihr Verhältnis zu Ihrer Mutter? Haben Sie sie geliebt?«

»Natürlich. Ich war ihr Lieblingskind. Was tut das hier zur Sache?« Ich kniff mir in die Hand, um die Tränen zu unterdrücken.

Die Ärztin schüttelte den Kopf. »Ich bin mir nicht sicher.«

»Keine *Vermutung,* Doktor?«

Dr. Krazny nahm die Brille ab und polierte die Gläser.

»Ich weiß, dass ungeklärte Fragen der Psyche schaden können. Sie können Feindseligkeit auslösen. Beziehungen zerstören.« Sie setzte die Brille wieder auf und betrachtete mich eine Weile. »Ich gebe meinen Patienten nur selten Ratschläge, Mrs. Bakoski ...«

»Dann brauchen Sie jetzt nicht damit anzufangen.«

»Sie haben Glück, dass Sie noch leben.«

»Glück?« Meine Handflächen waren schweißnass. »Verschonen Sie mich.«

»Sie haben gelitten und sind trotzdem hier.«

»Manchmal bedaure ich das. Sie ahnen ja nicht, wie es dort war.«

»Ich weiß, dass Sie sich wegen des Verlusts Ihrer Mutter an Ihre Trauer klammern. Schließlich ist es das Einzige, was Sie noch von ihr haben, richtig? Wenn Sie die Trauer loslassen, lassen Sie Ihre Mutter los.«

Ich wandte das Gesicht zum Fenster.

»Außerdem weiß ich, dass noch jede Menge Arbeit vor Ihnen liegt, und Sie müssen sie in Angriff nehmen. Das ist das Geheimnis der Heilung.« Die Ärztin sammelte ihre Papiere ein und klopfte damit auf den Schreibtisch.

»Pfleger«, rief sie. »Mrs. Bakoski muss in ihr Zimmer begleitet werden.«

»Ich schaffe es schon allein«, sagte ich.

Die Ärztin beugte sich zu mir vor.

»Hören Sie, Mrs. Bakoski, Sie werden keine Fortschritte machen, ehe Sie Ihrer Wut nicht auf den Grund gehen. Ich würde das Mitgefühl annehmen, das andere nur entgegenbringen ... Sie brauchen jede Hilfe, die Sie kriegen können.«

Über Weihnachten fuhr Caroline mit uns in ihr Ferienhaus, das sie »The Hay« nannte. Es lag nördlich von New York in Bethlehem, Connecticut. Mit Tränen in den Augen erzählte sie uns, ihr verstorbener Vater habe das Haus nach dem Anwesen benannt, das seine Familie einst in England besaß.

Sie sagte, die Luft sei dort sauberer und fördere die Genesung. Vielleicht stimmte das auch, denn bald unternahm ich kurze Spaziergänge. Zuzanna und ich fühlten uns in Carolines Haus so viel besser. Möglicherweise hatte das etwas mit Carolines Mutter zu tun, denn Mrs. Ferriday behandelte uns wie Königinnen. Vom ersten Tag an, als sie uns in polnischer Tracht an der Tür empfing, bis zu unserem Aufbruch nach Kalifornien bemutterte sie uns wie ihre eigenen Kinder. Sie hatte sogar polnische Redewendungen gelernt, damit wir uns besser eingewöhnten.

Es war so wundervoll, ganz normal einen Fuß vor den anderen setzen zu können! Mrs. Ferriday lieh mir ihren Pelzmantel, und wir schlenderten Arm in Arm über ihr

Grundstück. Zu einer warmen Scheune, wo es nach süßem Heu und Pferden roch und wo Sonnenstrahlen durch die hohen Fenster hereinströmten. Zum Spielhaus, das Caroline als Kind benutzt hatte. Es war ein Miniaturnachbau des Haupthauses, selbst der Ofen funktionierte.

Doch obwohl wir so verwöhnt wurden, ließen mich das Heimweh und die Sehnsucht nach Pietrik und Halina nicht los. Dass Caroline Zuzanna bevorzugte, machte es auch nicht besser. Die beiden standen jeden Morgen früh auf, steckten am Küchentisch die Köpfe zusammen, erzählten einander Geschichten oder lachten über einen Witz, den ich nicht verstand. Es war nachvollziehbar; alle liebten Zuzanna. Aber so dankbar ich den Ferridays auch war, wollte ich meine Schwester zurück.

Ich versuchte, die Dinge positiv zu sehen. Es war schön, das Weihnachtsfest in Bethlehem zu verbringen. Caroline ging mit uns überallhin: zu dem kleinen Laden auf der anderen Seite des Dorfangers, Merrill Brothers, wo es alles gab, was das Herz begehrte, sogar Melonen und grüne Bohnen im Winter. Zur Messe in der Abbey of Regina Laudis, wo die Klosterfrauen wunderschöne, bewegende Lieder sangen. Eines Sonntags, als der Chauffeur freihatte, fuhr Caroline uns zur Messe – in ihrem langen grünen Auto, das so groß war, dass wir alle, sogar Serge, der russische Koch, hineinpassten und noch Platz für weitere Personen gewesen wäre. Caroline starrte geradeaus und umklammerte das Lenkrad so fest, dass ich befürchtete, sie könnte es zerbrechen. Später vertraute Mrs. Ferriday mir an, die Leute in der Stadt mieden die Straßen, wenn es sich herumsprach, dass Caroline dieses Auto benutzte.

Am glücklichsten war ich jedoch im Haus, denn The Hay war das Schönste, was ich je gesehen hatte: hoch, weiß, mit schwarzen Fensterläden und geräumig genug, um eine zehnköpfige Familie unterzubringen. Die Möbel waren recht alt, aber sehr hübsch, ebenso wie die Vorhänge im Wohnzimmer, die Mrs. Ferriday selbst genäht hatte und die mit kunstvoller Krüwelstickerei verziert waren. Die Scheune beherbergte drei Pferde, einen prächtigen Deutschen Schäferhund namens Lucky (anfangs hatten Zuzanna und ich eine Heidenangst vor ihm, doch er entpuppte sich als sanfter, treuer Gefährte), viele Schafe und Hühner und ein Schwein, das Caroline auf Schritt und Tritt folgte. Sie sprach Französisch mit ihm.

»Komm, *chérie*«, sagte sie, wenn es hinter ihr her trottete. *»Dépêche toi. Tu es belle, mais cela ne signifie pas que je vais attendre.«* Du magst schön sein, aber das heißt nicht, dass ich auf dich warte.

Das Schwein lief Caroline sogar manchmal ins Haus nach und kletterte mühsam die Treppe hinauf bis in ihr Zimmer.

In Connecticut war Caroline wie ausgewechselt. Bekleidet mit Hosen und einem Jägerhut mistete sie die Ställe aus und stieg sogar mit der alten Flinte ihres Vaters aufs Dach, um Hasen zu erschießen, die sonst ihren Salat gefressen hätten. Das war die Lösung des Rätsels, warum die Frau nicht verheiratet war.

Am Weihnachtstag war ich traurig, weil Pietrik und Halina sich am anderen Ende der Welt befanden. Natürlich schrieben wir einander Briefe, und zu Weihnachten schickte Pietrik mir ein Päckchen mit meinen Lieblingssüßigkeiten und einer Bleistiftzeichnung von Papa und Marthe, die Halina angefertigt hatte. Dennoch konnte ich die Tränen nicht zurückhalten.

Es half mir, Zuzanna in meiner Nähe zu haben. Zuzanna hatte anders als ich keinen chirurgischen Eingriff nötig gehabt, sondern sich einer Chemotherapie unterziehen müssen, um den Krebs zu bekämpfen. Weil sie immer noch sehr schwach war, setzte Caroline uns am Weihnachtstag nebeneinander ins Wohnzimmer an den warmen Kamin, ich im Rollstuhl, Zuzanna im Lehnsessel von Carolines Vater. Es war mein Lieblingszimmer im Haus, weil man Blick auf den Garten, die hohen Hecken und die gepflegten Buchsbaumrabatten hatte, die selbst im Winter schön waren.

Wir saßen am Kamin, gegenüber vom Weihnachtsbaum. Der Engel auf der Spitze streifte die Decke. Caroline hatte für jede von uns eine Überraschung unter den Baum gelegt. Ich bekam einen Stapel Bücher, unter anderem *Die Kraft positiven Denkens* von Norman Vincent Peale. Ich hatte gar nicht an ein Geschenk für Caroline gedacht, doch Zuzanna hatte für Caroline und Mrs. Ferriday einen Scherenschnitt gebastelt, der das Haus und all ihre Tiere zeigte. Die Pferde, das Schwein, die Hühner, die Katzen, ja sogar Lucky und den afrikanischen Graupapageien. Zuzanna behauptete, das Kunstwerk sei von uns beiden, aber es war offensichtlich, von wem es stammte.

Mrs. Ferriday hatte Serge gebeten, die traditionellen zwölf polnischen Gerichte zum Abendessen zu kochen. Wir verspeisten alles, nur unterbrochen von aufrichtigem Lob. Nach dem Essen schob Mrs. Ferriday mich in die große, alte Küche im hinteren Teil des Hauses. Dieser Raum mit seinem schwarz-weiß gefliesten Boden und dem weißen Porzellanbecken war groß genug, um einen kleinen Erwachsenen darin zu baden, und mein zweitliebster.

Ich saß mit Caroline und Mrs. Ferriday am Tisch und

sah zu, wie Zuzanna und Serge zusammen das Geschirr spülten. Obwohl meine Schwester noch wackelig auf den Beinen war, hatte sie darauf bestanden. Durch die Behandlung waren ihr sämtliche Haare ausgefallen, sodass sie nun völlig kahl war wie damals im Lager. Sie hatte sich einen von Carolines Schals um den Kopf gebunden wie eine Bäuerin beim Melken. Serge wich ihr selbst nach dem Abendessen den ganzen Abend nicht von der Seite. Ich wusste, dass sie inzwischen mehr als nur Freunde waren. Ich hatte nämlich beobachtet, wie sie sich kurz vor dem Morgengrauen vom Dienstbotenflügel in unser Zimmer geschlichen hatte. Der Gedanke trieb mir die Tränen in die Augen. Wie konnte meine Schwester Geheimnisse vor mir haben?

Caroline schenkte uns allen Kaffee ein. Matka wäre sicher gern dabei gewesen. Schon allein wegen des Kaffees. Mrs. Ferriday öffnete eine Packung meiner Lieblingskekse, Fig Newtons, und goss jeder von uns ein fingerhutgroßes Gläschen Orangenlikör ein.

»Wie waren Zuzannas Laborergebnisse?«, erkundigte sie sich.

»Sie haben sich gebessert«, antwortete Caroline. »Die Ärzte sind optimistisch.«

»Das sind wunderbare Nachrichten, Zuzanna«, meinte Mrs. Ferriday. »Aber du könntest weitere Behandlungen brauchen.«

Zuzanna lächelte. »Dann könnte ich vielleicht für immer bleiben.«

Serge erwiderte ihr Lächeln. Nur einem Dummkopf wäre entgangen, dass die beiden einander anhimmelten. Ein Russe? Auf eine russisch bäuerliche Art sah er recht gut aus. Aber was würde Papa dazu sagen?

»Lass uns zuerst nach Kalifornien fliegen«, verkündete ich. »Ich kann es kaum erwarten, mir die Häuser der Filmstars anzuschauen. Es heißt, am Rodeo Drive wimmle es nur so von ihnen.«

»Du musst unbedingt alle Kalifornier anlächeln«, pflichtete Mrs. Ferriday mir bei. »Der Zahn ist wirklich wundervoll geworden, Liebes.«

Lächelnd fuhr ich mit der Zunge über meinen neuen Eckzahn, der den alten, faulen ersetzt hatte. Wie würde Pietrik mein verändertes Lächeln finden?

Ich zerbiss einen Fig Newton in zwei Hälften und spülte den Keks mit Likör hinunter. In einem Schluck, wie wir es zu Hause mit Wodka taten.

Caroline schnupperte an der Sahne und goss ein wenig davon in ihren Kaffee. »In Los Angeles gibt es interessantere Dinge zu sehen als Prominente. Die Asphaltgruben in La Brea zum Beispiel.«

»Sterbende, in Teer konservierte Tiere?«, widersprach Mrs. Ferriday. »Wie ekelhaft. Lass diese Frauen doch ein bisschen Spaß haben, Schatz.«

Ein Jammer, dass Mrs. Ferriday uns nicht nach Kalifornien begleiten würde. Sie griff nach der Likörflasche und wollte mein Glas nachfüllen.

Caroline nahm ihr die Flasche ab. »Keinen Alkohol mehr für die Mädchen, Mutter.«

»Gütiger Himmel, Caroline. Es ist Weihnachten.«

»Kasia hatte bereits zu viel. Sie ist noch nicht wieder ganz gesund, Mutter.«

»Ein kleiner Schluck hat noch keinem Patienten geschadet. Die Woolseys haben das Zahnfleisch von Babys mit Brandy eingerieben.«

Caroline stand auf, schnappte sich die Flasche vom

Tisch und stellte sie auf die Arbeitsfläche. Mrs. Ferriday grinste mir zu und verdrehte die Augen. Caroline hatte ein solches Glück, so eine Mutter zu haben.

Zuzanna und Serge hatten nichts davon mitbekommen. Noch nie waren zwei Menschen beim Geschirrspülen derart glücklich gewesen. Sie lachten und stupsten einander mit seifigen Fingern an.

Caroline hob ihre Kaffeetasse, um einen Trinkspruch auszubringen. »Fröhliche Weihnachten uns allen.«

»Wesołych Świąt«, riefen Mrs. Ferriday und ich und stießen mit unseren leeren Gläsern an.

Fröhliche Weihnachten.

Kapitel 43

KASIA

1959

Im folgenden Frühling reisten wir alle aus den verschiedenen Städten an und trafen uns am San Francisco International Airport. Inzwischen waren wir schon viele Monate fort und hatten Heimweh. Allerdings hatte San Francisco noch nie so viele glückliche Polinnen erlebt. Sogar Janina kam aus Frankreich zu uns. Mit Anises Hilfe war sie wieder gesund geworden und hatte in Paris die Friseurakademie besucht, was Wunder für unsere Frisuren wirkte. Ach, wie wir Kalifornien liebten! Die Luft war frisch und sauber, und diejenigen, die den Winter im kalten Neuengland verbracht hatten, genossen den Sonnenschein.

So schön San Francisco auch sein mochte, war Los Angeles doch der Höhepunkt unserer Westküstenreise. Allein das Geschnatter im Bus! Wo zuerst hinfahren? Grauman's Chinese Theatre? Rodeo Drive? Und das Beste war, dass ich tatsächlich gehen konnte. Es tat zwar noch immer ein wenig weh, aber von einem Hinken war nichts mehr zu bemerken. Außerdem hatte der plastische Chirurg meine Wade geglättet und dafür gesorgt, dass mein Bein normaler aussah. Dr. Rusk hatte mir einige Schmerztabletten verschrieben, und ich hätte den ganzen Tag den Rodeo Drive auf und ab laufen können.

Wir besuchten Disneyland, von dem wir schon so viel gehört hatten. Sechsunddreißig von uns trafen in einem klimatisierten Bus ein. Caroline filmte alles mit ihrer Acht-Millimeter-Kamera wie eine Hollywood-Regisseurin. Sie hatte ihre Gitarre mitgebracht und spielte uns beim Mittagessen etwas vor. Wir hatten einen angenehmen Vormittag. Frontierland gefiel uns besonders gut. Wir fuhren auf einem Holzfloß zu Tom Sawyer Island. Zuzanna war ganz vernarrt in die Drei Kleinen Schweinchen. Irgendwie hatten die drei armen Geschöpfe es ihr angetan – eingezwängt in gepolsterte menschliche Kleidung und mit aufgemalten Augenbrauen auf ihren Pappmacheeköpfen, die ihnen ein dauerhaft erstauntes Aussehen verliehen. Als Zuzanna von ihrer Begeisterung erzählte, knipste Caroline eine Million Fotos von meiner Schwester und diesen überlebensgroßen, kahlen Schweinen.

Nur am Casey Jr. Circus Ride wurde die Lage ein wenig angespannt. Es handelte sich um einen Kinderzug, der den Rand des Geländes abfuhr. Obwohl es kein besonders furchterregendes Fahrgeschäft war, hatte uns sein schrilles Pfeifen den ganzen Tag durch den Freizeitpark verfolgt. Als wir einsteigen sollten, war Janina dazu nicht in der Lage. Es war schwierig, nicht an jenen anderen Zug zu denken, in dem wir deportiert worden waren.

Nach Kalifornien setzten wir unsere Reise quer durch Amerika fort und machten am Grand Canyon und in Las Vegas Station. Zuzanna dachte, sie hätte den einarmigen Banditen beschädigt, als die Lichter zu blinken begannen und Münzen herauspurzelten. Als wir Washington,

D. C., erreichten und einer Sitzung des Kongresses beiwohnen durften, fühlten wir uns endgültig wie richtige Filmstars.

Zurück in New York verteilten wir uns auf verschiedene Familien, bei denen wir die letzte Woche verbringen sollten. Zuzanna und ich waren weiterhin Carolines Gäste, diesmal in ihrer New Yorker Wohnung. Caroline bemutterte meine Schwester wie eine Glucke und schenkte ihr ein Nachthemd und Pantoffeln. Als die Ärzte Zuzanna die gute Nachricht überbrachten, dass der Krebs eindeutig auf dem Rückzug sei, kaufte Caroline uns zur Feier des Tages bei Bergdorf Goodman neue Kleider. Noch nie hatte man eine so glückliche Frau erlebt. Man hätte meinen können, dass Caroline Zuzannas Mutter wäre.

Wenn ihr Appetit ein Hinweis war, erholte sich meine Schwester in Rekordgeschwindigkeit. Vielleicht hatte es ja damit zu tun, dass wir in Manhattan, an einem Ort waren, von dem Zuzanna immer geträumt hatte. Es konnte auch damit zusammenhängen, dass Carolines russischer Koch sie mit polnischen Gerichten verwöhnte.

Möglicherweise lag es auch am Automatenrestaurant.

»Wenn ich sterbe, dann bitte hier«, verkündete Zuzanna und hielt ihre weiße Porzellantasse unter den silbernen, delphinförmigen Hahn. Dunkler, duftender Kaffee floss heraus.

Wenn New York unser Oz war, war das Automatenrestaurant *Die dunkle Welt von Oz.* Laut Aufschrift auf dem kostenlosen Streichholzbriefchen lautete der vollständige Name AUTOMAT HORN & HARDART AT FIFTY-SEVENTH STREET AND SIXTH. Drinnen war es so warm, dass man den Mantel ausziehen konnte, und das Essen erschien wie von Zauberhand. Freundliche, schwarz gekleidete Frauen, die Geldwechslerinnen, saßen mit Gummikappen auf den Fingerspitzen hinter den Schaltern und tauschten Geldscheine gegen Münzen um. Wenn man fünf Cent in den Schlitz neben dem Gericht warf, auf das man Appetit hatte, öffnete sich ein Türchen. Man konnte nach Belieben zwischen gekochtem Hühnerfleisch, Apfelkuchen oder weißen Bohnen in Tomatensoße mit brauner Zuckerkruste wählen. Über vierhundert verschiedene Speisen! Am liebsten hätten wir jeden Tag dort gegessen.

Zuzanna und ich fielen in New York nicht weiter auf. In unseren neuen Kleidern von Bergdorf Goodman wurden wir unserem neuen Namen gerecht: die Ravensbrück Ladys. Es war kaum zu glauben, dass unsere Reise bald vorbei wäre. Wir würden abfliegen und all das hinter uns lassen müssen. Dennoch konnte ich es kaum erwarten, wieder zu Hause zu sein und Pietrik und Halina zu sehen. So schwer es mir auch fiel, das zuzugeben, würde ich sogar Caroline vermissen, die so viel für uns getan hatte. Aber ich freute mich darauf, Zuzanna endlich wieder für mich zu haben. Auf dem Heimflug würden wir lachen und über unsere Erlebnisse reden.

Zuzanna stellte ihr Tablett mir gegenüber ab.

»Ich werde dick, Kasia. Du magst doch Kartoffelpüree.«

Auf ihrem Teller rollten smaragdgrüne Erbsen auf einem Berg aus Kartoffelpüree herum. Gekrönt wurde das Ganze von einem Pfützchen brauner Soße.

Eine Frau trat mit einer Kaffeekanne an unseren Tisch und wollte meine Tasse nachfüllen.

»Nein«, sagte ich und hielt die Hand darüber, denn ich hatte keinen zweiten Kaffee bestellt.

»Du bekommst kostenlos nachgeschenkt«, erklärte Zuzanna.

New York steckte voller derartiger Überraschungen.

Zuzanna tunkte ihre Gabel ins Kartoffelpüree, spießte ein paar Erbsen auf und schob sie sich in den Mund. Sie sah hinreißend aus, wie ein Mannequin.

»Was hätten wir damals für Erbsen gegeben«, seufzte sie.

Sie brachte es nicht über sich, den Namen Ravensbrück auszusprechen.

»Wenigstens hockt Herta Oberheuser jetzt in einer kalten Zelle und frisst Bohnen aus der Dose.«

»Du solltest dir überlegen, ob du nicht endlich loslassen willst, Kasia.«

»Ich werde ihnen niemals verzeihen, falls du das meinst.«

»Wenn du dich an den Hass klammerst, schadest du dir nur selbst.«

Eigentlich ging mir meine Schwester nur selten auf die Nerven, aber jetzt ärgerte mich ihre positive Haltung. Wie sollte ich jemals *verzeihen*? An manchen Tagen war der Hass das Einzige, was mich am Leben erhielt.

Ich wechselte das Thema.

»Es freut mich, dass du an Gewicht zulegst«, meinte ich. »Papa wird dich nicht wiedererkennen. Du bist ein völlig neuer Mensch. Allerdings einer, der seine Sachen noch nicht gepackt hat.«

Zuzanna starrte auf ihre Kartoffeln.

»Ich muss dich um einen Gefallen bitten, Kasia.«

Ich lächelte. Für meine Schwester hätte ich alles getan. Ich fuhr mit der Zungenspitze über meinen neuen Zahn, hatte Angst, er könnte sich in Luft aufgelöst haben. Der Zahn war mein liebstes Reisesouvenir. Glatt und makellos und genau von der gleichen Farbe wie meine übrigen Zähne. Inzwischen lächelte ich aus reinem Vergnügen.

Eine Gruppe junger Leute betrat das Automatenrestaurant und setzte sich an einen Tisch. Ein Junge und ein Mädchen küssten sich lang und leidenschaftlich. In aller Öffentlichkeit. Wie frei und glücklich sie waren. Das konnte ich dank meiner neuen schicken Brille genau beobachten.

»Was immer du möchtest.«

Zuzanna nahm eine Mappe aus ihrer Handtasche und schob sie neben mein Tablett.

»Ich brauche deine Hilfe. Bei einer Entscheidung.«

Ich klappte die Mappe auf und blätterte die Fotos darin durch. Es waren sechs oder sieben Porträtaufnahmen in Schwarz-Weiß, die aussahen wie Passfotos. Alle stellten Kinder dar, einige noch Babys, andere älter.

Ich schlug die Mappe zu. »Was ist das?«

Zuzanna drückte mit den Zinken ihrer Gabel kleine Gartenzäune in ihr Püree. »Die Mappe hat mir Caroline gegeben.«

»Wozu?« Ich griff nach ihrer freien Hand. »Zuzanna, was ist los?«

Sie entzog mir die Hand. »Ich wollte es dir schon länger sagen. Als ich letzte Woche im Krankenhaus war, hat man mich wegen eines Falls nach meiner Meinung gefragt.«

»Das wirst du ständig. Was ist daran so besonders?«

»Man hat mir angeboten, ein Seminar zu halten.«

»Hier?«, fragte ich.

»Ja, hier. Wo sonst, Kasia? Ich habe Caroline gebeten, mein Visum zu verlängern.«

»Du kommst nicht nach Hause?« Weshalb hatte ich darum gekämpft, dass sie uns begleiten durfte, nur um sie nun doch zu verlieren?

»Natürlich komme ich nach Hause. Mach dich nicht lächerlich. Man hat mir nur eine Sondergenehmigung als Ärztin gewährt.«

»Es ist der Koch, richtig?« Warum hatte ich das nur so lange geduldet?

Zuzanna bedachte mich mit einem ernsten Ärztinnenblick. »Er hat einen Namen, Kasia.«

»Papa kriegt einen Schlaganfall. Ich werde nicht diejenige sein, die es ihm beibringt.«

»Die Kinder auf den Fotos suchen ein Zuhause. Einer namens Julien hat beide Eltern bei einem Autounfall in Ingonish auf Cape Breton Island in Kanada verloren.«

»Dafür gibt es Waisenhäuser.«

»Er ist ein *Kleinkind*, Kasia. Caroline sagt, wenn Serge und ich, nun, in geordneten Verhältnissen lebten ...«

»Du willst ihn *heiraten*? Das soll doch hoffentlich ein Scherz sein.«

»... dann könnte sie uns bei einer Adoption helfen. Sobald ich wieder ganz gesund bin. Wir möchten gemeinsam ein Restaurant eröffnen. Anfangs hauptsächlich Crêpes und Quiches ...«

»Also soll ich allein nach Hause fliegen, während du hierbleibst, einen russischen Koch heiratest, ein französisches Restaurant aufmachst und ein fremdes Kind großziehst?«

»Ich bin vierundvierzig Jahre alt und habe in dieser Hinsicht keine andere Wahl, Kasia. Du hast bereits eine Familie. Das ist meine einzige Chance.«

»Zu Hause kannst du ...«

»*Was* denn? Mich im Krankenhaus totschuften? Die Babys anderer Leute entbinden? Hast du eine Vorstellung davon, wie das ist? Ich werde alles Menschenmögliche tun, um in den Jahren, die mir noch bleiben, ein schönes Leben zu führen. Und dir schlage ich vor, es auch so zu machen. Matka würde es so wollen.«

»Was weißt du schon von Matka? Glaubst du, sie wäre damit einverstanden, dass du mit einem russischen Koch schläfst und Lublin den Rücken kehrst?«

Zuzanna griff nach der Mappe und verstaute sie in ihrer Handtasche.

»Ich werde vergessen, was du da gerade gesagt hast, liebe Schwester.«

Ohne sich umzuschauen, ging sie hinaus und ließ mich mit ihrem Tablett zurück. Das Kartoffelpüree hatte sie kaum angerührt.

Für die restlichen Tage unseres Aufenthalts fuhr Caroline mit uns nach The Hay. An meinem letzten Morgen in Connecticut schreckte ich aus einem Traum hoch, in dem ich Hand in Hand mit meiner Mutter über endlose Weizenfelder geflogen war. Es war einer jener glücklichen Träume, die so lebensecht sind, dass man schwören könnte, sie hätten sich wirklich zugetragen. Bis ich bemerkte, dass ich nicht Matkas Hand gehalten hatte, sondern die kalte Hand von Herta Oberheuser.

Mit klopfendem Herzen setzte ich mich auf. Wo war ich? Wohlbehalten in Carolines Gästezimmer. Ich betastete das Bett neben mir. Kalt. War Zuzanna schon auf? Bestimmt war sie bei ihrem russischen Freund. Vielleicht war es ja gut, dass sie blieb. Hier wäre sie in Sicherheit und würde versorgt werden. Aber wie sollte ich es über mich bringen, ohne sie nach Lublin zurückzukehren?

Barfuß ging ich den Flur entlang und spähte in Carolines Schlafzimmer mit der hohen Decke und vorbei an ihrem ordentlich gemachten Himmelbett durch die großen Fenster hinaus in den Garten. In der Mitte einiger kreisförmig angeordneter gestutzter Buchsbaumhecken ragte eine geflügelte Putte auf und bewachte die Tulpen und Glockenblumen. Caroline kniete vor einem Rosenbeet. Dampf stieg aus der weißen Tasse auf, die neben ihr im Gras stand. Hinter ihr schwankte ein Meer aus Fliederbüschen in der Brise.

Ich ließ die Stille auf mich wirken, die Geborgenheit ausstrahlte. Als ich ausatmete, beschlug die Scheibe, und alles verschwamm zu einem hellgrünen und lavendelfarbenen Fleck. Sosehr ich mich auch nach Pietrik und Halina sehnte, fühlte ich mich hier in diesem alten Haus doch geborgen. Ein ganzer Ozean lag zwischen mir und meinen Problemen.

Ich zog mich an und ging auf der Suche nach meiner Schwester und einem heißen Kaffee nach unten. Da ich in der Küche nichts davon fand, stellte ich mich ans Küchenfenster und beobachtete Caroline im Garten. Sie trug Gartenhandschuhe aus Leinen, hatte das Haar mit einem Kopftuch zurückgebunden und war damit beschäftigt, rings um die dornigen Stämme Unkraut aus der Erde zu zupfen. Das Schwein schlief mit offenem Maul einen Steinwurf entfernt unter einem Fliederbusch und scharrte mit den Pfoten über den Boden, als renne es im Traum. Sollte ich zu ihnen gehen? Ich hatte keine Lust auf einen Vortrag.

Caroline bemerkte mich am Fenster und winkte mir mit der Harke zu.

Ich hatte keine andere Wahl.

»Hast du Zuzanna gesehen?«, fragte ich.

»Sie und Serge sind mit Mutter nach Woodbury gefahren. Komm und hilf mir beim Unkrautjäten, Liebes. Das ist gut für die Seele.«

Kaffee auch, dachte ich.

Ich ging den Kiesweg entlang und kniete mich neben Caroline. Hinter uns erhob sich das Haus wie ein gewaltiges weißes Schiff aus einem Meer aus violettem Flieder, der rings um das Fundament schwankte. Ich hatte noch nie Flieder in solchen Farben gesehen. Von einem dunklen, nahezu schwarzen, Auberginetonbis hin zu blassen Lavendeltönen.

»Entschuldige, dass ich mir den letzten Kaffee genommen habe«, meinte sie. »Der frühe Vogel fängt den Wurm.«

Ein Seitenhieb gegen mich? Ich achtete nicht darauf.

»Ich finde, du hast einen perfekten Garten angelegt«, sagte ich.

»Ach, das war Mutter. Wir waren kaum eingezogen, als Vater Landschaftsgärtner kommen ließ. Mutter war ziemlich überrascht, als die dann nach einem Plan gefragt haben. Sie hat einen Stift genommen, das Muster der traditionellen Aubusson-Teppiche abgemalt und den Männern die Zeichnung gegeben. Es wirkt ziemlich gut, finde ich.«

Der Geruch von Rosen und Flieder war so stark, dass man ihn fast mit Händen greifen konnte. »So ein wundervoller Duft«, stellte ich fest.

Caroline zog eine Löwenzahnblume mitsamt der haarigen Wurzel aus dem Boden und warf sie in ihren Eimer. »Morgens ist der Duft am stärksten. Wenn die Sonne höher steht, wird alles trocken, und die Blüten behalten ihren Duft für sich.«

Warum hatte ich noch nie mit Caroline über ihren Garten gesprochen? Schließlich liebten wir beide Blumen. Ich nahm einen Spaten aus dem Eimer und hebelte mit einem satten Plopp einen Setzling heraus. So arbeiteten wir wortlos weiter und wühlten mit unseren Spaten in der Erde. Nur das Zwitschern der Vögel in den nahen Bäumen und das leise Schnarchen von Carolines Schwein waren zu hören.

»Ich muss feststellen, dass du die Stütze deiner Familie bist, Kasia.«

Wie schön, dass sie mich lobte. »Kann sein.«

»Als ich dich das erste Mal auf dieser Bühne in Warschau sah, wusste ich sofort, dass du eine große innere Kraft besitzt.«

»Nicht wirklich. Seit meine Mutter ...«

Caroline legte mir eine behandschuhte Hand auf den Arm. »Offenbar war deine Mutter eine bemerkenswerte Frau. So wie du. Stark. Widerstandsfähig. Sicher hast du sie sehr geliebt.«

Ich nickte.

»Als mein Vater starb, dachte ich auch, mein Leben wäre vorbei. Es ist schon lange her, und trotzdem vergeht kein Tag, an dem ich mir nicht wünschte, er wäre hier.« Caroline wies auf die Fliederbüsche, die über uns schwankten. »Er hat sehr daran gehangen. Sie sind eine schöne Erinnerung an ihn, aber es ist auch schrecklich traurig mitanzusehen, wie sein geliebter Abraham-Lincoln-Flieder ohne ihn blüht.«

Als Caroline sich mit der Rückseite ihres Gartenhandschuhs die Wange abwischte, blieb unter dem Auge ein schwarzer Schmierer zurück. Sie zog die Handschuhe aus.

»Andererseits ist es auch sehr passend, dass der Flieder nur nach einem strengen Winter blüht. Das gefiel meinem Vater.«

Caroline strich mir sanft das Haar aus dem Gesicht. Wie oft hatte meine Mutter das nicht mit genau dieser

Geste getan? »Es ist ein Wunder, dass aus Leid so viel Schönes entsteht, findest du nicht?«

Plötzlich traten mir Tränen in die Augen, sodass das Gras vor mir verschwamm und ich nur noch nicken konnte.

Caroline lächelte. »Ich bitte Mr. Gardener, einige Fliederschösslinge einzupacken, damit du sie in Lublin einpflanzen kannst.«

»Für Zuzanna braucht er keine einzupacken.«

Caroline kauerte sich auf die Fersen. »Ich wollte es dir eigentlich früher erzählen.«

»Schon in Ordnung. Es ist gut so. Du hast ihr auf eine Weise geholfen, wie es mir nie möglich gewesen wäre. Sie wird wieder gesund. Sie wird ein Kind großziehen. Meiner Mutter hätte das gefallen. Ich weiß nicht, wie ich dir danken soll.«

Caroline drückte mir die Hand. »Das brauchst du nicht, liebe Kasia.«

»Zuzanna und ich haben so viel von dir bekommen. Ich wünschte mir, ich könnte dir etwas zurückgeben.«

»Ihr habt uns allen gutgetan. Insbesondere Mutter.«

Wir jäteten noch eine Weile schweigend weiter. Bethlehem würde mir fehlen.

Plötzlich drehte sich Caroline zu mir um. »Da wäre noch etwas, Kasia.«

»Was denn?«

»Eine Sache, die ich mit dir besprechen wollte.«

»Gern.«

»Es betrifft jemanden, den ... den du kanntest.«

»Wen?«

»Nun, Herta Oberheuser.«

Allein der Name sorgte dafür, dass mir übel wurde.

Ich stützte mich mit einer Hand ins Gras. »Was ist mit ihr?«

»Es tut mir schrecklich leid, aber meine Kontaktleute sagen, sie könnte vorzeitig entlassen worden sein.«

Ich stand mit dem Spaten in der Hand auf. Mir war schwindelig. »Unmöglich. Die Deutschen können sie nicht entlassen ...« Ich bekam keine Luft mehr.

»Soweit mir bekannt ist, waren es die Amerikaner. Bereits 1952. Ohne großes Aufsehen.«

Ich marschierte zum Haus und wieder zurück. »Sie war die ganze Zeit über draußen? Warum? Es hat einen Prozess gegeben, eine Verurteilung ...«

»Ich weiß es nicht, Kasia. Da die Russen versucht haben, amerikanische Ärzte abzuwerben, kann es sein, dass wir uns da einschmeicheln wollten. Die Deutschen schaffen es irgendwie, jeden Krieg zu verlieren und jeden Frieden zu gewinnen.«

»Deine Kontaktleute müssen sich irren.«

Caroline stand auf und berührte mich am Ärmel. »Ihrer Ansicht nach hat die westdeutsche Regierung Herta geholfen, sich in Stocksee in Norddeutschland niederzulassen. Vielleicht praktiziert sie wieder als Ärztin. Als Hausärztin.«

Ich schob ihre Hand weg. »Ich fasse es nicht. Diese Frau hat Menschen getötet und mir das angetan.« Ich hob meinen Rock.

Caroline trat auf mich zu. »Ich weiß, Kasia. Aber wir können den Kampf aufnehmen.«

Ich lachte auf. »Den *Kampf* aufnehmen? Wie soll das denn bitte funktionieren?«

»Zuerst brauchen wir jemanden, der sie eindeutig identifiziert.«

»Und dieser jemand wäre?«

»Nur, wenn es dir nicht zu viel würde.«

Die Sonne ging über den Bäumen auf und beschien warm meine Schultern. »Ob es mir zu *viel* würde? Ja, es ist mir zu viel!« Ich warf den Spaten in den Eimer, wo er scheppernd landete. »Wie kannst du mir vorschlagen, dass ich Herta Oberheuser besuche?« Plötzlich kam mir die Sonne zu heiß vor.

»Wir brauchen ein Foto oder ein offizielles Rezept aus ihrer Praxis. Sonst bleibt es nur ein Gerücht, dass sie wirklich dort ist.«

»Ich soll Herta Oberheuser fotografieren? Du machst Witze.«

»Ich besorge dir Reisedokumente und Geld.«

Verlangte sie wirklich von mir, dass ich Herta gegenübertrat? Ich rief mir ihr Gesicht ins Gedächtnis. Die Selbstzufriedenheit. Die gelangweilte Miene. Mir krampfte sich der Magen zusammen. Ich würde mich jeden Moment auf den makellos gestutzten Rasen übergeben müssen.

»Es tut mir leid. Du warst sehr gut zu uns. Aber nein danke.« Ich steuerte über den Kiesweg auf das Haus zu.

Caroline folgte mir. »Manchmal müssen wir für einen guten Zweck Opfer bringen.«

Ich blieb stehen und wandte mich um.

»Wir?« Wäre Zuzanna hier nicht in Sicherheit, während ich mich auf die Suche nach Herta machte?

»Bitte, überleg es dir, Liebes.«

»Aber …«

»Lass dir Zeit. Jetzt kochen wir erst mal Kaffee.«

Das Schwein wachte ruckartig auf, rappelte sich hoch und trottete hinter uns her, als wir zum Haus gingen. Unsere Schritte knirschten im Kies.

Es war ein angenehmes Gefühl, von Caroline gebraucht zu werden. Doch ich konnte ihr ihre Bitte unmöglich erfüllen. *Dr. Oberheuser* aufsuchen? Würde ich mit ihr sprechen müssen? Würde sie mich wiedererkennen? Sich an Matka erinnern?

Als wir das Haus erreichten, wurde mir klar, dass Caroline, was die Rosen betraf, recht hatte. Sobald die Sonne höher stand, war der Duft verschwunden.

Kapitel 44

KASIA

1959

In Lublin hatte sich vieles verändert. Ich war nur knapp neun Monate fort gewesen, aber es fühlte sich an wie zehn Jahre. Pietrik hatte unseren Hausstand in eine Betriebswohnung der Damenmodenfabrik in Lubgal am Stadtrand umgesiedelt, wo er arbeitete. Die Wohnung war zwar nicht größer als Carolines Küche in Connecticut, aber sie gehörte uns, nur uns dreien. Kein Papa. Keine Marthe. Zuzanna war bei Serge in Connecticut. Zwei Zimmer für uns allein.

Die Küche war so winzig, dass man sich kaum darin umdrehen konnte. Wenn ich im Krankenhaus freihatte, nähte ich blaue Vorhänge, die Matka begeistert hätten. Blaue Baumwolle mit Vögeln an den Säumen. Ich stellte die beiden kleinen Wodkaflaschen, die die Stewardess mir auf dem Heimflug gegeben hatte, aufs Küchenfensterbrett.

Pietrik schien glücklich zu sein, dass ich wieder zu Hause war. Hatte er mich vermisst? Er sagte es nicht, und ich würde ihn auch nicht danach fragen. Aber er hatte übers ganze Gesicht gelächelt, als er mich mit einer rosafarbenen Rose in der Hand vom Flughafen abgeholt hatte. Auch ich konnte dank meines neuen Zahns wieder lächeln. Vielleicht würde sich unsere Beziehung ja erholen. Warum war ich in seiner Gegenwart so beklommen? Immerhin war er mein *Ehemann*. Inzwischen fiel mir das Gehen so viel leichter. Allerdings waren die Tabletten, die der Arzt im Mount Sinai mir gegen die anhaltenden leichten Beschwerden verschrieben hatte, beinahe aufgebraucht, weshalb ich manchmal gereizt war. Doch ich war fest entschlossen, dafür zu sorgen, dass alles wieder gut würde. So wie es vor dem Krieg gewesen war.

Eines späten Nachmittags ging ich ins Postamt, um Papa zu besuchen. Er reichte mir ein Päckchen durch das Gitter am Schalter. »Das habe ich den Zensoren vor der Nase weggeschnappt«, raunte er.

Das Päckchen hatte etwa den Umfang eines Schuhkartons und war in braunes Papier gewickelt.

»Du solltest besser aufpassen, was deine Freunde dir schicken.«

Die Absenderadresse lautete *C. Ferriday, 31 East 50th St., New York, N.Y., USA*. Caroline war so schlau gewesen, das Päckchen nicht vom Konsulat aus abzusenden, denn dann wäre es sicher geöffnet worden. Allerdings war jeder Westkontakt verdächtig und würde in meiner Akte vermerkt werden.

»Und ein Brief von Zuzanna«, fügte Papa hinzu.

Trotz seines neugierigen Blicks schob ich beides unter meinen Mantel.

Ich eilte nach Hause und die drei Stockwerke hinauf. Endlich konnte ich wieder gehen wie ein normaler

Mensch. Halina hatte ein Schild an unserer Tür befestigt: KUNSTAUSSTELLUNG BEZIRK 10 – POLEN IN PLAKATEN. Es war sachlich und ausdrucksstark. Ein völlig neuer Stil. Wie hatte ich vergessen können, dass die Ausstellung heute Abend stattfand? Seit meiner Abreise hatte sich Halina mit erneuertem Feuereifer in die Malerei gestürzt. Ich versuchte, nicht darüber nachzudenken.

Ich stellte das braune Päckchen auf den Küchentisch und starrte es an. Ich ahnte, was sich darin befand.

Als ich hörte, wie ein Kieselstein das Küchenfenster traf, ging ich nachschauen, wer ihn geworfen hatte. Bestimmt Jungen aus der Nachbarschaft. Als ich das Fenster hochschob und schon losschimpfen wollte, sah ich Pietrik unten stehen.

»Es ist ein wunderschöner Tag«, sagte er. »Komm runter, spielen.«

»Du wirst mit deinen Steinen noch das Fenster kaputt machen«, erwiderte ich und stützte die Unterarme aufs Fensterbrett. Er war noch immer attraktiv und jungenhaft, auch wenn er am Bauch ein wenig zugelegt hatte. Dennoch blickten ihm überall die Frauen nach, wenn sie glaubten, dass ich es nicht bemerkte.

»Oder soll ich raufkommen und dich holen?«, fügte er grinsend hinzu und stemmte die Hände in die Hüften.

Ich schloss das Fenster. Wenige Sekunden später war er oben und betrat atemlos und mit geröteten Wangen die Wohnung. Als er mich küssen wollte, wandte ich mich ab.

»Ich bin dein Mann, schon vergessen?«, meinte er.

»Ich glaube, ich habe die Grippe. Meine Muskeln tun weh, und ich schwitze ständig.«

»Immer noch?«, sagte Pietrik. »Vielleicht liegt es daran, dass du diese Tabletten nicht mehr nimmst.«

»Keine Ahnung«, antwortete ich.

Pietrik berührte das Päckchen. »Was ist das?«

»Von Caroline«, erwiderte ich.

»Also?« Pietrik warf mir das Päckchen zu. »Mach es auf.«

Ich fing es auf. »Noch nicht.«

»Worauf wartest du, Kasia?«

»Ich weiß, was drin ist. Sie will, dass ich in eine deutsche Stadt namens Stocksee fahre, um jemanden zu identifizieren.«

»Wen?«

Ich stellte das Päckchen wieder auf den Tisch. »Herta Oberheuser.«

»Sie ist *draußen*?«, fragte Pietrik ungläubig.

»Man glaubt, dass sie dort wieder eine Arztpraxis betreibt, und braucht einen Augenzeugen, der weiß, wie sie aussieht.«

»Sie ist immer noch Ärztin? Und du fährst hin?«

Ich schwieg.

»Du müsstest besondere Papiere haben, Kasia. Und selbst das garantiert nicht, dass sie dich ausreisen lassen.«

»Die Papiere sind in dem Päckchen.«

»Und billig ist es auch nicht. Allein das Benzin ...«

»Das Geld ist auch da drin.« Wie ich Caroline kannte, hatte sie sicher Zlotys und D-Mark eingepackt.

Pietrik trat einen Schritt auf mich zu. »Dann musst du es tun, Kasia. Endlich können wir etwas unternehmen, um uns an ihnen zu rächen. Ich komme mit. Allerdings ist es verdammt schwierig, die Grenze zu überqueren. Weißt du, wie viele Menschen dabei gestorben sind?«

»Weil sie es illegal versucht haben. Legal fahren die Leute jeden Tag über die Grenze.«

»Inzwischen ist es komplizierter. Mehrere Zehntausend DDR-Soldaten patrouillieren die Grenze, teils Scharfschützen. Die schießen und stellen dann erst Fragen.«

Pietrik nahm meine Hand.

»Ich begleite dich. Halina kann bei deinen Eltern bleiben.«

»Ich habe das alles hinter mir, Pietrik. Den Untergrund. Ravensbrück. Ich muss nach vorn schauen.«

»Das ist ja gerade das Problem. Du kannst nicht nach vorn schauen. Hast du überhaupt zwei Worte mit deiner Tochter gewechselt, seit du wieder da bist?«

»Sie war mit dem Kunstunterricht beschäftigt ...«

»Sie hat dich vermisst, als du weg warst. Hat einen Kalender angelegt und jeden Tag durchgestrichen, den sie ohne dich verbringen musste.«

»Inzwischen arbeite ich Doppelschichten.«

Pietrik packte mich an den Schultern. »Kannst du dir nicht Zeit für sie nehmen?«

»Mittlerweile ist sie andauernd bei Marthe ...«

Er griff nach seiner Jacke, die über einem Stuhl hing.

»Immer sind die anderen schuld, Kasia.« Pietrik steuerte auf die Tür zu. »Du lernst es wohl nie.«

»Wo willst du hin?«, fragte ich.

»Zur Kunstausstellung deiner Tochter.«

Ich folgte ihm. Wie konnte er einfach gehen? »Und das Abendessen?«

»Ich esse anderswo.« An der Tür blieb er stehen. »Und denk gründlich darüber nach, ob du mit mir nach Stocksee fahren willst. Man kriegt nicht alle Tage so eine Chance, Kasia.«

Als ich mich umdrehte und die Tür ins Schloss fallen hörte, krampfte sich mir der Magen zusammen. Ich blickte ihm nach, als er mit den Händen in den Taschen davonmarschierte. Halina, die sich eine schwarze, von Bildern überquellende Mappe unter dem Arm geklemmt hatte, kam ihm entgegen. Sie umarmten einander, und dann trennten sich ihre Wege. Halina stieg die Treppe herauf zu unserer Wohnung. Als sie hereinkam, war ich noch immer wütend.

»Du siehst zum Fürchten aus«, stellte sie fest.

»Danke.«

»Kommst du heute Abend zu meiner Kunstausstellung? Ich habe gehofft, dass du da sein würdest.«

Mit jedem Tag verwandelte sich Halina auch äußerlich mehr in eine Künstlerin. Heute hatte sie ein altes, mit Farbe bespritztes Hemd von Pietrik an. Das Haar trug sie auf dem Oberkopf aufgetürmt wie damals meine Mutter. Ich konnte sie kaum ansehen; sie war Matka wie aus dem Gesicht geschnitten.

Ich schob Carolines Päckchen unter den Tisch. »Ich muss arbeiten.«

»Nie kommst du zu meinen Ausstellungen, Matka. Eine Lehrerin will mein Plakat kaufen.«

Ich schaute aus dem Fenster. »Am besten beeilst du dich, damit du Vater noch einholst. Er lädt dich zum Essen ein.«

»Bei der Ausstellung gibt es Käse«, antwortete Halina.

»Und wahrscheinlich Wodka.«

»Ja.«

Wenn die moderne Kunst nicht modern genug war, wirkte ein Pappbecher starken Alkohols Wunder.

»Jetzt lauf und such Vater«, sagte ich.

Halina ging, ohne sich zu verabschieden. Ich trat ans Fenster und wartete, bis sie hinaus auf die Straße trat.

Sie wirkte so klein. Würde sie sich umdrehen und winken? Nein. Zumindest hatte Halina mit einem Elternteil ein enges Verhältnis.

Ich öffnete Zuzannas Brief, der sehr kurz und präzise war, so wie immer, wenn sie schlechte Nachrichten hatte. Sie würde nicht wiederkommen. Sie hatte ihr Visum noch einmal verlängert und deutete an, eine Hochzeit sei in Vorbereitung. Allerdings hatte sie mir auch etwas Erfreuliches mitzuteilen. Die Ärzte im Mount Sinai seien sich einig, dass der Krebs nicht zurückgekehrt sei.

Zur Feier des Tages leerte ich daraufhin eines der Wodkafläschchen aus dem Flugzeug.

Es waren nur noch Haferflocken im Küchenschrank. Also aß ich eine Schale voll und schenkte mir ein Glas von Pietriks Wodka ein. Dafür, dass er in jemandes Keller hergestellt worden war, war er gar nicht so übel. Wie Papa zu sagen pflegte, konnte man die Kartoffeln noch herausschmecken. Er war aromatischer als der aus dem Flugzeug, und ich konnte ihn sogar bei mir behalten, solange ich mir nicht ausmalte, wie mein Mageninhalt, graue Haferflocken und Wodka, hin- und herschwappte.

Kein Wunder, dass Pietrik das Zeug nur selten trank. Es brachte meinen ganzen Körper zum Prickeln und wärmte mir Arme, Finger, Kopf und Ohren. Selbst mein Gehirn war wie betäubt, als ich in mein amerikanisches Kleid schlüpfte. Ich lächelte in den Spiegel. Seit ich meinen neuen Zahn hatte, konnte ich mich wieder anschauen. Warum sollte ich nicht gehen und den großen Abend meiner Tochter genießen? Die Nylonstrümpfe tarnten die wenigen verbliebenen Narben. Vielleicht würde sich sogar mein Mann freuen, mich zu sehen.

Bis zu Halinas Schule war es nur ein kurzer Fußweg.

Als ich die Turnhalle betrat, stellte ich fest, dass helle Scheinwerfer auf die an der Wand aus Betonsteinen hängenden Plakate gerichtet waren. Menschen schlenderten umher und bewunderten die Bilder der Schüler. Marthe und Papa standen am hinteren Ende des Raums und plauderten mit einem Paar, das nach Künstlerszene aussah. Auf einem Kartentisch waren Wodkaflaschen und ein Pappteller mit Käsewürfeln bereitgestellt worden.

»Du bist doch hier, Matka«, begrüßte Halina mich mit einem Lächeln. »Zum allerersten Mal. Komm mit, ich zeige dir alles.«

Pietrik stand mit der Hand an die Wand gestützt da und war in ein Gespräch mit einer Frau, die einen roten Hut trug, vertieft.

»Vielleicht esse ich vorher ein Stück Käse«, erwiderte ich. Plötzlich fiel mir das Atmen schwer.

Wir gingen zum Tisch mit den Erfrischungen, wo ich mir einige Käsewürfel und einen Pappbecher Wodka nahm.

»Seit wann trinkst du Wodka?«, fragte Halina.

»Es ist wichtig, mal etwas Neues auszuprobieren«, antwortete ich.

Ich kostete, legte den Kopf in den Nacken und kippte alles auf ex hinunter. Dieser hier war milder und schmeckte besser als der, den wir zu Hause hatten. Ich entwickelte mich noch zur Wodkafachfrau.

»Ich zeige dir mein Selbstporträt«, verkündete Halina und griff nach meiner Hand. Tränen brannten mir in den Augen. Wann hatte sie das letzte Mal meine Hand gehalten?

Halinas Arbeiten hingen alle zusammen an einer Wand. Sie waren farbenfroh, eindringlich und ausdrucksstark. Das Porträt einer Frau, eindeutig Marthe, beim Kochen, gemalt wie durch ein Kaleidoskop betrachtet. Daneben ein Fisch mit einem Auto als Körper, mitsamt Schalthebel und Maschinenteilen.

»Gefällt dir das in der Küche?«, erkundigte sich Halina.

»Das von Marthe? Die Farben sind sehr hübsch.«

»Das ist nicht Marthe, das bist du«, entgegnete sie. »Ich habe Blau genommen, deine Lieblingsfarbe.«

Wieder kamen mir die Tränen, und die Farben wirbelten endgültig durcheinander wie in einem Wasserglas.

»Ich?«, sagte ich. »Wie schön.«

»Aber jetzt musst du unbedingt mein Bestes sehen. Die Lehrerin möchte es kaufen, aber vielleicht behalte ich es.«

Ich versuchte, mir die Augen mit einer Serviette abzutupfen, während Halina mich weiter die Wand entlang zu ihrem Selbstporträt führte. Als ich vor dem Gemälde stand, war es, als schnappte es nach mir, so lebensecht war es.

»Und?«, fragte Halina.

Es war das größte Bild im Raum, das Gesicht einer Frau mit goldenem Haar und einer Dornenkrone auf dem Kopf.

Es war meine Mutter.

Mir wurde ganz heiß, und mir schwirrte der Kopf. »Ich muss mich setzen.«

»Es gefällt dir nicht.« Halina verschränkte die Arme vor der Brust.

»Doch, doch. Ich muss mich einfach nur setzen.«

Ich saß auf einem Klappstuhl und beobachtete, wie Pietrik mit seiner Bekannten lachte, während Halina mir noch einen Wodka holte. Es gab einen Grund, warum ich nicht oft ausging.

Halina packte Pietrik an der Hand und schleppte ihn zu mir herüber.

»Hier, Matka«, sagte sie und reichte mir den Becher Wodka.

»Welche zehn Pferde haben dich denn hergebracht?«, fragte Pietrik lächelnd.

»Du ganz bestimmt nicht«, entgegnete ich.

Pietriks Lächeln verflog. »Nicht hier, Kasia.«

»Hast du Spaß an der Ausstellung?«, erkundigte ich mich und wies mit dem Kinn auf den roten Hut. Ich sah nur noch verschwommen, und der Alkohol löste mir die Zunge.

»Hast du getrunken?«, fragte Pietrik.

»Es ist ja nicht so, dass nur du trinken darfst«, stellte ich fest und nippte an dem Pappbecher. Plötzlich waren meine Gedanken ganz klar.

Pietrik griff nach dem Becher. »Ich bringe dich nach Hause.«

Ich entriss ihm den Becher und stand auf, als Marthe und Papa sowie Halinas Kunstlehrerin auf uns zukamen.

»Sind Sie Halinas Mutter?«, erkundigte sich die Lehrerin, eine hübsche, dunkelhaarige Frau, die eine runde schwarze Brille und einen violetten Kaftan mit Fledermausärmeln trug. Sie legte einen Arm um Halinas Schulter.

»Halina und ich reden viel miteinander«, fuhr die Lehrerin fort. »Sie hält große Stücke auf Sie.«

»Ach, wirklich?«, entgegnete ich. »Sie gibt zu, dass sie eine Mutter hat?«

Alle lachten ein wenig zu laut. So lustig war das nicht gewesen.

»Ach, Kinder in der Pubertät«, seufzte die Lehrerin. »Haben Sie Halinas Selbstporträt gesehen? Mein Kollege an der Universität sagt, es sei sein Lieblingsstück hier.«

»Das ist meine Mutter«, erwiderte ich.

»Verzeihung?«, hakte die Lehrerin nach.

Marthe und Papa wechselten Blicke. Der Raum drehte sich wie in einem Spiegelkabinett auf dem Jahrmarkt.

»Halina hat *sich selbst* gemalt, Kasia«, widersprach Marthe.

Pietrik fasste mich am Arm.

»Wenn du meine Mutter gekannt hättest, würdest du heute nicht in ihrem Bett schlafen«, schleuderte ich ihr entgegen.

»Wir gehen nach Hause«, sagte Pietrik.

Ich entwand mich seinem festen Griff. »Vielleicht hat Halina es Ihnen in Ihren vielen Unterhaltungen ja nicht verraten, aber ich habe den Tod meiner Mutter verschuldet, weil ich im Untergrund war. Nach allem, was sie vorher für mich getan hatte ...«

Als ich den Wodkabecher an den Mund hob, knickte er in meiner Hand ein, sodass sich Wodka über mein Kleid ergoss.

»Pietrik, wir nehmen Halina mit zu uns«, sagte Marthe.

»Meine Mutter war Künstlerin wie Halina hier. Allerdings hat sie böse Menschen porträtiert. Nazis, wenn Sie es genau wissen wollen.« Ich spürte, dass mein Gesicht tränennass war. »Was aus ihr geworden ist? Das weiß nur Gott, Frau Kunstlehrerin, weil sie sich nie verabschieden konnte. Aber glauben Sie mir, die Frau auf diesem Bild ist meine Mutter.«

Danach erinnerte ich mich nur noch daran, dass Pietrik mich auf dem Nachhauseweg stützte. In einer Seitengasse mussten wir stehen bleiben, damit ich mich übergeben und Haferflocken von meinem amerikanischen Kleid wischen konnte.

Am nächsten Tag wachte ich vor dem Morgengrauen auf.

»Wasser!«, rief ich, denn in der ersten Sekunde wähnte ich mich im Revier in Ravensbrück.

Als ich mich in Halinas Bett aufsetzte, stellte ich fest, dass mein Kleid einem Nachthemd gewichen war. Pietrik hatte mich umgezogen? Die Erinnerung an den gestrigen Abend meldete sich, und meine Wangen begannen in der Dunkelheit zu glühen. Ich hatte mich gründlich zum Narren gemacht. Noch ehe ich aufstand, war mir klar, dass ich nach Stocksee musste.

Ich ging an Pietriks Zimmer vorbei. Er schlief, einen Arm übers Gesicht gelegt. Sein Oberkörper war nackt. Er war wunderschön. Was, wenn ich einfach zu ihm ins Bett stiege? Warum fehlte mir der Mut, mit meinem eigenen Mann zu schlafen?

Als es draußen vor dem Fenster dämmerte, packte ich einen Koffer und öffnete möglichst lautlos Carolines Päckchen. In der kleinen Schachtel entdeckte ich meine Reisepapiere sowie deutsches und polnisches Geld. Außerdem einen Brief an die größte deutsche Zeitung, in dem Herta Oberheusers Kriegsverbrechen in Ravensbrück und ihre vorzeitige Entlassung geschildert wurden, frankiert mit einer deutschen Briefmarke. Dazu drei Landkarten, eine Liste lizenzierter Tankstellen und eine ausführliche Wegbeschreibung. In einem weiteren Brief entschuldigte sich Caroline dafür, dass sie nur Reisepapiere für eine Person habe auftreiben können. Und zu guter Letzt stieß ich auf eine Packung Fig Newtons. Ich verstaute sie in meinem

Koffer und klappte ihn zu. Pietrik bewegte sich im Nebenzimmer.

Kurz hielt ich inne. Sollte ich ihm eine Nachricht hinterlassen? Ich kritzelte eine kurze Zeile auf Carolines Packpapier und schlich dann die Treppe hinunter zu dem alten türkisfarbenen Auto, das Papa mir ab und zu lieh und an dem Pietrik schon seit Jahren herumschraubte. Laut Papa bestand das Auto mehr aus Rost als aus Farbe, aber es brachte uns von A nach B.

Zu Beginn der Fahrt zermürbten mich Zweifel. Was, wenn es wirklich Herta wäre? Würde sie auf mich losgehen? Oder ich auf sie? Ich wurde ein wenig klarer im Kopf, als ich unterwegs war. Außer mir waren so früh kaum Autos auf der Straße. Ich breitete eine Karte und die Wegbeschreibung auf dem Beifahrersitz aus, stellte das Radio auf volle Lautstärke, kurbelte das Fenster hinunter und verspeiste zum Frühstück die erste Hälfte der Fig Newtons. NEUE ZWILLINGSPACKUNG. BLEIBT LÄNGER FRISCH!, hieß es auf der Schachtel. Die Kekse schmeckten besser denn je: außen feuchter, weicher Teig, in der Mitte die süße Feige. Sie zu essen hellte meine Stimmung beträchtlich auf. Vielleicht war diese Expedition ja doch eine gute Idee.

Auf meinem Weg nach Norden durchquerte ich ein vernachlässigtes Dorf nach dem anderen. Die rot-weißen Propagandaplakate, die die Vorzüge des Sozialismus und die UNVERBRÜCHLICHE FREUNDSCHAFT MIT DEN VÖLKERN DER SOWJETUNION priesen, waren die einzigen Farbflecken in diesen tristen Ortschaften.

Die Reise würde kompliziert werden, denn Deutschland hatte sämtliche im Krieg eroberten Gebiete verloren. Teile des Ostens waren an Polen zurückgegeben worden und standen unter russischer Besatzung, den Westen hatten die westlichen Alliierten untereinander aufgeteilt. Aus dem besetzten Deutschland waren zwei neue Staaten entstanden: das freie Westdeutschland, wo die Alliierten nicht mehr allein das Sagen hatten, und die kleinere DDR im Osten.

Ich brauchte den ganzen Tag, um Polen und die DDR zu durchqueren. Die Straßen waren voller Schlaglöcher und vermüllt, und es war kaum ein Pkw in Sicht. Ein russischer Militärkonvoi mit übermalten Nummernschildern rumpelte vorbei. Die Soldaten auf den Ladeflächen der Laster starrten mich an wie eine Zirkusattraktion. Die erste Nacht schlief ich – auf der Hut vor Kriminellen – im Auto.

Am nächsten Tag erreichte ich bei dichtem Nebel und Nieselregen die innerdeutsche Grenze, die über eine Länge von eintausenddreihundertachtundsiebzig Kilometern Osten und Westen voneinander trennte. Caroline hatte mich zu einem der wenigen Übergänge gelotst, die Nichtdeutschen offenstanden, zur Kontrollstelle Lübeck-Schlutup. Als ich mich dem Wachhäuschen und dem rot-weiß gestreiften Schlagbaum näherte, wurde ich langsamer und reihte mich hinter das letzte Auto in der Schlange ein.

Während ich wartete, fiel leichter Regen aufs Autodach. Ich betrachtete den weißen Wachturm aus Beton, der sich vor mir über der Mauer erhob. Wurde ich von dort oben beobachtet? Sahen sie, dass mein schrottreifes Auto lavendelfarbenen Qualm auspustete? Irgendwo bellte ein Wachhund. Ich musterte die kahle Landschaft und den Metallzaun entlang der Straße. Waren hinter diesem Zaun die Fallen versteckt? Solange ich das Auto nicht verlassen musste, war ich auf der sicheren Seite.

Langsam rollte mein Auto in der Schlange vorwärts. Meine Scheibenwischer hatten keinen Belag, weil Kleinkriminelle schon lange den Gummi gestohlen hatten. Ich schaltete das Radio ab, um mich besser konzentrieren zu können. Wo war Zuzanna, wenn ich sie brauchte? Ja, richtig, sie genoss ihr neues Leben in New York. Zum zehnten Mal überprüfte ich meine Papiere. Drei Seiten, in einer schwungvollen Handschrift mit Tinte unterzeichnet. *Kasia Kuzmerick, Kulturattaché* stand darauf. Ich strich mit dem Finger über das erhabene Siegel. Obwohl ich ganz bestimmt nicht aussah wie ein Kulturattaché, sorgten diese Papiere dafür, dass ich mich wichtig fühlte. Und sicher.

Als ich am Tor stand, war mein Kleid unter dem dicken Mantel durchgeschwitzt. Ich kurbelte das Fenster hinunter, um mit dem ostdeutschen Grenzposten zu sprechen.

»Polski?«, fragte der Grenzpolizist.

Ich nickte und reichte ihm meine Papiere. Nach einem Blick darauf ging er damit zum Wachhaus. »Nicht den Motor abstellen«, sagte er auf Deutsch.

Beim Warten beobachtete ich meine Tankuhr. Konnte ich tatsächlich zusehen, wie sich die Nadel nach unten bewegte? Zwei weitere ostdeutsche Soldaten zogen die Vorhänge des Wachhauses auf und blickten mich an. Endlich kam ein Uniformierter mittleren Alters zu mir heraus.

»Aussteigen«, befahl er auf Polnisch mit deutschem Akzent.

»Warum?«, wollte ich wissen. »Wo sind meine Papiere?«

»Die sind beschlagnahmt«, entgegnete der Grenzposten.

Warum hatte ich nicht auf Pietrik gehört? Vielleicht hatte er ja recht. Manche Leute lernten es nie.

Kapitel 45

KASIA

1959

Es dauerte eine Weile, bis ich am Grenzübergang mein Auto verlassen konnte, denn die Tür ging nicht auf, sosehr ich mich auch bemühte. Also kletterte ich, sehr zur Belustigung der Grenzposten, die dastanden und prahlerisch ihre Gewehre präsentierten, zur Beifahrerseite hinüber.

Inzwischen fiel nur noch leichter Sprühregen. Ich beobachtete, wie sich am glänzenden Mützenschirm des Polizisten, der mich angewiesen hatte auszusteigen, die Tropfen sammelten. Mit einer Hand stützte ich mich auf die Motorhaube, weil mir die Beine nachzugeben drohten, zog sie aber sofort wieder weg, denn das Metall war wegen des laufenden Motors heiß. Würde der Kühler überhitzen?

»Ihre Papiere sind nicht korrekt«, verkündete der Polizist. »Sie wurden durch einen Eintagespass ersetzt.«

»Aber die Papiere ...«

»Wenn es Ihnen nicht passt, können Sie ja wieder umkehren«, entgegnete der Polizist. »Sie müssen aber auf jeden Fall Ihr Auto hier wegschaffen. Das macht es nicht mehr lange.«

Ich nahm den Pass entgegen. Sah er, wie meine Finger zitterten? Der Pass, inzwischen durchweicht, war nicht größer als eine Zigarettenschachtel und ein kläglicher Ersatz für meine schönen Papiere.

»Achten Sie darauf, dass Sie bis morgen früh um sechs zurück sind. Sonst werden Sie hier bei uns einziehen.« Er winkte das nächste Auto heran. Das Gespräch war vorbei.

Als ich wieder am Steuer saß, brach mir vor Erleichterung der Schweiß aus. Am zweiten Grenzübergang war es einfacher, und nachdem die westdeutschen Grenzpolizisten mich kontrolliert hatten, war ich im Westen und machte mich auf den Weg nach Stocksee.

Westdeutschland war wie eine andere Welt, ein Wunderland aus grünen Feldern und schmucken Bauernhöfen. Die Straße war gut in Schuss, und die modernen Lastwagen zogen einer nach dem anderen an mir vorbei, weil mein Auto sich weigerte, schneller als fünfundsiebzig zu fahren. Ich hielt nur ein Mal an, und zwar am erstbesten Telegrafenamt, um Caroline mitzuteilen, dass ich unterwegs sei.

Irgendwo kurz vor Stocksee hörte ich ein grässliches Scheppern, drehte mich um und stellte fest, dass mein Auspuff abgefallen war und an den Straßenrand kullerte. Ich setzte zurück, sammelte das große Metallstück ein und warf es auf die Rückbank. Danach klang mein Auto wie das lauteste Motorrad der Welt, zumindest wenn ich Gas gab. Aber ich hatte keine andere Wahl. Ich musste weiter.

Am frühen Nachmittag traf ich ratternd in Stocksee ein. Ich erschauderte beim Anblick der aus Blumen geformten Buchstaben: WILLKOMMEN IN STOCKSEE. Hertas neue Wahlheimat? Eine Kleinstadt am Ufer des gleichnamigen Sees. Der war ziemlich groß, ruhig und dunkel. Sie hatte Seen schon immer gemocht.

Vorbei an sanft hügeligen Feldern fuhr ich ins Zentrum von Stocksee, ein idyllisches kleines Städtchen. Nach der Kleidung der Einheimischen zu urteilen war man hier eher konservativ; die meisten Passanten trugen bäuerliche Tracht. Ich bremste am Straßenrand ab und bat einen Mann in meinem eingerosteten Deutsch um Hilfe.

»Entschuldigen Sie, mein Herr. Könnten Sie mir sagen, wo die Dorfstraße ist?« Der Mann ignorierte mich und ging weiter. Angst ergriff mich, als ich eine Frau vorbeischlendern sah, die Gerda Quernheim ähnelte, Schwester Gerda aus dem Lager. Konnte sie es sein? War auch sie aus dem Gefängnis entlassen worden?

Ich fand die Praxis der Ärztin, ein einstöckiges Gebäude aus weiß gestrichenem Backstein, parkte ein Stück die Straße hinunter und war froh, den Motor abstellen zu können. Dann saß ich da und zog die feindseligen Blicke der Passanten auf mich. Einer schaute aufdringlich auf meine Rückbank und musterte den Auspuff, der dort lag. Ich versuchte, gleichmäßig zu atmen und Mut zu fassen. Sollte ich einfach wieder nach Hause fahren? Die Polizei rufen? Doch das konnte ein böses Ende nehmen.

Ein silberner Mercedes glitt an mir vorbei und hielt vor der Praxis. Es war zwar ein älteres Modell, aber Pietrik wäre sicher begeistert gewesen.

Eine Frau stieg aus. War es möglich, dass Herta so ein teures Auto fuhr? Warum hatte ich nur meine Brille vergessen? Mein Herz fühlte sich an wie ein zappelnder Fisch. Die Frau war zu schlank, um Herta sein zu können, oder? Meine Hände auf dem Lenkrad waren schweißnass, als ich beobachtete, wie die Frau die Praxis betrat.

Ich rutschte zur Beifahrertür. Als ich ausstieg, ächzten die Türscharniere. Ich schüttelte meine Hände wie zwei nasse Wischmopps aus, um mich zu beruhigen. Dann ging ich auf die Praxis zu und las das Messingschild neben der Tür. FAMILIENMEDIZINISCHE PRAXIS. WIR LIEBEN KINDER, stand darunter. Hier konnte unmöglich Herta eine Stelle gefunden haben. Wer würde eine Frau wie sie an seine kleinen Kinder heranlassen?

Das Wartezimmer war nicht groß, jedoch beängstigend ordentlich und sauber. Die Wände waren mit Schwärmen grinsender Fische und Schildkröten bemalt, und in der Ecke blubberte ein Aquarium. Ich setzte mich, blätterte in den Zeitschriften, warf hin und wieder einen Blick auf die Patienten und wartete ab, ob sie hereinkommen würde. Es war unerträglich, all die gut genährten Babys mit ihrer samtweichen Haut zu sehen und zu wissen, dass Herta sie womöglich berühren würde. Namen wurden aufgerufen, und die Mütter gingen hinein zur Ärztin, so wie wir früher. Impfte sie die Kinder selbst, oder überließ sie das einer Sprechstundenhilfe?

Ich beobachtete einen Skalar im Aquarium, der den rosafarbenen Kies am Grund des Beckens aufsaugte und wieder ausspuckte. Die deutsche Mutter, die mir gegenübersaß, war der Inbegriff der arischen Reinheit. Im Krieg hätten die Nazis sie mit Freuden auf der Titelseite jeder Zeitschrift abgebildet. Ich überlegte, ob ich ihr erzählen sollte, wie man Babys in Ravensbrück umgebracht hatte, entschied mich jedoch dagegen. Nie freiwillig mit Informationen herausrücken. Das machte die Deutschen meistens argwöhnisch.

Obwohl es kühl im Raum war, lief mir der Schweiß den Rücken hinunter. Um mich zu beruhigen, schlug ich eine Zeitschrift auf. Der Krieg war zwar schon lange vorbei, aber offenbar hatten es die Hausfrauen nicht weit gebracht. Sie arbeiteten noch immer hart, nur eben nicht mehr für ihren geliebten Führer. Nach der Zeitschrift zu urteilen beteten die Deutschen inzwischen neue Götzen an: Konsumgüter. Autos, Musiktruhen und Fernseher. Wenigstens *ein* Fortschritt. Die Sprechstundenhilfe öffnete scharrend ihre Glasluke.

»Haben Sie einen Termin?«, fragte sie. Sie hatte blauen Lidschatten aufgetragen. Schminke? Das hätte dem Führer gar nicht gefallen.

Ich stand auf.

»Nein, aber wenn die Frau Doktor Zeit hätte, hätte ich gern einen.«

Sie reichte mir ein Klemmbrett. Ein langes Formular, gefangen unter einer silbernen Klammer.

»Füllen Sie das aus. Ich erkundige mich«, erwiderte sie.

Die Deutschen hatten noch immer eine Schwäche für Papierkram.

Ich trug meinen Ehenamen und eine falsche Adresse in der nahegelegenen Stadt Plön ein. Meine Schrift war kaum lesbar, so sehr zitterten meine Hände. Warum hatte ich solche Angst? Der Krieg war längst vorbei. Hitler war tot. Was konnte Herta mir schon antun?

Beim Warten lauschte ich der Musik. Tschaikowski? Die Klänge wirkten nicht sehr entspannend auf mich.

Als die letzte Patientin ins Behandlungszimmer ging, blieb ich allein zurück. Würde Herta sich an mich erinnern? Ich war mir sicher, dass sie ihren eigenen Pfusch wiedererkennen würde.

Die Sprechstundenhilfe erschien an ihrer Luke.

»Die Frau Doktor empfängt Sie nach der letzten Patientin. Ich mache auch gleich Feierabend. Dürfte ich Ihr Formular haben?«

»Natürlich«, sagte ich und gab ihr das Klemmbrett.

Also würde ich mit der Ärztin allein sein? Wäre es nicht besser zu verschwinden?

Ich steuerte auf den hölzernen Garderobenständer in der Ecke zu, um meinen Mantel aufzuhängen. Es hing nur ein weißer Arztkittel daran. DR. OBERHEUSER, stand auf dem Namensschild, das an der Brusttasche befestigt war. Ich erschauderte. Wie seltsam, diesen Namen in Druckbuchstaben zu sehen. In Ravensbrück hatten sich die Mitarbeiter bemüht, ihre Namen nicht preiszugeben. Nicht dass wir sie nicht trotzdem gekannt hätten.

Die Sprechstundenhilfe räumte ihren Schreibtisch auf und schickte sich an, nach Hause zu gehen.

Warum sollte ich bleiben? Wenn ich mich jetzt aus dem Staub machte, würde nie jemand erfahren, dass ich hier gewesen war. Sollte Caroline doch jemand anderen schicken.

Die letzte Mutter kehrte zurück ins Wartezimmer. Mit ihrem Baby an der Schulter lächelte sie mir zu, als sie die Praxis verließ. Voller Trauer dachte ich an das Baby von Frau Mikelsky. Ich hatte noch immer die Möglichkeit, der netten Frau aus dem Wartezimmer zu folgen und zurück nach Lublin fahren. Hastig schlüpfte ich in meinen Mantel, eilte zur Tür und schnappte dabei mit offenem Mund nach Luft. Ich spürte den glatten Türknauf in meiner Hand.

Hau ab!

Bevor ich den Türknauf herumdrehen konnte, öffnete

die Sprechstundenhilfe die Tür, die in die hinteren Räume führte.

»Kasia Bakoski?«, meinte sie lächelnd. »Die Frau Doktor hat jetzt Zeit für Sie.«

Kapitel 46

CAROLINE

1959

Der 25. Oktober 1959 war ein wundervoller Tag für eine Hochzeit. Mutter war in Hochform, obwohl die Vereinigten Staaten vor einigen Monaten die Affen Able und Miss Baker mit einer Jupiter-Rakete ins All geschickt hatten und sie seit Tagen alle Welt mit Briefen bombardierte, um dieser Tierquälerei ein Ende zu setzen.

Es war ein Jahr erstmaliger Ereignisse. Der erste diplomatische Besuch eines sowjetischen Premierministers, Nikita Chruschtschow, in den Vereinigten Staaten. Die Premiere des Musicals *Gypsy* am Broadway. Die erste Hochzeit in The Hay.

Serge und Zuzanna würden sich bei ihrer Feier auf keinen Fall nasse Füße holen, denn wir hatten keine Kosten gescheut und hinten im Garten ein Zelt aufgebaut. In Bethlehem herrschte Altweibersommer: dunstig, heiß und ein kleines bisschen windig.

Unser ausgelassenes Trüppchen spazierte begleitet von Glockengeläut von Bethlehems katholischer Kirche am Dorfanger vorbei nach The Hay. Ganz Bethlehem war zu Ehren von Serges und Zuzannas großem Tag herbeigeströmt. Mit Ausnahme von Earl Johnson, der sich verpflichtet fühlte, auf seinem Hocker im Postamt sitzen zu bleiben.

Mutter, dezent in grauen Taft gewandet, führte die Prozession an, Mr. Merrill vom Gemischtwarenladen an ihrer Seite. Sie ging rückwärts und dirigierte ihre Freunde vom russischen Orchester, deren Instrumente mit bunten Blumen und Bändern geschmückt waren. Sie spielten eine anrührende Version von Bachs »Jesus bleibet meine Freude«, was auf der Balalaika wirklich sehr hübsch klang.

Ihnen folgten Braut und Bräutigam. Serge trug einen von Vaters Garbadin-Anzügen, den wir für ihn geändert hatten, und grinste wie ein Mann, der auf einem Bootssteg in Key West mit einem gewaltigen Marlin posierte. Welcher Mann wäre nicht stolz darauf gewesen, die reizende Zuzanna zu heiraten? Sie sah aus wie eine Mischung aus Audrey Hepburn und Grace Kelly und hatte ein Gemüt wie ein Lämmchen. Sie und ihre dickköpfige Schwester Kasia unterschieden sich wie Feuer und Wasser. Kasia war erfrischend ehrlich, Zuzanna bevorzugte die leisen Töne.

Mutter hatte Zuzanna ein Kleid aus eierschalenfarbener Spitze genäht. Es stand ihr gut, trotz der nach polnischer Tradition daran gehefteten Dollarscheine, die in der Brise flatterten wie die Ponyfransen einer Charlestontänzerin. Die Braut hatte einen Strauß aus Mr. Gardeners Rosen im Arm. Und auch der Bräutigam trug ein zartes Pflänzchen im Arm: einen zehn Monate alten Jungen namens Julien mit rosigen Wagen und einem Haarschopf, den Mutter als »schwarz und glatt wie bei einem Chinesen« bezeichnete. Der liebe Junge war seit zwei Wochen offiziell das Kind der beiden. Seine Füße hatten noch keine Gelegenheit gehabt, den Boden zu berühren, weil alle Erwachsenen ihn so gern im Arm hielten.

Hinter einigen Cousins und Bekannten gingen Betty und ich. Sie sah in ihrem Kostüm von Chanel hinreißend aus. Die Nerzköpfe an ihrer Stola wippten bei jedem Schritt. Für mich hatte Mutter ein lavendelfarbenes Etuikleid aus Rohseide geschneidert. Laut Zuzanna passte das zu einer Brautmutter, was dafür gesorgt hatte, dass mir schon vor der Trauung die Tränen in die Augen getreten waren. Die Nachhut bildete Lady Chatterley mit einer Gänseblümchenkette um den Hals. Sie war wie viele unserer Gäste hauptsächlich an einem leckeren Stück Torte interessiert.

Die Hochzeitskolonne bog in unsere Kiesauffahrt ein. Hinter dem Haus und den Scheunen erstreckte sich das Feld bis zur nächsten Straße, der Munger Lane. Da das Heu bereits abgeerntet war, war die kahle Wiese stoppelig und nur noch mit einigen Grasbüscheln bedeckt. Das Laub der Ahornbäume und Ulmen am Rand der Wiese verfärbte sich schon scharlachrot und schwankte in der Brise. Von dort aus wanderte der Blick automatisch zum Ende der Wiese und über den Obsthain hinweg zu meinem alten Spielhaus.

Ich betrachtete das Häuschen, ein weißes, mit Holz verkleidetes Ebenbild seines großen Zwillings mit einem stabilen Schornstein und einem Giebeleingang, ausgestattet mit Bänken in Kindergröße. Zuzanna hatte seidene Vorhänge in der Farbe von Weidenkätzchen genäht, die im Wind aus den Fenstern wehten. Es überraschte mich nicht, dass das Spielhaus zu Zuzannas Rückzugsort geworden war, wann immer die Welt ihr über den Kopf wuchs. Auch ich hatte nach Vaters Tod dort Trost gesucht und tagelang gelesen.

Als unsere Prozession im Garten angekommen war, gingen Betty und ich in die Küche, um die Petits Fours zu holen, die Serges Souschef vorbereitet hatte.

Serge hatte ein Restaurant in den Woodbury eröffnet, in das an den Wochenenden die betuchten Einwohner von Manhattan einfielen. Er hatte das geschmackvoll eingerichtete, winzige Lokal »Serge!« genannt, und an Samstagabenden bildete sich eine Schlange bis auf die Straße hinaus. Das war nicht weiter verwunderlich, denn schließlich war allgemein bekannt, dass New Yorker nervös wurden, wenn man ihnen die französische Küche vorenthielt. Vielleicht waren es ja auch Zuzannas polnische Nachspeisen, die die Gäste anlockten.

»Ich liebe die polnischen Traditionen, du nicht, Caroline? Der Braut Geld anzuheften? Genial.« Betty schnappte sich ein Petit Four aus der Schachtel und steckte es sich in den Mund.

Ich band mir eine von Serges Schürzen um, die vorn mit dem Emblem seines Restaurants, einem schwarzen S, versehen war. »Hör auf, der Braut Hundertdollarscheine anzustecken, Betty. Das ist vulgär.«

»Es ist so ein praktischer Brauch.«

»Wenigstens lenkt es Zuzanna davon ab, dass niemand aus ihrer Familie dabei sein kann.«

»Die beiden müssen in die Flitterwochen, Caroline. Mit einem zahnenden Kind ist das sicher recht anstrengend.«

»Sie vermisst ihre Schwester.«

»Kasia? Dann flieg sie doch ein, herrje.«

»So einfach ist das nicht, Betty. Polen ist ein kommunistischer Staat. Es war schon schwierig genug, ihr das Transitvisum für Deutschland zu besorgen.«

»Um diese Ärztin zur Rede zu stellen? Aber Caroline!«

»Ich habe ihr alles geschickt, was sie braucht, aber seitdem kein Wort mehr von ihr gehört.«

Schon vor Wochen hatte ich das Päckchen nach Polen per Express abgesendet. Es enthielt mehr als genug Geld für die Fahrt nach Stocksee, aber bis jetzt hatte Kasia sich nicht gemeldet. Dabei war ich nicht die Einzige, die darauf wartete zu erfahren, ob es sich bei der Stockdorfer Ärztin tatsächlich um Herta Oberheuser handelte. Einige britische Ärzte standen bereit, um mit mir gemeinsam die deutsche Regierung unter Druck zu setzen, damit man Herta die Approbation entzöge. Auch Anise und ihre Freundinnen waren auf dem Kriegspfad. Herta war nur eine von vielen auf unserer Liste von Kriegsverbrechern aus der Nazizeit, die man zur Rechenschaft ziehen musste.

»Deine Überzeugungskraft ist unübertroffen, meine Liebe. Du hättest selbst mich dazu gekriegt, mich in einem gottverlassenen deutschen Nest herumzudrücken, um eine geisteskranke Naziärztin zu identifizieren.«

Wie schaffte Betty es nur immer, alles ins Absurde zu ziehen? Hatte ich Kasia gegen ihren Willen dazu gebracht, sich Herta aus der Nähe anzusehen? Sie würde Erfolg haben, denn sie war stark und tüchtig, ganz ähnlich wie ich in ihrem Alter.

»Tja, jetzt zerbrich dir nicht den Kopf darüber, Caroline. Ich habe nämlich auch ein Geschenk für dich.«

»Das ist doch nicht nötig.«

Betty hievte eine Reisetasche von Schiaparelli auf den Tisch.

»Die ist wunderschön, Betty.«

»Oh, die Tasche gehört Mutter, und sie will sie zurück. Mit dem Alter ist sie ein richtiger Geizkragen geworden. Das Geschenk ist *in* der Tasche.«

Als ich hineingriff und Flanell und das unverkennbare Gefühl von in Stoff gewickeltem Metall ertastete, wusste ich sofort, was es war.

»Oh, Betty.« Ich musste mich auf den Tisch stützen.

Ich zog die Flanellrolle heraus, öffnete sie, und mein Blick fiel auf aufgereihte Austerngabeln.

»Es ist alles da«, sagte Betty. »Ich bin schon seit Jahren eine treue Kundin bei Mr. Snyder. Wenn er etwas Gutes reinbekommt, ruft er zuerst mich an. Als er das Woolsey-Silber …«

Ich nahm alle zwanzig Rollen aus der Tasche und stapelte sie zu einer braunen Flanellpyramide auf dem Tisch auf. Selbst die Petits-Fours-Zänglein aus Silber waren dabei.

Als Betty die Arme um mich schlang, schmiegte ich mein Gesicht an ihren kühlen, glatten Nerzpelz.

»Jetzt fang mir bloß nicht an zu heulen, Caroline. Heute ist ein Freudentag.«

Was für ein Glück ich hatte, eine so großzügige Freundin zu haben. Auch wenn Mutter tat, als berührte sie das alles nicht, würde sie sich sehr freuen, dass das Woolsey-Silber zurück war.

Betty und ich stellten die Hochzeitstorte im Garten auf einen Kartentisch und servierten die Petits Fours mit den lange verloren geglaubten Zänglein. Umringt von Hochzeitsgästen stand das glückliche Paar da, während die letzten glattblättrigen Hortensien dieses Herbstes mit ihren weißen, runden Blütenständen die Hälse reckten wie Zuschauer, die die Feierlichkeiten verfolgten. Mutter gelang es, mit Julien im Arm die Torte anzuschneiden. Das Brautpaar nahm den Pokal und trank Wodka daraus. Unterdessen riefen Betty und Mitglieder des Orchesters: *»Gorku! Gorku!«* – bitter, bitter –, damit sie weitertranken.

Als ich mehr Limonade aus dem Haus holen wollte, hörte ich eine Fahrradklingel. Ich drehte mich um und sah Earl Johnson ums Haus herumfahren. Seine Reifen hinterließen einen geschlängelten, dunklen Abdruck auf dem Rasen. Er fuhr ein rotes Schwinn Hornet, komplett mit verchromter Lampe und einem weißen, mit gelben Plastikgänseblümchen verzierten Fahrradkorb aus Stroh.

Earl nahm die Kappe ab und besaß wenigstens den Anstand, verlegen zu wirken. »Entschuldigen Sie, dass ich über den Rasen gefahren bin, Miss Ferriday.«

»Kein Problem, Earl«, erwiderte ich, obwohl ich ihn schon zigmal gebeten hatte, das zu unterlassen. »Es ist ja nur Gras. Könnten Sie es trotzdem beim nächsten Mal schieben?«

Zuzanna hatte uns bemerkt und kam mit dem Baby auf der Hüfte auf uns zu. Unterwegs pflückte sie einen Zweig späten Herbstflieders ab und berührte Julien damit unter dem Kinn, worauf er vor Freude mit den Beinen zappelte wie ein Frosch. Wie kräftig Zuzanna ausschritt, seit sie endlich wieder gesund war.

Earl stand rittlings über seinem Fahrrad. »Ich habe einen Brief für Sie. Von …« Er musterte die Absenderadresse.

Ich nahm ihm den Brief ab.

»Danke, Earl.« Als ich einen raschen Blick daraufwarf, stellte ich fest, dass er von Paul stammte, und steckte ihn rasch in die Schürzentasche. Ich fuhr mit dem Finger über den Umschlag und stellte fest, dass er dick war. Ein gutes

Zeichen. Welch glücklicher Zufall, dass die Pan Am seit kurzem Direktflüge von New York nach Paris anbot …

Aus seinem kleinen Korb förderte Earl einen zweiten Umschlag zutage. »Und ein Telegramm. Aus Westdeutschland.« Er reichte ihn mir und blieb mit den Händen auf der Lenkstange stehen.

»Danke, Earl. Ab jetzt komme ich allein zurecht.«

Mit einem »Guten Tag« drehte Earl sich um und schob sein Fahrrad zur Vorderseite des Hauses, wurde jedoch von Mutter abgefangen, die ihn zur Torte schleppte.

Zuzanna sah mich erwartungsvoll an.

Ich riss den Umschlag an der Seite auf und holte das Telegramm heraus. »Es ist von Kasia. Aus Westdeutschland.«

Der Geruch von Zinkoxyd und Babypuder stieg mir in die Nase, als Zuzanna ihre Hand auf meine legte. Kalt, aber weich und anteilnehmend.

»Soll ich laut vorlesen?«, fragte ich.

Zuzanna nickte.

»Da steht: ›Unterwegs nach Stocksee. Allein.‹«

»Ist das alles?«, fragte Zuzanna. »Sie muss doch noch mehr geschrieben haben.«

»Tut mir leid, das ist alles, Liebes. Unterzeichnet: ›Kasia‹.«

Zuzanna ließ meine Hand los und richtete sich gerade auf. »Also tut sie es wirklich. Sie schaut nach, ob es Herta ist. Aber *allein*?«

»Ich fürchte, ja, Liebes. Du weißt, wie wichtig die Sache ist. Sie ist ein tapferes Mädchen. Sie wird es schaffen.«

Zuzanna drückte Julien an sich. »Du kennst diese Leute nicht.«

Sie drehte sich um und ging in Richtung Spielhaus.

Das Baby auf ihrer Schulter betrachtete mit der Faust im Mund meine kleiner werdende Gestalt. Das Orchester stimmte »Young Love« von Sonny James an, während ich Zuzanna nachblickte.

Als sie das Spielhaus erreicht hatte, trat sie ein und schloss leise die Tür. Mich ließ sie mit dem mulmigen Gefühl zurück, dass ich es zu weit getrieben hatte.

Kapitel 47

KASIA

1959

Die Sprechstundenhilfe führte mich ins Sprechzimmer.

»Warten Sie hier«, sagte sie.

Der Raum wirkte mit einem Orientteppich, hellgrünen Wänden und einer Terrassentür, die auf einen stillen Garten hinausging, sehr anheimelnd. Es roch nach Leder und altem Holz. Die Möbel wirkten teuer. Ein gepolstertes Sofa. Ein glänzender brauner Beistelltisch mit Löwentatzen. Ein großer Ledersessel hinter dem breiten Schreibtisch der Ärztin. Auf der anderen Seite des Tisches stand ein schwarz lackierter Stuhl mit einer Sitzfläche aus Rattan, der eindeutig für die Patienten bestimmt war. Verbrachte Herta wirklich hier ihre Tage? Wenn ja, war das verglichen mit ihrem letzten Aufenthaltsort ein großer Fortschritt. Sie fraß ganz sicher keine Bohnen aus der Dose mehr.

»Sie sind ihr letzter Termin«, teilte mir die Arzthelferin mit. »Die Frau Doktor hat einen langen Tag hinter sich. Zwei Operationen heute Morgen.«

»Manche Dinge ändern sich nie«, stellte ich fest.

»Verzeihung?«

Ich ging zum Stuhl. »Ach, nichts.«

Meine Hände zitterten, als ich die hölzernen Armlehnen des Stuhls umfasste und mich niederließ. Eingebaute Bücherregale bedeckten die eine Wand. Auf einem Regal stand eine rosafarbene Uhr aus Porzellan.

»Ich gehe jetzt«, verkündete die Sprechstundenhilfe. »Hier ist Ihre Terminbestätigung. Die Frau Doktor kommt gleich.«

Ich warf einen Blick auf die Bestätigung. *Dr. Herta Oberheuser*, stand in einer hübschen Schrift am oberen Rand. Mein Beweis!

Am liebsten hätte ich die Sprechstundenhilfe festgehalten und sie angefleht, hier bei mir im Raum zu bleiben. Stattdessen ließ ich sie gehen. Was konnte mir schon passieren? Leise schloss sie die Tür hinter sich. Falls das hier wirklich Hertas Praxis wäre, wäre es mir ein Vergnügen, sie runterzuputzen und türenknallend hinauszustürmen.

Ich stand auf und ging zum Bücherregal. Der Teppich dämpfte meine Schritte. Ich strich mit dem Finger über einige in glattes Leder gebundene Bücher und zog einen schweren Band heraus. *Atlas der allgemeinen Chirurgie.* Hertas Spezialgebiet. Ich stellte das Buch zurück und betrachtete das Ölgemälde, das in einem vergoldeten Rahmen an der Wand hing. Kühe auf einer Weide. Auf dem Schreibtisch befanden sich eine Schreibtischauflage, ein Telefon, eine Schachtel Kosmetiktücher und ein versilberter Wasserkrug auf einem Porzellanteller. Der Krug schwitzte. Da waren wir schon zu zweit.

Ich musterte ihre gerahmten Diplome an der Wand. MEDIZINISCHE FAKULTÄT DER UNIVERSITÄT DÜS-

SELDORF. DERMATOLOGIE. Da war noch ein zweites, das sie als Fachärztin für Infektionskrankheiten auswies. Keine Facharztausbildung in Chirurgie? Ich schenkte mir ein Glas Wasser sein.

Die Tür öffnete sich, und ich sah die Frau, die aus dem silberfarbenen Mercedes gestiegen war, hereinkommen. Ich erstarrte, und plötzlich fühlte sich mein Mund an wie mit Sand gefüllt. Ich stellte mein Glas auf den Schreibtisch. Es war Herta.

Mit einem Klemmbrett in der Hand marschierte sie zum Schreibtisch. Sie trug einen weißen Arztkittel und ein schwarzes Stethoskop um den Hals. Zum Glück wollte sie mir nicht die Hand schütteln.

Als ich mich setzte, verwandelte sich mein ganzer Körper in Gelee. Eine Mischung aus Blasiertheit und Gereiztheit legte sich auf ihr Gesicht, während sie meinen Patientenbogen studierte.

»Was kann ich für Sie tun, Frau Bakoski? Neue Patientin?«

»Ja, neue Patientin«, erwiderte ich und krampfte auf dem Schoß die Hände ineinander. »Ich suche eine Hausärztin.«

Sie nahm im Ledersessel Platz und zog sich an den Tisch heran.

»Aus Polen?«, fragte sie und entfernte die Verschlusskappe von ihrem Füllhalter. War da ein Anflug von Verächtlichkeit in ihrer Stimme?

»Ja«, antwortete ich und zwang mich zu einem Lächeln. »Mein Mann ist Lebensmittelhändler.«

Warum zitterte ich nur so? Was konnte denn schlimmstenfalls passieren? Kommandant Suhren lag in einer Kiste aus Fichtenholz auf einem deutschen Friedhof.

Oder? Wenn ich mir ansah, wie viele Nazis in dieser Stadt herumliefen, übte er vielleicht gerade im See das Rückenschwimmen.

»Sie wohnen in Plön?« Stirnrunzelnd nahm sie mein Glas von Schreibtisch und legte einen Untersetzer aus Leinen darunter.

»Ja«, sagte ich.

»In der Schulstraße?«

»Richtig.«

»Seltsam. In Plön gibt es gar keine Schulstraße.«

»Habe ich Schulstraße geschrieben? Wir sind neu in der Stadt.« Vor dem Fenster flatterte eine Elster mit den Flügeln.

»Wie kann ich Ihnen behilflich sein, Frau Bakoski?«

Wie war es möglich, dass sie mich nicht erkannte, während sich ihr Gesicht in mein Gedächtnis eingebrannt hatte?

»Könnten Sie mir Ihren Werdegang schildern?«

»Ich verfüge über eine Facharztausbildung zur Dermatologin und habe vor Kurzem auf Allgemeinmedizin umgesattelt, nachdem ich viele Jahre im Sanatorium Hohenlychen und in einer großen Universitätsklinik in Berlin gearbeitet hatte.«

Als mein Herz nicht mehr so laut klopfte, begann ich, mich in meiner Rolle wohler zu fühlen. Sie erkannte mich wirklich nicht.

»Oh, das war sicher interessant«, meinte ich. »Und davor?«

»Ich war Lagerärztin in einem Umerziehungslager für Frauen in Fürstenberg.«

Die Fingerspitzen aneinandergelegt, lehnte sie sich zurück. Es war zweifellos Herta, obwohl sie sich verändert hatte. Mit ihrem inzwischen längeren Haar und den teuren Kleidern wirkte sie eleganter. Das Gefängnis hatte sie nicht gebrochen, sondern sie kultivierter werden lassen. Wie konnte es sein, dass die Verbrecherin ein Luxusleben führte, während ihr Opfer in einer Rostlaube herumfuhr?

»Oh, Fürstenberg ist reizend. Der See und so weiter.«

»Waren Sie schon dort?«

Der Moment war gekommen. Ich musste mich entscheiden. Zu gehen, denn ich hatte sie ja identifiziert, oder zu bleiben, um zu erfahren, was ich wirklich wissen wollte.

»Ja. Ich war dort Gefangene.«

Die Uhr schlug die halbe Stunde.

»Das ist lange her«, entgegnete Herta. Sie richtete sich gerade auf und rückte imaginäre Gegenstände auf ihrem Schreibtisch zurecht. »Falls Sie keine weiteren Fragen haben ... Ich habe heute noch andere Patienten und bin zeitlich im Verzug.«

Die alte Herta, wie sie leibte und lebte. Sie hielt es nicht lange durch, freundlich zu sein.

»Ich bin Ihr letzter Termin«, erwiderte ich.

Herta lächelte. Eine Premiere. »Warum in alten Geschichten herumwühlen? Sind Sie hier, um Rache zu üben?«

Alle Sätze, die ich mir zurechtgelegt hatte, waren auf einmal wie weggeblasen. »Sie erkennen mich wirklich nicht, oder?«

Ihr Lächeln verflog.

»Sie haben mich operiert. Junge Mädchen getötet. Babys. Wie konnten Sie so etwas tun?«

»Ich habe meine Arbeit gemacht. Nur wegen einer wissenschaftlichen Forschungsreihe habe ich Jahre im Gefängnis gesessen.«

»Fünf Jahre. Verurteilt wurden Sie zu zwanzig. Das ist also Ihre Ausrede? Eine wissenschaftliche Forschungsreihe?«

»Forschung, um deutsche Soldaten zu retten. Und nur zu Ihrer Information: Die deutsche Regierung machte schon seit Jahren von dem Recht Gebrauch, hingerichtete Kriminelle für Forschungszwecke zu verwenden.«

»Nur, dass wir nicht tot waren, Herta.«

Herta betrachtete mich gründlicher. »Ich habe meine Strafe abgesessen. Wenn Sie mich jetzt entschuldigen würden ...«

»Meine Mutter war auch in Ravensbrück.«

Ein wenig zu heftig schloss Herta ihre Schreibtischschublade. »Man kann nicht von mir erwarten, dass ich mir jede Gefangene merke.«

»Halina Kuzmerick.«

»Sagt mir nichts«, antwortete Herta wie aus der Pistole geschossen.

»Sie haben sie in Baracke eins verlegen lassen.«

»In Ravensbrück hatten wir über hunderttausend Häftlinge«, beharrte Herta.

»Benutzen Sie nicht mehr das Wort Häftling.«

»Ich erinnere mich nicht an diese Person«, beteuerte Herta mit einem raschen Blick in meine Richtung.

Hatte sie Angst vor mir?

»Halina Kuzmerick«, wiederholte ich. »Sie war Krankenschwester und hat im Revier mit Ihnen zusammengearbeitet.«

»Wir hatten drei Schichten von Gefangenenschwestern. Und da soll ich mich an eine davon erinnern?«

»Sie war blond und sprach fließend Deutsch. Eine Künstlerin.«

Herta lächelte. »Ich würde Ihnen ja gern weiterhelfen, aber mein Gedächtnis ist nicht das beste. Tut mir leid, aber ich kann mich nicht an jede Krankenschwester erinnern, die Porträts gezeichnet hat.«

Die Wolken draußen bewegten sich, sodass die Sonne durch das Fenster Hertas Schreibtisch beschien. Alles lief ab wie in Zeitlupe.

»Ich habe nicht erwähnt, dass sie Porträts gezeichnet hat.«

»Ich muss Sie bitten zu gehen. Ich bin sehr beschäftigt. Mein ...«

Ich stand auf. »Was ist aus meiner Mutter geworden?«

»Wenn Sie klug sind, fahren Sie zurück nach Polen.«

Ich trat näher an ihren Schreibtisch heran. »Man mag Sie entlassen haben, aber es gibt Menschen, die finden, dass Sie eine härtere Strafe verdient haben. Viele Menschen. Menschen mit Macht und Einfluss.«

»Ich habe meine Schuld bezahlt.«

Als Herta ihren Füllhalter auf die Schreibtischauflage warf, fing sich das Sonnenlicht in ihrem Ring und malte ein Kaleidoskop aus Farben auf die Tischplatte.

»Ein hübscher Ring«, meinte ich.

»Er gehörte meiner Großmutter.«

»Sie sind wirklich krank. Im pathologischen Sinne.«

Herta schaute aus dem Fenster. »Ich habe keine Ahnung, wovon Sie reden.«

»Der Ausdruck bezieht sich auf manifestes Verhalten, das von mangelnder Anpassung ...«

»Der Ring befindet sich im Besitz meiner Familie, seit ...«

»Sparen Sie sich die Mühe, Herta.«

Herta nahm ein elegantes Portemonnaie aus der Schreibtischschublade. »Wollen Sie Geld? Ihr Polen haltet doch immer die Hand auf.«

»Wenn Sie mir nicht genau sagen, was meiner Mutter zugestoßen ist, werde ich mich an die Menschen wenden, die mich geschickt haben, und ihnen erzählen, dass Sie hier sind. Mit Ihrem Mercedes und Ihrer Praxis, wo Sie Babys behandeln. Dann gehe ich zu den Zeitungen und berichte dort, was geschehen ist. Wie Sie Menschen getötet haben. Kinder. Mütter. Alte Leute. Und jetzt sitzen Sie hier, als könnten Sie kein Wässerchen trüben.«

»Ich werde nicht …«

»Natürlich sind Sie dann Ihre teuren Gemälde los. Und die in Leder gebundenen Bücher.«

»Also gut!«

»Die elegante Uhr auch.«

»Jetzt hören Sie schon auf. Lassen Sie mich nachdenken.« Herta betrachtete ihre Hände. »Wenn ich mich recht entsinne, war sie eine sehr fleißige Arbeiterin. Sie hat das Revier auf Vordermann gebracht.«

»Und?« Wenn sie weiter so herumdruckste, würde ich nicht pünktlich zurück am Grenzübergang sein.

Herta neigte den Kopf zur Seite. »Woher weiß ich, dass Sie nicht trotzdem zur Zeitung laufen?«

»Reden Sie weiter.«

»Nun … sie hat gestohlen. Alles Mögliche. Verbände, Sulfonamide. Ich konnte es nicht fassen. Wie sich herausstellte, hatte eine Apothekerin namens Paula Schulz aus der Stadt immer etwas für sie abgezweigt, wenn sie Medikamente für die SS geliefert hat. Herztabletten. Schuhcreme für die Haare, damit die älteren Frauen …«

»Ich weiß, was die Frauen damit gemacht haben. Weiter.«

»Das war ja schon schlimm genug, aber von der Liste hatte ich keine Ahnung.« Herta warf mir einen raschen Blick zu.

Ich beugte mich vor. »Was für eine Liste?«

»Die Liste der Probandinnen für die Sulfa-Experimente. Schwester Marschall hat bemerkt, dass Ihre Mutter sie, nun ja, eigenmächtig überarbeitet hat.«

»Wie, überarbeitet?«, hakte ich nach, obwohl ich die Antwort kannte.

»Sie hat versucht, Sie und Ihre Schwester zu streichen. Und eine dritte Gefangene.«

»Und deshalb wurde sie umgebracht?« Tränen traten mir in die Augen.

»Zuerst haben sie sie in den Bunker gesteckt. Aber dann hat Schwester Marschall Suhren von der Kohle erzählt. Sie hatte daraus ein Medikament für Gefangene mit Durchfall hergestellt. Dass sie den Medikamentenschrank aufgebrochen hat, habe ich Suhren nie verraten. Die Kohle hat ihm schon gereicht.«

»Gereicht, um sie zu töten?« Ich fühle mich, als würde ich in ein tiefes Loch hinabgesaugt.

»Sie hat das Reich bestohlen«, beharrte Herta.

»Sie haben nichts dagegen unternommen.«

»Ich wusste nichts davon.«

»Die Mauer?« Ich kramte mein Taschentuch aus der Handtasche. Es hatte mir die Sprache verschlagen.

Herta verstand, was ich meinte.

»Ich muss jetzt wirklich los«, sagte sie und wollte sich erheben.

»Hinsetzen«, befahl ich. »Wer hat sie erschossen?«

»Ich glaube nicht …«

»Wer hat sie erschossen, Herta?«, fragte ich ein wenig lauter.

»Edmund Poll«, erwiderte Herta. Ihre Worte überschlugen sich. »Binz hat ihn aus dem Tiefschlaf gerissen.«

Sie fürchtete sich wirklich vor mir. Der bloße Gedanke sorgte dafür, dass ich mich aufrecht hielt.

»Wie ist es passiert?«

»Das möchten Sie nicht …«

»Wie ist es passiert? Ich frage nicht noch einmal.«

Herta seufzte auf und presste die Lippen zusammen.

»Sie wollen es unbedingt wissen? Meinetwegen. Auf dem Weg zur Mauer hat Halina immer wieder zu Edmund gesagt, sie kenne einen SS-Mann. Einen von ganz oben. Einen Lennart Soundso. ›Verständigen Sie ihn. Er wird für mich bürgen.‹ Ich hatte diesem Lennart in ihrem Auftrag einen Brief geschickt, nur damit Ihnen das klar ist. Damit bin ich ein großes persönliches Risiko eingegangen.«

Deshalb also hatte Brit Lennart im Lager gesehen. Lennart, der Tapfere, war wirklich gekommen, um Matka zu retten. Leider zu spät.

»Sprechen Sie weiter«, forderte ich sie auf.

»›Bist du dir sicher?‹, hat Edmund Binz immer wieder gefragt. Er hatte eine Schwäche für sie. Und dann hat Halina ihn um einen Gefallen gebeten.«

»Was für einen Gefallen?«

»›Lassen Sie mich meine Kinder noch einmal sehen‹, hat sie gesagt. Und Suhren hat es gestattet. Großzügig von ihm angesichts dessen, was sie sich geleistet hatte. Ich hatte keine Ahnung, dass wir Sie und Ihre Schwester operiert hatten. Binz hat sie zu Ihnen gebracht, als Sie beide schliefen. Danach ist sie ruhig gegangen. Dann hat Suhren sich mit ihnen an der Mauer getroffen, und sie wollten anfangen. ›Jetzt mach schon‹, meinte Binz zu Edmund, aber seine Pistole klemmte. Er weinte. Sie weinte. Ein Tohuwabohu.«

»Und?«, bohrte ich nach.

»Es ist alles so schäbig«, antwortete Herta.

Wollte ich es wirklich erfahren?

»Schildern Sie es mir.«

»Schließlich hat er es getan.« Herta hielt inne. Es war so still in ihrem Sprechzimmer, dass man Kinder in einem weit entfernten Garten spielen hören konnte.

»Wie?«, fragte ich. *Bring es hinter dich. Gleich sitzt du im Auto und fährst nach Hause.*

Als Herta in ihrem Sessel herumrutschte, knarzte das Leder. »Als sie nicht damit gerechnet hat.«

Endlich hatte ich herausgefunden, was ich immer hatte wissen wollen. Als ich mich wieder setzte, fühlte ich mich innerlich hohl wie ein ausgeblasenes Ei, aber auch eigenartig lebendig. Ich wollte jede noch so kleine Einzelheit erfahren, jedes Detail schien mich zu durchdringen und wieder zum Leben zu erwecken.

»Hat sie geschrien? Sie hatte große Angst vor Waffen.«

»Sie kehrte ihnen den Rücken zu. Sie hat es nicht erwartet.« Herta wischte sich eine Träne ab.

»Wie haben Sie sich gefühlt?«

»Ich?«, erwiderte Herta. »Ich weiß nicht.«

»Sie müssen doch etwas empfunden haben, als Sie davon hörten.«

»Ich war sehr traurig.« Sie zog ein Kosmetiktuch aus der Schachtel. »Sind Sie jetzt zufrieden? Sie war eine tüchtige Arbeiterin. Praktisch eine reinrassige Deutsche.

Suhren hat mich dafür bestraft, dass ich ein zu enges Verhältnis zu ihr hatte.«

»Hatten Sie das?«

Herta zuckte die Achseln. »Wir hatten uns ein wenig miteinander angefreundet.«

Mir war klar, dass die Ärztin Matka gemocht hatte. Aber hätte sich meine Mutter wirklich mit dieser Verbrecherin abgegeben? Sie hatte sicher nur so getan als ob, um an Vorräte heranzukommen.

»Hätten Sie uns von der Liste gestrichen, wenn Sie gewusst hätten, dass wir Halinas Töchter waren?«

Herta flocht die Finger ineinander und starrte auf ihre Daumen. Wir lauschten dem gedämpften Brummen eines Rasenmähers.

Nach einigen Sekunden stand ich auf.

»Ich verstehe. Danke, dass Sie mir alles erzählt haben.«

Warum bedankte ich mich bei ihr? Es war so unwirklich. Weshalb konnte ich ihr nicht entgegenschreien, der Teufel möge sie holen?

Ich steuerte auf die Tür zu, drehte mich dann aber noch einmal um.

»Geben Sie mir den Ring«, sagte ich.

Sie presste die Hände vor die Brust.

»Nehmen Sie ihn sofort ab und legen Sie ihn auf den Schreibtisch.«

Bei der Vorstellung, sie zu berühren, wurde mir flau.

Eine Weile verharrte Herta reglos. Dann begann sie, an dem Ring zu ziehen.

»Meine Finger sind geschwollen«, entgegnete sie.

»Lassen Sie mich mal.« Ich holte tief Luft, packte ihre Hand, spuckte auf den Ring und bewegte ihn hin und her. Endlich löste er sich und gab einen schmalen weißen Streifen an der Fingerwurzel frei.

»Hier«, sagte Herta und wich meinem Blick aus. »Jetzt zufrieden? Gehen Sie.«

Sie stand auf, trat ans Fenster und blickte hinaus in den Garten. »Ich erwarte, dass Sie Ihren Teil der Abmachung einhalten. Sie wenden sich nicht an die Presse. Habe ich Ihr Wort?«

Ich rieb den Ring an meinem Rock ab, wischte jede Spur von Herta weg und steckte ihn an meinen linken Ringfinger. Er fühlte sich kalt und schwer an und passte ausgezeichnet.

Matka.

Ich steuerte auf die Tür zu.

»Sie werden nicht mehr von mir hören«, erwiderte ich.

Herta wandte sich vom Fenster ab. »Frau Bakoski.«

Ich hielt inne.

Herta stand da und drückte sich die geballte Faust vor die Brust. »Ich ...«

»Was ist noch?«

»Ich wollte nur noch sagen, dass ...«

Die Uhr tickte.

»Ich würde sie wieder lebendig machen, wenn ich könnte.«

Ich betrachtete sie eine Weile.

»Ich auch«, antwortete ich.

Als ich ihr Sprechzimmer verließ, empfand ich eine neue Leichtigkeit. Die Tür blieb einen Spaltweit offen stehen, denn ich hatte nicht mehr das Bedürfnis, sie gewaltsam zuzuknallen.

Ich fand das Telegrafenamt von Stocksee und schickte eilig zwei kurze Telegramme ab.

Das erste ging an Pietrik und Halina: *Mir geht es gut. Bin bald zu Hause.*

Das zweite war für Caroline: *Eindeutig Herta Oberheuser. Kein Zweifel.*

Den Brief an die Zeitung zerriss ich. Caroline würde sich Herta schon vorknöpfen, wenn die Zeit reif wäre. Mir war es nicht länger wichtig.

Dann fuhr ich zum Grenzübergang Lübeck-Schlutup und passierte ihn ohne Schwierigkeiten. Obwohl ich nicht geschlafen hatte, fühlte ich mich auf dem Heimweg nach Lublin wach und lebendig. Mein auspuffloser Motor schien vor Kraft zu strotzen und heulte bei jedem Tritt aufs Gaspedal auf, als ich über die sanften Hügel nach Hause fuhr. Das Mondlicht leuchtete mir den Weg, vorbei an riesigen, dunklen Heidelandschaften, blauen und weißen Häuschen und silbrigen Birken, die im finsteren Wald schimmerten.

Ich ließ mein Gespräch mit Herta Revue passieren und war froh über die Vorstellung, dass meine Mutter sich verabschiedet hatte. Lächelnd berührte ich meine Stirn. Der Kuss im Traum war echt gewesen.

Als ich mein Fenster hinunterkurbelte, damit der herbstliche Duft ins düstere Wageninnere wehen konnte, versetzte mich der Geruch von frisch gemähtem Heu zurück zur Hirschwiese. Ich dachte daran, wie Pietrik neben mir gelegen hatte oder am Frühstückstisch die kleine Halina im Arm hielt und es trotz des Babys noch schaffte, die Zeitung zu lesen. Er ließ sie nicht los. Wie leicht es doch ist, sich in seinem eigenen Fischernetz zu verheddern.

Als ich den Stadtrand von Lublin erreichte, war es noch nicht hell geworden. Es war die Zeit, nachdem die Straßenlaternen bereits abgeschaltet sind, aber der Morgen noch nicht graut, der Moment, in dem einem alles möglich erscheint.

Ich rollte langsam durch die Straßen, um nicht die ganze Stadt aufzuwecken, und begegnete Melkerinnen mit ihren Kühen, deren Glocken in der Dämmerung läuteten.

Bald war ich am Schloss von Lublin, in dessen Schatten einst das Ghetto gelegen hatte. Inzwischen war es verschwunden, abgerissen von Zwangsarbeitern während des Krieges. Ich passierte unser altes rosafarbenes Häuschen, wo Felka im Garten begraben lag und Carolines Flieder schon Wurzeln geschlagen hatte und zu wunderschönen, kräftigen Büschen heranwachsen würde. Ich fuhr durch die Straße, durch die Matka mich früher zur Schule begleitet hatte. Die Erinnerung entlockte mir ein Lächeln, versetzte mir aber keinen glühend heißen Messerstich mehr in die Brust. Als ich am neuen Krankenhaus vorbeikam, dachte ich an Zuzanna, die nun bei Caroline lebte, und hoffte, dass sie wohlauf war. Vielleicht würden Halina und ich eines Tages nach New York fliegen. Die Kunstmuseen würden ihr gefallen.

In der Wohnung schlüpfte ich aus meinen Schuhen und schlich durch den Flur zu Halinas Zimmer. Dort stand ich in der Dunkelheit und beobachtete, wie ihre Brust sich hob und senkte. Matkas Ring malte Lichtpunkte auf das Bett, in dem meine Tochter schlief. Ihr Haar war ausgebreitet wie flüssiges Gold. Sie rührte sich nicht, als ich ihr das rote Flanellbündel mit den Pinseln unters Kopfkissen schob, sie fest zudeckte und sie auf den Scheitel küsste.

Ich ging zu Pietriks Bett, wo er mit dem Arm über den Augen in der Dämmerung lag. Ich knöpfte mein Kleid auf, ließ es zu Boden gleiten, kroch zu ihm unter die Decke, spürte seine weiche Haut und schnupperte seinen Duft nach Schweiß, russischen Zigaretten und Heimat.

Er zog mich an sich, und zum ersten Mal seit langer Zeit fühlte ich, wie die Puderdose wieder Klack machte.

Anmerkungen der Autorin

Und am Ende werden wir frei sein basiert auf einer wahren Geschichte. Caroline Ferriday und Herta Oberheuser hat es wirklich gegeben, ebenso wie das weitere von mir erwähnte Personal in Ravensbrück, Hertas Eltern sowie Carolines Mutter und Vater, Eliza und Henry Ferriday. Um sie als handelnde Personen zum Leben zu erwecken, habe ich mich bemüht, sie alle so ausgewogen und realistisch wie möglich darzustellen. Die Lektüre von Carolines Briefen, der Protokolle der Ärzteprozesse von Nürnberg und der Aussagen der Überlebenden selbst haben mir Hinweise auf die Handlungsgründe dieser Menschen gegeben. Obwohl die Dialoge frei erfunden sind, stützen sie sich im Kapitel über den Ärzteprozess, so weit es geht, auf tatsächliche Aussagen. Ich habe auch einige von Carolines eigenen Worten aus den Briefen und Geschichten, die sie geschrieben hat, sowie aus Berichten von Menschen, die sie kannten, übernommen.

In Ravensbrück, Hitlers einzigem großen Konzentrationslager nur für Frauen, hing das Leben einer Gefangenen von ihrer Beziehung zu ihren Leidensgenossinnen ab. Selbst mehr als siebzig Jahre später sprechen Überlebende noch von ihren »Schwestern« im Lager. Deshalb hielt ich es für passend, zwei Schwestern in den Mittelpunkt meines Romans zu stellen. Kasia Kuzmerick und ihre Schwester Zuzanna sind lose Nina Iwanska und ihrer Schwester, der Ärztin Krystyna, nachempfunden, die beide im Lager operiert wurden. Ich habe die beiden Figuren nach den Charaktereigenschaften und Erfahrungen der siebenundvierzig polnischen »Kaninchen« geformt, die ich im Laufe meiner Recherchen ins Herz geschlossen habe. Ich hoffte, dass sie als Beispiele für die Entschlossenheit und den Mut dienen, die jede dieser Frauen an den Tag gelegt hat. Da ich selbst zwei geliebte Schwestern, fünf Schwägerinnen und zwei Töchter habe, deren geschwisterliche Verbundenheit ich seit über vierundzwanzig Jahren beobachte, konnte ich mich der Geschichte von Nina und Krystyna einfach nicht entziehen.

Von Caroline Ferriday erfuhr ich zuerst durch einen Artikel, der 1999 in der Zeitschrift *Victoria* erschien: »Caroline's Incredible Lilacs«. Der Bericht war mit Fotos von Carolines weißem Holzhaus in Bethlehem, Connecticut, illustriert, das die Familie The Hay nannte und das heute Bellamy-Ferriday House heißt. Es waren auch Aufnahmen von ihrem Garten voller alter Rosen und seltener Fliedersorten abgedruckt. Da ich seit Langem eine Schwäche für alles Fliederfarbene habe, trug ich den Artikel mit mir herum, bis das Papier abgewetzt war. Obwohl ich mit drei kleinen Kindern nur wenig Zeit hatte, besuchte ich einige Jahre später das Anwesen, ohne zu ahnen, dass diese Reise zu dem Roman führen würde, den Sie nun in Händen halten.

Eines Sonntags im Mai fuhr ich nach Bethlehem und hielt schließlich auf der mit Kies bestreuten Einfahrt. Da ich an diesem Tag die einzige Besucherin war, konnte ich ungestört die Atmosphäre des Hauses in mich aufnehmen, in dem seit Carolines Tod 1990 nichts verändert worden war: die ausgeblichene Tapete. Ihr Himmelbett. Die von ihrer Mutter Eliza selbst genähten Vorhänge mit Krüwelstickerei.

Am Schluss der Besichtigungstour blieb die Reiseführerin auf dem Treppenabsatz vor dem Elternschlafzimmer im ersten Stock stehen und zeigte mir den Schreibtisch, ihre Schreibmaschine, Orden und ein Foto von Charles de Gaulle, die alle dort angeordnet waren. Sie griff nach einem Schwarz-Weiß-Foto, das drei Reihen lächelnder, dicht beieinanderstehender Frauen mittleren Alters zeigte.

»Das waren die Polinnen, die Caroline nach Amerika geholt hat«, erklärte sie. »In Ravensbrück wurden sie aus zwei Gründen Kaninchen genannt. Erstens weil sie nach der Operation nur noch durchs Lager hüpfen konnten, und zweitens weil sie die Versuchskaninchen der Nazis waren.«

Als ich über den Taconic Parkway nach Hause fuhr, und zwar mit der aus Carolines Flieder gezüchteten Fliederpflanze, die ich dort gekauft hatte, ließ mich die Geschichte nicht mehr los. Caroline war eine wahre Heldin, die ein schillerndes Leben geführt hatte: eine ehemalige Debütantin und Schauspielerin am Broadway, die ein geschwächtes Nachkriegsamerika verzauberte und ihr Leben der Aufgabe widmete, den Frauen zu helfen, die von allen anderen vergessen worden waren. Unter dem starken Einfluss ihrer Vorfahren Woolsey, strikten Gegnern der Sklaverei, gelang es ihr sogar, zur Gründung der ersten schwarzen Bank in Harlem beizutragen. Warum wusste niemand von ihr?

Ich widmete meine Freizeit fortan der Recherche zu den Themen Caroline, Ravensbrück und Zweiter Weltkrieg. Sobald ich mich einen Nachmittag loseisen konnte, saß ich im kühlen Vorratskeller unter der Scheune von The Hay, die heute als Begrüßungszentrum genutzt wird, blätterte in alten Büchern über die Rosenzucht und in den Briefen der Familie und tauchte ich in Carolines Vergangenheit ein. Nachdem die Denkmalschutzbeauftragte von Connecticut, Kristin Havill, alles katalogisiert und sicher in Archivboxen verstaut hatte, schleppte sie diese für mich treppauf, treppab, damit ich das Material sichten konnte. Caroline hat weitere Dokumente dem United States Holocaust Memorial Museum in Washington und in Nanterre unweit von Paris hinterlassen, eine Spur von Hinweisen, die wollte, dass ich ihr folgte.

Als ich mehr über Carolines Leben in Erfahrung brachte, stellte ich fest, dass sich ihre Wege mit denen von anderen Personen gekreuzt hatten, die ebenfalls für die Geschichte von Bedeutung sind. Insbesondere mit denen der polnischen Frauen, die in Ravensbrück jene Operationen über sich hatten ergehen lassen müssen. Dank der Memoiren und weiterer Berichte konnte ich allmählich die Reisen dieser Frauen nachvollziehen und erfuhr, dass Caroline sie liebte wie ihre eigenen Töchter. Ich hängte Fotos aller vierundsiebzig Polinnen überall in meinem Arbeitszimmer auf und nahm mir vor, nach Polen zu fliegen und mir Lublin, wo viele der Mädchen vor ihrer Verhaftung gelebt hatten, selbst zu sehen.

Im Rahmen meiner Recherchen zum Thema Ravensbrück stieß ich immer wieder auf eine dritte Person, die einzige Ärztin in einem Lager nur für Frauen und außerdem die einzige Frau, die im Nürnberger Ärzteprozess vor Gericht gestanden hatte. Dr. Herta Oberheuser. Wie hatte sie sich so verhalten können, insbesondere gegenüber anderen Frauen? Ich hängte auch ihr Foto auf, zusammen mit Aufnahmen von weiteren Mitarbeitern aus Ravensbrück, allerdings an eine andere Wand, und fügte Hertas Geschichte zu denen hinzu, die ich erzählen wollte.

Im Jahr 2009 zog ich von Connecticut nach Atlanta. Dort begann ich zu schreiben, anfangs auf dem Betonboden des vergitterten Hundezwingers hinter dem Haus, in der Hoffnung, ich könnte das Gefühl wachrufen, wie es gewesen sein musste, gefangen zu sein. Ich wollte die Lage der Frauen von Ravensbrück besser verstehen können. Doch je mehr Aussagen der Frauen ich las, desto klarer wurde mir, dass ich nicht in einem Käfig zu sitzen brauchte, um ihre Geschichten emotional zu erfassen. Sie vermittelten mir das Grauen nur allzu gut. Die Ungewissheit. Den Schrecken, ihre Freundinnen, Mütter und Schwestern zu verlieren. Den Hunger. Ich ertappte mich dabei, dass ich ständig aß, um das nachzuholen, was ihnen verwehrt worden war.

Im folgenden Sommer reiste ich nach Polen und Deutschland. Mit meinem siebzehnjährigen Sohn, der alles auf Video aufnehmen sollte, landete ich am 25. Juli 2010 in Warschau und brach mit Anna Sachanowicz, unserer sympathischen Übersetzerin, einer Lehrerin aus einem Vorort von Warschau, nach Lublin auf.

Als wir durch Lublin spazierten und die Örtlichkeiten sahen, die die Überlebenden in ihren Memoiren erwähnten, erwachte die Geschichte zum Leben. Wir besichtigten das gewaltige Schloss von Lublin, wo die Frauen anfangs gefangen gehalten worden waren, und verbrachten einen Nachmittag in dem beeindruckenden Museum »Unter der Uhr«. Dort gibt es noch immer die Zellen, in denen viele Mitglieder des polnischen Untergrunds gefoltert worden waren. Außerdem kann man in diesem Museum die geheimen Briefe einsehen, in denen die Mädchen der Welt ihre Erlebnisse schilderten. Ich schritt durch das Krakauer Tor, das die Bomben der Nazis überstanden hat, und über den riesigen Platz am Fuße des Schlosses von Lublin, wo sich einst das jüdische Ghetto befand. Diese Erlebnisse bestärkten mich in meinem Wunsch, dass die Welt nicht vergessen durfte, was geschehen war. Wohin wir auch gingen, erzählten uns die Einwohner von Lublin von ihren eigenen Erfahrungen während der Kriegsjahre, von den Massakern im Wald von Katyn in der Stalin-Ära und vom Alltag hinter dem Eisernen Vorhang.

In Warschau hatte ich das Glück, mit einer Überlebenden aus Ravensbrück sprechen zu können. Alicja Kubackas Schilderungen ihrer Lagerhaft lieferten wertvolle historische Details. Dass sie ihren Folterknechten verziehen hatte, erstaunte mich. Wie war es möglich, dass sie die Deutschen nicht ablehnte, ja sogar hasste? Dass sie das Land auf Einladung der Deutschen jedes Jahr besuchte, um ihnen bei der Aufarbeitung zu helfen?

Mein Sohn und ich beschlossen, eine ähnliche Zugfahrt zu unternehmen wie die Kaninchen im September 1941, dem schrecklichen Tag, an dem sie deportiert worden waren. Auf der Reise von Warschau nach Berlin sahen wir zu, wie die schlichten polnischen Bahnhöfe von den moderneren deutschen abgelöst wurden. Als wir den eleganten Berliner Hauptbahnhof, ein Meisterwerk der Baukunst, erreichten, war uns klar, dass Polen durch die Jahre hinter dem Eisernen Vorhang ins Hintertreffen geraten war.

Am selben Bahnsteig wie damals die Frauen von Ravensbrück in Fürstenberg aus dem Zug zu steigen war eine unwirkliche Erfahrung. Als mein Sohn und ich dieselbe Strecke zurücklegten, die man die Gefangenen entlanggetrieben hatte, kam das Lager in Sicht. Das Eisentor am Eingang und die Barackenreihen sind verschwunden, aber die massive Mauer steht noch. Auch das Krematorium ist bis heute vorhanden, ebenso wie die Stelle, wo die Gaskammer, ein umgebauter, inzwischen abgerissener Malerschuppen gestanden hat. Das Gleiche gilt für die Erschießungsmauer und den See, in den man die Asche der Gefangenen kippte. Das Haus des Kommandanten bietet weiterhin einen Blick über das Lager, und die Schneiderei, der gewaltige Gebäudekomplex, wo die Nazis ihre Beute sortierten, existiert bis heute.

Zurück in den Staaten schrieb ich über drei Jahre lang und unterbrach meine Arbeit nur für eine Reise nach Paris, um Carolines Hinterlassenschaften in Nanterre zu sichten. Dort saß ich mit einer französischen Dolmetscherin zusammen, die mir jeden von Carolines Briefen vorlas. Viele wurden zwischen ihr und Anise Postel-Vinay gewechselt, einer ihrer Verbündeten in einem Leben, das sie, wie sie es sah, der Gerechtigkeit gewidmet hatte. Wenn ich abends mit der Métro aus Nanterre zurückkehrte, war mein Stützpunkt das prächtige Hotel Lutetia. Ich schlief in einem der Zimmer, in denen einst die Überlebenden aus den Lagern gepflegt worden waren.

Im selben Jahr verbrachte ich auch einige Zeit im United States Holocaust Memorial Museum, dem Caroline ihr drittes Archiv vererbt hat. Die Papiere handeln nicht nur von ihrem Engagement für die Kaninchen, sondern auch von ihrer späteren Zusammenarbeit mit ihren Freundinnen von ADIR, einer französischen Organisation zur Betreuung von aus den Lagern zurückgekehrten Menschen. Sie leistete auch ihren Beitrag zur Verfolgung von Klaus Barbie.

Das Ziel all dieser Recherchen war es, eine fiktionale Schilderung der Vorgänge in Ravensbrück zu verfassen, meiner Leserschaft die Stationen zu zeigen, welche die an der Geschichte der Kaninchen beteiligten Personen durchlaufen hatten, und vielleicht einige Einblicke in ihre Gefühle zu ermöglichen, kurz: in Vergessenheit geratenen Ereignissen neues Leben einzuhauchen.

Wenn ich anderen von den Kaninchen erzähle, fragen sich viele, was letztlich aus Herta Oberheuser geworden ist. Sie und Fritz Fischer waren in Nürnberg dem Henker entronnen. Sie wurde zu zwanzig Jahren Haft verurteilt, allerdings 1952, nach fünf Jahren, in aller Stille auf freien Fuß gesetzt. Die amerikanische Regierung erließ Herta Oberheuser einen Teil der Strafe, vielleicht um sich im Kalten Krieg bei den Deutschen beliebt zu machen. Sie eröffnete eine Praxis als Allgemeinmedizinerin im norddeutschen Stocksee. Sobald Herta von einer Überlebenden aus Ravensbrück enttarnt worden war, drängten Caroline und Anise Postel-Vinay eine Gruppe britischer Ärzte, Druck auf die deutsche Regierung auszuüben, damit diese ihr die Approbation entzöge. Herta wehrte sich mithilfe einflussreicher Freunde, doch Caroline setzte sich an die Schreibmaschine und kontaktierte die amerikanische, britische und deutsche Presse, bis Herta 1960 ihre Zulassung verlor und gezwungen war, ihre Praxis für immer zu schließen.

Nach einer erfolgreichen Kampagne von Caroline, Norman Cousins, Dr. Hitzig und dem Anwalt Benjamin Ferencz zugunsten der Frauen von Ravensbrück gestand die westdeutsche Regierung diesen 1964 endlich Entschädigungszahlungen zu. Das war einer von Carolines größten Triumphen. Es war ein besonders langwieriger

Prozess gewesen, da Polen im russischen Machtbereich lag und Bonn lange die Aufnahme diplomatischer Beziehungen verweigerte.

In den darauffolgenden Jahren hielt Caroline engen Kontakt zu vielen der Kaninchen. Sie lud sie zu sich nach Hause ein, und sie betrachteten sie als ihre Patin, eine Anrede, die sie häufig in ihren Briefen verwendeten. Caroline antwortete, sie empfinde sie umgekehrt als Töchter.

Eine wichtige Abweichung von der Wirklichkeit ist in meinem Roman die Beziehung Carolines zu Paul Rodierre – eine Figur, die meiner Fantasie entsprungen ist. Ich habe Caroline verkuppelt, um ihr persönliches Verhältnis zu Frankreich zu vertiefen und die dortigen Ereignisse zu dramatisieren. Hoffentlich ist sie mir nicht böse, weil ich ihr diesen attraktiven fiktionalen Partner an die Seite gestellt habe.

Caroline starb 1990 und hinterließ ihr geliebtes Haus der Denkmalschutzbehörde von Connecticut, die es wundervoll instand hält, genau wie sie es sich gewünscht hätte. Ein Besuch lohnt sich zu jeder Jahreszeit, doch im späten Frühling, wenn der Flieder blüht, werden Sie verstehen, warum Caroline und ihre Mutter es nie allzu lang ohne ihren Garten ausgehalten haben.

Sollte meine Version der Geschichte Sie dazu angeregt haben, mehr über die Ereignisse rund um die Kaninchen zu erfahren, und Sie gern weiterlesen möchten, gibt es zahlreiche ausgezeichnete historische Romane und Autobiografien, die sich mit den entsprechenden Themen befassen. Dazu gehören *Women in the Resistance and in the Holocaust*, herausgegeben und mit einem Vorwort versehen von Vera Laska, *The Jewish Women of Ravensbrück*

Concentration Camp von Rochelle G. Saidel und *Ravensbrück* von Sarah Helm.

Ich wünsche Ihnen eine spannende Reise. Mit ein wenig Glück bringt sie Sie an Orte, deren Besuch Sie in Ihren kühnsten Träumen nicht für möglich gehalten hätten.

Danksagung

Vielen Dank an alle, die dazu beigetragen haben, dass mir die Arbeit an diesem Roman zu einer solchen Freude wurde.

Meinem Mann Michael Kelly, der bereitwillig jeden Entwurf las, meinen Traum geteilt hat, Caroline Ferridays Geschichte zu erzählen, und niemals daran zweifelte, dass es mir eines Tages gelingen würde.

Meiner Tochter Katherine für ihre außergewöhnliche Klugheit, ihre aufmunternden Worte und dafür, dass sie als Vorbild für Kasias Einfallsreichtum und Intuition gedient hat.

Meiner Tochter Mary für ihre genialen redaktionellen Vorschläge, ihre unermüdliche Unterstützung und dafür, dass sie für Zuzanna Modell stand.

Meinem Sohn Michael, der mit mir nach Polen gereist ist und täglich auf der Fahrt in die Highschool und zurück unzählige Handlungsvariationen mit mir erörtert hat; und für einen Blitz im Sand.

Kara Cesare bei Ballantine Bantam Dell, die einfühlsamste und begabteste Lektorin, die man sich wünschen kann. Sie hat Carolines Geschichte verstanden und ins Herz geschlossen wie kein anderer.

Nina Arazora und dem ganzen Team bei Ballantine Bantam Dell für die unermüdliche Arbeit und Begeisterungsfähigkeit: Debbie Aroff, Barbara Bachman, Susan Corcoran, Melanie DeNardo, Katie Herman, Kim Hovey und Paolo Pepe, um nur einige von ihnen zu nennen.

Meiner erstaunlichen Agentin Alexandra Machinist, die mich aus dem Stapel der bereits abgelehnten Manuskripte gepflückt hat. Sie hat darauf bestanden, dass diese Geschichte erzählt werden muss.

Betty Kelly Sargent für ihre frühen Anregungen und ihr Fachwissen. »Ich brauche nur ein Kapitel«, waren ihre Worte.

Meinen Schwestern Polly Simpkins für ihre Weisheit, Großzügigkeit und bedingungslose Liebe sowie Sally Hatcher, weil sie so eine vorbildliche große Schwester ist.

Alexandra Shelley, der hervorragenden Außenlektorin, für ihre Aufrichtigkeit, ihr Detailwissen und ihrer Hilfe beim Manuskript.

Der wundervollen Alicia Kubecka, Überlebende von Ravensbrück, für ihre Freundschaft und ihre unglaublichen Geschichten von Verlust und Vergebung.

Wanda Rosiewicz und Stanislawa Sledziejowa-Osiczko für ihre Freundlichkeit und Liebe und dafür, dass sie den Mut hatten, mir ihre Erfahrungen als Opfer der Sulfa-Experimente in Ravensbrück zu schildern.

Meiner Mutter Joanne Hall, die ein Haus voller kostbarer Antiquitäten hätte haben können, sich aber für ein Haus voller Kinder entschieden hat.

Meinem Vater William Hall für seine positive Einstellung.

Meiner Schwägerin, der Autorin Mary Pat Kelly, die meinte: »Dann mach es doch einfach.«

Alexander Neave, Benjamin Ferencz, George McCleary und Cecile Bernard, die Caroline kannten und mir ausführlich von ihren Erinnerungen an sie erzählt haben.

Kristin Havill, Erica Dorsett-Mathews, Marj C. Vitz, Carol McCleary und Barbara Bradbury-Pape von dem Bellamy-Ferriday House and Gardens, Connecticut Landmarks, für ihr gewaltiges Fachwissen und ihre Unterstützung.

Den lieben Freunden meiner Mutter Betty Cottle, Jan Van Riper und Shirley Kennedy, die mir gezeigt haben, dass eine Generation starker Frauen aus Neuengland die Welt verändern konnte.

Der Filmemacherin Stacey Fitzgerald für ihre Freundschaft und dafür, dass sie mir gezeigt hat, wie wichtig es ist, einander zu helfen und zusammenzuarbeiten.

Kristy Wenz für ihre Liebe und dafür, dass sie mein Leben auf Vordermann gebracht hat.

Jamie Latiolais für seine Zauberkraft, was Farben angeht, und seine anregenden Kommentare zum Manuskript.

Dr. Janusz Tajchert und Dr. Agnieszka Fedorowicz, die mich in Polen willkommen geheißen und ihr Wissen über die Sulfa-Experimente in Ravensbrück mit mir geteilt haben.

Bernard Dugaud für seine französische Inspiration und seinen Champagner.

Barbara Oratowska, Leiterin des Museums »Unter der Uhr«, Lublin, für ihre Geschichten über Lublin und die Kaninchen und dafür, dass sie sich für die verbleibenden Überlebenden von Ravensbrück engagiert.

Anna Sachanowicz, die uns durch Polen geführt und gedolmetscht, und Justyna Ndulue, die uns in Deutschland geholfen hat.

Hanna Nowakowskicz für ihre Freundschaft und Unterstützung.

David Markwell, Leiter des Museum of Jewish Heritage, für seine Zeit.

Nancy Slonim Aronie für ihre großartige Chilmark-Schriftstellerwerkstatt.

Natasa Lekic und Andrea Walker von New York Book Editors, die mir weitergeholfen und mir Mut gemacht haben.

Carol und Chuck Ganz für ihre Hilfe.

Carol Ann Brown, Vorsitzende der Old Bethlehem Historical Society and Museum, für ihre Einblicke in die Vergangenheit des schönen Bethlehem.

Jack Alexander und Chris McArdle vom Arnold Arboretum der Harvard University, die ihr beträchtliches Wissen über Flieder mit mir geteilt haben.

Janie Hampton, Autorin von *How the Girl Guide Won the War*, für ihre Hilfe bei der Recherche.

Irene Tomaszewski für ihre Unterstützung und das Buch *Code Name: Zegota. Rescuing Jews in Occupied Poland 1942–1945,* das sie gemeinsam mit Tecia Werbowski geschrieben hat.

Im Gespräch mit Martha Hall Kelly

Wir haben Lynn Cullen, Autorin von *Twain's End* und *Mrs. Poe,* gebeten, von Schriftstellerin zu Schriftstellerin einige Fragen an Martha Hall Kelly zu richten.

Lynn Cullen: Die Geschichte der Gefangenen von Ravensbrück, dem einzigen Frauen-Konzentrationslager im Deutschland der Nazidiktatur, verlangt geradezu danach, mit einem Blick auf das menschliche Verhalten erzählt zu werden, wie es nur in einem Roman möglich ist. Dennoch sind über siebzig Jahre vergangen, bis sie in Ihrem Roman *Und am Ende werden wir frei sein* ans Licht gebracht wurde. Oft ist es ja so, dass Geschichten wie diese sich ihre Erzähler selbst aussuchen und nicht umgekehrt. Warum, glauben Sie, hat sich diese Geschichte ausgerechnet *Sie* ausgesucht?

Martha Hall Kelly: Seit dem Tag, an dem ich das wunderschöne Bellamy-Ferriday House betreten hatte, hatte ich das Gefühl, dass sich jemand in meine Gedanken eingenistet hätte. War es Caroline? Waren es die Kaninchen? Ich weiß es bis heute nicht genau, aber dieser Jemand in meinem Kopf hat mich schließlich auf eine unglaubliche Spurensuche durch Polen, Deutschland und Frankreich geführt, um die Wahrheit hinter dieser Geschichte zu erfahren. Vielleicht wollten all die tapferen Frauen, dass ihre Geschichte fast siebzig Jahre nach dem Zweiten Weltkrieg endlich erzählt würde.

Lynn Cullen: Hat ein bestimmter Recherchefund Sie dazu bewegt, diesen Roman zu schreiben? Hat dieser spezielle Aspekt Sie auf Ihrer Entdeckungsreise durch sicherlich schmerzhaftes Terrain angetrieben?

Martha Hall Kelly: Ich bin bei der Recherche in Carolines Archiven auf zwei Manuskripte gestoßen. Es waren Memoiren, verfasst von zweien der sogenannten Kaninchen. Caroline hatte Ablehnungsschreiben von Verlagen mit Büroklammern an den Manuskripten befestigt, ebenso wie ihre eigenen entschuldigenden Briefe an die Frauen. Darin erklärte sie ihnen, dass sie die Aufzeichnungen Lektoren vorgelegt habe, diese aber kein Interesse an ihrer Geschichte gezeigt hätten. Der Anblick dieser Zurückweisungen hat mich dazu motiviert, *Und am Ende werden wir frei sein* zu schreiben und auch bei schwierigen Themen und Szenen durchzuhalten. Es war ein großer Antrieb, dass Caroline und die Kaninchen der Welt ihre Geschichte so unbedingt kundtun wollten.

Lynn Cullen: Die unbeschreiblichen Grausamkeiten, die in Ravensbrück verübt wurden, zeigen den Menschen von seiner dunkelsten Seite. Der schonungslosen Darstellung dieses entsetzlichen Missbrauchs stellen Sie aber auch Figuren gegenüber, die etwas Positives, Hoffnungsvolles verkörpern. War dieser ständige Perspektivwechsel beim Schreiben schwierig?

Martha Hall Kelly: Wenn man in der Ich-Perspektive schreibt, ist es sehr leicht, in eine Figur – sei sie nun gut oder böse – einzutauchen und in ihr zu versinken. Dementsprechend war es eine Erleichterung, nach den schrecklichen Ereignissen im Lager wieder über Carolines Leben in New York schreiben zu können. Schwierig war der Perspektivwechsel zwar nicht unbedingt, denn ich habe jede Zeile, selbst die abstoßendsten Szenen, gern geschrieben. Aber es war in der Tat eine emotionale Berg- und Talfahrt.

Lynn Cullen: Hat das Schreiben von *Und am Ende werden wir frei sein* ihr Leben verändert?

Martha Hall Kelly: *Und am Ende werden wir frei sein* ist mein erster Roman, mein Einstieg in die Welt der Schriftstellerei. Es hat mein Leben in jeder Hinsicht verändert. Ich habe einen Beruf gefunden, auf den ich mich jeden Morgen freue. Ich bin selbstbewusster geworden, neugieriger auf die Welt und eine Million Mal glücklicher. Eigentlich bin ich ein recht schüchterner Mensch, doch seit ich mich mit Caroline Ferridays Leben befasst habe, die immer das Richtige getan hat, habe ich den Mut gefunden, den Mund aufzumachen und mich für Dinge einzusetzen, an die ich glaube, und auch nach anderen Menschen zu suchen, die mir dabei helfen, Missstände aus der Welt zu schaffen. Das alles hört sich aus dem Mund einer alten Zynikerin wie mir absolut kitschig an, aber es ist wahr. Viele Leser haben mir erzählt, dass *Und am Ende werden wir frei sein* die gleiche positive Veränderung in ihnen ausgelöst habe, und das macht mich unglaublich glücklich.

Lynn Cullen: Verraten Sie uns etwas über Ihr nächstes Projekt?

Martha Hall Kelly: Ich sage nur so viel: Es wird eine Art Vorgängerroman zu *Und am Ende werden wir frei sein,* der während des Ersten Weltkrieges spielt. Bis jetzt habe ich großen Spaß am Schreiben, und ich habe dafür ausführlich in Russland recherchiert. Ich kann es kaum erwarten, den Roman mit meinen Lesern zu teilen.

Porträt von Caroline Ferriday

Carolines traumhafter Flieder

Die »Kaninchen« stehen nach dem Krieg Modell. Polnische Überlebende der medizinischen Experimente im Konzentrationslager Ravensbrück

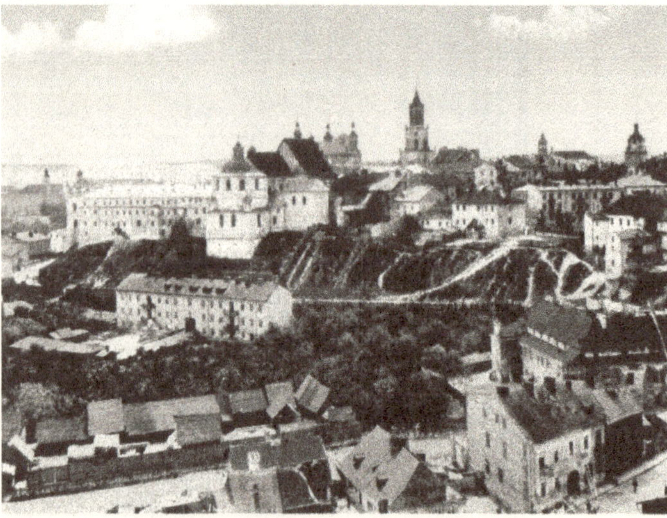

Lublin, Polen, Heimatstadt der Kaninchen

Baracken im Konzentrationslager Ravensbrück

Das Innere des zweistöckigen Strafbunkers von Ravensbrück

Die Autorin trifft Frau Stanislaus Sledziejowska-Osiczko – von ihren Freunden Stasia genannt –, eine Ravensbrück-Überlebende

Die Erschießungsmauer am siebzigsten Jahrestag der Befreiung von Ravensbrück in der Ravensbrück-Gedenkstätte

Carolines New York
Schloss Belvedere
84th
79th
72nd
65th
59TH
51st
49th
42nd
32nd
22nd
12th
PARK
LEXINGTON
THIRD
SECOND
FIRST
YORK
FIFTH
MADISON
UPPER EAST SIDE
CENTRAL PARK
Plaza Hotel
Villa der Vanderbilts
Carolines Wohnung
Das Waldorf Astoria Hotel
Restaurant Le Grenier
SS Normandie
Grand Central Terminal
MIDTOWN
Snyder & Goodrich Antiquitäten
EAST RIVER
HUDSON RIVER
Rockefeller Plaza
AUSSICHTS-PLATTFORM DES RCA BUILDINGS
PLAZA
SCHLITT-SCHUHBAHN
W. 50th STREET
W. 49th STREET
DAS FRANZÖSISCHE HAUS
ATLAS
FIFTH AVENUE

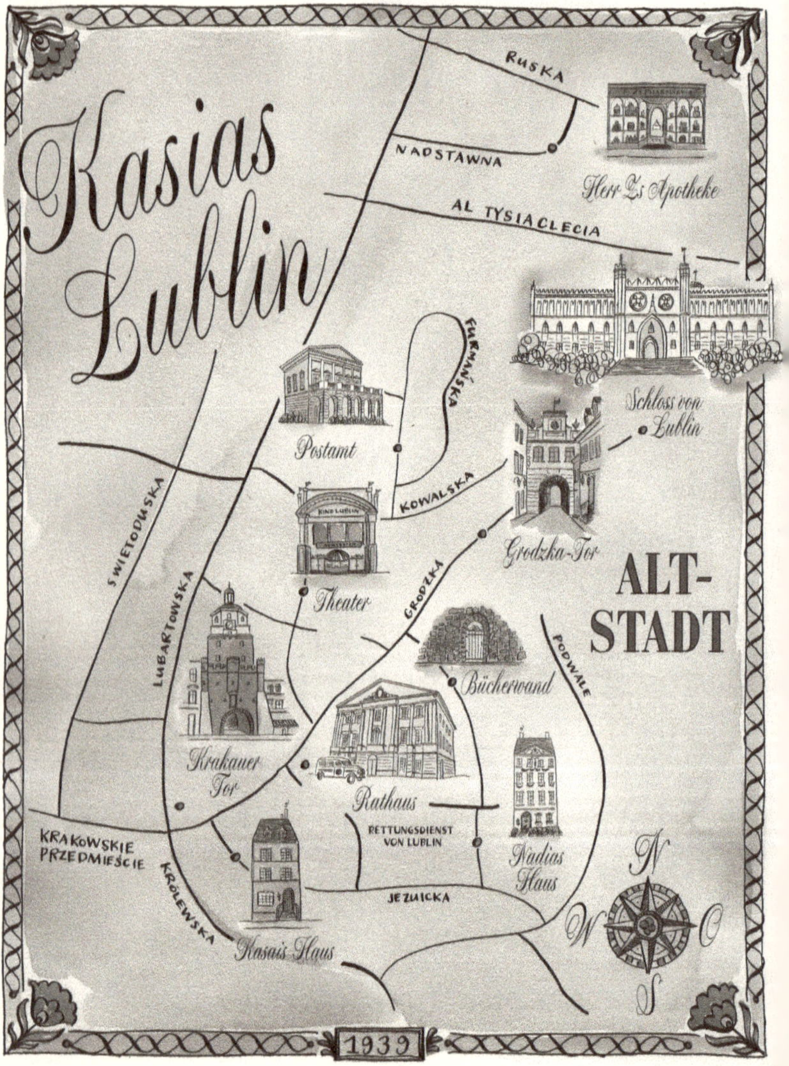

Kasias Lublin
RUSKA
NADSTAWNA
Herr Z.s Apotheke
AL TYSIACLECIA
Schloss von Lublin
FURMAŃSKA
Postamt
KOWALSKA
Grodzka-Tor
ŚWIETODUSKA
KINO LUBLIN
Theater
GRODZKA
ALT-
STADT
LUBARTOWSKA
PODWALE
Bücherwand
Krakauer Tor
Rathaus
RETTUNGSDIENST
VON LUBLIN
Nadias Haus
KRAKOWSKIE
PRZEDMIEŚCIE
KRÓLEWSKA
JEZUICKA
Kasais Haus
N
W
O
S
1939

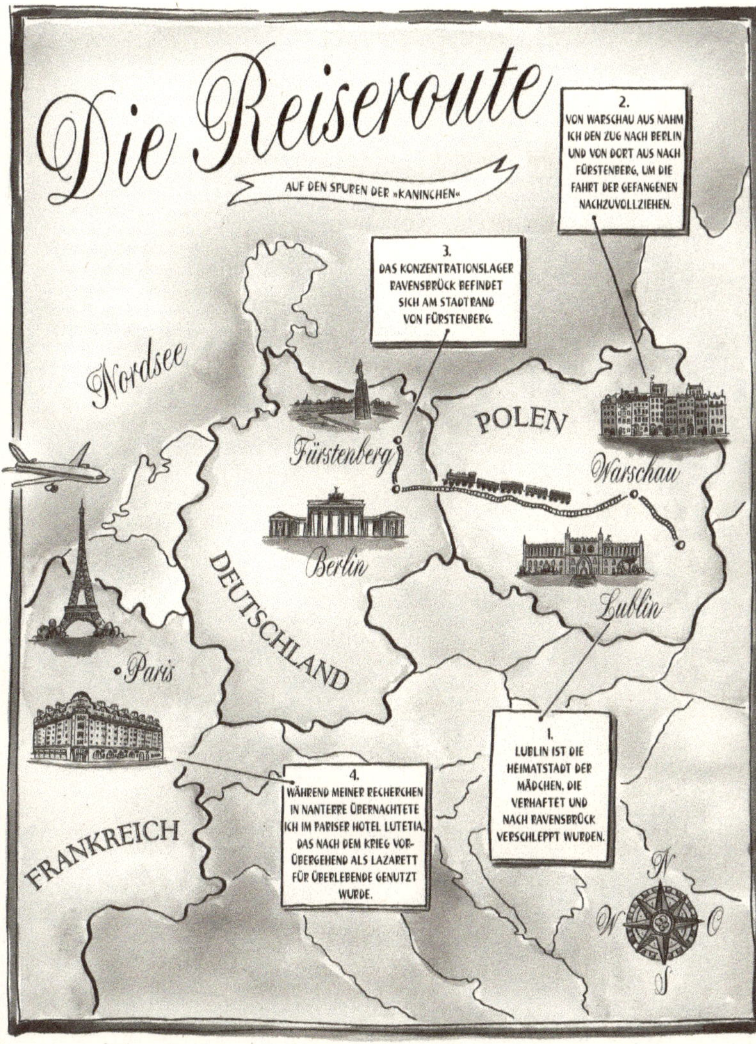

Die Reiseroute
AUF DEN SPUREN DER »KANINCHEN«
2.
VON WARSCHAU AUS NAHM ICH DEN ZUG NACH BERLIN UND VON DORT AUS NACH FÜRSTENBERG, UM DIE FAHRT DER GEFANGENEN NACHZUVOLLZIEHEN.
3.
DAS KONZENTRATIONSLAGER RAVENSBRÜCK BEFINDET SICH AM STADTRAND VON FÜRSTENBERG.
Nordsee
POLEN
Fürstenberg
Warschau
Berlin
DEUTSCHLAND
Lublin
Paris
1.
LUBLIN IST DIE HEIMATSTADT DER MÄDCHEN, DIE VERHAFTET UND NACH RAVENSBRÜCK VERSCHLEPPT WURDEN.
4.
WÄHREND MEINER RECHERCHEN IN NANTERRE ÜBERNACHTETE ICH IM PARISER HOTEL LUTETIA, DAS NACH DEM KRIEG VORÜBERGEHEND ALS LAZARETT FÜR ÜBERLEBENDE GENUTZT WURDE.
FRANKREICH
N
W
O
S